Willy Melodia

Du même auteur,

Les Pénitents, Jean-Claude Lattès, 1998

Alfio Caruso

Willy Melodia

Traduit de l'italien
par Fanchita Gonzalez Batlle

LIANA LEVI *piccolo*

ISBN : 978-2-86746-568-0

Titre original : *Willy Melodia*

www.lianalevi.fr

Note de l'auteur

Willy Melodia, le protagoniste de ce roman, est un concentré des personnages curieux rencontrés dans les histoires extravagantes sur lesquelles je suis tombé pendant mes longues années de journalisme d'investigation. Chacun d'eux a contribué à le modeler, l'enrichir et l'ajuster jusqu'au moment où il s'est affranchi de tout et de tous. Mais Willy, bien que né de l'imagination tout comme de nombreux personnages que vous trouverez dans ce livre, évolue dans une époque bien précise et il lui arrive de croiser des événements et des hommes qui appartiennent à la chronique et à l'Histoire du XXe siècle. À travers sa vision personnelle, qui ne dépasse jamais le trou de la serrure, apparaissent d'authentiques célébrités du mal, telles que Charles Luciano ou Ben Siegel, et des épisodes tout aussi véridiques, par exemple la première élection de Roosevelt en 1932.

L'aventure de Willy entre l'Italie et les États-Unis est identique à celle d'innombrables autres émigrés par choix ou par nécessité. Ses mille tribulations et ses rares sourires reflètent donc des épisodes que la tradition orale transmet depuis des décennies avec tant de soin qu'il est désormais impossible de distinguer la réalité de la légende. Willy jurerait pourtant que chaque fait s'est produit exactement tel qu'il se le rappelle. Mais nous savons tous que la mémoire d'un nonagénaire peut jouer des tours.

1
Ah, l'Amérique !

Merde alors, il ne reste plus que moi… Le vieux Joe aussi a rendu son âme à son Dieu. On vient de l'annoncer à la télé. Je ne savais même pas que Joe – de son vrai nom Giuseppe Bonanno – vivait encore : il avait cinq ans de plus que moi – il était de 1905, et je suis de 1910 – et il aurait pu s'en aller n'importe quand. Mais il a dû tenir jusqu'à quatre-vingt-dix-sept ans pour commencer à expier ses péchés.

Quelle saleté la vieillesse, c'est la plus terrible des punitions. On descend des marches qu'on ne remontera jamais. Chaque jour plus bas. Peu avant de mourir, Luciano me disait : Willy, après tout ce que j'ai fait dans ma vie, voilà que je dois m'inquiéter si je pisse pas ou si je chie pas… Et dire que Luciano, contrairement à Bonanno, a eu une mort de seigneur : un coup net et ç'a été fini. Une belle mort, même si provoquée. Sans souffrances, sans avertissement, à un moment où il avait encore des tas de projets. Est-ce que ç'a été pareil pour le vieux Joe ? Je ne pense pas ; à notre âge, on s'éteint comme une bougie. On voit la Dame noire s'approcher et on ne peut lui échapper. S'il est vrai que ce sont toujours les femmes qui entubent les hommes, celle-là nous entube plus que toutes les autres réunies.

J'ai la veine d'y être habitué : j'ai eu la vie que les autres ont voulu que j'aie, j'y ai tout au plus mis la bande-son.

C'était en 1933. Je me rappelle le soir où j'ai rencontré Bonanno. Comme si c'était hier. Il suffisait de l'appeler Joe Bananas pour le mettre hors de lui. Nous étions dans la suite de Luciano au *Waldorf Astoria* et ils étaient tous là : Costello, Lansky,

Adonis, Gambino, les frères Mangano, Genovese, Moretti, Siegel… Ben, un Juif autrichien complètement déjanté, était le plus sympathique. Hé, Bugsy, lui disaient les candides sans savoir qu'ils risquaient de se faire casser la gueule. Qui donc aime se faire traiter de «cinglé provocateur»? Ben devait ce surnom aux gosses du Lower East Side de New York auxquels il fauchait leurs billes. Il s'entraînait, mon copain Ben…

Au *Waldorf Astoria* c'était le temps où les hommes se passaient tous leurs caprices, ils ramassaient les millions à la pelle. Les politiciens, les procureurs, les industriels, les belles femmes leur léchaient le cul. Bonanno était différent: il avait fondé une famille, il rentrait chez lui avant le dîner et bordait ses enfants dans leur lit. Les autres vivaient la nuit, lui pointait tous les matins. Modéré en tout, toujours maître de ses émotions, il avait ménagé sa vie. Il se contentait du minimum par peur que le maximum ne le force à s'exposer. Il n'aimait ni les cartes, ni les chevaux, ni les paris, ni la musique; il n'aimait ni les danseuses, ni les chanteuses, ni les actrices, bref, aucune de celles qui s'offraient sans histoires et nous obsédaient tous. Bonanno était le seul à ne pas être ému par les chansons: Charles Gambino, lui, pleurait chaque fois qu'il entendait une chanson napolitaine, alors qu'il venait de Palerme.

Ces types se retrouvent maintenant dans des livres, des films, des documentaires à la télé, mais moi je les ai tous fréquentés, j'ai mangé et plaisanté avec eux, je les ai vus alignés devant mon piano: allez, Willy, joue-nous *Sophisticated Lady*… Vas-y, Willy, joue-nous *Moonlight Serenade*… Willy, *St James Infirmary*…

Des hommes drôles, décidés, des hommes avec des couilles qui traînaient par terre et balayaient la poussière des trottoirs. Des hommes à l'ancienne. Bien sûr, ce n'étaient pas de bons garçons, ou bien ils l'étaient d'une façon un peu particulière: ils n'arrêtaient pas, il leur fallait dévorer la vie. Ils étaient pressés de faire de l'argent et n'avaient donc pas le temps pour les bonnes manières. La seule école qu'ils avaient fréquentée était celle de la rue et ils utilisaient les méthodes apprises sur les trottoirs. Mais l'administration Roosevelt était forcée de pactiser avec eux.

Ce n'est pas un hasard s'il y a quelques années le magazine *Time* a inscrit Luciano parmi les géants du XXe siècle. Ça veut sans doute dire quelque chose.

Des hommes comme ça, on n'en fait plus.

Et des histoires comme celle-ci on n'en voit plus. Je voudrais que Sal puisse la connaître : il comprendrait peut-être pourquoi il s'est retrouvé avec un père comme moi au lieu de celui qu'il aurait mérité. J'étais malheureusement abonné aux ratages. Aussi les occasions où nous ne nous sommes pas compris ont-elles été beaucoup plus nombreuses que celles où nous nous sommes parlé. Et il est trop tard maintenant pour nouer la relation que nous n'avons jamais eue. J'ai plus de quatre-vingt-dix ans, Sal va en avoir soixante-dix. Je vis à Catane, lui à Los Angeles. Il ne me reste que mes souvenirs, lui est un grand avocat d'affaires, il joue au golf.

Et pourtant, tout a commencé à deux cents mètres d'ici.

2
Du noir au noir

Je suis né dans un rez-de-chaussée où le haut de la porte en bois était percé d'un rectangle pour laisser entrer l'air et la lumière. L'hiver, le froid entrait aussi. Les soirs où on voyait les étoiles, ma mère tendait le doigt vers notre rectangle de ciel et nous faisait monter sur les chariots de la grande et de la petite ourses. Nous étions sept enfants, pas toujours attentifs, pas toujours disposés à comprendre, mais elle s'acharnait à exiger que nous écoutions et que nous apprenions. Disons que je ne crois pas qu'elle le faisait pour notre culture. Elle aimait bien s'écouter parler, elle était fière de montrer qu'elle en savait davantage que les autres mères de la via D'Amico.

Son autre manie était l'épopée des paladins de France. Elle pouvait raconter pendant une heure entière. Ça, oui, ça nous plaisait. Le premier désir de chacun de nous a été de devenir paladin. Nous nous sentions comme autant de petits Orlando, Rinaldo, Brandimarte, Turpino, Oliviero. Personne, en revanche, ne voulait être Agramante ou Gano di Magonza: non pas parce que c'étaient des vauriens – pour nous, Siciliens, les vauriens sont des nôtres, même quand nous sommes petits –, mais parce qu'ils étaient destinés à échouer et que nous, Siciliens, n'aimons pas les perdants, même quand nous sommes petits.

Nous n'admettions pas qu'il puisse exister plus beau ni plus grand destin. Nous avions vu dans un très vieux livre des images de cuirasses étincelantes, de chevaux plus richement parés que sant'Agata, de fillettes aux longs cheveux blonds flottants. Les pages du livre étaient un peu usées, un peu déchirées; il avait appartenu au père de ma mère, et pour le préserver de notre curiosité elle le gardait à côté de l'huile et du vin sur une tablette qui nous était interdite. Les seules grosses gifles que nous donnait mon père étaient destinées à protéger le trésor de la maison: nous avons grandi dans la terreur de casser une des deux bouteilles. Il me semble que le livre s'appelait précisément *Les Paladins de France.* Ma mère le connaissait par cœur, elle tenait à ce que nous répondions aux questions. Nous l'avons fait jusqu'à sept, huit ans; ensuite nous avions trop sommeil le soir pour Orlando et Gano di Magonza. Elle a continué avec ses petits-enfants.

Je conserve de mon enfance un souvenir indélébile: ma mère avec un gros ventre. Sept enfants vivants, trois morts après leur naissance. Chaque enfant lui valait une nouvelle varice à laquelle elle donnait le nom de l'enfant. Il y a eu chez nous deux Concettina, deux Orlando, deux Rinaldo. Quand mes parents aimaient un prénom, ils s'y tenaient. En réalité, c'était ma mère: une fois ses obligations familiales remplies, elle a lâché la bride à sa fantaisie avec les prénoms trouvés dans le livre. Les deux premiers garçons s'étaient appelés Nino et Peppino comme les grands-pères, ensuite je suis arrivé et elle m'a appelé Guglielmo, qui est vite devenu Mino, voire Minuzzo. Puis ç'a été le tour des trois filles: Agatella et Concettina comme les grands-mères, mais la première Concettina est mort-née. Enfin, les quatre autres garçons: le premier Orlando a été emporté par la grippe espagnole, le premier Rinaldo, étouffé par une régurgitation de lait.

Aucun de nous n'est né par accident ni parce qu'il faisait trop froid pour se lever et se laver après avoir accompli le devoir conjugal, c'est comme ça qu'on dit, n'est-ce pas? Mes parents nous ont vraiment désirés. Quand ils ont compris qu'ils nous avaient faits trop nombreux, ils se sont arrêtés. Ils avaient de toute façon une belle avance sur les autres familles. Une véritable compétition de progéniture se déroulait via D'Amico: les hommes pour prouver leur virilité, les femmes leur aptitude à ne pas laisser se défiler le moindre spermatozoïde. La grossesse s'exhibait, on la promenait dans la rue. Regardez comme je suis forte, regardez quel homme solide j'ai choisi. L'absence de distractions, de cinéma, de télévision et tout le bastringue n'y était pour rien. C'était une question d'éducation, d'habitude. La même qui faisait de chaque Melodia un individu seul, en lutte permanente contre le monde, bien que nous ayons vécu les uns sur les autres. Mon père et ma mère nous l'ont inculqué dès le début, tout comme le leur avaient inculqué leurs propres parents. Et cet isolement s'accompagne d'un désespoir qui couve dans l'âme. Croyez-moi, il n'existe pas de Siciliens qui ne soient pas désespérés. Pour nous, naître est la première faute.

Catane s'étendait derrière la gare. La terre avait commencé à gagner sur l'eau, mais on apercevait encore les vagues sous les arcades du front de mer. Les rues étaient en terre battue, les logements n'avaient ni eau courante, ni électricité. Les appartements étaient des glacières: les premiers froids pénétraient d'abord les murs, puis les gens. Pour combattre le gel que l'Etna déversait sur nous, nous avions un brasero et trois chaufferettes de cuivre. Le charbon coûtait cher, chaque recharge du brasero et des chaufferettes devait tenir une semaine. L'allumer le vendredi était une entreprise de titans. Nous soufflions tous ensemble, et à la fin nous étions plus chauds que le brasero et les chaufferettes. Le soir, avant le coucher, chaufferettes et brasero faisaient le tour du grand lit, le seul, celui de papa et maman, et de nos paillasses. Pires que le froid, il n'existait que la chaleur et la grande soif de la ville. À Catane, nous naissons en feu et nous passons notre vie à essayer d'éteindre cet incendie. Nous adorons tous les pastèques, les glaces, les granités; ça donne encore plus soif et on se lamente d'autant plus.

Via D'Amico, l'unique défense contre les mouches était la poussière soulevée par les mulets, les chevaux et les ânes, mais les mouches et la poussière finissaient toujours par s'introduire dans les habitations. Seuls trois appartements des étages supérieurs, le deuxième et le troisième, possédaient sur le balcon un store qu'on relevait et descendait avec un cordon, et qui était considéré comme la seule protection véritable contre les mouches et la poussière. Le store était un signe distinctif, chaque famille en commandait un dès qu'elle avait deux lires. Nous ne possédions qu'une seule lampe à pétrole, et des bougies de suif qui se consumaient vite. Nous allions remplir le baquet et les cruches à la fontaine de la piazza Cappellini, devant un bâtiment énorme qui avait été autrefois un hôtel. Au sommet d'un escalier raide se dressait l'église. Elle avait un nom intimidant: le Christ de la Bonne Mort. Don Ferdinando, le curé, nous surveillait d'en haut. Une fois par mois, il convoquait l'un de nous et lui remettait un gros cierge de cire restant des offrandes. L'élu devait s'agenouiller et lui baiser la main. Sa soutane était constellée de médailles et chaque centimètre sentait la sueur, sa main puait le tabac, ce tabac à priser de l'époque, que les prêtres et les femmes trituraient entre leurs doigts et se mettaient sous le nez, de peur de faire scandale en fumant des cigares et des cigarettes.

J'avais beau être élevé parmi les odeurs et les puanteurs, et supporter les nôtres, je ne tolérais pas celles des autres. Par exemple, l'odeur des aisselles de ma mère m'intéressait, mais je souffrais de l'odeur âcre des casquettes que les hommes enlevaient en signe de respect quand ils entraient dans une maison.

Nos trois pièces sentaient le charbon, l'oignon, le bois pourri, le chou, le renfermé, le brocoli, les pieds, le gras, les excréments. Dans la première pièce, la plus grande, d'où on pouvait apercevoir le ciel, il y avait une table démesurée fabriquée par le père de mon père, quatre chaises paillées, quatre tabourets, l'âtre sous une cheminée rudimentaire, et enfin le cabinet: un trou dans le sol, caché par un rideau. À côté s'ouvrait la pièce où dormaient mes parents et deux d'entre nous: au début, les plus petits, ensuite Agatella et Concettina. Au fond de la chambre on avait élevé une cloison de bois pour aménager une petite pièce qui abritait le bois, le charbon, et nous, les garçons. L'ingéniosité de ma mère avait suspendu entre murs et plafond cinq vieux sacs de farine: nos paillasses. Plus tard, en découvrant l'exotisme, j'allais les appeler « hamacs », mais en ce temps-là on y dormait mal.

Nous nous réveillions chaque matin plus noirs que nous ne nous étions couchés. Il n'était pas question de se laver. Nous le faisions d'avril à octobre parce que la mer à côté de la gare se trouvait à moins d'un kilomètre de chez nous. Pourtant, la suie qui avait pénétré sous nos ongles, dans nos pores, dans chaque anfractuosité de notre peau refusait de disparaître avant le mois d'août. Heureusement, l'ange des pauvres a dû nous protéger: seul Orlando a eu un cancer des poumons dans sa vieillesse. Le médecin ne se l'expliquait pas, attendu qu'Orlando n'avait jamais fumé de sa vie. C'est nous qui lui avons donné l'explication.

De novembre à mars, avec ce froid, personne n'avait envie d'entrer dans l'eau. Mais ma mère nous envoyait au moins une fois par mois plonger dans la mer pour nous laver. C'était une obligation pour les futurs mariés le matin du mariage. De fait, personne ne se mariait en automne et en hiver.

« Mino, Minuzzo… »

C'était la voix de ma mère. Son visage allait et venait à la lueur tremblante de la bougie.

« Mino, mon cœur, c'est l'heure. Allons, réveille-toi… »

Et je me suis réveillé. Je me suis raccroché à mon orgueil pour soulever mes paupières, qui auraient pu rester encore fermées pendant des heures. Je ne pouvais pas trahir la confiance de ma famille, les yeux tendres d'Agatella : la veille au soir je lui avais promis d'aller lui ramasser des mûres.

Au maillot de corps avec lequel je dormais ma mère a ajouté la culotte courte, déjà éprouvée par Nino et Peppino. Je devais la ménager à tout prix : si je l'abîmais, j'aurais la quéquette à l'air et un chat me la mangerait.

Mon père était devant l'entrée et serrait les sangles sur sa charrette. Il faisait le tour des foires et des marchés avec les choses inutiles dont les femmes raffolent : rubans, ganses, taies, lacets, bonnets, ceintures, quelques pièces de tissu trouvées à prix d'occasion. Mon père était un grand travailleur : il poussait sa charrette du lundi au dimanche, tous les jours que Dieu faisait y compris Pâques et Noël. Sa vie, la nôtre dépendaient de cette charrette, des merdouilles qu'il trimballait. Il devait travailler davantage qu'une bête et suait davantage aussi. L'été, même les bêtes puaient moins que lui.

« Turiddu, disait ma mère, qu'est-ce que tu dirais de faire un saut à la mer ? »

Et il se traînait jusqu'à la mer, même s'il était éreinté et n'avait même plus la force d'exhaler son dernier soupir. Dans leur langage, l'invitation de son épouse signifiait que ce soir-là il ferait l'homme et elle la femme. Je me demande aujourd'hui encore si ma mère ne le faisait pas pour protéger la dignité de papa et l'odorat de ses enfants.

Mon père était très intelligent. Il avait compris que la couleur était tout et il ne vendait que des articles très colorés. À l'occasion des fêtes patronales il poussait hors de la ville jusqu'à San Giovanni La Punta, Misterbianco, Camorotondo, Piano Tavola, Ognina, Il Castello, La Trezza. Ces localités font aujourd'hui partie de Catane, mais autrefois c'était l'aventure. Il devait passer la nuit dehors.

Ce matin-là il faisait encore nuit et un bourdonnement de plus en plus fort s'élevait dans la rue. Toutes les portes étaient ouvertes, et pas pour faire entrer l'air frais avant les chaleurs d'août. C'était l'heure du départ vers les champs et la pêcherie. Cette heure exceptionnelle pour moi était déjà la règle pour beaucoup d'autres de mon âge. Ils travaillaient d'une obscurité à l'autre, de celle de l'aube à celle du crépuscule. C'était pire pour les enfants loués pour garder les troupeaux ou aider dans les aires en échange d'un morceau de pain. Nous, nous étions pauvres, mais d'une pauvreté qui nous permettait d'avoir faim tous ensemble.

Nino et Peppino ont chargé le panier bourré de ceintures, de taies, de rubans. On pouvait y aller, et nous nous sommes mis en route. Mon père a commencé à pousser la charrette, nous sautillions autour de lui en faisant très attention à ne pas rester en arrière. Nous avions l'impression de partir en vacances. Au retour, prévu à la nuit, nous pourrions monter chacun à notre tour parmi les marchandises pour nous reposer.

« Fais-les manger », a hurlé ma mère au moment où nous allions tourner dans la via Francesco Crispi. Mon père a acquiescé d'un simple mouvement des épaules déjà courbées dans l'effort. Il me paraissait immense, alors que plus tard il ferait dix centimètres de moins que moi. Mais à Catane, en 1915, ceux qui atteignaient le mètre quatre-vingts étaient très rares. Il me paraissait vieux aussi ; et pourtant, malgré la casquette qu'il portait été comme hiver, il n'avait que vingt-huit ans. La faute à l'existence de damné qu'il menait. Nous vivions quand même des jours heureux. Pour des raisons inconnues, papa avait évité la mobilisation, la Grande Guerre. Entre juin et août notre rue s'était vidée des hommes de vingt à quarante ans. Mon père était un des rares à être resté et ça suffisait à lui donner un regard rieur.

Le soleil tapait fort, nous nous sommes arrêtés là où finissait la ville et où commençaient les terres volcaniques. Mon père nous a laissés près de la charrette pour s'avancer entre les rochers et les maigres arbustes. Il a disparu. Pour réapparaître la casquette pleine de figues de Barbarie. «Je les avais cachées l'autre matin parce que c'étaient les dernières. Vous pouvez les manger toutes.» Toutes? Ça voulait dire trois chacun, tandis qu'à la maison c'était une pour trois. Les figues de Barbarie ne coûtaient rien, et avec une tranche de pain elles nous servaient de petit déjeuner, déjeuner et dîner. Une bénédiction pour une famille comme la nôtre. On en trouvait encore au bord des routes, et si elles étaient sur une propriété on pouvait les cueillir sans risque. Si on n'exagérait pas, les gardiens accablés de chaleur n'empoignaient pas leur fusil de chasse pour les défendre; l'hiver, en revanche, ils le faisaient avec plaisir pour punir les voleurs d'oranges.

Mon père épluchait les figues de Barbarie avec les doigts: des mains comme les siennes ne sentaient pas la piqûre des épines, bientôt les nôtres deviendraient pareilles.

Excités par cette abondance nous avons aussitôt dévoré les trois premières. «Les enfants, a dit mon père, prenez aussi du pain, parce qu'il n'y aura rien d'autre jusqu'à ce soir. Je ne veux pas entendre la ritournelle: papa j'ai faim, papa qu'est-ce qu'on mange... Et dépêchez-vous. À Ognina on ne nous attendra pas. Il faut avoir fermé boutique à midi. Remuons-nous...»

J'avais été emmené pour une mission particulière: m'introduire dans la propriété du jeune baron Cannata. Mon père avait remarqué une déchirure dans le grillage de la clôture, ou peut-être l'avait-il faite lui-même. Je devais m'y glisser et atteindre le mûrier. Ma mère avait fourni une sorte de long plateau en bois aux bords relevés. Une fois rempli, il pourrait glisser sous le grillage. Le plan prévoyait que nous entrions en action entre trois et quatre heures de l'après-midi : le soleil, le petit somme, voire quelques verres de plus pour célébrer la fête de la mer au-dessous d'Ognina auraient dû conjurer toute intervention imprévue.

Nino et Peppino sont restés de garde près des misérables babioles. La terrible menace proférée tout bas par mon père garantissait qu'ils ne s'éloigneraient pas une seconde. « Pas de blagues : s'il manque un seul lacet, vous allez demain matin avec maître Pippo. » C'était le gros homme qui passait tous les quinze jours chercher les enfants loués.

Le plan parfait. J'ai fait trois voyages au mûrier avec le plateau tellement plein que quelques mûres sont tombées. Je les ai mangées en plus de celles que j'avais englouties pendant la cueillette. J'ai eu la salive noire jusqu'au soir quand j'ai commencé à vomir, barbouillé par les mûres au goût de figue de Barbarie. Nous sommes rentrés à l'aube, ma mère a failli s'évanouir en me voyant plus blanc que la farine, et pourtant j'avais fait tout le voyage de retour dans la charrette. Mon père m'y avait couché dès Ognina. Nino et Peppino n'avaient pas pipé. Maman a préparé une louchée d'eau chaude avec une feuille de laurier qu'elle avait couru chercher chez l'amie Marietta. Bien que celle-ci ait été veuve, son fils unique avait été rappelé. Ma mère l'aidait à lui écrire au front.

À l'automne 1917, c'est mon instituteur du cours élémentaire qui a dû partir. Il avait vingt ans, une voix nasillarde, des lunettes rondes. Il a disparu du jour au lendemain. On l'a remplacé par un très vieux à barbe blanche. On ne comprenait rien à ce qu'il disait. Le directeur nous a annoncé qu'il s'était passé quelque chose de très grave dans une région éloignée d'Italie, que tous ceux qui étaient en état de tenir un fusil devaient accourir pour servir la patrie. Ce soir-là je n'ai pas pu dormir jusqu'au retour de mon père. Pour le 2 novembre, au lieu de demander aux morts de m'apporter des cadeaux, comme ça se faisait dans les familles qui pouvaient se le permettre, j'ai demandé qu'ils ne fassent pas partir papa.

La guerre a été une grosse saloperie. Comme toutes les saloperies dignes de ce nom, elle a causé le malheur de beaucoup et la joie de quelques-uns. Pour nous elle a tourné dans le bon sens. À Catane la contrebande de sel était le monopole des mafiosi de Messine. Ils le débarquaient à La Trezza, d'où ils l'acheminaient à la ville. Ils ont repéré mon père ; sa charrette, son activité de colporteur convenaient à merveille pour faire passer quelques sacs de sel au milieu de sa marchandise. Et mon père a accepté.

Notre changement de condition de misérables à celle de combattants de la vie a pour moi le parfum des tomates. C'était l'été 1918. Ma mère est arrivée avec le baquet qui servait pour le bain de mes sœurs archirempli de tomates. Derrière elle, majestueux, s'avançait Nino portant une énorme bouteille d'huile. Ma mère a préparé trois marmites de sauce. Nos quelques plats d'étain ne suffisaient pas et nous nous en sommes fait prêter par Marietta. La petite table où mettre les assiettes au soleil a été fournie par maître Melo, propriétaire de la boutique de tapisserie au coin de la via Francesco Crispi. En reconnaissance, ma mère a offert une assiette de tomates séchées à la voisine et à la femme du tapissier. Désormais nous pouvions nous permettre de faire des cadeaux.

Le sel rapportait bien. Il a fallu trouver de la place à la maison pour la huche. Les premiers sacs de farine apparurent. Puis vinrent le grill et surtout la viande de cheval à griller. C'est une habitude très ancienne des Catanais qui remonte à la préhistoire : les chevaux étaient élevés dans les vallées près de Syracuse ; le dimanche, les hommes armés de cannes et de bâtons encerclaient le cheval choisi et le poussaient vers le ravin le plus proche pour qu'il s'y précipite. On appelait en fait la viande de cheval « précipitée ». L'autre coutume – due à la chaleur et aussi au plaisir d'être ensemble, une caractéristique aussi bien grecque qu'arabe – consistait à rôtir et manger la viande dans la rue, avec d'immenses tables dressées d'un pâté de maisons à l'autre. C'était une fête de côtes, de croquettes, de viande hachée. Il n'y avait pas d'automobiles, les cochers déviaient leur route, peut-être après avoir goûté un morceau.

Les expéditions nocturnes destinées à nous réapprovisionner en oranges dans les jardins du cavaliere Prestifilippo cessèrent. Il nous les envoyait lui-même avec ses compliments. La salade d'oranges assaisonnée d'huile, de sel et d'un jus de citron qu'ajoutait mon père devint notre plat de résistance. Je n'imaginais même pas qu'il puisse exister un monde sans oranges. Sans oranges comme celles-là. Elles étaient toutes différentes par la forme et le goût. L'écorce était irrégulière, granuleuse au toucher, mais elle suffisait à parfumer une table, à aromatiser la braise dans le brasero de façon à chasser les mauvaises odeurs de la journée. À peine les filles entraient-elles dans l'âge des minauderies qu'elles épluchaient les oranges avec les doigts pour qu'ils restent imprégnés de leur parfum. Personne n'avait d'argent pour les essences et l'eau de Cologne.

Le cavaliere Prestifilippo en envoyait une telle quantité qu'il en restait assez pour la confiture. Ma mère devait nous menacer des pires châtiments – « Celui qui y touche ira chercher l'eau tout seul pendant un mois » – dans l'espoir de les protéger le temps de la fermentation, avant de faire disparaître le pot de terre cuite dans les méandres de sa chambre. En dehors du grand lit, celle-ci contenait les mille bricoles trouvées dehors et déposées là en attente d'utilisation. Prises une à une elles ne servaient à rien, mais dans l'ensemble elles répondaient à beaucoup de nécessités domestiques.

Les dimanches de gros nuages noirs papa restait à bâiller, les brancards de la charrette restaient levés vers le ciel. Jour de repos jusqu'au moment où ma mère décrétait que ça ferait du bien aux petits, c'est-à-dire Nino, Peppino, Agatella et moi, d'aller prendre un peu l'air. Alors papa s'étirait, mettait son pantalon le moins usé, sa casquette était déjà sur sa tête, et il nous emmenait vers la cathédrale, autant dire dans une autre ville. Il nous tenait par la main Agatella et moi, tandis que Nino et Peppino ne pouvaient pas dépasser le rayon d'action du petit coup de pied aux fesses qu'il leur donnait pour indiquer la direction. Nous faisions le grand tour jusqu'à ce qu'on appelait le parterre, la promenade de la mer qui menait de la place de la gare à la piazza dei Martiri; de là à la cathédrale il n'y avait qu'un pas. À la terre battue succédaient les dalles de pierre de lave, les vêtements des dames et des demoiselles frottaient dessus, les autres enfants exhibaient des costumes et des fantaisies dont nous n'aurions même pas rêvé. Nous étions intimidés par cette comparaison et cherchions la protection de papa. Nous avions appris qu'il avait pour nous le «cœur putain», une expression à lui. En effet, il arrêtait le vendeur de boissons qui circulait avec son éventaire de sirops sur la tête et sa jarre d'eau gazeuse à la main.

«Quatre complets pour mes paladins», déclarait mon père en souriant. Le complet était, et reste, du citron, de l'orgeat, quelques gouttes d'anis et de l'eau de Seltz.

Son éventaire posé par terre, l'homme mélangeait le breuvage de notre perdition. Je me rappelle ma stupeur en voyant mon père payer: nous avons appris que l'argent ne servait pas seulement pour le loyer de la maison.

La piazza Duomo à midi était pleine d'autres gueux tels que nous. Les messieurs gardaient leurs distances pour éviter la contagion. Le seul point de contact entre riches et pauvres était le triporteur de barbe à papa. J'enviais ceux de mon âge qui pouvaient enfouir la figure dans cette montagne de douceur. Nous avions déjà eu le complet, nous ne pouvions pas demander aussi de la barbe à papa. C'était dur de la quitter des yeux. Je me forçais à regarder la grande église, les immeubles aux murs épais qui ressemblaient aux châteaux où habitaient les paladins, les hauts réverbères à quatre boules de verre dépoli. Comme je ne les voyais que de jour, je pensais qu'ils étaient là pour que les enfants de mon âge y grimpent, même si ceux qui le faisaient recevaient des claques de leurs parents et des réprimandes de la garde municipale. C'est le soir de la fête de sant'Agata, le premier soir loin de ma rue, que j'ai vu les boules allumées emplir toute la place de lumière.

Mais la véritable, l'inestimable merveille de la piazza Duomo, à l'entrée de la via Etnea, était la pâtisserie suisse. C'était pour nous un délice de coller le nez et la bouche contre la vitrine. Nous avions l'impression d'être privilégiés. Nous humions des parfums qui n'étaient que le fruit de notre imagination. Mon père nous avait convaincus que les cygnes pleins de crème, les feuilletés à la ricotta avec des éclats de pistache et de chocolat fondant étaient exposés pour faire la publicité des produits suisses. On ne pouvait les acheter qu'en Suisse.

« Qu'est-ce qu'on peut acheter à Catane ? demandait Nino.

– Le complet », répondait immanquablement mon père.

« Vous êtes satisfaits ? Nous pouvons rentrer ? Maman a peut-être déjà mis les pâtes en route pour ses paladins. » Mon père donnait ainsi le signal de la retraite. Comme toute retraite, elle s'effectuait dans l'abattement, tête basse. Le mystère irrésolu des cygnes à la crème et des feuilletés à la ricotta nous accablait davantage que la fatigue et la faim. Comment diable arrivait-on en Suisse ? La vue des macaroni fumants assaisonnés de tranches de tomates crues ne comblait pas toujours ce vide lancinant.

Avec la naissance de Concettina est arrivée l'électricité dans les rues autour de la gare, suivie de l'eau courante et du pavage de la chaussée. Mais le fils de Marietta n'est pas revenu. Elle s'habillait de noir et pleurait continuellement.

J'ai assimilé la fin de la guerre au noir des jupes, des pantalons, des chemises qui ont soudain rempli la via D'Amico. Beaucoup de femmes se réunissaient le soir pour dire le rosaire dans une des maisons frappées par la douleur. Ma mère n'y allait pas, mais j'écoutais de la rue, le cœur galopant, l'irrésistible progression des *mystères joyeux*. Je comprenais qu'ils ne promettaient rien de gai. L'invocation finale des âmes du purgatoire afin qu'elles intercèdent auprès de Dieu pour la vie éternelle des fils, des maris, des pères défunts me bouleversait. J'ai eu ma première représentation visuelle de la mort, du néant qui nous attend.

Outre les deuils et la peine il y a eu la parade militaire sur la piazza Esposizione, qui quelques années plus tôt s'appelait encore, et non sans raison, piazza d'Armi. Les régiments de l'armée victorieuse ont défilé, on a joué des hymnes et des marches, la fanfare des bersagliers a enflammé les grands plus que les petits. À présent que la guerre était finie, tous voulaient prendre un air guerrier. À la différence de Nino et Peppino, je n'ai pas changé d'idée: mieux valait être paladin de France que soldat d'Italie.

«Tu veux devenir un soldat du Christ?» La question de Marietta m'a laissé muet.

Voici ce qui s'était passé. À la fin de ma troisième année d'école, mes parents avaient décidé que je devais entrer en apprentissage. Ils avaient fait de même avec Nino, qui travaillait chez maître Melo le tapissier, et avec Peppino, qui se levait tous les matins à quatre heures pour se rendre à la boulangerie au début de la via Ventimiglia. Nino était payé en chutes de tissu, Peppino en restes de farine. Les premières profitaient à Agatella et Concettina qui arboraient des vêtements de rêve; les seconds à toute la famille.

C'était Marietta qui avait suggéré mon futur emploi. Elle m'avait aperçu pendant le rosaire et avait pris mon émotion pour de la dévotion. Elle en avait parlé à don Ferdinando, ils avaient fabriqué pour moi le rôle d'enfant de chœur. En substance, d'assistant de Carmelo le sacristain. Je déjeunerais tous les jours avec lui: pâtes, fromage, pain. Si je me montrais obéissant, sage et intelligent, en octobre don Ferdinando offrirait à mon père dix litres de vin de sa vigne; au bout de deux ans il me recommanderait pour que je sois accueilli au séminaire de l'archevêché.

Nino et Peppino m'ont réveillé la nuit pour échafauder le vol des quêtes dominicales. Mais j'avais bien autre chose en tête.

«Je dois baiser la main de don Ferdinando chaque fois que je le rencontre?» Ma mère a étendu les bras d'un air consterné, j'ai eu la nausée.

La main de don Ferdinando ne puait plus le tabac, sa soutane était propre et repassée, sa mauvaise odeur de sueur avait disparu. De son corps massif se dégageait un parfum que je venais de découvrir: la poudre de talc. Ma mère en avait apporté un petit paquet à la maison. Il constituait la prime à l'obligation de nous laver même en hiver. Nous considérions ça comme un excès de propreté, la première démonstration d'une vérité expérimentée à l'infini par la suite: on était mieux à l'époque où c'était pire. Mes frères et moi nous étions plaints constamment de l'absence d'eau courante, nous avions envié les veinards qui n'étaient pas obligés de se ravitailler à la fontaine, pourtant, à présent que l'eau arrivait aussi dans notre évier, nous en payions le prix. Non seulement elle était glacée, mais en plus, au lieu de savon, on se servait de la pierre ponce. Il a fallu la poudre blanche, impalpable et parfumée, pour nous pousser vers le progrès. L'accord était clair: nous devions nous récurer toute la semaine, et le dimanche, nus en rang d'oignons, notre mère nous talquait en plongeant le doigt dans le paquet.

Mais si le talc était pour les enfants, en quoi concernait-il don Ferdinando? J'allais comprendre par la suite que le mérite de sa transformation revenait à Caterina, la jeune paysanne grassouillette qui avait remplacé la vieille servante rentrée dans son village pour y mourir. C'était peut-être Caterina qui talquait don Ferdinando, comme notre mère le faisait avec nous. En tout cas, grâce à elle, je pouvais lui baiser la main sans risquer de lui vomir dessus. Caterina n'était pas aussi bonne cuisinière que maman, mais elle me demandait de lui apporter les assiettes à la cuisine et me donnait une autre portion de pâtes et une tranche supplémentaire de fromage en cachette de Carmelo.

J'aidais Carmelo à sonner la cloche, je balayais l'église, j'époussetais les bancs. Devenu enfin le chef de quelqu'un, Carmelo ordonnait et je m'exécutais. Je préparais les cierges et les bougies pour les fidèles devant les statues de sant'Antonio abbé et de santo Vito, devant le tableau du Christ de la Bonne Mort et devant le petit autel de l'Immaculée Conception. J'étais désolé pour les quatre statues imposantes de Dieu le Père, mais personne n'y allait. Ceux qui avaient besoin d'un miracle ou d'un coup de pouce, comme on dit à la télévision, s'adressaient à des personnes en chair et en os et les demandaient donc aux quatre premiers. Notre Seigneur était considéré comme trop haut, trop spirituel; de toute façon il valait toujours mieux se faire recommander par Celle qui lui avait donné un Fils.

Pour servir la messe j'ai fait ma confirmation. J'ai reçu la veille une culotte courte et une chemise blanche, cadeaux de l'amie Marietta. Elles avaient appartenu à son fils, elle me les a remises dans un flot de larmes en bredouillant que j'avais la même carrure que son bien-aimé Ninuzzo à neuf ans. J'ai vu mon père se toucher très vite les parties.

Vêtu de ma tunique blanche d'enfant de chœur j'ai eu accès à la sacristie, jusque-là royaume incontesté de Carmelo. Il avait continué à la nettoyer pour être près du calice de vin et de la bourse de la quête.

Quand j'ai raconté à Nino et Peppino les vols quotidiens de Carmelo, ils m'ont traité de fieffé imbécile. C'était la même idée qui leur avait trotté dans la tête et dont ils me bassinaient depuis des mois. Tandis que moi, je n'avais qu'une idée fixe: la promesse de don Ferdinando, qui me paraissait la plus atroce des menaces, de me recommander pour que j'entre au séminaire. Je vivais avec une pierre sur le cœur, incapable de sourire. Je n'allais jamais devenir un paladin de France, ni un soldat d'Italie, je ne verrais jamais la Suisse, je ne mangerais jamais les cygnes à la crème et les feuilletés à la ricotta. Quand je me réveillais je pensais qu'il me restait un jour de moins avant mon exécution capitale. Je pourrais vous dire aujourd'hui que les cloches que je sonnais tous les matins sonnaient pour moi.

Une nuit mes sanglots désespérés ont réveillé ma mère.

« Mino, Minuzzo, tu es vraiment nigaud. Tu crois que je te laisserais aller au séminaire si tu ne veux pas ? »

Le soulagement n'a malheureusement pas duré.

« Mais toi, pourquoi tu ne veux pas y aller ?

– Parce que je veux aller en France en passant par la Suisse. »

Dans le noir je n'ai pas pu voir l'expression de ma mère, mais ses paroles ont suffi. « Qu'est-ce que nous avons à voir avec la France et la Suisse ? Je ne sais même pas où c'est. Tu connais quelqu'un qui y est allé ? Moi pas. Je sais où est l'Amérique : de l'autre côté de la mer. J'en connais beaucoup qui y sont allés, le dernier est Ugo, le fils de Mariannina. On m'a dit que dans la via Ventimiglia il y en a un qui vient de rentrer, d'Amérique. Mais en France, qu'est-ce qu'on y fait ? Qui te dit que c'est mieux qu'ici ? Crois-moi, l'idéal pour quelqu'un comme toi ça serait de devenir prêtre.

– Je ne veux pas. » J'ai avalé deux larmes, j'avais déjà constaté qu'elles étaient un peu amères.

« Si tu ne veux pas, tu ne le feras pas. Mais penses-y, c'est important la soutane. Tu crois que don Ferdinando est un prêtre ? C'est un homme, voilà ce qu'il est. Tu l'as vue, Caterina ? Un vieux et moche comme don Ferdinando se permet Caterina. Pense à toutes les Caterina que quelqu'un comme toi pourrait avoir. Tu as pensé à l'argent de la quête ? À tous ceux qui meurent sans enfants et laissent des belles maisons et des terres aux églises ? À présent dors. Nous en reparlerons demain. »

Pas question de dormir. Que m'importait Caterina? Que m'importaient les belles maisons et les terres si je devais d'abord aller au séminaire? Pour l'éviter j'étais prêt à renoncer à la France, à la Suisse. Je me contentais de l'Amérique. Quand on dit qu'il y a un destin…

Au milieu de tant de désespoir, don Ferdinando m'a annoncé qu'à la messe de midi j'allais devoir aider madame Santina. C'était un ancien professeur de musique. Elle jouait de l'orgue le dimanche, pour les fêtes d'obligation et pour quelques messes du soir. Elle est arrivée à la sacristie une demi-heure en avance. Elle m'a longuement examiné: je ne l'ai pas convaincue. Elle a exigé que j'enfile ma tunique d'enfant de chœur. Je l'ai suivie en silence jusqu'à l'orgue. Il nous était interdit de nous en approcher, madame Santina l'astiquait et en prenait plus grand soin que d'un proche parent. Elle a posé un livre ouvert sur le pupitre. J'allais apprendre plus tard que ces lignes étaient les notes d'une partition.

« Comment t'appelles-tu?

– Mino.

– Quel prénom est-ce?

– Le mien.

– Il n'y a pas de saint Mino. C'est sûrement un diminutif. »

Qu'est-ce qu'elle voulait dire? Je me suis soudain rappelé l'appel scandé tous les matins par l'instituteur aux lunettes rondes et à la voix nasillarde: « Guglielmo…

– Eh bien, nous y voilà. Tu t'appelles Guglielmo et on t'appelle Mino…

– Et aussi Minuzzo.

– De mieux en mieux. Je t'appellerai Guglielmo. C'est un si beau prénom.

– C'était un paladin de France.

– Il est beau par lui-même…

– Un jour moi aussi je serai un paladin de France.

– En attendant, voyons si tu peux être un bon assistant. »

Ma mission consistait à tourner les pages de la partition sur un signe de tête de madame Santina. Elle s'est assise sur le siège aux grands accoudoirs rembourrés, je me suis placé d'abord à sa droite, puis à sa gauche, puis de nouveau à sa droite. « Essaie de tourner la page… Bon, ça peut aller. J'avais l'habitude de le faire toute seule, mais la vieillesse est une note devenue folle qu'on ne contrôle pas. »

Les semaines précédentes je n'avais pas prêté attention à l'interprétation de madame Santina, tant j'étais poursuivi par la crainte d'oublier une des cent directives de don Ferdinando ou de Carmelo. Je courais entre les bancs de l'église en me les répétant. Je ne vous dis pas les trébuchements, les chutes, les bleus, la douleur que me causait l'obsession du séminaire qui grandissait en moi. Aux côtés de madame Santina, je voulais seulement que tout s'arrête. Caterina avait promis des spaghetti à la tomate avec de la ricotta fraîche arrivée le matin qui servirait aussi pour les beignets.

Madame Santina remuait les doigts au-dessus des touches sans les y poser. Elle avait les yeux fermés. Ne l'entendant plus respirer je me suis avancé, inquiet. J'ai d'abord aperçu le bord un peu marron de ses narines, j'ai remarqué ensuite la même puanteur que celle qui émanait de don Ferdinando avant l'arrivée de Caterina, mais en plus prononcée. C'était du tabac mélangé à d'autres effluves, peut-être de l'eau de Cologne. Madame Santina avait espéré effacer les traces du tabac et n'avait fait qu'aggraver les choses. J'ai eu un haut-le-cœur qui a failli me faire me cogner la tête contre l'orgue. Madame Santina, les yeux toujours fermés, ne s'est rendu compte de rien. Quand ses mains se sont posées sur les touches je me battais encore avec mon estomac.

La joie est survenue à l'improviste. De la tête aux pieds, du cœur aux entrailles je me suis livré à la musique. J'ai oublié la nausée, les mauvaises odeurs, le séminaire. Oublié aussi de tourner la page. Sans ouvrir les yeux, madame Santina a murmuré dans un souffle : « La page. » Je me suis précipité.

Je les regardais, elle et l'orgue, comme j'avais regardé les gâteaux dans la vitrine de la pâtisserie suisse. J'avais cru que c'était le paradis sur terre, et je venais d'en découvrir un autre. Madame Santina n'avait pas besoin de la partition, elle la connaissait par cœur, ses mains volaient toutes seules sur les touches.

Elle a joué six morceaux pendant la messe. J'ai appris ensuite qu'il y avait parmi eux des extraits des chorals de Bach, de la *Missa Solemnis* de Beethoven et du *Requiem* de Mozart. Se fiant à l'ignorance des auditeurs, madame Santina mélangeait allègrement les genres et les compositeurs selon son humeur. Elle était considérée comme le meilleur professeur de piano de la ville, et en outre elle jouait gratis. Donc pas question de l'enquiquiner à propos du répertoire. Et encore moins de la qualité de l'exécution.

Avec tout le respect que je dois à son âme et à mes années d'enfance, elle n'avait pas des mains de fée. Mais que m'importaient les capacités et les choix de madame Santina? Ce qui comptait c'était que pour la première fois depuis des semaines je ne pensais plus au séminaire. Au déjeuner j'ai mangé distraitement les spaghettis à la tomate et à la ricotta fraîche, une des preuves les plus convaincantes de l'existence de Dieu; j'ai même refusé la deuxième assiettée, dont Carmelo s'est aussitôt emparé. Je pensais à l'orgue, aux touches, à la musique, je pensais au trouble qui m'avait saisi, dont j'étais sorti avec difficulté et où j'étais impatient de retourner me jeter. En attendant l'office de l'après-midi, j'ai passé le long intervalle à regarder fixement l'orgue. Carmelo ronflait vautré de travers sur la chaise de la sacristie; Caterina s'était retirée dans sa chambre; don Ferdinando s'était retiré lui aussi, peut-être dans la chambre de Caterina. L'orgue et moi étions seuls face à face. J'ai soulevé le couvercle avec une précaution infinie, j'ai contemplé les touches. Elles m'attiraient, je brûlais d'envie de les toucher… Pendant de nombreuses années, les touches allaient m'émouvoir davantage que les seins des femmes.

J'ai rabattu le couvercle d'un coup.

Je vole un titre à Hollywood: la flamme du péché me brûlait à l'intérieur. J'étais convaincu de trahir la confiance de don Ferdinando. Je ne devais pas toucher à l'orgue, tout comme, à la maison, je ne devais pas toucher aux bouteilles d'huile ou de vin.

Mais qu'est-ce qu'une vie sans péché?

Je n'ai pas péché ce dimanche-là, mais le dimanche suivant.

J'étais resté obsédé toute la semaine. J'avais aidé madame Santina pour le rosaire du mercredi après-midi et pour la neuvaine du vendredi. Afin d'égayer l'atmosphère elle s'était mise aux chants grégoriens. Avec l'obscurité de l'hiver, le froid des nefs, la mélancolie prévisible des participants, ces chants m'avaient paru une anticipation du Jugement dernier. Mais ces sensations étaient venues avant et après. Pendant que la musique jouait j'avais perdu tout contact avec le présent.

J'avais passé des jours très pénibles. Je décidais le matin de ne même pas regarder l'orgue. Je livrais des batailles perdues d'avance. Je résistais jusqu'au moment de rentrer chez moi, puis, sous prétexte de m'assurer que les cierges et les bougies étaient en ordre, je passais devant l'orgue. Je repassais. Je passais encore, je vérifiais que ni Carmelo ni don Ferdinando n'étaient dans les parages et je soulevais le couvercle. Je voulais en comprendre le secret. J'avais appris que la musique était plus forte sur les touches de gauche et moins forte sur celles de droite; que les touches blanches étaient les normales et les noires, les fantaisistes. Mais pour le reste? De quel prodige jaillissait l'harmonie céleste? Où commençait l'empire des sons? Je restais les yeux vissés sur le clavier. Il emprisonnait les odeurs, les essences de madame Santina. En les respirant j'ai revu les narines brunies, mais la frénésie de savoir avait même chassé ma nausée.

Après plus de quatre-vingts ans je pourrais vous raconter chaque minute de ce dimanche-là. Pendant la messe j'avais tourné les pages la tête orientée vers l'autel, comme si l'orgue n'existait pas. Nous avions tous les deux compris que l'époque des regards et des soupirs était révolue. Madame Santina l'avait deviné à sa façon: « Guglielmo, tu es distrait aujourd'hui. » Distrait? Pas du tout. J'étais extrêmement concentré. Au déjeuner j'avais eu du mal à goûter à la soupe de fèves accompagnée de chicorée et j'avais cédé à Carmelo les grains de grenade. J'avais attendu avec impatience que tout le monde disparaisse. L'église embaumait les bouquets de fleurs d'oranger apportés le matin par les femmes. Je restais loin de l'orgue en me racontant que je m'intéressais aux missels des bancs: je les caressais, les époussetais, les remettais droits.

Quand le déclic s'est produit j'ai couru jusqu'à l'orgue, j'ai soulevé le couvercle et avant même de m'asseoir au bord du siège je me suis jeté sur les touches: j'ai joué tout ce que j'avais entendu. Je ne m'occupais ni des notes ni des accords. Qui les connaissait? Après m'être défoulé, j'ai repris du début. J'ai terminé, et j'ai recommencé. Si j'étais étonné de savoir jouer? Pas le moins du monde. Je croyais que tout le monde savait, de même que tout le monde savait manger, boire, marcher. Ça me paraissait tout à fait naturel. Sinon, pourquoi le bon Dieu nous aurait-il donné des mains?

Je baignais dans la joie... Vous vous rappelez les consommateurs invétérés de LSD qui disaient vagabonder hors de l'espace et du temps? C'est la même sensation que j'ai éprouvée cette première fois, et toutes les autres fois où j'ai réussi à m'immerger dans la musique. Ce qui ensuite a davantage dépendu des autres que de moi. Moi, j'aurais pu vivre dans la musique, mais Dieu le Père n'a pas été du même avis.

Je jouais et rejouais sans voir passer les heures. Comment me rendre compte que don Ferdinando était là? J'ai senti une main sur la nuque avant d'entendre mon nom: « Mino... »

Je me suis retourné en sursautant. L'enchantement s'était volatilisé. J'ai été envahi par la certitude de ma faute. Comme si j'avais cassé d'un seul coup la bouteille de vin et celle d'huile, ce qui porte malheur aussi.

« Ainsi tu sais jouer, Mino ? » Don Ferdinando m'a caressé la joue. Le col de sa soutane était déboutonné.

« Non.

– Comment ça non ?

– Non… Je ne le ferai plus, je vous jure. Mais vous ne direz rien à mon père, pas vrai ? S'il vous plaît ? »

Don Ferdinando est resté muet. Il a étiré les lèvres, roulé les yeux, tordu la bouche. J'ai cru qu'il allait se transformer en un de ces dragons maléfiques que ma mère évoquait pour nous obliger à dormir. Je ne les avais pas vus dans le livre des paladins, mais elle jurait qu'ils existaient et qu'ils apparaîtraient si nous continuions à nous entêter.

« Tu peux jouer quand tu veux, a dit don Ferdinando avec un grand sourire. Mino, tu comprends quel don tu as reçu du Seigneur ? » La seule chose que je comprenais, c'était que je m'en étais peut-être tiré, que je ne serais pas puni, que mon père n'en saurait rien.

« Mino, Mino… – don Ferdinando avait l'air inexplicablement heureux… – Un jour peut-être tu deviendras un pianiste célèbre ou carrément un chef d'orchestre comme Arturo Toscanini à la Scala de Milan. Tu imagines si un jour tu jouais à la Scala ? »

Je ne l'imaginais pas, et heureusement. Cette désillusion-là, au moins, je me la suis épargnée.

« Tu as un nom qui paraît fait pour la Scala. Orchestre dirigé par le maestro Guglielmo Melodia. Ça sonne bien, non ? Mino, tu y penses ? Toi à la Scala de Milan, dans le temple de la musique, le royaume de Verdi ? Je me rappelle quand Verdi est mort… Toute la ville était dans les rues sur le passage de son cercueil. Mino, si le bon Dieu m'accorde la grâce d'être encore dans cette vallée de larmes, ce jour-là je serai à la Scala. Tu devras me trouver une place, un tabouret me suffit, mais près de la loge royale. Dans *La Domenica del Corriere* j'ai vu le roi et la reine à la Scala. Magnifique... »

Je haletais comme Orlando sur les chemins en lacets des Pyrénées. Je ne m'y retrouvais pas. Je me sentais prisonnier des Turcs. J'ignorais ce qu'étaient la Scala, le pianiste, le chef d'orchestre, le roi, la reine. Ma mère mentionnait parfois le roi et la reine, mais pourquoi étaient-ils dans une loge ?

Don Ferdinando a fait venir ma mère. Il lui a expliqué que je ne devais pas aller au séminaire, mais au conservatoire ; qu'en m'offrant ce talent le Seigneur m'avait indiqué la voie à suivre ; que la musique me destinait à la gloire, au succès et, si mes parents y tenaient, à l'argent. Ma mère est sortie de l'entretien quelque peu perdue. Elle a aussitôt parlé à papa ; la conversation a duré toute la nuit. Je dressais l'oreille pour ne pas en perdre une syllabe. Mais Agatella s'est réveillée. Alors papa et maman sont allés dans la grande chambre, mais je me suis endormi heureux : on ne me verrait pas au séminaire, pas même avec une longue-vue.

« Oui, c'est sans doute un cas classique d'oreille absolue, a répondu madame Santina à don Ferdinando avec une condescendance marquée. En quarante ans d'enseignement j'en ai rencontré bon nombre. Devinez combien de ces Mozart en herbe ont réussi à obtenir leur diplôme de professeur de musique. Vous ne devinez pas ? Je vous le dis : peu, très peu. Si l'oreille absolue suffisait, la musique ne serait pas le magnifique mystère qu'elle est, la récompense magique pour une poignée d'élus, prêts à sacrifier leur existence à son enseignement. »

Pour donner plus de force à sa tirade, madame Santina a levé la tête vers le ciel. Dès le matin le bord de ses narines était sombre.

« Quoi qu'il en soit, j'écouterai volontiers Guglielmo, nous déciderons ensuite. »

Mais j'étais dégoûté. Je sentais que madame Santina n'était pas de mon côté. J'ai joué en m'en foutant. J'ai sans doute commis quelques énormités. La sentence a été péremptoire: avec quelques années de leçons particulières j'allais pouvoir me présenter à l'examen d'entrée au conservatoire, sans que l'heureuse issue soit garantie pour autant. Quant à l'argent, je pouvais toujours rêver.

Grâce aux profits extraordinaires de la contrebande de sel, mes parents avaient tout juste atteint l'aisance suffisante pour faire manger leurs enfants deux fois par jour. Les autres exigences n'étaient pas prises en compte pour le moment. Sur l'échelle de valeurs de la famille Melodia, payer un professeur de musique occupait le dernier échelon. Au-dessous même de notre désir d'assister au spectacle de marionnettes sur la piazza Jolanda: quelques pièces suffisaient, mais nous ne les avions pas. C'était là le but le plus proche que nous visions, surtout mon père, par galanterie à l'égard de ma mère.

Je ne me suis pas mis martel en tête. J'avais la permission de jouer de l'orgue après le déjeuner, j'avais évité le séminaire, je n'aurais pas à étudier, à faire des devoirs, à me plier à un nouveau professeur. C'est don Ferdinando qui s'est montré le plus mécontent. Il venait m'écouter, en secouant régulièrement la tête. Un après-midi il a amené Caterina et ils ont chuchoté du début à la fin. Le lendemain j'ai vu Carmelo se traîner vers le cabinet de travail de don Ferdinando avec un petit meuble dans les bras. Caterina m'a invité à les rejoindre. Ils avaient placé le mystérieux petit meuble à côté du bureau. C'était le phonographe. Don Ferdinando a vanté cette invention extraordinaire. Dans les mains de Caterina se sont matérialisés quelques disques, une collection de valses que don Ferdinando a écoutées en fermant les yeux. Il s'est frotté un instant à Caterina.

«Mino, tu as bien écouté? Tu veux les réentendre?» Don Ferdinando était plus empressé que jamais.

En bref, je devais les exécuter. Nous sommes allés vers l'orgue en file indienne. Carmelo est venu aussi. J'ai cherché à répéter les notes que je venais d'entendre. Les accords de la valse se sont répandus sous les voûtes, ils ont atteint le christ de bois, les statues, les tableaux, les saints, les vierges. Je pense que ce n'était pas le sommet de l'orthodoxie, mais don Ferdinando était aux anges. « Bien, bien. Carmelo, tu peux rapporter le phonographe et les disques au magasin du cavaliere Zappalà ; remercie-le beaucoup de ma part, dis-lui de prévenir madame Zappalà que j'irai bénir leur maison la semaine prochaine. Une bénédiction spéciale, compris ? Attention, rappelle-toi. »

Dérouté, j'ai regardé don Ferdinando. Qu'est-ce que je devais faire ?

« Mino, continue.

– Je joue la musique de madame Santina ?

– On a le temps pour elle. Aujourd'hui nous honorons le Seigneur avec un autre produit de son jardin. Tu es d'accord, Caterina ? »

L'été était paresseux, somnolent, il faisait bouillir le sang et dictait les heures. De deux heures de l'après-midi à cinq heures il fallait se défendre de la chaleur : tous tapis derrière les portes closes dans l'espoir de trouver un brin d'air. Les plus chanceux, qui avaient de l'argent pour prendre le tram, le vaporetto, le fiacre, étaient étendus sur le sable de La Plaja devant l'eau trouble, ponctuée çà et là par les tourbillons dans les trous des tellines. Les mordus de mer authentique se pressaient à côté de la gare, sur les tas de rochers noirs de l'Etna creusés par le sel. À cette heure-là la mer était une plaque brillante et immobile comme un miroir. Le fond étincelait de couleurs magnifiques. Y entrer tenait de l'acte interdit : au premier contact l'eau s'entrouvrait plus doucement qu'une femme. Je regardais ensorcelé sans trouver le courage de me baigner. La mer m'attirait, mais quand j'arrivais sur le bord quelque chose me retenait. C'étaient les meilleures heures pour profiter seul de l'orgue.

Toutefois cette magie disparut elle aussi. Don Ferdinando prit l'habitude de venir avant son petit somme de l'après-midi, il amenait souvent Caterina. Il me demandait de commencer par les valses, mais il s'en allait en plein milieu en entraînant Caterina. Quand j'étais seul, j'étais libre de me transporter dans mon ciel personnel.

À chaque changement de saison le phonographe et les disques du cavaliere Zappalà déménageaient pour quelques heures dans le cabinet de don Ferdinando. Aux valses s'ajoutèrent les romances, les opéras. Outre les pièces musicales j'apprenais des noms, des événements politiques. Sur la page de garde de son bréviaire, don Ferdinando notait fièrement les titres et me les répétait. Pour moi c'était de l'hébreu. Je démarrais sur les touches à l'aveuglette, je jouais faux, je m'embrouillais jusqu'à ce qu'il se mette à siffloter. Alors la lumière jaillissait. Une fois l'élan pris, je filais tout droit jusqu'au bout. Don Ferdinando filait aussi de plus en plus souvent avec Caterina, à présent résignée à le suivre.

Mais Caterina disparut du jour au lendemain. Les mauvaises langues alimentées par madame Santina colportèrent le scandale d'une maison à l'autre : Caterina s'était réfugiée dans son village pour se délivrer de l'accident dont elle avait été victime. Ce gros porc de don Ferdinando, commenta Marietta. Ma mère poussa un soupir : eux aussi sont des mâles.

La remplaçante de Caterina avait le triple de son âge et elle était dure d'oreille. La passion de don Ferdinando pour la musique diminua. À l'approche de Noël 1920 il abandonna l'église de la piazza Cappellini. Son dernier acte de curé du Christ de la Bonne Mort fut de congédier madame Santina. Nommé organiste, je jouais trois fois par semaines pour cinq lires par mois, libéré de toute autre obligation, malgré les protestations de Carmelo. Ceux qui me voulaient pour des baptêmes, des confirmations, des enterrements, des mariages, étaient priés de passer via D'Amico et de convenir de la rémunération avec ma mère. On me demandait avec une certaine régularité, la demi-lire de rétribution habituelle tranquillisait papa, qui s'était soudain retrouvé avec une bouche de plus à nourrir au déjeuner.

Dans la pratique j'avais beaucoup d'heures de liberté ; je les passais chez maître Melo, désormais le tapissier le plus apprécié du côté de la gare ; chez don Turi le marchand de fruits ; chez l'oncle Armando le brocanteur. Le soir je remettais à ma mère des petites pièces qui me valaient un sourire ou une caresse.

Nous étions en mai, la lune dans le ciel ressemblait à un soleil. Frottés pendant une heure au savon de Marseille, habillés de ce que la maison possédait de mieux, nous sommes allés en procession au spectacle de marionnettes de la piazza Jolanda. Nous étions quatre à gagner de l'argent, moi davantage que Nino et Peppino qui travaillaient à la pêcherie. Nous pouvions donc nous le permettre. C'étaient aussi les débuts en public de la famille Melodia au grand complet. Le second Rinaldo, qui venait d'arriver, était en sécurité dans les bras de papa. Ma mère frissonnait de plaisir : devant elle, assise au premier rang, les aventures qu'elle avait lues, aimées, répétées depuis presque un quart de siècle prenaient forme et parole. Tout émue, elle applaudissait à chaque scène.

Si on considère comment la soirée s'est terminée, ç'a été la plus remplie de son existence.

Nous rentrions chez nous en ordre dispersé. Nino, Peppino et moi portions à tour de rôle Concettina endormie. Mon père, qui marchait en tête, toujours avec Rinaldo dans les bras, s'est arrêté soudain. Nous nous sommes resserrés par la force de l'inertie. À côté de l'arrêt du tram, trois individus nous regardaient fixement. Le prolongement de la ligne de tram de la via Francesco Crispi à la gare datait de quelques mois seulement. Événement extraordinaire, surtout pour nous les garçons ; le nouveau défi consistait à s'agripper à l'arrière de la voiture. Le vainqueur était celui qui lâchait le dernier.

Mais les trois silhouettes qui nous jaugeaient semblaient lancer un défi d'adultes.

« C'est l'ami Nino, a murmuré mon père.

– Nino Puglisi ? a demandé ma mère.

– Oui.

– Le *'ntisu*?

– Mince, tu n'as rien dans la cervelle. »

La stupeur de ma mère était compréhensible. Petit, bien planté, regard pénétrant, Nino Puglisi commandait la Mafia restreinte de Catane. Le terme « *'ntisu* » qu'avait employé ma mère était, et reste, l'équivalent d'homme d'honneur. Littéralement, il signifie « connu », celui dont on connaît l'appartenance. Mais le nom et le rôle de Puglisi étaient ignorés de presque tout le monde à cette époque, à commencer par les forces de l'ordre et la magistrature. Il venait de la région de Messine, par conséquent, à Catane, on avait rongé son frein. Nous nous considérions comme supérieurs de droit divin à nos cousins du détroit ; vous pouvez imaginer avec quel enthousiasme nous nous retrouvions sous les ordres d'un de là-bas. Mais Puglisi s'était présenté avec les lettres de créance de ceux de Mistretta, une des familles les plus importantes de la Mafia sicilienne. Même les émissaires des Palermitains avaient dû laisser tomber. La branche d'activité de Puglisi comprenait la contrebande de sel et la production de glace, qui comportait à son tour le contrôle des cafés, pâtisseries, restaurants, buvettes, en bref de tous les établissements qui avaient besoin de glace pour leur activité. Mon père transportait le sel de La Trezza pour le compte de Puglisi. Qui à présent, accompagné de ses lieutenants, menaçait ma famille.

Je l'étudiais. Il me faisait peur. Je sentais que notre sort dépendait de sa fantaisie. Puglisi gardait un visage énigmatique ; les deux autres, méprisants et à la main leste, paraissaient pressés d'en finir. Nino, Peppino et moi avons fait un pas en avant pour protéger papa, mais il nous a écartés d'un simple geste des bras. Il est allé attendre l'avenir en face.

« Nino, quelle surprise et quel plaisir.

– Il en va de même pour moi, Turiddu.

– Voulez-vous entrer ? Ma maison est petite, mais elle a le cœur putain de son maître. Et elle est fière d'offrir un verre rouge de l'Etna qui contient le feu du volcan. »

Mon père a souri, Puglisi a souri. Ses deux accompagnateurs ont touché leur casquette. C'était un signe de respect, qu'ils ont répété sur le passage de ma mère. J'étais devenu si léger que j'aurais pu m'envoler.

Nous avons été expédiés au lit immédiatement. Mon père s'est entretenu avec Puglisi jusqu'à l'aube, les deux autres ont attendu devant la porte, fermée malgré la nuit magnifique. Notre mère nous a fait un compte-rendu complet. Le *'ntisu* avait proposé à mon père de passer de la charrette à bras au chariot en achetant un mulet. Les quantités de sel à charger à La Trezza augmentaient, on pouvait ajouter autre chose au sel. Il fallait pour ça que mon père s'adapte. Puglisi retiendrait le coût du mulet sur sa rémunération. Il garantissait qu'en un an le compte serait soldé.

Ma mère nous l'a raconté avec autant d'orgueil que lorsqu'elle nous parlait du chariot de la Grande Ourse et du courage d'Orlando. « Vous voyez quelle considération monsieur Nino Puglisi a pour votre père ? Il le porte aux nues. »

Un chariot avec un mulet permettait de se déplacer dans toute la province, d'atteindre Adrano, Bronte, Paternò, de pousser jusqu'à Caltagirone, jusqu'à Lentini. Une fête patronale dans chaque village, trois jours de foire pour chaque fête. On pouvait gagner assez pour construire au moins deux pièces. Maître Melo le tapissier avait carrément construit un étage entier et transformé son vieux logement en laboratoire. Mais maître Melo était désormais le plus riche de la via D'Amico.

3
La chère Ninon

Le nouveau curé de la piazza Cappellini était sec et pointu comme une arête de poisson. Il parlait peu et rossait beaucoup. Carmelo et moi avons été congédiés en quelques mois. Carmelo parce qu'il avait été découvert les mains dans la bourse de la quête, moi pour laisser la place à un neveu séminariste, émacié et olivâtre à force de se masturber.

Le problème s'est posé pour moi de trouver un travail qui rapporte autant que l'église. Mais où trouver une âme pieuse qui me donne cinq lires par mois? La meilleure offre m'est venue de maître Melo au printemps 1922: tu viens au magasin, je te paie en fonction des gains. Aujourd'hui on définirait ça comme une forme de capitalisme avancé, de participation aux bénéfices. À l'époque on l'appelait de son vrai nom: exploitation intensive. Je devais préparer la colle, soulever des divans, transporter des fauteuils. Sous prétexte que j'étais le plus grand et le plus costaud de la bande malgré mes douze ans, je servais de bête de somme. Le pire était de tourner la louche dans le chaudron où cuisaient les vernis. Je toussais toute la journée, je toussais aussi dans mon lit jusqu'à ce que ma mère, la bouche déformée par l'inquiétude, m'apporte la fumigation de romarin. Je devais me lever et passer la nuit à faire des inhalations sous une couverture. Ma mère, infatigable, me demandait si j'avais envie d'entendre une aventure des paladins, mais moi, sous la couverture, je dormais déjà. J'étais devenu très fort pour poser les coudes sur la table, appuyer le menton dans mes mains, fermer les yeux et conserver cet équilibre sans que ma tête tombe dans la cuvette.

C'est le commendatore Giuffrida qui a changé ma vie. Il était chef de bureau à la perception, autant dire une des plus hautes autorités du quartier. Il habitait un troisième étage de la via VI Aprile, face à la mer. Son fils aîné Antonio recevait son diplôme et le commendatore Giuffrida avait pensé à moi. Je devais jouer en l'honneur des invités. Faute d'orgue ou de piano, je devais les remplacer par un accordéon. Les jeunes Giuffrida auraient préféré louer le phonographe avec le matériel correspondant, mais, heureusement pour moi, le chef de famille s'était montré intraitable: je veux le meilleur. Autrement dit, moi. J'avais été élevé à mon insu au rang de petit malin, donc doué d'imagination.

J'ignorais ce qu'était un accordéon. J'en avais entendu jouer, j'en avais vu dans les foires, mais je n'en avais jamais eu entre les mains. Le commendatore Giuffrida a pensé à me le demander alors que les filles étaient déjà en train de se coiffer. «Mino, tu sais jouer de l'accordéon, n'est-ce pas?» Ses petits yeux en tête d'épingle promettaient l'orage.

Que répondre? Comment le décevoir? Et surtout, comment renoncer à la lire de rétribution convenue?

On avait choisi un répertoire de chansons napolitaines. Le cavaliere Zappalà, ravi de lécher les bottes du puissant fonctionnaire, avait préparé une pile de disques. Il me les a fait écouter. Le premier morceau était: *'A cammesella*; je me suis farci tous les suivants: *Amice mie nun credite alle zitelle, Lo guarracino, Fenesta vascia, Palummella zompa e vola, Lo cardillo 'nnamurato, Lo zoccolaro, Te voglio bene assaje, 'E spingole frangese, Funiculí Funiculà, 'O sole mio, Torna a Surriento, Core 'ngrato, Marechiare, 'O surdato 'nnammurato.* J'ai vécu près d'un demi- siècle sur ces trois heures passées dans le débarras du cavaliere Zappalà. J'ai essayé l'accordéon. Je me souviens que c'était un Castelfidardo. Pour me faciliter la tâche ce brave homme avait choisi un modèle chromatique avec le clavier à droite et les boutons des basses à gauche. C'était mieux que l'orgue. J'ai noté le début de chaque chanson sur un papier avec des gribouillis incompréhensibles pour le reste du monde.

« Mino, tu crois t'en tirer avec si peu ? » C'était une question habituelle qui contenait la réponse.

« J'ai des valses, des Ave Maria, d'autres musiques de l'église…

– Tu ne peux pas jouer dans une fête ce que tu joues à l'église.

– C'est défendu ? ai-je demandé sérieusement.

– Exerce-toi là-dessus, demain tu me remercieras. »

C'étaient les compositions du *Ballo Excelsior*. Dans le reste de l'Italie elles étaient considérées comme des antiquités enterrées depuis la guerre, mais à Catane elles faisaient encore chic.

La foule des invités des Giuffrida a pris d'assaut la grande salle à manger, le bureau, le salon, et enfin la terrasse. Madame Giuffrida n'avait pas prévu cette ultime invasion et avait mis là le linge à sécher. Il n'empêchait cependant pas la magnifique vue du golfe, des allées et venues des vaporetti de La Plaja, de la bande de sable au-delà du port vers Syracuse.

Au début on m'a installé à côté du coucou entre petits fauteuils et canapés style empire. Pour éviter des demandes embarrassantes j'ai tout de suite attaqué le répertoire napolitain. Les quinze chansons ont filé trop vite. Pendant le bref intervalle entre deux airs je recueillais des regards mécontents : les couples qui dansaient devaient se séparer et certains jeunes hommes n'appréciaient pas. Les filles non plus, peut-être, mais elles restaient les yeux baissés.

J'ai été déplacé dans le salon en même temps qu'arrivaient les rafraîchissements. Avant de déboucher les bouteilles de mousseux déposées dans des seaux pleins de glace, madame Giuffrida et ses trois filles ont fait circuler une multitude de plateaux : pain à l'ail, à l'huile et au piment, olives noires en saumure, filets de tomates, aubergines à l'huile, courgettes sautées à l'ail, poivrons sauce aigre-douce. C'était le triomphe de l'ail, dont l'arôme se répandait dans la pièce. Le vin rouge dans des pichets de terre cuite a servi d'introduction aux crêpes fraîchement faites accompagnées d'anchois et de ricotta. D'énormes boîtes apparurent, encore enveloppées dans le délicat papier marron de la pâtisserie suisse. Ce fut comme assister au strip-tease d'une belle femme. Il en sortit un festival de chantilly, de crème, de ricotta. Ils étaient enfin là les cygnes et les feuilletés: à quelques centimètres de moi, sans vitre pour nous séparer.

«Tu veux manger?» C'était Elena, la plus jeune des filles Giuffrida. Elle allait sur ses quinze ans, ses yeux de chat comblaient le cœur.

Que répondait un artiste? Dans le doute, j'ai dit un non que j'espérais être aussitôt discuté.

«Comme tu voudras.»

Les bouchons ont sauté, les toasts ont commencé. L'alcool a réveillé la veine patriotique. Le souvenir de la guerre était encore vif, les premières apparitions publiques du fascisme fournissaient un prétexte pour faire coïncider l'intérêt de l'Italie avec celui de chacun. Je suis entré en action. On me bombardait de demandes: *La leggenda del Piave,* la *Marcia reale,* le chœur de *Nabucco,* celui des *Lombardi alla prima crociata.* À leur façon, les invités des Giuffrida avaient inventé le juke-box. Une dame qui en valait deux en largeur et la moitié en hauteur a proposé d'entonner tous ensemble *Ciuri, ciuri,* le top du folk sicilien. Je me débattais. Je demandais d'une voix de plus en plus faible s'ils pouvaient me fredonner l'air. Monsieur Giuffrida me jetait sans arrêt des regards contrariés. Antonio, le héros de la fête, qui s'employait à briller auprès des amies de ses sœurs, se distinguait par sa suffisance.

«Maestro, à la fin de la soirée nous partagerons l'argent, vu que sans moi tu ne toucherais rien.»

J'ai joué à mort. Malgré la peur d'avoir déçu monsieur Giuffrida, d'avoir échoué à l'épreuve, j'ai réussi à satisfaire toutes les demandes. Je bissais spontanément chaque air pour en donner une meilleure exécution. La chemise blanche et le pantalon noir me collaient à la peau – ils appartenaient à mon père et m'allaient comme un gant. Je suais d'angoisse, les autres suaient aussi, à cause de la chaleur de ce début de printemps ou parce qu'ils s'étaient empiffrés de crostini, de crêpes, de petits-fours et de vin rouge de l'Etna. Les corps restituaient ce qu'ils avaient englouti. Pour échapper à l'atmosphère lourde de l'intérieur on a décidé de sortir sur la terrasse.

C'était un de ces soirs comme on n'en voit plus. Le vent de l'après-midi avait tout nettoyé. Le ciel et la mer brillaient. En haut les étoiles, en bas les lampes de pêcheurs se dirigeant vers le large. De la rue montait le brouhaha des passagers qui allaient prendre le dernier vaporetto, les cris fatigués et rauques des marchands ambulants, le parfum saumâtre des petites vagues qui venaient se briser sur les écueils de la gare.

« Maestro, tu as fini de contempler l'infini ? Sache que "Je m'inonde de la lumière de l'immensité" a déjà été écrit… » Antonio me ramenait à mes bassesses.

J'ai commencé par les valses, l'une après l'autre, j'en connaissais six ou sept. À la fin je les ai recommencées en alternant avec le peu que j'avais appris de Mozart, Bach et Beethoven à l'église. Je me suis aperçu que la *Neuvième Symphonie* s'emboîtait à merveille avec *'E spingole frangese.* C'est devenu un de mes chevaux de bataille. Aujourd'hui on appelle ça une compilation, mais ce soir-là c'était du désespoir pur et simple. Personne ne s'en est rendu compte ou ne s'en est soucié. J'ai continué presque une heure sans interruption. Les invités ont pris ma tricherie pour de l'inspiration. Je les ai empêchés de m'adresser la moindre demande et ils m'ont couvert de compliments. Ils ont carrément applaudi après un bis réussi du *Beau Danube bleu.* Je venais d'apprendre comment marche le monde.

« Tu peux arrêter à présent… Tu les as convaincus que tu es très fort. Mon père aussi l'a dit. » Elena avait un ton de voix particulier. Elle vous félicitait et se moquait de vous en même temps. Puis elle souriait et on restait sans défense.

Elle m'a apporté deux feuilletés et un cygne sur une assiette. «Je les ai mis de côté pour toi. Si je ne me trompe, ils t'intéressaient.»

J'avais la Suisse à cinq centimètres de ma bouche, mais pouvais-je manger là devant tout le monde? Car tous ceux qui étaient sur la terrasse s'étaient tournés vers le musicien qui avait cessé de jouer.

«Avis aux navigateurs, a dit Elena. Au salon on sert du rossolis, de l'anisette et du passito des Florio.»

Personne n'a plus fait attention à moi.

«Suis-moi», m'a ordonné ma fée. Au bout de la terrasse se trouvait la lingerie. «Tu peux te mettre là jusqu'à ce que tu aies fini.»

Elle m'a laissé, l'assiette à la main comme un mendiant.

J'avais rêvé tout autrement mon premier contact rapproché avec les cygnes et les feuilletés. La soirée avait encombré mon esprit. Or, pour faire de la poésie, il faut que le cœur soit disponible et pur. Autrement dit, je les ai mangés, je les ai appréciés, mais ils ne pouvaient pas se comparer à ceux qui avaient fait mes délices lorsque j'avais le nez collé à la vitrine de la pâtisserie suisse de la piazza Duomo.

«Dépêche-toi, on t'attend.»

Elena se tenait sur le seuil. Je l'ai trouvée belle et imposante, alors qu'elle m'arrivait au menton.

«Ne bouge pas, tu as des moustaches de ricotta. Je te les enlève...» Elle s'est approchée. Elle m'a fait tourner la tête avec un baiser tendre et furieux, de miel et de fiel, très long, mais très rapide. Quand j'ai repris mes esprits j'ai compris qu'elle n'était plus là, et aussi que sa poitrine de femme s'était serrée contre la mienne.

Je suis resté indifférent au reste de la soirée. J'ai assimilé puis effacé le baiser d'Elena. Que ç'ait été mon premier baiser ne comptait pas, l'important c'étaient les promesses qu'il contenait.

Mais c'étaient des promesses de marin. Je n'ai pas revu Elena. J'inventais des raisons pour m'absenter de la boutique de maître Melo, je la cherchais aux carrefours, à l'arrêt du tram, à la messe du dimanche. J'avais cessé d'aller à l'église. J'y suis retourné pour Elena. Absente.

La famille de maître Melo était assise en rang sur le troisième banc à gauche en tenue réglementaire. Lui, ses trois enfants et son épouse, madame Claretta, une femme majestueuse, officiellement fille du maréchal des carabiniers royaux, mais, pour les commères, fille du curé de l'église de la via Umberto, celle d'un autre Christ, celui des Miracles cette fois. C'était peut-être vrai. Madame Claretta avait la haute taille du curé, sa démarche féline, sa majesté. Le curé était si grand et gros qu'à Noël il ne bénissait que les habitations des étages supérieurs, pas les rez-de-chaussée comme le mien, parce qu'il disait ne pas pouvoir passer par la porte. Bien sûr, ceux qui habitaient les étages supérieurs étaient plus riches.

Le lundi maître Melo m'a envoyé aider sa femme à déplacer les meubles du salon ; le mardi à porter ses achats ; le mercredi à nettoyer les lustres ; le jeudi à installer sur la crédence les santons en céramique de Caltagirone. C'était une collection de pièces uniques et madame Claretta menaçait de se jeter par la fenêtre si l'une d'elles se cassait. Bien que nous nous soyons trouvés au premier étage, c'était quand même une belle hauteur. C'est moi qui ai dû grimper sur l'échelle. Madame Claretta me tendait les santons avec la plus grande attention. Ce faisant elle appuyait la tête contre mes jambes et lorgnait sous ma culotte courte.

À part le trouble intérieur, qui me laissait hébété, ça m'arrangeait d'aider madame Claretta. J'évitais colles et vernis, et en plus j'empochais un pourboire. Après me l'avoir donné, madame Claretta me caressait la tête avec un soupir.

Un des rares matins où je travaillais à la boutique, je chargeais des divans et des fauteuils sur le chariot. Maître Melo avait travaillé dans la finesse, il n'arrêtait pas d'admirer son ouvrage. Il était tellement satisfait qu'il craignait qu'en manipulant les meubles un rien puisse les égratigner. Il les a enveloppés dans de vieux draps, en a ajouté d'autres, et d'autres encore jusqu'à ce qu'il n'y en ait plus.

« Mino, monte voir ma femme, fais-toi donner des vieux draps. Ils sont dans l'armoire du débarras. »

Madame Claretta ne m'attendait pas, elle était encore en robe de chambre. Je lui ai dit que je voulais des draps. Elle m'a répondu : « Tu ne veux rien d'autre ? » Et elle a poussé son soupir habituel.

Je ne comprenais pas. Qu'est-ce que j'aurais dû vouloir ? « Madame, maître Melo m'a dit de vous demander des vieux draps, mais si vous croyez qu'il faut autre chose, je descends en vitesse lui demander. »

Elle m'a flanqué dos au mur, elle m'a léché la figure, le cou, les oreilles. Les chatouilles étaient insupportables, plus je cherchais à m'y soustraire, plus madame Claretta me léchait comme un cornet de glace et me fourrait la figure dans sa poitrine envahissante. Je suais, je puais sans doute, mais ça ne lui faisait rien, elle avait une langue comme une hélice.

Je riais et me tortillais. Elle a cru que j'étais sur le point d'arriver et s'est mise à fouiller à deux mains dans mon pantalon. Mais elle a trouvé bien peu : les chatouilles m'avaient tout retourné. Surprise par ma condition misérable, elle a arrêté de me lécher pour s'assurer de ce qu'elle tenait.

Cette brève interruption a permis à la nature de suivre son cours. Madame Claretta a jugé que c'était le moment d'enlever sa culotte. L'opération n'a été ni simple ni rapide. Elle n'utilisait en effet qu'une seule main, car l'autre ne lâchait pas prise. Elle ne voulait pas que je perde l'inspiration. Finalement elle a été prête, elle m'a attrapé les fesses avec ses gros doigts et m'a mis sur la bonne voie. Elle donnait des coups de reins terrifiants. Nous avons fini en un Pater, un Ave et un Gloria. En tout cas, moi, c'est sûr ; elle, je ne sais pas. Maître Melo s'est mis à hurler de la rue: Claretta, combien de temps il te faut pour sortir ces maudits draps?

J'ai le souvenir d'une sensation de libération. Comme si maître Melo m'avait arraché à la captivité. J'avais le dos endolori, les narines pleines de la robe de chambre, de la combinaison, des chairs de madame Claretta. Elle m'avait écrasé la figure entre ces montagnes sautillantes, je m'étais cogné je ne sais combien de fois la nuque contre le mur. Techniquement, la jouissance avait été là, mais je mentirais si je vous disais que j'y ai pris du plaisir.

Je suis descendu en courant vers mon libérateur. J'étais tout rouge.

« Elle t'a fait trimer, pas vrai? » Maître Melo était mi-fâché mi-amusé. « Mino, apprends une chose. Les épouses, le travail elles ne le mangent pas. Penses-y quand tu voudras te marier. »

Madame Claretta avait décidé de me manger moi. Les semaines suivantes je la trouvais déjà prête, sans sa culotte. Parfois habillée de pied en cap, mais sans culotte. Nous avons pris un bon rythme, nous sommes arrivés à nous accorder, mais elle restait exubérante. Un soir ma mère m'a découvert un énorme bleu qui s'étendait sur toute la surface de mes fesses.

Madame Claretta réussit par ses excès à me faire oublier Elena. Elena habitait à trois cents mètres de chez moi à vol d'oiseau, et pourtant je ne l'ai jamais revue. Peu avant de partir pour l'Amérique, j'ai appris qu'elle était mariée et enceinte. À mon retour en Sicile j'avais autre chose en tête. Je me suis informé une dizaine d'années plus tard, on m'a dit qu'elle était morte depuis.

Le chariot, le mulet, la confiance accrue de Puglisi à l'égard de mon père, le travail de Nino, de Peppino et le mien permirent à notre mère d'ajouter à la viande de cheval la viande de bœuf, de porc, les saucisses pétries au pecorino, à l'ail et à la tomate. La joie grandissait autour du gril posé sur le brasero.

Et les voisins étaient toujours prêts à s'y mêler: nous partions de deux tables et huit chaises, mais en un rien de temps la tablée se prolongeait jusqu'à la via Francesco Crispi. Chacun apportait ce qu'il avait: qui la viande, qui les aubergines, qui les poivrons, qui la provola à rôtir en tranches, qui les tomates, qui les poires de l'Etna qui cuisent mieux que toutes les autres. Celui qui n'avait rien apportait des bougies.

Le bien-être entra chez nous avec le plafonnier dans la grande pièce. C'était la récompense de quelques services particuliers de mon père. Le remplissage de la bassine et des chaufferettes se faisait à présent un jour sur deux; Agatella et Concettina reçurent des vêtements; les biberons d'Orlando et Rinaldo étaient pleins de lait tous les jours. Sur l'échelle sociale de la via D'Amico nous nous étions élevés au rang de ceux qui s'en sortaient, juste au-dessous de ceux qui avaient une bonne vie. Marietta, qui avait toujours été plus à l'aise que nous, avait à présent du mal à vivre avec la maigre pension de son fils mort à la guerre. Elle était devenue l'aide attitrée de ma mère dans la préparation de conserves, de confitures, de légumes marinés à l'huile, dans le séchage de la morue, la confection du pain et des pâtes, et pour se procurer avec habileté et adresse, c'est-à-dire gratis, les clous de girofle et la cannelle à mélanger dans le vin chaud.

Que la pauvreté était derrière nous se démontrait par les quatre œufs que ma mère introduisait dans la miche de trois kilos. Les œufs cuits avec le pain étaient partagés en deux, une moitié pour chacun de nous sept, et la moitié restante partagée de nouveau entre les deux qui en avaient le plus besoin. Ils répandaient un parfum que je n'ai jamais plus retrouvé. Ils avaient un goût de terre et de feu.

Un après-midi est apparue, telle la conclusion des contes de fées les plus mièvres, une forme ronde et douce sur laquelle ma mère avait tartiné une couche de confiture d'orange. C'était un gâteau, notre premier gâteau. Nous avons retenu notre respiration avant d'avoir la certitude qu'il nous était destiné ; une grosse tranche par tête. Orlando, qui n'avait encore que trois dents, était heureusement exclu et n'a reçu que quelques miettes.

Je continuais à me partager entre maître Melo, madame Claretta et les engagements occasionnels pour des cérémonies privées. Plus les gens étaient pauvres et plus ils voulaient fêter les baptêmes, premières communions, confirmations et mariages. Ils me payaient rarement en argent, ma récompense était souvent des œufs, des poulets, des lapins, des bonbonnes de vin, des miroirs, des chaises faux baroque, des batteries de casseroles, des poteries en terre cuite, des broderies. Parfois des marchandises qui détonnaient trop avec la condition de celui qui me les donnait, autrement dit des marchandises volées.

« Mino, combien te suffit ? » est devenu une question récurrente dans le quartier. Quand on fêtait un diplôme, comme celui du fils du commendatore Giuffrida, c'était de l'argent sûr. Mais je devais désormais tenir compte de la part exigée par le cavaliere Zappalà pour me faire écouter les disques et me louer l'accordéon. Sont entrés dans mon répertoire Verdi au grand complet et les œuvres qui passionnaient le cavaliere Zappalà : *Cavalleria rusticana*, *Madame Butterfly*, *La Bohème*, *Tosca*. Attention, ne vous méprenez pas, je parle naturellement d'extraits, un air par-ci par-là. Quand j'étais en veine j'enchaînais le tout. De toute façon, qui s'en apercevait ?

Pour fêter l'ouverture de son étude, le notaire Vadalà a organisé un rendez-vous de musique classique dans son cabinet de la via Androne. Ayant fui devant ce que lui demandaient les concertistes du Teatro Massimo, il avait pris contact avec mon père par l'intermédiaire de Puglisi. Il était prêt à débourser dix lires, une somme énorme pour les Melodia, mais il lui fallait les œuvres complètes de Bellini. Si nous ne l'honorons pas nous les Catanais, qui honorera notre concitoyen bien-aimé Vincenzo Bellini ?

Jamais entendu parler, ai-je dit à mon père. Et alors ? a-t-il répondu d'un air suffisant. Il tenait moins à l'argent qu'à ne pas décevoir Puglisi. Le *'ntisu* est intervenu en personne, si tu ne réussis pas tu me fais perdre la face.

Ne pas faire perdre la face à mon père impliquait d'apprendre une sacrée quantité de morceaux. Et pas faciles à exécuter, m'a aussitôt fait remarquer le cavaliere Zappalà, prêt à porter son tarif à une lire. Il prétendait que ses disques étaient le dernier cri, d'une qualité supérieure, fabriqués selon des méthodes ultramodernes, et que les autres magasins de Catane devaient attendre dix ans pour les obtenir. En réalité, l'irrésistible système de transmissions de la via D'Amico avait apporté jusqu'à lui la nouvelle de l'engagement mirobolant de maître Vadalà.

Pendant trois soirs, éreinté après avoir servi maître Melo à la boutique et madame Claretta sur la table en noyer massif de la salle à manger – le lit conjugal était sacré et inviolable –, j'ai subi *Bianca e Fernando, Il pirata, Beatrice di Tenda, La straniera, I Capuleti e i Montecchi, La sonnambula, Norma* et *I puritani.* Le samedi après-midi, veille de l'inauguration de l'étude notariale, je me suis présenté pour la répétition voulue par le notaire Vadalà qui craignait de faire un four le lendemain. J'ai trouvé, outre le notaire, un piano et Nino Puglisi, chaussures cirées et borsalino, mais sans ses anges gardiens. J'ai joué pendant près de trois heures. Le plus difficile a été de prendre de l'assurance avec le piano. J'étais habitué à l'accordéon, j'avais adopté l'orgue de l'église, cependant le piano est un peu différent, comme toutes les choses qui se ressemblent.

Puglisi était debout dans le coin occupé par les plis du rideau. Le notaire a commencé par bouder et à la fin il a eu un sourire d'oreille à oreille.

Il a décrété: «Ce petit connaît son affaire.» Puglisi est resté imperturbable. Le notaire l'a accompagné à la porte comme s'il était son client le plus important.

Le dimanche j'ai réussi. J'étais à l'aise, et même inspiré. Mon concitoyen Bellini ne m'a pas fait d'entourloupe et je ne lui en ai pas fait non plus. J'ai conclu par la scène finale des

Puritani. Les dames et les demoiselles se sont répandues en compliments. Les jeunes hommes se sont montrés plus réservés. Un monsieur corpulent à la calvitie luisante gâchée par quelques cheveux ramenés d'est en ouest m'a offert un verre de rossolis.

«Je suis le géomètre Raciti Gaetano fils de feu Antonio, mais tu peux m'appeler professeur comme font tous ceux qui me connaissent et m'apprécient», a-t-il dit un sourcil levé.

Il pensait me rendre service, mais j'ignorais qui il était.

Il a insisté. «Tu as entendu parler de moi, sans aucun doute.

– Monsieur, vous devez me pardonner, mais là où j'habite les nouvelles ne parviennent guère. Après la piazza Esposizione, c'est une terre étrangère.

– Mais tu es un artiste. Tu devrais être au courant des mouvements artistiques de la ville et donc savoir qui est le professeur Raciti Gaetano fils de feu Antonio... » Il s'est touché la poitrine avec les doigts de la main droite pour qu'il soit bien clair qu'il parlait de lui. « ... le représentant de l'art qui fait le plus autorité à Catane. »

Finalement en paix avec lui-même, l'art et sa prééminence, Raciti est entré dans les détails. «Tu connais le cinéma en plein air Splendor de la via Pacini et le ciné-théâtre Excelsior de la via Spadaro Grassi ? »

Le cinéma! Cette simple évocation a suffi à m'enflammer. Raciti a attribué ma rougeur au rossolis. Mais non, c'était la pensée du cinéma: un spectacle de marionnettes vivantes, Orlando et Rinaldo, Brandimarte et Gano di Magonza, Agramante et Carlo Magno en chair, en os, et en prouesses. Le rêve qui se transforme en réalité.

« Tu les connais ou pas? » La patience de Raciti allait bientôt s'épuiser.

« Oui, enfin non, mais c'est comme si c'était oui...

– Tous les pianistes sont comme toi? »

Comment confesser que j'étais un pianiste improvisé ? Que j'avais seulement entendu parler du cinéma ? Ça m'avait pourtant suffi pour que j'imagine un monde de héros et d'Elena, qui ne disparaissent pas après avoir donné leur premier baiser.

« Les deux cinémas sont à moi. Disons que je les dirige, comme s'ils m'appartenaient. Tu comprends à présent ? »

Je ne comprenais rien, mais qu'est-ce que ça changerait si je le lui disais ?

« Dans le cadre de mon œuvre de diffusion de l'art à Catane, à l'exemple de ce qui se fait dans les principales métropoles du monde, auxquelles notre ville n'a rien à envier, tu es d'accord, n'est-ce pas… ? Dans le cadre de cette œuvre de diffusion, disais-je, j'ai pensé que l'accompagnement de la projection des films par un pianiste pouvait contribuer à une meilleure divulgation de l'art. Je ne sais pas si tu vois ce que je veux dire… »

Je sentais que ce déluge de paroles me concernait, mais le géomètre-professeur allait-il arriver à une conclusion ? Ou fallait-il que je comprenne au vol ce qu'il ne disait pas ? Je me suis rappelé une phrase de ma mère à mon père : « Turiddu, ce qu'on voit n'est pas, ce qui est ne se voit pas. »

Mais pour une fois ça s'est vu.

« On m'a dit que tu t'appelles Mino… Mino comment ?

– Mino Melodia.

– Alors dis-le. Melodia de nom et de fait… » Raciti a ri, il s'est forcé à continuer, mais il a cessé dès qu'il s'est aperçu qu'il était le seul à rire. « Mino Melodia, venons-en au fait. Veux-tu me dire si oui ou non tu es d'accord pour jouer au Splendor ? Il me semble que nous traînons en longueur. Et c'est inutile. Alors, oui ou non ?

– Oui. » Mais oui à quoi ?

« Deux séances par soirée, à vingt et une heures et à vingt-trois heures. Sept soirs par semaine du premier mai au trente septembre. Une lire par jour. Au bout d'un an d'essai nous parlerons d'augmentation. Accord conclu. Tu viens lundi pour que je t'explique ce que tu dois jouer. »

Le lundi j'ai compris pourquoi le comptable Raciti avait mérité le surnom de professeur. Le directeur de cinéma hautain, prolixe et impudent avait des idées, le sens de l'art, et il avait eu une intuition en liant les yeux et les oreilles.

« Ma parole, il n'y a que ma mère pour en savoir moins que toi sur le cinéma, mais elle est morte il y a dix ans. Je vois que je dois reprendre depuis Adam et Ève. Les gens vont au cinéma en plein air pour toutes sortes de raisons, où le film entre rarement en ligne de compte. Ils viennent pour parler, pour prendre le frais, pour voir une belle fille ou un beau garçon sur l'écran, pour être à l'abri de ceux qui ne savent pas se mêler de ce qui les regarde, ils viennent pour voir et être vus, pour se tripoter dans le noir, pour être dans une zone franche où sont permises beaucoup de choses interdites dans la rue et même à la maison. Dans ces conditions, que devons-nous faire ? » Il s'est tu et a attendu une réponse. Mais que pouvais-je en savoir, moi qui n'avais jamais mis les pieds dans un cinéma?

Résigné, Raciti a repris, persuadé qu'il se sacrifiait pour l'art. « Avant tout, nous ne devons pas les déranger. Nous devons leur tenir compagnie dans l'obscurité et, si possible, les convaincre de regarder l'écran. En plein air, ça n'est pas aussi facile que tu peux le penser. Certains soirs la lune s'en mêle, et les petits oiseaux de la villa Bellini, et la dernière fournée de croquettes au poulet et de crêpes de la rôtisserie *Mignemi*... et, soit dit entre nous, c'est une invitation à les manger au comptoir installé à côté de l'entrée. En résumé, nous projetons trois types de films : les comiques, les historiques et les bouillies sentimentales. Pour les comiques, nous leur filons un peu de Mozart : *Le nozze di Figaro*, des extraits des quatuors, plus allegro et rondo qu'adagio et menuetto ; pour les historiques, la *Symphonie héroïque* de Beethoven... »

Mon expression a parlé à ma place.

« Tu la connais, non ? » a demandé Raciti soupçonneux. Ce n'était pas le professeur de sciences humaines qui interrogeait, mais le géomètre.

« Je joue d'oreille, je ne lis pas la musique. J'apprends à associer les titres et les notes… Je la connais peut-être, mais le nom ne me dit rien.

– Bon, comme on dit quand tout va mal. *L'Héroïque* est le nom de la *Troisième Symphonie*… et j'ai l'impression que nous sommes revenus au point de départ. Ce qui signifie que nous nous en occuperons. En tout cas j'ai vu que tu comprends vite. Pour les bouillies sentimentales, enfin, ce sont des valses. Inutile que je te dise lesquelles. Je te dis plutôt : à toi de voir, pourvu que les spectateurs se sentent impliqués. »

L'été, arrivé en avance en avril, s'est interrompu début mai ; l'eau et le vent ont pénétré jusque dans le réduit où se trouvait le projecteur. Il a fallu plusieurs jours pour le faire sécher. J'ai donc commencé le 9 mai, la san Duilio. Et j'ai démarré avec l'hymne de la maison, *Cinemà, cinemà*. Raciti le revendiquait comme un manifeste de son art. Il l'écoutait debout avec un air de componction, puis il faisait le signe de la croix et se lançait dans la défense de son territoire. Le premier soir la « louve », ce brouillard venu de la mer qui restait suspendu entre le sommet des maisons et le ciel, flottait sur nos têtes. Les familles disposant d'une terrasse sur le toit invitaient leurs amis pour l'admirer, les enfants tendaient les mains dans l'espoir de la toucher, les plus capricieux ou les plus gâtés se faisaient lever bien haut. Pour nous qui habitions au rez-de-chaussée, la « louve » était pénible, elle nous privait du ciel, elle représentait une sombre oppression. Je l'ai prise pour un mauvais présage. Peut-être en était-ce vraiment un.

Marietta avait sorti de l'armoire de son fils un pantalon noir – « le sang y coule encore », avait-elle annoncé pour indiquer qu'il était comme neuf – et deux chemises blanches à ma taille, près d'un mètre quatre-vingts à présent. J'étais fier de cette tenue réglementaire. Raciti ne l'a même pas remarquée. Il était trop occupé à m'expliquer la valeur et l'importance historique du piano sur lequel j'allais jouer. Sa silhouette en imposait, il avait une queue, mais sa valeur résidait dans la petite plaque de cuivre sur le côté, où était gravé « Becker ».

« Tu connais cette marque ? » Raciti suait l'excitation. « C'étaient les pianos du tsar. Il vient tout droit de la cour de Saint-Pétersbourg. Pense à combien de mains célèbres se sont posées dessus. Maintenant c'est ton tour. Il te portera chance, tu n'imagines même pas combien. Quand tu seras devenu un pianiste célèbre, dis que tu as fait tes premières armes sur le Becker du professeur Raciti. Je compte dessus… »

Et de deux. Après le père Ferdinando, le géomètre Raciti à son tour pariait sur mon avenir. Sûrs de mon succès, ils misaient l'un et l'autre sur ma reconnaissance pour obtenir une loge à la Scala et une place dans la chronique. S'ils avaient possédé le flair des découvreurs de talents, ils n'auraient pas fait une erreur aussi monumentale. Je me demande s'ils se seraient contentés d'être cités dans des souvenirs. C'est toujours mieux que rien, non ?

Je n'ai jamais su si ce Becker était authentique, si seule la plaque l'était, ou même pas. Il était accordé, il était facile à manier, et il suivait parfaitement ma frénésie d'apprendre.

La cinémathèque de Raciti n'était pas très fournie. Une dizaine de galettes de Charlot, plus *Cabiria, Quo Vadis ?, La Naissance d'une nation, Intolérance, Rapacità, Vedi Napoli e poi muori, Frate Sole, La nave*, de Gabriellino D'Annunzio, fils de Gabriele, *Il grido dell'aquila*, premier film mussolinien, *Cyrano de Bergerac, Maciste in vacanza.* Le nouveau film arrivait le lundi, nous le projetions à la deuxième séance. Pour inciter les spectateurs à voir les deux films de la soirée il y avait un billet à prix réduit. Pendant l'entracte Raciti parcourait les rangées avec deux jeunes pour s'assurer que tous les spectateurs avaient payé. Il faisait ensuite la chasse aux infiltrés. Il existait deux cachettes possibles : les toilettes, naturellement, mais il avait un passe ; et la pièce où on rangeait les boîtes de films, les balais et les serpillières. Mais elle puait trop, même pour ceux qui ne pouvaient pas s'empêcher de rouler Raciti ou de peloter la fille qui les accompagnait. À ce stade restait à contrôler les allées et venues, près du comptoir des casse-croûte et des boissons. Beaucoup s'y attardaient sous prétexte qu'ils consommaient, dans l'espoir de pouvoir se faufiler dans les derniers rangs quand les lumières s'éteindraient. Pour Raciti c'était pire qu'une insulte. Le besoin impérieux de l'éviter multipliait ses yeux et ses mains.

J'étais placé derrière l'écran. Raciti m'ordonnait à voix haute quel morceau attaquer et pendant combien de minutes. Pour les nouveaux films, que lui-même ne connaissait pas, le premier soir nous allions à l'instinct, les ajustements venaient les soirs suivants.

En août je me suis laissé aller aux arrangements. Pour *Intolérance*, au lieu des symphonies de Beethoven, j'ai adapté *Core'ngrato, Lo zoccolaro, Marechiare, Santa Lucia* et *Te voglio bene assaje.* « Intéressant, intéressant… », a déclaré Raciti. Il a pointé l'index sur moi et avec un de ses sourires fréquents, il a ajouté : « N'oublie pas de me citer… »

À la première projection d'*Il grido dell'aquila* nous avons vu apparaître un grand nombre de personnages contaminés par la chemise noire, entourés de tous ceux qui tenaient à témoigner leur foi dans le fascisme. Raciti a tout de suite compris qu'il pouvait spéculer dessus. Il a annoncé aux petits chefs du parti qu'en raison de son succès le film serait projeté de nouveau la semaine suivante pour permettre de le voir à ceux qui l'avaient manqué. Il a fait le plein. Ceux qui avaient besoin de se mettre en avant aux yeux du chef local du parti ont accouru. Raciti l'a proposé une troisième semaine avec la garantie de vendre tous les billets. J'ai reçu l'ordre d'alterner l'*Héroïque* avec *La leggenda del Piave*; la *Marcia reale* et *Fratelli d'Italia* avec *Giovinezza.* Le mardi est devenu le rendez-vous habituel avec *Il grido dell'aquila* à vingt et une et vingt-trois heures. Durant la projection c'était à qui lancerait le premier «Eja, eja, alalà» dans les scènes les plus fortes. J'interrompais aussitôt ce que je jouais pour entonner *Giovinezza*, que le public chantait à gorge déployée. Le seul à rester imperturbable était Raciti, occupé à compter la recette.

Pour moi le fascisme a commencé et fini là. Je me souviens ensuite de la course pour éviter les meetings du samedi. Des épidémies de grippe et de diarrhée se déclaraient régulièrement. Rien de politique, mais le désir compréhensible d'éviter les corvées le jour de semi-repos. Plus ça changeait et plus c'était pareil. Les riches continuaient d'être riches et les pauvres d'être pauvres.

Pour mes parents, le salaire que me versait Raciti tombait mieux qu'une eau de mars. Ils ont acheté des chaises et des couverts. En réalité je ne touchais pas trente lires, puisque le cavaliere Zappalà en empochait au moins cinq. Nous étions convenus d'une demi-lire pour une heure. Il m'en fallait une dizaine par mois pour apprendre, répéter et progresser.

Je me présentais au Splendor deux heures à l'avance, je me mettais au piano qui avait peut-être appartenu aux tsars et je sentais que j'avais atteint les limites de mes possibilités. Pour les dépasser j'aurais dû étudier, m'appliquer, bûcher. Mais je n'en avais pas envie. Mon oreille me suffisait, je me satisfaisais de m'en servir toute ma vie. J'étais plus qu'heureux de vivre dans la musique, de pouvoir m'y noyer, même si pour ça je devais suivre les directives de Raciti. En plus j'étais payé, j'aidais ma famille, nous mangions au déjeuner, au dîner, et le matin il y avait toujours quelque chose à se mettre sous la dent. La salade d'oranges restait en tête de nos préférences. Si au début elle avait été un luxe, elle était devenue une habitude. Je mange de la salade d'oranges au petit déjeuner depuis quatre-vingts ans. Si je suis arrivé jusqu'ici, c'est qu'elle ne doit pas faire de mal.

J'ai découvert la nuit. Nous finissions vers une heure et demie du matin, souvent à deux heures. Si j'avais sommeil, je coupais par la piazza Carlo Alberto où l'air était imprégné des relents du marché. Si je me sentais alerte et gourmand, je faisais le grand tour par la via Etnea. Des bacs de zinc et de bois montait le parfum des produits des cent glaciers de la rue. Certains servaient encore des gâteaux au chocolat à ceux qui refusaient de rentrer chez eux et de grosses tranches de pastèque à ceux qui faisaient leur tour habituel des bordels et qui en plantant les dents dans la chair rouge étaient convaincus d'améliorer leurs performances. Les fenêtres des balcons étaient ouvertes pour laisser entrer la brise marine. La grande rue qui va vers l'Etna donnait l'impression d'une immense scène sur laquelle plongeaient loges et baignoires. Même à ces heures tissées de silence et de murmures la curiosité dominait, le désir de connaître les secrets des autres pour en tirer l'intime conviction d'être meilleur que son voisin.

Via Umberto le parfum changeait. Il y avait celui du jasmin qui décorait les buvettes, celui des sirops, celui de la menthe, qui dominait facilement les autres. Mais l'atmosphère aussi était différente. Sur la place, autour des tables en plein air, on jouait à la zecchinetta. L'été on s'installait sous les palmiers majestueux, l'endroit considéré traditionnellement comme le plus frais, mais je vous garantis que lorsqu'il faisait chaud c'était pareil là-dessous que partout ailleurs.

Je parlais de la zecchinetta. Vous n'y avez jamais joué ? On utilise un jeu de quarante cartes. Le banquier en pose deux au centre de la table, sur lesquelles misent les joueurs, et une à côté de lui. Il découvre ensuite une quatrième carte. Si elle est identique à la sienne, il a perdu ; si elle est identique à l'une des cartes des joueurs, il rafle les mises. Si elle est différente des trois cartes déjà découvertes, il la pose à côté de celles des joueurs, qui peuvent aussi parier sur elle. Et ainsi de suite jusqu'à épuisement de la banque ou des mises. Quand le banquier perd, il cède le paquet de cartes au joueur à sa droite.

Celui qui accepte d'être banquier risque sa chemise, mais il gagne en proportion. En Amérique, en fréquentant Lansky et Luciano, je me suis fait une culture des casinos et des tripots. Mais je vous assure que la zecchinetta bat tous les autres jeux. Elle symbolise le hasard à l'état pur, pas comme la roulette ou le chemin de fer.

À la lumière jaunâtre des lampes à pétrole les pièces et les billets s'accumulaient sur les cartes, on respirait plus fort. Le quatre de bâton s'appelait le tabuto, le cercueil; le six était jugé le plus favorable à la banque, le sept aux joueurs. Personne ne faisait confiance aux autres, tous tenaient à paraître malins et dangereux. Un regard oblique annonçait une tempête; l'échec de l'autre comptait davantage que sa propre victoire. Un petit groupe de badauds regardait à quelques mètres de distance. On évitait les commentaires et les plaisanteries, on se comprenait par mimiques, par regards, par coups de coude. Une victoire entraînait une tournée d'orgeat, de champagnino, de complet pour les amis et les enfants; ceux qui avaient l'estomac fragile demandaient du tamarin, qui à mi-verre donnait droit à l'addition de bicarbonate pour aider la digestion. J'assistais à tout ça sans comprendre. Je n'ai jamais aimé le jeu, encore moins le hasard. Mais je sentais que ce qui se déroulait n'était pas qu'une partie de cartes. C'était une représentation anticipée et solennelle de la vie et de la mort.

L'aube me surprenait souvent. Plus que par la clarté j'en étais averti par l'odeur de légumes frais, de pommes. Les charrettes les transportaient vers la piazza Carlo Alberto, mais leurs conducteurs les avaient arrêtées près des buvettes pour tenter leur chance eux aussi. Naturellement, ils perdaient en quelques coups le bénéfice de toute la journée de travail encore à venir. Je filais déjà chez moi. Je devais me coucher avant que mon père ne sorte, et la complicité de mes frères n'était pas gratuite. Comme je gagnais davantage que Nino et Peppino, ces deux Caïn exigeaient le prix du silence.

En octobre nous avons déménagé au cinéma-théâtre Excelsior. Le nombre de séances est passé de deux à quatre : à seize heures, dix-huit heures, vingt heures et vingt-deux heures. Je me tenais dans la petite fosse d'orchestre. La faillite d'un propriétaire de salle de Palerme avait permis à Raciti de récupérer une cinquantaine de films italiens réalisés entre 1915 et 1920. « Pour Catane, ce sont d'authentiques primeurs. » On trouvait dans le lot presque toute la production de Francesca Bertini. Vous comprenez ? La première diva, une Duse des pauvres ou, si vous préférez, une Sophia Loren en plus exsangue. J'adaptais dessus *Lo cardillo 'nnamurato, Lo zoccolaro,* le *Requiem.*

Un après-midi de printemps, à la fin de la séance de seize heures, un employé m'a annoncé qu'une dame me cherchait. J'ai pensé que ce pouvait être ma mère. Ce n'était pas elle, bien qu'elle en ait eu l'âge. Pour l'endroit et à cette heure elle débordait d'élégance : robe de soie, chapeau et ombrelle assortis. Elle était pleine de charme et d'une chose que j'ignorais, mais qui m'a énormément impressionné : la classe. Elle était accompagnée de deux jeunes filles, élégantes elles aussi et très maquillées.

« Je voulais te féliciter », a-t-elle dit d'une voix qui ouvrait les portes du paradis, tandis que mon odorat était bouleversé par le parfum délicat qu'elle portait.

J'ai rougi, je ne savais pas où regarder. Les deux jeunes filles gloussaient.

« Déjà l'été dernier au Splendor je m'étais rendu compte de ton talent. Tu improvises bien, tu as une sensibilité très fine. Tu aimerais jouer dans mon salon ? »

J'étais stupéfait. J'ai réussi à articuler : « Le professeur Raciti me donne une lire par jour, et dans deux mois je serai augmenté.

– Je t'en donne cinq par jour et je t'assure que tu t'amuseras bien davantage. »

Je l'ai prise pour la fée Morgane, mais c'était la Chère Ninon, tenancière du bordel le plus renommé de la ville, *Les Fleurs du mal*, via Lincoln, à cent mètres au-dessus des Quattro Canti de la via Etnea.

Je venais d'avoir seize ans, le 22 avril, et je n'avais l'âge ni d'aller dans un bordel ni d'y jouer. Mon deuxième entretien, décisif, avec la Chère Ninon eut lieu dans une allée de la villa Bellini où il m'a semblé être au centre de tous les regards. Elle s'était déjà renseignée sur mon âge («Je t'en donnais cinq de plus»), mais elle a ajouté que cela ne constituait pas un obstacle insurmontable («Il suffira que j'en glisse un mot à l'oreille de mes amis»). J'allais devoir jouer de dix-huit heures à minuit. Jouer quoi? J'étais conscient d'avoir un répertoire limité. Rien d'italien a répondu la Chère Ninon, son salon tenait à se différencier de la concurrence. En résumé: des valses quand tout allait très bien et qu'il fallait une touche sentimentale; des polkas et des charlestons, tout juste arrivés de Paris, si l'un des clients avait l'envie et les moyens de faire la fête et d'une musique joyeuse en rapport. Pour le reste, j'allais devoir y mettre du mien. La Chère Ninon l'a dit avec un sourire qui lui a fait plisser ses yeux magnifiques. Elle avait apprécié mes improvisations au Splendor et à l'Excelsior. En revanche, je ne devais avoir aucune initiative quant aux filles: interdiction de leur faire la cour, d'aller dans leur chambre, de les inviter à l'extérieur. Si je les rencontrais dans la rue je devais faire semblant de ne pas les reconnaître. Veston et cravate obligatoires.

La Chère Ninon m'a acheté mon premier costume. J'ai été expédié dans un magasin de la via Etnea. Le vendeur a choisi la fantaisie, un tissu à chevrons dans les gris, il a pris mes mesures et m'a dit de repasser au bout d'une semaine pour l'essayage. Outre le costume, deux chemises m'attendaient, à col serré traversé par une épingle, ainsi que deux cravates unies. Au dernier essayage le vendeur m'a informé que je devais me présenter aux *Fleurs du mal* le lundi suivant.

J'étais attendu le dimanche dans le magasin de chaussures de la piazza Carlo Alberto. Au nom de l'enseigne, *Cosentino*, correspondait un jeune petit enragé avec une drôle de frange sur le front. Il m'a toisé comme s'il avait affaire à des émanations d'égout. À son avis j'étais un caprice sénile de la Chère Ninon. Ce qu'il n'osait pas avec elle, il me l'a fait payer.

« Les chaussures noires de ce joli museau sont déjà payées par la dame. » Il l'a hurlé de sorte que tous ceux qui étaient dans le magasin regardent dans ma direction. J'ai aussitôt reçu l'étiquette de débauché. Une mère a tiré sa fillette vers elle par crainte de la contagion.

Quand j'ai choisi le modèle, celui qui me faisait le moins mal, Cosentino a remarqué avec aigreur : « Tu verras, la dame appréciera. Ton père et ta mère aussi seront contents. Ou ils le sont déjà, malgré tout ? » Cosentino avait vu juste. En effet, mes parents étaient enthousiasmés par ce que j'allais gagner. Ma mère, toutefois, avait exprimé un doute. Elle aussi trouvait que j'étais trop jeune pour travailler dans un bordel. Mon père l'avait tranquillisée : la Chère Ninon fixait les règles et préfets, policiers et colonels des carabiniers s'y conformaient. Ma mère s'était assombrie : cette connaissance de la part de mon père sur l'influence exercée en ville par la Chère Ninon ne lui plaisait pas.

Surmonté le dernier sursaut de légalité, la joie causée par mon salaire a eu le champ libre. Cent cinquante lires par mois représentaient une somme que nous ne pouvions même pas compter. Papa et maman décidèrent de déposer trente lires à mon nom sur un livret de la poste. J'ignorais naturellement ce qu'était un livret de la poste et mes parents en avaient seulement entendu parler. Il évoquait pour eux le plus proche de l'aisance que pouvait espérer une famille comme la nôtre. Après avoir annoncé à mes frères et sœurs que j'allais avoir un livret de la poste, ma mère m'embrassa avec émotion, elle me couvrit la poitrine de baisers et me caressa les cheveux. Pour ouvrir ce livret, papa s'adressa à Nino Puglisi, le seul en mesure de s'en charger entre les règlements, les interdictions, les papiers à remplir et à signer.

Le bureau de poste était du côté de la mer, près de la gare. Puglisi nous a accompagnés. Lui savait comment se comporter. Il avait à peu près l'âge de mon père, mais il portait des costumes trois-pièces et des cravates de luxe. Les hommes courbaient la tête, ils touchaient leur chapeau pour le saluer ; les femmes esquissaient une révérence. Mon père et moi marchions sur des œufs, craignant de trahir à chaque pas notre insuffisance. Nous n'étions pas à notre place, et plus nous cherchions à ne pas le montrer, plus nous en étions conscients. Après trop de questions et trop de signatures qui m'avaient coûté des efforts et m'avaient embarrassé, l'employé nous a demandé combien nous déposions. Mon père et moi nous sommes regardés déconcertés. Puglisi est vite intervenu et a dit : « Dix lires. » Il a tiré un billet de la liasse attachée par un élastique qu'il portait dans sa poche. Mon père était abattu. Il avait cru qu'on pouvait ouvrir un livret sans faire de versement. Il allait en faire par la suite pour la plus grande gloire des Melodia.

« Ne vous tracassez pas, Turiddu, a dit Puglisi. Aujourd'hui j'ai investi dans Mino. Je parie mille lires que c'est une bonne affaire. » Il m'a fait un clin d'œil.

Le lundi, je suis arrivé aux *Fleurs du mal* une demi-heure en avance comme l'avait suggéré ma mère. Mon nœud de cravate m'étouffait, le costume me chatouillait partout, et en débouchant piazza Carlo Alberto j'avais déjà la sensation que mes pieds étaient emprisonnés dans une cage. J'ai été tenté d'entrer dans le magasin de Cosentino, mais il était sur sa porte pour pousser les derniers clients à entrer. J'ai serré les dents et je suis passé fièrement devant lui le regard dans le vide.

« L'œuf de Pâques est prêt à être déballé et dégusté. » Cosentino m'avait reconnu.

Aux *Fleurs du mal* personne n'a fait attention à moi. Les femmes de chambre mettaient la dernière main aux préparatifs avant l'ouverture. Elles retapaient les coussins, passaient le chiffon sur les meubles, ajoutaient de l'eau dans les vases de fleurs, arrosaient les plantes, réajustaient bibelots et napperons. J'étais de trop. Elles me le montraient toutes par des grimaces et des soupirs, mais aucune ne m'a demandé qui j'étais ni ce que je voulais. À six heures moins cinq la Chère Ninon s'est avancée dans le salon. Sa robe d'organza noir faisait ressortir la blancheur de sa peau, et surtout de ses seins qui débordaient de son grand décolleté. Je n'ai pas dissimulé mon intérêt, elle s'en est aperçue.

Le piano était un Offberg droit en noyer. Nous nous sommes tout de suite compris. Il me suffisait de l'effleurer, il obéissait parfaitement. Je m'en souviens comme si c'était hier : mon premier morceau a été *Auld Lang Syne*, plus tard rebaptisé *Il valzer delle candele*. Ensuite j'ai joué tous les autres. Je ne me suis pas arrêté une seconde. Comme d'habitude je m'étais perdu dans la musique, mais je suis revenu quand je me suis rendu compte que j'avais épuisé mes connaissances. J'ai été pris de terreur à l'idée que les autres s'en aperçoivent, que la Chère Ninon me congédie dès la première soirée. Adieu le livret de la poste. J'ai commencé à mélanger les notes, comme je l'avais déjà essayé, puis j'ai improvisé.

« Nous accordons une pause à notre excellent et inépuisable pianiste ? » La Chère Ninon s'est approchée en applaudissant. Les filles et les clients ont suivi. Une femme de chambre m'a apporté un verre de rossolis. Je me suis à peine tourné pour remercier. J'avais peur de regarder les gens. Et s'ils me demandaient un air que je ne connaissais pas ?

Je suis resté collé à mon tabouret, même pendant les pauses. Mon instinct se réveillait au moindre bruissement de soie. Je percevais la bonne odeur de la jeunesse, enrichie de poudres et d'essences. J'ai appris à reconnaître les filles au claquement de leurs talons, au gazouillis de leurs rires. Si je n'avais pas été absorbé par la musique et la peur de faire une erreur, de ne pas me montrer à la hauteur, j'aurais vécu dans un état d'excitation permanente. Heureusement, celle-ci ne me prenait que sur le chemin de la maison. Libéré de la hantise des touches, je pouvais revivre le peu que j'avais entrevu et tout ce que j'avais flairé.

Un autre de ses longs étés qui se prolongent de mai à octobre s'étendait sur Catane. Via Etnea et via Umberto en avaient pris les couleurs, les senteurs, les atmosphères: l'arrogance se mêlait à l'indolence, les cloportes se prenaient pour des jaguars, les petits crétins jouaient les durs. C'était le triomphe bien connu de l'apparence: beaucoup de moins-que-rien mélangés à des rien-du-tout qui se prenaient pour Dieu sait qui.

Je suis devenu un habitué de la nuit. Ceux qui fréquentaient les glaciers et les buvettes ne me regardaient plus de travers. En fin de semaine, il m'arrivait d'apercevoir Puglisi. Il était toujours accompagné. À ses anges gardiens s'ajoutaient les postulants et les admirateurs. Il les écoutait tous en faisant de rares signes d'assentiment. Jamais un sourire. Son aspect attirait pourtant la sympathie.

Pour moi, la vie tenait dans les deux ou trois heures passées à regarder les autres. Dans le noir j'étais bien, je me sentais à l'abri. J'imaginais que mes pensées et moi étions invisibles. À quoi je pensais? Bonne question. Probablement à rien. Je préparais les accords que j'allais réaliser le lendemain. À cette époque-là déjà je me reprochais d'obtenir si peu sans efforts au lieu de me fixer des objectifs ambitieux. Je rentrais à la maison presque à l'aube et me réfugiais dans le sommeil. Je pouvais dormir jusqu'à trois ou quatre heures de l'après-midi. Ma mère avait préparé sur la table les pâtes, un morceau de fromage, du pain et une orange. Elle s'asseyait près de moi, elle me caressait des yeux, elle n'osait plus le faire avec les mains, j'étais devenu trop adulte pour elle et elle attendait que j'ouvre la bouche. Mais je ne l'ouvrais pas. Je passais parfois des heures à contempler, par notre rectangle de ciel, ces après-midi à la consistance et au goût de fer.

Et puis le destin s'est chargé de me tirer de ma mélancolie.

Ce devait être en septembre, ou peut-être octobre, en tout cas c'était encore la période des bains de mer parce que les filles laissaient un sillage salé. Trudy était une Bolognaise aux yeux en amande. Entre deux clients elle avait toujours un livre à la main. Je ne la croisais jamais, nous ne nous étions probablement même pas regardés. Une nuit, en partant, je me la suis trouvée près de la porte, son inévitable livre à la main.

Les yeux fixés sur la page elle a susurré: «Si tu reviens à quatre heures tu trouveras la porte ouverte. Ma chambre est la troisième au premier étage.»

Je suis revenu, bien entendu. Trudy était froide et distante. À la différence de madame Claretta elle voulait être parfaitement servie des pieds à la tête. Elle ne parlait que pour me dire ce que je devais faire. En apparence, elle consentait à recevoir, mais à la fin quelques geignements lui échappaient. Je m'appliquais pour me montrer à la hauteur: je transpirais, je haletais, je ne restais pas une seconde tranquille. J'ai appris à me servir de ma langue. Ça me paraissait une bonne idée, ensuite j'ai apprécié. N'empêche que je restais un peu insatisfait. Je jouissais davantage des mots que des sens. Mais jamais je n'ai manqué un rendez-vous quelconque.

Au bout d'une semaine, mon père m'a surpris. Il se tenait devant le chariot déjà rempli de marchandises.

«Mino, tu sais l'heure qu'il est?»

J'ai eu un éclair. «Papa, il y a eu une fête. La Chère Ninon m'a demandé de dépasser l'horaire. J'ai été bien payé.»

Je lui ai montré les pourboires accumulés le mois précédent. Ils devaient servir à acheter une bicyclette. Mon père a secoué la tête, j'ai filé tout droit au lit. Nino et Peppino, déjà habillés, n'ont même pas songé à me faire des reproches. J'ai étendu les bras, j'ai bâillé et je me suis endormi tout habillé. Dans l'après-midi ma mère a dû me secouer à cinq heures et demie.

En sortant de la chambre de Trudy à l'aube, j'ai failli me cogner à Olga. J'avais mes chaussures à la main pour ne pas faire de bruit et je regardais par terre pour éviter les obstacles. Olga était appuyée contre l'horloge à coucou, les bras croisés, la cigarette aux lèvres. C'était une forte fille de la province de Trévise dotée des seins les plus ronds que j'aie jamais vus. Sa combinaison ultracourte exposait les deux colonnes d'Hercule de ses cuisses. D'un signe de tête elle m'a indiqué sa chambre, la deuxième porte de l'étage. Olga aurait pu être la fille de madame Claretta. Son enthousiasme était envahissant. Je devais seulement faire acte de présence.

J'ai pris l'habitude de me partager entre les chambres de Trudy et d'Olga. Je n'ai jamais su si elles l'ignoraient, si elles étaient au courant ou, tout simplement, si elles étaient d'accord. Nous n'en parlions pas. Elles acceptaient le cas échéant d'intervertir les rencontres sans poser de questions. Mais elles avaient tendance à s'attarder. Et à l'aube quelqu'un commençait à circuler entre les étages, soit pour aller aux toilettes, soit pour chercher un verre d'eau. Quand ce n'étaient pas trois filles à la fois, l'une pour les toilettes, une autre pour le verre d'eau et une troisième pour une envie quelconque. Je devais évaluer le bon moment pour sortir de la chambre d'Olga, qui ronflait déjà, me précipiter en bas, traverser le salon d'entrée, prendre le couloir latéral, tourner dans le fumoir, arriver jusqu'au débarras, ouvrir la porte, descendre trois volées de marches, et déboucher via Crociferi. C'était la sortie de service utilisée par ceux qui ne voulaient pas se faire remarquer.

Un matin, après mon parcours du combattant, je suis tombé sur la Chère Ninon. Ce n'était pas un hasard. Les lunettes sur le bout du nez elle lisait la *Domenica del Corriere* affalée dans le fauteuil qui, affirmait-elle, avait appartenu à Garibaldi et que celui-ci avait offert à sa grand-mère, à Gênes, en témoignage d'affection et d'estime pour services rendus.

« Mino, tu t'es débarrassé des scories ? »

J'étais à court d'arguments.

« Mon expérience me dit qu'à présent il ne devrait rester que la substance. »

Elle m'a pris par la main et m'a conduit dans une pièce que je ne connaissais pas. J'ai reçu l'ordre d'entrer dans la baignoire pleine d'eau, elle y a versé le contenu de divers flacons. Elle m'a aidé à me laver, m'a enveloppé dans un immense drap de bain, frictionné, séché. À la fin, la Chère Ninon a fait tomber le drap de bain d'un coup sec. Je suis resté tout bête. Elle, au contraire, m'a jaugé comme je l'ai vu faire plus tard en Louisiane avec les nègres. La Chère Ninon remplissait un lit et aurait pu en remplir deux. Noyée de parfum et infatigable, elle n'a pas ôté ses lunettes un instant, pour ne pas perdre le moindre détail, disait-elle.

Trois femmes, pas d'obligations, pas de lamentations et pas de vie commune, c'est la représentation la plus fidèle du paradis qu'un homme puisse trouver sur cette terre, croyez-moi. Si vous réfléchissez, même les musulmans sont plus mal lotis. Ils peuvent avoir soixante-dix vierges, oui, mais après leur mort. Après ma mort, qu'est-ce que ça peut me faire ? En plus, à seize ans on n'a pas de problèmes de rendement. Ça marche par la force de l'inertie.

Quoi qu'il en soit la Chère Ninon et les deux filles veillaient à mon alimentation. Elles dressaient la table pour moi avec les restes des dîners commandés par les clients qui n'avaient pas terminé leurs plats, pressés qu'ils étaient par d'autres besoins. J'ai découvert ainsi le caviar et le pâté, les huîtres et les salades de fruits de mer, les grosses crevettes rôties et les paupiettes d'espadon, la mayonnaise et le thon, le rosbif et le filet. Je dévorais par gloutonnerie, je buvais avec modération, puis j'étais pressé jusqu'à la dernière goutte, au point d'être congédié avec un zabayon de trois œufs parfumé au passito dei Florio.

Ç'aurait pu être une merveille, mais je n'arrivais pas à surmonter l'angoisse de ne pas ouvrir la porte de chez moi avant sept heures, parfois sept heures et demie, avec la famille au complet alignée, lavée et habillée, à part ceux qui étaient déjà partis travailler. D'ailleurs toute pièce a deux faces. Et ce n'est jamais la bonne qu'on tire.

Bref, mes trois bienfaitrices – et, soit dit entre nous, également bénéficiaires – se sont chargées de faciliter ma course d'obstacles pour me permettre de rentrer un peu avant que sonne le clairon du réveil. Elles avançaient l'heure du début, abrégeaient les préambules, sautaient quelques nuits. La première à s'en lasser a été la Chère Ninon. À ses yeux, au bout d'un mois et des poussières, j'avais perdu l'attrait de la nouveauté ; en outre, je crois que, tout au fond, elle n'aimait pas devoir me partager. Au début de l'année suivante elle a congédié Trudy, et Olga est partie au printemps 1927. Alors la Chère Ninon a retrouvé son entrain. S'y est ajoutée Wanda, une Romaine de Testaccio, certaines nuits Gina lui succédait, une Milanaise androgyne avec un casque de cheveux et des petites dents pointues ; Teresa est arrivée d'Enna, dix-huit ans, à dégourdir.

Mais il n'existe pas de paradis qui dure, variante cultivée du rien ne tourne toujours tout à fait rond.

L'été connaissait des vagues de chaleur inhabituelles. J'avais été nourri en cuisine et j'attendais d'être convoqué, étalé dans le fauteuil de Garibaldi. Cette nuit-là l'ordre prévu était Teresa, puis Wanda, et la Chère Ninon pour finir. Aussi ai-je été très étonné de la voir devant moi en tenue de cérémonie, le visage dur.

« Mino, il y a du nouveau. »

Je m'y attendais.

« Tu ne peux plus travailler ici. »

Elle s'est interrompue pour que je puisse intervenir, mais j'étais plus que foudroyé. Comment allais-je donner de l'argent à mon père et ma mère ?

« Tu ne dis rien ? »

Quand on meurt dans un tremblement de terre on a la force de parler ?

« *Les Fleurs du mal* ont changé de propriétaire, le nouveau patron a décidé d'économiser sur toi.

– Sur moi ?

– Pas toi en tant que personne, mais en temps que pianiste. Je regrette. »

La Chère Ninon m'a tendu une enveloppe. C'était le salaire d'un mois complet, bien que nous ayons été à la mi-juillet.

Je suis sorti par la porte principale de la via Lincoln, sans me retourner. De la via Etnea à la via Umberto, de la via Ventimiglia à la via D'Amico j'étais un mort qui marchait. Je me suis jeté à plat ventre sur le lit. Je suis resté dans cette position jusqu'à l'aube. Avant que mes frères et mes parents se réveillent, j'étais déjà sorti. Je suis allé à la pêcherie, j'ai déchargé des caisses jusqu'à dix heures du matin. J'ai gagné cinq lires.

À la maison ma mère pétrissait le pain avec l'aide de Marietta. Je leur ai à peine dit bonjour. Je me suis enfermé dans le réduit. Ma mère a compris que j'avais besoin d'elle. Elle est venue avec une chaise qu'elle a posée devant le lit. Je lui ai donné ce que j'avais gagné à la pêcherie et l'enveloppe avec les cent cinquante lires.

« Qu'est-ce qui s'est passé ?

– Je ne conviens pas au nouveau propriétaire du bordel. Je n'ai plus de travail.

– Qu'est-ce que tu penses faire ?

– Je suis allé décharger des caisses à la pêcherie.

– Tu exagères, comme toujours. Tu exagérais d'abord avec ces filles-là, surtout avec cette grosse putain de Chère Ninon, et maintenant tu exagères en déchargeant des caisses.

Si tu t'abîmes les mains, si tu te casses un doigt, comment tu vas vivre ? Tes mains sont ton bien le plus précieux. Si cette putain de Chère Ninon s'esquinte la chatte, Dieu le veuille, il lui reste toujours le trou de son cul. Mais toi, si tu t'abîmes les mains, il ne te reste qu'un avenir de crève-la-faim. Toi, tu n'iras pas décharger des caisses ou planter des clous. C'est un ordre. Et puis rappelle-toi : le mauvais temps et le beau temps ne durent pas toujours. »

Elle s'est levée, elle a pris la chaise, et elle est retournée pétrir le pain. Des mères comme ça on n'en fait plus, je vous le garantis.

4
Le secret de Taormina

Puglisi révéla à mon père le mystère de mon licenciement. *Les Fleurs du mal* avait été repris par un groupe de Catane ami des Palermitains, eux-mêmes adversaires des Messinais amis de Puglisi. C'était le hors-d'œuvre de la future guerre au sein de la Mafia. J'avais payé l'addition à cause des liens désormais connus entre mon père et Puglisi. Dans cette ville où tout le monde prétendait s'occuper de ses affaires, le sport le plus pratiqué était en réalité de se mêler de celles des autres. Ce que mon père considérait comme un travail ultra-secret était un sujet de discussion et de sous-entendus jusque chez le barbier de la via Reburdone. Nous étions rangés malgré nous parmi les grands fidèles de Puglisi, alors que nous en étions tout au plus des collaborateurs. Mon père continuait ses transports non par sympathie ou par amitié, mais par besoin. Comme c'était un homme de principes, il s'était montré fiable et Puglisi lui avait confié des tâches de plus en plus délicates. Ne vous méprenez pas, rien de sensationnel. Il ne s'agissait pas de drogue, ni d'énormes sommes d'argent sale. Je parle toujours de sel, de grosses quantités de sel que mon père entassait sur son chariot, et de butin particulier qu'il fallait transporter depuis des petits villages de la province à Catane. Les Melodia participaient de cette manière à la croissance de la ville entre la mer et la montagne. De nouvelles occasions se présentaient, il suffisait de les saisir. Mon père le faisait : il avait sept enfants à nourrir.

Puglisi se chargea de réparer l'affront que j'avais subi à cause de lui. Mon père m'informa que je devais me trouver le lendemain à sept heures à la rotonde d'Ognina en grande tenue. Quelqu'un passerait me chercher. Je me suis lavé dans le baquet réservé à Agatella et Concettina. J'ai utilisé le dernier des petits flacons que m'avait donnés la Chère Ninon. Le parfum a envahi la pièce. Peppino qui rentrait sale et suant du travail a fait une remarque acerbe : « Il ne nous manquait plus qu'un frère *puppo.* » En dialecte sicilien, « puppo » signifie poulpe, mais surtout pédé, inverti, bien qu'aujourd'hui les journaux préfèrent écrire homosexuel, gay. À Catane, « puppo » était la pire insulte. Chez nous, on ne peut même pas être maître de son propre cul.

Je suis parti de la via D'Amico à six heures dans la lumière pâle de la fin de l'automne. En costume-cravate, et à cette heure-là, j'étais un spectacle insolite pour les rares passants. Dans le tram, je me suis assoupi. J'ai été secoué par le conducteur : nous étions arrivés au terminus, qu'est-ce que je comptais faire ? Pour repartir dans l'autre sens j'avais besoin d'un autre ticket. Je descendais ou je payais ? Le conducteur me jaugeait, perplexe : bien habillé et endormi. Où était l'erreur ?

Dans le petit port d'Ognina on déchargeait le poisson fraîchement pêché. Un gamin est arrivé du four de la piazza Mancini Battaglia avec son panier de pain chaud. Vingt centimes pour garnir une bonne miche avec des anchois et une tranche de citron. « Pain, anchois et mer », criait le gamin. Je me suis mis dans la file pour être servi.

« Melodia ? »

J'avais la bouche pleine, je n'ai pas pu répondre. Un jeune trapu à rouflaquettes m'avait interpellé. Il portait un maillot de laine sous sa chemise de flanelle. Il avait un nez aquilin, le teint olivâtre. L'Arabe classique de Sicile.

J'ai levé la main.

« Tu es une vraie poupée… Je suis Luigi Puglisi. » Le petit frère de Nino.

J'ai regardé derrière lui, sûr de voir aussi Nino, mais il était seul.

« Monte. Nous sommes déjà en retard. »

Je suis monté dans une Fiat datant de la guerre, chargée d'ans et de maux. Le moteur crachotait en permanence, les vitesses passaient difficilement. Dans la dernière montée vers Taormina elle a failli rendre son dernier soupir. Luigi Puglisi conduisait avec assurance. Il jouait au dur, cherchant à paraître plus vieux que son âge. Il voulait être à la hauteur du nom important qui était le sien. La voiture était bourrée de blocs de glace de formes et d'épaisseurs différentes. Ils venaient de la seule et unique fabrique de glace, installée par Nino Puglisi dans la ruelle derrière la piazza Duomo à proximité des arches du front de mer, qui à cette époque-là séparaient la ville de la mer. Le monopole de la glace avait apporté à Puglisi une aisance soudaine, et le reste de ses trafics avait fait de lui un homme puissant. Certains hôtels de Taormina se fournissaient aussi chez Puglisi. Le *'ntisu* m'avait proposé comme pianiste dans le plus célèbre d'entre eux, le *San Carlo*. Que ce soit par amitié, pour y gagner quelque chose ou pour une autre raison, la direction de l'hôtel avait aussitôt accepté. J'étais engagé les yeux fermés.

Luigi Puglisi a stoppé la voiture devant l'enseigne imposante du *San Carlo*. C'était un couvent du XVe siècle entouré d'un magnifique jardin agrémenté de deux anciens cloîtres. Les aides de cuisine sont venus décharger la glace. Pour porter les plus grands pains, destinés aux comptoirs de la viande et du poisson, ils se mettaient à trois, en file indienne à quelques centimètres d'intervalle.

On nous a fait asseoir dans la petite salle qui s'ouvrait sur la mer. On nous a présenté un monsieur en grande tenue que Puglisi a honoré du titre de directeur.

Sa première question a été : « Tu n'as que dix-sept ans ?

– Dix-huit en avril, a répliqué Puglisi.

– Monsieur Nino Puglisi, notre cher ami et fournisseur, nous a chaudement recommandé ton engagement. Il assure que tu es un prodige au piano. » Son regard moqueur disait clairement qu'il ne se laisserait pas rouler : au début nous sommes tous des phénomènes, mais c'est l'après qui compte. Et cet homme-là allait me juger.

J'ai été pris entre la hâte de Puglisi, pressé que je donne une réponse convaincante pour confirmer les éloges que son frère avait faits de moi, et la jactance du directeur qui laissait transparaître l'autorité de son rôle. Du coup je me suis tu en attendant le pire.

« Tu t'appelles ?

– Melodia.

– Un nom approprié. » Le directeur a ébauché un sourire constipé. « Mais il doit sûrement y avoir aussi un prénom.

– Guglielmo.

– Alors, Guglielmo Melodia, écoute-moi bien, de manière à éviter tout malentendu. » Il a examiné Puglisi pour s'assurer que lui aussi était attentif et ferait un rapport complet à son frère. « L'horaire est de seize heures à dix-neuf heures, tous les jours de la semaine. Dans quelques circonstances particulières tu devras peut-être jouer le soir de vingt et une heures à minuit. Dans ce cas, si tu veux, tu pourras avoir un lit dans l'aile de service. Le salaire est de trois lires par jour plus un repas assuré, à prendre en cuisine avant ou après ton numéro. Les pourboires sont autorisés, mais la moitié est versée à la caisse commune. Tout est clair ? »

C'était exclu de pouvoir refuser ou négocier. Je ne devais pas oublier que je me trouvais là grâce aux mérites de mon protecteur et à la munificence du *San Carlo.* J'ai donc répondu que tout était clair, mais le directeur n'avait pas terminé.

« Le personnel est soumis à certaines règles de conduite. Il ne peut pas accepter d'invitation dans les chambres de la part des clients des deux sexes ; la politesse et la bonne éducation ne doivent jamais donner lieu à des malentendus ; il est fortement déconseillé de fréquenter la clientèle y compris hors de l'hôtel. Le *San Carlo* est absolument intransigeant sur chacune de ces règles et ne tolère aucune dérogation d'aucune sorte. Ne pas les observer entraîne le licenciement immédiat. »

Le directeur a poussé un soupir de satisfaction. Son rôle et la vanité qu'il en tirait avaient été satisfaits.

Ce n'est que dans les mois suivants que j'ai compris la raison de ces recommandations. La fortune de Taormina c'étaient les jeunes garçons aux yeux noirs, à la peau imprégnée du parfum de sel et à la quéquette toujours prête. Taormina était fréquentée en grande partie par des touristes étrangers du nord de l'Europe. Ils étaient tous riches et passaient l'hiver dans un des lieux les plus enchanteurs du monde et la tiédeur du soleil de Méditerranée. Ils étaient souvent en couple. Un homme et une femme, deux hommes, plus rarement deux femmes. Leurs différences de patrimoine se manifestaient par le nombre de jeunes garçons qu'un couple pouvait se permettre. Il y avait celui qui devait se suffire d'un seul pour tous les goûts ; celui qui s'en offrait deux, avec l'avantage de se les échanger ; il y avait enfin les grands noms, industriels, banquiers, princes, qui s'entouraient d'une petite cour de ces morveux. Ils s'amusaient à cueillir le fruit du jour pour lui, pour elle, pour tous les deux ou pour faire plaisir à un ami.

On ne voyait pas beaucoup de jeunes filles : femmes de chambre faisant partie de la suite, nièces ou présumées telles, filles emmenées aux confins de la civilisation pour qu'elles oublient une déception amoureuse. Vous pouviez les trouver de seize à dix-neuf heures sous l'énorme lustre en fer forgé du grand salon du *San Carlo*. Et que faisaient-elles? Elles m'écoutaient, et surtout elles me regardaient. Mais moi je ne les regardais pas. Je jouais sur un Steinway noir parfaitement accordé, le dos tourné aux clients occupés par le rituel du thé et des petits gâteaux. J'avais décidé de ne pas avoir d'ennuis et je n'en ai pas eu. Je faisais même semblant de ne pas voir que les chefs de salle opéraient un prélèvement sur mes pourboires. Disons que dans la soucoupe posée sur mon piano s'accumulaient chaque soir jusqu'à dix lires. Une fois retirée la moitié destinée à la caisse commune, il n'en restait mystérieusement plus qu'une, deux au maximum, sur les cinq. Quant à la caisse commune, qui à la fin du mois dépassait les mille lires, Dieu sait comment j'en empochais à peine cinq.

Je prenais le train de treize heures à Catane, trois quarts d'heure plus tard je descendais à la gare de Giardini. Soit je trouvais quelqu'un qui devait monter à Taormina pour une livraison, soit je faisais la route à pied. Même si c'était l'hiver, je transpirais beaucoup et j'avais besoin de me laver. C'est ainsi que j'ai connu Linuccia, chargée du ménage du rez-de-chaussée. Elle me faisait utiliser la salle de bains pour les réceptions, m'apportait des savonnettes et de l'eau de Cologne venues de Paris. J'ai découvert le bidet, mais moi j'ai toujours traité mon cul comme un cul.

Linuccia et moi échangions des baisers enflammés. Elle était de Messine et aspirait à offrir sa virginité à son futur mari. Il ne m'est jamais venu à l'idée que ce soit moi. Mais j'ai convaincu Linuccia qu'elle pouvait rester intacte sans pour autant renoncer à un peu de saine distraction. Nous utilisions le dépôt des parasols, qui ne nous servaient à rien, et des transats qui eux nous servaient.

J'avais la permission de finir les restes du personnel. Il y avait peu de maisons de Catane où on mangeait mieux. J'étais tellement submergé par cette abondance qu'il m'arrivait de laisser quelques bouchées dans mon assiette. J'avais dépassé le stade primaire de la faim et je commençais à m'intéresser au goût. Le chef cuisinier de l'hôtel était un Belge prompt à s'enflammer pour les jeunesses, filles et garçons. Lorsque ses sens étaient en ébullition, c'était aussi la joie sur la table. Le soir, je reprenais le train de neuf heures et demie. Le dîner dans le coin de la cuisine du *San Carlo* me donnait sommeil. Bercé par le balancement du wagon, je dormais pendant tout le trajet.

Ce fut une période d'apathie. Je me contentais de ce que j'avais, mais c'était comme nager en apnée. Les filles et les mères me faisaient les yeux doux, mais je continuais mon chemin. Quand je jouais *Ninna nanna delle dodici mamme,* plus d'une dame aurait été prête à m'adopter. Moi, j'avais autre chose en tête, mais quoi? Je vivais enfermé dans l'hôtel. Taormina était une bonbonnière faite de ruelles et d'escaliers où dominaient le laid et le vieux. Les rares belles constructions accusaient l'usure du temps. Les cloîtres, les églises, les demeures particulières s'adossaient les uns aux autres dans une vaine tentative pour gagner de l'espace. Quand je marchais dans ces rues je manquais d'air, pour respirer il fallait que j'arrive sur la place avec sa grande terrasse face à la mer. La Nature et le bon Dieu s'étaient montrés plus que généreux, mais mes concitoyens rivalisaient pour gaspiller ces dons. C'était vrai hier, ça l'est aujourd'hui, et je crains que ça le soit demain. Nous nous gargarisons de la Sicile paradis sur terre, mais celle dont nous parlons est l'île qui n'existe pas.

Le *San Carlo* a fermé fin mai. À cette époque-là les hôtels de luxe ouvraient d'octobre à la fin du printemps. Quand la chaleur devenait étouffante, la clientèle retournait chez elle dans le nord de l'Europe profiter de la fraîcheur et à Taormina démarraient les travaux d'agrandissement. Les familles mettaient à profit l'argent gagné par leurs fils aux yeux noirs, à la peau salée et à la quéquette toujours dure. Celles qui vivaient dans des masures construisaient une maison en maçonnerie avec les solides pierres noires de l'Etna. Celles qui avaient déjà une maison construisaient une autre pièce, ajoutaient des toilettes, achetaient des meubles.

Je suis devenu profession libérale. À La Plaja on avait dressé les premiers stands en bord de mer : glaces, boissons, un peu de musique pour danser sur des planches branlantes. Un pianiste coûtait moins cher qu'un orchestre de danse. Accompagnées de papa-maman les jeunes demoiselles pâles venaient déguster leur glace et échanger avec les garçons des regards assez pénétrants pour les mettre enceintes séance tenante. On découvrait les succès américains. Ce qui avait fait autorité à Paris en 1925 s'imposait à présent à Catane. Quelques parents âgés réclamaient encore *Come pioveva*, mais les plus jeunes s'enthousiasmaient pour *Swanee*, *Lady Be Good*, *The Man I Love*, *Fascinating Rhythm*, *Rhapsody in Blue*, *Isn't It Wonderful*. J'en étais fou, je sentais que c'était la vraie musique sans même savoir que leur auteur s'appelait George Gershwin. J'ignorais aussi l'existence de Louis Armstrong, sa présence dans les orchestres dont j'utilisais les airs. Je pillais *Naughty Man* et *Cornet Shop Suey*. Ce rythme qui faisait bouillonner mon sang, j'ai appris qu'il s'appelait jazz. Quand j'ai entendu *Everybody Loves My Baby*, j'ai compris que parmi ces lions je resterais toujours la taupe, tout juste bonne à faire son trou. J'entrevoyais un nouveau monde, il m'attirait, mais pourrais-je l'atteindre ?

Je n'avais pas conscience d'être une oreille sans talent. La facilité avec laquelle je posais les doigts sur les touches effaçait la notion même d'étude, de sacrifice, d'effort. Je m'imaginais que cette facilité m'accompagnerait jusqu'à mon dernier jour. Je me vouais déjà à mon destin de médiocre.

J'étais si ignorant que j'ai accepté cinquante lires du cavaliere Zappalà pour diffuser un disque qu'il avait acheté les yeux fermés à son revendeur milanais. Il s'agissait de *The Prisoner's Song*, la première chanson qui se soit vendue à un million d'exemplaires en 1924. Je l'annonçais au public en fin de soirée ; ceux que la chaleur avait accablés, qui s'étaient excités à danser collés serrés l'écoutaient en extase, comme si c'était du Mozart ou du Gershwin. Le lendemain ils couraient acheter le disque, un 78 tours en ce temps-là ; on parlerait aujourd'hui d'arme inadaptée. Grâce à moi le cavaliere Zappalà a épuisé son stock de mille exemplaires. La chanson était en anglais, personne n'en comprenait un mot ; le chanteur – il me semble que c'était Vernon Dalhart – ne valait pas grand-chose, mais à Catane c'est devenu la manière de se sentir américain. Ça faisait très, très chic.

En octobre j'ai repris mon poste au *San Carlo*. Le jeudi et le samedi je jouais aussi après le dîner. Je dormais dans une chambre à six lits, étroits, mais toujours plus confortables que le hamac de chez moi. Toutefois, pour y tenir à deux et s'endormir il fallait vraiment être à bout de forces. Ceux qui travaillaient à l'hôtel avaient tendance à se retrouver la nuit. Comme ça n'était pas interdit, nous considérions que c'était permis. La journée finie, on veillait tard en compagnie de vin et d'alcool. Des cris d'admiration saluaient l'apparition des bouteilles ventrues de cognac. Le premier toast était dédié à l'habileté et l'adresse de celui qui les avait procurées. Certains profitaient des vapeurs de l'alcool pour effacer toute distinction de sexe. La chair reste la chair et je ne peux pas exclure d'avoir participé à quelques parties de colin-maillard. Dans la chambrée des femmes les lits étaient plus larges, mais il fallait tomber sur la bonne porte, ce qui était bien plus compliqué que vous ne l'imaginez.

En dehors des heures que je passais au Steinway, je végétais dans un état de douce absence. Je regardais vivre un autre Mino indifférent à ce qui lui arrivait. J'affrontais de longues discussions intérieures qui me laissaient encore plus confus et bestial.

En aidant ma mère à la confection de conserves et de confitures j'ai connu Anna. Elle vendait des fruits et des légumes au début de la via Galvagna. Elle avait un peu plus de trente ans, deux filles adolescentes, et un mari englouti par la guerre. Elle a décidé de se remettre, avec moi, de son abstinence prolongée. À mon insu, j'ai provoqué pire qu'un orage dans l'existence tranquille de cette famille de femmes. J'ai éveillé la curiosité de Giannina, l'aînée des filles. J'étais habitué à me débrouiller dans les situations de surnombre, mais quand Luisa, qui avait dans les treize ans, est arrivée aussi, j'ai refusé. Pas pour des raisons morales, mais mon instinct voyait venir les complications. J'avais suscité trop d'attentes.

Dans les trois pièces de la via D'Amico, on vivait et grandissait sans que je voie rien. En dehors de ma mère, personne n'avait de relations avec moi. Avec raison, les autres me rendaient la monnaie de ma pièce. Pour eux, ma chance m'était montée à la tête. Ils n'en avaient rien à faire de la musique, ils étaient éblouis par le milieu que je fréquentais, par l'argent qui y circulait, par les repas somptueux que je partageais, par mes gains et par ma garde-robe. J'avais davantage de vêtements que toute ma famille réunie. Comparé à tous les malheureux qui trimaient de l'aube au crépuscule et auraient mérité un tout autre destin, j'étais considéré comme l'exemple de l'ingratitude.

Nino et Peppino me regardaient avec envie. Il serait sans doute plus exact de dire qu'ils regardaient avec envie mon livret d'épargne sur lequel s'étaient accumulées plus de mille lires. J'y faisais des dépôts sans jamais rien retirer. Et pour quoi aurais-je dépensé ? Dans les limbes où je me traînais, je n'éprouvais aucun besoin. Mes seules dépenses portaient sur mon habillement. Au *San Carlo* ils étaient exigeants, le directeur me l'avait dit tout net : tu dois porter des costumes neufs, des chaussures neuves, des chemises neuves et des cravates neuves. Il avait ajouté avec une condescendance complaisante : « À ta place, je veillerais à assortir aussi la couleur des chaussettes. »

Je ne savais pas quoi faire de ma vie et, surtout, elle ne m'intéressait pas. Déjà à cette époque-là je ne me plaisais pas; pis, je ne m'aimais pas. Les saisons se succédaient à mon insu. Le souvenir encore frais de la misère m'avait fait acheter des vêtements qui convenaient au froid et au chaud. En novembre je passais du maillot de coton au tricot de laine; le 40 juin, soit le 10 juillet, du tricot de laine au maillot de coton. Mais devant le piano je me transformais, je sentais que l'essence de ma nature dépendait des sons que mes mains tiraient de ces touches blanches et noires, de ce mélange de miel et de fiel. Je devinais que pour me sauver j'allais devoir aller plus loin, me mettre à étudier, demander à la grande musique ce que rien d'autre ne me donnerait. Mais comment renoncer à l'argent, à l'indépendance, à la griserie, à la prétention et aux coucheries que me facilitait la musique de bas étage? Il m'aurait fallu une intelligence et une volonté que je n'avais pas. Le train est passé devant moi pour la dernière fois, mais je ne m'en suis pas rendu compte. Je l'ai laissé passer en me condamnant à tout ce qui ne serait pas.

J'avais salué l'arrivée de 1930 avec *Manhattan Rhapsody*, avec *Hot Fives and Sevens, Black and Tan Fantasy, West End Blues.* Dans l'admiration générale je massacrais Armstrong et Ellington. Je commettais le plus impardonnable des péchés avec le maximum de superficialité.

Je m'en souviens comme si c'était hier. Après la bamboche des fêtes, terminée avec l'Épiphanie, le soir était venu dans le calme et le silence. Il flottait dans l'atmosphère la lassitude de tous les après, la résignation qui succède à la fausse euphorie. Je rentrais chez moi pour me reposer après des nuits de promiscuité collante. La gare de Giardini était vide et le train pour Catane, froid et sale. En arrivant j'ai été réveillé par le vent imprégné de mer. Autour du kiosque de la grande place les chevaux des fiacres publics reniflaient l'air, fatigués; les cochers attendaient les voyageurs du dernier train du continent. Je me suis dirigé vers le parterre, pour faire le grand tour avant de m'effondrer sur mon lit.

« Mino... »

Plus qu'un appel, ça ressemblait à une prière très humble, puis à un ordre.

Nino Puglisi me souriait à l'entrée du hall. Seul. J'ai regardé la grande horloge qui donnait des palpitations aux retardataires. Vingt-deux heures trente. Je ne pouvais m'attendre à rien de bon.

« Alors, Mino, comment ça va ?

– Bien, don Puglisi, et je sais que je dois vous remercier.

– Si tu tiens à remercier quelqu'un, remercie le bon Dieu qui t'a fait don de cette oreille spéciale, et remercie ensuite ce grand travailleur qu'est ton père, toujours prêt à se briser les reins pour vous ses enfants. »

J'ai acquiescé et je l'ai suivi. Puglisi aussi était attiré par le parterre.

« Je sais qu'ils sont contents de toi au *San Carlo*.

– Je m'applique.

– Pas seulement au piano. » Il m'a lancé un regard complice.

J'ai haussé les épaules en signe de soumission.

« L'important est de bien te tenir, de montrer que tu respectes les règles du directeur. Tu vas voir, ils vont t'augmenter, s'ils ne le font pas, dis-le-moi. Je m'en occupe. Les amis sont là pour ça. Tu es d'accord ? »

Je pouvais ne pas l'être ?

« Il paraît que tout le monde te connaît à Taormina à présent. Tu fais partie du décor... » Puglisi était ravi de sa plaisanterie.

« En réalité je circule peu.

– Tu connais la Traversa degli Ebrei ? Juste derrière le cours...

– Vous avez besoin de quelque chose ? » Ou j'ai changé de voix, ou j'ai changé d'expression.

«Sois tranquille. Tu voudrais que je mette en péril un espoir de la musique italienne?»

Puglisi s'est appuyé à la balustrade pour regarder les vagues qui venaient se briser à quelques mètres de nous. Je savais qu'il m'étudiait. J'ai pensé au travail de transport de mon père; au début ç'avait été du sel, et ensuite? Mais sans Nino Puglisi ma famille aurait encore lutté contre la faim.

«Mino, tu vois ces vagues? Nous sommes comme elles. Nous prenons notre élan sans savoir contre quoi nous nous cognerons.»

Moi, contre quoi j'étais sur le point de me cogner?

«Dans la Traversa degli Ebrei travaille un brave homme qui répare les chaussures. Il s'appelle Gino Tomarchio. Encore un grand travailleur, comme ton père. Il ouvre quand les autres sont encore fermés, il travaille jusqu'à la nuit noire. Sa femme s'appelle Mariannina Giaconia. Drôle de nom, eh? Elle n'est pas d'ici. Elle vient de Castellammare del Golfo. Zu Gino l'a connue quand il était militaire. Il l'a épousée et l'a amenée ici. Elle a un frère. Elle en a plusieurs, mais celui-là, Enzo, est parti en Amérique avant la guerre. Un type intelligent, une vraie fripouille. Il pourrait venir un de ces jours voir sa sœur. Tu serais capable de me faire savoir quand il arrivera et combien de temps il restera?»

Il m'a tapé sur l'épaule. «Comprenons-nous bien, Mino. Je le sais que tu en es capable, mais je ne voudrais pas abuser. Il faudrait que tu te renseignes très discrètement. Je te demande trop?»

Il le savait très bien.

«Comptez sur moi, don Puglisi.

– Je ne te l'ai pas prouvé que je compte sur toi? Dès que tu apprends quelque chose, montre-toi au kiosque de la piazza Vittorio Emanuele.»

Pour avoir le temps de satisfaire la demande de Puglisi j'ai dû changer mes habitudes et prendre l'omnibus de neuf heures. La Traversa degli Ebrei était une ruelle de l'ancien ghetto, si minuscule qu'on ne pouvait presque pas y marcher côte à côte. Je me suis présenté avec une paire de chaussures de femme trouvées au vestiaire du *San Carlo.* Elles avaient le talon cassé. L'antre de Tomarchio débordait d'effluves malodorants et d'amateurs. Dans un brouhaha ininterrompu l'oncle Gino jouait du marteau, de la lime, de la colle, du ligneul. Zu Gino travaillait davantage pour la clientèle des hôtels que pour ses pays, qui venaient chez lui pour le plaisir. Et quel plus grand plaisir que de déblatérer contre tout le monde et son père ? Vous connaissez ces émissions de télé où ils se mettent à dix pour dire du mal de quelqu'un ? Chez Gino, il suffisait de deux pour dire du mal de dix. Ils s'asseyaient devant la boutique et parlaient très fort afin que les passants puissent intervenir dans la lapidation de la victime du moment.

« Elles seront prêtes après-demain, m'a dit Tomarchio. Mais tu n'es pas du coin, je me trompe ?

– Je travaille au *San Carlo.* » Je n'étais pas en tenue ; je portais un pantalon et une chemisette bariolée. J'avais mis une casquette pour ne pas paraître trop déplacé.

« Ah, c'est ça. En plus des talons, je pourrais aussi arranger un peu les pointes, qu'est-ce que tu en dis ?

– Je dois demander à la propriétaire.

– Dis-lui que c'est cinq lires pour les talons, sept pour le tout. »

Bigre, le prix d'une paire de chaussures neuves.

Tomarchio avait grommelé sans lever les yeux de son établi. Les deux médisants s'étaient tus, occupés à m'évaluer.

« Qu'est-ce que tu fais au *San Carlo* ? C'est vrai que les bonnes femmes ne vous laissent pas tranquilles une minute ?

– Ah, si je le savais… » Je me suis éloigné suivi de regards méprisants.

Je suis revenu le soir dire que la cliente ne voulait que les talons ; c'était moi qui payais, et cinq lires au profit de Nino

Puglisi c'était déjà trop. Deux jours plus tard j'ai retiré les chaussures. Mon visage était devenu familier et je pouvais rôder sans problèmes. Je me promenais longuement d'un bout à l'autre du corso Umberto, je pénétrais dans le dédale des ruelles adjacentes. Même si je ne portais pas veston et cravate, certains me reconnaissaient; on glissait du salut aux potins. Le sujet était toujours les femmes du *San Carlo*, celles qui y séjournaient, celles qui y travaillaient, ce qu'elles faisaient, comment et pourquoi. Et leurs maris? Leurs maris regardent ou tendent les mains, et quoi d'autre avec les mains? Cette dernière question s'accompagnait toujours d'un regard allusif, de l'espoir de découvrir le côté obscur du garçon qui cultivait des inclinations différentes. C'était un *puppo*...

Je me prêtais à cette curiosité malsaine en comptant obtenir entre une grosse blague et une médisance quelques indices sur le beau-frère américain de l'oncle Gino, Enzo Giaconia. Mais personne ne le connaissait. Et parmi les hommes que je rencontrais sur le corso, dans les cafés et les boulangeries, aucun ne me paraissait fraîchement débarqué d'Amérique. Je sentais que je m'étais fourré dans une sale histoire. À l'évidence, Puglisi ne cherchait pas à revoir un vieil ami et encore moins à lui faire une bonne surprise. Je voulais seulement me sortir de là, mais je ne pouvais pas le faire en annonçant à Puglisi que le frère de madame Tomarchio ressemblait à un fantôme. Giaconia était sûrement à Taormina, et je devais le trouver. Dans le cas contraire je risquais de compromettre le travail de mon père et le mien au *San Carlo*. Le perdre signifierait renoncer à la musique, à ma seule raison de vivre.

Enzo Giaconia est apparu spontanément, encore mieux que la Vierge Marie, dans le salon du *San Carlo*. Habillé en dandy, guêtres comprises, il s'est installé dans un fauteuil d'angle. Au début, je l'ai pris pour un gigolo attendant sa proie. Mais il ne bougeait pas, il n'essayait pas d'engager la conversation. Il fumait tranquillement son cigare et sirotait le whisky que la direction destinait aux rares clients d'outre-Atlantique. Entre deux morceaux j'ai demandé au serveur qui était l'élégant solitaire.

La réponse a été presque scandalisée. « Comment ? Tu ne le sais pas ? C'est le beau-frère américain de Tomarchio, celui qui répare les chaussures dans la Traversa degli Ebrei. Il paraît qu'il a été obligé de fuir l'Amérique pour sauver sa peau. On dit qu'il est toujours armé. »

Je n'avais pas cette impression, mais j'ai évité de l'observer jusqu'à ce qu'il s'en aille. Le soir même j'étais piazza Vittorio Emanuele. On avait dressé la table habituelle de zecchinetta. Appuyé au comptoir, Puglisi contrôlait les mises et les joueurs. Après une main très bénéfique au banquier, un type qui avait joué gros a découvert ses cartes en cherchant la même valeur que le trois de coupe exposé par la banque. Le trois de denier, le trois de bâton et le trois d'épée gisaient au fond du paquet.

« Le petit Jésus serait né avant que le trois sorte », s'écria le chercheur d'or le visage altéré. Je l'avais remarqué au cours de mes pérégrinations nocturnes. Je ne l'avais jamais vu gagner une seule fois, il était abonné à la défaite.

Puglisi s'est avancé, conciliant. « Qu'est-ce que tu veux dire, Turi ?

– Je veux dire ce que tu as très bien compris.

– Nous l'expliquons aussi à nos amis ? » Puglisi indiqua les vingt personnes qui retenaient leur respiration tout autour.

« Quelle coïncidence : non seulement la banque a la chance de ne pas tirer le trois, mais elle découvre sept cartes pour la mise avant de commencer ses vendanges.

– Mon cher Turi, c'est moi qui dois expliquer à un joueur aussi expérimenté que toi qu'avec neuf cartes pour la mise la banque ne peut que gagner ? À moins que tu sois le banquier. Dans ce cas, après les sept cartes découvertes pour la mise, le trois sortirait à coup sûr pour faire sauter la banque. »

Tout le monde a ri de bon cœur. La palme du grand couillon de la soirée avait été décernée. Cependant, le couillon tout juste désigné n'a pas apprécié. Il a marché sur Puglisi, mais deux anges gardiens lui ont fait face, la main sous la veste.

« Riez, riez, dit le couillon, n'empêche que votre ami vous plumera vous aussi. Nino, tu te crois le plus fripouille du monde entier. Attention, toi aussi tu en trouveras un plus fripouille que toi. Et alors tu regretteras d'être resté seul. Salut la compagnie. »

Personne dans la bande n'a fait attention à lui quand il s'est éloigné.

« Pour une fois, ce ne sont pas les meilleurs qui s'en vont », dit une voix anonyme.

« Gianni, nous n'allons pas laisser nos amis se dessécher. » Puglisi s'adressait au garçon de la buvette qui prépara pour tous la spécialité de la maison : citron pressé, sirop de menthe, eau de Seltz et un trait d'absinthe.

On remélangea les cartes, chacun retourna à son poste de combat. Ceux qui étaient assis autour de la table leur verre à la main se sentaient acteurs de l'Histoire. L'affrontement entre Puglisi et le grand couillon allait occuper les commérages de la ville pendant des semaines ; pouvoir affirmer y avoir assisté, et même participé, allait apparaître comme un privilège. À chaque nouvelle évocation les témoins ajouteraient un détail, une précision. Au bout d'un mois la dispute entre Puglisi et le grand couillon se serait transformée en *Cavalleria rusticana* des pauvres.

Puglisi m'a enfin accordé un peu d'attention. Nous nous sommes installés derrière la buvette.

« Le spectacle t'a plu, Mino ?

– Je croyais que c'était un de vos amis.

– Un frère. Ni plus ni moins que Caïn. Mino, ça n'est plus comme autrefois. Il n'y a plus de respect, même les poules essaient de faire cocorico. Les temps sont compliqués, temps de simulateurs et de cocus. Les Palermitains se cassent le cul pour établir des règles et des autorités. Et tu sais pourquoi ils le font ? Parce que ensuite ils exigent que tu les observes, pendant qu'ils s'en foutent et qu'ils te roulent. Mino, je meurs, tu vis, mais n'oublie pas ce que je te dis: ne jamais se fier aux Palermitains. »

Je lui ai raconté ce que je savais sur Enzo Giaconia et sa mauvaise humeur a disparu.

« Tu vois que j'ai eu raison de te faire confiance. Le fils de l'ami Turiddu ne peut qu'être digne de cet honnête homme. »

Sa satisfaction m'a fait plaisir.

« C'est maintenant que vient le plus difficile. »

Cette déclaration m'a glacé.

« Tu dois étudier les allées et venues de Giaconia, ses horaires; vérifier s'il fréquente quelqu'un, s'il se déplace seul ou accompagné. Il est armé?

– Il paraît.

– Je m'en doutais, mais ça n'est pas un problème. Mino, j'ai besoin de lui parler face à face. Tu comprends... Je dois lui faire une surprise, alors tes renseignements me sont indispensables. »

Nous étions, ou plutôt j'étais revenu au point de départ. J'apercevais Giaconia dans les rues de Taormina, mais je ne savais pas sous quel prétexte m'adresser à lui. Il n'était pas accompagné, n'échangeait de saluts avec personne, il évitait d'attirer l'attention et n'avait pas d'habitudes. Il pouvait se montrer deux jours consécutifs puis disparaître pour le reste de la semaine. Il venait rarement au *San Carlo*: il fumait le cigare, sirotait son whisky, payait et sortait. Il était le contraire absolu de ses vêtements, réservé et mystérieux.

J'ai recommencé à prendre l'omnibus de neuf heures pour jeter un œil dans l'antre de Tomarchio, mais Giaconia n'y apparaissait pas. J'ai surveillé aussi le logement de l'oncle Gino. Zéro pointé: Giaconia habitait ailleurs. Mais où? Dieu sait que Taormina n'était pas « Nuovaiocche », ni même Catane: elle tenait tout entière dans un mouchoir de poche, théâtre grec inclus. Loin du piano je constatais mon inaptitude totale à vivre. Je comprenais que j'étais un Sicilien loupé, à commencer par ma taille. Les garçons de mon âge ne me pardonnaient pas de devoir me regarder d'en bas.

Toutefois je ne pouvais pas perdre mon temps à me plaindre. Et si Giaconia était parti à l'improviste ? Que faire avec Puglisi ? Quel prix allais-je devoir payer pour avoir échoué ?

Avec l'arrivée imminente du printemps le piano-bar du *San Carlo* avait instauré l'après-dîner. Je dormais souvent à l'hôtel. Peu après l'aube je surveillais déjà les rues. Pas trace de Giaconia.

Pour la San Giuseppe j'ai décidé de rentrer à Catane ; je devais aviser Puglisi que notre bonhomme avait disparu. La gare de Giardini n'était pas vide. Tout seul sur le banc, Giaconia épiait la nuit de derrière son journal. Je suis resté paralysé. Ne sachant que faire, j'ai fini par le regarder.

« Petit, tu sais y faire avec le piano. »

La remarque de Giaconia m'a pris par surprise. Il s'est étiré en long et en large et s'est levé pour venir vers moi, avec son élégance habituelle et tapageuse. Il était plus jeune qu'il ne m'avait paru, dans les trente ans. Le renflement sous son veston ne pouvait correspondre qu'à un pistolet.

« Tu vas à Catane ? »

J'ai fait oui de la tête.

« Tu es de là-bas à ce qu'on m'a dit… »

J'ai de nouveau hoché la tête.

« Comment tu t'appelles ?

– Mino.

– Mino comment ?

– Melodia.

– Je ne connais pas… Mais c'est un beau nom pour un pianiste. »

Il s'est détendu. Ne pas avoir entendu le nom de Melodia ni en Amérique ni à Castellammare del Golfo le mettait dans de bonnes dispositions à mon égard.

« Tu es de Catane même ?

– Oui.

– Alors tu connais bien la ville ?

– Oui.

– Et tu ne parles pas beaucoup. C'est bien, petit. C'est le passeport pour une longue vie.

– Merci.

– Moi aussi je vais à Catane. Le train de neuf heures et demie…

– Exact.

– On arrive à quelle heure ?

– Dix heures vingt. »

Il s'est caressé les joues en se demandant si je valais la peine qu'il me pose la question qui l'intéressait. « Écoute, petit, je vais à Catane pour me défouler un peu. Voilà un mois que je vis comme un moine cloîtré. Tu me comprends ? »

J'ai fait signe que oui.

« Tu pourrais me renseigner ? Je cherche un endroit agréable avec des filles propres, parfumées et bien en chair. Tu vois ce que je veux dire ? » Son sourire changeait sa bouche en une cavité obscène.

« Le meilleur bordel de la ville est dans la montée de la via Lincoln, aux Quattro Canti, au-dessus de l'intersection avec la via Etnea. »

Il m'a lancé un regard désemparé. « Je ne connais pas Catane. On m'avait donné une indication… » Il a tiré de la poche de son gilet un papier avec une adresse du port : un bouge.

« Non. Ça n'est pas un endroit pour les gens comme vous.

– Tu es dégourdi, petit. Il s'appelle comment ton endroit ?

– *Les Fleurs du mal.*

– Du français, très raffiné. L'endroit l'est vraiment ?

– Je vous l'ai dit, il n'y a pas mieux en ville.

– Je peux dire que c'est toi qui m'envoies ? »

J'ai eu peur que Giaconia n'en sache trop. J'ai été franc. « J'y ai joué du piano il y a des années, je ne sais pas s'il reste une de ces filles.

– Mais la tenancière se souviendra de toi.

– Si elle n'a pas changé. » Je savais parfaitement que la Chère Ninon était toujours à son poste.

« Elles ne changent jamais. Dis-moi plutôt quel est son nom de bataille.

– Chère Ninon.

– Avec ce qui est français on ne lésine pas, et finalement elle vient peut-être d'un village à côté…

– Si vous voulez, je vous accompagne. C'est sur mon chemin. »

Giaconia s'est raidi, il a ajusté sa veste, sa main a effleuré le renflement. L'arrivée du train Messine-Catane lui a permis de ne pas répondre, et à moi de surmonter mon embarras. Je me suis assis dans un compartiment de troisième classe. J'étais déjà absorbé par l'urgence d'aviser Puglisi que son homme était à Catane, qu'il n'avait pas d'amis et que je savais où le trouver. Giaconia m'avait suivi. Il s'est assis à côté de moi. « Petit, qu'est-ce que tu dirais de prendre un fiacre ? Tu me laisses devant le bordel, *Les Fleurs du mal*, c'est bien ça ? Et tu continues. C'est moi qui paie. Ce soir c'est le luxe, en fiacre comme un vrai monsieur. D'accord ? »

Mon assentiment muet mit fin à la discussion. Giaconia entrouvrait les yeux. Je sentais sur moi sa curiosité. Je me suis serré contre le dossier pour trouver une protection qui n'existait pas. J'étais mal à l'aise, plein de craintes, mais éveillé et vif comme ça ne m'était pas arrivé depuis des mois. Plus nous approchions de Catane, plus je me sentais près d'un des tourbillons qui engloutissent les nageurs à La Plaja.

La gare était déserte, la nuit obscure, on entendait la mer sans la voir. Nous avons pris le premier fiacre de la station. J'ai susurré le nom de la rue au cocher. Giaconia avait la main sous son veston. Il observait et humait. À la faible lueur des ampoules pendillantes nous avons traversé la partie la plus ancienne de la ville. Nous avons trouvé un peu d'animation sous les arceaux du bord de mer ; en revanche, la via Etnea boudait: buvettes et glaciers étaient presque tous fermés, rares passants tête baissée, bâtiments imposants plus vieux qu'étincelants.

À l'entrée du bordel, Giaconia a sorti la main de sous sa veste et m'a gratifié d'un demi-sourire. «Pour le moment, petit, merci pour tout. Je te ferai savoir quand nous nous verrons à Taormina.»

Le cocher m'a demandé où aller: piazza Vittorio Emanuele. Et j'ai ajouté qu'il aurait un pourboire s'il pressait ses chevaux. Nous avons volé. Quand j'ai vu Puglisi près de la table de zecchinetta, j'ai sauté du fiacre et je l'ai entraîné vers l'arbre le plus proche. Ses anges gardiens me sont tombés dessus et il leur a fallu quelques secondes pour comprendre que c'était moi.

«Giaconia est à Catane, il vient d'entrer aux *Fleurs du mal.*

– Mino, tu es encore mieux que ton père. Vite, les enfants.»

J'ai hurlé derrière lui: «Il est armé!»

J'ai été embarqué dans une Alfa Romeo noire, une six cylindres Turismo où nous nous sommes installés à quatre. Nous avons traversé les rues désertes à toute vitesse. J'étais désorienté par le voyage, par ce qui allait se passer, et par le fait de me trouver dans une voiture qui coûtait dans les quarante mille lires. Vous avez une idée de ce que représentaient quarante mille lires? Les plus beaux appartements de la via D'Amico, ceux du deuxième et troisième étages, trois fois plus grands que le nôtre, n'atteignaient pas les cinq mille. Une suite au *San Carlo* en coûtait trois cents, un kilo de pain, une lire soixante; un kilo de viande, seize; un ticket de tram, cinquante centimes. J'avais toujours vu Puglisi à pied. J'imaginais qu'il vivait bien, mais pas au point de faire apparaître une grosse voiture comme celle-là d'un simple claquement de doigts.

Quand nous sommes arrivés via Lincoln, Puglisi a chuchoté quelque chose à ses deux anges gardiens qui ont disparu sous un porche. Nous sommes restés lui et moi appuyés au capot encore chaud de l'Alfa Romeo.

«Dès que tu vois Giaconia, tu me le présentes», a dit Puglisi. Il voulait paraître détendu, mais il était comme l'amant de la femme du barbier: obligé de se faire raser par le cocu avec le rasoir sur la gorge.

«Et s'il est déjà parti?» C'était une ultime tentative pour m'extraire de la fosse marine de La Plaja, de plus en plus menaçante.

«Il est là», a affirmé Puglisi.

Il fumait, et je me concentrais sur ce que j'allais jouer le lendemain. L'idée m'est venue de mélanger un peu d'Armstrong avec du Mozart. Je n'avais jamais essayé, mais dans ces circonstances ça paraissait une expérience attrayante. Je m'étais mis dans la tête qu'Armstrong était né de Mozart et qu'il était là pour permettre d'en apprécier la légèreté joyeuse.

La porte du bordel s'est ouverte. Fausse alerte, c'était un gros négociant en viandes. Lorsqu'il a vu Puglisi il lui a donné des coups de chapeau pendant dix mètres. Il y a eu encore trois fausses alertes. À la cinquième ouverture de la porte, Giaconia est apparu sur le seuil. Pas un pli dérangé, la main toujours sous la veste.

J'ai atteint le trottoir et Giaconia m'a presque bousculé.

«Qu'est-ce que tu fais là?» Ses pupilles ont dardé des éclairs pour repérer le danger.

J'ai bredouillé: «Il y a un monsieur qui veut vous saluer.

– Moi?»

Giaconia a sorti son pistolet, un de ces lourds revolvers que je n'avais vus que dans les films.

«Monsieur Giaconia, je suis Nino Puglisi», a déclaré la voix derrière moi.

Giaconia haletait, il cherchait à savoir où était le piège. Puglisi était à présent à côté de moi. Il a tendu la main, que l'autre n'a pas serrée.

«Monsieur Giaconia, vous devez m'excuser si je me présente ainsi, sans les formes appropriées, mais j'ai un message urgent pour vous de la part d'un ami.

– Je n'ai pas d'amis, a répondu Giaconia.

– En Sicile. Mais en Amérique vous en avez beaucoup, et l'un d'eux m'a chargé de vous retrouver au plus vite.»

Giaconia pointait son gros revolver sur Puglisi. J'étais hors du coup.

«Monsieur Giaconia, libre à vous de me tenir en joue. Je vous demande cependant l'immense faveur de pouvoir vous remettre le message qui m'a été confié. Ensuite nous poursuivrons chacun notre chemin.»

Giaconia a ricané. Il a levé lentement son pistolet vers la tête de Puglisi.

«Monsieur Giaconia, voilà le message...»

Le visage de Giaconia s'est contracté. Le bras qui tenait le pistolet s'est abaissé; ses yeux ont roulé, exorbités; son corps s'est affalé. Je l'ai soutenu pour l'empêcher de s'écrouler. Derrière Giaconia sont apparus les anges gardiens. L'un avec un pistolet, l'autre qui tenait le manche d'un couteau planté jusqu'à la garde dans le dos de Giaconia. Quand il l'a lâché, je me suis retrouvé avec Giaconia dans les bras. Il perdait beaucoup de sang. J'étais là ahuri, incapable de bouger, de réagir. L'effort de soutenir Giaconia me donnait la sensation que les bâtiments étaient sur le point de s'écraser sur moi.

«Allez, Mino, on s'en va», a murmuré Puglisi.

J'ai lâché Giaconia, j'ai fait un pas, quelque chose m'a saisi la cheville, c'était la main de Giaconia. Je suis tombé sur le pavé en me cognant la tête, j'ai entrevu les yeux vitreux de Giaconia et j'ai perdu connaissance.

Le bruit de l'Alfa qui s'éloignait m'a réveillé.

Ils m'avaient abandonné.

J'ai été frappé par un faisceau lumineux. Quelqu'un sortait des *Fleurs du mal*.

« Hé, qu'est-ce qui se passe ? Votre ami se sent mal ? » Le vieil homme oscillait sur le seuil, hésitant entre s'approcher ou reculer.

Je me suis redressé tout étourdi et j'ai couru vers les Quattro Canti.

« Hé, hé… Arrête-toi… Qu'est-ce qui se passe ? » Les voix étaient plus fortes et se superposaient. Les appartements s'éclairaient, les fenêtres s'ouvraient.

J'ai dépassé le carrefour de la via Etnea et poursuivi ma course, ensuite j'ai coupé vers la piazza Carlo Alberto. C'est l'enseigne lumineuse de la rôtisserie *Puleo* qui m'a sauvé. Je n'ai même pas regardé les crêpes à la ricotta et celles aux anchois, les croquettes frites, les pizzas ouvertes au milieu comme les cuisses des filles avec le blanc du fromage de brebis qui en sortait. La vitrine ne m'a renvoyé que le reflet d'un désespéré, couvert de sang jusqu'au visage. Piazza Cappellini je me suis lavé à la fontaine, j'ai enfoui mon tricot dans le coin où s'amoncelaient les ordures, les déchets, les objets brisés. J'ai été accueilli chez moi par le silence. Ils dormaient tous. J'étais seul avec mes peurs. Je me suis écroulé à la grande table de la pièce où se montrait toujours notre rectangle de ciel.

Vous avez déjà vu un homme d'un mètre quatre-vingt-dix qui a peur du noir ? Il n'y avait pas seulement l'angoisse de me retrouver mêlé à un meurtre, mais aussi la déception d'avoir été utilisé puis jeté par Nino Puglisi. Mon présumé protecteur s'était révélé un ignoble exploiteur.

J'aurais eu bien besoin de me confier, mais Nino et Peppino, les deux seuls auxquels je pouvais demander conseil, avaient quitté la maison depuis des semaines. Nino avait organisé une « fuite » classique, le faux enlèvement de la fille de don Vincenzo, son patron ainsi que le propriétaire du plus grand étal de la pêcherie. Disons qu'il s'était casé. Pour Peppino c'était une autre histoire. Il occupait des emplois irréguliers, ne restait pas plus d'un mois dans une place, mais au lieu de se ranger il s'était mis avec une femme plus âgée que lui qui avait laissé son mari à Centuripe. Une salope, de l'avis méprisant de ma mère, qui en avait fait une maladie et en souffrait dans sa chair comme si on lui avait tailladé le visage. «Je veux continuer à marcher la tête haute», répétait-elle à la moindre allusion à Peppino. Papa craignait que pour se venger elle ne veuille taillader elle-même le visage de la salope.

Des jours qui suivirent le guet-apens je ne conserve que des bribes de souvenirs confus. Si auparavant j'avais fui la réalité faute de m'y intéresser, je la fuyais à présent de peur qu'elle m'écrase. Les années passaient et mon plus grand désir était de redevenir l'enfant qui volait les mûres noires du baron Cannata.

Heureusement, je jouais au *San Carlo* presque tous les soirs et restais ainsi loin de Catane. Je sentais que l'atmosphère était devenue lourde. Les rares fois où je dormais chez moi j'entendais mon père inquiet faire part à ma mère des difficultés qui s'étaient abattues sur Puglisi et ses autres amis. Le transport de sel et du reste avait été suspendu brutalement et les gains de mon père en pâtissaient. De mon côté, je savais quelles conséquences infectes ces difficultés pouvaient entraîner. Je ne m'expliquais pas que Nino Puglisi ait commis un tel faux pas.

Moins je comprenais et plus j'étais déprimé. Les nuits du *San Carlo* conservaient leur joyeuse insouciance, mais moi je me réfugiais dans mon lit dès que je quittais le piano. Mes vieux copains essayaient de m'entraîner, mais vous connaissez sûrement la vieille maxime: la bite ne veut pas de soucis. Et la mienne en avait trop. Ma seule consolation était de me projeter dans *Black and Tan Fantasy*. J'imaginais qu'Ellington l'avait enregistré pour moi.

En dix jours il y eut cinq homicides à Catane. La visite du roi et de la reine, venus inaugurer le bâtiment des postes, fut reléguée au second plan. On parlait des morts avec un détachement souverain – si on les a tués c'est qu'ils le méritaient –

jusque dans l'omnibus de Taormina. En revanche, on murmurait seulement à propos des disparitions. Il était arrivé que des jeunes présentant bien, à l'avenir assuré, ne retournent pas auprès de leur femme ou de leur mère. Personne n'avait fait de déclaration ni aux sbires ni aux carabiniers, cependant le bruit avait couru dans les buvettes et les rues près de la mer : leurs parents portaient le deuil, des rubans noirs avaient été mis sur les portes de leurs maisons, des prêtres miséricordieux avaient célébré des messes à leur intention.

Mon père dit à ma mère que les Palermitains étaient en train de gagner. C'était bien pire que si en 1918 on nous avait dit que les Autrichiens dînaient à Rome.

Le nombre de disparus augmenta. Parmi eux, un des anges gardiens de Puglisi. Je n'ai pas osé demander lequel. J'ignorais leur nom et je ne pouvais pas essayer de les identifier en disant : « Veuillez excuser mon ignorance, mais de qui parlez-vous ? De celui qui avait son pistolet sur la nuque de Giaconia ou de celui qui l'a poignardé ? »

L'autre ange gardien de Puglisi fut découvert dans le coin de la piazza Cappellini réservé aux ordures, déchets et objets hors d'usage. Sa photo finit en première page du journal. C'était le pistolero. On lui avait brisé les chevilles, les genoux, les poignets et pour finir on lui avait fracassé le crâne. On en parla sur le corso Umberto de Taormina. « Même chez les bêtes on ne voit pas des choses pareilles. »

J'avais peur d'être la prochaine victime des bêtes. J'interprétais la découverte du cadavre piazza Cappellini comme une menace directe contre moi. Je ne bougeais plus du *San Carlo*. Des semaines sans saveur se succédèrent. Je gardais les yeux baissés, résigné : les ennuis se présenteraient d'eux-mêmes. Ce n'était qu'une question de temps.

Un après-midi déjà étouffant de chaleur, Nino Puglisi m'observait du canapé trônant dans le jardin intérieur. J'étais en fin de course. Je sentais grandir en moi le désespoir quant à l'avenir et l'impuissance quant au présent. Je m'accrochais à la musique, les larmes aux yeux. J'ai entamé un *Beale Street Blues* plus triste que jamais. Je jouais dos à la salle, sans interruption, avec l'illusion d'éloigner l'homme noir.

« Fais une pause dès que tu peux, marmonna un serveur. Le type sur le canapé dit qu'il veut te parler d'urgence. »

Puglisi paraissait détaché, tout à fait en harmonie avec le lieu. Il m'a invité à m'asseoir à côté de lui.

« Mino, tu es vraiment bon.

– Qu'est-ce qui se passe ?

– Je te dois des explications, mais ça n'est pas pour ça que je suis là. Je suis venu pour te sauver. » Il a mordu dans une pâte d'amande.

Je suis resté suspendu dans le vide.

« Ils viennent te chercher ce soir.

– Qui ?

– Les policiers. Quelqu'un a raconté que cette nuit-là tu avais accompagné Giaconia aux *Fleurs du mal*; quelqu'un d'autre a dit t'avoir vu à côté de Giaconia avant qu'il s'écroule. Une de mes connaissances qui me devait quelque chose depuis longtemps m'a prévenu. Il savait que tu étais des miens.

– Qu'est-ce que je fais maintenant ?

– Ça dépend de toi.

– En quoi ?

– Si tu veux, je t'aide à t'enfuir. »

Je suis resté sans voix. La fuite ne figurait pas parmi mes pires prévisions.

« Mais je n'ai rien fait. Vous savez très bien que je n'ai rien à voir ni de près ni de loin dans la mort de Giaconia. Vous m'avez demandé à pouvoir le rencontrer, et je vous ai dit où il était.

– Je sais, mais les policiers ne le savent pas. Ils t'arrêtent, ils te tabassent, ils te font signer des aveux complets. Si c'est ce que tu veux, le petit Jésus lui-même ne pourra pas t'éviter la prison. Sinon, si tu me mets en cause, nos amis seront déçus et tu seras liquidé dans les quarante-huit heures.

– Vous ne pouvez rien faire ?

– Je te l'ai dit, je peux t'aider à t'enfuir.

– Où ça ?

– En Amérique… » Même Puglisi avait compris que c'était un sacré coup pour moi.

« C'est au bout du monde… Je dois en parler avec mon père et ma mère… Vous devez me laisser le temps de préparer mes affaires, des mouchoirs, des chemises, il me faut sûrement un gros manteau… J'ai de l'argent sur mon livret de la poste…

– Mino, c'est précisément le temps qui nous manque.

– Quand est-ce que je dois partir ?

– Dans deux heures.

– Comment ça dans deux heures ? Laissez-moi passer chez moi dire au revoir à mon père et à ma mère…

– Nos amis se chargeront d'aviser ton père et de le rassurer.

– Mais je dois voir ma mère…

– D'après moi, la via D'Amico est déjà occupée en long et en large par la police. Pour elle, tu es un assassin.

– Je ne peux pas partir comme ça…

– À toi de décider. J'ai fait ce que je devais faire. Je t'ai offert sur un plateau d'argent la possibilité de t'en sortir. »

Puglisi s'est levé. Un serveur m'a fait signe de me remettre au piano.

Étourdi, j'ai répété : « En Amérique…

– C'est la seule solution. » Puglisi s'était incliné vers moi pour éviter qu'on nous entende. « Il y a des amis sûrs prêts à s'occuper de toi. Laisse passer quelques mois, une petite année tout au plus, attends que la situation se décante ; une fois tiré au clair ce qui doit l'être, tu rentres tranquillement chez toi. Entre-temps tu auras peut-être gagné beaucoup d'argent et tu reviendras faire le grand seigneur, l'A-me-ri-ca-no… »

Puglisi a détaché les syllabes avec grandiloquence.

Je n'avais pas dit oui, mais Puglisi m'a entraîné hors du salon. « Une petite minute pour une photo et je vous rends votre pianiste », a-t-il annoncé avec un grand sourire aux clients et aux serveurs. Il ne m'a même pas permis d'aller dans ma chambre. L'Alfa noire attendait devant l'hôtel. À l'intérieur, deux très jeunes anges gardiens.

Nous avons démarré comme une fusée. Deux fusils de chasse étaient couchés sous le siège. Au lieu de suivre la route de la côte nous nous sommes lancés vers l'intérieur, sur des sentiers à peine tracés, dépourvus de toute indication. Le premier panneau que nous avons rencontré indiquait Acireale. Nous avons fait une longue plongée vers la mer, toute calme à vingt mètres au-dessous d'une oliveraie. Nous avons marché jusqu'à la petite crique et une barque nous a emmenés au bateau de pêche. Puglisi est monté à bord lui aussi.

« Tu n'es pas le seul à avoir besoin de prendre des vacances. »

La première étape était la Tunisie. Trois jours de navigation. J'ai vomi tripes et boyaux en provoquant l'indignation du capitaine, qui n'avait jamais vu une mer aussi plate. La Providence m'a aidé : j'ai été malade au point de ne pas pouvoir penser au supplice qui m'était infligé. On m'avait préparé une paillasse dans la cale qui puait le poisson avarié. La dernière nuit, comme je me sentais un peu mieux, j'ai pu pleurer sur mon sort. Je m'étais enfui comme un dangereux criminel. J'avais abandonné tout ce qui comptait pour moi : ma mère, mon père, la musique, le *San Carlo*, le livret d'épargne. Je me dirigeais vers un avenir inconnu avec mon costume de flanelle grise, ma chemise blanche constellée de taches, ma cravate à pois et mes chaussures noires, salies de vomi elles aussi.

À l'aube, Puglisi est apparu. J'étais encore en guerre contre le monde et surtout contre moi-même. Je lui ai probablement fait pitié. Il s'est mis à parler pour me distraire. Ça m'intéressait de connaître la raison qui nous avait amenés sur ce bateau ? J'ai répondu grossièrement, vous ne pouvez pas savoir comme ça m'a fait du bien. Mais Puglisi ne l'a pas relevé ; il avait peut-être besoin de se confier à quelqu'un. À sa manière, il m'a fait un récit d'aventures.

L'histoire commençait loin loin, à Nuovaiocche. Depuis un an c'étaient les chamailleries entre deux hommes de Castellammare del Golfo – le village de Giaconia, ai-je pensé – : Giuseppe Masseria, devenu Joe en Amérique, et Salvatore Maranzano. Ils avaient essayé un moment de se mettre d'accord, mais il y avait trop d'argent en jeu pour que l'un des deux se contente de la moitié. Masseria était un rustre à moitié analphabète qui ne pensait qu'aux femmes et au vin ; Maranzano, au contraire, avait étudié au séminaire, il savait lire et écrire, parlait latin et anglais et citait toujours Jules César. Il professait des idées modernes et promettait d'attribuer à chacun de ses adjoints une tranche de Nuovaiocche. Ce qui pour Puglisi revenait à dire une tranche de paradis. Un des jeunes de Masseria pensait comme Puglisi, et l'idée lui plaisait de recevoir une tranche de Nuovaiocche sur laquelle régner. Il s'était donc entendu avec Maranzano pour trahir son propre chef.

« Ce jeune, m'a dit Puglisi, vient de la province de Palerme et à travers une cousine il est apparenté à un de mes amis d'enfance. »

Grâce à cette relation, le jeune de la province de Palerme avait fait demander à Puglisi de lui rendre service en s'occupant d'Enzo Giaconia, un des hommes de confiance de Masseria. À la recherche d'alliés importants afin d'être à égalité avec les Palermitains, protecteurs de ceux qui à Catane ne lui laissaient pas de répit, Puglisi s'était mis à la disposition du parent de son ami d'enfance, qui avait fait fortune en Amérique. Une fortune telle que son entourage l'avait surnommé Lucky… Charles Lucky Luciano.

C'est ainsi que Luciano est entré dans ma vie pour ne plus en sortir.

L'élimination de Giaconia avait été la mesure préventive qui avait précédé celle de Masseria. À Nuovaiocche, désormais, seul Maranzano faisait la loi. Luciano figurait parmi ses représentants. Sauf que pour Puglisi les choses avaient changé du tout au tout. En effet, les Palermitains avaient rejoint les rangs de Maranzano ; et leurs amis de Catane, en leur jurant fidélité, avaient accusé Puglisi d'avoir été à la solde de Masseria. La réalité avait été si bien déformée qu'ils avaient inventé un accord secret avec Giaconia, prêt à vendre ses autres compagnons venus d'Amérique chercher un refuge en Sicile. Puglisi l'avait tué pour le faire taire. Dans cette mise en scène ils avaient transformé mon ancien bienfaiteur en rival sicilien de Maranzano. Son ami, celui qui était apparenté au riche, lui avait suggéré de se mettre à l'abri. Des vacances, me dit Puglisi, pour laisser le temps à Luciano de mettre les points sur les i avec Maranzano.

Puglisi allait donc en Tunisie dans l'espoir de retourner au bout d'un mois reprendre sa place à Catane. Moi j'avais droit à l'Amérique. J'allais voyager sur un des bateaux qui transportaient des clandestins pour le compte des *'ntisu* de Nuovaiocche. À la différence des autres passagers, je ne paierais pas mon billet. À mon arrivée, quelqu'un devait me prendre en charge.

5
Vers l'inconnu

Puglisi et moi nous sommes dit au revoir sur la plage. En prenant congé il m'a remis cent lires. Je ne devais plus le revoir. Il a disparu en Tunisie au milieu des années trente. Pour lui aussi les vacances allaient se prolonger indéfiniment. Mais, contrairement à lui, je suis parvenu à revenir en Sicile.

J'ai passé trois jours dans une baraque construite sur un éperon rocheux à pic sur la mer. Elle servait de base logistique à l'organisation. La première pièce contenait diverses paillasses; dans l'autre on mangeait, on fumait, on jouait aux cartes et on préparait les expéditions vers l'Amérique. Dans un coin des fusils automatiques et les premiers exemplaires de fusils mitrailleurs étaient appuyés contre le mur.

Dès mon arrivée en compagnie des matelots du bateau de pêche, j'ai reçu deux pantalons de futaine, une veste de velours, et trois chemises de laine grise sans col, de celles que portaient les ouvriers agricoles. Ils ne venaient pas d'un magasin, ils avaient servi: sur une des chemises il y avait une auréole de tache de sang. Mais j'ai pu enfin me changer, laver mon costume de flanelle et ma chemise blanche dégoûtante de saleté. J'ai utilisé la cuve d'irrigation qui servait aux nettoyages. À l'aube, l'eau était claire, au crépuscule elle était devenue noire. Celui qui se réveillait tard devait se laver dans la saleté des autres. Pour ne pas courir ce risque, je n'ai pas fermé l'œil durant les soixante-douze heures passées à proximité de la plage. J'étais dévoré d'anxiété à cause de tout ce que j'avais laissé et tout ce qui m'attendait. Je pensais surtout à ma mère, à son angoisse. Sa douleur me faisait mal. Et mon père? Qu'allait-il devenir sans la protection de Puglisi? Il avait encore Agatella et Concettina à placer, Rinaldo et Orlando à élever. J'avais mille lires sur mon livret de la poste, parviendrait-il à les retirer?

Je marchais pieds nus sur le sable en poursuivant les instants de bonheur savourés pendant ces vingt ans. Mais avais-je jamais été heureux? Aujourd'hui, je saurais répondre: si le bonheur existe, Willy Melodia ne l'a pas trouvé. Au fond, la musique a eu le mérite de m'offrir des parenthèses d'absence de cette belle saloperie qu'est la vie.

Et pourtant, sur cette plage d'Afrique, je me sentais tellement démuni que chaque souvenir prenait une patine de mélancolie poignante. Tout et tous me manquaient. Même la dureté de madame Santina, les railleries du fils de monsieur Giuffrida, même Elena apparue et disparue en l'espace d'une soirée devenaient les étapes d'un passé irrémédiablement perdu. Je m'efforçais d'imaginer l'existence que je n'aurais pas: pianiste acclamé, je vivais dans un superbe immeuble habité par Elena, madame Claretta, Trudy, Wanda, la Chère Ninon, Anna et ses filles, Linuccia et toutes les autres dont j'avais du mal à me rappeler le nom.

Je repensais aux paroles de Puglisi qui avait prédit un éloignement temporaire, un retour chez moi avec une voiture grande comme ça à faire crever d'envie toute la via D'Amico. Mais je n'étais pas l'enfant de la chance.

Nous mangions des gambas et des calamars juste sortis de l'eau. Les jeunes de l'organisation les cuisaient sur des grils improvisés. Avec les nomades d'un campement voisin nous échangions du vin apporté de Sicile contre du caillé, des dattes, des noix de coco, et surtout de délicieuses crêpes fourrées à la viande, aux œufs et aux légumes. Au moment de partir, je suis allé me réapprovisionner en nourriture des nomades. Pour dix lires j'ai rempli un sac de fruits, de fromage de chèvre et de crêpes enveloppées dans des feuilles de vigne.

L'après-midi du troisième jour, le bateau sur lequel nous devions voyager a jeté l'ancre à un kilomètre du rivage. Même de loin, il donnait l'impression de flotter pour gagner un pari. Soudain une foule d'hommes, de femmes et d'enfants a débouché de tous les côtés. Ils avaient été ramassés dans diverses localités de Sicile par des bateaux de pêche semblables à celui qui nous avait transportés Puglisi et moi, et transférés en Afrique pour des raisons financières. On m'a expliqué ensuite, en Amérique, que la corruption des gardes-côtes coûtait beaucoup moins cher en Tunisie que chez nous.

Les nouveaux venus se sont installés sur la plage autour des ballots, de quelques valises en carton, et de malles en osier encore plus rares, remplies de ce qui méritait d'être transporté de l'autre côté de l'Océan. Les plus imaginatifs avaient rempli un tonneau de vêtements et d'objets. Ils étaient pour la plupart rassemblés par petits groupes selon leur dialecte natal. Mais ce qui les unissait était ce qui aux yeux de l'Amérique les rendait indésirables: ils ne savaient ni lire ni écrire. Et les autorités des États-Unis avaient décidé depuis une décennie de n'accepter que les individus ayant de l'instruction, peut-être un peu délinquants, peut-être obligés de fuir leur pays, mais pas analphabètes. Et donc, si ces derniers voulaient aller en Amérique, s'ils pensaient avoir eux aussi le droit de poursuivre un rêve, ils étaient contraints de faire appel aux amis de leurs amis, aux hommes de respect qui vivaient de ce rêve.

Parmi eux se trouvaient aussi ceux qui, tout en sachant lire et écrire, avaient trop de peccadilles à se reprocher pour rester sur place ou être accueillis ailleurs. Les fripouilles en mesure de se permettre le prix du billet s'en tiraient avec cinq cents lires: une jolie économie par rapport aux tarifs des paquebots. Mais tous les autres, qui n'avaient que leurs yeux pour pleurer, avaient payé bien davantage, des mois et des mois de travail au service des organisateurs, lesquels les loueraient ensuite à d'autres patrons pour des salaires de misère. Certaines familles bourrées d'enfants, de grands-parents, d'oncles et de cousins avaient dû se lier parfois pour trois ans.

Ceux qui voyageaient à crédit n'avaient droit à rien qu'à un grabat. Avant de partir ils devaient assurer leur nourriture et le reste, y compris l'eau. J'allais découvrir en effet que sur le bateau l'eau prenait les couleurs jaune et verte des bacs qui la contenaient. En revanche, la douche, à savoir l'usage d'un tuyau de caoutchouc pendant une minute, coûtait cinquante centimes.

À la nuit on déclara l'interdiction d'allumer des feux. Mais le bon Dieu maintint une température douce et une lune resplendissante. Les nomades firent de bonnes affaires en vendant de la viande de mouton séchée, des côtelettes d'agneau et des pastèques. Aux premières lueurs du jour une dizaine de grosses barques transporta les émigrants sur le bateau. Elles firent l'aller-retour pendant deux heures. Pas une plainte, pas une récrimination, pas même de la part des plus petits agrippés aux jupes de leur mère et à la main de leur père.

D'ailleurs, au moindre signe de protestation les exécutants de l'organisation intervenaient le fusil de chasse à la main. Ils étaient commandés par un malfrat de Marsala petit et osseux, plus noir qu'un Bédouin. Il exhibait un pistolet à la ceinture et on l'appelait « *u tinenti* », le lieutenant, parce qu'il avait reçu quelques insignes quand il était militaire. Appuyé contre une souche, il épluchait une orange après l'autre. À chaque chargement de barque, il jetait un coup d'œil à la feuille que lui présentait un de ses hommes. Elle était couverte de noms et de chiffres. Chacun des passagers ou les chefs de famille s'entendaient rappeler leur dette, à solder tout de suite ou à l'arrivée. Si quelqu'un voyageait seul, un ami ou un parent s'était porté garant pour lui en Sicile ou aux États-Unis. En cas de décès pendant le voyage, le garant rembourserait l'organisation. Combien nous étions ? Si je vous dis dans les huit cents, c'est sans doute une sous-estimation.

L'unique note aimable de ce bateau était son nom, *Melba*. Il était encore plus déglingué que je ne l'avais estimé. Vernis écaillé, rouille et vase attaquant le fer, le bois et les cuivres qui restaient. Les femmes et les enfants au-dessous de treize ans furent conduits dans la cale, les hommes dans le dortoir à côté de la salle des machines. La cale était froide et humide, le dortoir étouffant de chaleur. On avait recouvert leur sol avec des paillasses et des hamacs au-dessus. Les femmes et les enfants devaient se coucher tout habillés, les hommes, presque nus. Les latrines se trouvaient de l'autre côté, à l'arrière.

Les vingt matelots de l'équipage, africains et asiatiques, et la douzaine d'hommes de main disposaient de trois vastes abris sur le pont. Seul le capitaine portugais du *Melba* avait une cabine. On m'attribua un matelas à côté du malfrat marsalais. Ça n'était pas un hasard, il voulait me surveiller de près. Il ne suffisait pas que je sois là par la volonté de Puglisi. Le malfrat, qui s'endormait la casquette sur les yeux, était méfiant par nature et craignait que je ne sois pas ce qu'on lui avait dit. Il souhaitait peut-être que j'appartienne à la police. Il attendait ma première erreur pour m'expédier au fond de la mer. Il était prêt à le faire, ainsi qu'à me dépecer de ses propres mains pour protéger la cargaison la plus précieuse du bateau : non pas les huit cents malheureux, bien qu'ils aient représenté un profit assuré, mais les stocks d'héroïne. Les Marseillais la raffinaient déjà et en confiaient le transport aux Siciliens. Nous parlons bien entendu de petites quantités faciles à faire voyager. Le marché américain était vierge pour cette nouveauté produite en Europe. L'héroïne – qui se reniflait encore – était moins appréciée que la poudre blanche, la cocaïne. En outre, à la différence de cette dernière, elle était considérée comme la drogue des pauvres, des crève-la-faim, de ceux qui peuplaient les bas-fonds, comme les Noirs. Les profits, énormes, étaient en progression constante.

De dix heures à midi les passagers pouvaient cuisiner sur le pont. C'était le seul repas chaud de la journée ; le soir on finissait les restes. Mais la majorité se débrouillait avec les provisions de nourriture déjà prête. On voyait sortir de grands mouchoirs multicolores le pain de ménage, les olives, les poivrons et les aubergines à l'huile, la viande achetée aux nomades, les oranges, les gros morceaux de fromage au poivre dont le sillage parfumé aurait guidé les rois mages bien mieux que la comète. Ils mangeaient blottis les uns contre les autres, en silence. Certains n'osaient pas lever les yeux, terrorisés par l'immense étendue d'eau. Après la séparation de la nuit, les familles se reconstituaient sur le pont, de même que les groupes originaires de la même province, quand ce n'était pas de la même vallée. Le cuisinier chinois fit savoir qu'on pouvait acheter des plats à base de poisson, où dominait le merlu sous toutes ses formes. Toutefois je ne pense pas qu'il ait fait beaucoup d'affaires. Sur le *Melba*, de l'argent, il n'y en avait pas. Ceux qui se targuaient d'en avoir préféraient le perdre à la zecchinetta plutôt que de manger ou donner à manger à leur femme et leurs enfants.

Dès le deuxième jour le pont se transforma en place du village. À part les malades et les amoureux cherchant l'intimité, tous voulaient fuir l'humidité, l'air vicié, la chaleur et la puanteur des dortoirs. La nuit, rares étaient ceux qui allaient jusqu'aux latrines. La tendance était à se soulager sur place, entre paillasses et hamacs. Résultat, de bon matin, en vitesse, l'air pur de la mer, réchauffé par le soleil de juin. Dans la pagaille des enfants qui se poursuivaient, le rite de l'épouillage succédait à celui du repas. Les femmes s'aventuraient, les mains dans les cheveux des enfants, des maris, des frères. Étendus et détendus, ils se délectaient de l'opération qui durait des heures, puis ils se lançaient dans des discussions interminables pendant que les épouses, les mères et les sœurs se débarrassaient mutuellement des sales petites bêtes. Pour un pou repéré et écrasé avec les doigts qui allaient ensuite porter la nourriture à la bouche, dix autres prospéraient et se reproduisaient. Le soir, entre harmonicas, cartes et plaisanteries, la plupart des passagers restaient là jusque tard; certains se couchaient dans les recoins au mépris du froid grandissant, enveloppés dans leur manteau et leur couverture. Les sbires du malfrat avaient essayé de les envoyer dans la cale, mais ils avaient renoncé devant les protestations de plus en plus fortes. Ils avaient des armes, mais n'étaient qu'une infime poignée face à des centaines d'hommes et une abondance de lames.

J'étais un spectateur plein de curiosité. Je me sentais proche de ces hommes et de ces femmes. Ils souffraient comme moi d'avoir quitté la Sicile, tourmentés comme moi par l'incertitude de ce que l'Amérique nous réservait. Mais contrairement à moi ils avaient une épaule pour les consoler. Moi, j'avais pour seule compagnie les démons qui ne me laissaient pas fermer l'œil. Je savais que j'étais sous surveillance permanente. Si je me retournais brusquement je voyais le regard inquisiteur du malfrat. Les privilèges dont je jouissais me semblaient une cage de laquelle je devais m'échapper. Je montais sur le pont quand la lumière n'avait pas encore gagné sur l'obscurité. Je me dirigeais vers la poupe pour contempler le lever du soleil, en veillant à éviter les corps étendus.

Ce matin-là j'ai aperçu une jeune fille qui se penchait bien plus qu'il n'est permis. J'ai envisagé le pire et j'ai couru vers elle.

« Mademoiselle, qu'est-ce que vous faites ? »

Les yeux les plus curieux de l'univers sont remontés de la Méditerranée.

« Vous ne vous sentez pas bien ? » J'étais plongé dans un embarras épouvantable.

« Je vais très bien, pourquoi ?

– Vous alliez perdre l'équilibre…

– Dites la vérité, vous avez pensé que je voulais me jeter par-dessus bord. » Jamais je n'avais entendu un rire aussi aigu.

Je suis resté comme un stockfish de Messine, et je vous laisse découvrir à quoi ressemblent les stockfishs de Messine. J'étais désorienté par l'assurance de cette fille élancée avec une masse de cheveux ébouriffés, noirs et frisés. Elle me rappelait Elena, mais avec un sourire irrésistible, un mélange de bonté et de malice.

J'ai bredouillé : « Qu'est-ce que vous dites ? » confirmant ainsi ses soupçons.

« En tout cas, vous avez été très aimable de vous en soucier.

– Vous allez en Amérique ?

– À moins que ce ne soit aux Canaries… » Elle a de nouveau souri et j'ai capitulé aussitôt.

« Vous voyagez seule ?

– Vous êtes naturellement curieux ou vous espionnez pour le compte de quelqu'un ?

– Je joue du piano. »

Elle m'a regardé de haut en bas à la recherche de la fausse note.

« Vous allez à New York pour être pianiste ? » J'ai perçu une pointe d'admiration.

«Je ne sais pas ce que je ferai. Pour le moment j'y vais, mais je compte rentrer au plus vite.»

Elle a eu l'air déçu. «Moi je ne rentrerai pas. Je vais en Amérique parce que je veux vivre. Je suis impatiente d'arriver et de commencer.

– Quoi?

– Tout.»

Elle s'appelait Rosa Polizzi, elle avait dix-sept ans et venait de Mussomeli. Ce nom m'était inconnu, j'ignorais même que l'endroit se trouvait en Sicile. Elle avait une carte et m'a indiqué un petit point aux environs de Caltanissetta. Rosa voyageait seule et agissait comme si elle avait été le maître du *Melba*, certaine de devenir un jour celui du monde. C'était un volcan en éruption. Elle m'a parlé de sa famille, de son père, sa mère et les onze enfants. L'aînée, Pina, était partie à Nuovaiocche quatre ans plus tôt à la suite d'une cousine paternelle qui possédait une trattoria dans un endroit appelé Brooklyn et avait besoin de bras et de jambes solides. Pina avait pris une autre voie non précisée, mais elle avait écrit qu'elle pouvait payer le voyage à qui avait confiance en elle. Seule parmi ses frères et sœurs en âge de partir Rosa s'était proposée; les autres avaient préféré la misère soutenue par un paysage immobile et la garantie que rien ne changerait. Non qu'il ait été facile pour Rosa de convaincre son père et sa mère. À la différence de ses parents, Rosa savait qu'elle avait un rendez-vous avec son destin et elle ne voulait pas le manquer. Sinon, pourquoi aurait-elle appris à lire et écrire sans avoir fréquenté l'école?

J'étais égaré parmi une foule d'enjeux, ne sachant pas quand je pourrais retourner à Catane, tandis que pour Rosa le moment où elle avait quitté la Sicile avait été une renaissance.

Nous jouions à compter les petites vagues que le *Melba* laissait derrière lui quand elle a déclaré: «On ne me reverra pas à Mussomeli, pas même morte.» Une entente immédiate s'est établie. Nous sommes passés au «tu», nous échangions des confidences de plus en plus intimes. Nous riions de choses et d'autres ; à vrai dire je riais peu, mais nous sentions le besoin de partager. Rosa brûlait d'envie de fréquenter une école de couture et d'ouvrir sa propre maison. Elle m'a joué la scène où elle donnait des conseils aux grandes dames de Nuovaiocche. Alors je lui ai parlé de Duke Ellington, de Louis Armstrong, de leur musique qui menait tout droit au paradis.

« Tu joueras avec eux ? » Il n'y avait aucune ironie dans la question de Rosa, elle ne savait pas qui ils étaient.

« C'est impossible.

– Mais l'Amérique est l'endroit où tout peut arriver. Il n'y a pas de rêve qui ne puisse s'y réaliser. Pina me l'a écrit dans sa dernière lettre. »

J'ai dû lui expliquer que les meilleurs ne pouvaient pas approcher ces deux-là. Alors un type à une demi-lire tout juste bon à enfiler quatre notes… Rosa a secoué la tête. D'après elle, je n'avais pas envie de m'engager à fond, je n'étais pas prêt à escalader la montagne pour jouer avec les deux qui étaient au sommet.

Soudain des cris perçants nous ont fait sursauter. Un cortège éploré s'avançait vers nous. Un homme tête nue portait dans ses bras quelque chose d'enveloppé dans un drap blanc. Autour de lui s'agitaient des femmes échevelées, en larmes, les yeux rougis, le visage bouleversé par la douleur. La procession s'est arrêtée près du bastingage.

« L'enfant qui toussait doit être mort », a murmuré Rosa.

L'homme qui portait le petit corps a hurlé : « Maudit soit le monde ! » Puis il lui a adressé des phrases désordonnées tandis que la mère s'affaissait sur le pont, réconfortée par les autres femmes. Plus loin, le malfrat observait la scène, entouré de ses hommes, fusil à l'épaule. On a fait basculer le corps dans la mer au milieu des lamentations.

Il n'y avait ni médecin ni médicaments à bord du *Melba.* Nous allions dans le pays de la sélection forcenée et elle commençait pour nous dans cette embarcation branlante. Ils furent plus de trente à ne pas arriver à bon port; presque tous des vieillards et des enfants, souvent déjà mal en point avant le départ, auxquels les conditions de voyage désastreuses donnèrent le coup de grâce. Il y eut de tristes cérémonies funèbres, sans prêtre, sans bénédiction, sans paroles d'adieu. Bien sûr, ils s'en allaient accompagnés du regret de leurs parents, mais ils auraient mérité mieux. Pour des pères et des mères, des enfants et des frères, l'Amérique était déjà dispensatrice de douleur. Faute de pouvoir s'en prendre à l'Amérique, certains se retournaient d'instinct contre les organisateurs du voyage. Quelqu'un répandit la rumeur que le bateau avait été infecté dans le passé lorsqu'il servait à la traite des esclaves; un autre suggéra de demander des comptes et des explications.

Moi qui savais tout juste qu'il existait des hommes à la peau noire, comment aurais-je été au courant de la traite des esclaves? Je me tenais donc à l'écart, plus par ignorance que par indifférence. J'avais quand même droit à des regards soupçonneux; le bruit courait que je dormais avec les sbires. C'est Rosa qui s'est portée garante pour moi. Elle a raconté à tout le monde que j'étais un artiste, et que comme tous les artistes j'avais la tête dans les nuages; que je n'avais rien à voir avec les crimes et les abus du lieutenant; qu'il représentait l'obscurité et moi la lumière; que le lieutenant ne me faisait pas confiance et qu'à cause de ça je devais être très prudent. À un groupe de femmes effrontées et curieuses qui voulait savoir qui j'étais, qui était mon saint protecteur, mes parents et pourquoi je m'entendais avec les amis de leurs amis, d'où je venais et où j'allais, j'ai entendu de mes propres oreilles Rosa répondre point par point.

Il va en Amérique jouer du piano, a-t-elle conclu. Et qu'on puisse aller en Amérique jouer du piano déconcertait cette masse de futurs travailleurs agricoles, maçons et ouvriers.

« Mais tu l'as entendu jouer? a demandé la plus méfiante.

– Oui », a menti Rosa. Grâce à ce mensonge, personne n'a trouvé d'objection à faire sur mon compte.

Le désir de vengeance s'est évanoui lorsque nous avons pénétré dans une étendue d'eau sans limites. La mer effrayait ceux qui étaient nés sur une terre où les prédateurs qui tuaient, violaient et volaient étaient toujours venus de la mer. Ils étaient trop épouvantés par le roulis méthodique du *Melba* pour défier le fusil du malfrat et de ses hommes. Enfants et vieillards ont continué de mourir dans l'indifférence quasi générale. Ce qui comptait vraiment pour les passagers était le nombre de jours qui les séparaient de l'arrivée. Ils faisaient traîner en longueur les petites occupations quotidiennes – les repas, l'épouillage, les commérages et l'esbrouffe – afin d'arriver à la nuit et avoir derrière eux un jour de navigation de plus. Les parties de zecchinetta se multiplièrent. Les imbéciles et les fous y laissèrent ce qu'ils avaient économisé à grand-peine afin d'affronter les premiers pièges du Nouveau Monde ; les chanceux et les malins pensèrent que gagner aux cartes annonçait un tournant imminent.

Je me rendais à peine compte de ce qui arrivait sur le bateau. Pour moi, le temps passait vite auprès de Rosa. En son honneur, je faisais la queue le matin pour la douche. Elle a ouvert sa précieuse valise en fibre, et a exhibé avec orgueil les mouchoirs en coton et les gants de laine qu'elle avait confectionnés pour s'en servir en Amérique. J'aurais voulu jouer pour elle seule, mais je n'ai pas trouvé d'accordéon sur le bateau. On pouvait emprunter des harmonicas et des guimbardes, mais mes compétences n'allaient pas jusque-là.

Rosa m'a dit que je lui devais un concert. Un ? Je lui en aurais dédié cent. J'étais enivré par son optimisme, son irrésistible confiance en elle, sa capacité instinctive pour distinguer le bien du mal, le juste de l'injuste. À dix-sept ans elle affrontait seule une aventure qui donnait des frissons à des gens bien plus établis qu'elle, et pourtant elle n'avait pas été touchée par le péché. Elle répandait la grâce autour d'elle. Nous nous réfugiions pour bavarder dans les coins les plus abrités du bateau, ceux qu'utilisaient les enfants pour jouer à cache-cache. Nous n'avons échangé ni baiser ni autres marques de tendresse. Elle n'aurait naturellement jamais pris l'initiative, et le seul amour qu'elle connaissait était pour Jésus et santo Vito. Moi qui m'étais montré vorace quant à l'activité sexuelle, je trouvais excessif de poser seulement une main sur l'épaule de Rosa. L'idée de faire l'amour avec elle ne m'effleurait même pas, je la trouvais réductrice au regard de l'excitation fébrile que me provoquait l'ardeur avec laquelle elle écoutait mes récits.

Ses yeux pétillaient. Je craignais de l'ennuyer, mais dès que je ralentissais le rythme je me retrouvais submergé de dix questions à la suite. Pendant des jours, midi et après-midi, je lui ai parlé des paladins de France, des feuilletés à la ricotta, des cygnes à la crème, de don Ferdinando, de madame Santina, de Caterina, de la découverte de la musique, du magasin du cavaliere Zappalà, de la soirée chez les Giuffrida et de celle à l'étude du notaire Vadalà, de Taormina, du *San Carlo* et des kiosques en bord de mer à La Plaja, qui pour elle pouvait aussi bien se trouver sur Mars. J'ai passé rapidement sur les femmes, sur Puglisi et sur Giaconia. Je n'y voyais rien dont je puisse me glorifier, surtout auprès d'une jeune fille avec la sensibilité de Rosa. J'avais effacé le passé, n'ayant pas encore appris à mes dépens que le passé nous précède.

« C'est encore mieux qu'un film », a dit Rosa. Cependant le regard ravi avec lequel elle m'avait écouté est devenu foudroyant. « Mais qu'est-ce que tu vas faire en Amérique ? L'Amérique ne te plaît pas, l'aventure ne te plaît pas, ta maison te manque déjà…

– Qu'est-ce que tu racontes, voyons.

– La vérité. Tous ces gens-là vont conquérir ce qu'ils n'ont pas, et toi, au contraire, tu l'abandonnes. Il doit y avoir une raison… »

Je suis resté silencieux. Si je l'avais regardée, je me serais trahi. Mais Rosa avait déjà deviné d'elle-même.

« Qu'est-ce que tu me caches ? »

Je lui ai parlé de Puglisi. En baissant la voix, bien qu'il n'y ait pas eu âme qui vive dans un rayon de dix mètres, j'ai ajouté qu'il était le *'ntisu* de Catane. Rosa ignorait tout de la question, mais elle se rappelait que sa grand-mère lui avait parlé d'une catégorie de gens supérieurs, les hommes d'honneur. Je n'en savais guère plus qu'elle en ce temps-là, mais à vue de nez Puglisi me donnait l'impression d'être de ceux-là.

Et alors? a insisté Rosa. J'aurais dû voir tout de suite que Rosa possédait une intuition animale, mais je n'ai pas su. Elle avait lu en moi et compris que je désirais me libérer des fantômes. Au cours d'une nuit étoilée où nous nous trouvions plus près de l'Amérique que de l'Europe, j'ai évacué le mal qui couvait dans mon âme. Ce que je n'avais pas osé révéler à mon père et à ma mère, je l'ai déversé sur une jeune fille de dix-sept ans rencontrée depuis moins d'une semaine. Elle m'a donné l'absolution que je recherchais. Enfin léger et presque heureux, j'ai confessé le reste: mon amour malheureux pour Elena, madame Claretta, le bordel, la Chère Ninon, Trudy, Wanda, et la chair à discrétion du *San Carlo*.

« Celle qui t'épousera aura de la chance. »

La réaction de Rosa m'a laissé perplexe.

Comme d'habitude, elle avait un coup d'avance. « Tu sais déjà tout, tu pourras être un excellent professeur. »

Aucun sous-entendu dans sa remarque, aucune malice. Elle m'avait fait un compliment qui fut suivi d'une centaine de questions souvent enchaînées les unes aux autres: quel genre de dessous portaient les filles du bordel, quels parfums préféraient-elles, comment s'habillaient-elles hors des *Fleurs du mal*, avaient-elles une couturière ou s'en remettaient-elles au goût de la Chère Ninon? Je répondais à contrecœur, le sens d'une telle curiosité m'échappait. Cette fois encore sa grand-mère intervenait. Elle avait décrété que depuis que le monde est monde les femmes les plus élégantes et les plus raffinées sont les putes et les femmes entretenues. Et moi, a dit Rosa, c'est à elles que je pense vendre mes vêtements.

J'ai décidé que madame Claretta et celles qui avaient suivi faisaient partie de la vie, tandis que Rosa et moi faisions partie du rêve. Mais sur le *Melba* les rêves ne résistaient pas longtemps. Cette fois nous avons été réveillés par des hurlements sauvages, pleins de haine et de violence. Ils provenaient de la proue et ont cessé d'un coup. Dans un silence de mort accentué par l'obscurité, deux hommes se menaçaient avec des couteaux de vingt centimètres faits pour égorger les porcs et les ennemis. Les adversaires avaient la trentaine et ils appartenaient au groupe de joueurs de zecchinetta. Leurs ombres au pas lourd cherchaient le meilleur emplacement. Ils attaquèrent en même temps; il y eut un froissement de vêtements suivi d'un cri étouffé. Ils tombèrent ensemble, l'un le cœur transpercé, l'autre le foie en bouillie. Le premier est mort instantanément, le second l'a suivi moins d'une demi-heure plus tard. Quand tout fut consommé, le malfrat vint s'assurer que le calme était revenu.

« Les amis des deux hommes qui ont sali le pont doivent le nettoyer », ordonna-t-il avec mépris.

Les tensions et les querelles qui s'étaient multipliées en même temps que le nombre de joueurs de zecchinetta avaient atteint leur comble avec ce combat. Il y avait désormais plus de joueurs que de non-joueurs. La longueur du voyage, l'ennui, la promiscuité avaient éveillé le démon du jeu même chez ceux qui y avaient échappé jusque-là. Les parties se disputaient sur des bancs et des tables improvisées, à la lumière de bougies ou de lampes à pétrole. C'étaient des tables de pauvres, les sommes en jeu étaient sans commune mesure avec celles qui s'accumulaient autour de la buvette de la piazza Vittorio Emanuele. Pourtant elles représentaient souvent le patrimoine de toute une famille. Le perdre signifiait condamner ses enfants et sa femme à une indigence pire que celle qu'ils avaient laissée en Sicile, ou encore vendre pour une heure les femmes de la maison aux hommes de main du malfrat, ou pis encore: prolonger la durée du contrat léonin qui les livrait pieds et poings liés à leurs exploiteurs. Voilà pourquoi personne n'acceptait le verdict des cartes et les perdants accusaient les gagnants d'avoir profité de l'éclairage précaire pour brouiller le jeu. Chaque partie était marquée par des protestations. On était passés des insultes aux bagarres, jusqu'au double coup de couteau.

Les condoléances et la suspension des parties durèrent jusqu'à midi. L'estomac plein, les plus sages proposèrent de nommer quelqu'un pour distribuer les cartes dans chaque banque. On instaura une rémunération de dix lires pour dix heures. C'était un chiffre plus que respectable dans l'économie du *Melba.* On fit appel à ceux qui s'étaient abstenus de parier jusque-là.

Et à moi aussi. J'ai accepté. Rosa m'adressa un regard déçu et disparut dans une écoutille.

Pourquoi l'ai-je fait? Parce que j'étais attiré par le grand spectacle du jeu. Jamais je n'ai aimé jouer, mais j'ai toujours aimé regarder. Il y a les voyeurs du sexe? Je suis un voyeur du jeu. Les tempêtes qui se déchaînent autour d'un pari, la tension, la jugulaire qui bat, la respiration haletante, l'attente du pire, la volonté de fuir avant de retourner la carte, avant que la bille s'arrête, qu'un cheval franchisse la ligne d'arrivée me mettent dans tous mes états. Le hasard reste pour moi le spectacle le plus excitant; il ne manque que le sang, mais parfois il est aussi présent. En tout cas c'était moins amusant de distribuer les cartes. Je devais faire très attention car tous essayaient de lorgner dessus. L'ambiance était tellement pourrie qu'à la fin de mon intervention je me suis écroulé sur ma paillasse et j'ai dormi pendant vingt-quatre heures sans interruption. J'ai été réveillé pour reprendre les cartes en main.

Rosa avait disparu. J'ai demandé aux filles qui la connaissaient, mais elles m'ont répondu qu'elles ne partageaient pas le même dortoir. Je rêvais de la revoir, et pourtant il m'a suffi de battre les cartes une fois pour l'oublier. J'ai été submergé par la ruée sur Dame Fortune.

Dans la partie précédente, la Dame s'était partagée entre la banque et la mise sans provoquer de dommages excessifs. Mais une telle équidistance n'est pas faite pour elle. Sinon, où serait le hasard? Un berger de Sciacca était assis à côté de moi. La fièvre avait exterminé son troupeau et l'Amérique paraissait la seule alternative à la faim. Il avait chargé sur le *Melba* sa femme et une floppée d'enfants en bas âge. Effrayés et perdus, ils n'avaient pas quitté la cale. Le berger, lui, s'était aventuré sur le pont et s'était glissé dans les groupes autour de la zecchinetta. Il avait senti grandir en lui la résolution folle de récupérer ce que l'épidémie lui avait fait perdre. Son cri de guerre avait été Dieu y pourvoira. Il s'était jeté sur les cartes avec la même détermination sauvage que ses chiens sur les lièvres et les lapins. Il avait misé. Quand il était devenu banquier il avait préféré céder la place. Dans la première partie je l'avais suivi de loin, il faisait partie des nombreux joueurs qui tendaient des pièces et des billets vers la carte choisie. Dans la deuxième, il a eu la banque dès le début et il l'a prise. Sa carte était un 7, je ne me rappelle pas les autres. J'en ai distribué un sacré nombre avant qu'un autre 7 sorte et donne la victoire à la mise. Le berger avait de toute façon encaissé davantage que ce qu'il devait payer avec l'apparition du 7. Il est resté collé à son poste pendant des heures. Il a même refusé de le céder moyennant paiement.

Le berger continuait à gagner. Il fourrait l'argent sous sa chemise, dans son pantalon. Jamais je ne l'ai vu faire le geste de le sortir. La soirée a succédé au coucher du soleil. J'ai demandé où nous en étions, on m'a répondu que j'en avais encore pour une heure. Le berger est redevenu banquier. Je lui ai sorti encore un 7.

Il s'est exclamé: «Belles âmes du purgatoire, je vous remercie.»

À la buvette de la piazza Vittorio Emanuele on disait toujours : 7, banque en miettes. Mais le 7 réussissait au berger. À la moitié du paquet on n'avait vu aucun des trois autres, et il avait encaissé beaucoup d'argent. Deux cartes résistaient à terre. Si j'avais tiré un 7 à ce moment-là, le berger s'en serait sorti avec un minimum d'ennuis. Mais j'ai tiré la dame d'épée, je m'en souviens comme si c'était hier. Il était déjà sorti deux dames, il n'en restait donc plus qu'une. Trois hommes d'Enna qui allaient en Amérique ouvrir une fabrique de pâtes ont misé plus de mille lires sur la dame. On a entendu un murmure de satisfaction : ce coup-ci on allait compter les morts et les blessés, peut-être même en vrai.

Le berger était interdit. Il aurait pu se retirer. Selon les règles du bateau, il serait exclu des prochains jeux. Il n'y aurait pas perdu grand-chose, nous étions à la fin du voyage. Mais le 7, sa carte, l'attirait. Il jurait sur sa force. Il considérait sans doute que s'il renonçait ce serait cracher à la figure de Dame Fortune. Il se sentait son obligé. J'imagine qu'il avait repensé à son troupeau perdu, à sa famille qui l'attendait dans la cale, à l'importance de se présenter en Amérique avec un gros rouleau de billets. Il a répété tout bas : « Dieu y pourvoira. » Il a péché des pièces et des billets dans ses poches, sous sa chemise, dans son pantalon. Il a couvert les mille lires et quelques.

Vous devez me croire, la mer elle-même s'était tue.

C'était à moi. Je devais montrer la carte. D'habitude je faisais le geste à l'intention des joueurs, mais je n'ai pas résisté et j'ai tourné la carte pour être le premier à la voir : le 7 de denier, le fameux Settebello. On entendit les hurlements de ceux qui avaient parié en dehors de la table. Les trois d'Enna respiraient à peine. Le berger s'est passé et repassé la main sur la figure. Il s'est levé sans un mot.

L'excitation générale est retombée avec l'annonce de l'extinction des feux. Nous allions accoster dans quelques heures. On nous a donné l'ordre de préparer nos bagages, de nous coucher sur le pont et de ne pas bouger. Les hommes de main et les matelots, armés eux aussi, se sont alignés le long des flancs du bateau pour contrôler que personne ne s'écartait. J'ai couru dans tous les sens à la recherche de Rosa. En remontant le énième escalier j'ai eu le nez chatouillé par un fusil de chasse. « Merde, tu es vraiment dur de la comprenette, a déclaré mécontent un des gardes avec qui je n'avais rien à voir. On vous a dit de vous déplacer, par hasard ? On vous a dit d'aller vous promener ? Non. On vous a dit de vous tenir tranquilles et de ne pas nous casser les couilles. Tu m'as compris ou tu préfères le comprendre autrement ? »

J'ai bredouillé : « Je ne suis pas des leurs. » J'étais prêt à tout pour retrouver Rosa.

« Et qu'est-ce que tu es, le fils du prince de Bellavista ?

– Je suis Guglielmo Melodia.

– Maintenant que je le sais, je crève de trouille.

– Je suis un ami de Nino Puglisi.

– Vraiment. Mais à moi on ne m'a pas dit qui tu es ni qui est ton ami. Alors sois sage comme les autres, sinon je te fais sauter la cervelle.

– J'ai mes affaires dans un de vos dortoirs.

– Trop tard. Si on les retrouve on te les remettra à terre. »

J'ai dû me résigner. Je m'en fichais des pantalons, des chemises, de la veste, du costume. J'étais sur le point de perdre Rosa. J'avais fait passer avant elle mon goût tordu pour le hasard et elle me punissait. Si j'avais été moins crétin, j'aurais dû comprendre qu'avec Rosa on ne plaisantait pas.

Le bateau avançait dans le noir. On avait calculé d'arriver le soir à proximité de la côte et d'éviter d'être bloqués. Notre but n'était pas Ellis Island. Au bout de la mer nous avons aperçu sur la gauche une myriade de lumières, quelqu'un a dit que c'était Nuovaiocche.

Une heure plus tard nous avons jeté l'ancre. Le *Melba* a été entouré de barques et de chaloupes. Le malfrat s'est avancé sur le pont et a grimpé sur une chaise. Il a dit d'une voix rauque: «Écoutez-moi. Maintenant vous vous mettez en rang. Vous vous présentez l'un après l'autre là où les matelots préparent les échelles et les cordes. Les familles et les groupes ont intérêt à rester ensemble. On vous donnera un numéro qui correspond à celui du camion dans lequel vous devrez monter après que vous aurez débarqué. Si vous vous trompez de camion, tant pis pour vous. Si vous essayez de vous défiler, ne venez pas vous plaindre des conséquences.» Le malfrat semblait se délecter à l'avance de la pagaille qui allait se déclencher, de la recherche affolée du camion avec le bon numéro, de la terreur de se tromper et devoir rendre des comptes.

Le découragement gagnait. Les mères redoutaient d'égarer leurs enfants ou d'en être séparées. On se demandait en quel point de la côte on serait déposés, quelle serait la destination des camions. Le bruit a couru que nous nous trouvions au nord de Nuovaiocche. La nuit était limpide, un croissant de lune brillait dans le ciel. Mais lorsque a commencé la lente procession des hommes, des femmes, des enfants, des ballots, des paniers, des malles, des valises et des tonneaux vers le parapet, l'obscurité a encore compliqué les choses. Jurons, imprécations, appels continuels de noms ont scandé notre arrivée en Amérique. J'avais un regard de fou, je cherchais à repérer Rosa. Mais Rosa était introuvable. Déçu et furieux, je me suis approché du tableau des numéros. Le malfrat les distribuait.

«Tiens, notre client préféré. Tu as fait bon voyage?» Il voulait faire rire ses hommes. Inutile de dire qu'il y a réussi pleinement. Il s'est moqué de moi. «Tu as perdu ton amie?

– J'ai perdu mes affaires à cause d'un de vos hommes.»

Le malfrat a fait un signe de tête. Quelqu'un m'a remis un sac.

«Il ne sera pas dit que tu n'as pas conquis l'Amérique faute de vêtements.» Et encore un éclat de rire général. «Puglisi ne m'avait pas dit que tu étais si sauvage. Il m'avait plutôt dit le contraire, que tu étais séminariste. Oui, de ceux qui deviennent ensuite hérétiques. » Le malfrat s'est signé et les autres l'ont imité. « Tu veux un numéro ? Il n'y en a pas pour toi. L'ami de nos amis voyage en première classe. » Il s'adressait à sa sous-ventrière plutôt qu'à moi. Je bouillais. Si j'avais été un homme, un vrai, je me serais jeté sur lui. Mais entre le courage et moi ça n'a jamais été la grande affaire.

« À cent mètres du rivage sur la droite tu trouveras une cabane. Vas-y. Tu n'as qu'à dire que c'est Puglisi qui t'envoie. »

Une jeune femme usée par les grossesses sortit des rangs. « Vous avez vu mon mari ? »

Les hommes du malfrat la bousculèrent pour la faire reculer, mais elle s'obstinait. Elle réclamait haut et fort des nouvelles de son mari qui était venu sur le pont à midi et n'était pas redescendu dans la cale, même pas quand on avait annoncé l'arrivée.

Je me suis adressé à la femme. « D'où venez-vous ?

– De Sciacca.

– Votre mari est berger ?

– Comment vous le savez ? »

J'étais glacé. Je me disais que le malheureux avait perdu jusqu'à son dernier centime et n'avait pas eu le courage de se montrer à sa famille. Mais on ne pouvait s'échapper du *Melba* que d'une seule façon, en se jetant à l'eau.

Le malfrat m'a apostrophé grossièrement. « Hé, toi, tu dois descendre. On ne peut pas bloquer le débarquement à cause de ta curiosité. À moins que tu penses déjà à remplacer ton amie ? Attention, tu perds au change. »

Sous les railleries, j'ai mis dans la main de la femme du berger les vingt lires gagnées à la zecchinetta. Elle m'a regardée déconcertée, je ne suis pas arrivé à lui dire un mot. On m'a poussé vers l'échelle de corde qui se balançait contre le flanc du bateau. J'ai fini dans une chaloupe, coincé dans quelques centimètres. Elle est partie aussitôt poussée par le moteur au ralenti. L'Amérique m'a offert un bain imprévu, on nous a déposés au milieu de l'eau. La langue de terre était à une cinquantaine de mètres. Des ombres allaient et venaient.

Plusieurs voix s'élevèrent, toutes en dialecte. « En avant les enfants. Il faut se dépêcher, il faut partir avant le jour. C'est le tour des numéros six, sept et huit. Avancez tout droit, tournez à main gauche après l'homme à la torche, vous verrez les camions. »

L'homme à la torche était à l'abri d'un rocher. La côte apparaissait nue et désolée, mais presque personne ne s'en souciait. Tous brûlaient de l'envie de faire vite, de trouver le camion avec son numéro, de ne pas gâcher l'avenir alors que le pire était derrière soi et qu'il ne s'agissait que de s'élancer vers le bonheur. Nous étions en Amérique, la terre de la liberté, mais nous nous comportions comme des fugitifs.

De longues chaînes se formèrent : on se tenait par la main pour ne pas perdre un père, un fils, un petit-fils, sa mère, sa grand-mère. Et pourtant, plusieurs tombèrent et se noyèrent en silence dans un mètre d'eau. Puis une femme hurla un nom et des cris, des appels et des imprécations éclatèrent partout. Beaucoup couraient vers le rivage pour trouver le salut, mais certains commencèrent à nager vers un point imprécis où ils avaient perdu un parent ou un bagage. On entendit au loin le croassement des moteurs. Il fallut choisir entre abandonner un peu de sa propre chair, de sa propre existence, ou être condamné à rester sur cette plage inconnue.

La cabane se dressait à l'endroit indiqué par le malfrat. J'y suis arrivé encore secoué par le marasme que je venais de quitter. J'ai monté trois marches, la première a craqué. Je m'en souviens comme si c'était hier. La porte était fermée et je suis resté comme un imbécile. Je frappe ? J'appelle ? J'attends ? J'ai frappé. La porte s'est ouverte.

« *How are you ?* » a demandé un des dix autour de la petite cuisine avec une énorme cafetière bouillante. Sur la table ronde il y avait des cartouchières et des fusils. J'ai aperçu deux armoires vitrées.

Je connaissais la phrase qui m'avait accueilli, je l'avais apprise à Taormina, mais je ne savais pas quoi répondre.

J'ai dit en italien: « C'est Nino Puglisi qui m'envoie. »

Un ventilateur tournait lentement au plafond, j'ai frissonné en m'apercevant que j'étais trempé à partir des genoux.

Deux hommes ont eu un sourire compatissant.

« Te voilà », a dit le plus jeune du trio venu m'accueillir. Il était probablement plus jeune que moi et portait un costume trois pièces noir, une chemise blanche tout juste sortie du tiroir, une cravate voyante, le chapeau relevé sur le front. Malgré l'heure et l'endroit il répandait une bonne odeur d'eau de Cologne.

« Tu veux un café ?

– Merci.

– Au moins, celui-là est bien élevé », a ajouté le deuxième dont le costume lui allait comme un gant. J'ai pensé qu'ils portaient une sorte d'uniforme.

Les autres ne se sont pas occupés de moi. Malgré les douches matinales, j'imaginais que mes vêtements avaient attrapé toutes les mauvaises odeurs de onze jours de mer. Mais ce qui me pesait le plus c'était la flaque d'eau qui s'était formée à mes pieds.

« Tu es prêt ? »

J'ai avalé d'un coup en me brûlant la langue et le palais. Le plus grand de mes accompagnateurs a pris sur la table ronde un pistolet automatique qu'il a mis sous son aisselle. Nous nous sommes dirigés vers un bouquet d'arbres parmi les broussailles et les cailloux.

« Tu viens d'où ?

– Catane.

– Je m'attendais à mieux », a commenté le plus jeune. Les deux autres ont souri.

Une Chevrolet noire nous attendait après les arbres.

6
La découverte de l'Amérique

La voiture cahota longtemps sur le chemin de terre avant d'atteindre la route asphaltée. J'étais recroquevillé dans le coin, abruti de fatigue, désespéré par le monde hostile. Les trois jeunes parlaient entre eux une langue massacrée avec des voyelles et des consonnes prononcées à moitié. Je n'essayais même pas de comprendre tellement c'était évident que j'étais au centre de leur conversation, ponctuée de petits rires et de regards rapides à mon adresse. Or, au centre de mes pensées trônait Rosa. Je l'avais perdue. À moins de me mettre à chercher dans tous les endroits de Nuovaiocche dédiés à la couture. J'ai décidé que c'était chose faite, j'allais frapper à toutes les portes jusqu'à ce que je la retrouve. Et là je lui demanderais de m'épouser.

J'ai surpris un regard incrédule.

« C'est toi qui as éteint Giaconia ? » Le plus jeune, celui qui m'avait parlé le premier dans la cabane sur le rivage l'a demandé pour s'enlever une épine du cœur.

Ç'a été ma première leçon d'Amérique, ou du moins de l'Amérique qui m'accueillait. Il y avait des mots qu'on ne pouvait pas prononcer, pas même en dormant. L'un d'eux était le verbe « tuer ». À la place on disait « éteindre », on disait « cueillir », « fumer », et quand l'homicide était précédé de la chasse à la victime, on disait « trouver ».

Donc c'était moi qui avais éteint Giaconia ?

Entre la difficulté de comprendre et la stupeur causée par la question inattendue je me suis agité sur mon siège sans répondre.

« Non, non, si tu ne veux pas en parler, mon vieux, je comprends et je respecte ton silence. Quand même, je tenais à te dire que tu as fait un beau coup. Je l'ai vu, moi, Giaconia, quand je servais encore le café et la limonade aux hommes d'honneur. Il n'était pas facile à avaler.

– Tu te trompes…

– S'il te plaît, mon vieux. Ne te crois pas obligé. Je ne veux même pas savoir si c'était le jour ou la nuit. »

J'ai acquiescé d'un signe de tête. À quoi bon lui expliquer que ça n'était pas moi ?

« Mais comment tu as réussi à t'approcher assez près pour lui enfiler la chose ? »

Les deux autres ont ricané.

« Mon vieux, a dit le chauffeur, heureusement que mon ami ne voulait même pas savoir si c'était le jour ou la nuit.

– Mon vieux, a ajouté le troisième, le petit est un peu curieux, excuse-le. Mais ça n'est pas un mauvais petit. »

Une taloche est partie et a fait sauter le chapeau du petit qui n'était pas un mauvais petit.

L'atmosphère s'était détendue. On a fait les présentations. Au volant c'était Mel, diminutif de Melchiorre ; le curieux était Tony ; l'auteur de la taloche, assis à côté de moi, Nick. Mon nom autant que mon diminutif ont provoqué la perplexité.

« Guglielmo c'est trop compliqué, a dit Mel qui se posait en chef de bande. Et Mino ça fait petit garçon qui ne veut pas grandir. Mais toi, tu veux grandir, j'ai raison ? »

Il s'est tourné vers moi pour en avoir confirmation. « Pourquoi tu ne t'appelles pas Willy ? Guglielmo en Amérique c'est Willy… »

Nick l'a interrompu. « Ça n'est pas tout à fait ça. Je m'explique. Willy veut dire… veut dire aussi "petite bite". Tu comprends ? »

Qu'est-ce que je pouvais y faire ?

« Tu la sors et tu montres que tu l'as comme un éléphant ! » s'est exclamé Tony.

Mel a fait taire les autres avec un geste d'impatience. « Ne les écoute pas. Willy c'est très bien. Penses-y. Willy Melodia… Ça sonne bien. Il ne te manque plus qu'à être pianiste et te voilà paré. »

Je n'ai pas eu le courage de révéler à mes trois accompagnateurs que le métier de pianiste était le seul que je connaissais.

«Une fois la question du nom réglée, a dit Tony, tu dois t'acheter un chapeau.

– Ici tous les hommes portent un chapeau, a confirmé Mel.

– Mais attention à ne pas te tromper.» Nick ne voulait pas rester en dehors de ce cours d'Amérique accéléré. «Le choix est important. Je t'explique. Les Juifs portent le chapeau mou; les Irlandais ont la taille et la stature pour se le permettre aussi; les Américains, ou plutôt ceux qui veulent se sentir américains, portent le chapeau en taupé; les Polonais et les Allemands, la casquette. À nous, il ne reste que notre vieux feutre noir. N'oublie pas, tu dois toujours avoir le bord rabattu, sinon on te prend pour un commis voyageur.»

C'était ma deuxième leçon d'Amérique et elle m'était donnée en vertu de ce que je n'étais pas. Ces jeunes se croyaient en présence du tueur de Giaconia. S'ils avaient su que je n'avais été que le Judas occasionnel, j'aurais été beaucoup moins apprécié, ou même pas du tout. Le destin continuait de décider à ma place et allait le faire encore. Mais dans la Chevrolet noire je devais absolument jouer le rôle que je n'avais pas choisi.

«Vous les Catanais, quand est-ce que vous avez rejoint les rangs de don Maranzano?»

J'ai senti le piège dans la question de Nick, mais Mel est intervenu en reprenant presque son camarade. «Nick veut dire que c'est nouveau pour nous que vous vous mettiez en quatre pour don Maranzano aussi à Catane. Pour nous, la Sicile commence à Palerme et finit à Trapani.»

Je me suis rappelé les explications de Puglisi la dernière nuit de la traversée vers la Tunisie: à Nuovaiocche, deux hommes de Castellammare del Golfo se sont pris à la gorge et nous à Catane nous nous en sommes mêlés.

«Je ne connais rien à ces choses-là. Je suis avec Nino Puglisi, je crois qu'il est proche d'un des vôtres… Luciano, il me semble. C'est possible ?

– Charles ? firent-ils à l'unisson avec une admiration sans bornes.

– Tu parles bien de Charles Luciano ?» Mel ne voulait pas qu'il y ait d'équivoque.

«Il y a combien de Luciano en Amérique ?» L'air entendu avec lequel j'ai posé la question les a fait taire.

Dans le ciel bleu, à la limite de l'horizon, j'ai distingué des maisons basses en majorité rouge brique.

– Ça, là-bas, c'est Nuovaiocche ?

– Tu t'entends parler ? Tu dois apprendre. On dit New York…

– D'accord, c'est cette chose-là ?

– Oui, c'est le Bronx.»

Je me suis tu par ignorance.

Mel l'a compris. «C'est une des cinq villes qui composent New York. En dessous du Bronx, un endroit moche, même si beaucoup de Siciliens y habitent, il y a Manhattan, qui est une île, et c'est là que se passe la vraie vie. Si tu cherches les dollars et les femmes à la hauteur, Manhattan c'est ce qu'il te faut. À côté de Manhattan il y a le Queens, encore un endroit moche ; tout en bas on est à Brooklyn, autant dire chez nous. Près de la mer il y a une autre île, Staten Island. C'est comme si elle n'existait pas, parce qu'on n'y va jamais. Tout est clair ?»

N'oubliez pas que j'étais habitué à Catane, et que d'aller de la via D'Amico à La Plaja ou à Ognina était pour moi une aventure. Imaginez comment pouvait m'apparaître Nuovaiocche en arrivant par le Bronx. Je n'en revenais pas de cette accumulation d'immeubles, de passages surélevés, de femmes, de voitures. Beaucoup de maisons avaient un escalier en fer accroché au mur. Voilà pourquoi les Siciliens ne se faisaient pas prendre en Amérique… Même au cinéma je n'avais jamais vu des immeubles aussi hauts, des trains circuler suspendus dans le vide, des femmes de toutes les couleurs, des rues pleines de voitures. J'avais peur de la circulation, de la vitesse, des voitures qui se doublaient. Je les ai vues foncer sur moi un nombre incalculable de fois. Je me suis rapproché inconsciemment de Nick.

« Hé, Willy… Tu te souviens que tu t'appelles Willy à présent ? Ça ne t'a pas impressionné d'éteindre Giaconia, mais tu te laisses impressionner par de malheureux cow-boys descendus de cheval pour se mettre au volant ? »

J'étais tout étourdi. Je me rendais compte que je n'appartiendrais jamais à ce monde-là. Que ce n'était pas une question de chapeau ni de façon de s'exprimer. J'étais étranger à l'Amérique.

« Quelqu'un sait quand je pourrai rentrer chez moi à Catane ? »

Mel, Tony et Nick sont restés babas. J'ai lu la déception sur leur visage. J'avais peut-être éteint Giaconia, mais je n'étais pas le dur qu'ils croyaient, prêt à se lancer à la conquête de l'Amérique. Ils ont compris que je n'étais pas fiable. Ils ne pourraient pas se vanter de m'avoir connu, de crainte de faire mauvaise figure plus tard.

Mel a ouvert le bal. « Tu viens à peine d'arriver dans le nombril du monde et tu veux déjà retourner chez ta maman ? »

Tony a enchaîné : « Quelqu'un t'attend qui ne peut pas vivre sans toi ? »

Et Nick a conclu : « Tu as un compte à régler ? »

J'avais perdu toute auréole. Je n'étais plus digne du moindre égard. Les rues se remplirent encore davantage de véhicules, de piétons, d'appels incompréhensibles. Je revoyais la frénésie des films muets de Charlot. Nous avons franchi un pont. J'ai étiré le cou pour suivre jusqu'aux nuages le premier gratte-ciel de ma vie. J'ai essayé en vain de compter les étages. L'élégance des femmes, la majesté des voitures indiquaient que nous approchions du centre. Les rues se succédaient sans fin. Par comparaison, la promenade entre la gare de Catane et la piazza Duomo était un sentier. Les couleurs aussi avaient une autre consistance. Celles de Catane étaient douces même quand elles avaient le goût de fer, celles de Nuovaiocche étaient dures même sur les enseignes couleur pastel des fleuristes.

La Chevrolet freina brutalement aux abords d'une marquise. «Tu es arrivé à destination», a dit Mel. Le Grand Central Terminal me dominait de toute sa taille. J'ai levé les yeux pour essayer en vain de l'embrasser tout entier. Les adieux se firent en hâte. Les trois compères se débarrassèrent de moi comme d'un fardeau.

J'ai été pris en charge par un petit homme au teint olivâtre, avec des mains démesurées. Malgré la douceur de la température il portait un cache-poussière noir aux revers luisants et un chapeau melon. C'était Saro Prestipino, dit «Big Pres». Il venait de Mistretta, où étaient nés les Puglisi. Après la guerre Nino avait été envoyé à Catane, lui à Nuovaiocche.

«C'est toi l'ami de Puglisi?» Sans me laisser le temps de répondre il s'est dirigé vers l'intérieur de la gare sans se soucier de ma difficulté à échapper à la frénésie des gens qui allaient et venaient. J'étais un nain sur la planète des géants. Tout était démesuré. En regardant autour de moi je ne retrouvais aucune des références auxquelles j'étais habitué. Les dimensions incommensurables du hall, le nombre disproportionné de guichets et de voyageurs, les vitres d'une taille qui défiait la loi de la pesanteur, les tunnels interminables, tout me coupait le souffle.

Une horloge suspendue dans le vide m'indiquait qu'il était dix heures du matin. J'avais du mal à ne pas perdre Big Pres. Il était le seul à porter le melon, mais sa stature le faisait engloutir par la foule. Il avançait très vite comme s'il avait le ver solitaire et se fichait pas mal de moi. J'ai failli faire demi-tour et me laisser emporter à la dérive. Je n'étais pas à Nuovaiocche pour le plaisir, on m'y avait expédié pire qu'un colis postal. Je méritais un brin de considération, mais la peur du vide dans lequel je serais précipité a été plus fort que mon orgueil. J'ai rattrapé Big Pres à la petite grille d'accès au quai. Il tenait nos billets dans sa main levée. Il m'a signalé au contrôleur et nous avons pu accéder au train. C'était une sacrée file de wagons. Sur une plaque j'ai lu Chicago avec difficulté. Je m'étais entraîné avec les chiffres, avec les multiplications et les divisions, mais les voyelles et les consonnes m'étaient encore peu familières. J'en étais resté au cours élémentaire.

J'ai suivi Big Pres dans un compartiment de velours et de cuivres rutilants. J'ai eu honte de mon pantalon mouillé et de mon baluchon. Heureusement, nous étions seuls.

«Au milieu des gens j'ai l'impression d'étouffer, a dit Big Pres. Chaque fois que je dois prendre le train pour Chicago, c'est une souffrance que je ne souhaite pas à ce salaud de prêtre défroqué...» Il m'a soupesé du regard. «Tu n'as pas compris? Je veux parler de Maranzano... Tu sais au moins qui est Maranzano? Tu le sais... Eh bien, je ne lui souhaite même pas ce que je supporte dans les endroits clos. Grâce à ma stature remarquable je les ai tous sur le dos. Je manque d'air.»

Il s'est rappelé ma propre taille, son sourire timide en quête de compréhension le disait. Mais j'étais ahuri par la masse de voies que nous laissions à droite et à gauche en quittant la gare.

«Alors, a dit Big Pres, mettons les choses au clair. Tu es Mino Melodia. Exact? Nino... je veux dire Puglisi, m'a écrit que tu sais y faire au piano et que tu es un brave petit. Une excellente introduction. Je fais confiance à Nino.» Il avait des yeux larmoyants enfoncés dans des poches marron, un nez prononcé, l'expression de quelqu'un qui pense que la vie lui doit quelque chose et qui ne s'explique pas le retard de paiement.

Le contrôleur est passé et l'a salué avec une déférence à peine partagée. Dans ce train, Big Pres était une présence connue et respectée malgré son melon. Ça n'était pas un petit imbécile utilisé comme guide local. Il apportait son costume gris, sa cravate à rayures et sa chemise blanche empesée.

« Tu as compris que nous allons à Chicago ? »

J'ai hoché la tête.

« Tu dois te sentir prisonnier des Turcs et ça se comprend. D'abord le voyage en bateau, ensuite le voyage en voiture et maintenant le train. Mais tu verras, tu te sentiras bien à Chicago… c'est la meilleure solution pour toi. À New York l'air est malsain, c'est un air de simulacres et de simulateurs. En apparence ce sont tous des anges, mon ami par-ci, mon ami par-là, je te donne un baiser, tu me donnes un baiser. Mais avant la fin de l'année il se passera des choses très graves. Si tu veux, je te le mets par écrit. »

Il attendait une confirmation que je ne pouvais pas lui donner.

« Quand j'étais un petit jeune comme toi, les hommes de respect de mon village disaient que pour faire la paix il fallait d'abord faire la guerre. Ici il y a eu la guerre entre les deux de Castellammare, Maranzano et Masseria. Maranzano a gagné, il s'est autoproclamé chef des chefs et il a récupéré toutes les activités de l'autre… Pour te dire, le bateau sur lequel tu as voyagé appartenait jusqu'à il y a quelques jours aux hommes de Masseria, et maintenant il obéit à Maranzano. Mais c'est une fausse paix. La guerre n'est pas finie et quelqu'un comme moi doit faire le gros dos pour laisser passer la tempête. Alors tu penses, quelqu'un comme toi… » Il s'est permis un sourire d'encouragement. « C'est pour ça que c'est bien pour toi d'être à Chicago.

– Et Puglisi ? » ai-je demandé, histoire de faire la conversation.

« Bonne question. Je le connais depuis qu'il s'est montré pour la première fois à Porta Palermo, là-bas à Mistretta. Nous habitions l'un en face de l'autre. J'ai dix ans de plus que lui, je l'ai vu grandir. Toujours régulier, un juste. Malheureusement c'est moi qui l'ai mis dans le pétrin. Mais si les choses se passent selon la justice, ça s'arrangera pour lui aussi et il pourra rentrer à Catane. »

J'ai repensé à mon propre retour à Catane, mais je n'ai rien dit. La réaction des trois dans la Chevrolet m'avait suffi.

En s'allongeant de tout son long, Big Pres a réussi à poser les pieds sur le sol. Dans ce compartiment, dans cette situation, c'était lui le boss. « Une cousine à moi, dont je ne suis d'ailleurs pas si sûr qu'elle soit ma cousine, en tout cas elle s'appelle Prestipino et vient de mon village, a épousé le cousin de Luciano, qui vient de Lercara Friddi. N'oublie pas ce nom, Charles Luciano. Il a les couilles tellement grosses qu'elles traînent par terre. Je suis arrivé à New York en 19, et il était déjà célèbre du côté de Mulberry Street. À cette époque-là il travaillait pour Arnold Rothstein. Luciano a appris de lui, et comment. Il a appris à gérer les affaires et surtout les hommes. Comme tous les Juifs, Rothstein était malin, vraiment malin. Il a enseigné à Luciano comment se comporter avec les juges, les procureurs, les policiers, les politiques. On les corrompt avec du liquide, de belles enveloppes blanches bourrées de billets de cent usagés… »

C'était la première fois que j'entendais parler des Juifs. Je ne savais rien de leur existence, de leur histoire, de leurs problèmes, de la circoncision, de leur sens des affaires, de la bar mitsva, des papillottes. J'allais les découvrir petit à petit et ils allaient devenir une part importante de mon Amérique et de mon destin.

Big Pres aimait parler et encore plus s'écouter. Il perdait alors son insignifiance et prenait une épaisseur insoupçonnée. Ses yeux brillaient, il devenait plus grand que son mètre cinquante.

Il a repris. « Luciano a livré Masseria à Maranzano, et à présent il regarde autour de lui. Il passe ses journées en sécurité. La partie basse de Manhattan lui appartient, y compris les bandes des Five Points. Là les murs ont des yeux et des oreilles à son service. Maranzano n'essaie même pas d'y toucher.

Luciano sait attendre. Attendre quoi, tu me diras. Que son âme damnée, autrement dit Meyer Lansky, encore un Juif, lui prépare tout pour qu'il se débarrasse de Maranzano et s'empare de l'organisation. Luciano a un faible pour les Juifs, à la différence de Genovese il s'entend bien avec eux. Ses deux grands amis Joe Adonis et Frank Costello ont les mêmes goûts. Costello a même épousé une petite Juive de quinze ans qui avait commencé à montrer ses jambes sur scène. Le seul Juif qu'ils ne digèrent pas est Ben Siegel, dit « Bugsy », ce qui par ici signifie dingue, du genre dangereux qui provoque. C'est vrai qu'il n'aime pas qu'on l'appelle comme ça. Outre que c'est un fou dangereux, Ben est le chouchou de Lansky, bien qu'ils soient à peu près du même âge, et Luciano supporte. Mais il n'est pas homme à supporter éternellement. »

Sur cette sentence Big Pres rabattit son melon sur le bout de son nez et se mit à ronfler en parfaite harmonie avec le ronron du train. Je me suis retrouvé seul avec la part la plus inconfortable de moi-même. Je n'étais plus qu'un tas de tristes pensées : ma mère, Rosa, mes habitudes, mon père, le *San Carlo*, mes frères et mes sœurs que je remarquais à peine quand je vivais avec eux mais qui s'étaient transformés en manques. Ma plus grande tristesse était liée à la musique. J'étais convaincu de ne plus savoir jouer, que les touches refuseraient tout contact avec le bout de mes doigts, que j'avais rompu pour toujours l'enchantement de me fondre dans les notes. Je me suis apitoyé sur mon sort jusqu'à ce que Big Pres remette son melon à sa place d'origine. Il m'a regardé longuement.

« C'est mauvais pour la santé de trop penser. Si tu veux, je te le mets par écrit. Les yeux te ressortent par la nuque et tu as une tête de perdant. La seule pensée qui nous est autorisée est de baiser notre prochain de la façon la plus expéditive possible. Nous sommes sur le dernier degré de l'échelle, et soit nous réussissons à monter soit nous disparaissons. Les Blancs se font trois idées simples sur nous. La première, qu'ils nous sont supérieurs en tout. La deuxième, que nous apportons la poisse, les maladies et la mort. La troisième, que nous avons été créés par le bon Dieu pour consoler les Polonais, qui à leur tour ont été créés pour consoler les Juifs, lesquels ont eu pour mission de consoler les Irlandais. Après quoi commence la civilisation américaine.»

C'était la troisième leçon de mon premier jour d'Amérique. Big Pres me l'a donnée avec colère. J'ai compris qu'il l'avait apprise dans sa propre chair et que ses blessures n'avaient pas cicatrisé. Je ne parvenais pourtant pas à me sortir une question de la tête: qu'est-ce que je faisais là?

«Luciano m'a demandé de t'emmener à Chicago.» Big Pres avait de nouveau le regard brillant. «Je t'ai mêlé involontairement à cette histoire. Luciano cherchait quelqu'un en Sicile pour arranger Giaconia. J'ai tout de suite pensé à Puglisi, pour qui ça serait un grand pas en avant de mériter la reconnaissance de Luciano. Charles est un prédestiné, si tu veux, je te le mets par écrit. Quelqu'un qui en 1910 était coursier dans une fabrique de chapeaux pour cinquante centimes par jour et qui vaut maintenant des millions à la pelle, comment tu le définirais? Luciano est l'espoir de tous les Siciliens. Je voulais aider Puglisi contre les amis des Palermitains, et à la place je l'ai mis dans le pétrin. Mais Luciano n'oublie pas. Dès qu'il aura éliminé Maranzano, car il va l'éliminer, ça n'est qu'une question de temps, il prendra soin de Puglisi comme il prend soin de toi. À Chicago nous allons te faire jouer du piano. Si tu es bon, ton avenir est entre tes mains. Sinon, tu te débrouilleras tout seul.»

Il m'a emmené déjeuner au wagon-restaurant. Je portais le costume avec lequel je m'étais enfui du *San Carlo*. Il était froissé et conservait l'odeur du papier qui l'avait enveloppé, mais ça valait toujours mieux que la chemise de laine écrue et le pantalon de futaine durci par l'eau de mer. Dans les toilettes je me suis lavé tant bien que mal et j'ai rasé une barbe de trois jours. Big Pres ne s'attendait pas à ce que je me débrouille avec le menu en anglais. J'ai commandé du roast-beef, de la purée de pommes de terre et une tarte aux pommes, mon premier repas chaud depuis deux semaines. Je suis revenu dans notre compartiment bien disposé envers moi-même.

« Où est-ce que j'habiterai à Chicago ?

– Enfin tu t'intéresses un peu à ta vie. Tu habiteras chez ma sœur Sol. Elle loue quelques lits à des pays que je lui amène. Ça te permettra de t'acclimater, ensuite tu feras ce que tu voudras. Ça te coûtera un dollar par jour, plat de soupe et fromage compris. Tu paieras avec ta première semaine de travail. Ici on n'est pas payé le 27 comme en Italie pour les employés ou à la journée comme chez nous pour les ouvriers agricoles. On est payé le vendredi après-midi. À propos, combien tu as en poche ? »

Il me restait quatre-vingt-dix lires. Il les a prises et m'a donné vingt dollars. « Ça n'est pas le change officiel, c'est le change sicilien. » Il attendait peut-être davantage d'enthousiasme de ma part, mais je suis resté indifférent. « Tu es mon débiteur. Si tu deviens un pianiste célèbre, tu me devras une démonstration… Une démonstration publique en l'honneur de Saro Prestipino. Ce soir-là je mettrai mon frac, je serai fier de toi devant Charles et nos autres amis. » Il avait un ton satisfait, peut-être y croyait-il pour de bon. Comment pouvait-il savoir qu'il était le troisième à miser sur moi ? Malheureusement, les saisons m'avaient glissé entre les doigts, pires que l'eau qui laisse au moins quelques gouttes en souvenir. Au lieu de m'élever, j'étais tombé plus bas.

« À Chicago, fais attention où tu mets les pieds, a dit Big Pres. La situation est embrouillée. Les sbires du Trésor ont Capone dans leur ligne de mire. Al a exagéré avec ses meurtres, ses tueries et ses violences. D'accord, Chicago vit pour l'argent et elle est donc habituée à s'occuper de ses affaires, mais il y a une limite à tout, parce que le dimanche, en chaire, tu trouves toujours un obsédé en soutane prêt à te dire que tu finiras en enfer, avec pour conséquence que les femmes et les enfants prennent peur. Mais va expliquer ça à

Al. Il est resté l'obstiné incohérent que j'ai connu à mon arrivée à New York. Il allait à l'école avec Luciano, mais devant lui il ne pipait pas. Il n'avait pas les dents assez longues pour New York, l'occasion de Chicago s'est présentée et ses petits copains de Naples l'ont fait transférer. C'est comme ça que le fils du barbier de Park Avenue avec trop de bouches à nourrir est devenu l'homme aux cent millions de dollars par an. Tu te rends compte ? Cent-mil-lions-de-dol-lars-par-an… » Big Pres a détaché les syllabes de ce chiffre qu'on ne pouvait que prononcer sans l'imaginer.

« Capone aurait besoin d'un génie de la finance du genre de Lansky et non des analphabètes sanguinaires qui lui tournent autour comme des mouches autour du miel ; ses cousins Fischetti, plus Nitti, plus Accardo, plus Gioè, plus Lawrence Mangano. Ce sont des éléphants dans un magasin de porcelaine. Un problème se pose ? Leur solution est toujours un coup de pistolet. Moi, je demande, est-ce que ça doit toujours être un coup de pistolet ? On n'est plus au temps des méthodes expéditives. Si tu les emploies, tu te mets dans la situation d'être considéré comme l'ennemi public numéro un. Et ça devient compliqué pour la police, pour les juges, les procureurs et les hommes de la mairie d'accepter tes enveloppes. Or, sans enveloppes, le mécanisme se grippe, la roue s'arrête même si tu as la moitié des forces de police à ta solde. Rappelle-toi ces choses-là. Tu es un artiste, mais dans la vie on ne sait jamais. »

J'avais du mal à m'orienter dans les explications animées de Big Pres. Et pas un instant je n'avais cessé de me demander ce que je faisais dans ce train, tout comme je m'étais demandé ce que je faisais sur le *Melba* avant de rencontrer Rosa. Mais Rosa avait disparu et j'avais l'impression de vivre un mauvais rêve.

« Je pourrais te trouver une place au *Montmartre Café* qui appartient au frère de Capone, ou bien dans le magasin d'antiquités de South Wabash, en plein centre, qui appartient à Al bien qu'il soit géré par un comte français. Il suffirait d'un mot de Luciano. Mais ça n'est pas pour toi. Tu n'as pas débarqué en Amérique pour être serveur ou vendeur et oublier ton talent de pianiste. J'ai raison ? Et puis, tu ne voudrais pas que je risque la soirée en mon honneur avec mon frac et tout le reste. Pas question… J'ai donc dit à un ami, propriétaire d'un établissement près du centre où on joue de la musique et où on danse, que je lui présenterais un magicien du clavier. Je me suis trop vanté ? »

Big Pres était un mélange de bien et de mal, de générosité et de cupidité. Il se dépensait pour ceux qui étaient un échelon au-dessous de lui afin d'en tirer la certitude d'être au fond un privilégié. Mais le principal réconfort lui venait de pouvoir tutoyer ceux qui étaient au sommet de l'échelle. Il confiait à leur habileté les conquêtes qu'il avait manquées. Il vivait du reflet de leur lumière, surtout de celle de Luciano, mais il s'en contentait. Il ne remplissait pas de fonction précise, disons qu'il était à la disposition de ceux qui avaient un souci sans gravité à régler et n'avaient pas envie de s'en occuper. En l'espèce, le souci sans gravité confié par Luciano à Big Pres, c'était moi. Luciano connaissait à peine mon existence. Big Pres, lui avait expliqué que j'avais aidé Puglisi à liquider Giaconia et qu'à présent j'avais besoin d'être aidé en Amérique. Ayant reçu de Luciano l'assentiment et les dollars nécessaires, Big Pres avait assuré ma réception. Ma propre famille n'aurait pas pu souhaiter mieux. Ni la police, ni les organismes d'assistance, ni les administrations locales, ni les ambassades ne s'occupaient de nous. Nous étions livrés à nous-mêmes. Chacun dépendait du compatriote qui avait fait son trou. Si celui-ci ne vous donnait pas un travail, un conseil, un plat de soupe, ça devenait dur.

Nous sommes arrivés à Chicago tard dans la soirée. Malgré l'heure, la gare grouillait d'une humanité bigarrée. Les rares personnes pressées venaient de descendre du train ou étaient impatientes d'y monter, les autres déambulaient sous les hautes voûtes de la gare où elles allaient passer la nuit et demander l'aumône sans grand succès. J'ai craint de me retrouver parmi elles quelques semaines plus tard.

Aucune voiture ne nous attendait, aucun ami de Big Pres. Une petite pluie insistante tombait en laissant une sensation de saleté. À Catane on dit que c'est la bruine faite pour tremper les paysans dépourvus et elle a en effet trempé le melon et le pardessus de Big Pres et mon complet du *San Carlo.* Il y avait une longue file de taxis en stationnement, mais nous les avons dépassés sans hésitation.

« Ils sauraient tout de suite que je suis arrivé en ville accompagné d'un jeune inconnu, a dit Big Pres d'un air entendu. Ils poseraient trop de questions. »

C'était une excuse pour économiser le prix de la course. À Chicago on avait bien d'autres chats à fouetter que de s'occuper de l'arrivée du deux de coupe et du deux d'épée quand l'atout est le denier. Nous avons pris le tram qui allait vers le sud. Le paysage changeait. Les cheminées d'usines remplaçaient les immeubles. L'air puait et les voyageurs qui montaient puaient encore davantage. Nous étions dans le South Side. Nous sommes descendus près du panneau qui indiquait la 59e Rue. Nous avons marché jusqu'à l'intersection avec la 61e. Là nous avons tourné à gauche, vers le parc. Une odeur de chou farci, l'atmosphère d'impuissance et de provisoire commune à tous les faubourgs du monde.

Big Pres a rompu un long silence. « Ma sœur Sol n'a pas eu de chance. Il est vrai qu'on ne doit pas défier le sort en appelant sa fille Soleildel'avenir. »

Il s'est retourné pour observer ma réaction. J'essayais encore d'assimiler ce prénom que je n'avais jamais entendu avant. Pourtant, des prénoms bizarres il en existait une sacrée collection par chez nous.

« Mon père était soufreur, a poursuivi Big Pres, il avait cru aux Faisceaux siciliens... » Il s'est interrompu. « Tu sais ce qu'étaient les Faisceaux siciliens ?

– Non.

– Qu'est-ce qu'on vous apprend à l'école ? »

Qu'est-ce que j'en savais ?

« D'abord il ne faut pas les confondre avec le fascisme. Ils lui sont diamétralement opposés. C'étaient les premières luttes syndicales, le socialisme, Marx et Turati. Tu n'en as jamais entendu parler ?

– Non.

– Une grosse réussite pour ces malheureux qui y ont laissé la vie ou la santé. Mon père a mené plus d'une grève. Il a eu droit aux bastonnades des gardes et à trois mois de prison pour association subversive. À sa sortie, ma sœur est née et il l'a déclarée à l'état civil comme je t'ai dit, Soleildel'avenir en un seul mot. C'était le symbole des socialistes. Ç'a été sa revanche sur les patrons. Le prêtre a refusé de la baptiser. Chez nous on l'a tout de suite appelée Sol, mais avec un prénom pareil tu ne peux pas échapper à la malchance. Où te cacher ? Elle a essayé en venant en Amérique avec son mari. Je lui avais trouvé une place de magasinier dans un dépôt clandestin d'alcool, mais voilà-t-il pas que cet imbécile est allé se fourrer avec les frères Genna au moment où ils se sont fait tirer dessus par les Irlandais. Il a disparu depuis près de six ans. Sol est restée avec cinq enfants et son appartement du rez-de-chaussée. L'ancienne chambre est maintenant destinée aux clients. Sol fait toujours le plein, mais elle n'en tire pas plus de cent, cent vingt dollars par mois. Tu peux m'expliquer comment s'en sortir avec cinq enfants à élever et l'aînée, Agata, qui a les poumons malades ? Je l'aide, je fais ce que je peux, mais il lui faudrait un mari. Pauvre Sol… Voilà ce qui reste des rêves révolutionnaires de mon père. »

Une lumière floue tombait des lampadaires, mais elle suffisait à éclairer le visage navré de Big Pres. L'homme à la confiance illimitée en ses amis et en l'avenir était démasqué.

Nous sommes entrés dans une cour. Au centre se dressait la fontaine qui avait fourni l'eau aux habitants jusqu'à quelques années plus tôt. Elle marchait encore et pour y accéder on avait laissé un étroit passage entre sacs d'ordures, ustensiles au rebut, restes de matelas, fauteuils sans pieds, carcasses de rats et de chats. L'odeur nauséabonde de la nature en décomposition avait chassé celle des usines. À côté des entrées d'appartements avaient été placés les cinq cabinets qui servaient à tout le bâtiment. Je me suis senti revenu en arrière. Via D'Amico il y avait beaucoup d'immeubles avec les latrines dans le couloir, mais chez moi, jamais nous n'avions dû partager avec d'autres le trou pour nos besoins. Se pouvait-il que je sois venu en Amérique pour trouver pire ? Les portes des appartements étaient presque toutes grandes ouvertes. Des intérieurs insuffisamment éclairés parvenait un brouhaha étouffé, mélange de dialectes italiens et d'anglais sommaire. Big Pres se dirigea vers la porte la plus éloignée, une des rares fermées. Il frappa et entra.

« Sol… » C'était un murmure plein de tendresse.

Sol apparut, fluette elle aussi, mais plus grande que son frère. Enveloppée dans un peignoir à fleurs, elle paraissait avoir soixante ans et en avait moins de quarante.

« Ah, c'est toi…, fit-elle résignée.

– Sol, je t'amène un nouveau client. Il s'appelle Mino Melodia. Il joue du piano et c'est un artiste, un vrai. Retiens bien ce nom parce qu'il deviendra célèbre. Si tu veux, je te le mets par écrit. »

Sol ne se donna même pas la peine de montrer un minimum d'attention. « Tu lui as déjà expliqué les conditions ?

– Comment donc. Un dollar par jour pour dormir, de la soupe et un morceau de fromage.

– Tu lui as dit de ne pas se faire trop d'illusions sur le fromage ? » Sol continuait de s'adresser à son frère. Je n'étais pour elle que le dollar apporté par Big Pres.

« Mino est un bon garçon. C'est Nino Puglisi qui l'envoie. Tu te souviens de Nino Puglisi au village ? »

La mention de Puglisi ébranla Sol. Elle me jaugea de la tête aux pieds pour vérifier mon envergure de fripouille. L'examen ne dut pas la satisfaire.

« Tu restes toi aussi ? » Il y avait davantage d'inquiétude que de curiosité dans sa question.

« Non, Sol. Je te remercie, mais je dois aller voir les amis. Luciano m'a confié deux ou trois missions. Il se fait de la bile pour Capone qui a trop d'histoires avec le fisc... À New York aussi nous vivons une période agitée. L'accord avec Maranzano ne tient pas. Je suis venu tâter le terrain. »

Sol le regardait sans l'écouter.

« Tu verras, a dit Big Pres. Si tout marche bien, cette fois tu déménages à State Street et nous trouvons la solution pour Agata. »

Big Pres avait dû faire si souvent allusion à un changement radical de leur condition de miséreux que Sol n'en tint aucun compte.

« Mino, m'a-t-il dit, je te veux fin prêt demain pour neuf heures. Fais-toi beau, nous allons à la conquête de Chicago. »

Il a embrassé sa sœur sur la joue et il est sorti d'un pas assuré.

Le lit qui m'était destiné était un matelas de crin sans drap avec une couverture déchirée ; le logo déteint indiquait qu'elle avait appartenu à la Pacific Express Line. Cinq autres matelas étaient disposés dans la chambre, dont deux étaient occupés. J'ai enlevé mon costume de flanelle qui devait contribuer le lendemain à me donner belle allure et je me suis étendu en sachant d'avance que je ne dormirais pas. Il s'était passé trop de choses, indépendantes de ma volonté, il y avait trop de questions sans réponse. Finalement je me suis levé. J'ai mis le pantalon de futaine et je suis allé dans la pièce donnant sur la cour. Avant d'y entrer j'ai entendu une quinte de toux. Une fille aux longs cheveux dénoués était recroquevillée sur la chaise. C'était Agata, l'aînée des cinq enfants de Sol.

Je lui ai dit bonsoir sans être sûr qu'elle comprenne l'italien.

Elle a levé la tête et m'a répondu : « Bonsoir. » Elle avait du mal à parler. « J'ai eu une quinte soudaine. Je n'en avais pas eu depuis quelque temps. »

Elle avait de grands yeux profonds et très doux, le visage creusé par la souffrance, la main sur la poitrine dans une tentative vaine de contrôler le mal qui la rongeait. Elle m'a été immédiatement sympathique, et en plus elle portait le même prénom que ma sœur.

« Je peux faire quelque chose ?

– Si tu es Dieu, oui. »

Nous avons souri.

« Tu es venu avec mon oncle ?

– Oui.

– D'où ?

– Catane.

– J'ai vu le nom sur la carte de Sicile. Moi je suis née à Mistretta, mais on m'a amenée ici à deux ans. Je veux y retourner un jour. Tu es déjà allé à Mistretta ?

– Non.

– Mon oncle me dit que c'est un très bel endroit, entouré de forêts. L'hiver il y a de la neige comme à Chicago, mais l'été on ne meurt pas de chaleur comme ici. Et ça ne pue pas non plus. Je m'en rends compte quand je vais à l'hôpital qui est près du lac, l'air là-bas est complètement différent. Toi, pourquoi tu es venu en Amérique ?

– Pour jouer du piano.

– Tu es pianiste ?

– Oui.

– Alors tu es quelqu'un d'important.

– Non, non. Jouer du piano c'est un projet. Ton oncle juge que je dois d'abord faire autre chose pour me familiariser avec la musique à la mode par ici.

– Tu peux être sûr qu'oncle Saro connaît tout le monde, il a beaucoup d'amis. Il te trouvera forcément un endroit où jouer.

– Agata… Agata tu es là ? » La tête de Sol est apparue à la porte. « Tu t'es sentie mal ? La toux est revenue ?

– Oui, mais ça va mieux maintenant. Maman tu savais que… Comment tu t'appelles ?

– Mino.

– Tu savais que Mino joue du piano ?

– Agata, il vaut mieux que tu rentres. Il fait humide, ça ne te réussit pas. Retourne te coucher.

– D'accord. Bonne nuit, Mino, à demain. »

La sœur de Big Pres est restée sur le seuil les bras croisés. « Mais demain sera pire qu'aujourd'hui tout comme aujourd'hui a été pire qu'hier. Qu'est-ce que tu es venu faire en Amérique ?

– Ça n'a pas dépendu de moi. J'ai abouti ici.

– Tu as regardé autour de toi ? En Sicile il y a moins de saleté, moins de désespoir. Dis-moi si d'après toi il faut venir en Amérique pour se retrouver dans ces ordures. »

Elle a secoué la tête, elle remuait les lèvres sans parler. Elle est rentrée, puis ressortie. « Ne le répète pas à mon frère. Il ne le mérite pas. Lui ne veut pas se rendre. Et je n'ai que lui. »

7
Sur les traces d'Armstrong

J'ai été réveillé par le bruit et les voix de ceux qui commençaient leur journée. La cour débordait d'hommes et de femmes, d'enfants et de vieillards. Sous un ciel obscurci par la suie, chacun sortait avec la tâche de survivre, d'arriver jusqu'au soir et de rentrer chez soi. Agata préparait le petit déjeuner pour ses quatre jeunes frères, si on peut appeler petit déjeuner un quignon de pain à tremper dans la tasse fumante d'eau aromatisée aux herbes du parc voisin, en bordure du lac Michigan. Sol était déjà partie : elle nettoyait les bureaux et les escaliers dans des usines. Les deux avec qui j'avais partagé la chambre sont arrivés en s'étirant ; leurs bâillements mettaient en évidence de gros trous dans leurs dents sales. Ils montraient des épaules bronzées et robustes sous la salopette en jean qui constituait l'uniforme des maçons. Avec mon costume de flanelle j'étais encore une fois le poisson hors de l'eau. Ils l'ont remarqué tous les deux avec des grimaces.

Agata a eu un sourire pour ses frères, réticents à avaler ce qu'ils avaient devant eux, un sourire pour les deux locataires, qui sont partis en bougonnant, et un autre pour moi, qui restais à l'écart.

« Tu as réussi à dormir ?

– Un peu.

– Tu attends mon oncle ?

– Oui.

– Il t'emmène déjà là où tu pourras jouer ?

– Oui.

– Tu veux te laver ? Par ici nous avons un baquet. L'eau n'est pas trop froide. Pendant que tu te laves, je donnerai un coup de fer à ton costume. Tu dois faire sensation, tu es un artiste. »

Elle m'a emmené dans la chambre où elle dormait avec sa mère et sa petite sœur. Entre le grand lit et le lavabo il y avait le baquet, de la taille d'une baignoire.

« Voilà le seau. Tu as du savon ? Non… Prends le mien. Après, soit tu t'en achèteras ou tu en demanderas à ma mère. Mais il vaut mieux pas… » Elle m'a fait un clin d'œil. « Les siens sont d'occasion. Le magasin est sur le trottoir d'en face. Achète-le là-bas. »

En une demi-heure j'étais comme neuf. Agata s'était aussi occupée de mes chaussures, j'ai ressorti ma cravate à pois. Devant la glace j'ai reconnu le Mino du *San Carlo*, et Agata était radieuse malgré ses yeux cernés. Je lui ai offert un billet d'un dollar.

Offensée, elle a répliqué : « Mais je l'ai fait par amitié, parce que je te trouve sympathique, parce que tu peux réussir et que je meurs d'envie de venir t'écouter. »

Big Pres lui-même a été étonné.

« Bien, bien, a-t-il dit. Nous nous conduisons en personne sérieuse prête à donner le meilleur de sa marchandise. À la bonne heure.

– Le mérite revient à votre nièce.

– C'est un ange. Je ne sais pas où donner de la tête pour l'aider. Les médecins de l'hôpital ne nous laissent pas beaucoup d'espoir. Il faut des soins et beaucoup d'argent. Ce que gagne Capone en un jour suffirait. » Big Pres avait les larmes aux yeux.

Nous avons remonté à pied les rues que nous avions descendues en tram la veille. La chaleur tapait sous la chape grisâtre, la sueur s'annonçait. En dix minutes, les efforts d'Agata pour que je fasse la meilleure impression possible ont été réduits à néant. Big Pres était heureux avec son melon et son cache-poussière. Il était rasé, il avait une chemise propre, il respirait la décision et la bonne humeur. Autour de moi traînaient des enfants de toutes les races et de toutes les couleurs unis par la sous-alimentation ; ils étaient pour la plupart rachitiques, avec les yeux exorbités, et un bandeau couvrait souvent l'œil déjà atteint par le glaucome. Beaucoup tendaient la main comme des automates. Big Pres les esquivait, indifférent. J'ai été tenté de donner un de mes billets d'un dollar. Big Pres a lu dans mes pensées. « Tu es fou ? Tu ne pourrais plus t'en débarrasser et tu serais immédiatement dépouillé avant d'avoir fait cent mètres. Profite donc de la journée. »

Profiter de quoi ? Le plus important était de ne pas se laisser accabler par la puanteur. On avait l'impression que les mauvaises odeurs montaient de l'asphalte et des trottoirs. Je respirais une atmosphère de pauvreté irréductible comme il n'en existait même pas à Catane, et pourtant je voyais le même linge suspendu à sécher, les mêmes tas d'ordures devant les portes, le même spectacle de femmes et d'hommes tellement brutalisés par la vie qu'ils n'entretiennent plus ni espoirs ni illusions. Seule changeait la couleur des murs, où dominait un rougeâtre qui accentuait la sensation d'oppression.

Big Pres ne s'attardait pas, ne regardait pas, il répondait à peine aux rares saluts. À un carrefour où les gamins jouaient à éviter les voitures à la dernière seconde, il m'indiqua les blocs d'immeubles qui s'étendaient à l'infini. « Je l'ai dit à Luciano : avec cent mille dollars, tu rafles tout le South Side, tu fais élire un maire reconnaissant, tu mets en route la réhabilitation du quartier et tu as multiplié ton investissement par mille. Pour Luciano, cent mille dollars c'est le dollar que tu voulais donner aux gosses. Mais il ne veut pas se heurter à Capone. Pourtant, ce sera encore pire plus tard, parce qu'il y aura cent chiens autour de cet os-là. Si tu veux, je te le mets par écrit. Si seulement j'avais cent mille dollars… »

Au bout du South Side nous avons dépassé la dernière cheminée d'usine et tourné à droite. C'était un autre Chicago, moins pauvre, plus gai. Nous avons traversé des rues peuplées seulement de Noirs très beaux et de Noires très grosses. Big Pres s'est détendu lui aussi. « Ça te paraît normal que je me sente à l'aise au milieu de ces macaques plutôt qu'avec les chrétiens comme moi ? » Malgré l'heure – pas encore dix heures – quelques bars étaient ouverts et on entendait déjà des notes de musique. L'enseigne *Paradise* se voyait depuis le début de la 37e Rue. Elle était éclatante, avec des lettres de travers ; un paradis accidenté dans un endroit où je voyais circuler peu de Blancs. Le propriétaire s'appelait Nic Sperandeo, Palermitain du quartier de la Kalsa.

« Il est avec Frank Nitti, qui est officiellement le bras droit de Capone. » Big Pres a fait une grimace. « En réalité, Frank ne pense qu'à une nana qui veut faire du cinéma et aimerait un petit Hollywood rien que pour elle du côté d'Oak Park. Pour le convaincre, elle passe ses journées agenouillée devant lui, qui est sûrement vigoureux et excitable, mais comme il est aussi fait de la même chair que nous, au bout d'un certain temps, à force de se faire pomper, il est vidé lui aussi. Pendant ces courtes pauses Frank se rappelle que Capone a quinze ans de moins que lui et un pouvoir quinze fois supérieur au sien et il se fâche. Alors il fait venir Sperandeo, lui demande si l'artillerie est graissée et prête à servir. Sperandeo répond que oui, il demande ce qu'il faut faire et à qui. Frank se met à étudier le plan de Chicago qu'il garde dans son sous-main de cuir, il trace des lignes, compte le nombre de voitures nécessaires, mais, au moment où il va décider, la blonde réapparaît. Frank murmure dans un soupir que les derniers détails seront précisés la prochaine fois. Nic sort sur la pointe des pieds et retourne se consacrer au seul centre d'intérêt qui est le sien depuis le jour où on a cessé de changer ses couches : le triangle garni de poils. Tu vois ce que je veux dire ? » Big Pres a mis la main devant la bouche dans un geste très féminin. J'ai réalisé à ce moment-là que depuis trois semaines je vivais dans l'abstinence, et je n'avais même pas l'alibi de l'étourdissement provoqué par Rosa.

« Pourquoi crois-tu que Sperandeo ait proposé à Nitti d'ouvrir cette boîte ? Pour avoir de la chair fraîche tous les jours. Nic a inventé le chœur des mineures, il y a adjoint un corps de ballet composé de belles filles qui ont les contacts faciles plutôt que de bonnes danseuses. Si tu y ajoutes les serveuses, il y a plus de va-et-vient qu'à Grand Central. Nic a du nez pour les affaires. Il se fait des dollars à la pelle grâce à une idée astucieuse : au *Paradise*, les Blancs et les Noirs peuvent danser ensemble, un luxe que peu d'établissements se permettent à Chicago. On appelle ça *black and tan*, le triomphe de l'égalité entre les races. Quoique ce ne soit pas tout à fait vrai : au bar et sur la piste j'ai vu des hommes blancs accompagnés de femmes noires, mais je n'ai pas encore vu d'hommes noirs avec des femmes blanches. La présence des bonbons de couleur met en rage une grosse partie de la bonne société de Chicago, tandis que l'absence de macaques lui fait monter le sang à la tête. Il faut donc une discrète force dissuasive pour éviter les incidents et Sperandeo l'a : Nitti. Nous nous sommes bien compris ? »

On nettoyait par terre, les chaises étaient posées sur les tables, la grande salle ressemblait à un ivrogne qui vient à peine d'entrouvrir les yeux, un petit Noir astiquait l'immense comptoir du bar, un tissu noir recouvrait le piano à queue. Sur l'estrade, trois hommes en gris cachaient le type avec qui ils avaient une discussion animée. Ils se sont écartés à l'appel de Big Pres : Nic Sperandeo est apparu, vautré sur sa chaise. Il était blond et distingué, tout en donnant l'impression que c'était son costume qui lui avait sauté dessus au moment où il se levait, encore somnolent.

« Big Pres, ta présence nous honore, a déclaré Sperandeo sans même chercher à freiner l'ironie.

– Je voudrais pouvoir en dire autant, Palermitain blond à poils, a rétorqué Big Pres. Pour éviter des malentendus avec ceux qui ne me connaissent pas, à poils dans le sens d'amateur de poils, et si vous voulez, je vous le mets par écrit. »

Tout le monde a ricané. Sperandeo a pris Big Pres dans ses bras et lui a enfoncé son melon jusqu'aux yeux.

« Comment va ton chef ?

– De qui tu parles ? a répondu Big Pres avant même de remonter son chapeau.

– Écoutez bien, les hommes : ne jamais faire confiance. L'excellent Big Pres me demande de qui je parle. Et de qui tu veux que je parle ? Du prêtre défroqué ? Celui-là est un mort-vivant même si on ne le lui a pas encore dit. Je parle de ton seul et véritable chef. Celui qui a un œil amoché. »

Sperandeo se moquait. Big Pres a eu un éclair de dépit, mais j'ai été le seul à m'en apercevoir ; les autres s'amusaient de la plaisanterie.

« Tu veux dire Luciano ? a répondu Big Pres d'une voix suave. Réfléchis bien. Il gagne peut-être le gros lot : New York et Chicago. »

Sperandeo a pris la mouche à son tour. « Cette bite molle pleine d'eau de Capone exagère et nous met tous en danger. On parie que Capone va sauter avant Maranzano ?

– Je ne parie pas sur les chevaux, je ne parie pas sur les chiens et tu veux me faire parier sur les patrons ? Nic, je dois reprendre le train dans une heure. On peut parler ? »

Les trois hommes ont disparu derrière une porte.

« C'est lui, a dit Big Pres en me montrant.

– Comment tu t'appelles ? » Sperandeo s'est volontairement montré brusque.

« Mino Melodia.

– Histoire de ne rien laisser au hasard. »

Big Pres est intervenu. « Nic, ce garçon est un pianiste extraordinaire. Si tu veux, je te le mets par écrit.

– Pour le moment ce garçon présente bien, c'est tout. Le reste nous l'évaluerons. » Puis il s'est adressé de nouveau à moi. « Tu parles la langue ?

– J'ai un peu appris à Taormina, je jouais au bar du *San Carlo.* Clientèle étrangère, beaucoup d'Anglais, quelques Américains.

– Autrement dit tu ne parles pas l'anglais des Anglais, alors encore moins l'anglais pourri et farci d'abréviations qu'on parle ici. »

Il s'est dirigé vers le piano. Il a enlevé le tissu noir d'un geste théâtral et me l'a montré. « Il est à toi. » Je n'ai jamais vu un Steinway à queue aussi majestueux : ébène marquetée resplendissante, clavier d'ivoire à quatre-vingt-huit touches, pédale centrale. Comment il était arrivé là, je l'ignore .

Pas une seconde je n'ai craint de ne pas m'en tirer. Je me suis assis sur le tabouret du *Paradise* comme si je venais tout juste de me lever de celui du *San Carlo* et j'ai déballé mon répertoire américain : *Swanee, Lady Be Good, The Man I Love, Fascinating Rhythm, Rhapsody in Blue, Isn't It Wonderful*... Big Pres a lorgné sa montre avec impatience. J'ai tout à coup senti mes ailes se replier : j'avais laissé pour le grand final ce que je considérais comme mes morceaux de bravoure: *Naughty Man, Cornet Shop Suey* et *Everybody Loves My Baby*. Je me suis tourné vers Sperandeo.

« C'est tout? a-t-il dit en guise de bénédiction.

– Il apprend vite, a assuré Big Pres.

– Tu lis la musique?

– Non, mais il suffit que je l'entende une fois.

– Il a une mémoire prodigieuse, a ajouté Big Pres.

– Tout juste: tu dois l'écouter.» Sperandeo s'est adressé directement à moi. «Je vais te dire quelle est la meilleure solution. Tu viens le matin donner un coup de main pour le nettoyage, pendant ce temps tu écoutes le pianiste qui fait passer des auditions aux chanteuses, aux choristes et aux danseuses. Tu te fais l'oreille, tu apprends qu'il n'y a pas seulement le jazz. Le soir, tu donnes un coup de main au bar, aux tables, et quand le pianiste boit une goutte tu peux peut-être t'amuser sur les touches. Voyons quel accueil te réserve la salle. Tu as de la présence...» Il m'a toisé plusieurs fois, vexé de devoir lever la tête. «Oui, tu peux plaire aux femmes, surtout à un certain type de femme qui fréquente l'établissement. Mais si tu me mets le bordel avec leurs accompagnateurs je te flanque dehors. Tu dois te faire regarder, mais ne pas regarder.»

Big Pres voulait seulement courir à la gare. «Alors, Nic. Affaire conclue?

– Trois dollars par jour, a répondu Sperandeo.

– Tu ne risques pas de te ruiner.

– C'est lui qui devrait me payer: je lui apprends le métier.» Là-dessus, un rire aussi faux que l'eau qui dort.

Au *Paradise* je balayais, j'époussetais, je déposais les sacs d'ordures derrière, je faisais briller les verres, j'apportais le rhum à Sperandeo dans son bureau, je tendais l'oreille pendant les répétitions du matin. Le soir je servais les boissons aux tables. Mon pantalon noir m'arrivait à la cheville, j'avais du mal à boutonner ma chemise blanche dont les manches s'arrêtaient avant le poignet. Ils avaient beau avoir été lavés, ils conservaient les odeurs de tous ceux qui les avaient portés. Mais les clients étaient là pour savourer d'autres parfums. Le whisky était servi dans des tasses à thé colorées, l'eau gazeuse était dans les carafes et la glace dans les seaux. Au bout de dix ans de tracasseries on sentait que la prohibition touchait à sa fin, mais cette éventualité déchaînait le désir inexplicable d'en vivre à fond les derniers instants. Le *Paradise* faisait le plein tous les soirs. La formule mixte rapportait. On voyait là les plus belles femmes de Chicago ou du moins les plus belles parmi celles qui s'intéressaient à la musique, aux distractions et au contact rapproché avec le péché. Blanches, noires, jaunes, moitié-moitié, ça donnait un défilé à faire pâlir celui du *San Carlo* entre Noël et le jour de l'an. Avant de venir elles avaient sans doute dîné avec leur cavalier au *Savoy* ou au *Warwick*, les clubs les plus fermés de la ville, et à présent, abandonnant leurs airs de petites filles sages, elles mouraient d'envie de se déchaîner. Le *Paradise* et les autres boîtes de nuit bicolores avaient la réputation d'être une sorte de zone franche, la terre promise de l'interdit. Il suffisait d'avoir de l'argent pour se l'offrir.

Je me faisais regarder, et je ne regardais pas. Mais j'avais retrouvé les instincts de mon âge. Autrement dit je bouillais, je cherchais à deviner quel était le terrain de chasse possible parmi les employées de Sperandeo. Car, si les clientes étaient inapprochables pour ne pas mécontenter leurs petits messieurs, il en allait de même avec les choristes et les danseuses autour desquelles tournaient les jeunes émules des Fischetti, Accardo, Nitti, Lo Verde, Aielle, Rizzuto, Mangano, Lombardo. Tous aspirants à la succession dont s'était entouré Capone. À Chicago en ce temps-là les balles sifflaient pour beaucoup moins qu'une paire de jambes prêtes à s'ouvrir. Avant même de prendre l'initiative, c'est moi qui ai été pris. J'ai été choisi par Lucylla, la fille du vestiaire, une Polonaise mélancolique et rêveuse. La langue était un demi-obstacle, mais l'attirance réciproque a des voies bien à elle. Nous le faisions à trois heures du matin dans l'entrée de l'appartement qu'occupait la nombreuse famille de Lucylla. Je n'ai jamais compris si elle s'était entichée de moi ou si elle avait peur de rentrer seule chez elle.

J'ai repris un mode de vie que je croyais enterré pour toujours. Pas plus de cinq heures de sommeil, suivies de dix-neuf d'abattement complet sans même le réconfort de la musique. Au petit déjeuner je prenais une soupe de poireaux et une tranche de fromage transparente. Malgré les efforts de Sol pour respecter ses engagements, c'était souvent olives noires en saumure ou oignons rôtis. Dès que j'arrivais au *Paradise* je me mettais à la menthe à l'eau pour alléger mon haleine. Au déjeuner j'ai été forcé de découvrir les saucissons de porc avariés. Je dînais au milieu de la nuit, d'habitude des restes de viande, avant d'accompagner ma petite Polonaise. Sperandeo se vantait d'offrir une cuisine internationale, mais le cuisinier, qui venait des plaines du Kansas, avait banni les pâtes et tout autre plat de vague origine italienne.

Agata s'informait tous les matins de mes progrès en musique. Elle croyait en la vie et jurait que j'allais percer : elle me voyait jouer dans les plus grandes salles américaines et elle, assise au premier rang, qui applaudissait. Elle possédait une énergie extraordinaire, obligeait ses frères et sa sœur à passer deux heures sur leurs cahiers et leurs livres avant de les libérer dans la cour. Sa toux était toujours là, embusquée. Pour m'accompagner à l'arrêt du tram elle mettait son châle sur la tête ; elle ressemblait à la madone du tableau posé sur l'autel de l'église de la piazza Cappellini. Elle m'a suivi le matin où je suis allé au marché des vêtements d'occasion en bas de State Street : je devais acheter mes premières tenues américaines. Chicago suffoquait dans la chaleur étouffante, et je ne possédais que le pantalon de futaine et les chemises de laine brute de l'hiver sicilien. En outre il n'y avait pas la mer. L'eau du lac n'avait vraiment rien à voir. Je n'avais jamais vécu sans la mer, elle me manquait. La mer, d'où ma mère racontait qu'étaient venus tous les envahisseurs de notre terre, était la seule voie capable de me ramener chez moi. Et elle n'était pas là. L'Amérique m'avait mis en cage.

Pour dix dollars j'ai acheté un lot de pantalons noirs et de chemises blanches. «Donne-les-moi à repasser», a dit Agata. Elle le faisait déjà pour le reste de mes affaires et refusait toute forme de rémunération. Cette nuit-là, pendant mon tour d'inspection avant la fermeture du *Paradise*, j'ai récupéré dans les toilettes des dames un petit flacon de parfum aux trois quarts plein. J'ai aussitôt pensé à Agata, mais j'avais honte de le lui donner entamé. Dieu me pardonne, j'ai fait pire: j'ai rempli le vide avec un peu d'eau. J'ai utilisé du papier d'argent et un autre de couleur pour confectionner mon cadeau.

Dans la cour déserte et encombrée de tout ce qui puait, Agata haletait sur la chaise devant la porte. Elle venait d'arrêter de tousser, elle avait le menton sur la poitrine. J'ai caressé ses cheveux dénoués.

«C'est passé, c'est passé», a-t-elle murmuré en regardant vers chez elle. Elle avait peur que Sol se soit réveillée.

J'ai serré ses épaules sans rien dire. Je portais sur moi les traces de Lucylla, j'étais écrasé de fatigue, je désirais plus que tout mon matelas de crin. Agata a levé vers moi ses grands yeux rendus encore plus brillants par la colère. Elle serrait dans son poing un mouchoir blanc taché de sombre.

«Mon oncle a promis de me faire soigner. Je veux que mes enfants naissent en bonne santé.

– Regarde ce que je t'ai apporté...»

Agata a déballé le flacon et tourné le bouchon comme je l'ai vu faire dans les films avec les goupilles des grenades. Elle a humé et humé encore.

«Oh Mino...

– Il est porté par les dames qui viennent au *Paradise*.

– Mais il est pour moi? Rien que pour moi?

– Tu vois quelqu'un d'autre par ici?

– Je n'ai jamais eu de parfum.

– Tu feras tourner la tête de tes admirateurs. »

Elle continuait de le humer. Elle était heureuse : une femme devenue le centre de l'attention et non plus la jeune fille malade digne de pitié.

« Pourquoi ? m'a-t-elle demandé.

– Pour ce que tu es, pour le sourire que tu m'offres le matin, parce que tu m'as donné l'illusion d'être chez moi. Je ne te l'ai jamais dit, mais tu portes le prénom d'une de mes sœurs.

– Je suis ta petite sœur américaine ?

– Oui, Agata, tu es ma petite sœur américaine. »

J'ai trouvé un message de Big Pres qui voulait me voir. Ça m'a tiré de mon matelas à peine quelques heures plus tard. Il s'est montré empressé, a demandé des nouvelles du *Paradise*, de Sperandeo. Il a dit qu'à Nuovaiocche l'incompréhension grandissait entre Luciano – c'est-à-dire Lansky, Siegel, Costello, Genovese, Adonis, Anastasia, Bonanno – et Maranzano. Son diagnostic a été qu'il s'agissait aussi d'un phénomène de génération : les jeunes grandissent, ils veulent se mettre en avant, mais la vieille garde n'en tient aucun compte. Big Pres prévoyait que ça finirait mal, y compris à Chicago : Capone ne comprenait rien à rien.

Mais il n'avait pas demandé à me voir pour jouer au devin ; il m'a demandé si je voulais écrire chez moi. Il s'occuperait de faire remettre ma lettre grâce à ses filières. Il m'a fallu deux nuits pour écrire une page. J'ai eu un mal fou à dire que j'allais bien, que j'espérais qu'il en était de même pour eux, que je travaillais à Chicago, que je comptais rentrer au plus vite. J'ai signé Mino et j'ai pleuré.

Le pianiste du *Paradise* était Pat, un escogriffe irlandais avec une masse indisciplinée de boucles rousses. Il assurait aussi les fonctions de chorégraphe auprès des six danseuses, dont le rôle était ensuite de s'asseoir sur les genoux des clients dépourvus de compagnie féminine. Pat était doué, il sentait le rythme comme personne. J'espérais le remplacer au piano pendant ses pauses du soir qui duraient le temps d'un whisky et de deux bouffées du cigare pointant de la poche de sa veste à carreaux. Mais Pat était à juste titre jaloux de son Steinway. Il a peur que tu le lui désaccordes, m'a dit Sperandeo. Pat était aussi gentil, à sa façon : dans un flot de paroles incompréhensibles et avec quelques gestes clairs il me permettait de m'asseoir au piano pendant la pause de l'après-midi lorsqu'il se plongeait dans la lecture des pronostics des courses. Je répétais ce que j'avais entendu. Outre le jazz, Pat aimait le ragtime et Gershwin : son exécution de *'S Wonderful, I've Got a Crush on You, I Got Rhythm, Embraceable You* était impeccable. Mais son mérite à mon égard a été autre : il m'a fait comprendre l'importance des airs et des chansons que chacun porte dans son âme. On l'appelait la musique country, les Blancs du Sud l'opposaient au jazz des Noirs, mais c'était un patrimoine commun. Dans ces années-là, à Chicago comme à New York, à la Nouvelle Orléans comme à Baltimore, esquisser *Under the Double Eagle, Over the Waves, Wildwood Flower, Little Log Cabin by the Sea, Will the Circle Be Unbroken*, c'était comme entrer aujourd'hui dans un piano-bar italien et écouter *Volare* et *Sapore di sale*: ça fait du bien au cœur, vous voyez ce que je veux dire ?

Je me suis fait l'oreille à *Sweet and Low-Down*, à *St James Infirmary*, à *Chicago Breakdown*, à *Basin Street Blues*, à *Tight Like This*. Je m'y mettais, je m'en tirais pas mal. Je plaçais ici et là Armstrong et Ellington. Puis Pat terminait de noter les noms des chevaux sur lesquels parier, il posait son journal et reprenait possession de son petit bijou. Je retournais astiquer le comptoir du bar.

Sperandeo montrait qu'il avait confiance en moi ; il était sûr que j'étais irréprochable. J'ai reçu une enveloppe de mille dollars à livrer au siège de l'Union sicilienne. Je devais la remettre à un homme d'Accardo.

« Comment je le reconnaîtrai ?
– Tu t'en fiches, c'est lui qui te reconnaîtra.
– Il me connaît déjà ? » J'ai cru que c'était un client du *Paradise.*
– Non, mais tu seras la seule crotte hors du pot de chambre. Il n'y a pas d'erreur possible. »

Sperandeo était ravi de sa blague mais il n'avait pas fini. « Attention à ne pas tomber dans le piège. Ils vont t'offrir la présidence de l'Union sicilienne, ils ajouteront peut-être un susucre de rémunération, mais toi, pur et dur, tu refuses. Et tu sais pourquoi ? »

Bien entendu je ne savais pas.

« Les cinq derniers présidents ont été assassinés. Le premier a été Angelo Genna, qu'on croyait à peine un échelon au-dessous du Père éternel. Pour plus de renseignements demande à Big Pres. Même avec une annonce dans les journaux, ceux de l'Union ne trouvent pas de président. Alors ils sont prêts à prendre le premier qui passe. S'ils te menacent pour te faire accepter la charge, dis-leur que tu es au service de Nic Sperandeo, lequel Nic Sperandeo ne peut pas renoncer à un futur pianiste de ton calibre. »

Il a ri, amusé, quand j'ai enfilé l'enveloppe sous ma chemise.

« Eh, qui veux-tu qui touche à quelqu'un de la grande famille ? »

À cette occasion j'ai pris pour la première fois l'Elevated, le métro aérien qui fait le tour du centre urbain, le fameux Loop. Je n'avais encore jamais dépassé le début de State Street, j'étais davantage habitué aux Noirs qu'aux Blancs et n'avais jamais vu de près l'opulence, le luxe qui côtoyaient souvent l'indigence et où quelqu'un pouvait s'écrouler sur le trottoir dans l'indifférence générale. À cette époque-là, à Chicago, il y avait plus de millionnaires que de réverbères.

Je suis descendu à la station Michigan Avenue, j'ai changé trois fois de direction avant d'arriver au siège de l'Union. La salle du premier étage ne témoignait pas d'une grande ardeur au travail chez mes compatriotes: à trois tables on jouait aux cartes, plusieurs membres lisaient les journaux. J'ai été frappé de voir que presque toutes les chaises étaient appuyées contre le mur: nul n'était assez confiant pour se montrer de dos.

« C'est toi le gars de Sperandeo ? »

La question venait d'un maigrichon. Le bord de son chapeau de feutre cachait la moitié de son visage aux joues creuses. Paupières lourdes, ton rauque, il portait mal son jeune âge.

« Oui.

– Tu as le pli ?

– Oui.

– Suis-moi. »

Il ne m'arrivait même pas au menton, mais il me regardait de haut en bas. Nous sommes allés à la cafeteria après le coin. Au-dessus de notre table un carreau de faïence proclamait: *Chicago est un beau nom parce qu'il veut dire dollars.* Sol et Agata n'étaient peut-être pas de cet avis, cependant la phrase exprimait parfaitement ce qu'attendaient ceux qui y vivaient. J'ai remarqué en m'asseyant que sous la veste de mon vis-à-vis deux pistolets pointaient, un sous chaque aisselle. Il a commandé des limonades et a croisé les jambes. Il portait des chaussettes blanches.

« Tu es nouveau ?

– Oui.

– Nous en sommes à trois… »

Je l'ai regardé sans comprendre.

« Nous en sommes à trois oui. Tu parles peu. Moi aussi. »

Il sirotait sa limonade en m'observant par-dessus son verre. J'étais mal à l'aise ; ses yeux n'annonçaient rien de bien.

« Avant de partir, rappelle-toi que tu dois me donner l'enveloppe. »

Je la lui ai aussitôt tendue. Il a à peine regardé la liasse de billets de dix. Il a continué à boire.

«Comment tu t'appelles?

– Mino Melodia.»

Il n'a pas pu s'empêcher de rire. «C'est vrai? Ça n'est pas un faux nom?

– Non.

– Je m'appelle Sam Giancana. Si nous devenons amis, tu pourras m'appeler Momo.»

Je m'en souviens comme si c'était hier. C'était une soirée consacrée au ragtime. Pat l'exécutait à contrecœur parce qu'il craignait de ne pas être à la hauteur, mais il s'en tirait bien. Je le dis parce que je l'ai ressenti sur ma propre peau. Ce rythme syncopé plein de sensualité, mais pas encore du jazz, est un défi permanent pour les touches. On a toujours l'impression de détonner, d'être à contretemps. Vous voyez ce que je veux dire? Non? Ça ne fait rien...

Pour réchauffer l'ambiance, Pat avait pianoté *Maple Leaf Rag*, l'hymne du ragtime, et poursuivi avec les classiques: *Goodbye, My Love, The Crime of the Century, What Kind of Woman, Maryland, My Maryland, My Ragtime Baby*. Il abordait *A Guest of Honor* lorsque a couru le bruit qu'Armstrong se promenait au croisement de la 35e et de Calumet, du côté du *Sunset Café* où la Terre avait appris que sa trompette et sa voix accomplissaient des miracles. Tout le monde s'est précipité dehors, y compris moi. Finalement, c'était une fausse rumeur. Au retour, Pat avait disparu: offensé, il avait fermé boutique. Que faire? Par qui le remplacer? Sperandeo se faisait lisser le poil et autre chose dans la demeure de sa maîtresse secrète, le commérage préféré du *Paradise*. Après avoir juré par la moitié des saints du paradis, Mickey – c'est-à-dire Michele Apicella, originaire d'Ariano Irpino, qui assurait les fonctions de chef de salle – m'a ordonné d'aller au piano.

«Je n'ai jamais essayé le ragtime.

– Tant pis pour toi. » Il a accompagné sa réponse de la menace d'un licenciement immédiat.

Je m'en suis sorti. Je ne sais pas comment, mais je m'en suis sorti. J'ai réussi à répéter ce qu'avait joué Pat, en y intercalant le reste du répertoire : jazz, country, Gershwin et un whisky double pour éviter le réveil brutal. S'est approchée du piano la chatte noire la plus ondulante que j'aie jamais vue, elle a fredonné un morceau. Elle m'a suivi jusqu'à la fin, nous avons recommencé d'un bout à l'autre. Je venais de donner une interprétation personnelle mais satisfaisante de *Nineteen Nineteen Rag*. Avec la même méthode nous avons présenté *A Guest of Honor*. La chatte a fait quelques roulades. Elle avait la voix de la sensualité : les applaudissements et les sifflets ont étourdi l'acoustique du *Paradise*. L'élégant d'un certain âge qui l'escortait est venu la récupérer avant qu'on la lui mange. À force de verser du whisky dans le moteur je me suis déchaîné avec mes anciennes occurrences. Heureusement, il était trois heures du matin et peu de clients étaient assez lucides pour comprendre ce qu'ils écoutaient.

À la fermeture, au lieu d'accompagner Lucylla vers l'entrée où nous avions notre intimité, je me suis rendu à celle du *Sunset Café*. Ce fut un pèlerinage sentimental. Un remerciement que je devais à saint Louis Armstrong qui cette nuit-là avait posé sur moi sa main charitable. En outre, j'allais pouvoir raconter un jour que j'y étais allé, que j'avais posé les pieds là où le plus grand de tous avait posé les siens. Lucylla n'a pas apprécié de m'avoir attendu pour rien et s'est fâchée. Le lendemain elle a fait la princesse au petit pois. Mais moi aussi j'en avais assez, surtout des heures que je devais voler au sommeil. J'ai donc accueilli comme une libération sa décision de mettre fin à nos fatigantes unions nocturnes. J'ai vérifié par la suite qu'un courrier des Fischetti doté d'une Oldsmobile aux sièges en cuir venait la chercher. Vous voulez comparer les coups de reins que nous avons donnés à tour de rôle contre les murs de l'entrée ?

Le lendemain, à mon arrivée, la tempête s'était déjà déchaînée. Sperandeo braillait en long et en large. Pat l'a planté là en annonçant qu'il allait faire un saut au champ de courses. J'ai été insulté pour être sorti chercher Armstrong avec les autres: Refais ça et je te renvoie en Sicile à coups de pied au cul séance tenante. Que j'aie sauvé la soirée n'a pas été jugé digne de la moindre mention. Le soir, chacun était à son poste de combat, mais l'atmosphère a mis des semaines à se rasséréner. Je veillais à rester à l'écart et à rattraper du sommeil.

Agata s'occupait de moi comme une mère, comme une sœur, comme une femme de chambre. Elle bavardait tout le temps et j'aimais l'écouter. Elle parlait de l'avenir, le mien et le sien. De ce que j'allais pouvoir faire avec l'argent de mon succès, de la famille qu'elle allait avoir, de comment elle élèverait ses enfants. C'était l'été, la toux lui laissait un peu de répit; son désir de vivre faisait le reste. Je la regardais avec admiration, je m'efforçais de l'aider. Mais la pâleur de son visage serrait le cœur. J'en ai parlé à Big Pres venu me remettre la réponse de ma mère. Elle avait écrit sur l'enveloppe: *Mino Melodia – Amérique*.

« Les choses vont bientôt changer, a murmuré Big Pres. En janvier je compte avoir de quoi la faire entrer dans un célèbre sanatorium au-dessus de New York. Il paraît qu'ils font des miracles, ils feront aussi celui-là. »

La lettre de ma mère m'a plongé dans le découragement. Les « *sbirri cu giummu* », autrement dit les carabiniers, s'étaient présentés via D'Amico. J'étais recherché pour l'assassinat d'Enzo Giaconia. Si je ne me constituais pas prisonnier, je serais accusé d'être l'exécutant matériel à la solde de Nino Puglisi. Nos photos avaient paru dans les pages du *Popolo di Sicilia*. Le livret d'épargne avec mille lires avait été confisqué: le directeur du bureau de poste avait annoncé que je pouvais faire une croix dessus. Compte tenu des difficultés des Puglisi, mon père avait perdu son second travail, et son activité habituelle était devenue pénible: personne n'avait plus d'argent pour ses marchandises. Ma mère ne l'écrivait pas, mais je devinais qu'ils vivaient difficilement. J'ai appris que Nino allait bientôt se marier, alors que Peppino n'était même pas mentionné. Ma mère concluait en disant que pour le moment j'avais intérêt à rester en Amérique. En bas de la page, après les mille baisers et sa signature, une main inconnue, probablement celle d'une de mes sœurs, avait écrit: « Tu réussis à être pianiste ? »

Outre que je n'étais pas pianiste, je ne réussissais dans rien et mon retour à Catane s'éloignait. C'est Madeleine qui m'a tiré d'affaire, à tous les sens du terme. Elle descendait d'une famille française réfugiée aux États-Unis pour des raisons religieuses. Sperandeo aurait pu dire d'elle qu'elle faisait aussi partie de la grande famille. Elle était en effet venue de l'Ohio à la suite d'un Irlandais abattu durant un des mille changements de camp qui se produisaient entre les gangs de George Moran et ceux d'Al Capone. Madeleine fournissait le *Paradise* en marguerites, azalées et orchidées. Elle avait sa boutique au début de la 36e. À l'arrière il y avait un cagibi et le lit où elle dormait. Il a commencé à servir pour deux et nous y faisions tout sauf dormir. D'ailleurs ç'aurait été impossible, même si nous avions voulu. Je dois à Madeleine une amélioration sensible de mon anglais et une pincée d'ignorance en moins. Elle m'obligeait à lire les journaux, m'aidait à traduire, me guidait dans mes visites de touriste: l'Institut d'art, l'Auditorium, le Marquette Building, un des premiers gratte-ciel du XIXe siècle, le musée de la Science et de l'Industrie, le zoo. J'avais l'impression de voler des heures à des activités plus indiquées, mais si Madeleine n'avait pas insisté il ne me resterait aujourd'hui aucune trace de Chicago.

Je rentrais souvent chez Sol au matin, quand elle trimait déjà. Juste le temps de me changer. Agata s'ingéniait à préparer à manger en quelques minutes.

« Mino, disait-elle, pense à ton travail, ne le perds pas de vue. Ne te laisse pas distraire par les tentations. »

J'ai fait exactement le contraire.

L'été s'achevait entre coups de chaleur et trombes d'eau. L'inauguration du Luxe Home, le plus grand gratte-ciel d'Amérique, détourna pour un jour l'attention des explosions des magasins qui tardaient à se mettre en règle avec Capone. Pour la nouvelle saison Sperandeo avait décidé de changer les six danseuses. Les auditions se passaient le matin. Les relations avec Pat s'étaient apparemment normalisées. Sperandeo assistait aux auditions, mais Pat avait le dernier mot. Après avoir reçu son approbation, l'élue devait se rendre dans le bureau de Sperandeo pour montrer qu'elle était également versée dans l'*ars amandi.* Rien d'extraordinaire. Il suffisait souvent d'avoir une bonne bouche. On entendait rarement des protestations, du remue-ménage ou des claquements de porte.

Pat amena une grande et belle fille. Pour éviter les commentaires et les demandes de rendez-vous il se hâta de prévenir qu'elle était sa cousine. En effet, elle arborait aussi une crinière rousse, mais là où Pat avait la peau sur les os elle était ronde et ferme. Elle ne dansa pas plus mal que les autres. Pat fit le signe d'approbation habituel à Sperandeo qui se tenait les bras croisés sur le seuil de son bureau.

« Pat, la demoiselle a réussi ?

– Je dirais que oui, monsieur Nic.

– Il m'a semblé aussi que la danse était son affaire. » Sperandeo se tordit de rire, Pat l'accompagna avec un effort visible.

« Alors nous l'engageons. Comme c'est ta cousine, tu lui as bien expliqué comment marche le *Paradise* ?

– Bien sûr, monsieur Nic : horaires, paie, pauses.

– Je ne parlais pas de ça, Pat. C'est bien, envoie-la dans mon bureau. »

Pat, qui s'était remis au piano et jouait avec les touches, s'interrompit brutalement. « Monsieur Nic, je crois n'avoir pas bien entendu…

– Non, Pat, tu as très bien entendu. Envoie-moi ta cousine pour que je lui explique ce que le *Paradise* attend d'elle. »

Sperandeo avait pris le ton froid de quelqu'un qui s'acquitte d'une formalité bureaucratique, mais tous avaient senti l'obscénité qui se cachait derrière.

« Je vous ai dit que c'était ma cousine.

– Et moi je t'ai dit de l'envoyer dans mon bureau.

– C'est inutile, je me porte garant.

– Qui tu es pour te porter garant ? Tu connais les règles du *Paradise.*

– Bon Dieu, c'est ma cousine. Vous comprenez oui ou non ?

– Elle pourrait aussi bien être ta mère ou ta fille. » Sperandeo se retira dans son bureau.

Pat referma le piano avec violence, alla chercher sa veste et ordonna à sa cousine de le suivre.

« Pat, attends, dit-elle toute bouleversée. Je suis d'accord pour parler avec monsieur Sperandeo de mon contrat.

– Alors tu ne comprends pas…

– Je comprends très bien, Pat. Je connais les règles de cette ville de merde. »

Sperandeo ressortit de son bureau. « C'est peut-être toi qui ne comprends pas, Pat. »

D'un bond, Pat fut sur lui ; il lui flanqua un coup de poing sur le nez et lui frappa la tête contre le chambranle de la porte. Deux serveurs firent sous eux, Pat tira un revolver de sa veste. « Ne bougez pas ou vous aurez mal. Je m'en vais. Toi Elizabeth, qu'est-ce que tu fais ?

– Pat, tu es toujours un con, répondit Elizabeth les larmes aux yeux. Qu'est-ce que tu veux que ça me fasse de lui tailler une pipe. Une de plus, une de moins… » Elle le suivit en secouant la tête.

Sperandeo était toujours par terre. On avait apporté de la glace pour les endroits atteints et du whisky contre l'étourdissement. Sperandeo refusa toute aide, il se releva seul.

« Combien de fois il faudra couper les cornes à ces Irlandais pour leur faire comprendre qui commande ? »

Il ordonna qu'on prépare immédiatement sa voiture. Il sortit en courant, le nez comme une patate.

« Il est allé chez Nitti », dit Mickey, celui d'Ariano Irpino. « Espérons que Pat sera assez malin pour mettre les voiles tout de suite. Pour lui Chicago est devenu terrain interdit. »

Sperandeo a réapparu l'après-midi. Il m'a convoqué dans son bureau et m'a nommé pianiste du *Paradise.* En y gagnant : dix dollars par jour plus le dîner, exactement la moitié du salaire de Pat.

« Mickey m'a raconté que l'autre soir tu as été un prodige. J'attends que tu le sois tous les soirs.

– J'essaierai, monsieur Sperandeo.

– J'en suis sûr. Nous devons maintenant penser à ton nom. »

Je l'ai regardé effaré.

« Mino Melodia, c'est bon pour chez toi. Ici il faut quelque chose de plus comestible.

– Je dois changer de nom ? » Ça me paraissait une trahison.

« Le nom peut aller, mais Mino, vraiment pas.

– Mon vrai prénom serait Guglielmo.

– Tu as déjà entendu quelqu'un le prononcer ? » Sperandeo s'impatientait.

Je me suis souvenu des trois de la Chevrolet. « Willy, ça pourrait aller ? Willy Melodia ?

– Willy ? » Sperandeo a ébauché un petit sourire, j'ai repensé à l'autre signification de *willy* dans le langage populaire.

« Ça ne va pas ?

– Affaire conclue, s'est exclamé Sperandeo. Willy Melodia est une garantie de succès. Tu es prêt à t'élancer vers ton rêve américain ? »

J'étais un pianiste.

Cette nuit-là j'ai écrit à ma mère pour qu'elle l'annonce à toute la famille, mais Big Pres ne se présenta que la semaine suivante. Des choses importantes, très importantes fut son résumé succinct de ce qui se préparait dans le chaudron de New York. Je me contentais des petites choses de Chicago. Big

Pres considéra ma promotion comme son succès personnel. Il exigea trois dollars sur ma paie journalière : « C'est pour Agata. Je sais que tu le feras avec plaisir et je sais aussi que tu ne lui en parleras pas, tu sais comment elle est. Elle n'accepterait jamais de toi un aussi beau cadeau. Nous ferons les comptes à ma prochaine visite. Puglisi avait raison, tu es un brave petit. » C'était un demi-vol, pourtant je n'ai pas réagi, au nom d'Agata.

La veille de son retour à Nuovaiocche, Big Pres est venu au *Paradise.* Avec Sperandeo ç'a été un échange de tapes sonores sur l'épaule, de gros rires, de chuchotis. Je les observais de mon tabouret, j'étais occupé par Gershwin. Je satisfaisais la requête de la vamp blond platine entrée au bras de Lawrence Mangano. Je le connaissais de réputation et j'aurais volontiers évité de le connaître en personne. C'était un patron de la prohibition habitué à ne pas faire de prisonniers, mais là il était à la remorque de la vamp, qui avait trente ans de moins que lui, c'est-à-dire quelques années de plus que moi. Elle s'était avancée jusqu'au piano à pas traînants pour formuler d'une toute petite voix son ordre déguisé en prière. Je m'étais accroché au répertoire de Pat : *Someone to Watch over Me*, *'S Wonderful*, *I've Got a Crush on You.* Mangano s'était levé d'un bond pour faire applaudir la salle. J'avais regardé vers la vamp : elle avait les lèvres collées à sa tasse et buvait comme si c'était vraiment du thé. Elle m'avait fait un clin d'œil et levé la main gauche, pouce et index en rond : Vas-y, baby. Précisément ce que j'espérais m'épargner : les deux plus récents succès de Gershwin, *I got Rhythm* et *Embraceable You*, que j'avais peut-être entendus deux fois. Heureusement, mes doigts ont agi tout seuls. Cette fois encore la vamp a approuvé, ainsi que le public. Elle et Mangano sont devenus des habitués des fins de semaine.

En présence de Sperandeo il était interdit de faire allusion à Pat. Mais un jour en fin d'après-midi, pendant la demi-heure entre notre dîner et l'ouverture du *Paradise*, le *Tribune* est passé de main en main. Il était ouvert à l'une des dernières pages: une violente tempête avait rejeté sur la plage de Cape May le corps de Pat criblé d'une vingtaine de balles. Après avoir rappelé que Pat avait été un pianiste très apprécié à Chicago, l'article expliquait qu'il ne s'était pas présenté depuis une semaine dans l'établissement d'Atlantic City où il avait été engagé récemment. Selon le shérif local, ses assassins l'avaient enterré au pied d'un promontoire et personne ne l'aurait jamais retrouvé si la nature n'était pas intervenue. Chacun de nous a dédié à voix basse une pensée à Pat; certains ont lancé des regards furieux vers la porte du bureau de Sperandeo. Je me suis demandé ce qu'était devenue Elizabeth. Si Pat avait obéi à son pragmatisme, il aurait encore joué au *Paradise*, elle aurait été l'étoile des six danseuses, et j'aurais continué à m'éreinter pour trois dollars par jour. Cette hypothèse m'a amené à jeter Pat à la poubelle et à ne plus me poser de questions sur Elizabeth.

Madeleine souhaitait que je loue un petit appartement à West Madison, le quartier des artistes et plus encore des excentriques. Tous les musiciens de Ben Pollack y habitent, m'a-t-elle expliqué. Et qui est Ben Pollack? Tu es vraiment un rustre: tu te poses en musicien, mais tu ne connais pas quelqu'un qui est cent fois plus fort que toi. J'ai fait l'offensé. Disons dix fois, a corrigé Madeleine. Nous nous sommes mis d'accord sur trois. En tout cas, nous devrons aller écouter Pollack et son orchestre, a conclu Madeleine: celui qui joue de la clarinette joue mieux qu'un Noir bien qu'il soit juif. Il s'appelle Benny Goodman. Le *Tribune* a déjà publié deux photos de lui.

West Madison et la possibilité d'être pris pour un artiste étaient un aimant puissant, cependant ça me désolait de priver du dollar quotidien la dure existence de Sol, autrement dit d'Agata. J'ai continué à passer une grande partie des nuits dans le cagibi de Madeleine et à me changer dans l'immeuble de la 61e. Bien que mon horaire officiel au *Paradise* ait commencé à dix-huit heures avec le dîner du personnel, je montais peu avant quatorze heures pour grignoter à la cuisine, répéter les nouveaux airs, être avec les danseuses et les choristes. C'est en m'inspirant de leurs tenues que j'ai offert à Madeleine un petit chapeau en organdi d'une forme très rigolote et à Agata une robe en taffetas rouge. Ils m'ont coûté une fortune, mais ça en valait la peine, particulièrement pour Agata. Elle n'avait jamais eu de robe neuve, Sol adaptait pour elle ses haillons. J'ai acheté pour moi le premier imperméable de ma vie, un costume noir en laine de Tasmanie, un feutre de la même couleur, qu'au milieu de la nuit j'abaissais sur les yeux. C'étaient les heures où j'ôtais ma veste, ma cravate à pois, où j'exhibais mes bretelles rouges tapageuses, déboutonnais ma chemise et me déchaînais dans les contaminations. J'étais aidé par l'ivresse diffuse et par l'engourdissement de ceux qui s'étaient attardés faute d'alternative. Dans le brouillard dense de la fumée, hommes et femmes se consolaient, se soutenaient, se provoquaient. Ils étaient arrivés au terminus, mais ils cherchaient l'inspiration dans la dernière cigarette et en léchant les bords des tasses de faïence devenues graisseuses. Pendant ce temps les notes de Bach, de Mozart, de Beethoven montaient vers le plafond mêlées à Armstrong et au Duke : de la magie à l'état pur. J'entendais alors la voix de ma mère qui me réveillait pour que j'accompagne mon père et mes frères à Ognina.

« Mino, Minuzzo... »

Ça m'excitait d'être le plus jeune du *Paradise*, d'imaginer que je n'étais qu'au début d'une chevauchée extraordinaire. Chevaucher le succès, chevaucher la vie, chevaucher les femmes. Et qui pouvait m'arrêter ? Je jouais en *enfant prodige* : trop inexpérimenté pour deviner qu'en règle générale le *prodige* disparaît et qu'il reste l'*enfant*.

J'ignorais même que Capone était en procès. Le jour de sa condamnation, Chicago reçut une décharge électrique. La circulation devint folle. Les crieurs de journaux annonçaient toutes les heures des éditions extraordinaires. Aux carrefours se formaient des groupes avides de nouvelles ; la légende avait dépassé la réalité. J'avais ronflé dans le lit de Madeleine au-delà de l'heure d'ouverture de sa boutique. Il était trop tard pour me changer chez Sol. Même dans le petit magasin de la Chinoise où j'ai acheté une chemise blanche pour le soir, les commentaires allaient bon train sur l'arrestation de Capone. Il était soudain l'homme le plus détesté de la ville. Au *Paradise* on ne m'a même pas laissé enlever mon imperméable. Sperandeo m'a ordonné de courir au *Lexington Hotel*: je devais retirer un paquet au premier étage.

« Et si on m'arrête ?

– On ne t'arrêtera pas.

– À qui je dois m'adresser ?

– À eux de voir. Tu es toujours la seule merde en dehors du pot de chambre : impossible de ne pas te reconnaître. »

Vous ne devineriez jamais qui m'a accompagné. Du bureau de Sperandeo est sorti le courrier des Fischetti, qui se tapait Lucylla ; la voiture que nous avons utilisée était l'Oldsmobile dans laquelle il venait la chercher. Disons que j'ai senti son parfum. Mon rival hypothétique s'appelait Ralph, ses parents étaient de Pozzuoli. Il parlait mal l'italien et l'américain et préférait s'exprimer en dialecte napolitain, mais ce n'était pas un jour à confidences. Lui était énervé par l'atmosphère de plus en plus chaotique : il avait peur des policiers en quête de médailles et de gloire. Moi j'étais gêné par son intrusion dans l'alcôve de mon ex : bref, aucun de nous deux n'a ouvert la bouche. Dans un silence absolu nous sommes entrés dans l'avenue de l'hôtel. Capone y avait séjourné jusqu'au moment de se rendre au tribunal et il était à présent occupé par la police, la presse et les curieux. Les reporters de la radio s'agitaient comme des lutins autour des cars surmontés d'antennes.

Ralph m'a déposé à un pâté de maisons de l'entrée du *Lexington*, il n'avait pas osé s'approcher plus près. Il m'a même dit de me dépêcher : à chaque minute ça pouvait mal tourner. Les policiers formaient un mur, mais ils étaient distraits par tous ceux qui cherchaient à s'introduire entre les faits divers et l'Histoire. Le *Lexington* n'avait ni la classe ni la discrétion du *San Carlo.* Décoration, couleurs, mobilier, objets, tout était exagéré. Devant le comptoir de la réception, les journalistes multipliaient les photos. Visages souriants et chaleureuses poignées de main à l'intention des flashes. Je me suis dirigé vers l'escalier de marbre. Arrivé au premier étage j'ai regardé autour de moi. Hé vous, la seule merde en dehors du pot est arrivée, où êtes-vous?

«L'ami...» L'appel étouffé venait d'un homme d'âge moyen rabougri en costume trois-pièces chiffonné de laine grise. «C'est toi?»

Que répondre? Que je n'étais pas moi? Mais moi, qui j'étais?

«Attends ici.»

Il a disparu dans une chambre, une demi-minute plus tard il est ressorti en portant avec peine un gros sac postal noir.

«Remets-le à Sperandeo, fais attention.»

Beaucoup plus lourd que je n'aurais cru. À mi-étage je me suis immobilisé: dans le hall la tension atteignait son comble. Une énorme cohue se pressait vers l'entrée: Elliot Ness et deux de ses collaborateurs venaient d'arriver. Les fameux «Incorruptibles». Ils ont été fêtés comme les shérifs implacables qui avaient enfermé Capone, en revanche ils n'ont eu aucun rôle ni dans son procès ni dans sa condamnation. Ness était un petit homme aux traits nets, à l'expression animée. Il adorait être entouré de considération et au *Lexington* il en bénéficiait largement. Personne, donc, ne faisait attention à moi, mais j'allais devoir sortir par cette porte gardée par tous les flics de Chicago. J'ai descendu les dernières marches en chancelant, puis j'ai fait un pas après l'autre vers la sortie. La cohue faisait à présent marche arrière dans un tohu-bohu de voix et de coups de coude. Non seulement j'allais à contre-courant, mais en plus ma taille m'exposait aux regards de tous. J'ai soulevé le bord de mon feutre: être pris pour un commis voyageur serait une aubaine inouïe.

Naturellement, je me suis retrouvé face à face avec Ness. C'est à moi qu'il a demandé: «Comment vas-tu?

– Bien», ai-je marmonné.

Ness a fait un numéro: «Voilà un brave garçon sans façons qui continue à bosser ferme. Fiston, tu as besoin qu'on t'aide? Ce sac est lourd. J'espère que le service postal a fait payer ce qu'il fallait à l'expéditeur.

– Merci monsieur Ness, j'y arrive.

– Tu me connais toi aussi, fiston. Bien, bien… Laissez passer ce sympathique travailleur et prenez exemple sur lui.»

La foule s'est ouverte mieux que la mer Rouge devant Moïse. J'ai rejoint Ralph, sans lui raconter ma brève conversation avec Ness. C'était une époque de trahisons. Ne sachant pas où aller, les chiens couraient dans tous les sens avant de revenir à leur point de départ. Condamner et tirer était beaucoup plus facile que discuter et raisonner.

Lorsque je lui ai remis le sac, Sperandeo a eu le sourire des enfants de piazza Duomo devant le nuage de sucre filé. Je lui avais apporté sans le savoir une montagne de barbe à papa. Exactement un million en billets usagés d'un, cinq et dix dollars. Un des nombreux petits ruisseaux du trésor de Capone que ses amis et les amis de ses amis se sont empressés de faire disparaître.

Big Pres apparut le jour des morts. Il avait l'air d'une oie tant il était gonflé de satisfaction. Il apportait une deuxième lettre de ma mère. Je l'ai lue aussitôt, en le laissant en plan, lui et ses nouvelles fracassantes.

L'enthousiasme de ma mère pour mon poste de pianiste débordait des consonnes et des voyelles mal tracées. Papa avait eu des problèmes avec son cœur. Orlando et Rinaldo l'avaient remplacé au chariot et avaient réussi à élargir le tour des marchés et des foires. Il rentrait quelques sous de plus, nécessaires car Concettina avait été demandée en mariage par le fils du marchand de fruits. Concettina s'était déclarée prête à faire la *fuitina* classique, la fugue qui permet d'économiser les frais des noces, mais ma mère tenait à organiser une belle cérémonie pour sa première fille mariée. La femme de Nino attendait un bébé. Via d'Amico tout le monde m'envoyait ses amitiés. Tu reviens quand?

J'ai posé à Big Pres la question qui concluait la lettre de ma mère: quand allais-je rentrer chez moi? Alors tu veux vraiment cracher à la figure de la déesse aux yeux bandés. Ce commentaire acide a précédé son appel à ma contribution aux soins d'Agata. Soit un peu moins de cent cinquante dollars. Il les a empochés sans compter et sans dire merci. À l'entendre, l'âge d'or avait commencé. L'époque de Capone était finie à Chicago, celle de Maranzano à Nuovaiocche, et dans le reste des États-Unis celle des vieux nigauds encore attachés aux rituels de la Mano Nera et incapables de s'ouvrir à la nouveauté. Big Pres s'est rendu compte que je ne savais rien de l'élimination du prêtre défroqué: il avait été expédié au Créateur à coups de couteau et de pistolet. Luciano n'avait plus de rivaux: il allait être assis au sommet du Volcan.

Big Pres, le regard pétillant, s'enflammait pour des scénarios où les sequins pleuvaient de tous les arbres à or. Il a pensé à Agata et aux traitements dont elle avait besoin, mais il savourait aussi d'avance des jours moins précaires pour lui-même et pour Sol. J'allais devoir patienter, le temps de repérer à Nuovaiocche la solution qui me permette de faire le grand saut. Il a carrément mentionné Carnegie Hall, mais comme ce n'était encore pour moi qu'un nom inconnu je n'ai pas sauté de joie. Furieux, Big Pres a pressé le pas comme il l'avait fait à la gare de Nuovaiocche: nous marchions dans South Wabash en direction de la *Mozzarella 'ncoppa* pour un casse-croûte gratis. Nous sommes passés devant le magasin d'antiquités de Capone, rideau baissé et muet sur le comte français qui le dirigeait.

«Je t'avais prédit qu'Al ne durerait pas.» Big Pres était tellement emballé qu'il ne pouvait pas supporter de se taire et d'être seul. Il avait besoin de transmettre aux autres sa propre excitation. «Capone et ses paroissiens n'ont pas compris que Maranzano était le passé et Luciano le futur. L'un a entraîné l'autre vers le fond, à la différence qu'Al était un ancien compagnon d'école et de route de Luciano: il a au moins sauvé sa peau.»

Big Pres était sceptique quant à l'issue de la guerre souterraine de succession déjà entreprise par les lieutenants de Capone. Il a eu un jugement lapidaire: ils ne font que de l'esbrouffe. L'intervention de Charles, c'est-à-dire Luciano, serait nécessaire pour régler la question, calmer les esprits, rétablir une ligne de conduite en mesure de ne pas alarmer les braves habitants de Chicago. Accardo gagnera, a pronostiqué Big Pres.

Et Nitti? Ma question inquiète englobait le sort de Sperandeo, dont dépendait aussi le mien. Big Pres fit une grimace significative: il se consacrera peut-être à la construction des studios pour sa protégée.

La mozzarella, la tomate et les poivrons grillés me restèrent en travers de la gorge.

Et pourtant Sperandeo ne baissa pas la crête d'un millimètre, il devint même intraitable onze jours sur dix. On ne pouvait même pas déplacer une table en son absence, mais il était de moins en moins au *Paradise.* Le bruit courait qu'il avait fait tilt avec celle qu'il fréquentait en cachette; cette embardée ne l'empêchait cependant pas de convoquer chaque nouvelle recrue dans son bureau pour le test décisif. Je m'en sortais: j'étais très fort pour pratiquer l'esquive grâce à ma précarité. Pour Sperandeo j'étais en même temps personne et rien. J'étais au piano parce que ça lui faisait faire des économies, que je ne dérangeais personne, et que ma musique n'avait pas encore soulevé de protestations. Il s'imaginait pouvoir se débarrasser de moi sans difficulté; il devrait tout au plus consoler Big Pres, qui de toute façon avait été englouti par Nuovaiocche. La 61e ne le voyait plus.

Noël passa, le jour de l'an passa, puis Lawrence Mangano et sa vamp réapparurent à l'improviste. Les rumeurs de Chicago affirmaient que Nitti et Mangano étaient sur des positions opposées. Le comportement de Sperandeo le démentit. Les bookmakers durent mettre à jour les cotes des arrestations et des enterrements. Sperandeo s'attarda à la table des deux pigeons, offrit du champagne avec seau à glace et coupes resplendissantes au nez et à la barbe de la prohibition. Nic Sperandeo de la Kalsa était maître chez lui, loi ou pas. Qu'on se le dise.

Pour moi il était évident que la vamp me regardait. J'ai contrevenu aux ordres de Sperandeo et à la ligne que je m'étais fixée. J'ai regardé moi aussi. Nous nous sommes regardés toute la soirée, et la fois suivante nous nous sommes dévorés des yeux. Je lui ai dédié *'O sole mio.* Elle l'a compris et, plus encore, apprécié. Mangano ruminait à côté d'elle, absorbé par ses cacahuètes et son whisky. J'étais persuadé que ce n'était qu'un jeu, mais j'en étais honoré. La muse sans nom m'inspirait. Je jouais pour elle, je savourais à nouveau d'anciens étourdissements. J'ai demandé de l'aide à Armstrong et Ellington et l'ai reçue à leur insu. La blonde platine de Mangano occupait mon imagination; la réalité, en revanche, c'était Madeleine. Notre relation avait pris un tour paisible et régulier: gestes répétés, petites habitudes, un bâillement et une démangeaison de plus, une caresse et un baiser de moins. Je restais chez elle le lundi, le mercredi et le samedi. Pourquoi ces trois jours? Chers amis, vous êtes déjà entrés dans la tête d'une femme?

L'absence de Big Pres se prolongeait, la pâleur et la toux d'Agata s'aggravaient. On m'avait parlé d'un médecin, radié de l'ordre pour excès d'attentions à l'égard de ses patientes, qui soignait les petits jeunes. Il coupait, extrayait, recousait; on assurait que c'était un phénomène avec ses mains, mais qu'il faisait aussi d'excellents diagnostics. C'était le seul médecin auquel je pouvais m'adresser et j'ai décidé d'emmener Agata le voir. Elle a d'abord hésité. Je lui ai suggéré d'en parler à sa mère. Elle a préféré ne pas le faire: de toute façon elle n'est jamais là, je te fais confiance, mais qui va payer? J'ai répondu par un haussement d'épaules. En quatre mois j'avais accumulé trois cents dollars dans le conduit d'aération du cagibi de Madeleine.

J'en ai parlé à Ralph. Nous étions en confiance depuis que Lucylla l'avait plaqué: le fossoyeur principal de la ville lui avait installé un petit appartement dans Madison Street et l'avait mise à la tête d'une agence de pompes funèbres. Elle avait rompu net avec son ancienne vie et accepté la nouvelle avec son indolence habituelle. J'avais dû consoler Ralph. Il me l'avait rendu en obtenant le rendez-vous chez le médecin et en nous y emmenant dans son Oldsmobile.

Nous avons roulé jusqu'à une cabane sur la pointe méridionale du lac. Un seul lieu servait de domicile et de cabinet. Le médecin avait dans les soixante ans et devait peser cent kilos. Ses pupilles immobiles dans ses petits yeux bordés de graisse avaient quelque chose d'obscène. Ralph s'est chargé de faire les présentations et d'exposer le motif de notre visite. Le médecin a ausculté Agata de face et de dos, en long et en large. À l'instant où ses mains se sont attardées un peu plus longtemps que nécessaire, Ralph lui a flanqué une bonne claque sur la nuque. Le pronostic n'a pas été encourageant: la tuberculose progressait rapidement; pour la faire reculer il fallait un climat adéquat, des centres spécialisés, des traitements coûteux. Ralph a obtenu un rabais sur le tarif: trente dollars au lieu de cinquante.

Sur le ton le plus péremptoire possible j'ai annoncé à Agata qu'elle allait guérir. Elle s'est efforcée de me croire. Le seul en mesure de l'aider était Big Pres, mais même Agata ignorait les raisons qui le retenaient loin de Chicago. Sperandeo m'a dit qu'il participait probablement au partage des pains et des poissons qui se déroulait à Nuovaiocche à la cour du balafré, c'est-à-dire Luciano.

Le lendemain matin Madeleine me donna une attestation de fin de passion, et le soir on me remit une enveloppe parfumée ornée de fleurettes. Elle contenait une courte lettre en anglais. Je le parlais tant bien que mal, je le comprenais plus mal que bien, quant à le lire c'était un énorme effort. Elle était signée Ruth. Bien que je n'aie pas connu de femme prénommée Ruth, j'ai cru bon de me débrouiller tout seul. Et j'ai bien fait. Il s'agissait de la vamp de Mangano. Elle avait envie que j'essaie de jouer de son corps. La bonne date pour ce concert singulier était fixée au samedi suivant: Mangano avait été convoqué à Nuovaiocche pour des consultations. L'adresse où me présenter était une petite rue derrière Water Street. Pendant quatre jours j'ai été sur un nuage. Je n'en descendais même pas pour pianoter; je regardais le Steinway comme si c'était un film. Ç'a été l'occasion de refiler à mon public – c'est comme ça qu'on dit, non? – le *Ballo Excelsior* dans toute son insoutenable lourdeur.

C'était le printemps. À l'émoi provoqué par l'arrestation de Capone et l'équilibre à rétablir entre ses amis avait succédé l'ébullition du début du championnat de base-ball. Le taxi me déposa au milieu de la nuit devant une petite villa dans la verdure entourée d'une grille. Elle donnait sur le fleuve, sous-estimé de tous et qui perdait à être comparé au célèbre lac, mais dans le milieu on avait appris que la Chicago River était l'idéal pour les trafics. Le whisky de contrebande en provenance du Canada y franchissait en péniche sa dernière étape. Grâce au fleuve on pouvait entrer et sortir de la ville sans laisser de trace et se débarrasser le cas échéant d'un cadavre encombrant.

Il était presque quatre heures du matin le dimanche. Dans la petite rue déserte on respirait le bien-être à pleins poumons. Façades élégantes, abondance de marbre, revêtements de bois précieux, propreté et ordre. Moi seul faisais tache. Dans le ciel, spectacle insolite, les étoiles scintillaient, mais j'ai hésité : et si Ruth s'était couchée fatiguée d'attendre ? Et si tout n'était qu'une blague ? Mes doutes furent dissipés quand la lourde porte s'ouvrit : une main apparut suivie d'un bras nu, et elle m'invitait à entrer.

De près et au naturel Ruth était beaucoup plus femme que de loin et en grande toilette. Il n'y a pas eu de place pour les présentations et les confidences jusqu'à ce que le soleil filtre entre les rideaux de soie et la tenture de velours damassé. Ruth était juive, hongroise et amie de Lucylla depuis l'école primaire. Elle lui avait présenté le croque-mort qui l'avait transformée. Don Epifanio, le croque-mort, travaillait beaucoup avec Mangano, a dit Ruth sans la moindre ironie. À son avis il représentait la solution idéale pour sa vieille camarade de classe : beaucoup d'argent et peu d'exigences.

« Nous les filles nous devons nous débrouiller – l'explication de Ruth englobait aussi sa liaison avec Mangano. Lucylla m'a raconté que toi aussi tu es quelqu'un qui se débrouille. Même dans une entrée. Quand ç'a été fini entre vous je suis venue voir un peu au *Paradise.* »

L'inspection avait été satisfaisante, surtout pour moi. Je m'étirais dans le lit d'une sorte de volcan toujours en éruption, pas comme l'Etna. J'ai considéré que Ruth était ma récompense personnelle pour avoir affronté l'Atlantique. Mais elle a aussitôt défini les contours de cet enchantement : un coup et tu t'en vas. « Tu ne voudrais pas que je risque toutes ces bonnes choses pour un peu d'animation au lit. L'oncle – c'était sa façon de parler de Mangano – n'a pas l'esprit large. Je ne vais pas t'expliquer comment vous êtes les Siciliens. Ça serait déjà la merde s'il apprenait notre petite rencontre innocente. Je t'assure que ç'a été un plaisir, que si l'oncle doit s'absenter de nouveau je te ferai signe et que je viendrai t'écouter le plus souvent possible. Tu sais y faire avec tes mains. Nous n'avons pas de raisons d'être amis, mais nous pourrons garder un bon souvenir l'un de l'autre. Tu n'es pas d'accord? »

Nous avons recommencé à nous faire du bien. Elle m'a congédié à l'heure du déjeuner. Je me suis esquivé par la sortie à l'arrière, directement sur le fleuve, conçue par Mangano en vue de sa propre fuite. Je ne me suis pas pressé. Personne ne me suivait, personne ne me connaissait dans ses rues intimidantes par leur élégance, où les Italiens logeaient tout au plus leurs maîtresses. Là, la richesse semblait sur le point de gagner la partie contre la pauvreté. J'ai longé la Chicago River pendant des heures en suivant le soleil. Au *Paradise* aussi on respirait l'atmosphère excitante de l'hiver fini et de l'été qui arrivait. Mais ce n'était pas un simple changement de saison, on sentait une volonté générale de tourner la page. L'Amérique était prête à se remettre debout. Elle n'attendait que quelqu'un qui donne le signal. Le jazz et le ragtime dictaient le rythme à la nation tout entière. Jamais je n'ai aussi bien compris la différence entre nous, attachés à nos romances, et eux. Et pourtant, après avoir perdu l'illusion d'une relation stable avec Ruth, je continuais à caresser l'espoir de rentrer à Catane. Je me sentais déjà étranger au rêve américain et j'allais le rester des années.

La chance fit volte-face un jeudi aux couleurs imprécises où l'obscurité s'éloignait alors que l'aube approchait. La soirée avait été morne, sans éclat : peu de clients, peu d'alcool, pas de dispute sur le base-ball ou sur lequel des démocrates sauverait l'Amérique aux élections présidentielles de novembre. J'allais toutefois éviter de devoir attendre le tram de cinq heures et demie en somnolant sur le grand divan que Sperandeo utilisait pour ses divertissements dans son bureau. Mickey m'avait proposé de me déposer au coin de la 59e, à deux rues de chez Sol. Il possédait une Ford A cahotante.

Nous étions silencieux. Je me suis allongé sur le siège, le feutre sur la figure. À un carrefour Mickey a bredouillé qu'il devait faire le grand tour. Il a freiné si brutalement que je me suis retrouvé à un millimètre du pare-brise. Nous étions à Jackson Park où Agata disait toujours vouloir venir pour respirer un peu de bon air, mais elle ne trouvait personne pour l'accompagner. Mickey est descendu et m'a demandé de le suivre. Une masse d'arbres à gauche, la pelouse autour, le miroitement du petit lac dans le fond. Je ne comprenais pas ce que nous faisions là. J'ai fini par soupçonner que Mickey voulait me séduire; mais il courait à toutes jambes. Je suis resté interdit. J'ai compris trop tard que j'étais la petite affaire à régler pour les deux malabars qui s'étaient matérialisés à côté de la voiture. L'un avec une batte de base-ball, l'autre avec un coup de poing. Il me l'a flanqué dans le plexus. Je suis tombé dans l'herbe et son copain m'a asséné trois coups de batte sur le dos. C'étaient des pros; ils tapaient fort, mais sans risquer de complications extrêmes. Il y a encore eu trois coups de poing en direction du foie, deux coups de batte sur le côté qui m'ont coupé la respiration, une volée prolongée sur les reins. Je devais sauver mes doigts, sans mes doigts j'étais un artiste fini. Je les ai protégés sous mon ventre. À part la tête, mon malheureux corps explosait de douleur. Je ne me suis cependant pas évanoui. Je gisais non loin des pneus arrière; j'ai d'abord aperçu une paire de chaussures, puis j'ai entendu la voix de Sperandeo.

« Qu'est-ce que tu fous, Willy? Ou tu préfères que je t'appelle Mino? Je t'avais dit que tu ne devais pas regarder. Tu n'as pas seulement regardé, tu as aussi touché. Ta maman ne t'a pas appris que les enfants sages regardent, mais qu'ils ne touchent pas? »

Voilà donc qui était la mystérieuse dame que fréquentait Sperandeo en cachette. J'ai maudit Ruth, je me suis maudit moi-même. J'ai pensé que Sperandeo allait me tuer, que Big Pres ne s'était pas montré parce qu'il était d'accord, et que personne ne pouvait me sauver.

« Tu sais ce que je te dis? » Sperandeo s'emballait. « Tu ne vaux rien en tant que Mino et rien en tant que Willy.

Tu comprends? Tu ne vaux rien en tant qu'homme et tu ne vaux rien en tant que pianiste. Va le dire à cet autre rat d'égout de Big Pres, lui et ses airs de grand ambassadeur de mes deux. Si Luciano se sert de types comme Big Pres, il n'en a pas pour longtemps. Préviens le balafré. De la part de Nic Sperandeo. Ah, j'oubliais: les dollars que tu avais derrière l'étagère de la cuisine ont servi à payer les jeunes pour le dérangement. J'imagine que tu n'as rien contre.» Dans ces dollars il y avait les deux cent cinquante que je devais verser à Big Pres.

Il m'a filé des coups de pied à l'aveugle. Par pure colère il m'a frappé au côté, à l'épaule, à la pommette et à l'arcade sourcilière. Il n'a pas cherché mes mains, probablement parce qu'il me considérait comme un mauvais pianiste. J'ai hurlé de douleur jusqu'à ce que je me rende compte que j'étais seul. Sperandeo était parti avec ses cogneurs. J'ai aussitôt remué mes doigts qui semblaient intacts. Le reste me causait des élancements atroces. Alors oui, j'ai perdu connaissance.

Une bouffée d'air tiède m'a fait revenir à moi, c'était l'haleine d'un collie qui me regardait tristement. Vous avez besoin d'aide? a demandé le vieux monsieur qui le tenait en laisse. Nous étions en plein jour. J'ai levé la tête comme j'ai pu. Le vieux monsieur et le chien m'ont regardé avec dégoût avant de s'éloigner. Je me suis mis debout par étapes. Mon vieux costume de flanelle, souvenir du *San Carlo*, était déchiré, plein de terre et d'herbe. Le sang de ma pommette et de mon arcade sourcilière avait coulé sur la veste. J'avais quinze dollars en poche. Au bout d'un an en Amérique je me retrouvais plus pauvre qu'à mon arrivée.

Un taxi m'a déposé devant chez Sol. Agata n'a pas dit un mot; elle m'a soutenu jusqu'à la table, a apporté une bassine d'eau tiède et une pile de serviettes propres. Pendant une heure elle a lavé et tamponné les blessures, m'a enduit les bras, les jambes, les côtes, les épaules et le ventre avec la pommade fournie par une voisine. En m'appuyant sur elle je suis allé jusqu'à mon lit.

« Rappelle-toi que tu as une dette envers moi », a dit Agata.

Je ne pouvais remuer que les doigts sans souffrir et je les ai passés sur sa main.

« Ça n'est pas suffisant. Je veux que tu joues à mon enterrement. »

Big Pres m'a réveillé avec beaucoup de délicatesse. J'étais resté dans un demi-sommeil traversé de douleurs lancinantes et de cauchemars. Malgré son apparence habituelle, complet, cravate sobre et chapeau melon, le marron prononcé sous ses yeux attestait qu'il ne traversait pas une bonne passe. Il a exigé un compte-rendu complet, y compris des heures passées avec Ruth. Tu t'es amusé au moins ? J'ai fait signe que oui en levant le pouce droit. Tu le referais ? J'ai répété mon geste. Ma parole, elle l'a en or ? J'ai bredouillé qu'il fallait essayer pour le croire.

Big Pres a vu le bon côté des choses : Sperandeo ne m'avait pas tué afin d'éviter des questions ennuyeuses ou, pis, les soupçons de Mangano. Donc de ce côté-là tout allait bien. L'oncle Lawrence aurait peut-être pardonné les peccadilles de Ruth, mais pas les pécheurs, et je serais depuis plusieurs heures au fond de la Chicago River, ou on m'aurait déjà fourré dans les fondations d'un des gratte-ciel en construction du Loop. En tout cas, a conclu Big Pres, je fais un tour, je renifle, et à mon retour je te dis si Sperandeo a agi pour son propre compte ou celui de quelqu'un d'autre.

Je l'ai retenu par son veston. Je lui ai parlé de la maladie d'Agata, de la consultation, du pronostic sinistre.

« Je sais, je sais. Je comptais sur tes deux cent cinquante dollars pour la faire entrer dans un beau sanatorium près de Springfield. Il paraît qu'ils font des miracles. Si tu veux, je te le mets par écrit. »

Et l'autre sanatorium où ils faisaient des miracles ? Celui au-dessus de Nuovaiocche, près de la frontière du Canada ?

Big Pres a fait semblant de ne pas avoir entendu et il a quitté la pièce.

8
Les deux compères

Big Pres avait raison. Derrière Sperandeo ce n'était pas Mangano, mais bien son propre orgueil blessé de conquérant. N'empêche que moi, j'étais plus blessé que lui, et pas dans mon esprit. J'ai mis deux semaines à retrouver mon autonomie de mouvements, trois à redevenir présentable. Comme s'il l'avait su, Big Pres apparut. C'étaient les premiers jours de mai. Il te faut un costume élégant, déclara-t-il d'un ton définitif. J'avais mon complet noir, mais rien à faire, trop hivernal. Et l'argent, qui me le donnerait? Je devais un mois de loyer à Sol, deux cent cinquante dollars à Big Pres et j'en avais cinq en poche.

Big Pres m'expliqua tout joyeux que Luciano avait parlé à Costello d'un jeune homme à placer et que ce cher Frank avait décroché son téléphone. En conclusion, nous avions rendez-vous à l'hôtel *Drake*. C'était l'hôtel de la bonne société, des célébrités, qui se vantait de ne pas recevoir d'Italiens. Pour cette raison précisément il fallait s'y présenter comme à un mariage. Tu ne voudrais pas embarrasser Frank, et Charles par voie de conséquence. Jamais de la vie, cependant les cinquante dollars nécessaires pour le costume élégant manquaient toujours. Je m'en charge dit Big Pres à contrecœur. Costume de cérémonie ce fut donc: un costume rayé Palermo qui, à part ma grande taille, me rendait pareil à tous les braves garçons qui se promenaient dans les rues de Chicago. Ainsi vêtu comme un jeune marié, je me suis rendu à l'entrevue escorté de Big Pres.

Le *Drake* était monumental, il faisait penser à un vieux monsieur en dépit de sa construction récente. Il se trouvait au bout d'East Walton Street, là où la rue s'élargissait à cent mètres du lac. Tout comme dans les autres quartiers de Chicago proches de l'eau, on y respirait le bien-être à pleins poumons: rues bordées d'arbres, pelouses bien tenues, bancs accueillants. Sur la plage du lac quelques-uns étaient déjà en maillot pour profiter du soleil.

À l'entrée du *Drake* nous nous sommes glissés parmi une armée de chasseurs et de grooms. Le hall était majestueux avec son immanquable escalier central orné de marbre, de tapis, de lustres imposants. Malgré mon costume de parade et bien que Big Pres ait renoncé à son cache-poussière, nous avons aussitôt été repérés comme intrus. Mais Big Pres montra les dents au premier préposé qui marcha sur nous dans l'intention de nous jeter dehors. Mister John nous attendait. Ce nom produisit un certain effet. Pauvres diables nous étions et pauvres diables nous restions, mais nous avions une raison d'être là.

Mister John tenait un rôle indéterminé. J'ai saisi le tiers de ce que lui et Big Pres se disaient. Mister John le traitait avec une supériorité affectée; il se serait passé de le rencontrer, sans toutefois pouvoir l'éviter. Les ordres venaient visiblement d'en haut. Puis mister John s'est adressé à moi. Il était persuadé que j'allais me conformer aux règles de la maison et que je laisserais un bon souvenir. Qu'il parle de mon départ avant même que je commence m'a déconcerté, mais Big Pres a lâché une telle rafale de okay, okay, okay, que j'ai été poussé à dire okay moi aussi. Je n'ai passé aucun test, je n'ai pas effleuré un piano, aucun certificat ne m'a été demandé. J'ai été engagé sur la parole de Costello et de Luciano; le coup de téléphone de Nuovaiocche avait suffi. Mister John s'est débarrassé de nous sur le seuil de son petit bureau où il nous avait entretenus debout.

Big Pres m'a montré les bords du lac. Il était en veine de générosité et a acheté à un stand de ces effroyables couronnes pleines d'air, les bagels, auxquels j'avais échappé jusque-là. La belle saison attirait les promeneurs de tous âges. Certains s'étaient équipés pour pêcher malgré les écriteaux qui l'interdisaient. Après avoir avalé la dernière bouchée du bagel qui m'était destiné, Big Pres m'a expliqué la situation: j'allais jouer au *Drake* pendant deux mois jusqu'à la fin de la convention démocrate fixée à la mi-juillet. L'horaire serait de quatre heures de l'après-midi à minuit, sauf la dernière semaine où je devrais taper sur le piano jusqu'à ce que le dernier délégué soit allé au dodo. Tu te remettras à flot avec tes pourboires, a bougonné Big Pres. Il m'a semblé tourner autour du pot. J'ai compris pourquoi quand nous sommes arrivés au mot rémunération. Dans la pratique, j'allais jouer gratis. Pour être précis, je recevrais trois dollars par jour sans dîner ni déjeuner en plus, et je serais payé à la fin de mon engagement. L'explication de Big Pres fut longue et argumentée: c'était lui qui avait eu l'idée et le mérite de faire intervenir Luciano et Costello, lui qui avait traité avec mister John, lui qui avait payé cinquante dollars pour le costume rayé Palermo qui me donnait l'air d'un mannequin. Par conséquent, il avait droit à une partie de mes gains. Je le reconnaissais volontiers, mais trois dollars c'était ce que gagnait le plongeur du *Paradise*. Il a répliqué que je lui devais les deux cent cinquante de Sperandeo, et qu'en plus j'en devais trente à Sol. Tu te contentes de trois dollars, mais nous partageons à égalité le passé et le futur. Et lundi, avec cet argent, je fais hospitaliser Agata. Son état s'aggravait, et il a suffi que j'entende son nom pour accepter d'être floué. Big Pres m'a avancé cinquante dollars sur les cent quatre-vingts que j'allais toucher à la mi-juillet.

Je souhaitais accompagner Agata au sanatorium de Springfield, mais Big Pres ne l'a pas permis. Lorsqu'elle est partie, Sol était au travail, ses frères et sa sœur étaient déjà à l'école. Comme d'habitude, elle avait préparé le petit déjeuner pour tout le monde. Je l'ai serrée dans mes bras comme je ne l'avais pas fait avec ma mère et mes sœurs, je lui ai dit que nous organiserions pour son retour une fête qui durerait vingt-quatre heures: je me procurerais un accordéon et je serais à son service exclusif. Agata a souri, ce qui a accentué la pâleur de son visage. En m'embrassant elle m'a chuchoté à l'oreille: « N'oublie pas de jouer à mon enterrement. »

Le salon de thé du *Drake* fut modifié pour recevoir le piano. On avait loué un Schimmel classique de 1894 en racine de noyer, partiellement fait à la main. Plus adapté aux concerts qu'à la musique légère. Par ailleurs la clientèle de ces semaines de mai appréciait mes sonates de Bach, de Mozart, de Beethoven, et même les chants grégoriens, le *Requiem,* la *Marche nuptiale* – que nous appelions à Catane la *Messe nuptiale* – ou *When the Saints Go Marching In.* Au contraire la production d'Armstrong et de ses frères chocolat était accueillie avec des regards courroucés, tandis que les bouches en cul de poule se posaient sur les tasses de porcelaine précieuse. Parmi ces tables et ces petits fauteuils, au milieu des serveurs en frac impassibles qui versaient des théières le cognac, le whisky et le gin, j'ai appris que *All Coons Look Alike to Me,* écrit par un Noir pour les Noirs, était considéré comme la revanche des Blancs, une sorte d'hymne du vieux Sud qui mettait la larme à l'œil jusque dans le Nord.

La course des candidats démocrates à la désignation pour les présidentielles remplissait les journaux. La convention de Chicago, avec des milliers de délégués venus de tout le pays, était vue d'un bon œil en raison de la clientèle qu'elle garantirait aux hôtels, restaurants et magasins. Mais les habitués du *Drake* fronçaient le nez: trop de populace, trop d'ouvriers, trop de communistes, trop d'agitateurs du Sud, trop d'immigrés juifs, italiens, polonais. Je ne savais rien de la politique, elle ne m'intéressait pas et ne m'a pas intéressé par la suite, mais je surprenais des allusions furibardes au programme subversif de Roosevelt. Les riches de Chicago le considéraient comme un traître à sa caste: bien que né dans l'aisance il s'était vendu à Staline. Qu'il puisse obtenir la candidature dans leur propre ville était un outrage intolérable qui méritait une autre tournée de scotch pour noyer leur colère.

Ce fut pour moi une période de solitude absolue. Je me réveillais dans une maison vide, je déjeunais des maigres provisions laissées par Sol, j'évitais de sortir de peur qu'une rencontre fortuite rappelle à Sperandeo ma présence en ville. J'avais découvert devant le lac un banc presque caché par un enchevêtrement de plantes grasses; j'y tuais les heures en attendant de m'asseoir sur le tabouret du *Drake*. Je ramassais des pages de journaux éparses et m'exerçais à comprendre l'anglais.

À l'hôtel on me traitait de haut: j'étais le protégé des *dago*. Je ne connaissais pas cette appellation. Un serveur, Carmine, fils d'émigrants de Gaeta, m'expliqua que c'était un vieux terme péjoratif pour désigner les Italiens et les Latins en général. Il signifiait les poignardeurs et dérivait paraît-il de la dague des anciens Romains. Bref, une orgie de culture pour nous considérer comme de sales sournois, sanguinaires et sauvages. Et moi, comme tous ceux qui sont nés esclaves, je tenais surtout à me distinguer des autres Italiens. Je dois dire qu'à part quelques regards de travers et quelques grosses plaisanteries dans mon dos, on m'a plutôt laissé en paix. Nous étions des *dago*, on nous appliquait encore les trois c – catholiques, criminels, buveurs de Chianti –, mais nous étions aussi ceux qui avaient l'argent, dont bénéficiait la moitié au moins des élégants occupés à savourer les petits-fours et la musique dans le salon de thé.

Je cherchais à me montrer à leur hauteur. Une vieille dame a dit que je ressemblais à un natif, pour me faire un compliment, puis elle a ajouté à voix basse: «tant qu'il n'ouvre pas la bouche». Son amie a souri en mettant sa main gantée devant ses dents éblouissantes. Sur les pages de journaux ramassées autour de mon banc devant le lac, j'ai lu que «les natifs» étaient ceux qui appartenaient à un mouvement politique fondé pour sauvegarder les droits des Américains de souche anglo-saxonne. Je ne pense pas qu'ils constituaient la majorité à Chicago, et pourtant beaucoup d'immigrés européens aspiraient à en être, ils américanisaient leur nom. Nous avions malheureusement commencé à le faire nous aussi.

L'atmosphère de Chicago devint aussi torride que celle de la politique. La course entre démocrates se réduisit à Smith et Roosevelt. Les paladins de Smith accusaient Roosevelt d'être un républicain déguisé, un emblème de la vieille classe dominante responsable d'avoir mené l'Amérique à la ruine. Ceux de Roosevelt accusaient Smith d'être l'expression d'un passé sans gloire et sans idéal, désormais vaincu par l'Histoire. Les républicains n'avaient pas ces problèmes: ils présentaient de nouveau le président Hoover. Eux, ils avaient de l'argent, contrairement aux démocrates dont les fonds s'alignaient sur les finances de ceux pour qui ils se battaient: un peu moins de zéro.

À la veille de la convention on monta des stands pour recueillir des subventions. Dans le centre ils ne résistaient pas longtemps. Les activistes de Hoover cherchaient le moindre prétexte pour les dévaster, puis les policiers obligeaient les démocrates à les démonter parce qu'ils occupaient abusivement l'espace public. Ça se passait mieux en banlieue, mais là ils ne rapportaient rien. Les délégués arrivèrent en ville une semaine avant l'ouverture du congrès. Ils venaient de l'Alabama, de Géorgie, de l'Arizona, du Nouveau-Mexique, de Californie. Ils voyageaient dans de grands autobus transformés en maisons ambulantes où ils dormaient pour économiser et parcouraient les quartiers dans l'espoir de faire des adeptes. Les riches du *Drake* avancèrent leurs vacances afin d'éviter toute forme de voisinage et de contagion. Il m'arrivait de jouer pendant des heures dans une salle vide.

À l'hôtel étaient logés les dirigeants du parti démocrate, les collaborateurs de Smith et ceux de Roosevelt. Ils étaient quatre pelés et un tondu, rien à voir avec les excès d'aujourd'hui. Dans le salon de thé il n'en venait que quelques-uns le soir. Les femmes insistaient pour rester, mais les hommes avaient l'air d'être assis sur la lave de l'Etna.

J'avais été contaminé par la mode envahissante des disques. Malgré le peu de dollars qui circulaient, on enregistra cette année-là un boom dans le marché discographique : cent millions de dollars en phonographes et disques. J'ai donc acheté moi aussi des 78 tours : j'ai eu tout de suite *When It's Sleepy Time Down South* d'Armstrong, mais j'ai dû attendre pour *Ouverture cubaine* de Gershwin. L'hôtel était équipé d'un Victrola à manivelle. Avec la complicité de Carmine, qui ne croyait pas qu'il me suffisait d'entendre un air pour le rejouer, j'ai réussi à l'utiliser pendant une dizaine de minutes, le temps de passer les deux disques. Puis je me suis mis au piano et je les ai joués. Carmine l'a raconté aux autres. Ils m'ont adressé la parole, il y a eu des sourires, des demandes personnelles, je suis devenu une espèce de juke-box humain. À la fin de la journée, pendant le nettoyage, nous nous déchaînions. Je suis retourné à mon répertoire italien qui était surtout napolitain. *'O sole mio* a provoqué des larmes, de l'émotion, des bis et des ter sans fin. Un chef de salle allemand, né sur les bords du Mississippi, et doté d'une belle voix, chantait les chansons de son passé : *St Louis Blues, Sweet Georgia Brown, Makin'Whoopee.* Je les mettais dans mes archives et le lendemain j'observais les réactions du public.

J'ai trouvé Sol assise dans la cour pour échapper à la chaleur étouffante de la nuit. Elle m'a dit qu'Agata se sentait mieux et qu'on allait probablement la laisser sortir à la fin de l'été. Elle m'a annoncé avec une pointe d'orgueil que son frère arrivait avec une délégation de Nuovaiocche. Le mystère a été éclairci le lendemain matin par Big Pres lui-même : il précédait Luciano et Costello. Il a regardé sa montre. « Si le train de nuit est à l'heure, ils viennent d'arriver à Chicago. »

Mon regard a été plus éloquent que toutes les questions.

« Ils sont venus assurer leur avenir, a-t-il ajouté avec satisfaction. Luciano a expliqué à ses amis que sans la politique on n'arrive nulle part. La prohibition touche à sa fin et il faut donc viser de nouvelles activités. Ils veulent investir dans les casinos, dans les machines à sous. J'imagine que derrière Charles il y a Lansky: il a déjà une société de machines à sous. Par l'intermédiaire d'un type de New York, un politicard qui est de chez nous, ils ont financé les démocrates. Luciano et Costello viennent sceller l'accord, se faire garantir une contrepartie après la victoire de novembre. »

Big Pres laissait entendre qu'en novembre il allait gagner lui aussi. Mais j'avais appris à le connaître. Ses désirs correspondaient rarement à la réalité. Il avait retiré de l'ascension de Luciano plus d'enthousiasme que de dollars, ou de prestige à transformer en dollars; ce serait pareil avec le succès des démocrates, mais son incurable optimisme lui faisait espérer des issues bien différentes.

« Et surtout fais-toi beau, parce que je te les amène tous les deux cet après-midi. Je tiens à ce que tu les connaisses… Eux aussi sont impatients de te connaître. » Je savais que ça n'était pas vrai, mais pourquoi lui infliger une déception supplémentaire?

Ils apparurent peu après dix-huit heures. Je m'en souviens comme si c'était hier. Les chemises de soie, les costumes croisés en lin bleu parfaitement repassés et les chaussures étincelantes m'impressionnèrent. Costello était impeccable, mouchoir blanc dans la poche de poitrine, regard de quelqu'un qui n'a pas le temps de regarder. Luciano paraissait contrarié, malgré son air de ne rien prendre au sérieux. Ils étaient à peine plus grands que Big Pres, qui sautillait autour d'eux comme une chienne en chaleur. Il jouissait de son quart d'heure de célébrité; il était l'interlocuteur des deux personnages destinés selon lui à partager le petit nuage de Dieu le Père.

« Charles, Frank, dit-il d'une voix posée, voici le garçon qui vous fait honneur tous les jours. »

Les deux échangèrent un regard entendu. Luciano avait un demi-sourire qui lui tordait la bouche et la paupière droite tombante, souvenir de la vilaine soirée où les hommes de main de Maranzano avaient été sur le point de l'expédier au Créateur. Costello ne cachait pas qu'il trouvait insupportable d'être là où il n'en avait pas envie. Il considérait qu'il faisait sa B.A. de l'année. Même à un éternel avant-dernier il fallait bien accorder de temps en temps une petite satisfaction.

« Si vous avez un moment, Mino… c'est-à-dire Willy, pourrait vous jouer quelque chose, qu'en pensez-vous ? Ah, ce garçon a du mérite. Il se fera un nom. Si vous voulez, je vous le mets par écrit. »

Luciano et Costello acquiescèrent avec une condescendance agacée. Mais Big Pres était lancé.

« Willy n'oubliera jamais ce que vous avez fait pour lui. Sa reconnaissance sera éternelle. Dès cette minute il vous appartient. Pas vrai, Willy ? »

J'étais prêt à garantir jusqu'à la sainteté du diable pourvu qu'on ne m'oblige pas à parler. Même s'ils ne m'inspiraient pas une peur physique, ces deux-là m'en imposaient. J'étais certain de répondre de travers, quoi que je dise.

« Oui, oui… Naturellement monsieur Prestipino. Vous l'avez dit… Merci, merci de tout cœur… »

Même santo Vito ne pourrait pas m'ôter l'étiquette d'imbécile.

« Sois tranquille, tu ne m'as coûté qu'un coup de téléphone interurbain. » Costello avait une petite voix traînante. « J'ai fait confiance à Charlie, qui a du nez pour ces choses-là.

– Alors, a demandé Big Pres, nous le faisons jouer en votre honneur ? »

Luciano était imperturbable, ce fut à Costello de se débrouiller. « Big Pres, je te crois sur parole et nous serions ravis d'écouter notre jeune ami. Vraiment… Mais nous n'avons pas une minute à nous. Nous devons voir plusieurs personnes et nous voudrions reprendre le train ce soir pour New York. Ce sera certainement à la prochaine occasion. Ou mieux, petit, si tu en as assez de Chicago et si tu viens par chez nous, passe me voir. »

Big Pres a saisi la balle au bond. « Willy, tu te rends compte de la chance que t'offre mister Costello ? Les plus beaux endroits de New York sont à lui. Je connais des pianistes qui traîneraient la langue dans toute la 5e Avenue pour travailler chez mister Costello. Eh, quand on dit que quelqu'un naît coiffé. Frank, je me sens tenu de te remercier avant même que Willy ne le fasse.

– Laisse tomber, Big Pres. Si on ne s'aide pas entre nous…

– Merci, don Costello. » J'étais quelque peu perdu. « Merci, don Luciano.

– Attention, moi je ne possède pas de boîtes de nuit, répondit Luciano amusé. Je n'ai pas de poste à t'offrir. »

J'ai répété comme un automate : « Merci.

– D'où tu viens ?

– De Catane. J'étais avec Puglisi.

– Tu es celui de Giaconia ?

– Oui.

– Un brave garçon, Giaconia. Dommage qu'on l'ait dévoyé. Il paraît que le travail a été parfait. »

Luciano annonça que la B.A. de l'année était achevée. « Nous partons, Big Pres. Ne te dérange pas pour nous raccompagner. Nous sommes des types de province, mais nous ne nous perdrons pas entre ici et la sortie. »

Ils prirent congé d'un signe de tête.

« Comme ils sont gentils… conclut Big Pres. Ils ont voulu m'épargner un peu de fatigue. Je cours depuis ce matin. Tu aurais dû voir la tête des préposés aux stands des financements quand Luciano s'est mis dans la file devant celui de Roosevelt et Costello devant celui de Smith. D'un stand à l'autre on s'épiait pour contrôler ce que versait Charles et ce que versait Frank. Je te le dis : Charles, dix beaux billets de mille, et Frank, dix billets de cent. Mes amis sont certains que Roosevelt gagnera, ou bien ils n'ont pas voulu lui créer de difficultés. Trop de journalistes aux aguets : ces types-là créent la fange pour la remuer. Tous ont vu que Costello finançait Smith : de cette façon, si quelqu'un écrit que Roosevelt en tant que gouverneur de New York est allé à l'inauguration du *Copacabana*, une des boîtes de Frank, ils s'accrocheront au wagon. »

Big Pres était pénétré de l'importance qu'il se donnait. Il vivait du reflet de la lumière et s'en délectait. Pour lui, pour moi, dix mille dollars, et même mille, étaient des chiffres difficiles à seulement prononcer, et pourtant il lui suffisait pour se sentir tout-puissant de parler de Luciano et Costello qui pouvaient se permettre d'en faire l'aumône aux politiciens. J'aurais voulu lui demander des nouvelles d'Agata, mais il m'a planté là pour aller vers un autre de ses rêves.

Je n'ai pas vu Roosevelt, Smith a jeté un coup d'œil un après-midi, entouré d'admirateurs enthousiastes. Ils parlèrent nombreux sur l'estrade de la salle de conférences. Mais les destinées du congrès se décidaient dans les couloirs, dans les suites du dernier étage et même autour de mon piano. À partir de dix heures du soir tous éclusaient. L'alcool ne suffisait pas à atténuer l'opposition marquée entre les blocs. Soit dit entre nous, c'était de la haine pure et simple. Les partisans de Roosevelt se sentaient touchés par la grâce, ceux de Smith les voyaient comme des imposteurs. Ils buvaient, s'insultaient, rebuvaient. Tout le monde se fichait éperdument de ma musique. Ils me retenaient quand même jusqu'à trois ou quatre heures du matin. Ils n'avaient qu'un point commun : leur radinerie quant aux pourboires. Je n'ai pas gagné plus de vingt dollars. Il fallut quatre votes pour que Roosevelt soit nommé officiellement candidat. Les supporters de Smith avaient pronostiqué chaque soir que le jour suivant serait le bon, mais finalement la victoire revint à l'homme qui était un vrai prédestiné. Le dernier soir, seuls les vaincus remplirent le salon de thé ; les autres étaient allés festoyer et se soûler sur les places, dans les rues et les boîtes de nuit. Les fans de Smith burent sagement, en silence, avec à peine quelques larmes d'accompagnement. J'ai mélangé le *Requiem* au ragtime.

Heureusement, ils ne s'en sont pas rendu compte et mon trait de génie n'a pas provoqué de dégâts.

Le lendemain j'étais de nouveau au chômage. Sur les cent trente dollars qu'il me devait, Big Pres en aligna trente. Les autres avaient servi pour Agata, dit-il, et il me les donnerait à mon prochain engagement. Il m'a emmené la voir. Il s'était procuré une Lincoln et un chauffeur qui venait de l'entourage d'Accardo et qui a déversé des insultes sur tous les autres aspirants à la succession de Capone en les qualifiant de « richards » et en prédisant leur mort. Il a parlé de guet-apens, de strangulations, de doubles et triples jeux, d'expéditions punitives. Il décrivait la geste, les escroqueries, la personnalité de ses compagnons avec autant d'enthousiasme, autant d'orgueil que mes frères et moi mettions à raconter les exploits des paladins de France. Le plus déchaîné des braves garçons d'Accardo portait un nom que je connaissais : Sam Giancana, le tout maigre aux joues creuses qui m'avait repéré à l'Union sicilienne, le petit bonhomme qui m'avait regardé de haut en bas. Lui avait fait carrière, et moi pas.

Nous avons roulé jusqu'à Springfield entre champs de blé et interminables rangées d'arbres. Plus tard j'ai revu cette route dans beaucoup de films : la Route 66, ça vous dit quelque chose ? Le sanatorium était propre, mais il puait le désinfectant. Quand j'ai pris Agata dans mes bras, mon cœur s'est serré à n'en plus pouvoir : elle était pâle, abattue, muette. Elle a pleuré d'émotion en nous voyant. Sol ne lui avait pas rendu visite ; à cause de son travail, de la distance, du manque d'argent. La toux avait disparu, mais avec elle l'énergie qu'Agata dégageait chez elle. Nous nous sommes promenés dans le petit bois et malheureusement elle s'est vite fatiguée. Big Pres lui-même ne parvenait pas à être optimiste. Ce fut une demi-heure de regards inquiets, de longs silences rompus avec gêne. Agata me demanda des nouvelles de mon travail, de ses frères, de sa sœur, de sa mère. Son petit monde lui manquait, celui qui lui donnait la force de vivre.

« Mon oncle, ramène-moi à la maison, a-t-elle demandé. Ici je me sens mourir.

– Agata, je vais parler aux médecins, nous verrons ce qu'ils me diront. »

Le médecin avait un air qui inspirait confiance. Il a été très concis, l'évolution de la tuberculose avait été stoppée, mais on ne pouvait pas se faire d'illusions et l'issue était certaine. En tout cas Agata vivrait plus longtemps au sanatorium que chez elle. C'était à la famille de choisir.

« Et ça me coûte aussi beaucoup d'argent, que je n'ai pas. » Pour une fois, Big Pres ne faisait pas semblant. Il aimait sa nièce, mais il ne voyait pas l'intérêt de dépenser pour rien. Il voulait qu'elle guérisse, pas qu'elle survive jusqu'à une mort désormais proche. Big Pres était habitué à s'occuper de l'aujourd'hui, le lendemain était pour lui un autre jour qui restait à écrire. L'Agata du sanatorium était plus de ce côté-là. Celle de Chicago, 61e Rue, était gaie, pleine d'optimisme. À quoi bon payer pour la voir s'éteindre comme une bougie ? Si elle devait mourir de toute façon, mieux valait lui offrir une fin insouciante. C'est ce que ruminait Big Pres en mordant dans la saucisse passée à la farine avant d'être frite à la poêle. C'était la spécialité du lieu. Le type d'Accardo avait insisté pour nous la faire goûter. Il tenait à se montrer homme du monde, connaisseur des usages et des plaisirs gastronomiques. Nous étions entrés dans une gargote aux petites tables branlantes recouvertes d'une fine toile cirée multicolore. Pas d'assiettes, pas de couverts : la saucisse avait été servie dans du papier huilé et accompagnée de trois bières en bouteille, défi manifeste à toute forme de prohibition. Vous me croirez si je vous dis que la saucisse était répugnante ? Elle contenait plus de fumée que de substance, mais je l'ai mangée pour ne pas contredire le type d'Accardo. Après tout il nous trimballait depuis le matin. En revanche, moi qui ne buvais pratiquement pas, j'ai descendu trois bières pour essayer d'oublier l'amertume des adieux d'Agata. « Qui sait si nous nous reverrons encore, Mino. Rappelle-toi que tu dois jouer à mon enterrement. »

Big Pres laissa à Sol la décision à propos d'Agata et elle la remit de jour en jour dans l'espoir que le Très-Haut décide à sa place. J'y ai perdu les cent dollars que Big Pres avait promis de me rendre à mon prochain engagement. Mais l'indécision de Sol signifiait continuer de payer le sanatorium, et le règlement de Big Pres fut remis à plus tard. J'étais descendu de plusieurs degrés sur l'échelle artistique : du *Paradise* au *Drake* jusqu'à la *Star of river*, taverne de dernier ordre au bord du fleuve Rock, aux prises avec un piano mécanique irrémédiablement désaccordé. Big Pres soutenait qu'il n'avait agi que pour mon bien car l'air de Chicago, où les pactes conclus au coucher du soleil se voyaient chamboulés à l'aube, était devenu pour moi irrespirable. Les hommes de Nitti avaient inscrit une croix sur mon nom à cause de Sperandeo, mais ceux des autres gangs l'avaient fait aussi pour la raison inverse, parce que j'étais considéré comme un protégé de Nitti. Je devais donc me contenter de la *Star of river*, trois dollars par jour nourri logé.

Big Pres s'appropria les trente dollars de l'avance au titre de ses honoraires mensuels et il ne me resta même pas de quoi acheter un peu de nourriture convenable pour varier le régime éternel de haricots en sauce, de viande de gibier faisandée et de maïs frit. Je dormais dans l'ancienne écurie en compagnie de Tom, un garçon de Géorgie qui aidait à la cuisine et au ménage. En tout cas ç'avait été un soulagement de quitter l'appartement de Sol. Je n'en supportais plus l'atmosphère ; sans Agata il avait perdu le sourire.

Le propriétaire de la taverne était un Juif qui avait fui l'Ukraine, et les clients étaient des Polonais et des Allemands qu'unissait un fort antisémitisme. Ni les patrons ni les clients ne s'intéressaient à la musique. Que je sois bon ou mauvais leur importait encore moins. Moi et le piano mécanique étions des objets dont personne n'osait se défaire par respect pour la tradition. L'attrait de la *Star of river* résidait dans les trois filles du Juif. Elles étaient surtout jeunes, de quinze à vingt ans, pas réellement belles, mais avec la même poitrine opulente que leur mère, laquelle délaissait sans cesse ses fonctions approximatives de cuisinière pour mettre en valeur les grâces de ses filles. L'affluence était constante, les affaires prospéraient dans un flot de crachats et d'insultes féroces à la religion du propriétaire et de son épouse. La taverne appartenait à la zone d'influence des Fischetti, les cousins de Capone, engagés dans la défense acharnée de ses anciennes possessions. Big Pres les avait contactés grâce aux bons offices de Costello. Il l'avait attribué à son mérite plus qu'à ma gratitude.

Au fond, la *Star of river* m'a fait des vacances. Au mécontentement du début a succédé la joie communiquée par une nature encore intacte. Le fleuve, le pré, le bois, tout était magnifique, sauf la taverne. Mais même elle avait ses côtés positifs; je vous garantis qu'au bout de la première semaine d'acclimatation je n'ai plus passé une nuit seul. Les sœurs venaient au complet dans l'écurie, Tom y a trouvé lui aussi son avantage. La joyeuse atmosphère du *San Carlo* se recréa, une réjouissante confusion de corps, peu de questions, beaucoup d'intimité. Se comprendre avec les mots était une corvée, chacun parlait un anglais accidenté très différent de celui des autres, mais pour le reste c'était une merveille. La confiance qui s'instaura entre nous cinq contribua à améliorer les relations de travail, bien qu'il ait fallu faire face à l'âpreté des deux parents, en particulier de la mère, violemment opposée au gaspillage nocturne de ses filles avec deux désargentés. Je ne sais pas pour Tom, mais en ce qui me concerne je dois reconnaître que la patronne avait vu juste.

Ce ne fut pas une phase de progression professionnelle. Que je joue bien ou mal ne faisait aucune différence. Seul comptait le bruit de fond pour les discussions et les querelles. J'en ai pris à mon aise. Je pianotais le strict nécessaire ; je ne m'aventurais pas dans des airs américains, ayant compris que pour cet auditoire j'aurais gaspillé le jazz et le rag-time. Ils le considéraient comme de la bouillie pour nègres. Je me suis replié sur les chansons napolitaines, bien mieux accueillies que je n'aurais cru.

À l'entrée de l'automne, Big Pres réapparut en compagnie du type qui nous avait conduits au sanatorium d'Agata, ce qui représentait un homme d'Accardo sur le territoire des Fischetti ; ça signifiait aussi que Big Pres penchait de ce côté-là, or Big Pres ne l'aurait jamais fait sans l'accord de ses divinités de Nuovaiocche, Luciano et Costello. Ces deux-là seraient-ils passés des Fischetti à Accardo ? Naturellement j'ai gardé pour moi ce raisonnement compliqué. Je m'occupais d'Agata : elle allait rentrer chez elle. Et je m'occupais des cent dollars que Big Pres me devait toujours : il était venu encaisser la moitié de l'avance sur mon deuxième mois de travail. Avant de repartir il me remit deux lettres de ma mère, adressées comme toujours à *Mino Melodia – Amérique*, et refusa d'attendre ma réponse.

« Mino… ou Willy ou peu importe comment diable tu t'appelles, a-t-il dit agacé, on va y passer la nuit pour que tu écrives que tu embrasses tout le monde. J'ai un rendez-vous à Chicago, ensuite je dois prendre le train pour New York. Je reviens dans dix jours, tu me donneras toutes les lettres que tu voudras. »

À Catane ils allaient tous bien, la tribu s'en tirait. Nino avait eu un fils, Turiddu « *u nicu* », « le petit », en l'honneur de son grand-père paternel. Concettina était déjà enceinte. Peppino avait mérité d'être mentionné après avoir lâché la traînée de Centuripe. Mon père s'était remis : quand il faisait beau il accompagnait Rinaldo et Orlando sur les marchés. La police s'était présentée de nouveau via D'Amico pour avoir de mes nouvelles. Que personne n'avait fournies, bien entendu. Tes puissants amis, ils ne peuvent rien faire pour te débarrasser de cette mauvaise réputation ? demandait ma mère. Agatella avait un prétendant. Il travaillait dans la glace au service des Puglisi, c'est-à-dire de Luigi qui remplaçait Nino toujours en Tunisie, mais ma mère avait des doutes sur le sort des Puglisi et de leurs acolytes. Je lui ai écrit ma réponse au bord du fleuve. Je n'ai pas parlé de mes mésaventures, je l'ai seulement rassurée sur ma santé, sur mon travail qui avançait du mieux possible, sur mon désir, sincère, de rentrer en Sicile.

Le froid descendit sans prévenir des montagnes de l'ouest. La consommation d'alcool augmenta démesurément. Il n'y avait jamais assez de whisky, bien qu'il ait été d'une qualité innommable, distillé sans règles et sans passion dans une baraque de bûcheron de l'autre côté du fleuve. Lev le patron, qui essayait en vain de se faire appeler John pour effacer ses origines, l'allongeait avec un mélange de son invention dont l'effet était une ivresse immédiate et perturbatrice. La taverne se transformait tous les jours en champ de bataille. Sur les corps évanouis à cause des coups ou de l'alcool, Lev prélevait les pièces et les billets nécessaires aux réparations, puis nous étions chargés, moi, Tom et les filles, de les faire revenir à eux en leur jetant des seaux d'eau glacée.

Cependant, un soir d'octobre, la bataille éclata pour de bon. La porte s'ouvrit toute grande sur le type qui avait servi dernièrement de chauffeur à Big Pres. Mais derrière lui ce n'était pas Big Pres, c'étaient trois hommes en pardessus, le feutre sur les yeux, fusil-mitrailleur à la main. J'ai été sauvé par ma sobriété. D'un bond je me suis blotti derrière le piano. Les rafales faisaient un bruit joyeux, très rythmé. Ils en tiraient une quantité, au hasard, mais avec l'intention de faire mal. Ils n'avaient pas d'objectif précis, sauf celui de tuer. Disons que la fusillade a duré une bonne minute. Quand les rafales ont cessé on a entendu des plaintes, un remue-ménage de corps et d'objets qui tombaient, des pas traînants sur le sol. J'ai sorti la tête avec les plus grandes précautions et j'ai regardé d'en bas la pagaille de tables et de chaises renversées. J'ai aperçu une paire de chaussettes blanches. Je les avais déjà vues. J'ai remonté des pieds à la tête : c'était Sam Giancana. Lui et les autres évaluaient les effets du petit travail à peine achevé.

« On peut y aller ? a demandé Giancana.

– Et le pianiste ? Il me connaît… » C'était le chauffeur.

Je me suis de nouveau tapi derrière le piano. J'étais pris au piège, aucune issue. Si je disais que j'étais un ami de Big Pres, qui à son tour était un ami de Luciano et de Costello ?

« Tu l'as vu ?

– Non, mais il doit être là.

– Trouve-le. »

Après avoir brisé la vitre de la fenêtre sur le côté, une balle a écorché la poutre juste au-dessus de Giancana. Hurlements, malédictions, ordres nerveux. Giancana s'est mis à l'abri comme il a pu avec ses sous-fifres. Le chauffeur les a rejoints.

« Qui a tiré ? a demandé une voix inconnue.

– Ta sœur, a répondu Giancana.

– Personne n'avait parlé d'hommes armés, a dit la première voix.

– Mais il y en a », a répliqué tranquillement Giancana.

Deux autres balles se sont écrasées sur le mur. Le tireur ne visait pas très bien, mais il avait empêché ces types de me chercher.

« On doit filer, a dit Giancana.

– Et le pianiste ? a insisté celui qui m'aimait.

– Je ne veux pas rester bloqué dans ces chiottes. Le shérif et ses hommes risquent d'arriver, ou les amis de celui qui est là dehors. On pensera à ton pianiste plus tard. »

Giancana a tiré une rafale vers l'obscurité. Ils sont partis en courant. D'autres rafales encore, puis le moteur d'une voiture et le crissement des pneus sur le gravier. L'éloignement des mafieux a coïncidé avec l'explosion des appels à l'aide, des imprécations. Des hommes blessés, des éclaboussures de sang partout. De la cuisine ont surgi l'épouse du patron et ses filles. Lev était étendu derrière le comptoir ; le tablier sur sa poitrine avait changé de couleur et une flaque de sang s'élargissait sous lui. Sa femme s'arrachait les cheveux, se frappait la tête avec les poings et prononçait des phrases désespérées dans une langue incompréhensible ; les filles pleuraient en caressant les mains de leur père, la plus jeune me lançait des regards suppliants. Mais que pouvais-je faire dans cette boucherie ?

Heureusement, Tom est entré avec le fusil de chasse de Lev. Le vacarme l'avait réveillé, il avait couru prendre le fusil et avait ouvert le feu juste à temps pour me sauver. J'ai compté dix corps par terre et sur les tables ; cinq ne donnaient aucun signe de vie. Quand quelqu'un a dit qu'il fallait se précipiter pour aviser le shérif j'ai deviné que je devais m'éclipser. Personne autour de moi n'avait compris qu'à la fin de la tuerie la bande de Giancana me cherchait moi, mais tous avaient vu que les agresseurs étaient italiens, et j'étais le seul Italien sur les lieux. J'ai senti quelques regards soupçonneux. En outre j'étais un clandestin que même ses anciens protecteurs recherchaient, bref, de la viande de boucherie toute prête, aussi bien pour ceux qui avaient soif de vengeance que pour un shérif désireux de se faire valoir.

J'ai annoncé que j'allais prendre des draps pour panser les blessés. Dans l'ancienne écurie j'ai rempli mon sac en quelques minutes, enfilé mon imperméable et rabattu mon feutre sur les yeux. Je suis parti à travers champs le plus vite possible. Passé la châtaigneraie et la clairière du pâturage, j'allais trouver la voie de chemin de fer. Je me suis accroché à un train de marchandises extrêmement lent qui allait à Chicago. À la gare, bien que personne ne m'ait suivi, j'étais persuadé d'attirer tous les regards. J'ai déboulé chez Sol vers midi ; c'était le seul endroit où je pouvais espérer être reçu sans difficultés. La porte était fermée, ils étaient tous sortis. Je me suis assis sur mon sac, le dos contre le mur, et j'ai dormi jusqu'à ce que les frères d'Agata reviennent de l'école. Leur joie m'a fait me sentir moins désespéré. Big Pres n'était pas dans les parages, mais il devait arriver le dimanche en ramenant Agata du sanatorium. Sol m'a traité comme si je n'étais pas parti : ni reproches, ni chichis, aucune question ni sur hier ni sur demain.

Big Pres s'est pointé avec vingt-quatre heures d'avance. Il ignorait tout. En m'écoutant il est devenu de plus en plus sombre. Je lui ai rappelé inutilement que j'étais victime des coïncidences, de Sperandeo au chauffeur de la Lincoln.

Il était en colère. « C'est une circonstance aggravante. Tu as réussi à gagner le gros lot. Tu es recherché par les hommes de Nitti, par ceux d'Accardo, par ceux de Mangano, et maintenant ceux de Fischetti vont être après toi. Tu as remplacé Capone en tant que danger public numéro un de Chicago. »

C'était Giancana qui l'inquiétait le plus, bien que je lui aie assuré qu'il ne m'avait pas vu. « Qu'est-ce que ça peut foutre qu'il ne t'ait pas vu ? Il sait que tu y étais et que tu pourrais le reconnaître.

– Les autres pourront le reconnaître mieux que moi, certains ont survécu.

– Jusqu'à maintenant… » L'expression de Big Pres était plus éloquente que toute explication.

« Mais vous pouvez raconter à Luciano et à Costello que je n'y suis pour rien.

– Et après ? Il y a trop de coqs à Chicago, ou trop de poules, si tu veux. Luciano ne lèvera pas le petit doigt jusqu'à ce qu'il n'en reste qu'un. Alors il acceptera son baise-main et l'appellera "*compare*". »

Malgré sa fureur, Big Pres s'activa. À la tombée de la nuit on m'ajouta à un chargement de bière canadienne dans un camion à destination de Nuovaiocche. Un compatriote de Little Italy me prendrait en charge.

9
La plaque de l'*Hollywood*

À Nuovaiocche il tombait une petite pluie noire qui empuantissait jusqu'à la respiration. Ils étaient deux à m'attendre, mais empilés l'un sur l'autre, casquettes comprises, ils ne faisaient pas ma taille. C'est toi ? Tel fut le salut expéditif qui m'accueillit. À travers grandes et petites rues ils filèrent jusqu'à une poissonnerie. Par l'entrée latérale on montait au deuxième étage. La matinée était déjà avancée et tout le monde dormait sauf la fille en combinaison transparente qui ouvrit la porte. Elle agita la main en guise de bonjour puis la mit sur sa bouche pour cacher un bâillement. Elle disparut derrière une lourde tenture avec mes yeux collés à ses fesses bien moulées. Le couloir sentait la fumée, la sueur, la chair, l'eau de Cologne. La chambre où on me déposa dégageait des humeurs masculines et féminines. Le lavabo et la bassine avaient servi peu avant ; on avait baisé là jusqu'à mon arrivée. J'étais dans un bordel, et même pas du niveau des *Fleurs du mal.* Par la fenêtre du petit balcon, bien que fermée, entraient les parfums du poisson en vente au-dessous qui se transformaient vite en odeurs. Mon escorte me planta là sans un mot.

J'ai récupéré le sommeil qui m'avait manqué pendant le voyage. J'avais bringuebalé sans cesse avec les caisses de bière. Nous nous étions défiés longuement, elles et moi, puis une capsule avait sauté pour venir se coller sur mon front et avait libéré le flot de liquide dans lequel mes pieds, et surtout mes chaussures, avaient pataugé jusqu'à l'arrivée.

J'ai été réveillé par quelqu'un qui me secouait avec insistance. Deux yeux bistrés me scrutaient au-dessus d'un petit sourire. Ils appartenaient à la fille en combinaison qui avait ouvert la porte.

«C'est l'heure de se lever et de s'en aller.» Elle était petite, mais bien faite. Sa voix avait les inflexions de chez nous et elle n'était pas beaucoup plus âgée que moi.

Je m'étais endormi tout habillé, il me fallait au moins une douche. Je le lui ai dit.

«Ça commence bien. On te l'a dit qu'ici ça n'est pas un hôtel?»

Mais elle avait le cœur tendre et l'a prouvé dès cette première rencontre.

«Alors, pour la douche, tu peux te servir de ma salle de bains. Je m'appelle Josephine. Pour l'Amérique il faut des noms spéciaux.

– Je m'appelle Mino… Mais ils ont décidé que Willy c'est mieux.

– Qu'est-ce que je te disais.

– Mais tu peux m'appeler Mino.

– Ça ne te va pas, crois-moi. Mino ça n'est pas un nom pour l'Amérique. Willy n'a rien d'extraordinaire, mais c'est toujours moins bête que Mino.»

Lavé, rasé, parfumé, j'ai été examiné par Josephine. «Si ça t'intéresse de changer de métier, de gagner quelques dollars de plus, et si tu n'es pas difficile, j'ai ce qu'il te faut. Femmes ou hommes au choix, les seconds paieraient davantage.

– Je ne suis pas venu jusqu'ici pour faire la pute co…

– Comme moi. Tu peux le dire, ça ne m'offense pas. C'est la vérité. Si tu changes d'avis, dis-le-moi.»

Malgré ces débuts, Josephine et moi avons trouvé une entente totale. Je devais débarrasser le plancher de quatre heures de l'après-midi à une heure du matin; après mon retour, moins je sortais de ma chambre mieux c'était; je pouvais sortir sans dire au revoir. Si la marchandise m'intéressait, aucune réduction n'était prévue. Josephine assumait les fonctions de maîtresse du bordel. Avec elle travaillaient deux Italiennes, une Écossaise et une fille du Kentucky. J'occupais le lit et la chambre d'une cinquième fille qui n'était pas encore arrivée. Il restait encore une autre chambre au fond du couloir mais elle était fermée et c'était Josephine qui avait la clé.

Le bordel dépendait de Luciano qui en gérait quatre cents. Il proposait de la marchandise à tous les prix, depuis le coup en vitesse à deux dollars jusqu'au grand jeu à trois cents pour la nuit. La crise économique avait permis à Charles d'enrôler filles de bonne famille, épouses irréprochables et secrétaires bardées de références, les unes et les autres au-dessus de tout soupçon, qui s'exécutaient consciencieusement pour soixante-quinze dollars plus le déjeuner ou le dîner. Avec cent dollars on avait droit à la réduction : deux pour le prix d'une. Luciano veillait en personne à l'habillement et à la bonne santé de ses employées. Il visitait régulièrement tous les appartements. Il était venu chez Josephine un mois plus tôt. Nous nous trouvions au début de Chambers Street, près du pont de Brooklyn. Ça sentait la mer. J'ai pris l'habitude d'aller tous les matins vérifier qu'elle était bien là. J'allais pouvoir retourner chez moi, je n'étais plus en cage en Amérique.

Pendant trois jours personne n'a fait attention à moi. Je marchais pendant des heures. J'achetais le pain chez un type d'Altopascio dans Mulberry Street, les huîtres chez un Calabrais qui posait sa charrette à Fulton, près du marché au poisson. Une douzaine pour un dollar, citron compris. J'en mangeais au déjeuner et au dîner. On en ramassait encore dans la baie, avant que ce ne soit interdit pour cause de pollution excessive. Le Calabrais avait suspendu à sa charrette un écriteau de bois rudimentaire où était inscrit en caractères d'imprimerie : « Le premier arrivé prend l'huître. Pour les autres il ne reste que la coquille. »

On respirait l'Italie à pleins poumons, depuis les têtes d'ail devant les portes jusqu'aux images pieuses qui tapissaient les boutiques. On l'appelait Little Italy, mais il y avait près de sept cent mille de mes compatriotes à Nuovaiocche. Ils avaient cherché à reconstituer l'atmosphère laissée de l'autre côté de l'Océan, mais les odeurs étaient différentes : le gaz des cuisines, le sillage métallique du tram, la graisse des voitures, la vapeur des industries. Aujourd'hui on les qualifie de miasmes, à cette époque-là on y respirait la vie, et par-dessus tout la promesse d'une vie meilleure.

Je traversais des rues où le bruit ne changeait jamais, il passait simplement du jour à la nuit, toujours identique à lui-même. Au rez-de-chaussée il n'y avait que des boutiques; à partir du premier étage il n'y avait pas d'appartement qui n'ait quelque chose à fournir: sexe bon marché, sacs à pommes de terre, ourlets de vêtements, faux billets à refiler aux nouveaux arrivants, alcool pour les établissements gérés par des nôtres, conserves de tomates et confiture d'oranges pour les épiceries, et même jeux de cartes truquées pour les tripots. Les sous-sols étaient aménagés en bars. On y vendait du vin de Toscane, du whisky fermenté sur la terrasse au milieu des tuiles, de la bière qui n'était que des fonds de tonneaux. On mélangeait souvent la bière et le whisky. Les phonographes se répandaient et on dansait le soir sur les notes mélancoliques de *Tango della gelosia*, *Tanto pe'cantà*, *Parlami d'amore Mariú*. Les machines à sous avaient été installées dans les toilettes, imprégnées de la puanteur particulière de ceux qui pissent l'alcool à peine avalé. Il fallait donc faire la queue pour satisfaire ses besoins, car l'urinoir était souvent occupé par les joueurs qui n'avaient aucune intention de céder leur place. J'étais stupéfié par les enseignes lumineuses, par la foule sur les trottoirs, par les voitures dans les rues. Je saisissais un mot sur mille, chacun parlait une langue différente, seul le désir d'aller vite était le même pour tous.

Quand je rentrais au bordel il y avait encore de la lumière dans quelques pièces. Josephine comptait la recette dans la cuisine, la cigarette aux lèvres, les jambes croisées bien en évidence.

« Tu as appris quelque chose ? me demandait-elle. Dépêche-toi, parce que dès qu'ils t'auront fait monter sur le manège tu ne pourras plus. »

Monter sur le manège, c'était très exactement ce que je désirais, sauf que depuis mon arrivée à Nuovaiocche on m'avait oublié.

« Et tu te plains ? » Josephine avait une voix profonde ; prononcées par elle les douceurs du lit devenaient sûrement irrésistibles. « Profites-en autant que possible. Cette ville peut tout te donner, même la gloire, mais jamais le temps. Ils se sont fabriqué exprès une langue qui ne fait pas perdre de temps. Tu verras, c'est une poursuite infinie. Il y a ceux qui se contentent des minutes et ceux qui exigent des heures. »

Josephine avait le sens pratique, elle était efficace. Elle n'inspirait pas la sympathie aux autres filles, mais elles la respectaient. J'ai appris par bribes qu'elle avait débarqué à Nuovaiocche toute seule, à moins de vingt ans. Elle avait choisi son métier sans hésitation, aussi vive d'esprit que de figue. Ses yeux voyaient tout et il suffisait de lui faire ouvrir la bouche pour comprendre qu'elle entretenait d'autres ambitions, qu'elle ne vieillirait pas derrière la caisse d'un café ni d'une mercerie, encore moins d'un bordel. Bref, elle ne deviendrait jamais une autre Chère Ninon. Elle visait le sommet. Pour arriver la première elle avait pris un raccourci. Elle était curieuse de Catane ; elle a apprécié que je joue du piano et a ri des histoires des *Fleurs du mal*. Elle ne s'intéressait pas à Chicago, à Capone et aux Siciliens. Elle roula les yeux au nom de Big Pres.

Ces journées pleines de rien, et cependant frémissantes de nouveautés, s'achevèrent à la fin d'une rude matinée d'automne. Les oiseaux étaient descendus des toits sur les appuis des fenêtres. Josephine avait un paquet à la main.

« Willy, dans une heure, devant l'épicerie au coin de West Broadway, quelqu'un passera en voiture. S'il te plaît, fais-moi honneur. » Elle ébaucha un sourire.

« Tu ne sais pas qui c'est, ni où nous irons ?

– C'est sûrement un ami de nos amis. C'est comme ça qu'on dit, non ? Luciano a envoyé hier soir un de ses beaux gosses m'annoncer le rendez-vous. Ils t'ont certainement trouvé un poste. Espérons que ce soit à Manhattan, mais même si c'était dans le cul du diable, fais en sorte que ça marche. Ici il n'y a pas de possibilité de choisir. Il faut saisir l'occasion, même la plus pourrie, et la transformer en chance.»

Elle parlait pour elle, puis son ton se radoucit. «Je peux te demander un service? Devant l'épicerie il y a une porte avec la plaque d'un atelier de couture au premier étage. Fais-y un saut et dépose ça…» Elle montra le paquet. «Ça n'est pas de la drogue ni des faux billets. Dis que c'est moi qui t'envoie. Ça suffira.»

Mon embarras la toucha. «Habille-toi comme il faut, dit-elle avec empressement. Les amis y tiennent. Ils se croient toujours sur un podium.»

J'ai mis mon costume noir, qui avait grand besoin d'un coup de fer, et la cravate assortie. J'ai essayé le feutre. Mais je l'ai ôté, il me donnait l'air de vouloir hurler avec les loups.

Josephine me somma de le remettre, sous peine de me faire prendre pour un moins que rien.

L'atelier de couture présentait le nom engageant de *Lady's Heaven* et une porte vitrée derrière laquelle on percevait une joyeuse agitation. J'ai dit qui m'envoyait à la dame de couleur qui m'a ouvert, je l'ai répété à la petite brune pétulante qui m'a vite donné une explication syncopée avant de disparaître dans le couloir. J'ai décidé qu'elle m'avait demandé d'attendre, et je suis resté très digne sur le seuil avec mon mystérieux paquet.

Rosa et moi nous sommes regardés incrédules, à dix mètres l'un de l'autre. Tout est devenu clair pour moi et a jeté la confusion chez elle. La petite brune pétulante nous a obligés à nous rapprocher. Rosa répondait à ses questions pressantes par de lents mouvements de tête. Quand ses yeux se sont remplis de larmes, j'ai mis ma gêne de côté et je l'ai prise dans mes bras. La dame de couleur a battu des mains, la petite brune pétulante s'est faite encore plus pressante. Rosa s'est dégagée et m'a pris par le bras. Nous sommes sortis dans la rue encore troublés et convaincus d'être prédestinés. Prédestinés à vivre ensemble, à faire des enfants, à gagner de l'argent. Sinon pourquoi nous serions-nous retrouvés ?

Une Buick noire était arrêtée devant l'épicerie. À côté de la portière du conducteur, un homme trapu d'une quarantaine d'années en pardessus léger aux revers de velours couverts de pellicules s'entretenait aimablement avec un policier intimidé.

« Mais toi, qu'est-ce que tu… »

J'ai interrompu Rosa en lui montrant la Buick. « Je dois filer, il y va de mon avenir. Nous parlerons à mon retour, j'habite chez Josephine. C'est ta sœur, pas vrai ? Nous nous verrons ce soir ? »

Je n'ai pas attendu la réponse, qui d'ailleurs n'est pas venue. J'ai traversé la rue en courant. Le policier m'a regardé avec hostilité, j'ai adressé un salut hésitant à son interlocuteur.

« Je m'appelle Willy Melodia… ai-je dit sans conviction.

– Je ne sais pas qui tu es et d'ailleurs ça ne m'intéresse pas. C'est toi qui habites chez Josephine ? » Il a ricané. Le policier l'a imité par déférence.

« Oui.

– Alors présente-toi comme il faut. On s'en fout de ton nom et de ton prénom, l'important c'est ton garant. Non que le tien soit des meilleurs, ce déchet de Big Pres… » Il a craché par terre pour souligner son mépris. « Mais tant que Frank et Charles disent que ça va, alors Vito Genovese dit aussi que ça va, et même il te balade en voiture. Installe-toi, mais d'abord vérifie la semelle de tes chaussures. Si elle est crottée tu les enlèves et tu les gardes à la main, retournées. Si tu me salis mes tapis je te les fais nettoyer avec la langue. Compris ? »

Le policier m'a envoyé un coup de matraque dans l'estomac. Il n'y est pas allé de main morte. Il a parlé dans l'incompréhensible langue habituelle.

« Petit, a dit Genovese, l'agent propose de contrôler l'état de tes semelles. Ça t'évitera des acrobaties. Remercie monsieur l'agent et montre ces putains de semelles. »

Le policier les examina vraiment et rendit sa sentence. J'ai regardé les deux hommes, hébété, d'abord lui, puis Genovese qui s'efforçait de rester sérieux.

« Si tu joues comme tu comprends l'anglais, Frank n'a rien à craindre. Monsieur l'agent assure que tu as marché dans toute la merde du quartier. Donc tu enlèves tes chaussures et tu te les poses sur ton honorable quéquette jusqu'à ce que nous arrivions à destination. »

J'ai obéi. Du trottoir d'en face, Rosa avait suivi toute la scène. Nos regards se sont croisés. J'ai lu dans le sien de la commisération, de la contrariété et de la rébellion. Je n'ai pas osé lui faire signe. Mon destin était déjà allé se faire foutre.

« Agent Irvine, venez me trouver à mon bureau, a dit Genovese en italien afin que les commerçants et les passants l'entendent. Nous sommes dans Thompson Street. Nous avons toujours besoin de jeunes hommes capables comme vous. »

Genovese a remonté sa vitre et a démarré. « Et ta sœur, Irlandais de mes deux », a-t-il lancé en ricanant à l'intention du policier qui avait arrêté les autres voitures pour lui permettre de repartir. Genovese avait de petits yeux féroces avec des poches marron en dessous, et une voix uniformément aigre, idéale pour accentuer le mépris. Il ne cherchait pas à concourir pour le prix du gars le plus sympathique de l'année.

« Tu sais pourquoi les Irlandais se sont mis à devenir policiers et procureurs ? Parce que nous, nous avons pris le business et qu'il ne leur est rien resté d'autre. » Il s'est tellement forcé à rire qu'il a eu une quinte de toux.

En attendant que le feu passe au vert il s'est exclamé : « Elles sont vraiment répugnantes tes chaussures. » Pour le reste il s'est comporté comme si je n'étais pas là. Sans respecter ni les feux ni les priorités, et en insultant souvent les autres conducteurs, il a atteint la 3 Rue. Il a pris ses aises et nous avons tourné à gauche. Après avoir dépassé le carrefour avec Lexington, puis Madison et enfin Park Avenue, je me suis rendu compte que nous étions sur la 60e Est.

«Je vais peut-être m'y acheter une maison, a annoncé Genovese.

– Bel endroit.

– Pas ici, imbécile. Dans Park Avenue, avec le gratin du gratin. Ici c'est bien pour des types comme toi.»

L'enseigne *Hollywood* était éteinte. La grande porte d'entrée, entrouverte.

«Fais attention où tu mets ces saletés que tu as aux pieds.» Genovese est descendu. Je l'ai suivi presque en courant, avec mes chaussures délacées. Drôle de façon d'entrer au paradis. Car l'*Hollywood* fut d'emblée mon paradis. Aujourd'hui encore il reste pour moi le prototype du night-club. C'était le premier que je visitais. J'en ai vu et fréquenté des quantités par la suite, mais aucun comme l'*Hollywood.* Tout resplendissait: les bibelots, les tentures, les cendriers, la passementerie, les verres, les cadres des tableaux. Au bout de tout ce scintillement, saint Pierre me souriait: c'était Frank Costello, impeccable dans son costume croisé en laine peignée marron rayé de blanc.

«Sois le bienvenu, Willy. Comment tu trouves mon bistrot?

– C'est une merveille, don Costello.

– Disons qu'on a vu pire.

– Ne fais pas le modeste.» Genovese était affalé à une table, le verre levé comme s'il trinquait. «Ce petit, a-t-il ajouté en tendant son verre dans ma direction, est moins bête qu'il veut le faire croire. Mais il faut le rhabiller de pied en cap, surtout les pieds, je t'en prie.» Il a roté avant de vider son verre d'un coup.

«J'ai appris que tu avais eu quelques problèmes à Chicago.» Le regard de Costello était direct comme une lame.

«Je me suis trouvé au milieu.

– Ça arrive. Il paraît que ceux d'Accardo te cherchent par monts et par vaux. Ils pensent que tu as vu quelque chose ou quelqu'un de trop. Ça correspond à la vérité ?» Le ton était neutre, mais de ma réponse dépendait le lendemain. Le surlendemain restait encore à atteindre.

«Don Costello, en ce qui me concerne je n'ai rien vu, et je n'ai vu personne. Je suis prêt à le jurer.

– Nous le ferons savoir à ceux de Chicago, et aussi qu'à notre avis les problèmes n'ont pas de raison d'être.

– Merci, don Costello.

– Tu devras me prouver ta reconnaissance tous les jours, notamment le soir en attirant les clients au piano-bar de l'*Hollywood*. Dès que tu auras un costume convenable et une cravate présentable, ce poste sera à toi.»

Le costume noir en laine de Tasmanie et la cravate à pois avec lesquels j'avais fait des folies au *Paradise* furent jetés à la poubelle. Une dame apparut avec un mètre de couturière, du papier et un stylo. Le noir intense de ses cheveux était en contradiction avec le réseau serré des rides de son visage et les taches sur ses mains. Elle me mesura en long et en large et disparut aussi silencieusement qu'elle s'était déplacée.

«La couturière va t'adapter deux costumes de notre garde-robe. C'est aujourd'hui samedi, je pense qu'elle aura terminé pour lundi. On commence mardi.

– Le jour des élections, intervint Genovese.

– De toute façon Willy ne vote pas.

– On s'en fout de Willy. L'important c'est que les autres votent, sinon il nous faudra attendre encore quatre ans.

– Willy, pour le répertoire, je n'ai qu'une seule recommandation à te faire : pas de musique italienne. On m'a dit que tu étais très bon en jazz et en ragtime, mais rappelle-toi qu'ici nous sommes à New York, que la clientèle de l'*Hollywood* est internationale et qu'elle fait souvent la dégoûtée. Elle est anglo-saxonne, protestante et un peu raciste, alors caresse-la dans le sens du poil avec aussi de la musique de Blancs. Je n'y connais rien, je te fais confiance.

– Je ne vous décevrai pas, don Costello.

– J'en suis sûr. Big Pres ne jure que par tes qualités et Charlie… monsieur Luciano, assure qu'on peut se fier à toi.

– Encore une des assurances de notre Charles ? »

L'ironie de Genovese ne plut pas à Costello. « Vito, pourquoi tu ne le lui demandes pas directement ? »

Genovese emplit de nouveau son verre. Il avait devant lui une bouteille de whisky vieux couverte d'étiquettes et une autre d'eau de Seltz.

« Willy, j'ai demandé à monsieur Genovese d'avoir la gentillesse de t'amener ici puisque son bureau est dans le Village, pas loin de là où tu habites. Mais pour rentrer tu devras te débrouiller tout seul. Viens mardi vers cinq heures. Comme ça tu mangeras quelque chose avec les autres, vous ferez connaissance, ils t'expliqueront les habitudes et les horaires.

– Attention, ne te perds pas. » Ce fut la façon de Genovese de me dire au revoir.

Je suis sorti de l'*Hollywood* encore étourdi par les bouleversements de cette dernière heure. En écoutant Costello je n'avais pas cessé de penser à Rosa. Mon avenir se décidait et j'étais fou amoureux de Rosa, qui était la sœur de Josephine. Qu'aurait dit ma mère de la sœur d'une putain de Nuovaiocche ? Josephine me touchait, j'aurais juré sur son succès dans la vie, et j'aurais préféré que Rosa ait une autre sœur ou qu'elle soit fille unique. Mais je l'avais retrouvée et Nuovaiocche m'apparaissait soudain comme la plus belle des promesses ; je me voyais déjà couvert d'applaudissements à l'*Hollywood*, marié avec Rosa, père d'enfants américains… J'ai couru vers l'atelier de couture, ou plutôt vers la station de métro la plus proche. Mon anglais lamentable m'a causé des difficultés, mais finalement, grâce aux nombreux cireurs de chaussures qui travaillaient et dormaient dans les couloirs, j'ai réussi à trouver la direction à prendre pour Chambers Street.

Little Italy se préparait pour le samedi soir. Beaucoup de gens finissaient de travailler à deux heures, il régnait une atmosphère de vacances, les commerçants s'apprêtaient à attirer les clients, la pensée du dimanche poussait à ne pas se ménager. La mozzarella et le caciocavallo côtoyaient les drapeaux italiens aux armes des Savoie. Entre san Gennaro et sant'Antonio da Padova se montrait la figure sévère de Francesco De Pinedo, le célèbre pilote d'avion. Il était considéré comme l'emblème de la nouvelle Italie et ses photos étaient plus nombreuses que celles de Mussolini.

Rosa allait et venait sur le bout de trottoir devant l'atelier de couture.

« Je t'attendais. » On aurait dit qu'elle n'avait traversé l'Atlantique que pour donner un rendez-vous là et ne pas le manquer. J'en ai été foudroyé. À sa beauté elle avait ajouté une touche de séduction. Elle possédait une élégance naturelle et transformait sa simplicité en distinction. Elle portait ce jour-là un imperméable beige sur un tailleur lie-de-vin ; ses chaussures à talons la haussaient au-dessus de beaucoup d'autres femmes. Ses dix-huit ans vécus avec innocence écrasaient mes vingt-deux passés entre crimes et délits. Une question s'est imposée : serais-je à la hauteur de ses attentes ?

Nous n'avons échangé ni politesses ni marques de tendresse. Rosa les considéraient comme superflues et ses priorités étaient ailleurs. Je m'adaptais. Si nous étions un tandem, on voyait déjà qui menait.

À la table du café *Italia mia* nous avons rattrapé les mois d'absence. Je lui ai parlé d'Agata, de Big Pres, de Sol, de Sperandeo, de Pat le pianiste, de l'hôtel *Drake*, de Lev l'Ukrainien, de l'entrevue avec Costello, de l'*Hollywood* où j'allais débuter le mardi. Je n'ai fait l'impasse que sur Lucylla, Ruth, Madeleine et les filles de Lev.

« Pas une seule fille ? a fait Rosa sceptique.

– Je te le jure sur mon âme. » C'était peut-être le premier de mes parjures, mais certainement pas le dernier.

Puis ce fut au tour de Rosa de raconter. Deux jours après avoir débarqué elle tenait déjà un fil et une aiguille. Pina – ainsi qu'on appelait Josephine à Mussomeli et dans sa famille, dont Rosa – avait fait en sorte qu'elle soit employée à l'atelier. Rosa y dormait aussi ; le lit dans le débarras faisait partie de la rémunération. Pina avait décidé qu'une putain dans la famille suffisait, mais quand bien même elle ne l'aurait pas décidé, Rosa n'aurait jamais accepté de marcher sur les traces de sa sœur. Elle aussi visait haut, mais elle pensait y réussir sans devoir écarter les jambes sur commande. J'étais très fier de sa détermination. Je n'imaginais pas qu'un jour elle pourrait se retourner contre ma propension à m'adapter.

Rosa fit à peine allusion à ses progrès en couture. Elle avait commencé avec les ourlets et les bâtis, à présent elle prenait les mesures et participait au choix des modèles. La propriétaire était une petite bonne femme gênoise dont on n'aurait pas donné un sou, mais qui était douée d'une précision de coupe absolue, et d'une imagination qui collait parfaitement aux goûts de l'époque. Le bruit avait couru jusqu'à Park Avenue qu'elle était à la mode, et deux grandes dames avaient eu la curiosité de lui rendre visite. Ilde, diminutif de Brunilde, nom de la Gênoise, s'était montrée à la hauteur de sa réputation. La maîtresse d'un type qui construisait des gratte-ciel dans le Bronx lui avait commandé toute sa garde-robe de printemps-été.

J'étais gagné par l'enthousiasme de Rosa. Je rêvais à travers ses rêves. L'Amérique les réalisait. Même mon engagement à l'*Hollywood* m'apparut comme auréolé d'une lumière spéciale.

« Tu crois aux contes de fées ? »

La question de Rosa m'a pris au dépourvu. J'ai entendu le bruit sec des ballons des enfants riches que nous faisions claquer avec une épingle, nous les enfants pauvres. Ça leur apprenait à s'en vanter comme d'un signe de supériorité.

«L'atelier d'Ilde est contrôlé par Joe Adonis. Si tu ne le sais pas, c'est un des amis de Luciano et de Costello, un des patrons de Little Italy, qui s'habille dans la 5e Avenue et se croit spécial. Et tu sais pourquoi j'ai eu le poste ? Pas parce que Pina travaille bien – mon père aurait une attaque s'il le savait – mais parce que Luciano, mister Charles, le numéro un, le brave garçon qui a roulé d'abord Masseria et ensuite Maranzano, a un faible pour elle. Ce faible n'est pas dû à une compétence particulière de Pina pour, qu'est-ce que j'en sais, le faire jouir ou pour ces saletés qui plaisent tant à vous les hommes. Pas du tout. Elle lui plaît pour ce qu'elle est, sans raison précise, alors il demande à Adonis, qui le demande à Ilde, de me faire engager à l'atelier. C'est une histoire tordue, où il n'y a pas de mérites, où chacun de nous compte pour moins que rien et où nous dépendons du caprice de mister Luciano, de mister Adonis ou de mister Genovese, auquel tu as permis de te marcher dessus.»

Je n'ai même pas essayé de répliquer.

«Mino, je te dis ce que j'ai déjà dit à Pina : nous devons nous sortir de là, nous devons échapper à cette emprise. Nous ne sommes pas venus en Amérique pour être esclaves. Moi pas.» Elle m'a regardé avec dureté.

«L'atelier appartient à cet Adonis ?» Je l'ai demandé surtout pour interrompre ce discours de meeting.

«Dans la pratique, oui. Ou c'est son argent, ou c'est sa protection qui permet à Ilde de prospérer dans les affaires. Elle est très capable, elle y met de la passion, elle travaille vingt heures par jour, elle ne connaît ni dimanches ni fêtes, elle est là à Pâques et à Noël, elle gagne ses clientes une à une, mais si un beau matin ce monsieur se réveille mal luné parce que sa petite amie de service ne l'a pas satisfait, Ilde peut fermer boutique. Ses efforts et ses talents compteraient moins que l'aumône du dimanche. Ça n'est pas cette vie que je veux pour moi, pour mes enfants, pour ma famille.»

J'étais désorienté. Pour moi l'Amérique avait été le seul moyen d'éviter la police, la prison, la fausse accusation d'homicide. Je n'en attendais rien de particulier et n'avais donc rien de particulier à lui demander non plus. Rosa, si. Rosa avait des exigences, comme si elle avait signé un contrat et réclamait son dû.

« Ta sœur ne t'avait rien dit ?

– Et qu'est-ce qu'elle devait écrire à mon père et à ma mère ? Qu'elle se prostituait ? Je n'y vois rien de bizarre ni de scandaleux. Plutôt que de se faire sauter par son cousin de la trattoria et ses copains – car c'est comme ça que va le monde –, elle a décidé que pour la sauter il fallait payer. À sa place j'aurais fait pareil. Je connais bien Pina, elle est libre dans sa tête. » Rosa s'est tapé le front avec l'index pour renforcer l'idée. « Elle sera tout à fait prête à changer le moment venu. Mino, c'est toi qui dois te réveiller. Rappelle-toi que tu n'as aucune raison d'être reconnaissant à ces gens-là. Ils ne s'intéressent pas à toi, ils ne sont pas généreux, ça n'est que de l'exploitation, pire qu'en Sicile. Là-bas, au moins, il y a nos parents, ici nous sommes seuls et pour nous en tirer nous ne pouvons compter que sur nous-mêmes. »

Elle me rudoyait comme une vieille épouse et nous ne nous étions même pas donné un baiser. Je lui ai pris la main, elle m'a caressé la joue. « Mino, je crois en toi. Mais toi, est-ce que tu crois en toi ? L'*Hollywood* n'est pas une fin, mais un début… » Ses paroles se sont perdues dans un baiser d'une infinie douceur. Le premier. Sur son initiative, naturellement. C'était aussi un au revoir. Le temps qui m'était accordé s'était écoulé. Ilde et la garde-robe printemps-été de la maîtresse de celui qui construisait des gratte-ciel dans le Bronx l'attendaient. Rosa s'est éloignée en laissant derrière elle un sillage de regards et de désir.

Je me suis retrouvé dans les limbes habituels. Que ce soit par affection ou pour en tirer avantage, il y avait toujours quelqu'un pour me dire ce que je devais faire. Et moi qui après les mois compliqués de Chicago espérais me plonger dans la musique, je devais me mesurer à la sévérité de Rosa. Choisir entre elle et le piano? Mais je voulais les deux et je ne trouvais pas que c'était trop demander.

Rosa bénéficiait de brèves pauses que nous passions à une table d'*Italia mia* le dimanche ou le lundi. Avec tout ce que nous avions à nous révéler l'un à l'autre, nous restions là à nous contempler pendant que nos doigts se cherchaient parmi les bouteilles de limonade.

Josephine s'amusait de notre relation. «Willy, tu as trouvé une belle teigne. Elle t'en fera baver.» Josephine adorait sa petite sœur mais n'en partageait pas les fureurs. Elle levait les yeux au ciel et tirait sur sa cigarette. «Elle grandira elle aussi, disait-elle. La jeunesse est une maladie dont on guérit.»

Le mardi il avait cessé de pleuvoir. Trois minutes avant cinq heures, j'étais à l'entrée de l'*Hollywood*. Un petit homme à l'air résigné m'accueillit. Il venait de Lauropoli, le village natal de Costello, né Franceschiello Castiglia. C'était l'intendant. Il fut précis et pointilleux: horaires, salaire, extras, jours de fête travaillés, pause pipi et pause soulagement, qui consistait à plonger les doigts pendant cinq minutes dans une bassine pleine d'eau et de camphre. J'allais gagner quinze dollars par jour plus le dîner. Un engagement de star, ajouta l'intendant. Faux, évidemment. Dans le vestiaire j'ai essayé mon costume: il m'allait à merveille. La chemise était à ma taille, la cravate noire sentait le propre.

«Ton casier est là.» Ce renseignement venait d'un garçon en gros pull de laine. Un autre compatriote, Totonno, de Santa Maria Capua Vetere. Il était serveur.

Comme il n'y avait qu'un seul casier, j'ai été surpris qu'il me soit justement destiné. Au fond était posée une plaque de cuivre. Je l'ai montrée à l'intendant qui m'a répondu qu'elle était sans doute pour moi. De plus en plus étonné je l'ai retournée et j'ai lu: *Don't shoot the pianist.* Mais oui, le mythique : *Ne tirez pas sur le pianiste.* Les applaudissements ont éclaté. Le vestiaire s'est rempli de visages inconnus parmi lesquels celui approbateur de Costello, impeccable dans son costume croisé à rayures bleu et blanc ; il était le seul à ne pas applaudir. « Willy, a-t-il dit, les enfants ont appris ta mésaventure de Chicago et ils veulent éviter qu'elle se répète à New York. » Les applaudissements ont repris, accompagnés cette fois de rires et de mimiques.

J'ai posé la plaque sur le piano, et à partir de ce soir-là c'est devenu un rituel porte-bonheur. Cependant quelqu'un avait dû la remarquer, car quelques années plus tard, alors que je jouais à Baltimore, je suis allé au cinéma voir un western, et au-dessus du pianiste du saloon figurait la plaque *Don't shoot the pianist.* On l'avait copiée de la mienne. Dommage que personne ne m'ait jamais versé un cent de royalties.

On avait placé le piano près du comptoir du bar. C'était un Steinway en palissandre de 1876. Le bruit courait qu'il avait appartenu à Wagner, mais Costello préférait glisser sur le sujet, et ce devait donc être une vantardise. Il l'avait peut-être mise lui-même en circulation, comme il l'avait fait avec une autre histoire sensationnelle : qu'il avait joué au golf avec Truman au début de l'ascension politique de celui-ci. Quand la réalité ne concordait pas avec ses aspirations, don Frank y apportait un petit ajustement. D'ailleurs il se considérait comme marqué par le destin. Petit garçon il avait accompagné son père, qui était garde-chasse portant les armes des marquis Berlingieri, pendant la visite du prince héritier Victor Emmanuel III. Il soutenait que Victor Emmanuel avait posé la main sur sa tête à lui seul parmi tous les enfants présents. Costello avait passé la barre des quarante ans, il avait plus de millions que d'années, il était membre de clubs illustres, fréquentait l'unique bain turc de Manhattan, un véritable raffinement. Il coûtait les yeux de la tête et on y allait pour montrer qu'on pouvait se le permettre. Il est vrai que Costello tenait beaucoup à la propreté, et à l'élégance. Il répétait qu'il le devait à sa mère : pour venir en Amérique, elle lui avait acheté un costume marin et l'avait obligé à le porter tous les jours sur le bateau. Depuis son enfance à Harlem, où son père avait d'abord tenu un stand de fruits et légumes puis une épicerie, il était obsédé par la volonté de prouver que les Italiens n'empestaient pas les rues avec leur haleine. Il veillait avec la plus grande attention à ce que ses employés soient toujours bien mis et parfumés. Je l'ai entendu plus d'une fois, en grande discussion avec Luciano ou avec Lansky, affirmer que s'il avait eu la possibilité d'étudier il serait devenu sénateur. C'était pour lui le comble de la respectabilité. En compensation il avait la moitié du Sénat des États-Unis sur son livre de paie.

J'ai commencé avec *I Got Rhythm* de Gershwin et poursuivi avec *The Prisoner's Song*. Je ne me rappelle pas la suite, probablement Gershwin, Armstrong, *St Louis Blues* et tout le reste jusqu'à épuisement de mon répertoire. J'ai continué pendant des heures sans pause pipi, sans pause soulagement. J'ai épuisé tout ce que j'avais à l'intérieur, les airs, les chansons, bien sûr, mais aussi ma passion pour la musique. Un coup d'œil sur la plaque *Don't shoot the pianist* suffisait à me recharger en énergie. À deux heures du matin il ne restait plus que moi près du piano ; Dominick, derrière son bar, me lançait des regards perplexes. J'ai conclu en beauté par la contamination de Bach, Beethoven et Mozart. Je me suis aventuré sur la pointe des pieds dans l'énorme salle que j'apercevais à peine de mon tabouret. Il y avait au plafond les lustres de cristal les plus somptueux que j'aie jamais admirés. Ils répandaient une lumière discrète sur les quelques clients qui restaient. Les deux tiers des tables étaient vides, la piste de danse était déserte, mais l'orchestre jouait et ses quarante musiciens suivaient le rythme à l'unisson en faisant descendre les notes directement du ciel. Au moment où je les ai regardés, les saxophonistes se sont levés pour scander la marche triomphale de chacun de nous vers l'immensité.

Je m'en souviens comme si c'était hier et je me souviens que c'est là, à cet instant précis, que j'ai formulé moi aussi mon rêve américain : lire un jour sur la grosse caisse de la batterie : *Willy Melodia et son orchestre.*

Je me suis faufilé en cuisine pour un casse-croûte. Kenny, le cuisinier aux grands-parents irlandais, m'a préparé un sandwich au rosbif. Le grand chic, mais mon estomac rêvait de pâtes. Kenny m'a regardé de travers : les pâtes, a-t-il dit avec arrogance, c'était bon pour les gargotes, pas pour l'*Hollywood*, renommé pour ses plats à base de viande. Il la conservait dans l'énorme réfrigérateur qui occupait tout le mur. C'étaient les mythiques biftecks épais de deux doigts, à cinq dollars la pièce. Une réédition de la fiorentina, notre entrecôte, mais Costello ne trouvait pas ça assez élégant et sur le menu elles figuraient sous le terme « suggestions du chef ».

Nous étions peu nombreux à la fermeture : rien que des Italiens, sauf Kenny. Le seul à avoir voté. Pour Roosevelt, naturellement, mais il se disait inquiet : au siège il avait remarqué beaucoup de partisans de Hoover. Totonno, le serveur de Santa Maria Capua Vetere, acquiesça avec gravité : il avait entendu mister Costello affirmer que pour gagner il aurait fallu faire voter les morts.

L'anxiété du résultat des élections dura jusqu'au lendemain soir neuf heures lorsque est arrivée la bande de bassets, je parle de stature, voyons : Luciano, Lansky, Adonis, Genovese. On me présenta à Lansky et à Adonis. Lansky avait des yeux plus sombres que la nuit, on avait du mal à imaginer qu'il ait pu être jeune et beau ; Adonis, en Italie, aurait été traité de dandy du village.

La victoire de Roosevelt n'était pas officielle, mais Luciano la jugeait acquise. Lui et Lansky avaient joint par téléphone leurs amis en Californie, dans l'Illinois, en Floride, dans l'Arkansas, en Pennsylvanie. En ajoutant les résultats de là-bas et ceux qu'ils possédaient déjà pour Nuovaiocche, le New

Jersey, la Virginie et la Nouvelle-Angleterre, Lansky avait conclu que leur candidat obtenait au moins cinq millions de voix d'avance sur son rival. Des vivats retentirent en italien, en anglais, en yiddish. Les verres se levèrent à la santé de Roosevelt et de chacun dans l'assistance. Genovese obtint un toast particulier en l'honneur de san Gennaro.

Costello me demanda de les suivre pour aller fêter ça dans sa villa de Sands Point, au nord de Long Island. Il devait y avoir au moins dix voitures. On me mit dans une des dernières avec les caisses de champagne et les seaux à glace. Nous avons fait le grand tour à partir du pont de Brooklyn pour ramasser de belles filles et des partisans enthousiastes de Roosevelt. Nous traversions des quartiers ensommeillés, déserts à l'exception de quelques ombres qui rasaient les murs. Personne ne faisait la fête. Les habitants de ces maisons misérables devinaient que pas même l'élection de Roosevelt n'adoucirait leur avenir. Et leur intuition allait être confirmée.

La villa de Sands Point, construite en pierre de taille, s'organisait autour d'un salon orné de statues, de palmiers, de lustres de Murano, de peintures à l'huile dans de lourds cadres dorés, de tables de palissandre sculptées, de vases en émail cloisonné. Le piano était placé à côté d'une commode Régence. J'allais acquérir ces connaissances par la suite, et sur le moment l'ensemble ne m'a pas fait un grand effet, mais Costello était fier des quinze chambres de cette résidence de villégiature. Son épouse ne l'appréciait pas et ne la fréquentait pas, il en profitait donc pour ces fêtes géantes dans lesquelles on mélangeait accords économiques et divertissement. Toutes les lumières resplendissaient; les voitures de grand luxe continuaient d'arriver par l'allée; des jeunes femmes en descendaient accompagnées d'hommes mûrs. Ils auraient pu être pères et filles, mais je pense qu'ils entretenaient d'autres rapports. Dans une voiture pleine de jeunes filles exubérantes, j'ai aperçu Mel et Tony, deux des anges gardiens qui m'avaient récupéré à mon arrivée sur la plage.

Luciano était le personnage le plus entouré. Des jeunes filles l'embrassaient sur les joues, des invités austères baissaient la tête pour lui serrer la main. On aurait dit que c'était lui le vainqueur des élections. « Voilà la New York que j'aime », m'a-t-il dit. Naturellement, j'étais d'accord.

Dans le faste général Lansky se distinguait par son aspect négligé. Il portait un affreux costume amarante. De sa poche de poitrine dépassaient trois capuchons de stylo ; sa cravate, ses chaussures et sa ceinture n'allaient pas ensemble. Il était totalement indifférent : tapi dans un coin il parlait à voix basse, et d'abondance, à deux hommes qui auraient pu être ses grands-pères et qui l'écoutaient extasiés comme ils auraient fait avec leur petit-fils premier de la classe. Costello entra suivi d'un cortège de serveurs : plateaux chargés de verres en équilibre sur la paume de la main, puis seaux à champagne. Les bouchons sautèrent et les démocrates de Nuovaiocche furent acclamés, dont Roosevelt, que Genovese appelait tout bas le bancal. On demanda un discours à Luciano. Il se fit un peu prier, mais il s'était bien préparé. Il annonça une ère de prospérité, de bonnes affaires et d'ordre social. « Et de baise pour tous », hurla Adonis qui enlaçait une blonde et une brune. Son programme concis transforma en farce la bienséance générale de cette foule bigarrée. Ce fut une sorte d'ordre de dispersion où chacun s'occupa d'en tirer profit. L'escalier qui menait à l'étage supérieur se remplit de messieurs d'un certain âge qui ressentaient la nécessité impérative de faire visiter les chambres des maîtres aux jeunes femmes disponibles.

Costello me demanda de me mettre au travail et de jouer sans me casser la tête. La musique n'était pas l'essentiel de la soirée. Les invités s'épuisèrent avant le champagne, d'autant que les plus traditionalistes étaient passés au whisky et quelques connaisseurs au cognac. On m'apporta même un verre, mais j'étais trop soucieux de ne pas me tromper pour m'accorder la moindre distraction. La fumée remplit le salon d'une brume qui rendait les yeux rouges. Lansky s'esquiva quand la fausse familiarité du moment abolit les distances. Les occupants de l'étage supérieur descendaient sans se soucier de leur habillement. Tous se traînaient d'un bout à l'autre de la villa à la recherche de quelque chose qu'ils ignoraient. Les moins jeunes étaient effondrés dans les fauteuils et sur les canapés. J'ai regardé Costello qui m'a fait signe de continuer. Dans la débandade générale il apparaissait comme un maître d'élégance et de dignité, le nœud de cravate parfaitement placé, pas un cheveu qui dépassait, la cigarette entre les doigts pour se donner une attitude. Costello était le seul dans son petit cercle à ne pas avoir un verre à la main : il parlait à sa manière cadencée habituelle, attentif à bien prononcer chaque mot. Il trouvait que c'était indispensable chez un homme d'affaires respectable. L'auditoire acquiesçait convaincu, honoré de pouvoir être là. Costello était déjà occupé à rendre opérationnel le programme tracé par Luciano : prospérité, bonnes affaires, ordre social.

C'est Luciano qui se chargea, à l'aube, des au revoir et des salutations aux familles. Il apparut décoiffé, sans cravate et sans veston, les bretelles sur sa chemise dont une manche portait une traînée rouge. Costello lui adressa un regard interrogateur et il répondit par un haussement d'épaules, comme quelqu'un qui a été forcé de se sacrifier pour la cause.

Après le départ du dernier invité, on sortit du tiroir garni d'ouate et on exposa dans le salon les petits Amours en porcelaine qui constituait dans la villa la touche de Loretta, l'épouse de don Frank. Avant chaque fête Costello les faisait retirer par peur de la moindre égratignure, et à la fin il supervisait leur réinstallation. Et gare si l'ordre établi par Loretta subissait la plus légère altération.

Genovese me raccompagna. Au moment de me laisser à Fulton il sortit un billet de cinquante dollars. « Ils voulaient t'en donner cent, mais tu n'as rien contre si nous faisons moitié-moitié, pas vrai ? C'est déjà la deuxième fois que je te transporte, et avoir un chauffeur comme Vito Genovese ça coûte. » Son ricanement s'est perdu dans le claquement de la portière.

Un stand vendait des huîtres cuites. Vous n'avez jamais commencé la journée en mangeant des huîtres cuites et en buvant du Chianti ? Je vous le conseille.

Rosa et moi réussissions à nous réserver des petits moments quotidiens qui excluaient toute forme d'intimité. Elle continuait d'habiter à l'atelier et moi au bordel de Josephine. Mais ce n'était plus comme sur le bateau et je commençais à en avoir envie. J'ai essayé de l'évoquer, et Rosa m'a opposé l'absence d'endroit approprié. Objection sacro-sainte, mais quand on veut on peut toujours s'adapter, je ne sais pas si je me fais bien comprendre. Rosa s'intéressait davantage à ma maîtrise de l'anglais lu et parlé. Elle l'étudiait le soir et s'exerçait à l'atelier pendant les essayages des dames. À l'*Italia mia* elle m'obligeait à lire les articles du *New York Times* et à les traduire. Il fallait avoir perdu la tête pour se soumettre à un tel supplice avant d'affronter huit à dix heures de travail. Ce n'était pas seulement de l'amour, c'était aussi la peur de décevoir Rosa. Rien ne me paraissait plus important que son jugement. Au piano je ruminais pendant des heures les appréciations qu'elle exprimait par un battement de cils ou par sa façon de me prendre le coude. Guère plus qu'un effleurement, mais qui signifiait zéro sur le bulletin scolaire.

J'aurais voulu m'exercer, mais avec qui ? À l'*Hollywood* j'étais entouré de compatriotes, en dehors du cuisinier et de Kate, la fille du vestiaire venue du Michigan. Même les filles qui proposaient les cigarettes en collants moulants arrivaient de Sicile, de Campanie, des Pouilles. Ils étaient tous dans la même situation que moi, mais aucun n'envisageait de retourner en Italie. Ils voulaient obtenir la citoyenneté américaine, rêvaient les yeux ouverts du grand business qui leur permettrait de s'offrir les innombrables produits vantés par la publicité. Ils ne croyaient à rien sauf à la belle histoire où chacun d'eux recevrait une part de bonheur. Ils avaient quitté la misère et vivaient dans la misère, et la misère en Amérique était bien plus dure que la misère en Italie. Ils croyaient néanmoins dur comme fer à un avenir enthousiasmant. C'était le triomphe de l'illusion, la seule promesse que l'Amérique tient toujours.

Le piano-bar servait de zone de transit ; il ressemblait à la salle des pas perdus d'une gare. Les seuls visages connus étaient celui de Dominick, nom d'artiste de Mimmo, le barman des Pouilles, et le mien. Nous travaillions l'un et l'autre de nos mains, mais les siennes étaient plus appréciées que les miennes : on s'arrachait ses cocktails.

La prohibition restait en vigueur, mais la grande déclaration de Roosevelt en annonçait l'abolition imminente. Les tasses à thé et à café retrouvaient peu à peu leur destination d'origine et à partir de minuit les verres occupaient de nouveau la scène. Les couples sur leur trente et un venaient chercher l'inspiration dans mon secteur, ils roucoulaient appuyés au piano, puis leur regard tombait sur la plaque *Don't shoot the pianist* et ma musique passait au second plan. J'obéissais scrupuleusement aux instructions de Costello : un Armstrong pour deux Gershwin. Je m'y mettais en faisant attention à ne pas me laisser emporter. Je ne pouvais donc pas me couler dans la musique ni donner libre cours à ma fantaisie comme à l'hôtel *Drake,* bien que dans le renouvellement permanent d'auditoire il y ait eu peu de chance que quelqu'un écoute un morceau du début jusqu'à la fin.

Une nuit de décembre Costello s'est approché rasé de frais et embaumant la lavande. J'étais convoqué. Nous sommes allés à pied jusqu'à Park Avenue. Le froid et l'humidité me faisaient frissonner dans mon imperméable qui me protégeait mal, mais ils ne l'atteignaient pas dans son épais manteau à col de fourrure noire, l'écharpe de soie verte enroulée jusqu'au nez. Le *Waldorf Astoria* nous reçut dans un luxe étincelant qui n'avait pas son égal à Nuovaiocche. Il avait été inauguré un peu plus d'un an auparavant. À la différence de son ancien bâtiment, à la place duquel venait à peine de s'achever la construction de l'Empire State Building, il n'avait pas la réputation d'être le plus grand hôtel du monde. J'ai éprouvé la même sensation que lorsque je restais le nez collé à la vitrine de la pâtisserie suisse de la piazza Duomo. Mais ici, au lieu de cygnes à la crème et de feuilletés à la ricotta c'étaient des bureaux Chippendale qui paradaient, des abat-jour de soie blanche, des poteries chinoises, des sculptures anciennes, des petites vitrines marquetées, des sièges capitonnés, l'horloge imposante à l'enseigne de la foire internationale de Chicago 1893, des rideaux de cretonne, assez de velours et de tissus pour habiller toute une armée.

Costello ne m'avait pas emmené au *Waldorf* en excursion éducative. Au sommet de la tour de droite, dans la suite la plus somptueuse, qui serait ensuite occupée par le duc et la duchesse de Windsor, mister Charles Ross nous attendait. On me l'avait présenté comme Charles Luciano. Il habitait là depuis presque un an avec sa collection de costumes croisés coupés à la perfection par le tailleur viennois de Costello. Nous avons été accueillis par deux acolytes taciturnes, presque à genoux devant Costello et suffisants à mon égard. On entendait la voix de basse de Luciano dans la chambre, nous attendions dans le salon. Un acolyte s'activait avec les alcools, un autre étendait le tapis vert sur la grande table ronde de style Empire. On a frappé à la porte. Quatre valets accompagnaient un piano droit Petrov, noir, fraîchement astiqué. Luciano passa la tête pour ordonner de le placer contre le mur d'en face.

« Ça te va, Willy ? »

La question m'a surpris. J'ai quand même répondu que oui. Je devais jouer, mais ce n'était pas une petite fête privée. Il s'agissait d'un poker. Lansky était déjà là, vite rejoint par Joe Adonis et Ben Siegel, mon vieux, mon cher et inégalable Bugsy. Des yeux bleus pour un teint foncé, athlétique, grand, le seul qui sur la pointe des pieds pouvait me regarder droit dans les couilles : il avait le physique et le charme d'un acteur de cinéma et c'est peut-être ce qu'il aurait dû être. On comprenait pourquoi les femmes tombaient comme des mouches. Elles constituaient sa raison de vivre, outre ses toquades quotidiennes pour une cause, folle de préférence. L'entrée de Siegel chargea l'atmosphère d'électricité. En apparence ils étaient cinq grands amis, ou plus encore des complices. Restait toutefois une question irrésolue. Siegel était juif, tout comme Lansky, et il devait à son coreligionnaire d'être entré dans les affaires de Luciano et Costello. Les journaux écrivaient qu'il avait la réputation d'être le tueur le plus efficace sur la place de Nuovaiocche, mais depuis quand les journaux écrivent-ils la vérité ? En réalité, Siegel était le rossignol qui ouvrait beaucoup de portes des beaux quartiers. Séduisant et imprévisible de nature, il était très habile à conquérir le cœur de femmes compliquées dont le mari, l'amant ou un simple admirateur servait les objectifs de Luciano et de Lansky.

Par ailleurs les trois hommes, précisément à cause d'une nana exubérante, s'étaient connus au temps de la Première Guerre mondiale. Siegel avait treize ans d'âge réel, et beaucoup plus par son physique et la rapidité de ses réflexes. La fille faisait partie de l'écurie de Luciano, mais elle s'était tellement entichée de Ben qu'elle le servait gratis plusieurs fois par jour malgré les interdictions et les menaces de Luciano. Lequel s'était posté un soir aux abords de la maison abandonnée, près de Lafayette Street, où les tourtereaux consommaient leur passion réciproque. Les coups de poing, les coups de pied et les injures avaient plu sur ces deux-là nus et sans défense, mais leurs appels au secours avaient fait accourir Lansky, qui rentrait avec son sac à provisions. Bien que maigrichon, il les avait séparés. Mais Ben en avait profité pour se lancer avec un canif contre Luciano, qui s'enorgueillissait d'avoir déjà une vaste expérience des bagarres de rue ; il avait immobilisé Ben et recommencé à le frapper.

Lansky s'était souvenu du pied-de-biche qu'il avait sur lui. Il avait étendu Luciano du premier coup. Ils avaient tous fini au poste et de là au tribunal. L'absence de témoignage de Luciano avait sauvé Lansky et Siegel. En sortant de la salle d'audience, Charlie – comme l'appelait affectueusement Costello, seul autorisé à le faire – avait intercepté ses deux rivaux et leur avait proposé une association. Il avait déjà vingt-deux ans et un gang sous ses ordres; Lansky en avait dix-sept, et Siegel, treize.

Les rôles étaient définis depuis ce début lointain. Lansky et Luciano étaient la tête et Siegel le bras. Les deux têtes s'entendaient à merveille, un peu moins bien avec le bras qui avait un caractère irascible et capricieux, prêt à s'enflammer plus vite qu'une allumette et à se jeter dans des entreprises contraires à toute logique. Mais Lansky l'aimait bien, il le traitait comme un petit frère. Charlie, de son côté, avait vite perdu patience, et tout en reconnaissant que Ben pouvait être utile dans certains cas, il s'en serait volontiers débarrassé. Mais qui l'aurait expliqué à Lansky?

La mise initiale était de mille dollars par tête, billets craquants contre jetons.

«Hé! Willy! m'a dit Luciano impassible, joue quelque chose de mélodieux qui aille bien avec les cartes et qui nous détende.»

Ils ont ôté leur veston, retroussé leurs manches, desserré leur nœud de cravate. Seul Costello s'est abstenu. Son veston était boutonné au début et il l'était encore à la fin.

Plein d'anxiété, j'ai commencé par des valses. Est-ce que ça allait avec les cartes ou pas? Comme aucun des cinq ne protestait j'ai poursuivi en mélangeant Bach, Mozart, Beethoven et le chant grégorien. Heureusement ils étaient trop absorbés par le jeu pour suivre ou, pour être justes, nous pourrions dire que la musique ne troublait pas leur concentration.

Après plus d'une heure, enfin détendu moi aussi, j'ai accordé un minimum d'attention au poker. Luciano avait des piles et des piles de jetons devant lui. Siegel et Adonis se refournissaient constamment. Autour de la table tous parlaient l'argot de Nuovaiocche ; seules les imprécations jaillissaient en dialecte de chez eux.

« Je n'ai plus de liquide, annonça Siegel.

– Tu n'as qu'à laisser un chèque, répliqua Adonis.

– Je n'en ai pas, et même si j'en avais, ce serait comme si je n'en avais pas. Meyer, ça t'a plu ? » Siegel était aussi content de sa blague que d'une décoration.

Lansky ne répondit pas. Il regarda vers Luciano occupé à déplacer ses piles de jetons.

« Tu es toujours le même, Ben, dit Lansky en feignant de le réprimander. Je me porte garant pour Ben. » Il se leva, son carnet de chèques à la main.

« Inutile, Meyer, dit Luciano irrité. Assieds-toi. Donnez à Ben ce dont il a besoin. »

Siegel entassa des jetons sur la table.

« Alors je donne », dit Costello.

Siegel eut un bon jeu. Le vent tourna en sa faveur. Il accompagnait ses victoires d'exclamations hautes en couleur. Lansky se réjouissait pour lui ; Adonis aurait voulu lui flanquer son poing dans la gueule et Luciano était sur la défensive. Costello pensait à autre chose.

Je venais tout juste de conclure mon répertoire italien par *Come pioveva*. D'inédit il me restait le *Ballo Excelsior*. Allait-il leur plaire ?

« Hé, cogneur de notes ! » Siegel m'adressa un sourire éclatant. « Tu connais ce boute-en-train de Beethoven ?

– Oui, monsieur Siegel.

– Charles, comment vous dites merde, vous les Macaronis ? *Minchia*... Je l'ai bien prononcé ? Je répète : *minchia*, un Macaroni instruit. Une nouveauté. Où vous l'aviez caché ? Alors, monsieur le cogneur de notes... » Siegel fit une petite révérence qui mit Lansky de bonne humeur. « Ça t'ennuierait de jouer l'*Héroïque*? C'est la musique idéale pour ma chevauchée triomphale. Charles, tu n'as rien contre ? »

Adonis bredouilla quelque chose, mais personne n'y fit attention.

Siegel se mit à suivre l'*Héroïque* davantage que le jeu, et le niveau de ses jetons recommença à baisser.

La partie s'acheva que les kiosques à journaux étaient déjà ouverts. Luciano avait gagné ; les perdants étaient Adonis et Siegel, qui paya néanmoins sans devoir recourir à Lansky. Les acolytes remboursèrent les jetons, débarrassèrent et nettoyèrent.

Planté à côté du piano et ignoré de tous j'attendais de connaître mon sort.

Luciano s'approcha. « Tu t'en es bien sorti, Willy. » Il m'allongea un billet de cent dollars. « Ne le claque pas tout de suite avec Rosa. »

Visiblement nos rencontres n'étaient pas passées inaperçues. Il est vrai que nous n'avions fait aucun effort pour nous cacher. Il n'y avait malheureusement rien à dissimuler. L'anglais, les projets, les confidences, les caresses et les baisers dans les ruelles avaient le vent en poupe, mais le sceau final continuait à manquer ; et semblait ne manquer qu'à moi, pas à Rosa. Elle s'acharnait en soutenant que ça ne pouvait pas se faire à l'atelier ; ne parlons pas du bordel de Josephine – qui aurait d'ailleurs été ravie de nous céder son lit à trois places – ou d'une entrée ; il faisait trop froid pour s'allonger dans un parc, il fallait attendre qu'un des deux dispose d'une installation convenable. Traduction : tu vas habiter tout seul et nous en reparlerons.

Je pouvais me le permettre. Désormais, on ne distribuait pas les cartes du poker sans ma musique. Le piano et moi étions devenus une présence permanente. Ils disaient que les flushs et les fulls se faisaient mieux. Je recevais cent dollars des vainqueurs. Quand c'était Siegel qui gagnait, il en déboursait deux cents. Je lui étais sympathique et il me le prouvait par ses manifestations pittoresques. Les joueurs à la table se parlaient en anglais même en l'absence de Ben et de Lansky. J'ai découvert que le dialecte de Luciano était différent de celui d'Adonis et même de celui de Costello et de celui de Genovese. L'argot du Lower East Side constituait le moyen le plus rapide de se comprendre. Luciano ne recourait à sa langue maternelle qu'avec des Siciliens comme Bonanno et Gambino. Ils la prononçaient d'une manière tellement locale que je ne comprenais qu'un mot sur trois. Avec moi, évidemment, personne ne se compliquait la vie: ils parlaient comme ça leur venait. C'était à moi de comprendre, pas à eux de se faire comprendre.

Genovese me proposa une chambre dans la 14e Rue avec toilettes dans la galerie, en me la présentant comme une occasion unique au monde: tu t'installes en plein dans la meilleure société de New York. En réalité c'était au fin fond de la 14e, et pour aller à Union Square on mettait son costume du dimanche pour ne pas détonner parmi les élégants de là-bas.

L'ameublement complétait l'escroquerie: un lit, trois chaises, une table, deux casseroles, une poêle, des verres, des couverts d'étain, une armoire étroite à laquelle il manquait un pied, et une cuvette pour l'eau. Le tout pour trente dollars par semaine: un vol à main non armée, mais Genovese savait que je gagnais bien et il savait aussi que je ne pouvais pas refuser. Il aurait été heureux de me faire mal voir de ses amis. Il gérait une centaine de ces mini-appartements. Il les avait achetés grâce à ce que lui rapportait l'héroïne, qu'il faisait venir d'Italie dans des caisses d'olives et d'huile importées par son entreprise.

«J'ai informé les voisins que tu es à moi, déclara Genovese le soir où il me remit les clés de la chambre. Ça signifie que tu peux laisser ton argent en vue et ta porte ouverte. Vito Genovese n'a que des amis en ce monde. Ses ennemis sont déjà dans l'autre.»

À cinquante mètres de chez moi un type de Salerno vendait des fruits et des légumes, des oranges de Californie et des tomates de l'Arizona. J'ai recommencé à manger une salade d'oranges au déjeuner et une de tomates au dîner quand à l'*Hollywood*, Kenny exagérait avec les plats irlandais. J'ai acheté une Radiette RCA dernier modèle. L'année 1932 avait marqué le boom des radios en forme de tabernacle ; il s'en était vendu trente millions d'exemplaires. Elles transmettaient les nouvelles, mais surtout de la musique. Je garde dans mon cœur une interprétation de *St James Infirmary* enregistrée par Armstrong avec Earl Hines au piano, et diffusée le 1er janvier 1933. Rosa était avec moi. Elle avait tenu parole. Nous avons passé toute la journée dans ma chambre.

J'étais le plus ému des deux : aimer Rosa me paraissait l'accomplissement de tous mes rêves, en même temps qu'un acte interdit. Je me demandais même s'il ne valait pas mieux attendre le mariage. Puis le désir, l'abstinence, et la beauté de Rosa prirent le dessus. J'ai commencé à enlever ce qui la recouvrait comme je le faisais enfant avec les bonbons, quand on m'en donnait un. Un bouton après l'autre, un vêtement après l'autre pour que ça dure le plus longtemps possible. Toute la vie. Qui aurait pu imaginer les coups que j'allais recevoir.

Rosa était vierge, mais elle avait un don pour la chose. C'est moi qui n'étais pas expert en vierges. Une faim de plusieurs mois a rompu les digues. Une fois l'obstacle franchi, nous avons mis peu de temps à nous entendre. Ensuite, comme des furets pendant vingt-quatre heures d'affilée. À cette époque-là, j'étais un jeune homme bien pourvu. Pendant les rares entractes nous regardions la neige s'accumuler sur le garde-fou jusqu'à ce que le vent la chasse. Je pensais qu'on ne pouvait rien demander de plus. Allez savoir si Rosa pensait la même chose.

Le lendemain soir Big Pres s'est présenté à l'*Hollywood*. Je ne l'avais pas vu depuis trois mois. Il portait son melon, son cache-poussière, son costume gris, sa cravate rayée, sa chemise blanche empesée, tous ses instruments de travail, et pourtant il était désarmé. Agata n'avait pas passé le cap de l'année : elle avait expiré le 28 décembre. Je n'avais pas joué à son enterrement. Une dette dont je ne pourrais jamais m'acquitter. Rosa, le travail, le poker, la recherche d'un logement avaient effacé Agata de mon esprit et elle y revenait de la façon la plus brutale. Je ne me pardonnais pas mon insensibilité, et plus encore j'étais déconcerté par mon indifférence. J'avais beaucoup aimé Agata, j'avais souffert pour elle, j'avais contribué à ses traitements, j'aurais été prêt à me sacrifier pour l'aider à guérir, mais au fond de moi je la considérais comme un échantillon de mon passé. Je n'ai pas versé une larme. Malgré mes efforts, je ne suis pas parvenu à pleurer. J'ai attaqué *Oh, Lady Be Good* en y mettant tout mon cœur et aussi ma mauvaise conscience. Agata, où que tu aies été, c'était pour toi.

Ce soir-là Big Pres ne se faisait pas mousser, il ne mettait aucune vérité par écrit. Il avait le cœur brisé pour Agata, l'esprit troublé à son propre sujet : on lui avait demandé de déménager à Chicago. Rien d'urgent, à l'entendre ; mais une occasion de promotion. Il y réfléchissait. Son visage contrarié indiquait toutefois qu'il s'agissait d'une de ces très humbles prières qui en Sicile sont aussi péremptoires qu'un ordre. À Chicago, la pagaille n'avait pas l'air de se calmer. Aucun des héritiers de Capone ne l'emportait sur les autres, mais les difficultés des Fischetti et la défaite de Nitti sur ses territoires avaient augmenté le nombre des prétendants.

« Charles veut des informations de première main et il a pensé à moi, m'expliqua Big Pres. Tu comprends quelle mission de responsabilité il veut me confier ? Comment je peux lui dire non ? »

C'est pourtant ce qu'il aurait fait si on lui en avait accordé la possibilité.

Big Pres me remit une lettre de ma mère. Pour lui faire parvenir ma réponse j'allais devoir m'adresser à Totonno. Il est parti courbé et résigné.

10
Poker et affaires

Costello habitait un appartement de neuf chambres à Central Park West. Le royaume de Loretta, la petite danseuse juive d'ascendance allemande épousée en 1914. Loretta avait huit ans de moins et le dominait au-delà de tout ce qu'on peut imaginer. Lansky assurait que les efforts de Costello pour prendre des airs de gentleman étaient dus au snobisme de sa femme, férue de bonne société et de bonnes manières. Luciano commentait la dernière lubie de Loretta en disant qu'elle était habituée à ce qu'une fois par an, d'habitude au début de l'été, Costello perde son calme et sorte de ses gonds. Alors les vannes s'ouvraient sur les caprices de sa femme. Loretta détestait les fréquentations de son mari, elle n'invitait pas ses amis, n'accordait aucune remise à Siegel et Adonis lorsqu'ils venaient faire des achats avec leur favorite du moment dans une de ses boutiques de vêtements sur la 5e Avenue. Elle ne supportait même pas le voisin le plus célèbre, Charlie Chaplin, trop cavaleur à son avis. Costello le rencontrait souvent le matin quand ils sortaient tous deux leur chien. Chaplin s'étonnait chaque fois de la prouesse de Costello qui se contentait d'une seule femme. Mais enquiquineuse pour trois. Or, à l'évidence, ça convenait à Costello.

L'argent de son mari l'arrange pourtant bien. C'était la remarque immanquable de Rosa quand je lui racontais les disputes entre Costello et sa femme. J'espérais la radoucir, lui montrer que le monde de mes bienfaiteurs acceptait les chiens et les cochons et même les casse-pieds, mais elle ne voulait rien entendre, elle ne changeait pas d'avis: ceux qui en faisaient partie étaient marqués; ils appartenaient tous à la même faune. Toi aussi, concluait Rosa avec un mouvement d'impatience.

Il fallait que Loretta aille en visite chez sa cousine de Virginie pour que nous mettions le nez dans la demeure isolée avec vue époustouflante sur le parc et l'Hudson derrière. Nous devions veiller à ne pas laisser de traces de notre passage, bien que nous soyons relégués dans la bibliothèque tapissée de panneaux de bois sombres et délicats. Du grillage protégeait les livres de la curiosité des invités. La remarque rituelle d'Adonis était: «Ils sont là pour la mise en scène?» Et tout aussi immanquablement Costello levait les yeux au ciel pendant que Lansky chuchotait: «Joe, pourquoi tu le demandes à Frank? Demande-le à Loretta, c'est elle qui a les clés.»

On était frappé de voir au milieu des livres une table ronde du XVIIe siècle vénitien, sans vis ni clous, et un magnifique piano à queue Giotrian-Steinweg de lourd noyer avec des frises, de la marquetterie et des touches en ivoire. La première fois que je l'ai effleuré j'en ai même eu un peu peur. Ensuite je lui ai fait confiance. En l'absence de Loretta, la bibliothèque des Costello était préférée à la suite de Luciano au *Waldorf Astoria.* Ils la jugeaient plus sûre, mieux adaptée aux conversations libres. Car si dans ces parties de poker il y avait en effet le plaisir de se faire mal, de l'emporter sur l'autre, on y prenait aussi des décisions très importantes. Dans ces cas-là ils employaient un verbe particulier et disaient «nous délibérons». Ils en avaient plein la bouche. Ils se voyaient comme une sorte de gouvernement souverain, appelé à faire des choix fondamentaux. Je les regardais, effaré et envieux. Je n'ai jamais été capable de prononcer une de ces belles phrases définitives dont on s'enorgueillit par la suite au seul souvenir.

Ils jouaient presque toutes les nuits. Eux frais et dispos et moi fatigué, tombant de sommeil, rêvant de mon lit, mais la pensée des cent dollars, deux cents si Siegel gagnait, me tenait éveillé. De toute façon je n'aurais pas pu dire: ce soir je ne viens pas. Ils n'auraient pas compris. Il n'était même pas envisageable que je puisse refuser. Ils étendaient le tapis vert sur la table vénitienne, distribuaient les jetons, choisissaient le jeu, battaient les cartes, j'amorçais la future *Valzer delle candele.* Siegel avait, disons, « délibéré » que c'était l'introduction qu'il fallait. Mais cette nuit-là, ils manquaient de cœur au jeu. Même Siegel volait bas. Luciano et Lansky annonçaient la fin imminente de la prohibition.

« Roosevelt a dit qu'il le ferait, donc il le fera, affirma Luciano. Mais ils doivent nous donner quelque chose en échange. Sans nous, ils pouvaient toujours rêver de gagner. Qu'est-ce qu'il nous faut ?

– La licence pour les juke-boxes, dit Lansky qui venait d'en acquérir la représentation.

– Mais aussi la licence pour les machines à sous dans le Midwest, insista Luciano. Toi, Frank, qu'est-ce que tu en dis ? »

Profitant de ses contacts haut placés, grâce auxquels il contrôlait dix des seize commissariats de la ville, Costello avait placé six mille machines à Nuovaiocche. Chacune rapportait entre cent et cent cinquante dollars par semaine. Celles de Costello, ce qui signifiait aussi celles de Luciano, de Lansky et d'Adonis, portaient un ticket dont la couleur changeait chaque mois, de sorte que lorsque les policiers étaient obligés par un procureur zélé à jouer un peu la comédie ils saisissaient les machines des autres et ne touchaient pas à celles de Costello.

« Ça dépend de combien ils nous en font mettre, répondit Costello. Quatre mille ça pourrait aller, auxquelles ajouter celles de Floride et de Louisiane. Avant les fêtes j'ai fait un saut à la Nouvelle Orléans pour vérifier les livres du *Beverly Club.* Huey Long m'a répété qu'à mon coup de sifflet il nous donne un tombereau de licences en Louisiane.

– Tu fais confiance à ce fou furieux ? demanda Siegel.

– Nous te faisons bien confiance à toi… intervint Adonis.

– Ben, reprit Costello, Long est peut-être bizarre et imprévisible, mais il reste le gouverneur de la Louisiane et il tient bien ses comptes. En plus, il est rongé par l'ambition, il vise Washington. Il a été très impressionné par la marge avec laquelle Roosevelt a gagné et sait parfaitement que nous l'avons soutenu. Tu mets les deux ensemble et tu comprends pourquoi le diligent Huey Long meurt d'envie de nous aider.

– De toute façon, le problème n'est pas Long, ni la Louisiane, dit Luciano. Le problème c'est que nous ne pouvons pas nous tromper sur ce que nous allons demander à Roosevelt. Il doit nous garantir un profit suffisant pour compenser ce que nous perdrons avec l'abolition de la prohibition.

– Frank, dit Lansky en se passant les doigts dans les cheveux, tu es sûr que chaque machine installée chez les gardiens de vaches puisse nous rapporter cent dollars par semaine ?

– Meyer, de sûr il n'y a que la mort, et d'après ce que me dit Loretta, vous, les Juifs, vous le savez mieux que personne. Au début nous en tirerons même plus de cent dollars par semaine. Pense au goût de la nouveauté, pense que nous installerons des modèles avec des marches, pour permettre aux enfants de jouer aussi. Les parents peuvent s'amuser et eux non ? C'est une question de justice... » Costello exécuta un de ces sourires standards de celui qui sait qu'il y est allé fort.

« Même les enfants ? » Siegel fit une grimace.

« Ben – Adonis sursauta –, ne fais pas ton petit saint. À dix ans tu trichais déjà aux dés et je le faisais aussi. Quel mal à ce que les gamins de Hot Springs misent sur les machines à sous ? Ils risquent moins que ceux qui jouaient aux dés avec toi ou avec moi. Sans commentaire.

– Je pense que nous devrons demander la licence pour le plus grand nombre d'États possible. Je ne me bornerais pas au Midwest, essayons le Sud, essayons en Nouvelle-Angleterre. Si nous n'avons droit qu'à un seul coup, visons le gros gibier.

– Le Midwest offre l'avantage d'être loin de New York, dit Luciano. Les protestations des politicards, les articles vertueux des journaux contre la multiplication des jeux de hasard n'y arrivent pas. Mais ils arrivent dans l'Illinois et en Nouvelle-Angleterre.

– Oui, dit Lansky, mais si La Guardia est élu maire de New York nous devrons partir d'ici aussi. Il a déjà déclaré la guerre aux machines à sous.

– Rassure-toi, Meyer, dit Costello. Ce connard de chez nous ne gagnera rien du tout. Le vieux Walker arrachera un nouveau mandat. J'accepte les paris.

– À combien ? » Siegel n'acceptait pas de rater l'affaire.

« À ce que tu voudras, Ben. » Le ton de Costello devint glacial. « À trois, ça te paraît une cote honnête ?

– Allons-y pour trois.

– Dix mille contre trente mille que ton compatriote gagne ?

– D'accord. »

Le poker continua dans une ambiance sombre. Les discussions ne débouchaient jamais sur une décision et laissaient derrière elles un sillage de dépit et d'animosité. C'était à Luciano de tirer les conclusions, ils en convenaient tous, mais en grattant un peu on aurait trouvé l'amour-propre offensé. Seul Lansky était indifférent aux apparences et au fond, trop occupé par son immensité. J'ai attendu en vain qu'ils me disent de recommencer à jouer. Je n'existais pas pour eux, ils me traitaient comme un objet. C'est pour cette raison qu'ils parlaient ouvertement en ma présence. A-t-on déjà vu un juke-box avouer devant un juge ? Mais au moment de rentrer chez lui, Lansky me demanda deux dollars pour le taxi. Il pleuvait et il ne voulait pas se mouiller en allant jusqu'au métro. Avec tous ceux auxquels il pouvait les demander, il les a réclamés de moi, le seul à ne pas pouvoir les lui refuser. En effet il ne me les a jamais rendus.

Le dimanche Rosa a sauté la révision de mon anglais et moi celle de son anatomie. Une foire s'était installée peu avant l'embarcadère des ferries. Nous sommes redevenus les enfants que nous n'avions pas été : nous sommes entrés dans l'antre de la sorcière, nous sommes montés sur les petits trains, sur les autos tamponneuses, nous avons mangé de la barbe à papa, tiré à la carabine. Malgré le vent glacial nous sommes montés sur la grande roue. Nuovaiocche était au-dessous de nous, toutes les rues de Little Italy fumaient, le rite du déjeuner dominical battait son plein. Vous me croirez si je vous dis que le vent apportait le parfum du jus de viande, des œufs durs hachés, des artichauts et des poivrons grillés? Quelle souffrance de devoir se contenter, en battant la semelle, de la saucisse insipide avec de la moutarde et du bretzel parsemé de cristaux de sel.

Nous avons marché jusqu'à Battery Park. Des aiguilles très fines tombaient des arbres et piquaient la peau du visage. Rosa proposa de prendre le bateau pour la statue de la Liberté. À la différence des autres immigrés nous ne l'avions pas vue à notre arrivée. D'après Rosa nous devions la voir pour nous sentir vraiment américains. Ça m'était parfaitement égal de me sentir vraiment américain, en outre la mer livide donnait une impression de gel, mais si Rosa s'était fourré une idée en tête, est-ce que je pouvais, moi, l'en dissuader?

L'avantage c'est que nous sommes restés enlacés jusqu'à l'arrivée et pas seulement pour nous protéger du froid. Je me suis rendu compte qu'elle ne portait pas de soutien-gorge; nous nous sommes défiés du regard; elle a eu un de ces éclairs de malice qui la rendaient unique, toujours différente de ce que j'attendais. Raison de plus pour en vouloir à mon caractère conciliant. Si j'avais été plus ferme et si je m'étais opposé à la statue de la Liberté, nous nous serions retrouvés à deux pas de ma tanière dans la 14e avec tout ce que ça comportait.

Nous étions quatre pelés et un tondu à débarquer à Liberty Island. Les rafales de vent du nord emportaient les chapeaux, soulevaient les ourlets des robes, les revers des pardessus. Rosa se serrait contre moi et je frémissais à l'idée de ce que j'étais en train de rater. Évidemment elle a voulu visiter le monument en entier, nous nous sommes aventurés jusqu'au dernier garde-fou. Elle a traduit l'inscription figurant sur le piédestal de la statue. Elle l'a répétée une deuxième fois, puis une troisième et une quatrième jusqu'à ce qu'elle soit sûre de la savoir par cœur. Je l'ignorais encore, mais ces vers écrits par une femme allaient devenir ma torture. Rosa allait me les balancer à chaque divergence, chaque dispute. Au point que pendant longtemps je les ai sus moi aussi par cœur. À présent, avec l'âge, je me souviens de certains, pas de tous. Essayons: *Donnez-moi vos foules fatiguées… pauvres, compactes, qui désirent respirer librement, les malheureux rebuts de vos rives grouillantes…* Jusque-là c'est bon, c'est le reste dont je ne suis pas sûr. Ça devrait être: *Envoyez-moi ces exilés ballottés par les tempêtes… Je dresse ma lampe près de la porte d'or…* La première fois que vous irez à Nuovaiocche, vérifiez l'inscription et dites-moi ensuite si c'est bien ça.

Quand nous sommes rentrés à Battery Park l'obscurité avait presque recouvert la ville. Au point où j'en étais, je pouvais aussi bien dépenser davantage, et nous avons pris un taxi. Rosa a exigé de passer par Fulton. À l'extérieur du marché il restait des étals de poisson encore ouverts. Elle a acheté un cornet d'escargots. À notre arrivée chez moi la pluie avait remplacé le vent. Dans la kitchenette où il n'y avait qu'un réchaud Rosa a fait bouillir les escargots, et dans une autre casserole elle a préparé une sauce à l'oignon et à la tomate dans laquelle, à la fin de la cuisson, elle a versé les escargots. J'avais une demi-bouteille de Montepulciano, reste d'un poker, du pain rassis, trois bananes. Un dîner délicieux. Rosa s'est attardée jusqu'à ce que je lui saute dessus directement sur la table. Le verre de vin rouge lui était monté à la tête et avait libéré ses pulsions érotiques. Josephine aurait été fière d'elle.

Ne regardant pas à une dernière dépense je l'ai raccompagnée en taxi jusqu'à son cagibi de l'atelier. Elle avait digéré le vin et l'excitation de ce dimanche hors norme. Son pragmatisme et son entêtement sont revenus.

« Tu as vu qu'on peut bien vivre même loin de tes amis?

– Ce ne sont pas mes amis.

– Alors c'est pire, ce sont tes patrons.

– Ils me font travailler.

– Non, ils t'exploitent, et demain ils le feront davantage qu'aujourd'hui.

– Mais s'ils ne m'exploitaient pas je n'aurais pas eu les cinquante dollars que j'ai dépensés aujourd'hui pour nous deux.

– Tu me les reproches ?

– Non, je te rappelle comment nous nous sommes offert la foire, le ferry, les taxis, et si tu insistes j'ajouterai les escargots.

– Nous pouvions prendre le tram, tu le sais que pour moi ça n'est pas un problème. Le reste est à la portée de beaucoup de gens, qui ne sont pourtant pas forcés de s'incliner devant don Luciano, don Costello et don Genovese. »

Nous nous sommes mal quittés. Je me suis consolé en pensant aux mille dollars en billets de cinquante cachés dans un interstice de l'armoire. Ils représentaient ma victoire au poker, sans avoir touché aux cartes.

J'avais beau ne comprendre que la moitié des mots, j'avais l'habitude d'écouter les nouvelles d'ABC à midi, heure approximative de mon réveil. Elles me tenaient compagnie pendant que je préparais la salade d'oranges avec laquelle je saluais l'Amérique. C'était une journée de mi-février, nuages moutonnants et odeur de ragoût. J'entendais répéter le nom de Roosevelt, puis le speaker prononça plusieurs fois un mot qui ressemblait à *zanzara*. Pourquoi parler d'un moustique ? J'ai déduit de sa voix altérée qu'il s'était produit quelque chose de grave. Dans le métro beaucoup de voyageurs lisaient la presse de l'après-midi, tendus et inquiets. Roosevelt faisait toutes les unes. À l'*Hollywood* j'ai appris qu'un Calabrais du nom de Giuseppe Zangara avait tiré sept coups de pistolet contre Roosevelt. Le président était sur le yacht d'un ami en Floride pour de courtes vacances avant la cérémonie d'investiture à Washington. L'auteur de l'attentat, décrit comme un vieux sympathisant communiste, s'était posté sur le quai. Roosevelt étant dépourvu de protection, Zangara s'était approché sans difficultés. Roosevelt avait été sauvé grâce à l'intervention providentielle d'Anton Cermak, maire de Chicago, invité lui aussi sur le yacht. Cermak avait servi de bouclier au président et était hospitalisé dans un état très grave.

Les serveurs, les cuisiniers et les plongeurs italiens de l'*Hollywood* s'inquiétaient des conséquences. Ils craignaient une vague de haine populaire. Les plus âgés se rappelaient le massacre de la Nouvelle Orléans au siècle précédent, où ils avaient été nombreux à participer aux manifestations inutiles en faveur de Sacco et Vanzetti. Ils savaient que dans les convulsions de l'Histoire nous étions condamnés à payer le prix fort. On ne nous aimait pas; le peu de respect nous l'avions conquis avec les pistolets et les pots-de-vin. En outre Roosevelt était l'espoir des oubliés, des plus pauvres, des innombrables Américains qui n'avaient ni toit, ni travail, ni de quoi manger décemment. Les élections avaient montré que les trois quarts du pays se reconnaissaient en lui. Comment allaient-ils réagir? Que Zangara ait été communiste, que les autres Italiens n'aient pas pris la parole ni manifesté pour sa défense comptait autant que le deux de bâton quand l'atout est à denier. Il était italien, c'était un *dago*. Au-dessous de nous et pires que nous sur l'échelle sociale il n'y avait que les Noirs.

Costello m'ordonna de jouer de la musique rigoureusement blanche, et pas question d'avoir l'idée de jouer *Come pioveva* ou *Tango della gelosia*. À l'*Hollywood* le nombre de clients diminua, les Italiens inquiets s'observaient mutuellement, aucun des amis ne se montrait.

Le samedi Totonno m'informa que don Costello avait téléphoné. J'étais convoqué au *Waldorf Astoria*. Je connaissais le chemin à présent et les employés de la réception me reconnaissaient. Dans la suite de Luciano on avait déjà installé le Petrov droit. Les pièces étaient parsemées de seaux à champagne et de jattes de caviar noir et rouge: on fêtait la victoire d'un cheval dans les courses de galop de l'après-midi.

Je mentirais si je disais qu'ils buvaient au cheval ou à ce qu'ils avaient encaissé avec leurs paris. Ce n'était pas pour les dollars gagnés – chacun de ces hommes aurait pu s'acheter l'hippodrome Belmont de Nassau County, à Long Island, et les écuries qui allaient avec – mais pour avoir fait crever de rage un tas de gens puants. Ils avaient déjà oublié Zangara, l'attentat, la chasse à l'Italien. Ils se conduisaient comme des gamins excités par leur premier défi. Il y avait là Luciano, Costello, Siegel, Adonis, Genovese, et deux inconnus qu'on me présenta rapidement. Il s'agissait de Vincent Mangano et de son frère Philip ; aucune parenté avec Lawrence Mangano, le bienfaiteur de Ruth, la vamp blonde. À l'écart, un autre petit bonhomme au nez crochu et aux yeux d'aigle dévorait des tartines de caviar : Charles Gambino, qui parlait l'anglais encore plus mal que moi alors qu'il traînait à Nuovaiocche depuis plus de dix ans. Il avait été avec Masseria, il avait léché le cul de Maranzano juste à temps pour ne pas être liquidé et à présent il courtisait Charlie. Ce type-là savait surnager encore mieux que la merde aux Faraglioni. J'étais au piano depuis un moment quand il m'a interpellé.

« Tu connais *Torna a Surriento* ? » Il avait un fort accent palermitain.

« Don Costello n'aime pas les chansons italiennes.

– Joue-le. Je me charge de ce qui plaît à don Costello. »

Je l'ai joué avec un pincement d'appréhension. Mais Luciano l'a apprécié et en a fredonné quelques couplets. Tous se sont conformés. Gambino m'a fait un clin d'œil avant de se jeter de nouveau sur les tartines. Il était venu en tant que garde du corps des Mangano. Il avait l'air sans défense, on avait envie de le protéger contre les méchants, mais il suffisait de croiser son regard pour changer d'avis.

Les filles étaient toutes plus grandes que les hommes, à l'exception de Siegel. Adonis étalait le caviar dans leur décolleté pour ensuite le lécher. Ben en traînait deux qui menaçaient de se le faire séance tenante. Je me suis déchaîné dans le jazz. J'ai dû répéter à l'infini *When the Saints Go Marching In.* Siegel s'est approché pour me demander si je croyais m'en tirer sans l'*Héroïque.* Ce fut l'*Héroïque* la plus décontractée qu'on ait jamais entendue. Costello nous regarda hagard. Luciano avait disparu dans la chambre. Je me suis aperçu que Lansky était absent. Quelqu'un a dit qu'il était à Cuba où il réglait quelques affaires relatives aux casinos de l'île. Adonis a frappé à la porte de la chambre. On a aperçu Luciano torse nu. Après un bref conciliabule, ils ont appelé Costello et m'ont fait signe d'arrêter.

« Tout le monde au lit », a annoncé Costello.

Les filles sortirent sous les lamentations. Adonis les accompagnait à la porte en notant leur numéro de téléphone dans son agenda. De derrière les rideaux sortit l'inévitable petit homme avec son feutre baissé. Jamais je n'avais vu quelqu'un s'approcher de Luciano le chapeau sur la tête. Adonis l'accompagna jusqu'au canapé. Il le traitait avec un respect inaccoutumé. Il s'appelait Augie Pisano, dit Little à cause de sa taille. Il avait vu grandir Adonis et beaucoup d'autres braves garçons de Brooklyn, de Mulberry Street, du Bowery et de Fulton. Il s'appelait en réalité Anthony Carfano et personne ne se rappelait pourquoi on l'avait affublé du nom d'Augie Pisano ; la raison se perdait dans la nuit des temps, d'où il venait lui-même bien qu'il ait été plus jeune que Costello, Luciano et Genovese. Little Augie avait en effet grandi à la cour de Frankie Yale, Francesco Ioele à l'origine, qui venait de Sicile et avait transformé la peu présentable Union sicilienne en honorable Union italo-américaine. Yale avait ainsi organisé les « familles » et les avait lancées à la conquête des autres villes. Little Augie avait survécu à l'élimination de Yale. On l'avait obligé à se réfugier dans un coin, mais il était toujours propriétaire de machines à sous, de blanchisseries, de garages, et surtout de chevaux de course. Le pur-sang grâce auquel Luciano et les autres avaient gagné sur le terrain de Belmont lui appartenait, mais Little Augie n'était pas venu recueillir sa part de gloire. Il était là en tant que détenteur d'un important paquet de voix qu'il mettait aux enchères à chaque élection. Car si Little Augie était haut comme trois pommes, il exigeait deux dollars cinquante pour chaque voix.

La porte de la chambre s'ouvrit sur Costello, une fille opulente et Luciano. En voyant les deux hommes, Little Augie sauta sur ses pieds et ôta son chapeau.

« Comment tu vas, Augie ? demanda Luciano en s'asseyant dans le fauteuil en face de lui.

– Je survis, Charles… Comme tout le monde… » Augie regarda autour de lui. « À part toi…

– Ne te laisse pas impressionner, Augie, c'est de la comédie.

– Mais de la belle comédie.

– Tu veux comparer avec tes petits chevaux ?

– Il paraît qu'Imperatore vous a fait plaisir.

– Ne t'emballe pas. C'est notre intuition qui a gagné, félicite Joe, c'est lui qui nous a convaincus. »

Little Augie ne répliqua pas, Adonis étendit les bras pour remercier le public, mais ses amis s'efforcèrent de l'ignorer.

« Vous êtes de la racaille. C'est tout ce que j'ai à dire. »

Comme d'habitude, ils m'avaient oublié – et je faisais tout pour ça –, mais j'étais sur des charbons ardents. À ma place sur le tabouret du piano, j'aurais voulu être invisible pour m'éloigner de cette suite. J'avais peur qu'un jour un procureur ou un policier puisse me demander ce que j'avais vu et entendu ; ou pis, qu'un des hommes présents se rappelle que j'étais là. Et tout à coup le sourire, la disponibilité et le silence qu'on exigeait de moi m'inculperaient.

« Alors, Augie, qu'est-ce qu'on dit autour de toi de la prochaine élection du maire ? » Costello considérait que les échanges de civilités étaient terminés.

« Ce qui se dit autour de toi est plus important, Frank. C'est toi qui fréquentes les beaux quartiers.

– Mais tant que le vote d'un couillon vaudra autant que celui d'un grand monsieur, ce que disent tes mille couillons est plus important que ce que disent mes dix grands messieurs. »

Costello ébaucha un geste de déférence. Augie se tourna vers Luciano, apparemment occupé à vérifier le pli de son pantalon.

« Que te dire, Frank ? Ils ont voté pour Roosevelt, ils voteront pour La Guardia.

– Même tes maudits Irlandais ? » L'intervention inattendue de Genovese ne fut appréciée ni par Costello ni par Luciano. Little Augie, de son côté, l'accueillit comme la carte qui complète une quinte flush.

« Ce sont les intentions de vote. Ensuite, comme tu le sais, Vito, la vie s'éloigne parfois des intentions quand quelqu'un a des arguments plus convaincants.

– Le bordel de Miami n'aura pas d'incidence ? demanda Luciano soupçonneux. L'Italien sale, méchant, athée, communiste qui voulait tuer Notre Seigneur des Délaissés s'en sort bien ?

– Tu l'as dit, c'est un communiste. Nous les Italiens nous sommes des braves types qui craignons Dieu.

– Aucun espoir qu'à New York les gens comme il faut décident de ne pas voter pour le candidat italien ?

– Je te le répète, La Guardia plaît, et pas seulement à nos compatriotes. Ça n'est pas à moi de te l'expliquer : les Noirs et les Chicanos, qui ont soutenu Roosevelt en novembre, soutiendront son candidat à New York. Roosevelt est le président de tous, le tien et celui de Frank, si je suis bien informé.

– C'est du passé. Maintenant nous nous occupons du nouveau maire. Tu connais Frank. Il tient à ses amitiés et Jimmy Walker est un de ses vieux amis. Il voudrait l'aider…

– En profitant d'un peu de haine anti-italienne à cause de Zangara ?

– Tu nous as ôté les mots de la bouche », dit Costello.

Little Augie devint pensif. « C'est faisable, mais ça coûte cher.

– Combien ?
– Trois dollars cinquante. »

Il y eut des échanges de regards perplexes.

« Tu n'en rates pas une, Little Augie, et c'est tout dire… s'exclama Adonis amusé.

– Un paquet de mille voix ? s'informa Luciano.

– Pas cette fois, Charles. Avec vous je ne triche pas, je peux vous garantir les voix des Italiens. Pour les autres, qui peut le savoir ? Parce que c'est vous, je dirai même qu'avec les Irlandais, les Polonais, les Hollandais, les Allemands et les Russes, tout peut arriver. Avec les Juifs aussi, et pour eux vous devriez plutôt demander à Lansky… Je ne le vois pas, il est en voyage ? Ou alors, demandez à Dutch Schultz. Les gens ont envie de changement. Mais l'argent conserve son charme.

– D'accord Augie, conclut Costello. C'est toujours instructif de bavarder avec toi. On en reparle dans une semaine. »

J'ignore s'ils se sont revus. En tout cas ça n'a servi à rien. La Guardia a battu Walker à plate couture. Aux dépens de Little Augie qui se réfugia en Floride, et de Costello qui paya les trente mille dollars à Siegel. La vague démocrate submergeait le pays. Rien n'avait arrêté La Guardia. Ni les intérêts contraires du milieu, ni la répercussion sur les Italiens de l'acte de Zangara, grillé sur la chaise électrique fin mars, ni les accusations des journaux de Nuovaiocche qui affirmaient que les poignardeurs avaient créé une organisation secrète appelée Mob.

À l'origine, Mob ne signifiait pas comme maintenant crime organisé, Camorra et Mafia, mais association d'affaires. Au point qu'Adonis et Genovese commencèrent à se moquer de Lansky et de Siegel qui avaient fondé des années plus tôt la Bug & Meyer Mob, spécialisée dans la vente de voitures de luxe. Adonis affirmait, et Genovese avec lui, qu'à la fin Lansky et Siegel allaient payer pour tous pendant qu'eux festoieraient. Luciano leur dit qu'ils n'avaient rien compris. Quelqu'un, expliqua-t-il, est en train de préparer les clous et le bois pour nous crucifier. Lorsqu'ils voudront nous frapper, l'existence de la société de Lansky et de Siegel sera la preuve indiscutable que la Mob existe réellement et que nous tous, amis de Lansky et de Siegel, en faisons partie. Nous deviendrons les méchants par définition, les ennemis publics numéros un à dix.

Deux jours plus tard une bombe explosa dans le salon de la Bug & Meyer Mob. Siegel n'eut qu'une blessure de rien du tout, mais les policiers firent une descente en piqué, convaincus, à juste titre, que les deux associés connaissaient le nom de l'expéditeur. Les journaux s'y complurent quelque temps, Adonis et Genovese cessèrent de ricaner et de se moquer de Lansky et de Siegel.

La prophétie de Luciano fut consolidée par un article du *New York Times* sur le meilleur parti de la ville. Il indiquait Charlie, et pas pour lui rendre service. Il remontait loin : un célèbre compatriote de monsieur Charles Luciano, le poète Dante Alighieri, avait soutenu dans *La Divine comédie* que trente-cinq ans correspondaient parfaitement à la moitié d'une vie et que monsieur Luciano était arrivé à ce rendez-vous avec un patrimoine personnel évalué à quelques dizaines de millions. Une telle richesse lui permettait de vivre dans le luxe, entouré de très belles femmes auxquelles il offrait des montres en or et des bijoux coûteux, ainsi que de fréquenter les lieux à la mode, les champs de courses et les casinos. Et pourtant, insinuait le journaliste, monsieur Luciano n'exerçait apparemment aucune activité, ne possédait ni industries ni sociétés et n'avait pas hérité d'une grand-mère ou d'une tante en Sicile. Au contraire, ses ennemis affirmaient que son père l'avait forcé tout jeune à modifier son nom d'origine, Lucania, afin de ne pas jeter le discrédit sur sa famille. Pourquoi ? Parce qu'il s'était fait arrêter à dix ans pour vol dans un magasin ? Ou parce qu'il avait été condamné pour possession et vente de stupéfiants avec d'autres membres du redoutable gang de Five Points quand il avait dix-huit ans ? Des petits accidents de parcours, poursuivait l'article, qui n'avaient pas ralenti la carrière du petit Sicilien, que ses amis appelaient déjà Lucky en raison de sa chance aux cartes et aux dés. Chance ou sens de la débrouille? En tout cas il s'était démontré vraiment *lucky* en 1929, quand une patrouille de police l'avait retrouvé plus mort que vif à Staten Island: on l'avait frappé sauvagement, torturé avec un couteau de cuisine, et transpercé plusieurs fois dans le dos avec un poinçon. Cependant, après être miraculeusement sorti du coma, monsieur Luciano avait juré aux policiers qu'il avait eu un accident et qu'il ne se souvenait de rien. C'est pourquoi les indices recueillis contre le gang des frères Diamond étaient restés inutilisables. Deux ans plus tard on avait assassiné Jack «Legs» Diamond, mais Luciano avait prouvé qu'il n'y était pour rien, tout comme l'après-midi où son vieux boss Joe Masseria avait été liquidé. Ce jour-là ils avaient déjeuné avec un groupe d'amis dans leur restaurant habituel de Coney Island, ils avaient bu du vin de Toscane et joué à un de ces jeux de hasard très en vogue en Sicile, puis Luciano était allé aux toilettes. En son absence les sbires avaient étendu Masseria en lui mettant l'as de pique entre les mains pour l'humilier. Luciano avait pleuré la mort de son ami, mais il semblait avoir tiré de nouveaux avantages de sa disparition. Encore une coïncidence favorable pour le jeune monsieur qui affirmait avoir transformé le passe-temps du jeu en activité rentable. La conclusion de l'article était très ironique: quels autres coups de chance réserve l'avenir à monsieur Luciano?

Malheureusement pour moi, Rosa aussi avait lu l'article. Elle me le jeta à la figure du lundi au vendredi. Elle était sûre qu'il annonçait l'intervention de procureurs et de policiers contre Luciano et sa bande. Qu'est-ce qui va t'arriver? Son ton dénotait plus de satisfaction que d'inquiétude quant au malheur qui allait s'abattre sur moi et mes amis. Je l'ai mal pris. C'était notre première dispute. J'ai disparu de son paysage.

Mais l'espoir que cette fois ce serait elle qui viendrait me chercher resta précisément ça, un espoir.

D'après les bruits qui couraient dans la cuisine de l'*Hollywood*, j'ai compris que la stupeur ne venait pas des événements racontés dans le *New York Times*, mais de leur retentissement. Ça n'était encore jamais arrivé. On aurait dit le prélude à l'offensive redoutée par Luciano. Pour la prévenir, on organisa en toute hâte une fête dans la villa de Costello à Sands Point. Pas la fête paroissiale habituelle pour faire manger, boire et baiser quelques acolytes et paroissiens, mais un événement avec cartons d'invitation, smoking de rigueur pour les messieurs, étant entendu que les dames devaient être en robe de grand soir. Ils commandèrent même un smoking pour moi. Je rêvais d'emmener Rosa. J'ai rétabli le contact avec cette idée en tête, mais il a suffi que j'y fasse allusion pour qu'elle sorte du lit furieuse, se rhabille et s'en aille en me laissant en plan comme un des pauvres types de Little Augie.

La fête fut une joie pour les yeux. Je m'en souviens comme si c'était hier. Les journaux parlaient d'une Amérique encore en lutte contre la pauvreté et c'était probablement vrai : les innombrables personnes qui ne pouvaient pas payer un loyer avaient transformé Central Park en bidonville. On l'appelait Hooverville pour marquer l'hostilité au président en place depuis 1929. Les mieux lotis avaient des abris de tôle, mais la majorité vivait sous quatre planches de bois pourri. Ils mouraient dans l'indifférence et la saleté ; la pneumonie et la consomption en fauchaient chaque jour un grand nombre. Pour les autorités, Hooverville représentait une pustule et elles ne furent donc pas tendres pour libérer Central Park de cette invasion gênante.

Chômage, misère et désespoir continuaient cependant de planer sur Nuovaiocche et le matin, même à Manhattan, il arrivait qu'on trébuche sur un mort. Les participants à la soirée de gala de Luciano eurent pourtant une vision du carnaval qu'allait devenir l'Amérique. Quatre ans de carême avaient instillé le sentiment diffus de recommencer à jouir de la vie. La confrérie n'avait pas regardé à la dépense. Costello avait engagé les cuisiniers du *St Regis*, un hôtel chic pour riches. Il était client fidèle de son bar, le *King Cole*, où il cultivait les amitiés haut placées. Il pouvait y faire étalage de ses bonnes manières et de sa garde-robe de grand homme d'affaires qui n'utilisait que des tissus anglais pour ses costumes et dont les chaussures étaient façonnées à la main par un bottier de Londres. Au milieu des fauteuils de cuir patiné à point et des volutes de fumée des cigares, la seule condamnation qu'ait connu Costello dans sa jeunesse – possession d'arme – semblait presque un artifice pour apporter une pincée de dissipation dans un style de vie irréprochable.

La tiédeur printanière avait suggéré d'installer dans le jardin de grandes tentes aux couleurs du drapeau américain. Costello avait soigné les détails. Pas l'ombre de Loretta. Rien d'étonnant à ce qu'elle n'ait même pas été informée de ce qui se préparait à Sands Point. Autant ils étaient unis dans le privé – ils sont restés mariés presque soixante ans –, autant ils étaient nettement séparés sur ce qui touchait aux affaires. Les mauvaises langues de l'*Hollywood* allaient jusqu'à affirmer que Loretta avait interdit à son mari de l'informer sur ses rencontres et ses affaires avec ses amis. En tout cas, Loretta aurait été fière du bon goût et de la libéralité dont Frank avait fait preuve dans une situation aussi délicate. À sa place, pour accueillir les invités, il y avait une Noire gainée dans une longue robe noire sur laquelle, à chaque mouvement de tête, retombait une masse de cheveux noirs. Et elle répétait constamment ce geste, sachant que son visage de poupée, ses yeux profonds, ses rondeurs provocantes ne passaient pas inaperçus. Je me suis informé discrètement: qui était-elle, et surtout est-ce qu'elle appartenait à don Costello?

Elle s'appelait Virginia Hill, avait débuté dans l'Alabama comme dompteuse de puces et avait débarqué à Nuovaiocche pour tenter sa chance. Elle s'était trouvé deux jokers, d'abord Luciano, puis Costello. Il n'était pas garanti qu'elle n'ait transité par les maisons de Charlie ; quant au reste, il n'y avait que des certitudes, vu qu'on l'avait surnommée Sugar pour la douceur de ses lèvres. J'ai renoncé à chercher son regard.

Les amis, les admirateurs, les clients ne se soustrayèrent pas à l'épreuve de force souhaitée par Luciano pour mesurer la fidélité de tous ceux qui dépendaient de lui. Sénateurs, députés, policiers, juges, procureurs, industriels, journalistes, éditeurs, avocats, médecins, commerçants se mirent en rang devant les énormes plats d'huîtres crues ou cuites, de crustacés avec citron ou mayonnaise, de caviar rouge ou noir, de pâtés à la viande, de gibier à plumes et de poissons *all'acqua pazza.* Les cuisiniers du *St Regis* se surpassèrent. Chaque plat déchaînait de petits cris d'admiration. Gerardo, le propriétaire du restaurant de Coney Island où Masseria avait été assassiné, fournit une cave des plus raffinées : vins français des meilleures années, champagne millésimé, cognac grande réserve, whisky irlandais vingt ans d'âge. Des serveurs en gants blancs satisfaisaient les demandes, ordinaires ou farfelues. D'autres, toujours en gants blancs, faisaient la chasse aux fouineurs, surtout s'ils étaient armés d'appareils photo. Sur le parking, un jeune que je n'ai pas reconnu m'a dit bonjour. Il a soulevé son feutre, c'était Nicky ; Mel et Tony étaient aussi dans les parages, mes anges gardiens à mon arrivée. Le petit troisième était toujours avec eux. Ils veillaient à la sécurité du maître de maison et des invités célèbres.

Le piano attendait à sa place habituelle près de la commode Régence. J'ai servi Armstrong et Ellington pour quelques intimes. L'inspiration s'est vite tarie et je me suis borné à jouer à la demande : ceux qui étaient là pour la drague ne renonçaient pas à un accompagnement musical ; bien que le sexe en liberté ne soit pas prévu, l'accès aux chambres de l'étage était réglé par un majordome sévère.

Adonis papillonnait entre vendeurs de voitures et importateurs de produits de grand luxe. Genovese s'était terré dans la cuisine en se réservant le rôle de goûteur officiel. Siegel se faisait cajoler par les fiancées et les épouses des autres: il avait déjà eu droit à des froncements de sourcils de Luciano qui craignait des scènes soudaines de jalousie, ou que le cavalier ombrageux d'une jeune admiratrice de Ben ne soit un intouchable. Lansky réapparut. Il nageait dans son smoking. Beaucoup le saluaient, mais lui ne se liait pas. Il se détendait lorsqu'il pouvait se mettre à faire les comptes avec papier et stylo. Le pilier était Costello. Un monsieur-né, voilà ce qu'il était et, mieux encore, l'image qu'il offrait: désinvolte, disponible, souriant, jamais un excès, jamais une bavure.

Dans un coin du jardin, Luciano recevait les respects qui lui étaient dus. Personne ne faisait allusion à l'article, même si beaucoup se le répétaient probablement du bout des lèvres tout en remerciant publiquement Charlie du privilège de son amitié et Dieu de l'avoir fait naître.

Ils m'ont laissé seul dans le salon et j'ai cessé de jouer. La cérémonie des au revoir se déroulait dans le jardin. Les huîtres, les crustacés, le vin, le champagne, le cognac donnaient envie de sexe et de sommeil. Rares étaient ceux qui conservaient le pétillement de leur arrivée. Costello était une publicité de lui-même: très digne sous le laurier rose il distribuait les baisemains aux femmes et les au revoir cordiaux aux hommes. Adonis circulait entre les voitures prêtes à partir et répétait la dernière blague, le potin qui ferait sourire au bureau, c'est tout dire. Lansky, lui, avait disparu; ainsi que Luciano. Le premier avait filé sans se faire remarquer; j'ai retrouvé le second à la cuisine, nœud papillon défait, en compagnie de Genovese devant une bouteille de whisky et deux verres.

«Considère-toi en service commandé», dit Luciano très sérieux.

Genovese abattit son as. «L'œil du maître engraisse le cheval.»

Je me suis tassé dans le dernier modèle décapotable de Cadillac, la 452 V16 qui venait d'être livrée à Luciano. C'était la voiture des riches fous, elle annonçait la nouvelle ère de prospérité, elle représentait un pari sur l'avenir. Placé entre Luciano et Genovese au volant, j'avais peur de respirer. J'aurais voulu me faire tout petit pour ne pas obliger Luciano à se mettre de travers. Mais c'étaient eux qui avaient voulu m'emmener. Genovese conduisait en sifflotant, Luciano fixait un horizon qu'il était seul à deviner. La brise marine nous accompagna pendant la moitié du trajet. À l'entrée de Brooklyn, les parfums de la belle saison furent emportés par une odeur de pisse, de farine, de fleurs pourries et de gaz d'échappement. Une sorte d'avis: ici commence la vie réelle.

« Charles, dit Genovese, c'est comme autrefois... »

Luciano acquiesça d'un signe.

« Melodia, ajouta Genovese, tu dois savoir que j'ai été le chauffeur de Charles quand les voitures servaient à se faire la guerre. Et nous en avons fait des guerres... Pas vrai Charles?

– Si tu le dis.

– Bien sûr que je le dis. Nous leur avons flanqué la raclée à tous. Allons Charles, admets-le: nous étions taillés pour cette vie de pirates. Nous avons été les derniers. À présent, pour avoir le beau monde à nos pieds nous devons faire semblant de l'apprécier, mais autrefois il suffisait de cracher dessus.

– Si Frank t'entendait...

– Mais lui n'a jamais été des nôtres. Il devait toujours rentrer chez sa youpine. Elle l'a en or? À mon avis, dès qu'il met le pied chez lui, Loretta lui fait mettre une calotte et des pantoufles, pour bien montrer qui commande. »

Luciano cessa de considérer l'infini et pointa son regard comme un canon de pistolet sur Genovese.

« Charles, tu sais ce que je pense. Toi et Costello vous aimez les Juifs, moi je ne les supporte pas. Ils restent toujours ceux qui ont crucifié Jésus, notre Jésus. Tu l'as oublié? Ça ne m'empêche pas de respecter ceux qui sont bien. Demande à

Lansky… Avec Siegel c'est une autre histoire : Siegel est un danger ambulant. Chaque fois que je le vois, j'ai envie de lui tirer dans la bouche, ensuite je me dis que je te mettrais en difficulté et je renonce. »

Nous étions dans Chambers Street, sous le bordel de Josephine.

« Nous allons rendre visite à ta belle-sœur, dit Luciano.

– Sois tranquille, dit Genovese moqueur, c'est une petite d'honneur, elle ne dira rien à ta bien-aimée. »

J'étais horriblement embarrassé. Rosa ne me le pardonnerait pas. Non pas que je me sois rendu chez Josephine, mais que Luciano me trouve aussi sympathique. Elle allait en conclure que j'avais outrepassé mes fonctions de pianiste. Malheureusement je ne pouvais pas m'échapper. Les marches que j'ai montées pour arriver chez Josephine furent pour moi celle de l'échafaud. Toutes les filles dormaient. Celle qui ouvrit la porte m'était inconnue, puis l'Écossaise se montra, et enfin Josephine apparut. Sa combinaison noire était faite pour exposer le meilleur. Genovese l'apprécia aussitôt.

« Charles, tu n'as rien contre le fait que Josephine me console pendant que tu vérifies la pharmacie ? »

Josephine bâilla, se gratta la tête et lança à Luciano un regard interrogateur.

« Josephine, dit-il, tu dois te montrer compréhensive avec Vito. Sa femme le rationne. S'il ne file pas droit, elle ne la lui laisse voir qu'avec des jumelles. Et tu vois Vito capable de filer droit ? »

À cet instant Josephine s'aperçut que j'étais là aussi, debout près de la fenêtre de la cuisine.

« Willy, comment tu vas ? » demanda-t-elle. Elle me caressa la joue, mais Genovese l'entraîna presque de force.

« Il faut que je te parle, me dit Josephine, ne t'en va pas… »

Les autres filles rentrèrent dans leur chambre et Luciano se dirigea vers la pièce fermée au fond du couloir ; il avait la clé. Je me suis retrouvé comme un imbécile à surveiller la cuisine.

« Willy, cria Luciano, ça t'ennuie de faire un café et de me l'apporter ? »

C'est ainsi que je suis entré dans la pièce. Sur une longue table rectangulaire étaient posés trois alambics, des pains d'une matière que je ne connaissais pas, des fioles de verre, des emballages semblables à ceux utilisés pour les cachets. On respirait une odeur douceâtre que les ventilateurs placés dans les coins ne réussissaient pas à éliminer. C'est là qu'on raffinait l'héroïne. Luciano avait installé un petit laboratoire – appelé la « pharmacie » – dans chacun de ses quatre cents bordels. Il buvait son café à petites gorgées d'un air pensif et ses doigts tambourinaient sur les pages d'un cahier à couverture noire fripée. Elles contenaient des rangées de chiffres ponctuées d'initiales et suivies de gribouillages incompréhensibles.

« Attendons que Genovese libère Josephine », dit-il.

Il fallut attendre longtemps dans un silence que rompirent seulement les bruits de la rue qui s'éveillait. Luciano avait cette capacité de se taire qui mettait les autres mal à l'aise. Il s'en repaissait. Je n'ai jamais compris si c'était une attitude pour marquer son indifférence ou si c'était naturel. Josephine est arrivée, suivie de Genovese débraillé qui s'étirait.

« Tu as rattrapé l'arriéré ? » Rien d'amical dans la question de Luciano.

« C'est la faute à ce que vous faites, vous les Siciliennes, répondit Genovese avec une légère courbette à l'intention de Josephine. C'est la seule qui se sert mieux de sa chatte que de sa bouche.

– Don Luciano, dit Josephine, Kate, l'Écossaise, se plaint de sa paie. Elle m'a demandé de vous en parler.

– Elle la connaissait pourtant quand elle a accepté de venir ici.

– Elle est très demandée. Ils ne sont pas habitués aux rousses et c'est une vraie rousse, elle a des taches de rousseur aux bons endroits… On fait la file devant sa porte.

– Et elle s'est monté la tête. »

Josephine acquiesça.

«Je m'en occupe ? demanda Genovese tout joyeux.

– Inutile, répondit Luciano. Ma mère dit toujours que si on veut faire le bien il faut s'attendre à de l'ingratitude. Josephine, tu te rappelles où nous avons trouvé l'Écossaise ? »

Josephine fouilla dans sa mémoire.

« Elle était dans une taverne de Fulton fréquentée par les Asiatiques, dit Luciano. Pire qu'elle et ses semblables, il n'y a que les esclaves engagées pour satisfaire les vieux, les syphilitiques et les malades chroniques. Nous l'avons habillée, nous la payons bien, nous la faisons examiner tous les mois et nous lui donnons un jour de repos par semaine. Et voilà notre récompense ? Josephine, demain matin l'Écossaise doit être partie d'ici. »

Personne ne pipa jusqu'à ce que Josephine sursaute.

« Don Luciano, vous avez besoin de Willy ou je peux vous le voler ? »

Luciano eut un mouvement de surprise contenue.

« Qu'est-ce que vous imaginez ? » Josephine s'amusait.

« Avec une fille comme toi... » Dans le regard de Genovese la violence succéda à la luxure.

« Il est tout à toi, dit-il. Nous partons. Vito m'accompagne chez moi. »

Nous sommes sortis de la pharmacie. Josephine m'a accompagné à la cuisine. Luciano s'est arrêté sur le pas de la porte.

«Josephine, la dernière fournée n'a pas été livrée.

– Ils devaient venir dimanche, don Luciano, mais on ne les a pas vus.

– Qui s'en occupe actuellement ?

– Ceux de Dutch Schultz.

– Tu vois qu'on ne peut pas faire confiance aux Juifs ? intervint Genovese. C'est un converti, mais toujours juif. Comme La Guardia, qui est gâché par sa moitié juive... »

Luciano s'éloigna sans rien dire. Nous avons entendu la porte claquer.

Josephine a croisé les jambes; elle était vraiment tentante, mais, outre qu'elle était la sœur de Rosa, je ne pensais qu'à ce qu'elle allait me dire. Je devinais qu'il s'agissait de Rosa, mais qu'est-ce que c'était? Elle s'était peut-être lassée de moi?

«En smoking tu as l'air d'un mannequin.» J'avais oublié que je le portais encore.

«Il s'est passé quelque chose?» Je n'y tenais plus.

Josephine avait une respiration haletante qui soulevait sa belle poitrine. Ellc paraissait perplexe.

«Il faut que tu le saches.

– Que je sache quoi?

– Rosa est enceinte.

– De moi?

– Ou du Saint-Esprit…

– Mais c'est sûr?

– Je pense que oui.»

J'ai eu tout à coup la bouche sèche, la langue collée au palais. Un enfant… Et Rosa ne me l'avait pas dit.

«Rosa n'est pas sûre de le vouloir.» Josephine s'était débarrassée d'un poids.

«Pourquoi?» Tous mes doutes avaient disparu.

«À cause de toi.

– De moi? Mais je l'aime…

– Elle n'aime pas le milieu dans lequel tu vis.»

J'ai regardé Josephine pour faire appel à sa solidarité et je l'ai obtenue.

«Willy, tu sais maintenant comment est Rosa. Elle pense que le monde se divise entre bons et méchants, et que Luciano et les autres sont les méchants. Pour elle, toi et moi nous sommes du côté des méchants.» Josephine a ébauché un sourire timide. Ça ne lui déplaisait pas d'avoir une sœur aussi dure.

«Mais l'enfant n'a rien à voir avec ça.

– Elle ne veut pas d'enfant avec un homme qui est avec les méchants. »

Je me suis senti prisonnier des Turcs.

« Elle t'aime elle aussi, a dit Josephine. Elle te l'a prouvé ou je me trompe ? Mais elle a quand même peur que tu t'habitues à ce monde-là, aux gains qu'il t'assure, et que tu ne réussisses pas à t'en détacher.

– Je ne fais que jouer.

– Pour le moment. Willy, ne nous racontons pas d'histoires. Je les connais, moi aussi je travaille pour eux. Donc pour le moment tu joues du piano, ils t'emmènent partout, ils te remplissent les poches, ils ne veulent rien d'autre. Mais attention, arrive toujours un moment où ils présentent l'addition. Rosa peut l'accepter de moi, qui suis sa sœur, mais pas de l'homme qui sera le père de ses enfants, avec qui elle veut créer une famille et un avenir. Bref, elle ne couche pas avec moi. Avec toi, si. »

C'était un tableau impitoyable de mon existence. Je savais le genre de vie que je menais, mais je n'avais jamais voulu l'admettre. Rosa avait arraché le voile.

« Et pour finir la liste, Rosa pense que tu as l'espoir de rentrer tôt ou tard en Sicile, tandis qu'elle ne veut jamais y retourner, pas même en vacances. »

Josephine s'est adossée et a allumé une cigarette. Elle respirait de nouveau normalement.

« Qu'est-ce que je peux faire ?

– Tu as des couilles oui ou non ? » Josephine s'est mise en colère. « Comment ça, qu'est-ce que je peux faire ? Tu vas trouver Rosa et tu la persuades qu'elle se trompe, si tu tiens vraiment à elle et à l'enfant. Ou alors tu lui dis qu'elle a raison, que Luciano, l'*Hollywood,* Costello et le fric qu'ils te donnent te conviennent… Que tu es impatient de retourner en Sicile. Comme ça tu te libères de Rosa et de l'enfant. Ça dépend de toi, Willy, et de ce que tu veux. »

Elle m'a planté là sans même me dire au revoir.

La porte de l'immeuble de l'atelier était fermée. À six heures et demie elle a été entrouverte par une grosse dame en robe de chambre. Je me suis précipité au premier étage et j'ai carillonné à la porte vitrée de *Lady's Heaven.* Rosa a ouvert tout de suite. Elle avait déjà tout compris avant que je prononce une syllabe. Nous avons parlé dans l'entrée, nous avons parlé dans le salon d'essayage, nous avons parlé dans la pièce des machines à coudre, nous avons parlé dans le cagibi, moi assis sur le lit, elle sur la chaise. Pour être honnête, c'est Rosa qui a parlé. Elle était le ministère public, je me défendais par monosyllabes. Comme toujours, ce n'était pas ce que Rosa disait qui me frappait, mais sa façon de le dire. Elle n'accordait aucune circonstance atténuante ; aucun doute ne l'effleurait ; elle n'admettait pas d'ingérences ; elle défendait bec et ongles l'idée qu'elle s'était faite de son petit monde et exigeait que les autres s'y conforment, moi en l'occurrence. L'enfant, notre enfant, ne naîtrait que si mon comportement concordait avec ses rêves. Et elle, malheureusement pour moi, rêvait d'un petit monde de gens comme il faut où comptent les mérites, la droiture, l'honnêteté et l'effort. Exactement l'opposé du grand monde de Luciano et de Costello, où je m'étais confortablement installé.

« Toi, m'a-t-elle dit au point culminant de son réquisitoire, tu es prêt à laisser les autres choisir ta vie, en te contentant d'y mettre tout au plus la bande-son. »

À cet instant, je me suis rendu compte que Rosa ne m'avait jamais entendu jouer. Elle ne me l'avait pas demandé et je ne le lui avais pas proposé. Il aurait pourtant suffi qu'elle vienne un soir à l'*Hollywood.*

« Tandis que moi je veux être maîtresse de ma vie. Mino – elle continuait à m'appeler par mon vrai prénom –, tu dois lâcher ces gens-là pendant qu'il est temps. Tu n'es pas comme eux, tu es un artiste, tu es bon. Si tu ne les quittes pas, ils te briseront, ils te mangeront le cœur. Ça n'est qu'une question de temps. »

Je pensais à l'argent qu'il faut pour faire vivre une famille, au travail que Costello me garantissait, aux cent ou deux cents dollars des extras, à l'aisance qu'offrait chaque jour l'Amérique. À quoi ça rimait de vivre en Amérique si on ne pouvait pas se permettre les américaineries? Je n'ai pas osé dire à Rosa qu'elle devait rester à la maison pour s'occuper de notre enfant. Aucune épouse de ceux que je connaissais ne travaillait. À l'exception de celle de Costello avec sa chaîne de boutiques de vêtements, mais Loretta était juive. Je n'aurais pas supporté à propos de ma propre femme toutes les médisances dirigées quotidiennement contre Loretta.

Alors que je paraissais acculé, Rosa a fondu en larmes. C'était la première fois que je la voyais pleurer et je n'imaginais pas qu'elle en était capable. Comment ne pas la prendre dans mes bras?

«Mino, si nous voulons avoir un avenir, nous devons nous en aller.

– Et Josephine?» C'était mon ultime défense.

«Pina est intelligente. Dès qu'elle trouvera quelqu'un pour l'épouser, elle les lâchera. Et puis l'important pour moi ça n'est pas Pina, c'est toi… Je sens déjà le bébé dans mon ventre. Mais je ne veux pas qu'il dépende de don Costello ou de don Luciano. Plutôt ne pas le laisser naître.»

Et une nouvelle cascade de larmes. Vous, comment auriez-vous réagi? J'ai capitulé tout de suite. Notre accord fut qu'elle travaillerait à la maison, qu'avec mes économies nous achèterions une machine à coudre, et que je trouverais une autre place dans l'année. Naturellement, la base de notre accord était le mariage. Ce qui comporta un nombre non négligeable de difficultés. Rosa exigeait une église loin de Little Italy, de Costello et de Luciano. Elle ne voulait pas d'invités afin d'éviter des visages importuns. Elle voulait un véritable appartement dans un quartier sans Italiens. Ç'aurait été plus facile de partir pour le pôle Nord.

Elle avait un bébé dans le ventre et enchaînait quand même les heures d'atelier pour mettre de l'argent de côté et préparer le trousseau de notre enfant. C'était donc à moi de me battre pour notre mariage. En effet, je me suis presque aussitôt heurté à notre condition de clandestins. Pour se marier, il fallait être citoyens américains et le devenir était assez compliqué, particulièrement pour deux personnes qui n'étaient pas passées par Ellis Island. Nous courions le risque d'être réexpédiés en Sicile. J'ai expliqué à Rosa que la seule solution était de faire intervenir l'abominable Costello. Elle a cédé. Or, demander l'aide de Costello, qui avait des contacts dans chaque service de l'administration municipale, ça signifiait lui communiquer l'heureuse nouvelle ainsi qu'aux autres. Mais alors comment faire pour ne pas les inviter? Rosa dénicha la solution: sa condition de fille-mère nous obligeait à nous marier à l'aube et dans la plus stricte intimité.

Je trouvais que c'était un prétexte de cours de catéchisme, mais il résista à l'épreuve. Costello me dit même qu'il pouvait faire pression sur le cardinal de New York pour remettre à sa place le curé imprudent sur le point de ruiner le plus beau jour de notre vie. Avec un culot dont j'ai été le premier surpris, j'ai répondu à Costello que le prêtre était un vague parent de Rosa, qu'il y avait là-dedans des affaires de famille compliquées, bref, que c'était bien comme ça. En tout cas, Rosa le remerciait avec émotion de s'être montré aussi disposé à nous aider. J'ignore si Costello a deviné la vérité. En tout cas, il a laissé tomber et m'a donné l'enveloppe qui contenait les deux certificats. Rosa et moi étions citoyens américains et notre enfant aurait un passeport avec le tampon United States. J'en connaissais beaucoup qui étaient prêts à toutes les bassesses pour posséder ces feuilles grises, et j'en connais autant qui ne les ont jamais reçues ou qui ne les ont obtenues qu'après des années. Nous les avons obtenues en quelques jours, sans effort, sans paiement d'aucune sorte. Comment

Rosa pouvait-elle être aussi catégorique et ne voir que le mal de mon côté ?

L'église était petite, sombre, oppressante, située dans une transversale de Washington Avenue dans le Bronx. Elle était fréquentée par des Portoricains, des métis, des Antillais, des Dominicains plus quelques déchets européens qui avaient échoué là. Pas le plus insignifiant relent d'Italiens. Le prêtre était d'origine polonaise, et traditionaliste. Il transforma en vérité l'excuse inventée par Rosa à l'intention de mes amis présumés : Votre femme prochaine être déjà enceinte ? Cérémonie à sept heures du matin, pas plus de deux témoins.

Toujours dans le Bronx, dans Briggs Avenue, près de Mosholu Park, j'ai obtenu d'un Juif d'Europe centrale, pour cinquante dollars par mois, quatre chambres, cuisine, salle de bains au premier étage d'un immeuble de trois. Appartement spacieux, selon les désirs de Rosa, gentils voisins, mais dans la rue une ampoule pendouillait tous les cent mètres. Manhattan était un autre monde et, surtout, très lointain. La mer était sortie de mon paysage. Il fallut deux cents dollars de plus pour arranger l'appartement. Nous avons mis dans la salle de bains une énorme baignoire choisie par Rosa qui en rêvait depuis qu'elle en avait admiré une dans un de ces films où les téléphones étaient toujours blancs. Ils étaient réalisés par des metteurs en scène d'Europe centrale malchanceux et mélancoliques qui à leur insu ont dicté certaines modes. Dans ces films il y avait aussi la bombe Jean Harlow, mais heureusement Rosa ne s'enthousiasma pas pour ses cheveux oxygénés et ses fourrures, contrairement aux autres femmes.

Ce fut très difficile de la convaincre de ne pas jeter le service en argent pour bébé qu'avait envoyé Loretta avec un mot doucereux, même le coquetier était en argent. Luciano m'offrit cinq cents dollars, Siegel mille ; Genovese un stylo, qui devait faire partie du butin d'un vol quelconque ; Lansky une parure de bureau que j'ai réussi à intégrer au paiement de la machine à coudre Singer d'occasion, mais en parfait état, réclamée par Rosa pour se mettre aussitôt au travail. Une fois le mobilier payé, nous avons ouvert à la banque d'Amérique et d'Italie un livret de mille cinq cents dollars pour le futur monsieur ou la future mademoiselle Melodia. Pour ses études, a déclaré Rosa.

Adonis m'a étonné. Nous ne nous étions pas vus depuis des mois. Il jouait les hommes du monde et tenait particulièrement à son élégance qui devait refléter sa richesse démesurée. Lui aussi était devenu millionnaire dès son jeune âge ; il arborait une épingle de cravate en or et une bague en or avec un rubis au petit doigt. J'étais à ses yeux un péquenaud sans avenir qui ne porterait jamais les chaussures Blucher bicolores. À cette époque-là, il traînait avec un vieil ami qui conduisait des camions au temps de la prohibition et allait devenir célèbre au cinéma, George Raft. Vous n'avez jamais entendu ce nom ? Oh, je vous comprends, je vous parle de l'Hollywood d'il y a plus d'un demi-siècle…

Adonis me demanda de le retrouver à midi dans son restaurant de Broadway, près des théâtres. Le *Joe's Italian Kitchen* était fréquenté par les personnages habituels qui apparaissaient dans les pages de la chronique mondaine. Quand Adonis avait besoin d'un service, il mettait une enveloppe de mille dollars sous l'assiette de celui qu'il avait choisi.

Ce jour-là, c'étaient les autres qui avaient besoin de lui. Il trônait en effet à une table entièrement féminine : danseuses, choristes, jeunes actrices cherchant fortune. Adonis se vantait de connaître des metteurs en scène et des producteurs, il se disait le raccourci le plus rapide pour les approcher. Il murmurait aux plus ingénues : « Rudolf Valentino me copie. Il pense être moi, mais son zizi est plus court que mon petit doigt. » Elles riaient en mettant toutes la main devant la bouche. Elles étaient si bien élevées que lorsqu'elles se faisaient sauter par-derrière elles s'excusaient de tourner le dos.

Je me suis présenté pour l'entrevue piqué par la curiosité. Adonis s'est libéré en cinq minutes en demandant au maître d'hôtel de donner à manger aux filles.

Il possédait lui aussi une Cadillac identique à celle de Luciano. Nous avons filé jusqu'à la 5e Avenue. Il a freiné de la façon la plus bruyante possible devant les vitrines de *Brooks Brothers.* En ce temps-là je ne connaissais même pas ce nom, à plus forte raison le reste. Nous étions à peine entrés qu'Adonis fut entouré de mille attentions, mais il les redirigea sur moi. Il commanda un superbe costume trois-pièces de cérémonie avec cravate, chaussures et chaussettes assorties. Il assista à la prise des mesures et fixa les rendez-vous suivants. J'étais ahuri. Quelle excuse allais-je donner à Rosa? Adonis me pressa. Nous n'avions pas fini. Après *Brooks Brothers* il me conduisit au *Park Sheraton Hotel* dans la 55e. Il abritait le salon de coiffure le plus connu de la ville. Ses clients aussi étaient des habitués de la chronique mondaine et parfois dans les faits divers. Mais ils figuraient toujours dans les collectes de bienfaisance. Le salon était fréquenté par l'ancien maire Walker, par Costello, par des hommes politiques et des hommes d'affaires. Adonis s'y arrêtait tous les matins pour se faire faire la barbe, les mains et un massage facial. Le patron et les employés étaient tous italiens. « *He is connected* », dit Adonis en parlant du chef. C'était leur manière – à Adonis, Luciano, Costello, Genovese, et tous les mafiosi grands ou petits que j'ai connus – d'indiquer l'appartenance à l'organisation. De quelqu'un à qui on pouvait se fier, ils disaient que c'était un *gumbah,* transposition facile de notre *compare,* ami. Je n'ai jamais entendu prononcer Mafia, Cosa Nostra ou Onorata Società. Pour ceux qui étaient dedans c'étaient des expressions strictement interdites. Ils n'ont jamais dit ni pensé de moi que j'étais *connected.* Je crois qu'ils ne me trouvaient pas digne de l'être.

Dans le salon aussi Adonis fut le centre de l'attention. Il distribua des tapes dans le dos et les noms des chevaux placés dans les courses de l'après-midi. Sans commentaire. Il annonça que je repasserais dans quelques jours pour être remis à neuf avant mon mariage. On déversa sur moi les plaisanteries d'usage. J'étais vacciné à présent; depuis une semaine à l'*Hollywood* il y avait toujours un joyeux luron qui sous un prétexte quelconque demandait la *Marche nuptiale* et ensuite le *Requiem*. Les autres employés m'offrirent un énorme gâteau qui fut livré à notre adresse du Bronx et partagé avec les voisins. J'ai remis à Totonno une lettre pour ma mère. En une seule page je lui faisais part des changements dans ma vie: une épouse plus un enfant.

Nous nous sommes mariés le jour de la San Giovanni, le 24 juin, à sept heures du matin. Rosa était entrée dans son cinquième mois et ça se voyait, mais la grossesse avait accentué son charme. En la regardant extasié devant l'autel j'ai compris l'obsession qu'ont certains de coucher avec des femmes enceintes. Ilde, son ancienne patronne, lui avait offert une robe extrêmement élégante en taffetas crème, avec veste et gants, et un voile de dentelle à poser sur ses cheveux relevés en chignon. Je faisais aussi mon effet avec le costume de chez *Brooks Brothers*, dont j'avais enlevé l'étiquette afin de le faire passer pour un cadeau des musiciens de l'orchestre de l'*Hollywood*. Lesquels, quant à eux, s'étaient bien gardés de débourser un cent. Et dire que tous les après-midi j'allais contempler l'estrade vide, les instruments à côté des chaises, et la grosse caisse où serait inscrit un jour *Willy Melodia et son orchestre*.

Les témoins furent Josephine et un de ses amis, petit, rond, chauve, de plus de quarante ans. Ils s'étaient connus dans un lit de Chambers Street. Il était également juif, mais ce dernier détail ne fut pas révélé au prêtre d'origine polonaise, qui aurait été capable de ne pas nous marier à cause de ce témoin d'une autre obédience. Il s'appelait Marc Thal et était avocat d'affaires à Los Angeles. Il couvrait Josephine d'attentions et ne déplaisait pas à Rosa. À sept heures et demie nous étions mari et femme. Nous avons fêté l'événement avec un petit déjeuner consistant, au snack au coin de la 169e et de

Southern Boulevard. L'avocat descendit deux bouteilles de bière et un verre de whisky. À neuf heures Rosa était à sa machine à coudre : Josephine lui avait commandé trois robes.

11
Les nôtres arrivent

Il m'arrivait de regarder Rosa et de me demander qui elle était, pourquoi elle était à mes côtés et ce qui nous unissait. J'avais parfois du mal à me souvenir qu'elle n'avait que dix-neuf ans. J'y parvenais lorsqu'elle dormait, que ses traits reprenaient la douceur qui m'avait ému sur le *Melba*, que son corps paraissait sans défense et que ses poings sous l'oreiller me rappelaient ceux de ma sœur Agata enfant. Mais ce n'était qu'apparence. L'Amérique avait trempé le caractère de Rosa, elle entrait tous les jours en compétition avec le reste du monde, surtout le mien. Pour réussir elle ne se ménageait pas : elle passait des heures penchée sur les vêtements à livrer. Aux robes pour Josephine s'étaient ajoutées celles pour les autres filles de Chambers Street : elle avait créé un modèle différent pour chacune, trouvé le tissu adéquat et presque tout cousu à la main. Elle utilisait sa machine surtout pour les petits travaux de raccommodage et les ourlets commandés par les voisins.

Ses yeux me scrutaient en long et en large. S'ils en avaient eu le pouvoir ils auraient visé tout droit le fond de mon âme. Elle attendait un geste décisif : un nouvel emploi. J'avais tenu mon engagement à ma manière, c'est-à-dire en me renseignant. Il y avait des établissements en pagaille, mais les Italiens ne jouaient que chez des Italiens, en outre il aurait suffi d'un mot de Costello pour me mettre hors circuit. Je l'avais caché à Rosa : elle ne m'aurait pas cru, ou tout en me croyant elle aurait exigé que je change la réalité ou que nous déménagions dans une autre ville sans amis, sans braves garçons, sans engagements garantis. Moi, au contraire, je commençais à me plaire dans ce coin, je m'y sentais protégé. De l'arrivée prochaine de notre enfant je retenais surtout le souci d'avoir de l'argent pour l'élever au mieux. Avec Costello et les autres, je savais que j'en aurais.

Pour faire plaisir à Rosa j'ai accepté de ne plus petit-déjeuner d'une salade d'oranges. Désormais je me levais tôt, réveillé par ses allées et venues. Je m'étirais longuement et j'entrais dans la cuisine en bâillant. Je trouvais sur la table du lait, du café, du pain grillé, de la confiture. Rosa était attentionnée, dévouée dans son rôle d'épouse. La nuit elle me laissait de la soupe encore tiède et des salades, des légumes cuits, du fromage, mais le plus souvent j'avais déjà dîné à l'*Hollywood*. Il y avait eu une rude bataille contre la passion de Kenny pour le rosbif, le saumon, le pudding, les frites, bref, pour une combinaison de goûts capable de recréer l'Irlande de ses grands-parents qu'il n'avait jamais vue. Avec Totonno j'avais frôlé une rixe en m'emparant d'une casserole pour les pâtes et d'une poêle pour la sauce. Mais sans l'intervention involontaire de Costello nous n'aurions pas réussi. En effet, don Frank décida d'inclure les pâtes dans les plats du menu et Kenny n'eut donc plus de raisons de s'opposer à notre demande.

Costello avait été motivé par l'annonce de la traversée transatlantique d'Italo Balbo. À la mi-juillet les hydravions allaient amerrir sur le lac Michigan à Chicago. L'italianité devenait à la mode de ce côté-ci de l'Océan. Costello était contaminé ; lui qui s'efforçait jour après jour de faire oublier ses origines les revendiquait à présent. Au piano-bar il entretenait les clients en évoquant sa rencontre avec Mussolini en 1927 pendant son dernier voyage en Calabre, à Naples et à Rome. Retourné là-bas après trente ans d'absence, Costello soutenait y avoir trouvé énormément d'améliorations grâce à l'œuvre du Duce. Et l'entreprise prochaine de Balbo confirmait selon lui que le fascisme était la bonne recette pour faire renaître le pays.

Désireux de nous montrer sur la même longueur d'ondes que le patron, nous tous à l'*Hollywood* sommes devenus partisans du fascisme et de Mussolini. Les plus zélés épinglèrent sa grosse tête sur le revers de leur veste ; ces badges étaient en vente chez un charcutier de Mulberry Street entre les bonbonnes d'huile, les saucissons calabrais et les miches de pain de ménage. Rien de nouveau sous le soleil : j'ai passé quatre-vingt-dix ans au milieu des esclaves bêtes. Je me souviens encore des Américains qui mâchouillaient *minchia*, imprononçable pour eux, dans l'espoir de gagner les bonnes grâces de Luciano. Costello me demanda de jouer de la musique italienne. *Tango della gelosia* s'entendait partout, mais *'O sole mio* et autres chansons napolitaines étaient presque inconnus en dehors de notre cercle. Ils ont marché tout de suite.

Mais j'avais autre chose en tête. Certains après-midi pour aller à l'*Hollywood* j'allongeais le trajet via Harlem. Le jazz débordait de partout, on s'arrachait les disques d'Armstrong et des Hot Five. D'un côté je me sentais comme le dernier petit caillou de la rivière des Cyclopes, mais de l'autre je sentais que j'étais quand même dans une musique qui allait changer la sensibilité de chaque habitant de la planète. Plus je m'acharnais sur *St James Infirmary* ou *Mood Indigo* et plus je me rendais compte que je resterais toujours un mélange de Monsieur Personne et de Monsieur Rien. Armstrong prenait une note, il la mettait sous son bras, lui faisait faire le tour du pâté de maisons, puis il la renvoyait. Je me consolais en pensant que c'était déjà un grand cadeau du ciel que de pouvoir en piller le génie.

À l'*Hollywood* je commençais à faire partie du spectacle. J'avais mes amateurs : le rite prévoyait désormais de s'arrêter près de moi pour m'écouter avant d'entrer dans la grande salle. J'étais très fort pour me mettre à la remorque de leurs goûts et les dames étaient très fortes pour suivre les miens. La plaque sur le piano donnait du piquant à mon personnage et réveillait des instincts très différents. Les dames mouraient d'envie de me prendre sous leur protection.

J'avais découvert *Didn't He Ramble?* à la radio. Cette question à la fois rhétorique et affectueuse – « N'a-t-il pas roulé sa bosse ? » – était le titre d'une marche funèbre pour dire un dernier adieu à un ami cher. Le thème musical était désinvolte, facile à retenir, mais sans le solo éclatant d'Armstrong il ne serait jamais sorti des cimetières. Il débarqua à l'*Hollywood* et à partir de là se répandit dans les autres boîtes de nuit de la ville. J'y mettais tout mon sentiment pour honorer de mon mieux mon unique dieu. Ceux qui étaient autour de moi s'en rendaient compte. Quelqu'un applaudit. C'était Big Pres qui battait des mains et hochait lentement la tête en signe d'approbation, suivi par d'autres. Je ne l'avais pas vu depuis des mois.

Il a affirmé avec conviction : « Tu ne m'as pas fait honte. Tous ne font que me complimenter, mais je leur dis : les enfants, calmez-vous. N'importe qui aurait parié sur Willy. »

Une chape de chaleur étouffante pesait sur Nuovaiocche. Des gens tombaient la nuit du rebord de la fenêtre où ils avaient cherché un peu de fraîcheur. Big Pres avait renoncé à son cache-poussière et son chapeau melon. Il arborait un canotier sur un costume de lin clair qui avait besoin d'aller chez le teinturier. Son aspect et son habillement ne témoignaient pas en sa faveur. Avec les mêmes regards chargés de sous-entendus qu'utilisait ma mère pour inviter mon père à aller plonger dans l'eau en prévision de la nuit, Big Pres annonça le passage de vie à trépas de Sperandeo. Et en plus sans ses couilles ; on les lui avait fourrées dans la bouche. Le vieux Nic de la Kalsa s'était fait prendre en zone interdite, autrement dit dans le lit de Ruth, ou plus précisément dans Ruth, la vamp de Lawrence Mangano. L'oncle ne l'avait pas bien pris. Ils n'ont même pas laissé au pauvre Sperandeo le temps de conclure et de mourir au moins rassasié, dit Big Pres presque affligé : attrapé et châtié séance tenante. Il avait été retrouvé le lendemain matin dans Jackson Park – ça te rappelle quelque chose ? – avec ces saucissons bizarres entre les dents. Mangano avait réquisitionné le *Paradise* en dédommagement partiel de l'affront. Aucun des parents de Sperandeo n'avait osé protester. Et c'est Ruth qui le dirigeait à présent. Les choristes et les danseuses avaient été remplacées par un petit orchestre de jazz formé de beaux garçons de couleur. Ruth avait maintenu la coutume de Sperandeo d'un examen personnel des nouvelles recrues dans son bureau.

Big Pres ne pardonnait pas à Mangano d'avoir pardonné à Ruth avant même que Sperandeo ait été enterré. Les grands cocus enragés d'autrefois, capables de faire place nette, n'existent plus, décréta-t-il écœuré par une telle déchéance des mœurs.

Chicago était un cloaque, la guerre insensée de tous contre tous continuait. Corrompre des procureurs, des policiers, des juges et des responsables municipaux coûtait cher. Big Pres garantissait cependant qu'il redressait petit à petit la situation. D'ailleurs n'était-ce pas pour ça qu'ils l'avaient envoyé là-bas? Big Pres se gonfla d'importance en l'affirmant: c'était la cuirasse qui lui permettait de ne pas souffrir de l'abîme qui existait entre la réalité et ses ambitions, entre le salon où il était sûr d'être admis et la cuisine où ils le confinaient régulièrement. Aussi suffisant que s'il me révélait un secret d'État, il m'informa que Costello l'avait rappelé pour organiser les festivités en l'honneur de Balbo à Chicago. Qui pouvait s'en occuper sinon l'ami de ses amis? Il se considérait comme le seul capable de se faire entendre d'Accardo et des Fischetti, de Nitti et de Mangano, de Lombardo et de Rizzato, de Loverde et d'Aiello. N'ouvrir la bouche qu'en tant que porte-voix de Costello et de Luciano était pour lui un détail négligeable.

Et pourtant j'avais de l'affection pour Big Pres. D'une façon tordue, peut-être faute d'alternative, je peux encore vous jurer que j'avais de l'affection pour son regard sur le monde, pour son incurable optimisme et pour l'arrogance avec laquelle il mettait ses petits malheurs au centre de la scène.

« C'est comme dans les westerns, me dit-il. Au moment où tu t'y attends le moins, les nôtres arrivent et cette fois les héros c'est nous. »

Big Pres devait gérer une entreprise dont il ignorait la théorie et la pratique, le fond et les fioritures, mais il le faisait avec une maîtrise absolue ; on aurait dit qu'il avait passé sa vie à s'occuper d'avions et de pilotes, de célébrations et de réjouissances. Ce qui l'alléchait c'étaient vraiment le comité d'accueil, les marraines, les réceptions, les remises de prix : le fameux salon dans lequel il n'avait jamais pu mettre les pieds.

« Tu sais quoi ? » Big Pres chuchotait pour éviter les oreilles indiscrètes. « Je vais dire à Costello de te faire venir une semaine à Chicago. On aura grand besoin d'un pianiste. Si tu veux je te le mets par écrit. Révise l'hymne royal et les marches fascistes. »

Ce furent ses adieux. On ne m'a pas envoyé à Chicago, mais j'ai été mêlé aux manifestations spectaculaires avec lesquelles Balbo et les autres aviateurs furent accueillis à Nuovaiocche. Durant la parade dans Broadway j'agitais deux des milliers de petits drapeaux tricolores que Costello avait fait distribuer. Il plut des confettis pendant cinq jours. La traversée avait excité l'imagination de beaucoup d'Américains. Costello ne regarda pas à la dépense pour profiter de cette vague favorable. Ses dollars étaient derrière de nombreuses initiatives spontanées en apparence ; ses contacts haut placés étaient derrière la participation des plus grands noms de la ville aux fêtes et aux remises de prix. Les cent mille familles italiennes furent appelées à apporter leur participation physique pour créer les foules en délire qui accompagnèrent chaque pas des « chevaliers modernes de l'air », selon la définition du *New York Times.* Même Rosa traîna son gros ventre jusqu'au restaurant d'Adonis, une des bases des célébrations. On lui donna une chaise et un verre d'eau pour l'aider à supporter la fatigue. Je l'ai ramenée chez nous en taxi et nous avons passé l'après-midi à écouter la radio. Nous étions fiers d'être italiens. Les

Américains les plus suffisants devaient s'incliner. Mussolini et le fascisme ne jouiraient jamais plus d'une telle faveur.

Rosa résista devant sa machine à coudre jusqu'à la veille de son accouchement. Quand je lui faisais des remontrances elle répliquait qu'il fallait de l'argent. Elle voulait permettre à notre fils de grandir en homme libre. La flèche était naturellement dirigée contre votre serviteur. Rosa me reprochait de n'avoir pas démissionné de l'*Hollywood* et m'accusait surtout de vivre comme si j'étais assis sur ma valise en attendant de rentrer en Sicile.

Turidduzzu naquit dans notre appartement de Briggs Avenue le 28 novembre 1933. Il pesait trois kilos deux cents et c'était le portrait craché de Rosa, sauf pour ses cheveux, noirs comme les miens. Elle était assistée d'une sage-femme de Caltanissetta et de Josephine. J'attendais dans le salon. Après avoir pris le bébé dans mes bras et l'avoir observé avec plus de curiosité que s'il avait été un Martien, j'ai couru acheter un berceau. Par superstition j'en avais différé l'acquisition jusqu'à l'accouchement. Josephine offrit le trousseau complet, les filles de Chambers Street, le landau. Il y eut une procession de femmes antillaises, dominicaines, métis pour nous féliciter et apporter des cadeaux selon leurs moyens. C'était le voisinage avec lequel j'échangeais à peine un bonjour et un bonsoir, mais qui avait tissé des rapports de sympathie avec Rosa, toujours disponible avec sa machine à coudre. On vit même arriver deux dames américaines et une Japonaise, la femme du barbier, avec une composition florale en papier qui pouvait servir à faire des ombres chinoises.

Josephine passa trois jours chez nous. L'entente entre les deux sœurs était coulée dans le ciment et dépassait toute divergence éventuelle. Rosa me répétait que Pina saurait choisir au moment voulu. C'était à moi qu'elle ne faisait pas confiance. Et dire que je ne me serais pas opposé à changer de patron.

Mais je voulais éviter de sauter dans le vide. J'attendais que la vie continue de décider pour moi.

À l'*Hollywood* on déboucha le champagne en l'honneur de Turidduzzu. Costello conduisit les toasts. À la fin de la soirée Totonno me donna une lettre de ma mère. Il y avait du nouveau à Catane. Concettina avait eu une fille, Maria; Agatella s'était mariée avec Salvatore, celui qui travaillait dans la glace chez les Puglisi; Peppino, d'après ma mère, avait repris ses esprits: il avait été promu commandant de section dans la milice et prenait du bon temps aux Quattro Canti de la via Etnea en changeant de femme toutes les semaines. Mais mon père n'aimait pas la chemise noire et avait mis Peppino dehors. La lettre se terminait sur le vœu que Rosa soit la bonne personne à épouser et que l'enfant naisse en bonne santé. À dix mille kilomètres de distance je sentais que ma mère tolérait mal un choix dont elle avait été exclue.

Sous le réverbère au coin de Lexington Avenue, j'ai découvert Totonno dans la brume. Avec sa vieille Ford T il n'avait pas besoin, comme beaucoup d'entre nous, du fourgon mis à notre disposition par Costello pour nous raccompagner chez nous après la fermeture.

« Willy, monte, je t'emmène chez toi. »

Ravi de laisser les autres battre la semelle dans le froid, je me suis réfugié dans sa voiture. Totonno affichait un visage cadavérique. On avait retrouvé le corps de Big Pres dans une ruelle du South Side de Chicago. Il avait été torturé au couteau avant d'avoir le crâne fracassé avec un bâton.

Qu'allait-il arriver à Sol et ses enfants? Quelle avalanche allait les emporter? Le visage souriant d'Agata me paralysa. Son destin n'avait peut-être pas été le pire.

« On sait quelque chose des assassins? » Je pensais à Giancana, au chauffeur qui avait accompagné Big Pres, à Nitti, à Lawrence Mangano, à tous ceux qui se disputaient la succession de Capone et pour lesquels Big Pres comptait autant qu'un cafard à écraser dans un moment de détente.

« Non.

– Non parce que tu n'en sais rien ou non parce qu'on ne sait vraiment pas ?

– Non parce qu'il vaut mieux ne pas le savoir. » Totonno était ratatiné d'angoisse et je n'y comprenais plus rien.

« Totonno, qu'est-ce qu'il y a là-dessous ?

– L'ordre de liquider Big Pres est parti de New York. »

Autrement dit de Costello ou de Luciano, ce qui revenait au même.

« Tu en es sûr ?

– On m'a dit qu'une grosse somme était en jeu. Un beau paquet de dollars confiés à Big Pres pour les festivités en l'honneur de Balbo a disparu. Ses explications n'ont pas convaincu les patrons. Alors ils lui ont demandé davantage de précisions, avec un couteau, mais il n'a pas dû les satisfaire vu qu'ils lui ont ouvert la tête comme on ouvre un melon. »

La voix de Totonno tremblait. « Personne ne t'a posé de questions ?

– Sur quoi ?

– Qu'est-ce que j'en sais ? Sur Big Pres, sur l'argent...

– À moi ?

– Si les dollars ne réapparaissent pas tout de suite, ils sont capables d'en tuer cent pour les faire sortir de quelque part. Ils croient peut-être que nous y sommes pour quelque chose.

– Nous ? Explique-moi : la nuit tu fais de mauvais rêves et le jour tu as des cauchemars ?

– Il fait nuit maintenant, Willy. Une saloperie de nuit, glaciale, chargée d'humidité, de maladies, d'anxiété. On n'y voit pas à dix mètres et nous sommes dans ce coin de merde où nous risquons qu'une voiture s'approche, lâche une rafale de mitraillette et adieu.

– Totonno, qu'est-ce que tu racontes? Qu'est-ce que nous avons à voir avec Big Pres? D'accord, nous le connaissions, disons même que nous étions amis, mais il était à Chicago depuis des mois. Personne ne nous a demandé de faire quelque chose, et encore moins donné de l'argent.

– Tu ne les connais pas. C'est dans ces cas-là qu'ils sont les pires, qu'ils mettent de côté les sourires, les costumes élégants, les bonnes manières, et se rappellent qui ils sont. Ça n'est pas à cause des dollars, c'est à cause de l'idée que quelqu'un puisse essayer de les rouler. Si tu ne l'as pas encore appris, apprends-le. Une seule chose les effraie, ne pas réussir à terroriser leurs ennemis et spécialement leurs amis. »

Nous étions arrivés devant chez moi. La brume était devenue brouillard. Totonno lança des regards circonspects à droite et à gauche, devant et derrière. Il descendit de voiture le cœur entre les dents. Mais personne ne nous guettait. Le lendemain j'ai cherché dans les journaux des informations sur Big Pres ou sur ses complices présumés. Absolument rien. Tout l'espace était consacré à l'abolition officielle de la prohibition. Il s'ensuivit des jours de beuverie; les Américains trinquaient sur les trottoirs, au milieu de la rue; on agitait des bouteilles et des verres aux fenêtres des voitures en signe de victoire. Dans cette euphorie générale je promenais le désespoir que m'avait communiqué Totonno. Personne ne s'en prit ni à moi ni à lui; en revanche ils s'en prirent à Mel, Tony et Nick. Sur la première page de la chronique locale du *World Telegram* on publia la photo de la Chevrolet noire plus criblée de trous que du gruyère, entourée des visages des trois. Leurs noms officiels étaient différents, beaucoup plus longs, mais il s'agissait bien de Mel, Tony et Nick. Totonno me raconta qu'à la fin de la bagarre il y avait eu plus de dix morts. J'ignore si les dollars se montrèrent.

Avec Rosa, les rares périodes de douceur alternaient avec des tensions de longue durée. Je gagnais bien, j'avais de quoi entretenir convenablement ma famille, mais Rosa s'accrochait à son travail pour me jeter le mien à la figure. Nos moments ensemble se réduisirent. Je ne me rappelle pas une excursion, une promenade, une véritable pause sereine. L'habitude d'aller le dimanche dans un restaurant de Castle Rock, pas loin de chez nous, ne dura pas longtemps non plus. Il appartenait à un compatriote, on y mangeait de la cuisine italienne, je crois qu'il s'appelait *Il lido*. C'était une souffrance des hors-d'œuvre au pousse-café. Rosa voyait des ennemis partout: il lui suffisait d'entendre notre langue pour s'agiter. Pourtant elle évoquait rarement de façon explicite son idée fixe, l'*Hollywood*, Costello et Luciano. J'avais renoncé à lui expliquer mes raisons. Elle refusait d'admettre que ç'aurait été compliqué pour moi de trouver un autre emploi sans l'approbation de Costello. Elle soutenait que leur complaisance à mon égard était un truc pour me tenir enchaîné.

« N'oublie pas, disait-elle, que je suis venue en Amérique pour être libre, pas pour être la femme d'un esclave de la tribu de Luciano.

– Ta sœur alors, qu'est-ce qu'elle est?

– Une esclave pute. Mais elle, à la différence de toi, elle est libre dans sa tête. Au moment opportun, Pina saura briser sa chaîne. »

Les jours de tempête devinrent des semaines. Rosa me parlait par monosyllabes. Je rentrais au cœur de la nuit, et à l'aube elle se mettait à sa machine. J'avais l'impression que ça l'ennuyait que je prenne Turidduzzu dans les bras. Au lit nous étions devenus des étrangers. J'étais tellement en colère et déprimé que je ne m'approchais même pas d'elle. Quand le désir m'aurait poussé à le faire, elle était déjà levée.

Je m'en souviens comme si c'était hier. Des étoiles dans le ciel – à Manhattan ça n'était pas fréquent – et dans les rues le vent de février qui chassait le brouillard et vous pinçait. Il devait être trois heures du matin. J'ai renoncé au fourgon et j'ai pris un taxi au vol. Je me suis fait conduire à Chambers

Street chez Josephine. Elle dormait. Elle a été épouvantée en imaginant que j'étais là parce que Rosa ou Turidduzzu avait eu un accident. Mais c'était moi l'accidenté, incapable de comprendre le comportement de Rosa. Je la trouvais ingrate et folle. Au lieu d'être contente d'avoir un mari travailleur, elle cherchait à le pousser à se révolter contre ses bienfaiteurs. De quoi vivrons-nous si je ne joue plus à l'*Hollywood*? Et si nous quittons Nuovaiocche, où irons-nous?

Josephine fut gentille, empressée. Elle m'écouta pendant une heure.

« Et si Rosa avait raison ? »

Sa question me glaça. « Raison ? Elle a tort et tu le sais... »

Josephine alluma calmement une cigarette. « Tu as regardé autour de toi ? Tu nous as regardés tendre le cul, et parfois, comme tu sais, au sens propre, parce que eux portent les costumes les plus élégants, parce qu'ils achètent le modèle de voiture le plus cher, parce qu'ils fréquentent la meilleure société, parce qu'ils ont l'argent qu'il faut pour corrompre n'importe qui et gagner encore plus d'argent qui servira à faire monter le prix de la nouvelle affaire, qui représentera une nouvelle corruption qui à son tour fera gagner une autre fortune à ceux que tu appelles nos bienfaiteurs ? Et nous devons en plus dire merci quand de temps en temps ils laissent échapper une miette ? »

Les bras m'en tombèrent. J'étais seul et cerné. L'idée ne m'effleurait même pas que Rosa et Josephine étaient plus proches que moi de la vérité. Je jugeais Luciano, Costello et leurs amis sur la façon dont ils me traitaient.

J'ai essayé de répliquer. « Mais il n'y a que toi et ta sœur qui êtes aussi pessimistes. Les autres acceptent, et même ils se démènent pour être bien accueillis...

– C'est peut-être précisément pour ça que nous te plaisons. » Josephine me caressa la joue avec tendresse.

« Je ne crois pas que je plaise encore à Rosa.

– Eh bien secoue-toi, dit Josephine avec une malice irrésistible.

– Alors tu ne parleras pas à Rosa pour lui faire comprendre qu'elle se trompe ?

– C'est plutôt Rosa qui ne me parle plus depuis la naissance de Turidduzzu.

– Mais elle est persuadée que tu seras à ses côtés au moment culminant du grand final. C'est à moi qu'elle ne fait pas confiance.

– Pauvre Willy... Je t'avais prévenu de ce qui t'attendait. Rosa est directe, sincère ; elle dit à voix haute ce qu'elle veut, contrairement aux autres femmes siciliennes qui le disent tout bas en récitant les mystères du rosaire.

– Et moi qu'est-ce que je fais ?

– Qu'est-ce que tu veux que je te dise, Willy ? Je suis en dehors de cette histoire.

– Tu ne veux vraiment rien faire pour moi ?

– Je peux tout au plus te permettre de te défouler sans ajouter "comme une brave petite sœur", sinon ça devient un inceste. »

Si c'était une invitation, je ne m'en suis pas rendu compte.

Je me suis efforcé de limiter ma participation aux pokers. Une fois j'ai prétendu que Turidduzzu était malade, une autre fois que c'était Rosa, puis de nouveau Turidduzzu, puis de nouveau Rosa, et finalement, le nez sur mes chaussures, que c'était moi qui étais malade. Adonis me toisa des pieds à la tête. « On aurait tiré sur le pianiste et il serait blessé ? » Tous ricanèrent plus ou moins, sauf Siegel qui me conseilla de ne pas en faire cas. Malheureusement, la seule à ne pas tenir compte de mes angoisses était Rosa. Elle ne s'en apercevait même pas tant elle était absorbée par les ourlets et les robes. Au début de la semaine elle déposait des dollars sur le livret de Turidduzzu, et à chaque versement elle s'éloignait davantage de moi. Quand allais-je pouvoir la rattraper ?

Siegel sentit mon malaise. Il était doté d'une sensibilité particulière. « Tu aurais envie de tirer à vue ? » J'ai fait signe que oui.

« Évite de le faire. Tu provoquerais des dégâts. Tu as l'air de quelqu'un qui n'a jamais tenu un pistolet.

– Apprends-moi.

– Tu as des mains spéciales qui vont à merveille pour le piano et tu voudrais te les abîmer avec un pistolet ?

– Tandis que les tiennes conviennent au pistolet ?

– Et même à deux », rétorqua-t-il du tac au tac.

Il me les mit sous les yeux : il avait de longs doigts fins, des ongles parfaitement soignés, pas la moindre petite peau visible.

« Qu'est-ce que tu en dis ? demanda-t-il.

– J'en dis que les journaux racontent beaucoup de choses. » Les mots m'avaient échappé.

« Et qu'est-ce qu'ils racontent ?

– Allons, Ben, tu les lis toi aussi.

– Tu veux parler de tous les cadavres qu'on m'attribue ?

– Ils ne sont pas peu.

– On les a interrogés ? Ils ont avoué ? Mon grand-père disait pourtant qu'il n'y a pas de mort plus mort qu'un mort. »

Ses grands yeux bleus brillaient lorsque ses plaisanteries faisaient mouche. Il avait la légèreté des fous et comme tous les fous il avait une âme d'enfant. Nous étions en train de manger du jambon cru débité avec un coutelas graisseux qui n'était jamais lavé, dans le restaurant italien de Beaver Street. Il était dirigé par une famille d'Altopascio ; elle parlait l'anglais en aspirant les c et disait *God little good* pour dire doux Jésus. Siegel, né juif mais non pratiquant, était très friand de ce jambon et m'avait traîné là. Il n'avait pas besoin de compagnie mais voulait que j'en aie. Il était venu me chercher à l'*Hollywood* bien avant l'heure de la fermeture.

« Dites à Frank que j'ai besoin de Willy pour une sérénade », avait-il hurlé au barman et au chef de salle, c'est-à-dire à Dominick et à Totonno. Il voulait m'offrir une soirée insouciante, prêt à faire le pitre pour m'arracher un sourire. Ben avait de ces élans en contradiction avec son image publique de provocateur insensible. Il me parla de son enfance misérable, de ses disputes avec ses frères et sœurs pour le peu de pain qu'il y avait chez eux. Son père et sa mère s'étaient tués à la tâche, mais ils avaient continué à se consumer dans une pauvreté sans espoir jusqu'à ce que Ben rejoigne les gamins de Lafayette Street. « J'y ai appris qu'un coup de pistolet dans la nuque fait souvent moins mal qu'une saisie. » À vingt-huit ans il avait lui aussi plus de millions que d'années. Il aurait pu manger des dollars frits au déjeuner et au dîner, allumer ses cigares avec des billets de cent, mais il poursuivait un autre objectif : apaiser une insatisfaction sans fin. Rien ne lui suffisait, rien ne le satisfaisait. Il avait toujours envie d'être ailleurs que là où il se trouvait. Un matin en se réveillant il décidait de faire la guerre tout seul. En conclusion, il vivait chaque jour comme si c'était le dernier. C'était pire pour ceux qui l'entouraient.

Sortis du restaurant nous avons fait le tour des bars du Village. Siegel était le chouchou des femmes et causait le dépit des jeunes hommes. Il aimait ces atmosphères de marijuana et d'alcool, le quartier de maisons basses traversé de ruelles qui sentaient la pisse et le lait aigre.

« Tu veux que je te trouve un trou par ici ? »

J'ai pensé à la réaction de Rosa.

« Tu peux dire à Rosa qu'il y a peu d'Italiens. Aucun de chez vous, rien que des artistes et des sans-le-sou, plus de sans-le-sou que d'artistes.

– Trop cher pour nous. Rosa économise déjà pour l'université de Turidduzzu.

– Tu t'inquiètes encore pour l'argent ? C'est la dernière chose à laquelle il faut penser. Tu me dis si tu veux déménager et je m'occupe du reste. »

Ben avait une chambre au *Washington Square Hotel*. À proximité se dressait l'orme utilisé jusqu'à la fin du XIXe siècle pour la pendaison des condamnés à mort. Ben l'utilisait comme urinoir personnel. « Ça porte bonheur », dit-il en m'invitant à l'imiter, mais je ne pouvais pas. À l'hôtel il était traité à l'égal d'une autorité et il répondait par des pourboires excessifs. Ça l'excitait de se mêler à des acteurs, des metteurs en scène, des peintres, des auteurs dramatiques, des écrivains. Il considérait comme secondaire le fait qu'ils n'aient pas connu la réussite; qu'ils l'acceptent pour lui soutirer un repas et un petit verre était à ses yeux un signe du respect dû au talent. Le théâtre et le cinéma l'enchantaient; il pouvait écouter en silence pendant des demi-heures ceux qui les fréquentaient. Il cultivait des goûts excentriques, mais raffinés, inexplicables vu l'environnement dans lequel il avait grandi. Il collectionnait les modèles de LaSalle, la voiture la plus snob jamais fabriquée. La marque a en effet duré peu de temps, bien qu'elle ait produit de très belles voitures aux lignes inhabituelles. On venait de lui livrer la dernière-née, qu'il confia négligemment au voiturier du *Cotton Club.* Je connaissais l'endroit de réputation, je savais qu'il avait ouvert avant l'*Hollywood* et les autres night-clubs contrôlés par Luciano et Costello. Le *Cotton Club* n'était plus au sommet et devait se disputer les clients avec nous autres de l'*Hollywood.* Ses salles, ses murs continuaient d'embaumer la musique, la légende, mais il y flottait le pressentiment que la fête était finie.

Je ne m'étais encore jamais aventuré dans le ventre de Harlem: mon enthousiasme pour les Noirs s'arrêtait à leur musique et à leurs voix. Quand nous sommes arrivés au carrefour de la 142e et de Lenox Avenue, nous étions les seuls Blancs à une lieue à la ronde. Mais Ben plaisanta avec le cireur de chaussures aux cheveux grisonnants, avec le gosse qui vendait les journaux et le gros qui préparait des hot-dogs; il acheta à une fille un billet de loterie pour le lendemain.

À l'entrée du *Cotton Club* on l'attendait. On l'escorta à la meilleure table de la grande salle archipleine de femmes blondes et d'hommes blancs; on n'aurait pas pu être plus blanc. Les seuls Noirs étaient les serveurs. Les lumières faiblirent, le spot cadra un petit homme de couleur sur l'estrade.

« Un collègue à toi », chuchota Siegel.

Ellington se mit au piano, la magie se diffusa sous les voûtes, les notes tombaient mystérieusement d'en haut. L'anxiété et la frénésie qui avaient rampé jusqu'à l'apparition du Duke s'évanouirent. Lorsqu'il a entamé *Sophisticated Lady* j'ai sauté sur mes pieds et j'ai applaudi, suivi par les autres. Ellington nous a lancé un regard un peu de travers, peut-être dérangé par notre enthousiasme. C'est la peine que je vous dise qu'il jouait comme j'aurais voulu le faire et comme je n'y parviendrais jamais?

La première demi-heure a été phénoménale, et la suite encore meilleure. Ellington se montrait réservé face à l'enthousiasme du public. Il revenait au *Cotton Club* trois ans après en être parti et se demandait s'il avait bien fait ou pas. L'hommage qu'on lui rendait semblait ne pas l'atteindre. Siegel, perdu dans ses rêveries, ne s'apercevait même pas qu'il était l'objet de regards gourmands. J'avais oublié la guerre de Rosa et la tristesse d'une relation qui m'étouffait.

Ellington s'avança au bord de l'estrade pour remercier de la énième ovation. Ben le rejoignit en deux bonds. Ils échangèrent des tapes dans le dos et des sourires, s'étreignirent, se chuchotèrent d'inévitables banalités où les autres virent avec envie une familiarité de longue date. Ben me fit signe d'approcher. Je n'y comprenais plus rien.

«Duke, dit Ben avec l'intonation qu'il réservait aux femmes, voici un de mes amis, un jeune Macaroni qui vient tout juste d'avoir la grande joie d'être père et qui voudrait y ajouter celle de te connaître.»

Le Duke fut d'une extrême gentillesse. Il me demanda quel était mon métier et fut amusé d'apprendre que je jouais du piano à l'*Hollywood*, que je me permettais de tapoter quelques-uns de ses airs. Un volcan de mots et d'émotions bouillonnait en moi; j'aurais submergé cet homme avec tout ce que j'aurais eu à lui dire et lui demander, mais je me retenais. Je ne voulais pas être encore une fois reconnu comme la seule crotte à côté du pot de chambre. Ben m'entraîna vers notre table pendant que je pensais à tout ce que je n'avais pas fait et pas dit. S'il y avait une autre occasion, je saurais comment me comporter. Mais quand donc vous accorde-t-on une seconde chance ?

La voix rauque d'Ellington annonça que le morceau suivant était dédié à un jeune pianiste de qualité assis dans la salle. « For Willy », dit-il. Ben me donna un petit coup de pied dans la jambe. J'avais du mal à déglutir. J'hésitais entre m'enfuir et sauter sur l'estrade. Évidemment je suis resté vissé sur ma chaise.

Le morceau était *Mood Indigo.*

Je me rappelle comme si c'était hier qu'il l'a joué, mais je ne me rappelle ni le pendant ni l'après. J'étais en pleine confusion. Ben marchait sur les eaux après le coup de théâtre dont il avait été protagoniste. « Attends de raconter à tes amis que le Duke t'a rendu ce petit hommage. Je veux être là et voir la tête de ce magouilleur d'Adonis et peut-être de cet écrase-merde de Genovese. »

Croyez-moi, je n'ai rien raconté à personne.

Ben fuyait le sommeil. En flânant nous avons fini au *Pompei*, un des très rares restaurants italiens de Harlem. Derrière les portes fermées on jouait au poker. Ben se servit directement dans la cuisine. Il prépara deux assiettes de poulet au curry avec du riz indien et posa une bouteille de cognac comme frontière entre lui et moi. Il mangeait avec plaisir. Après chaque bouchée il avalait un petit verre de cognac. J'avais l'estomac noué par trop d'émotions.

« C'est bon, déclara-t-il en parlant de son plat.

– Je vois, mais je n'ai pas faim.

– À cause du Duke ou de Rosa ? »

J'ai bredouillé quelque chose d'inintelligible, y compris pour moi.

« Je dirais de Rosa. J'ai vu juste ? » Il n'a pas attendu ma réponse. « Si Rosa est si importante pour toi, écoute-la.

– Elle veut que je change d'emploi.

– De travail ou d'endroit ?

– D'endroit.

– C'est un peu compliqué, non ?» Il avait continué à manger.

«J'ai peur, si je quitte l'*Hollywood,* de devoir abandonner la musique, mais la musique est tout pour moi, et puis je ne sais rien faire d'autre depuis l'âge de huit ans.

– C'est encore plus compliqué que tu l'imagines.

– C'est-à-dire ?» Pire qu'un coup de pied dans les reins.

«Costello et Luciano pourraient même te libérer, mais leurs amis ne le permettraient pas. Tu sais trop de choses, tu as entendu trop de conversations, tu as vu trop de gens. Quand tu es là, personne ne fait attention à toi. Mais le premier soir où tu seras absent ils le remarqueront tous... C'est un luxe que nous ne pouvons pas nous permettre.» Ben a imité la voix chantante de Genovese.

«Si je suis au piano, je n'ai d'oreilles que pour ma musique.

– Je te crois, mais je doute que les autres en fassent autant. Willy, notre règle est le soupçon, la confiance est une denrée introuvable. Le moyen le plus rapide de faire carrière avec tes compatriotes c'est de conduire la voiture du patron. Ça signifie entrer dans ses secrets. À ce stade, soit ils te tuent, soit ils te donnent une promotion. Genovese a commencé comme chauffeur de Luciano. Regarde où il est arrivé... À la place de Luciano je l'aurais étendu il y a cinq ans. Je voulais le faire, mais Lansky m'en a empêché. Entre lui et Charles il s'est développé un sentiment de protection réciproque, c'est chiant. Ils jouent toujours au père et au fils, mais va savoir qui est le père et qui est le fils. Si je ne les connaissais pas depuis quinze ans je pourrais même croire que ce sont deux tapettes.»

Ben décortiqua aussi mon poulet et liquida mon riz. Finalement il se consacra à ma personne. «Willy, je t'en prie, ne révèle à personne à l'*Hollywood* ce que tu m'as révélé à moi. Rosa et ton fils pourraient en subir les conséquences.»

Ellington et *Mood Indigo* furent un répit entre les couleuvres que je devais avaler chaque jour. Le soir du baptême de

Turidduzzu, Josephine et son avocat juif de Los Angeles firent leur apparition. Entre les deux sœurs c'étaient l'amour et l'entente, et l'avocat était d'accord avec toutes les conneries qu'elles disaient. Après le départ des quelques invités, Rosa fit sa déclaration de guerre.

« Mino, vu que nous sommes en Amérique et pas en Sicile, j'ai décidé que mon fils s'appellerait Salvatore et non Turidduzzu. Mais comme Salvatore serait un prénom bizarre, je l'appellerai Sal.

– Qu'est-ce que tu veux me faire comprendre ?

– Que mon fils s'appelle Sal. Je te serais reconnaissante de l'appeler de la même façon.

– Je croyais que c'était aussi mon fils.

– Je t'ai informé.

– Et puisque tu m'en as informé, Turidduzzu s'appelle à présent Sal. Exact ?

– Exact.

– Ça te paraît normal ?

– Qu'est-ce qu'il y a d'anormal ?

– Tout. Voilà ce qu'il y a d'anormal. Tu sais très bien que chez nous tous les Salvatore s'appellent Turidduzzu, à commencer par mon père…

– Il suffisait de lui donner un autre prénom.

– Mais c'est le nom de mon père. Chez toi aussi ton père porte le prénom de son grand-père et tes frères celui de tes grands-pères.

– Et j'ai respecté cet usage. Tu l'as appelé Salvatore ? Très bien, nous l'appellerons Sal. Le pape ne nous a pas ordonné de l'appeler Turiddu ou Turidduzzu. »

Elle s'est tournée de l'autre côté et a fait semblant de dormir.

J'ai soupiré, grogné, souffert sans même essayer de m'endormir. Heureusement Turidduzzu s'est mis à pleurer et j'ai eu une excuse pour me lever. Je l'ai pris dans mes bras et je l'ai bercé avec émotion. Je ne l'ai sans doute jamais autant aimé que cette nuit-là. Aujourd'hui je pourrais même en rire et reconnaître que le destin du double prénom – moi aussi j'étais à la fois Mino et Willy – était écrit dans ma petite histoire, mais sur le moment je l'ai pris comme une insulte intentionnelle.

Je me suis acoquiné avec les glandeurs de l'*Hollywood.* Ils étaient serveurs, aides-cuisiniers, plongeurs, préposées au vestiaire ou vendeuses de cigarettes. Ils connaissaient les bars du Village qui ne fermaient pas ou fermaient après nous : tanières de musiciens désespérés ; refuges de talents jamais éclos ; fonds de cale qui accueillaient tous les sans-le-sou. On raclait ce qu'on avait et on picolait. Des heures durant il suffisait d'avoir son verre plein, que ce soit de vin, de bière, d'eau-de-vie ou d'une mixture qui brûlait les papilles et ne laissait pas de trace. On n'arrêtait pas de boire à la santé de quelqu'un et de rire, même si beaucoup auraient préféré pleurer. Comme au *San Carlo* de Taormina, il était d'usage de finir dans le même appartement et souvent dans le même lit. Mais je n'étais pas encore prêt à laisser derrière moi deux ans de ma vie. En outre, il y avait à présent Turidduzzu ; je considérais que l'aimer n'était pas suffisant et que je devais respecter ses droits. J'estimais que le premier de mes devoirs était de lui donner une famille. C'est pourquoi je sautais la conclusion et m'acheminais vers Briggs Avenue. Rosa ne savait même pas si j'étais rentré ou pas. À mon réveil elle était déjà en train de faire des livraisons ou de prendre des mesures, avec Turidduzzu dans son landau. Il n'y avait plus de repas qui m'attendait. Je tombais sur le lit sans même ôter mon chapeau.

Bleecker Street était le temple auquel se rendre dans de bonnes dispositions ; chaque porte s'ouvrait sur un petit paradis du jazz. Une production ininterrompue, d'une aube à l'autre. À l'heure du premier café, *John's* sortait du four sa pizza Napoli, le basilic se payait en supplément. Des feuilles ronéotées annonçaient le programme de la semaine en estropiant des noms destinés à devenir mondialement célèbres. On y trouvait Benny Goodman et sa clarinette. Je me suis souvenu de lui quand il était dans l'orchestre de Ben Pollack à Chicago. Madeleine avait dit qu'il jouait comme un Noir. Je suis allé l'écouter. Il gonflait les joues comme personne, ni avant lui ni après lui. Je ne pouvais même pas rêver d'un tel talent ; il était de ceux qui naissent pour apporter de la joie à l'humanité. J'ai appris *Dinah, Moonglow, My Last Affair, Exactly Like You,* de la musique de Blancs, mais appréciée surtout des perdants de la vie, quelle qu'ait été la couleur de leur peau. J'en étais fou. Mes enthousiasmes s'étiolaient faute de pouvoir s'exprimer. Et je n'avais personne avec qui les partager.

12
Les braves petits de maman

J'ai fait la connaissance de Tommy Dewey sur la première page du *New York Times.* Il arborait la moustache fine des hypocrites. Il promettait d'extirper la mauvaise herbe du gangstérisme. C'était un procureur, mais il avait une âme de flic ; sa cible était les Juifs et les Italiens. Il ne pouvait pas l'annoncer en public pour des raisons électorales, mais on n'avait pas besoin d'une intuition de femme frigide pour comprendre qu'il visait Luciano et Dutch Schultz. Dewey était une vitrine de bonnes manières pour se différencier de La Guardia, qui se faisait filmer pour les actualités la hache à la main en train de détruire des machines à sous et qui ne plaisait pas à mes bienfaiteurs. Genovese avait eu ce commentaire acide : « Il veut faire oublier qu'il est moitié italien et moitié juif. »

Mais l'aversion envers La Guardia fut bien vite dépassée par celle qu'inspirait Dewey. Luciano faisait des clins d'œil et n'ouvrait pas la bouche. Du moins pas avec la piétaille comme nous. Lorsque Lansky revenait de Cuba ils s'enfermaient dans le bureau de Costello, et alors oui, nous entendions des cris. Le raisonnement était : cette moitié de bite molle, c'est-à-dire Dewey, en a après Roosevelt et c'est nous qu'il baise.

À cette période-là Costello parlait de déménager en Louisiane dont le gouverneur Huey Long était un ami à sa solde. Mais il est resté et les machines à sous aussi. La Guardia avait beau les détruire, elles réapparaissaient le lendemain matin avec une affichette de couleur indiquant qu'elles appartenaient à Costello et que Frank apprécierait que personne ne les touche. Le parquet sembla se conformer aux désirs de mon patron pendant quelque temps. Ainsi, La Guardia l'emporta sur Dewey pour le titre d'homme le plus antipathique de l'année.

Comment La Guardia avait réussi à être élu maire quatre fois alors qu'il cassait les couilles à Costello, à Luciano et à tous leurs amis demeure un mystère. La nuit, quand je n'arrive pas à m'endormir, je me dis qu'ils n'étaient peut-être pas aussi puissants que les petits jeunes comme nous l'imaginaient. Ou alors que cette histoire de La Guardia était une feinte, et que tout au fond c'était l'entente parfaite entre lui et eux. Mais ces hypothèses me paraissent aussi tordues l'une que l'autre. Lansky avait peut-être raison. Pour expliquer ce qui était inexplicable il affirmait: «Il faut presser le suc de la vie en toutes circonstances.» «Et après l'avoir pressé, Meyer?» «Tu le bois et tu penses à autre chose.» Lansky voulait dire que certains événements arrivent parce qu'ils doivent arriver, par la conjugaison de nombreuses petites causes. À sa manière, il anticipait la fameuse maxime de Mao: *Quand tu l'as dans le cul, si tu remues c'est pire, l'autre y prend encore plus de plaisir.*

Je nageais dans ces histoires, convaincu que la musique me sauverait, que personne ne me demanderait un jour: monsieur Melodia, où étiez-vous?

Un dimanche après-midi je suis entré dans le vieil appartement des parents de Luciano. On célébrait le baptême d'une de ses nièces. Costello m'en avait informé la veille en ajoutant que j'allais jouer de l'accordéon. Je n'en avais pas touché un depuis presque dix ans, depuis la fête du diplôme du fils Giuffrida. Un double saut de la mort sans filet, avec le risque de décevoir le seul que j'aurais voulu ne jamais décevoir. L'inquiétude m'avait empêché de dormir. Je n'avais même pas eu l'excuse de devoir donner le biberon à Turidduzzu, qui ne s'était pas réveillé entre deux tétées.

Ils sont venus me chercher à quatre heures. J'ai trouvé un accordéon dans la voiture, un Castelfidardo heureusement, et je l'ai essayé jusqu'au moment de descendre. Les parents de Luciano occupaient un appartement au deuxième étage au milieu de la 10e Rue. Ils s'y étaient installés en 1908 dès que la femme et les enfants avaient rejoint le chef de famille. Ils venaient de Lercara Friddi, que vous ne trouverez même pas si vous cherchez sur une carte de Sicile.

Charlie répondait poliment aux saluts et aux embrassades. Il cherchait à rester à l'écart près de la fenêtre, chose impossible dans ces quelques pièces envahies par une foule d'oncles, de cousins, de petits-enfants, de frères et de sœurs. Ils ne semblaient pas le rechercher plus que ça, mélange de réserve et de respect à l'égard de celui qui a gravi l'échelle sociale mais qui s'est aussi éloigné. Charlie était le troisième de cinq enfants, tous mariés, tous avec enfants. Ils devaient être plus de trente à se chercher une place entre chaises paillées, canapés à la tapisserie décousue, petites consoles d'acajou identiques à celles qui trônaient dans toutes les maisons siciliennes. Avec un sentiment de libération joyeuse, ils s'exprimaient dans le dialecte de la province de Palerme, tellement local que j'hésitais moi-même devant certaines expressions. Plusieurs personnes présentes ne connaissaient pas l'anglais et ne l'apprendraient pas jusqu'au moment d'être déposées dans leur cercueil.

L'accordéon ne m'a pas trahi; nous nous sommes entendus à merveille, comme si je l'avais laissé la veille. La famille de Luciano était folle de Verdi. J'ai épuisé le peu que je me rappelais, puis j'ai recouru à mon répertoire italien. Je guettais les réactions de Charlie, mais il paraissait détaché de l'agitation confuse qui l'entourait. Il avait une Camel dans une main, un petit verre de rossolis dans l'autre, et regardait au-delà de la fenêtre. Personne n'osait engager la conversation et il en profitait pour rester en dehors. Il esquissait de timides caresses à ses neveux, vouvoyait sa mère et son père, et montrait peu d'intimité avec ses frères et sœurs. On avait préparé des croquettes en sauce, des petits pois, du ragoût et des œufs durs; des pizzas au pecorino au poivre et à l'ail; les bouteilles de vin rouge étaient dans la glace. Pendant qu'on le transvasait dans de grandes carafes, le père de Luciano invitait à en savourer le bruissement de feuilles battues par le vent.

Charlie refusait les propositions de nourriture et de vin en montrant son verre et sa cigarette: il avait les deux mains occupées pour le moment. D'un regard il m'a demandé de le suivre. Nous nous sommes retrouvés dans la chambre de ses parents. Le mur au-dessus de la tête du grand lit était tapissé d'images de saints, de Sainte Vierge, de Jésus en versions multiples, nu et vêtu, le cœur dans la main ou crucifié. Je n'avais jamais vu une parade semblable, pas même dans l'église Sant'Alfio de Trecastagni. Charlie a vu mon étonnement. « Ce sont tous les saints et les saintes qui sont vénérés à Lercara Friddi. Les braves petits par qui ma mère se fait protéger. »

Sur le mur face au lit ils avaient affiché un parchemin en anglais. C'était le certificat de nationalité américaine conférée en 1929 à Antonio Lucania. « C'est mon père », a dit Charlie avec une voix très retenue qui venait de l'intérieur. « Ce certificat représente son rêve américain. La récompense de trente ans à fabriquer des bielles, et pas un jour d'absence. » Il le racontait avec un mélange de colère et de satisfaction. « Je suis l'autre face du rêve américain, la mauvaise. Tu veux comparer courber le dos et rester pauvre avec avoir la belle vie et finir dans les journaux? La première fois que j'ai été arrêté mon père a dit que je faisais honte au nom de ma famille. Sous prétexte que Lucania était difficile à prononcer pour ceux comme Lansky et Siegel, je l'ai changé en Luciano. »

Charlie referma d'un coup la porte sur ses sentiments. Il redevint le calculateur froid et impassible. Il m'accompagna à l'*Hollywood* et en profita pour m'informer que j'étais attendu le lendemain soir dans la suite du *Waldorf Astoria.* Les refus n'étaient pas envisagés. En même temps que le bâton il me donna la carotte : cinq cents dollars dans une enveloppe au monogramme fleuri de Luciano. Après avoir jeté l'enveloppe j'ai remis l'argent à Rosa, pour l'université de Turidduzzu. Elle l'a pris, l'a reniflé et l'a mis dans le tiroir où elle accumulait ses économies avant de les déposer à la banque.

Dans la suite du *Waldorf,* ils avaient réuni la moitié de la Sicile. C'est alors que j'ai connu Joe Bonanno. Il paraissait beaucoup plus jeune que sa réputation ne le laissait penser. On tendait à se moquer de lui ; son principal désir était de ne pas se faire remarquer. Il ressemblait au costume qu'il portait, pas la dernière mode, mais classique, tissu de bonne qualité et cousu main.

Joe, anciennement Giuseppe, dit Peppinello, s'était établi aux États-Unis encore tout jeune. Ce devait être vers 1920. Son père Salvatore, Totò, figurait au début du siècle parmi les hommes d'honneur les plus respectés de Castellammare del Golfo. Les Bonanno étaient aisés, ils possédaient des oliveraies, des orangeraies et du bétail. Ils étaient apparentés aux Magaddino et aux Bonventre, autres hommes d'honneur respectés à Buffalo et à Nuovaiocche. Lorsque avait éclaté la Première Guerre mondiale, les équilibres entre les familles de Castellammare avaient été rompus. Le contrôle de l'émigration clandestine vers les Amériques était en crise, on se battait pour la vente de chevaux et de mulets à l'armée. Dans ces cas-là, malheureusement, un mot en entraîne un autre et au total ça entraîne quelques coups de fusil. Le hasard voulut que tous les fusils aient été dirigés contre les Bonanno. En guère plus d'un an les hommes de la maison furent expédiés au cimetière. Ces opérations de vengeance étaient menées par Felice Buccellato, le parrain de Peppinello. Le seul qui restait à liquider était précisément Peppinello. Pour le sauver, ils l'expédièrent chez des cousins en Amérique. Le garçon était éveillé, futé, déjà entraîné à la lutte pour la survie. Grâce à la recommandation des Magaddino il trouva un emploi auprès de Maranzano comme préposé à la comptabilité d'une distillerie clandestine. Il se montrait scrupuleux et plein d'initiative. C'était lui qui avait suggéré de transvaser le whisky dans des théières et de le servir dans des tasses en porcelaine. Dans les établissements avec des serveurs en frac, on apportait même un pot à lait qui servait pour l'eau gazeuse. Ainsi les policiers pouvaient d'autant mieux fermer les yeux. Au temps de la guerre contre Masseria, Peppinello avait été un lieutenant de Maranzano. Après son triomphe, Charlie lui-même avait favorisé la nomination de Bonanno comme chef de l'ex-« famille » Maranzano. Bonanno était alors le patron le plus jeune de Cosa Nostra; à vingt-huit ans seulement il siégeait déjà au gouvernement de ce qu'il allait appeler « le Volcan ».

Bonanno préférait cependant céder le devant de la scène à ses amis, qui l'appelaient au moment de prendre une décision. Il prononçait une phrase toutes les deux heures et souriait toutes les trois heures. Il n'était pourtant ni triste ni râleur, disons qu'il ne vivait pas pour s'amuser. Adonis et Genovese le charriaient: « Joe, tu es sûr de ne pas t'être trompé d'adresse ? » En effet Bonanno n'aimait pas ces réunions de mâles, et encore moins les jeux de hasard; sa passion était de rentrer chez lui retrouver sa femme et enfiler ses pantoufles. Or, ils allaient jouer à la zecchinetta. La table la plus incroyable qu'on puisse réunir: Luciano, Costello, les frères Mangano du *New Jersey*, Adonis, Joe Profaci, Genovese, Gambino, Bonanno, Willie Moretti, qui rappelait à chaque partie, bouffi d'orgueil, son surnom de Napoléon du jeu de hasard: surtout, racontez à vos petits-enfants que vous avez joué avec Napoléon, le vrai, pas celui qui s'est fait mettre à Waterloo…

Cent dollars la mise d'entrée, pas de limite supérieure. On sortit les cartes siciliennes de la cellophane. Profaci se les mit sous le nez. « Elles sentent la mer et la fleur d'oranger.

– Joe », dit Moretti, qui comme Napoléon était trapu et avait le front dégarni, « tu peux te les mettre où tu sais, la mer et la fleur d'oranger. »

Ils riaient bruyamment, plaisantaient, se versaient mutuellement du whisky, se laissaient la préséance, mais on comprenait que c'était une formidable mise en scène. Il se glissait peu de véritable amitié là-dedans et tous aspiraient à un plus grand rôle que celui qu'ils occupaient. Ça signifiait devoir entrer en guerre ; et la guerre, déclarée ou silencieuse, était leur élément naturel. D'ailleurs, la vie quotidienne n'est-elle pas la seule guerre que nous sommes sûrs de perdre, souvent sans même avoir gagné une seule bataille ?

« Amis, dit Adonis, regardez autour de nous : il ne nous manque rien. Ils ont raison de nous envier, nous sommes le meilleur du rêve américain.

– Attention Joe, répliqua Luciano tout bas, mais tous se turent pour l'écouter. Le meilleur d'un rêve finit à l'instant où tu le réalises.

– Je croyais que nous allions jouer à la zecchinetta, dit Genovese, pas que nous irions à un cours de philosophie. Voyons plutôt si nous sommes tous là.

– Il manque Anastasia, répondit Moretti.

– Il ne vient pas, dit Vincent Mangano. Vous savez comment il est Albert… C'est un ours qui ne se sent bien que dans sa tanière. Il a dit oui jusqu'à cet après-midi, et finalement il m'a appelé parce qu'il avait très mal à la tête et allait se mettre au lit avec une bouillotte.

– Tant pis pour lui, conclut Genovese. Commençons. »

On avait déplacé le Petrov noir et toujours étincelant. Il se trouvait près d'un secrétaire Louis XV, une acquisition récente de la suite. J'ai demandé s'ils avaient des préférences. Personne ne répondit ; ils étaient déjà absorbés par la perversion du défi. La chance et la malchance devenaient qualité et défaut. Il fallait prouver qu'on savait gagner et perdre, mais les règles de comportement changeaient en fonction du caprice de celui qui réussissait à entraîner les autres contre celui qui était isolé à ce moment-là. Il n'arrivait jamais qu'ils discutent à cinq contre cinq ; la pratique était neuf contre un.

J'ai démarré avec *'O sole mio,* et j'ai continué avec le *Ballo Excelsior* et mes vieilles contaminations que je ne jouais plus depuis une éternité. Ils n'y firent pas attention. Puis Gambino me rejoignit pour me demander *Torna a Surriento.* Par dépit j'ai entamé *Parlami d'amore Mariú.* Gambino l'a mal pris. Tu veux me défier ? Un éclair diabolique a traversé son regard. J'ai dit au revoir à *Mariú* et suis retourné à *Surriento.*

« Dix mille », annonça la grosse voix rauque de Genovese. Ça voulait dire dix mille dollars sur une carte.

« Arrête, m'ordonna Moretti qui tenait la banque. Mes oreilles ne veulent plus entendre de musique. »

Je me suis rapproché de la table. Je m'en souviens comme si c'était hier. Moretti avait la dame de denier, Genovese avait misé ses dix billets sur le quatre de bâton. À côté l'as de denier et le sept d'épée faisaient grise mine avec les mille dollars qu'ils avaient récoltés. Moretti découvrit rapidement un as qui élimina l'as de denier, un cheval et un roi qui furent recouverts de billets par les autres joueurs dans un assaut contre la banque, restée jusque-là dominante. Personne, en revanche, ne misa sur le quatre de bâton. Genovese et Moretti échangèrent des regards qui, s'ils avaient été des pistolets, auraient exterminé tous les participants. Le quatre de coupe sortit. Genovese jura. Ce n'est pas un hasard si dans les kiosques de Catane on vous apprenait que le quatre de bâton équivalait à un cercueil. Ne jamais miser dessus.

« Vito, dit Costello, tu devrais savoir qu'avec les femmes c'est une mauvaise période pour toi.

– Remercie Dieu que dans le jeu il n'y ait pas aussi ta femme Anna en plus des quatre dames, ricana Mangano.

– Qui fait un poker ? interrompit Genovese.

– Tu nous prends pour des imbéciles ? répondit Adonis. Tu m'as compris... » Genovese avait en effet la réputation d'un joueur de poker à la main habile. Ses ennemis assuraient que non content de l'exercer avec les imbéciles qui acceptaient de s'asseoir avec lui, il l'exerçait aussi avec ses amis. Mais aucune preuve n'avait été fournie et Genovese continuait donc d'être un homme de respect.

C'est Moretti qui dut me payer. Il avait gagné plus que tous les autres. Il s'informa du tarif et n'ajouta pas un cent aux cent dollars qui me revenaient.

J'ai connu l'ours Anastasia le 13 juillet. Sur le quai principal de l'Hudson était organisée une grande fête en plein air pour célébrer la deuxième vie d'Albert Anastasio, dont le nom avait changé de sexe à cause d'une erreur habituelle de transcription par l'agent qui avait signé sa première arrestation. Il était arrivé de Tropea à seize ans, en 1918, avec Anthony, son frère et son ombre jusqu'à sa mort. Il n'avait pas mis longtemps à s'acclimater sur les quais du port. En 1920 il avait tué un docker qui contestait ses méthodes. Il avait été condamné à la chaise électrique et enfermé dans le couloir de la mort à Sing Sing. Au bout de dix-huit mois, le 13 juillet 1922, il avait été libéré parce que tous les témoins à charge s'étaient rétractés ou avaient disparu. Et le 13 juillet était devenu l'autre jour de naissance d'Anastasia. On mangeait, on jouait de la musique et on dansait de onze heures du matin au coucher du soleil. Cette année-là, au lieu du petit orchestre habituel, Adonis – qui avait été le découvreur d'Anastasia bien qu'ils aient eu le même âge et dont il restait le confesseur, que le bon Dieu ne m'en veuille pas – avait conseillé de m'engager moi. On avait fourni un piano pour l'accompagnement de la fête et un accordéon pour les demandes personnelles: anniversaires, sérénades amoureuses, dédicaces particulières. J'ai joué sans interruption pendant près de huit heures. J'ai eu à peine deux minutes pour quatre bouchées de macaronis au four à la palermitaine: sardines farcies, pignons, fenouil frais, pecorino au poivre et olives noires. Je n'en suis pas fou, mais j'étais affamé.

J'ai entrevu Genovese en train de faire la roue à côté d'une fille splendide aux cheveux aile de corbeau. C'était Anna Petillo, sa deuxième femme. Elle aussi, malgré son jeune âge, en était à son deuxième mariage. Son premier mari avait été retrouvé étranglé dans une ruelle. À en croire les mauvaises langues, Anna avait déjà une histoire avec Genovese à ce moment-là, et la mort subite de son malheureux conjoint lui avait permis de se remarier sans divorce, sans tribunal et sans litiges. Ils ne m'apparaissaient pourtant pas comme deux tourtereaux. Je les voyais plutôt comme une réédition de Rosa et moi : Genovese qui cherchait à attirer son attention et elle qui le snobait.

Genovese l'exhibait, accompagné d'un homme plus massif et plus sévère que lui ; les boutons de son veston tiraient tellement sur son estomac volumineux qu'ils risquaient de sauter à tout instant. Il suivait Genovese tel un chien résigné et je ne m'attendais pas à le voir apparaître tout guilleret près du piano. Il s'appelait Joe Valachi, oui, ce même Valachi qui des décennies plus tard allait être le premier repenti de la Mafia américaine et faire beaucoup de bêtises… Ses parents venaient de Campanie et il se rappelait une chanson que sa mère chantait lorsqu'il était petit, *'E spingole frangese.* Il m'a demandé si je la connaissais et je la lui ai aussitôt jouée.

Une vieille dame tout en noir s'approcha et me dit que je l'avais émue ; aurais-je la gentillesse de la rejouer ? Avant que je puisse satisfaire sa demande, Anastasia arriva d'un pas lourd, les paupières en berne.

« Maman, dit-il en s'adressant à la vieille dame, vous désirez quelque chose ?

– J'ai demandé à ce brave garçon de rejouer la chanson…

– Qu'est-ce que tu attends ? Tu n'as pas entendu ma mère ?

– Don Anastasia… » J'ai compris que toutes les explications ne serviraient qu'à aggraver ma situation. Je me suis empressé d'exécuter *'E spingole frangese*; un excès de flagornerie m'a fait ajouter *My Mammy,* le grand succès d'Al Jolson, capable de faire fondre toutes les mamans d'Amérique. La mère d'Anastasia n'y a pas manqué et après avoir essuyé ses larmes elle m'a applaudi ; contrairement à son fils elle avait un regard sincère. Je lui ai indiqué Valachi, je voulais partager le mérite avec lui.

« Viens ici mon petit », a-t-elle dit avec un fort accent calabrais. Elle a offert un verre de vin à Valachi qui a bredouillé quelque chose tout en cherchant Genovese des yeux pour avoir sa permission de l'accepter. Il dut l'obtenir car il commença à le boire à petites gorgées. Il fit signe d'approcher à une belle fille aux traits délicats. C'était sa femme, Mildred ; son père avait été tué dans la guerre de Castellammare, il avait pris le parti de Masseria. Mildred mangeait et buvait à présent avec ses assassins probables. Valachi la présenta avec satisfaction, la maman d'Anastasia la couvrit de compliments, mais Genovese appela Valachi de loin. Celui-ci posa immédiatement son verre. Mais ce n'était pas simple de se frayer un chemin dans cette foule échauffée, ramollie par l'alcool et la nourriture, convaincue de profiter d'un jour d'exception aux règles rigides de Nuovaiocche. Beaucoup avaient tombé la veste, certains avaient même ôté leur chemise, les plus âgés restant en maillot de laine, les plus jeunes en maillot de coton. Valachi fut pris dans un courant contraire de grands-mères et de petits-enfants. Il s'agitait, soufflait, gêné par son veston boutonné. Je devinais son désir de jouer des coudes, mais il ne faisait pas partie des invités de marque et on ne le lui aurait pas pardonné. Quand il rejoignit enfin Genovese il se fit donc passer un savon. Je ne pouvais pas les entendre, mais il suffisait d'observer le mouvement de la main de Genovese qui montait et descendait sous le menton de Valachi. Genovese s'interrompit pour serrer Little Augie dans ses bras, lequel était revenu de Floride à cause de ses chevaux. Valachi chercha sa femme des yeux. Mildred avait suivi la scène, mais elle regarda ailleurs pour ne pas aggraver l'humiliation de son mari.

Anastasia était assis sous le parasol près du fleuve. Il lorgnait sur sa montre et prêtait peu d'attention aux prévenances dont il était l'objet. Des personnages pittoresques s'agitaient autour de lui. L'un d'eux se promenait avec une grosse bouteille de vin et en offrait aux convives en échange d'un baiser d'une fille de la table. Les groupes se le disputaient et l'interpellaient en l'appelant Socks, « Chaussettes » ; d'autres chaussettes me sont revenues à l'esprit, celles, blanches, de Sam Giancana. J'ai eu soudain la certitude que Giancana était pour quelque chose dans la mort de Big Pres, que c'était lui qui avait réglé cette affaire pour le compte de Costello et de Luciano. J'ai ressenti alors l'émotion que je n'avais pas connue le soir où Totonno m'avait mis au courant. Et le souvenir de Big Pres a entraîné celui d'Agata, celui d'Agata m'a rappelé sa mère Sol, ses petits frères et petites sœurs. Où était passé leur rêve américain ? En supposant qu'ils en aient jamais eu un. Mais je n'avais pas de temps pour les sentiments. Une file de quémandeurs attendait devant le piano, parce que le bruit avait couru que je connaissais les chansons napolitaines, y compris *Ciuri, ciuri* et *Vitti 'na crozza.* Ç'a été un réveil de nostalgie en bonne et due forme et très rémunérateur. En effet, chacun accompagnait sa demande d'un beau billet vert, pas toujours d'un dollar, souvent de cinq et parfois carrément de dix. J'ai joué pendant des heures jusqu'à ne plus sentir mes doigts, mais j'avais mes poches de pantalon et de veston bourrées de billets.

Au coucher du soleil, Adonis, Moretti et Costello s'installèrent sous le parasol d'Anastasia. Les jeunes les plus solides formèrent une sorte de cordon de protection, personne ne tenta de s'approcher de ce conciliabule marqué par des regards venimeux et des tapes sur l'épaule. Plus tard, les je-sais-tout après coup allaient affirmer que les quatre chefs étaient en train de constituer la société anonyme Assassins. Il ne manquait que le notaire et le papier timbré. Mais moi je demande : précisément ce soir-là ? Sous les yeux de la moitié de Nuovaiocche ? Même si ç'avait été vrai, qu'est-ce qui l'aurait laissé penser à un pauvre type comme votre serviteur ? Pour moi c'étaient quatre amis qui s'étaient mis à l'écart pour se compter les poils du cul. Je ne me souviens pas de serments, de signes de connivence, de papiers signés; je me rappelle en revanche que la petite réunion se termina lorsque apparurent Luciano et Bonanno, ce dernier avec l'air distrait de quelqu'un qui se trouve là par hasard. Ses pupilles allaient cependant très vite d'un groupe à l'autre, d'une chaise vide à un parasol occupé, sans manquer le moindre détail. Poli et patient avec tout le monde et après avoir surmonté mille arrêts intermédiaires accompagnés de baisers, embrassements, évocations et promesses, Joe m'agrippa le bras. Est-ce que j'acceptais de me produire dans des petites fêtes privées, à la bonne franquette, pas en grand comme celle-là en l'honneur de l'ours? Mais elles paient bien, ajouta-t-il sur un ton de complicité qui n'admettait pas le refus. J'acceptais, naturellement, merci. Il conclut par: ils ne se trompent peut-être pas sur toi.

À la fin, un des nôtres me raccompagna à Briggs Avenue. Entre ma rémunération et les pourboires j'avais ramassé près de quatre cents dollars. De quoi perdre la tête. Mon rêve américain restait la grosse caisse avec la mention *Willy Melodia et son orchestre*, cependant j'entrevoyais de petits rêves annexes. Si Rosa avait participé, elle se serait rendu compte que je n'étais l'esclave de personne, que personne ne me traitait comme tel. Je lui avais demandé de venir, mais elle avait répondu qu'elle ne se sentirait pas à sa place et me mettrait dans l'embarras. Elle ne faisait que travailler, et sa seule récréation était Turidduzzu, qu'elle continuait à appeler Sal; devant moi elle répétait ce prénom même quand ce n'était pas nécessaire. Pour moi il restait Turidduzzu. Rosa prenait soin de lui, le cajolait, l'élevait mieux qu'un petit prince. C'était pour moi qu'elle n'avait aucune considération. Nous avions recommencé à nous parler, mais au lit nous étions pires que deux inconnus.

Siegel me conseilla d'essayer un cadeau. Il m'accompagna chez un Juif de sa connaissance qui négociait des diamants à sa table du restaurant *Shine*, dans la 7e Avenue entre la 33e et la 34e Ouest. J'ai déboursé cinq cents dollars pour un brillant que Siegel me garantit être de deux carats au bas mot et valoir au moins le double. Il remplaçait la bague de fiançailles et ouvrit une brèche dans le cœur de Rosa. Elle n'en croyait pas ses yeux quand j'ai posé le petit paquet sur sa machine à coudre. Nous avons refait l'amour. Je lui ai promis de chercher un autre emploi. Pour la première fois je mentais consciemment, mais j'étais détendu, j'avais la tête de Rosa sur ma poitrine et je lui caressais les cheveux. Nous avons décidé d'aller au cinéma le lendemain avec Turidduzzu, puis chez le glacier ami de Josephine dans Mulberry Street. Au cinéma *Colony* on projetait des dessins animés de Mickey, dont grands et petits raffolaient. À l'*Hollywood* on me demandait déjà de jouer *You're the Top*.

À mon réveil Rosa pédalait sur sa machine, le café bouillait dans la cuisine, et la table était préparée avec biscuits, pain, confiture et lait. Rosa m'a confié Turidduzzu sur sa chaise haute avec son biberon, puis elle m'a montré le livret d'épargne au nom de notre fils: en plus des cinq cents que je lui avais donnés elle avait versé mille dollars. Sal était le plus riche de la famille Melodia. Ce matin-là Rosa débordait de bonheur et j'en faisais autant. Je savourais de nouveau la magie du *Melba*. J'ai décidé qu'on pouvait vivre au jour le jour sans s'interroger sur l'avenir. Je suis sorti avec Turidduzzu. Je n'ai pas pris sa poussette, je voulais le tenir dans mes bras, sentir son odeur, le toucher à chaque seconde. Nous avons traversé des rues et des ruelles, des avenues et des parcs. Ce fut comme découvrir le Bronx que je n'avais jamais regardé avec autant de douceur que ce matin-là. C'était un ensemble de pays et de traditions. Chinois, Irlandais, Portoricains, Latinos, Juifs d'Europe centrale, chaque groupe avait cherché à recréer ses habitudes, mais l'odeur était différente de celle que chacun de nous avait respirée chez lui, et incomparable aussi. C'était l'odeur que seul Nuovaiocche répandait. Elle étourdissait. On pouvait s'y réveiller léger et insouciant, mais pour ceux du Bronx il arrivait qu'ils se réveillent criblés de dettes et de soucis.

Après avoir préparé la purée de tomates, Rosa était aux prises avec la ricotta fraîche. Elle m'a confié le choix des pâtes. J'ai toujours aimé les rigatoni parce que la sauce et la ricotta pénètrent à l'intérieur et qu'il se produit ainsi sur le palais une explosion de saveurs. Je me délectais d'un petit avant-goût de paradis. Comme tous les avant-goûts il ne dura pas. On sonna à la porte. Genovese apparut avec son sourire entendu des meilleurs moments.

« Charles te fait savoir que je viendrai te chercher à cinq heures. En grande tenue, je te prie, parce que tu seras en service officiel. »

Il tourna les talons sans me laisser la possibilité de répliquer. En admettant que j'aie eu quelque chose à dire. Sur le seuil de la pièce, Rosa me regardait les lèvres serrées. Adieu la glace, Mickey, la sortie avec Turidduzzu. Nous avons déjeuné dans un silence lourd d'hostilité. J'avais perdu l'ultime possibilité de renouer avec Rosa. Elle évitait même de me regarder. Je préférais Luciano à elle et à notre fils? Elle se confortait dans son jugement péremptoire sur mon compte ; j'étais décidément prédisposé à l'esclavage. J'ai passé deux heures à errer dans les parcs près de la maison sans voir rien ni personne autour de moi.

Genovese fut ponctuel. Avant de sortir il embrassa Turidduzzu sur le front, une sorte d'adieu à tout ce qui aurait pu être et ne serait plus. Je ne veux pas rendre la scène dramatique ni m'attribuer des qualités que je n'ai pas, mais cet après-midi-là j'ai compris qu'entre Rosa et moi la rupture était définitive.

Au moment de monter dans le coupé Buick noir aux lignes élégantes et élancées de Genovese, j'ai vérifié la semelle de mes chaussures par réflexe conditionné. Je m'en suis voulu, mais Rosa était heureusement collée à sa machine et n'a pas pu avoir la preuve sans équivoque dont elle n'avait d'ailleurs pas besoin. Genovese n'y fit pas attention, absorbé par son énième malentendu avec Anna. Il bougonnait tout seul, murmurait ce qu'il aurait dû faire et dire. Nous avons roulé à toute vitesse jusqu'au port. Des enfants à moitié nus au milieu de la rue, de l'eau à flots pour cause d'attaques contre les bouches d'incendie, et un voile de saleté et de poussière qui obscurcissait la vue. Nous avons dépassé Broadway et nous sommes arrêtés au fond de Broad Street. Le désordre grandissait devant la grille d'une maison à deux étages. Près du trottoir était garée la Cadillac décapotable de Luciano. Lui-même fumait son inévitable Camel appuyé à la grille, entouré de ses anges gardiens. Le premier tenait l'accordéon utilisé au baptême de la nièce de Charlie, le deuxième un gâteau, le troisième deux bouteilles de champagne, le quatrième et le cinquième portaient une gigantesque composition florale. S'ils avaient abattu un arbre à Central Park ç'aurait pris moins de temps. Au lieu de nous dire bonjour Luciano regarda sa montre.

« Charles, dit Genovese irrité, il y a quelquefois de la circulation et l'artiste n'habite pas au coin de la rue.

– Willy, dit tout bas Luciano, nous devons faire une surprise. C'est l'anniversaire de ma vieille maîtresse d'école. Pense un peu, elle avait dans sa classe Alfonsino Capone et moi, la pauvre… Joue *Joyeux anniversaire* jusqu'à ce qu'elle se montre, et ensuite ce que tu voudras de ton répertoire. Mais de la musique blanche. Si je me rappelle bien, elle n'encaissait pas les nègres. »

J'ai obéi à la lettre. La vieille institutrice de Luciano, qui n'avait en fin de compte qu'une poignée d'années de plus que lui bien que le temps ne l'ait pas bien traitée, se montra en robe de chambre, étonnée par tant d'intérêt. Elle reconnut tout de suite Charlie, mais à cause de l'émotion il lui fallut un bon bout de temps pour articuler une phrase qui tienne debout. Elle nous fit entrer dans son modeste logement. Elle était toujours institutrice dans le quartier, et son salaire devait être très inférieur au mien. La composition florale occupa l'unique table de l'appartement, le gâteau fut déposé sur le lit, on trouva quelques verres de fortune pour le champagne. Genovese resta dehors sous prétexte de surveiller les deux voitures. J'ai arrêté presque immédiatement de jouer pendant que l'institutrice larmoyait, s'embrouillait et balbutiait jusqu'à ce que Luciano la force à s'asseoir sur le fauteuil à bascule. C'est lui qui se chargea de partager le gâteau, de verser le champagne, et de faire le petit discours d'usage. Comme la vieille dame vivait seule, l'évocation des belles années de l'école élémentaire fut écoutée par moi et les anges gardiens, qui avons rivalisé pour nous montrer intéressés. À six heures et demie la cérémonie était terminée et nous nous étions dispersés.

Je m'étais libéré ce 21 juillet – je m'en souviens comme si c'était hier – pour en profiter avec Rosa et Turidduzzu. Ce plaisir étant tombé à l'eau, je suis entré à l'*Hollywood.* J'étais remplacé par un pianiste juif de l'entourage de Lansky. La plaque sur le piano continuait d'attirer les femmes et les petits rires, mais avec moi c'était une autre histoire. Tassé sur une chaise du bar j'observais la foule qui m'échappait quand j'étais sur mon tabouret. La réputation de l'*Hollywood* avait grandi en même temps que ses prix augmentaient. Son célèbre steak était à présent à huit dollars. À l'extérieur, des attroupements bruyants se formaient tous les soirs pour ne se disperser qu'au petit matin. Les curieux attendaient d'apercevoir en chair et en os les visages du cinéma, de la radio et du théâtre vus en photo dans les journaux. Le soir où Gary Cooper, qui arrivait à être plus grand que moi et avait les yeux les plus pénétrants que j'aie jamais rencontrés, avait mis les pieds à l'intérieur, nous avons dû appeler la police pour discipliner la foule et l'enthousiasme. Mais ils ne venaient pas seulement pour les stars, ils venaient aussi pour admirer de près les grosses voitures et la richesse dont ils ne pouvaient même pas rêver. Nous avions une clientèle très snob, ouvertement raciste. Elle n'aimait pas beaucoup le jazz et le ragtime, puisque le contraire aurait été admettre que même les Noirs produisaient quelque chose de bien. Alors j'y allais avec Gershwin et le folk. J'ai repris ma place et j'ai rafraîchi une version légèrement syncopée de *Swanee* qui a si bien marché qu'elle m'a valu un bis, un ter et les regards alanguis d'une dame. Mais le visage hostile que j'allais trouver en rentrant à Briggs Avenue m'est revenu et j'ai renoncé.

J'étais en train de jouer *Lola Lola* en l'honneur du consul allemand et du groupe qui attendait une table avec lui. Un courtaud effronté entra, le feutre en arrière sur son front étroit. Il le garda malgré le regard courroucé de Dominick et de Totonno. Il avait un visage qui n'invitait pas à la confidence et que j'ai retrouvé à quelques centimètres du mien.

Il dit d'une voix sifflante: «Vous êtes déjà prêts à servir ce serpent de Hitler. Il n'y a rien à tirer de vous les Italiens, vous ne comprenez que le fouet ou ça...» Il ouvrit sa veste pour me montrer le petit calibre sous son aisselle. De toute façon je n'aurais pas répondu, mais lui ne m'en a pas laissé le temps. Il pointa son arme sur Totonno qui fit instinctivement un pas en arrière.

«Préviens ton patron que le Hollandais l'attend.»

J'ai deviné qu'il devait s'agir de Dutch Schultz, lequel s'appelait en réalité Arthur Flegenheimer. Il était bien pire que la réputation qui le précédait. Il puait l'ail et les emmerdes. Sans vouloir donner raison aux catégorisations de Genovese, je dirais que c'était un Juif converti qui réunissait le pire des deux religions. Rien à voir avec la classe de Siegel ou avec l'intelligence diabolique de Lansky.

Totonno revint et lui fit signe de le suivre vers le bureau de Costello. J'ai vu Schultz en sortir deux heures plus tard, furieux; ça valait plus que dix longs discours. Et je vous garantis que ça n'était pas beau à voir. Totonno m'a chuchoté que Luciano était arrivé lui aussi, qu'il avait préféré passer parderrière et s'était enfermé dans le bureau de Costello. Schultz avait poussé un ou deux hurlements au début, puis il était parti en claquant la porte. Totonno jurait que nous allions devoir compter de nouveau les cadavres dans la rue. Il me poussa à m'informer auprès d'un des paroissiens connus dans les soirées de cartes, mais je n'ai jamais été curieux. J'ai toujours pensé qu'en en sachant moins je vivrais mieux.

Le lendemain, dès mon arrivée à l'*Hollywood*, j'ai été emmené et chargé dans une camionnette avec de la nourriture et des boissons. Ordre de don Costello, telle fut l'information concise que me fournit le chauffeur. Nous avons roulé jusque dans le Connecticut. Nous sommes arrivés à New London, un tout petit endroit face à l'Océan ; les lumières à l'horizon à droite indiquaient Long Island. Cette mer ouverte était la parente imposante de ma mer sicilienne, elle me semblait moins amicale que lorsque je la guettais dans les rues de Nuovaiocche. Nous étions attendus par un canot à moteur qui nous a conduits à Block Island, un de ces îlots qu'on ne peut connaître qu'en tombant dessus.

La demeure en bois à deux étages et à toit blanc ressemblait à une maison de poupée, les petites fenêtres rappelaient Blanche-Neige et les sept nains. Elle était perchée sur le promontoire, entourée d'arbustes, de ronces et de broussailles que personne ne se chargeait d'éliminer. Malgré l'obscurité on devinait un panorama unique ; il suffisait d'entendre le bruit de la mer qui venait frapper la roche sous nos pieds. L'intérieur affichait le bon goût et les dollars, un aménagement en harmonie avec la construction du début du XIXe restructurée par un sénateur républicain. Il la prêtait à ses amis de Nuovaiocche qui savaient lui procurer de la chair fraîche les deux fois par mois où il réussissait à quitter Washington et son ennuyeuse épouse. Pour moi il y avait un orgue semblable à celui de l'église de Catane. J'ai joué du jazz et du ragtime jusqu'à ce que le dernier couple, ou trio ou double couple s'écroule dans une des chambres du premier étage. Les autres s'étaient retirés au deuxième, Luciano, Costello, Siegel, Adonis, un petit gros que j'aurais juré avoir aperçu en uniforme de policier et un type avec gilet et lorgnon qui sentait le fonctionnaire de l'administration publique à une lieue.

Je guettais l'arrivée du soleil en pianotant au hasard. L'Océan et la vue s'éclaircissaient dans un enchantement de lumière.

« Willy, tu as décidé ce que tu veux de la vie ? » Sous les bretelles du pantalon de Luciano on pouvait compter les os et les côtes.

« Question difficile, don Luciano. Je ne le sais pas et j'ai peur de ne pas vouloir le savoir.

– Dommage, tu as des qualités. Mais si tu vis à la remorque tu n'arriveras nulle part.

– Si c'était possible, je voudrais y mettre seulement la bande-son. Mais j'ai compris que ça n'est pas possible. Les autres ont toujours tendance à en profiter.

– Des problèmes avec ta femme ?

– Nous ne communiquons pas.

– Mais est-ce qu'un homme et une femme communiquent jamais ? En dehors du sexe, même pendant la période où ils tombent amoureux, où l'un et l'autre sont sûrs que ça sera pour toujours, est-ce qu'il y a vraiment une possibilité de communiquer entre deux mondes aussi différents ? Attention, Willy, je suis le moins indiqué pour juger. Comme dit ma mère, je suis encore jeune homme. Et tu sais pourquoi je n'ai pas voulu me marier ? Parce que je suis sûr qu'au bout de trois mois tout devient ennuyeux. Il ne m'est jamais arrivé de rester fidèle à une femme après les trois premiers mois. Tu comprends ? »

Luciano n'avait pas besoin d'être compris, il avait simplement envie de parler et que quelqu'un l'écoute. Le soleil avait commencé à monter dans le ciel très bleu, la mer était frisée de blanc, et je devais discuter avec Charlie Luciano, me montrer attentif, lui faire face sans l'irriter. J'ai commencé à transpirer.

« Avec le genre d'existence que nous avons choisi, il y a de la place pour une femme et des enfants ? Tu as des enfants, pas vrai ?

– Un.

– Nous, nous sommes cinq… Heureusement les quatre autres ont donné satisfaction à mes parents. Moi, un peu moins. J'étais terrorisé par la misère. Tu sais de quoi je parle ?

– Je pense que oui, don Luciano. Nous étions sept enfants, mon père courait les marchés avec sa charrette, qu'il devait tirer tout seul.

– Non, tu ne sais pas de quoi je parle. Je m'explique, Willy. La misère à Catane est très différente de la misère à New York. À Catane vous n'aviez pas le miroir de la richesse illimitée comme nous l'avions à New York. C'est une chose d'être pauvre dans une réalité où le moins pauvre que soi paraît riche, c'en est une autre d'être pauvre à côté des maîtres de l'Univers. Éprouve-le et tu t'en apercevras. Je l'ai éprouvé. Et pourtant mon père faisait des heures supplémentaires, il travaillait même le dimanche. C'est vrai que nous ne gardions pas le charbon chez nous, nous avions une petite cave. Là-bas, dans le Lower East Side, très peu pouvaient se permettre ce luxe. Moi, mes frères et mes sœurs, nous étions les plus propres des enfants de notre âge. Chez toi, Willy, le charbon, où vous le gardiez ?

– Dans la chambre où nous dormions mes frères et moi.

– Les ongles toujours noirs, la morve noire, l'eau noire même après le troisième lavage, le goût de brûlé dans la bouche, c'est ça, Willy ? »

Mon enfance a défilé devant mes yeux ; j'ai senti monter la nostalgie de Catane. Qu'est-ce que je faisais à deux pas de l'Océan avec quelqu'un qui m'utilisait comme déversoir ? Je me suis toujours senti provisoire et ce matin-là plus que d'habitude. Cependant je ne pouvais pas retourner à Catane. La police m'y attendait. Je n'avais plus de protecteurs, je n'avais peut-être plus de famille. Les liens avec mes parents se relâchaient de mois en mois. Le seul fil qui nous rattachait c'étaient les lettres de ma mère, mais elle aussi, la pauvre, écrivait quand elle pouvait, et je répondais encore moins.

Luciano repartit dans ses souvenirs. « Bref, à dix ans j'avais envie de grimper au sommet du monde, pas d'étudier. L'école m'a aidé ; malgré les bons offices de mademoiselle Mulvaney, mon institutrice, une dégourdie, tu as vu ? j'ai été renvoyé. À onze ans je gagnais cinq dollars par semaine dans une fabrique de chapeaux. À treize j'en gagnais sept, ça n'était pas rien, mais je suis parti. Si je ne l'avais pas fait, je serais resté une nullité. Mais je suis tombé sur un autre problème... »

Il m'a regardé avec curiosité. Non, je ne connaissais pas cet autre problème. Je n'avais pas fait d'études approfondies sur la jeunesse du chef.

« Les Juifs commandaient dans mon quartier et j'ai dû me mesurer à eux. Nous nous sommes compris au vol. Lansky a été la cerise sur le gâteau... Bugsy un peu moins. » Luciano s'interrompit, puis il reprit avec un de ses rares petits sourires en pensant probablement au dépit de Siegel s'il l'avait entendu. Ce surnom qu'il détestait, Bugsy, et de surcroît prononcé par Luciano. Le Ben que se disputaient les salons les plus sélects de Nuovaiocche pouvait-il être un fou provocateur ?

« Les Juifs avaient les mêmes problèmes que nous, faire oublier qui ils étaient et d'où ils venaient. Ils se sont mis à américaniser leur nom et leur prénom comme nous, et comme nous ils sont petits, bruns et teigneux. Alors j'ai été dans le camp de l'alcool avec les frères Diamond ; j'ai fait des affaires avec George Uffner, et n'écoute pas ceux qui l'accusent de trafic de stupéfiants ; j'ai appris de Rothstein comment traiter les juges, les policiers et les politiques. Me voilà maintenant à regarder le soleil se lever dans cet endroit qui est sans doute très beau, mais j'ai besoin de l'agitation de New York. »

Il a coupé court. J'ai été déçu. J'avais imaginé qu'à la fin de ce long détour il me proposerait d'entrer dans son organisation, oui, dans la légendaire Mafia. Mais il n'avait même pas envisagé cette hypothèse. Il ne me jugeait pas à la hauteur. En dédommagement il m'a donné des billets pour l'Audubon Theatre du Bronx, qui présentait le spectacle spécial d'Al

Jolson, élevé désormais au rang de mythe de Broadway. Il avait près de cinquante ans, mais, prisonnier du personnage de cinéma qui lui avait apporté la célébrité internationale, il interprétait le jeune homme juif au visage et aux mains teints en noir pour faire dans la variété au lieu de chanter avec son père à la synagogue. Le public le suivait, ravi. J'en savais quelque chose; j'avais dû apprendre ses chansons les plus célèbres, *Sonny Boy, Toot Toot Tootsie, Blue Skies,* pour satisfaire la demande croissante. J'ai proposé à Rosa de m'accompagner et naturellement elle a refusé; j'y suis allé avec Dominick, qui dès le lendemain soir prit l'habitude de préparer les cocktails en fredonnant *Bombo* et *Big Boy.*

Siegel m'emmena à l'hippodrome Aqueduct. George Raft conduisait. Depuis qu'il allait et venait entre Nuovaiocche et Hollywood, où il allait se faire un nom en l'imitant, il préférait fréquenter Ben plutôt que son vieux copain Adonis. Pendant le trajet jusqu'à Linden Boulevard, dans le Queens, Siegel lui raconta les derniers potins de la ville, à commencer par la grande dispute entre Dutch Schultz et Luciano. Ben vérifia mes réactions dans le rétroviseur, mais je n'étais au courant de rien. Je pouvais seulement dire que j'avais vu le Hollandais entrer comme une furie à l'*Hollywood.* Pour le reste, raconte d'abord et je te raconterai ensuite. Et Ben raconta que Dutch s'était mis en tête de tuer le procureur Dewey. Le Hollandais soutenait que c'était le seul moyen de sauvegarder la loterie clandestine et les machines à sous. Or, Luciano n'en était pas convaincu. Il trouvait qu'il y avait encore place pour une négociation; Siegel se frotta le pouce et l'index pour illustrer ce que Luciano entendait par négociation. Raft ricana. D'après Siegel, la question était très simple: qui allait arriver le premier? Luciano avec la négociation ou Dutch Schultz avec le plomb? Raft demanda si on pouvait parier. Siegel lui suggéra de patienter, il voulait d'abord s'éclaircir les idées.

J'ai suivi Siegel et Raft dans leur tour des bookmakers au champ de courses. Je n'avais jamais vu de chevaux courir. Siegel sortait des liasses, il pariait pour lui et pour Raft. Je me suis procuré le programme, j'ai choisi un nom qui me convenait dans la troisième course et j'ai misé sur lui cinq dollars placé, autrement dit parmi les trois premiers. Il est arrivé dernier. Ben m'a murmuré de laisser tomber, tout en comptant ses gains. Je me suis entêté. Je me suis plongé dans la lecture des noms des participants à la course suivante pour chercher l'inspiration.

« Tu voudrais gagner de cette façon ? »

J'ai levé la tête, c'était Valachi.

« Cago, toi ici ? » a fait Siegel.

Valachi allait m'expliquer par la suite que Cago était Cargo quand il était enfant, à cause de son habileté pour construire des petites voitures avec des caisses. Mais cette fois-là nous avions d'autres urgences. Il m'indiqua trois chevaux pour les courses suivantes.

« Tu peux même parier ta femme, dit-il impassible, les deux premiers placés, le troisième, gagnant. »

J'avais cinquante dollars et j'en ai joué cinquante à chaque course. J'en ai récolté cinq cents. Valachi était gonflé d'orgueil et d'importance. Je me suis collé à lui, mais il n'a pas plu d'autres cadeaux. Lui et Siegel eurent une discussion animée sur la dernière course ; ils hésitaient sur celui qui arriverait troisième. Ils allèrent séparément vers les piquets. Inutile de dire qu'ils trouvèrent la combinaison gagnante premier, deuxième et troisième, et ils encaissèrent deux mille dollars de plus.

Valachi me ramena à l'*Hollywood.* Il avait une Packard noire à bande grise et les roues de secours à côté des portières. Clark Gable en avait décrété le succès, tous les frimeurs rêvaient d'en posséder une.

« Tu sais conduire ? » Plus qu'une question de Valachi, c'était un coup de fusil.

« Non.

– Melodia, tu ne sais faire qu'une seule chose ? Ça ne suffit pas... Voyons. Pour les chevaux, ça dépend. Si tu les aimes, tu vas voir les courses, mais sans t'approcher des bookmakers. Au contraire, si tu n'en as rien à foutre des chevaux, comme la plupart d'entre nous, alors avant d'y aller tu passes voir l'aide-cuisinier de l'*Hollywood* ou Jimmy, celui qui s'occupe des vins, et tu lui dis que c'est moi qui t'envoie. Ils te donnent l'ordre d'arrivée des courses, et comme ça tu n'as pas besoin de déranger les grands chefs. Joue le tiercé placé, tu risques peu, tu gagnes gros, tu ne fausses pas la cote de chaque cheval. Pour ce qui est de la voiture, je m'en charge. Si tu n'apprends pas à conduire, comment tu peux espérer faire carrière ? À moins que tu veuilles jouer au piano-bar de l'*Hollywood* tous les jours qui te restent à vivre ? »

Valachi tint parole. Tous les après-midi il arrêtait sa Packard en bas de chez nous et klaxonnait avec tant d'insistance que tout le voisinage se mettait aux fenêtres. Rosa me lançait le pire des regards, je filais sans même me sentir coupable. Direction le champ de courses. La patience de Valachi avec moi au volant durait tant que je ne compromettais pas son pari dans la première course. Aux abords de Lafayette Avenue nous échangions nos places, Joe écrasait l'accélérateur et nous arrivions à l'Aqueduct en quelques minutes. J'étais chargé de garer la voiture pendant que Valachi courait parier. Quand il considéra que je maîtrisais le volant, les vitesses et les pédales, nous avons changé d'hippodrome ; de l'Aqueduct nous sommes passés au Belmont de Nassau County, plus éloigné, où avaient couru les chevaux d'Augie Pisano. Dans Mayfar Avenue j'ai découvert la griserie de la vitesse.

Au bout de deux mois je conduisais avec aisance. Valachi me donna sa bénédiction et j'ai décidé d'acheter une voiture. Rosa a même montré un brin d'intérêt. Le choix fut dicté par des considérations économiques. Sur le compte que j'avais ouvert à la succursale de la Banque d'Amérique et d'Italie, j'avais mille cinq cents dollars. Je ne voulais pas en dépenser plus de trois cents, soit une Ford B d'occasion en bon état. Costello m'envoya voir Adonis, qui parmi ses multiples activités gérait également un commerce de voitures. Joe me dit avec dédain qu'il ne vendait pas de Ford, des voitures pour culs-terreux. Mais quelqu'un de chez lui le faisait et disposait d'une Ford B toute neuve, volée à l'entrepôt, avec plaque et numéro de châssis falsifiés; il me la laissait pour trois cents dollars, moins de la moitié de sa valeur réelle. J'ai été tenté, mais l'idée d'être arrêté avec Rosa et Turidduzzu à bord m'a donné des frissons. Pour trois cents dollars, et grâce à la générosité du pays qui ne voulait pas décevoir Adonis, du moins à l'en croire, il restait une Oakland Sedan de 1929 avec trente mille kilomètres au compteur.

Le soir où je l'ai achetée, en rentrant du travail j'ai convaincu Rosa de l'essayer. Nous avons enveloppé Turidduzzu dans sa couverture et nous avons profité des étoiles et du silence de Nuovaiocche, du Bronx à Battery Park. Rosa a dit que mes amis n'avaient pas une voiture comme ça. Venant d'elle, c'était un compliment. Elle n'a rien ajouté.

13
La tempête

Bonanno tint parole. Il m'introduisit dans le circuit des fêtes et des commémorations des syndicats, qui étaient alors aux mains des Juifs et des Italiens, encore qu'il serait plus exact de parler de Méridionaux. Il était d'usage de se réunir pour le déjeuner: grands gueuletons, grandes tapes dans le dos, grands discours pompeux, grandes distributions de prix qui duraient une éternité, bière à volonté et pendant une journée tous heureux comme des papes, les patrons qui avaient prouvé qu'ils étaient des gens simples et démocrates, et les adhérents qui avaient l'illusion de compter pour quelque chose. Heureusement j'avais ma voiture, parce que les réunions se passaient dans des coins perdus. Le tarif était de cent dollars frais compris, à savoir l'essence et le nettoyage, vu que les sympathiques participants avaient l'habitude de conclure par des douches de bière sans demander si vous étiez content de vous retrouver au beau milieu. Moi qui m'abstenais de boire parce que je devais me précipiter ensuite à l'*Hollywood*, j'étais donc forcé de perdre une demi-heure pour me laver, me savonner et malgré tout puer jusqu'à la nuit.

J'ai joué pour les employés des vestiaires, pour les préposés au nettoyage des immeubles, pour les dockers, les magasiniers du port, les cuisiniers de restaurants, les aides-cuisiniers, pour les garçons d'hôtel et pour les travailleurs du bâtiment. Chaque catégorie était divisée en quatre ou cinq organismes de représentation opposés dans une lutte implacable. La seule chose qu'ils acceptaient de partager c'était Willy Melodia. Une satisfaction, vous ne trouvez pas? Je me rappelle un de ces chefs. Il louchait, il s'appelait Johnny Cockey Dunn et il commandait sur les quais du port. À la manière forte. Il portait toujours un crochet sous son veston. Il a eu une triste fin; il a rôti sur la chaise électrique à moins de trente ans.

Je gagnais bien, Rosa gagnait bien; la réputation de son savoir-faire et de son bon goût s'était étendue à tout le Bronx. Nous avions peu de temps pour nous, mais ça n'avait pas d'importance, surtout pas pour Rosa. Mes journées commençaient à dix heures du matin et finissaient à trois quatre heures le matin suivant. Je me couchais tellement éreinté que je ne pensais qu'au moment où j'allais devoir me réveiller. Turidduzzu grandissait magnifiquement bien quand même. Rosa parvenait à le câliner et le faire câliner par ses clientes pendant les essayages. Là-dessus, rien à dire, elle a été une mère exemplaire et elle aurait sans doute été aussi une épouse exemplaire si elle avait trouvé l'homme qu'il lui fallait. Mais malgré mes tentatives, et les siennes, je n'étais pas celui-là.

Gershwin avait un succès fou. À la radio, dans les boîtes de nuit, dans la rue, on jouait et on chantait *Summertime, I Got Plenty of Nothing, It Ain't Necessarily So*, en attendant la première à Nuovaiocche de *Porgy and Bess.* Les journalistes en attendaient des merveilles. Martina, la Palermitaine du vestiaire de l'*Hollywood*, me remit une enveloppe au monogramme fleuri de Luciano ; elle contenait deux billets pour *Porgy and Bess.* Les lignes qui les accompagnaient disaient : *En espérant qu'ils puissent t'être utiles avec ta femme.* C'était signé « L ». Pour ne pas gâcher la fête j'ai dit à Rosa que j'avais gagné les billets à la tombola de l'*Hollywood.* Si elle avait su qu'ils venaient de Charlie, elle aurait été capable de tout envoyer promener. Je pensais pouvoir encore la convaincre de nous accepter moi et mon emploi plutôt que de nous jeter l'un et l'autre.

À l'Alvin Theatre nous avons passé une soirée magnifique. La musique, les textes, les décors et la chorégraphie vous emportaient irrésistiblement. Rosa frissonnait de plaisir ; au bout d'un temps infini nous étions de nouveau émus par les mêmes choses. Nous sommes rentrés chez nous enlacés. Nous nous sommes aimés. Nous étions dans les bras l'un de l'autre, en sueur sur notre lit, quand je lui ai proposé de mettre en route un petit frère pour Turidduzzu, qu'à cette occasion j'ai appelé Sal. Sa réponse a été glaçante. Non, pas tant que je ne serai pas sûre que tu es de mon côté. Nous avons interrompu ce que nous faisions. Je lui ai tourné le dos et elle n'a pas essayé de se rapprocher.

Le lendemain matin je suis allé ramasser le lait et le *New York Times* devant la porte. Le gros titre annonçait que dans une rôtisserie de Newark on avait étendu Dutch Schultz et ses trois gardes du corps, lesquels ne devaient même pas regarder devant eux puisqu'on leur avait tiré dessus de face. L'article parlait d'un règlement de comptes au sein de la Mob et suggérait au procureur Dewey de demander à Luciano, à Adonis et à Anastasia s'ils avaient des informations utiles à l'enquête. J'ai repensé à la question de Siegel – qu'est-ce qui allait faire fléchir Dewey, la diplomatie de Luciano ou les balles du Hollandais? – et à l'intention de Raft de parier dessus. Au lieu du 1 ou du 2 c'était le x qui était sorti, et adieu à Dutch Schultz. Sa mort rendait quand même l'atmosphère pesante. On supprima les pokers, les fêtes à la villa, les petites orgies à domicile. Tous se mirent à se comporter comme des ronds-de-cuir, chacun chez soi le soir, peut-être même couché avec les poules; déconseillé de sortir en groupe et de reconduire les amis chez eux.

Je n'ai pas vu Luciano pendant des jours jusqu'à ce qu'il me convoque à neuf heures du matin au *Waldorf Astoria*. Une heure meurtrière pour moi, mais aussi pour lui qui ne se levait jamais avant midi. Entre deux bâillements il m'expliqua que les six prochains dimanches j'allais devoir jouer de l'orgue dans le temple protestant de la Collégiale dans la 5e Avenue, après le croisement avec Broadway et avant Times Square. Je l'ai regardé comme on regarde un fou; respectueusement, mais comme un fou.

Charlie a secoué la tête pour se convaincre lui-même davantage que moi. «Willy, la Collégiale est l'église des protestants hollandais. Elle est dirigée par un révérend qui est docteur en beaucoup de choses. Un type comme il faut, rien à dire, poli, cultivé. Il a un grand ascendant sur ses compatriotes. Voilà pourquoi j'ai tenu à lui préciser que j'étais étranger à l'homicide de Dutch Schultz. Tu comprends?»

Naturellement je ne comprenais pas un traître mot. Mais même si j'avais compris, ç'aurait changé quelque chose?

«Les Hollandais contrôlent le marché des pierres précieuses. Plusieurs sont juifs, mais pour eux l'appartenance nationale compte plus que la religion. Lansky lui-même n'arrive pas à en tirer quelque chose, de Juif à Juif je veux dire. C'est l'accord de la communauté qui compte.»

Charlie m'adressa un regard dubitatif. Mon expression dut lui montrer que je n'opinais du bonnet que par fidélité.

«Nous sommes en affaires avec les Hollandais. Un diamant ne porte pas de numéro de série, contrairement aux billets.

Un million de dollars, même en billets de cent, c'est très encombrant, mais deux émeraudes tu les mets dans ton gousset et tu passes toutes les frontières. La raison pour laquelle je veux ménager les compatriotes de Dutch est claire ? »

Je n'avais plus qu'à me mettre à plat ventre devant Luciano de peur de ne pas lui montrer assez que j'avais perçu la complexité de la situation. Mais en quoi elle me concernait ?

Charlie soupira, mais c'était un soupir de détente. « J'ai offert une belle petite somme pour les œuvres de bienfaisance de l'église et j'imaginais que c'était suffisant. Mais le révérend m'a demandé si c'était vrai que je m'occupais de boîtes de nuit. Naturellement j'ai répondu que oui. Et lui, avec l'air le plus suave de la terre, m'a demandé si je pouvais lui trouver un pianiste pour les six prochains dimanches. Celui qui joue à la Collégiale s'est marié et les paroissiens lui ont offert un aller-retour pour la Hollande. Ils ont besoin d'un remplaçant pour l'office de midi... » Luciano a étudié ma réaction, j'ai pensé à Rosa. « Bref, Willy, rends-moi ce service. Tu ne le regretteras pas. »

Le révérend me fit livrer les disques des airs à jouer ; heureusement ils reproduisaient ceux de l'église de la piazza Cappellini. Quand nous nous sommes rencontrés je l'ai trouvé courtois et sympathique. Après l'office de midi on m'offrait des petits gâteaux au miel extraordinaires avec un petit verre de liqueur de framboise. Le dernier dimanche les notables de la communauté vinrent me dire au revoir. Je pense avoir laissé un bon souvenir. Pendant toutes mes années à Nuovaiocche, je suis passé des dizaines de fois devant la Collégiale sans jamais avoir la curiosité d'y entrer. Ou plutôt, soyons francs, j'avais peur d'être embarqué dans de drôles d'histoires qui ne me regardaient pas.

J'attendais d'être payé, mais je me gardais bien de le demander ou d'avoir l'air contrarié. Un soir, Jimmy, celui qui s'occupait des vins dans la cave de l'*Hollywood*, m'a demandé trois dollars. Je l'ai regardé de travers, je ne comprenais pas s'il voulait se moquer de moi ou me flouer. Mais Jimmy a insisté et il a ajouté que si je ne les lui donnais pas, il en référerait à don Luciano. Je lui ai aussitôt donné les trois dollars et il m'a tendu un papier avec les trois numéros de la loterie du lendemain.

Je l'appelle loterie et nous l'appelions loterie à l'époque, mais contrairement à l'Italie il n'y avait pas de tirages par ville et on ne jouait pas sur cinq numéros. Les joueurs devaient miser sur trois numéros; s'ils sortaient, ils encaissaient leur mise multipliée par six cents, autrement dit six cents dollars pour chaque dollar. On pouvait aussi miser sur un seul numéro dans l'ordre de tirage – premier, deuxième ou troisième –, mais on gagnait seulement sept fois la mise et il y avait peu d'amateurs, tout le monde cherchait le gros coup. La masse des jeux oscillait entre dix et cinquante cents, les probabilités arithmétiques étaient de mille contre un. Énormément de gens essayaient pourtant tous les jours, particulièrement à Harlem et dans les quartiers affamés du Bronx, du Queens et de Brooklyn.

Pour déterminer les trois numéros gagnants chacun avait ses habitudes; les uns se fondaient sur les mouvements de la Bourse, d'autres faisaient tourner une roue, d'autres jouaient des dates de naissance, de décès ou de mariage. À New York on se fiait aux paris sur les chevaux en additionnant les cotes des trois premiers arrivés. Le dernier nombre entier avant la virgule des décimales était décisif. On programmait toujours sept courses. La première, la deuxième et la troisième fournissaient le premier numéro, la quatrième et la cinquième le numéro du milieu, la sixième et la septième le numéro final. Je vous explique: si le total des cotes des trois premiers chevaux des première, deuxième et troisième courses était de 206.55, le premier numéro de la loterie était le 6. Si la somme de la quatrième et de la cinquième course était de 97.10, le deuxième numéro de la loterie était le 7. Si la somme de la sixième et de la septième était 101.00, le troisième numéro était le 1. La combinaison gagnante était donc 671. Ceux qui avaient un seul numéro dans l'ordre du tirage gagnaient aussi.

Tant que les Italiens avaient géré ce secteur, il n'y avait pas eu d'histoires. Mais, après la mort de Maranzano, Dutch Schultz avait fait irruption avec ses petits génies juifs, de véritables esprits mathématiques, très forts pour le calcul des probabilités. Il y en avait un, appelé Abracadabra, en mesure de déterminer combien il fallait parier dans les courses pour voir apparaître sur le totaliseur le chiffre utile pour que la loterie paie le moins possible ou carrément rien. Parce qu'il y avait toujours un fils de brave dame capable de miser dix ou vingt dollars sur la bonne combinaison, ou tous les habitants d'un immeuble pour miser vingt-cinq cents par tête sur la même combinaison. Et vingt-cinq cents multipliés par cent ça fait vingt-cinq dollars. Payer six cents fois la mise signifiait pour le bureau de loterie en être de six mille à quinze mille dollars, le bénéfice de deux semaines. Abracadabra était l'assurance contre la veine des autres. On l'utilisait de préférence dans les trois premières courses, si on flairait des gros paris sur des combinaisons qui commençaient toutes par le même numéro. Dans les cas désespérés on le mettait à l'œuvre sur les deux dernières courses pour ne pas faire sortir le numéro final d'une combinaison gagnante de quinze vingt dollars.

Moretti avait le plus pâti de la perfidie de Schultz. Les affrontements entre leurs hommes étaient quotidiens. Moretti trépignait mais il n'avait pas d'éléments contre le Hollandais qui techniquement ne truquait pas les cotes sur les courses ; il les orientait grâce au talent d'Abracadabra. Mais ça signifiait que les officines de Dutch moulinaient les profits tandis que celles de Moretti risquaient la débâcle. Moretti le Napoléon des jeux de hasard semblait à deux doigts de son Waterloo. L'élimination de Schultz l'avait donc remis en selle. Mais c'était Luciano qui avait hérité d'Abracadabra. Et ce soir-là

Jimmy m'avait fourni la combinaison trouvée par Abracadabra pour le lendemain. Je m'en souviens comme si c'était hier : 131. Le soir à sept heures j'étais le gagnant stupéfait de mille huit cents dollars, plus que mes économies à la banque au bout de quatre ans et demi de corvées. Luciano s'était acquitté à sa façon des dimanches qu'il m'avait obligé à passer à la Collégiale. Mais en sortant de l'*Hollywood* j'ai aperçu Valachi appuyé contre la portière de sa Packard. Je lui ai dit bonsoir, heureux de pouvoir partager mon coup de chance avec lui, car j'ignorais encore l'existence d'Abracadabra, du totaliseur et des chiffres arrangés. Valachi, quant à lui, s'est montré très froid. Il m'a invité à monter dans sa voiture et avec une mine de dix pieds de long, il m'a emmené à son restaurant, le *Paradise,* dans la 110e à hauteur de la 8e Avenue.

Sans prendre le temps de s'asseoir et sans me proposer un malheureux plat de pâtes, il a attaqué bille en tête. « Tu as la combinaison gagnante ? 131.

– Oui, Jimmy me l'a donnée… » Je ne l'ai pas dit pour causer des ennuis au pauvre Jimmy, mais pour préciser que je l'avais eue par quelqu'un qu'il connaissait et qui pourrait confirmer.

« Et tu veux te fier à un Polonais qui se fait appeler Jimmy ? »

Valachi exagérait. Je ne savais pas que Jimmy était polonais, je n'avais aucune autre relation avec lui qu'un « salut-salut » quand nous nous croisions. Valachi continuait à s'en prendre à moi sans expliquer ce qui était arrivé.

« Joe, tu es furieux, mais j'aimerais beaucoup savoir pourquoi.

– Ah, tu es dans le noir ?

– Complet.

– D'après toi, la mise que Jimmy a lâchée, à quel bureau elle appartient ?

– Toi… » Pour moi il était un simple assistant de Genovese et moi, de toute façon, je n'avais rien su de la loterie clandestine jusqu'à la veille.

«Exact, c'est moi qui dois débourser mille huit cents dollars.

– Joe, je te le jure, je n'y suis pour rien.» Je lui ai raconté la Collégiale, Luciano, la récompense, le bout de papier reçu de Jimmy.

«Ils ont voulu m'avoir, a-t-il conclu.

– Qui?

– Qui?... Luciano. Qui d'autre? C'est peut-être Genovese qui le lui a demandé, ou Moretti, ils ont peut-être décidé que j'étais un petit poisson et que je pouvais payer.

– Pour quelle raison?

– Je pensais pouvoir faire mon trou, n'embêter personne et vivre en paix.

– Et maintenant?

– Je devrai aller voir Genovese, l'attendrir.

– Pour toi c'est beaucoup mille huit cents dollars?

– Les gains de deux mois. Je te l'ai dit, mon bureau est minuscule, nous prenons les miettes, les très petites mises que les autres refusent. Quand cette mise de trois dollars est arrivée, j'ai cherché à protéger mes arrières, mais aucun des plus gros n'a accepté trois dollars sur le 131. Ils m'ont laissé me ronger dans mon coin. Avec la loterie j'espérais me payer le restaurant, c'était là que je voyais mon avenir avec Mildred. C'est bon, Willy, ne t'inquiète pas. Amis comme avant.» Il a esquissé un sourire timide.

«Joe, qu'est-ce que ça veut dire que tu dois aller voir Genovese?

– Que je lui laisserai la loterie ou le restaurant.» Accablé, il a haussé ses épaules de lutteur.

«Je ne veux pas des mille huit cents dollars.

– Tu es fou? Tu es en dehors de ces histoires, tu as gagné cet argent. C'est mon problème, pas le tien.

– Je te le répète, je ne veux pas de ton argent. Je ne savais rien et je n'en veux pas.

– Willy, tu es un véritable ami, je te remercie. Mais si je ne te paie pas, ce sera pire pour moi.

– Tu m'as payé. Considère que je t'ai prêté mille huit cents dollars. Quand tu seras propriétaire d'une chaîne de restaurants et que tu seras devenu un grand seigneur, tu me les rendras. Je viendrai manger chez toi à l'œil avec Rosa et Turidduzzu. »

Valachi est resté sidéré par mon offre.

« Joe, en échange tu me fais d'abord des spaghettis et ensuite tu m'accompagneras chez moi. »

J'allais revoir Valachi, mais pas les mille huit cents dollars. Au moins, je n'avais pas sur la conscience le sort de quelqu'un qui avait été correct avec moi.

Le lendemain matin de bonne heure on carillonna à la porte. C'étaient trois policiers. Rosa les fit asseoir dans le salon et prépara du café. Elle le servit, s'excusa et alla à sa machine. Sans le montrer elle savourait son succès. Combien de fois elle avait répété que mes fréquentations allaient me détruire ?

Les policiers commencèrent par l'assassinat de Dutch Schultz. Je connaissais des détails qui pourraient servir dans l'enquête ? J'avais remarqué quelque chose de bizarre ? J'avais assisté à des entrevues privées à l'*Hollywood* entre Costello, Luciano, Siegel, Adonis, Genovese ? Les trois prirent mal mes réponses négatives. Ils me rappelèrent que j'étais un étranger et que si je n'étais pas sage ils pouvaient me retirer la nationalité américaine. Puis ils passèrent à la société anonyme Assassins. J'avais des informations ? Pendant la fête du 13 juillet en l'honneur d'Anastasia, je n'aurais pas, par hasard, participé à la réunion du même Anastasia avec Moretti, Costello et Adonis ? J'étais hors de moi. D'accord, l'Amérique est la maman de tous les faux naïfs ; d'accord, c'est le seul pays au monde qui dans les déclarations en douane demande si le voyageur introduit en cachette des armes et des explosifs et s'il entre avec l'intention de commettre un délit, mais imaginer qu'on puisse fonder la société anonyme Assassins avec la même insouciance et les mêmes formalités que pour créer une association d'assistance aux enfants blonds me paraissait une insulte au bon sens. Mais je me suis dit que j'étais Willy Melodia, un artiste, et en tant que tel plus naïf que les policiers naïfs de Tommy Dewey. J'ai donc répondu avec un étonnement identique à celui qu'ils employaient pour formuler leurs questions. J'ai réprimé l'envie qui me venait de leur jeter à la figure que c'étaient Luciano et Costello qui s'étaient opposés à l'idée folle du Hollandais de liquider leur cher procureur. Ils auraient dû remercier la main providentielle qui avait expédié Dutch Schultz au Créateur au lieu de s'indigner du sang qui avait sali les tables et le sol de la rôtisserie.

L'instinct de survie ne fut pas le seul à m'arrêter ; ce fut aussi la présence de Rosa. Son visage était tourné vers sa machine à coudre, mais je devinais ses regards ironiques chaque fois que les policiers insistaient. Je n'ai pas voulu lui donner cette satisfaction. Une fois la porte refermée derrière les agents, j'ai compris que le mépris de Rosa pour le milieu dans lequel je m'obstinais à travailler était plus fort que la solidarité et l'amour entre nous.

Ce furent des jours d'inquiétude, bien que chacun ait essayé de se montrer plus tranquille que jamais. À l'*Hollywood* les clients devaient se mettre en rang pour accéder à la grande salle des fêtes. Adonis contrôlait méticuleusement la tenue des subordonnés, il les obligeait à renouveler leur réserve de chemises, de cravates, de chaussettes et de chaussures dans ses établissements. Costello donnait rendez-vous aux postulants devant le *Moore's Restaurant* à Broadway, au coin de la 46e Ouest, son lieu préféré pour un déjeuner léger à une heure. Il les écoutait et décidait de leur sort entre la sortie et la portière de la Ford Convertible cabriolet tenue ouverte par le voiturier. Un après-midi on le vit avec Joe Kennedy, qui dirigeait la campagne de financement pour la réélection de Roosevelt l'année suivante. Lansky défendait l'idée que tous devaient déménager à Cuba : casinos, cuba libres et femmes. Que demander de mieux à la vie ?

Mais quand tout va bien rien ne va. C'est bien ce qu'on dit? Siegel m'emmena dîner au *Palm Gardens*, un restaurant dans la 52e peu fréquentée par les Italiens. Il allait s'installer à Los Angeles avec Virginia Hill, la poupée en sucre que j'avais vue à la grande fête de Costello et Luciano.

« Ici l'atmosphère est devenue pesante », déclara-t-il sans rire, ce qui pour lui était très rare.

« À cause de Schultz?

– Non. De Dewey. Le problème n'est pas tellement lui, mais plutôt ce qui s'agite derrière lui.

– Et c'est quoi?

– Les Irlandais et mes coreligionnaires, que vous les Italiens avez chassés du business. Disons que l'heure de la revanche a sonné...

– Mais Dewey en a après Luciano...

– Précisément. Le plus fort, qui est aussi le plus faible.

– Pourquoi?

– Parce qu'il s'est trop étendu pour pouvoir tout contrôler. Charles est un animal à sang froid dénué de palpitations et d'émotions, une machine de guerre dans un corps humain. Sa nature l'amène à oublier que les autres ont leurs exigences.

– Les amis juifs de Luciano?

– Ils ne me semblent pas manifester une grande envie d'intervenir. Je les trouve distraits. En fait Lansky est reparti pour Cuba.

– Et toi tu vas à Los Angeles.

– Le cinéma est la seule fête que vous les Macaronis avez laissée aux pauvres Juifs comme moi. »

1935 s'acheva entre corvées, indolence et ennui. 1936 commença de même. Rien ne pouvait arriver, mais tous attendaient que ça arrive. Parmi ceux qui trafiquaient autour de Luciano, Costello, Bonanno et Adonis, beaucoup étaient persuadés d'être invincibles, trop riches et trop dénués de scrupules pour tomber de leur piédestal au sommet de l'Empire

State Building. Personne ne leur avait expliqué que plus on monte et plus on soulève de poussière le jour où on tombe.

Je passais mes dimanches après-midi à l'Alvin Theatre. J'aurais pu répéter chaque ligne de *Porgy and Bess*. Tous les soirs à l'*Hollywood* je me laissais aller avec *Summertime*, avec *I'm on My Way*, *I Love You, Porgy*, *It Ain't Necessarily So*, avec *A Woman Is a Sometime Thing*. La clientèle applaudissait, les rares qui n'avaient pas encore vu le spectacle réservaient des places, beaucoup y retournaient et j'étais de ceux-là. *Porgy and Bess* possédait une magie unique ; écouter la musique et les paroles vous soulageait l'âme. J'y étais le soir où Luigi Pirandello était assis à l'orchestre. Les journaux lui avaient consacré une grande place, ils avaient publié sa photo en annonçant qu'il avait reçu le prix Nobel, mais je me réjouissais surtout qu'il soit sicilien comme moi. Jamais je n'aurais pensé que quelqu'un d'aussi important puisse être né à Agrigente. À la fin de la représentation j'ai essayé de m'approcher de lui. C'était un petit vieux tiré à quatre épingles qui avait l'air d'être en porcelaine. Il parlait avec le metteur en scène, Rouben Mamoulian. Ils se sont dirigés vers les loges, je les ai poursuivis et presque bousculés. J'ai dit que je venais de Catane, que je jouais à l'*Hollywood*, que nous serions honorés de le recevoir. J'étais tout rouge, essoufflé. Pirandello a fait un mouvement imperceptible de la tête, ennuyé de devoir la lever pour me jeter un œil, et il a repris sa conversation avec Mamoulian. Ma Sicile n'était pas la sienne, et des larmes sont tombées sur la mienne.

J'ai reçu une lettre de ma mère : à deux jours d'intervalle mon père était mort du cœur et Peppino en Afrique où il était volontaire avec les chemises noires. Je me suis rappelé avoir lu que Mussolini affichait des prétentions sur l'Éthiopie, mais quel rapport avec Peppino ? Dans ses quelques lignes de guingois ma mère ne donnait pas beaucoup de détails. Mon père avait refusé d'entrer à l'hôpital ; la mort de Peppino allait peut-être rapporter une pension de guerre. Je conservais l'image de mon père poussant sa charrette vers Ognina. Indifférent à la fatigue il veillait sur moi, sur Nino et sur Peppino, tout excités par cette journée spéciale. Il s'était contenté du rien qu'il avait reçu en partage et sa fierté avait été de pouvoir garder ses enfants à la maison sans les louer à l'ami Pippo. J'ai retenu mon chagrin toute la soirée. J'ai cherché une chanson à lui dédier, mais je ne connaissais pas ses goûts, d'ailleurs je n'avais jamais connu ses passions, ses espoirs et ses regrets. J'ai joué *When the Saints Go Marching In* pour m'excuser de tout ce que je ne lui avais pas dit. Je n'ai même pas su quoi lui dire quand j'ai finalement réussi à pleurer. J'ai arrêté l'Oakland près de Mosholu Park et j'ai sangloté: «Papa, papa, papa…» en tapant des poings sur le volant. J'ai pensé à Peppino étendu sur son lit les yeux écarquillés. J'ai pensé à lui, aux hamacs, à la braise, à Nino. J'ai pensé à ces années perdues, enterrées, à nous qui avions grandi sans nous rendre compte que nous étions frères, que nous étions séparés avant que les sentiments ne remplacent l'habitude. Je n'ai pas versé une larme pour Peppino; j'aurais aimé, et j'ai essayé, mais Peppino était sorti de ma vie depuis longtemps. Sa mort n'a pas suffi à l'y faire revenir.

J'ai caché mon double deuil à Rosa. Depuis l'interrogatoire des agents de Dewey nous étions en froid et je ne voulais certainement pas chercher à l'attendrir avec mes malheurs. D'ailleurs elle ne pensait qu'à son travail. Elle avait fait installer le téléphone pour faciliter ses contacts avec les grandes dames de Park Avenue devenues ses clientes habituelles; elle avait engagé deux ouvrières chez nous et en dirigeait quatre ou cinq à l'extérieur. Elle me paraissait complètement lancée et c'est pourquoi j'ai été pris au dépourvu la nuit où elle m'a attendu dans son fauteuil.

«Nous nous installons à Los Angeles?» Elle m'a posé la question avant même de me dire bonjour, de me demander si j'avais eu une bonne ou une mauvaise soirée et si j'avais faim. J'en suis arrivé à penser qu'elle s'était mise d'accord avec Siegel, qu'elle était sa maîtresse secrète.

Pour gagner quelques secondes j'ai dit: «Los Angeles?

– Tu as très bien compris.

– Los Angeles ? » Je l'ai répété pour marquer ma distance. « Ce serait une chance.

– Quelle chance ?

– Tu te rappelles l'avocat juif ami de Pina ? Marc Thal, notre témoin de mariage… » Ça lui faisait plaisir de me provoquer.

J'ai acquiescé.

« Bien. Il fréquente les gens du cinéma, il s'occupe des affaires de certains studios. Il affirme qu'à Los Angeles il y a un grand besoin de personnes qui s'y connaissent en couture et de bons pianistes. Pina me garantit que Marc nous ouvrirait beaucoup de portes. Mino, c'est l'occasion pour nous libérer de tes amis, pour avoir un travail et une vie bien à nous. » Rosa était devenue passionnée.

« L'avocat se transformerait en Père Noël par pure sympathie ? Pour toi ou pour moi ? » C'était à mon tour de provoquer.

Rosa a répondu glaciale : « Il s'en fiche éperdument.

– Alors ?

– Il le fait pour avoir Pina près de lui. »

J'ai pensé aux qualités de Josephine vantées par Genovese. Josephine m'était plus que sympathique, mais je ne voulais pas céder à Rosa. « L'avocat est tombé amoureux de ta sœur ? Ça ne lui suffit plus de la baiser à Nuovaiocche ? Ou alors il n'aime pas la voir se faire peloter par les autres clients ?

– L'amour n'a rien à voir. Pina est la seule qui le fasse fonctionner. En bon juif qu'il est il veut joindre l'utile à l'agréable. Il nous donnerait de quoi ouvrir un de ces ateliers de couture que les studios utilisent pour les costumes des films.

– Et mon rôle dans tout ça ? Je ne sais pas coudre. » Et je n'ai pas de figue non plus…

« En fait tu devrais jouer. Marc est convaincu que tu n'aurais pas de difficulté à trouver un emploi, et puis il s'occuperait de te présenter des metteurs en scène et des producteurs. Physiquement, tu n'es pas à jeter, avec tous les petits bonshommes qu'il y a en circulation… »

De l'*Hollywood* à Hollywood. J'ai volé un instant en imagination sous le regard inquisiteur de Rosa et j'ai finalement atterri. Je ne me voyais pas à Hollywood. Ç'aurait été renoncer à mon rêve de grosse caisse *Willy Melodia et son orchestre.* Nous nous sommes couchés plus loin que jamais l'un de l'autre.

Le lendemain, la Palermitaine du vestiaire, Martina, me chuchota: «On a arrêté don Luciano.» Ce qui n'arriverait jamais était arrivé. Costello fit son entrée, impeccable et élégant; il s'informa sur les modifications de printemps pour la décoration et sur le menu. Mais on ne cessait pas de venir lui annoncer que quelqu'un était au téléphone pour lui; il s'éloignait et revenait. À la cave, dans le dépôt des poubelles, dans les recoins de la cuisine on écoutait les informations à la radio. Dans la cellule de quel commissariat la police avait-elle emmené Charlie? Les nouvelles circulaient tout bas, de bouche à oreille, chacun s'efforçant néanmoins de respecter la vieille devise: *Le spectacle continue.* Je jouais *The Prisoner's Song* et *Little Log Cabin by the Sea*, le grand orchestre de la salle se levait pour accompagner les solos, les danseuses recouraient aux mimiques les plus malicieuses, mais même les abat-jour se demandaient: qu'allons-nous devenir?

Quand est-ce qu'ils vont t'arrêter, toi? me demanda Rosa à mon retour. Toute la ville savait que le petit dieu inculte, richissime et surtout *dago* était tombé. Dewey et La Guardia garantissaient que New York allait devenir plus vivable, et pourtant je peux vous assurer que Luciano et les siens n'avaient pas moins d'honneur que les banquiers, les industriels et les entrepreneurs connus dans leurs fêtes. Moi, en tout cas, je ne craignais pas d'être arrêté. Je l'ai dit à Rosa, mais elle a répliqué avec mépris qu'après la chute du tyran ses esclaves allaient connaître le même sort. Mais je n'ai même pas été interrogé. Pas plus que Costello, Adonis, Lansky et Bonanno. Bref, il semblait que le seul mauvais garçon dans les environs ait été Luciano.

Aussitôt, Costello et Lansky mirent tout en œuvre pour l'aider. Ils firent appel à l'avocat le plus célèbre, Moses Polakoff, autre réfugié juif d'Europe centrale, aux mille contacts dans les tribunaux et l'administration. Tout le monde pensait que Luciano s'en tirerait, qu'on ne trouverait pas de témoins pour le coincer. L'accusation de proxénétisme ne figurait pas parmi les plus graves. Aucune allusion au raffinage et à la vente de stupéfiants.

Ce soir-là Rosa n'était pas à la maison. Pour la première fois depuis notre mariage. Elle avait confié Turidduzzu à la toute jeune ouvrière allemande, qui ne parlait pas un mot d'italien ou d'anglais. Elle m'expliqua par gestes que Rosa avait reçu un coup de téléphone, qu'elle avait fondu en larmes et appelé un taxi. J'ai imaginé qu'il s'agissait de Josephine, qu'elle avait eu des ennuis avec son ami avocat, que peut-être il s'était mis en colère parce qu'il n'avait pas bandé. Puis Turidduzzu s'est réveillé. J'ai joué avec lui. Il avait deux ans et demi à présent, il disait des mots et se faisait comprendre. Nous avons passé un bon moment. Dommage que Rosa soit revenue. Elle était défaite. Josephine avait été arrêtée. On l'interrogeait depuis des heures. On la menaçait de ne pas la relâcher si elle ne racontait pas tout ce qu'elle savait sur Luciano.

« Et qu'est-ce qu'elle sait ?

– Qu'est-ce que j'en sais moi ? »

Mais moi je savais ce que Josephine pouvait avouer : pratiquement tout, de la gestion des bordels au petit laboratoire de drogue créé dans chacun d'eux, la « pharmacie ». À mon avis, Rosa aussi connaissait les secrets de sa sœur. Je n'ai pas dormi. Je me tournais et me retournais sans parvenir à décider quoi faire : fallait-il ou non aviser Costello de l'arrestation et de l'interrogatoire de Josephine ? Il avait probablement déjà appris la nouvelle par les autres filles, et la véritable question était de l'avertir ou pas de la menace de la police. Je sentais que Costello était en mesure d'intervenir pour protéger Luciano, mais le problème des problèmes était : qu'allait devenir

Josephine ? Cette fois il ne suffisait pas d'appeler les nôtres pour les voir arriver et sauver ceux qui étaient en danger. Pour sauver Luciano ils allaient devoir sacrifier Josephine. J'ai regardé Rosa, en proie à un sommeil anxieux. Je l'aimais, je sentais que je lui devais quelque chose. Je suis allé voir Turidduzzu, un visage d'ange, qui dormait comme un ange. Il avait besoin de Rosa, il avait besoin de sa mère, et je voulais que cette mère soit sereine, qu'elle ne se préoccupe que du bien-être de son fils et de son métier. Et donc je n'ai pas avisé Costello.

À l'*Hollywood* je cherchais à parler le moins possible. Totonno et Dominick me surveillaient comme deux coucous suisses, ils me demandaient sans cesse si une tuile m'était tombée sur la tête. Je murmurais que non, je prononçais ici et là le nom de Rosa. Ils étaient tous au courant de nos rapports orageux, de mes sautes d'humeur liées, comme disait Totonno, à la décision de Rosa de me la donner ou pas.

Josephine ne retourna pas à l'appartement de Chambers Street. Elle s'accorda des vacances à Los Angeles avec son avocat. Rosa m'annonça que sa sœur était épuisée, qu'elle avait besoin de repos. J'en ai déduit qu'elle avait parlé. Les maisons de Luciano furent fermées par la police, bien que certaines filles aient continué à les utiliser pour dormir. On vivait en suspens, le procès de Luciano approchait. Il ne me parut pas de bon augure que Lansky, à peine revenu, reparte immédiatement pour Cuba.

À la mi-mai l'empire d'Italie fut proclamé aussi à New York. Une fête imposante fut organisée dans les quartiers autour du port pour célébrer dignement la conquête de l'Éthiopie avec tout ce qui en avait découlé. Costello et les autres amis restèrent à l'écart, mais les envoyés de Mussolini mirent au point défilé, banderoles, énormes portraits du Duce et du roi, pancartes représentant la botte posée sur la moitié de l'Afrique. La participation fut massive. Une joie authentique avait explosé, je n'ai plus jamais vu une telle fierté d'être italiens. On rivalisait de déclarations d'amour de la patrie. Elles étaient sincères. Nous nous sentions les enfants d'une grande nation. Ils avaient tous oublié qu'ils avaient été contraints de quitter l'Italie, que beaucoup n'y retourneraient plus. Les policiers nous regardaient avec étonnement. L'un d'eux a demandé si ça nous rapportait quelque chose.

Le premier jour du procès j'étais le seul de l'entourage de Luciano présent dans la salle. Je me suis assis à un des derniers rangs en veillant à ne pas me faire remarquer. Pourquoi j'y étais allé ? Par inconscience, par entêtement, par gratitude, par insolence, un peu de tout, mais ma véritable raison était Josephine. Rosa ne m'avait pas dit un mot, je m'étais gardé de poser des questions, mais j'avais la sensation que la tempête arrivait, ou plutôt la tornade. Et je voulais y être.

Luciano avait une expression sereine, comme s'il était là en spectateur. Il était habillé avec correction, mais pas d'une manière très élégante à la Costello. Il n'accordait pas un regard à Dewey, qui feignait l'agacement à deux mètres de lui, submergé de dossiers et de collaborateurs. Dewey s'apprêtait à obtenir sa victoire la plus importante, il en était conscient. Il savourait son entrée dans l'Histoire. Polakoff, l'avocat de la défense, était habile, mais détaché, presque indifférent; on aurait pu le prendre pour un visiteur de passage. Il fut bientôt évident que Luciano n'avait pas d'issue. L'accusation présenta un océan de documents et de témoignages. À chaque audience – je n'en ai manqué aucune – les charges s'accumulaient. J'étais troublé par les accusations déversées sur la tête de Charlie. Était-ce possible qu'il soit aussi salaud? Même pire, écrivaient les journaux. À la base il y avait le proxénétisme, puis on y ajoutait les fraudes de toutes sortes, notamment fiscales, les incivilités. Pour rester en terrain sûr, Dewey avait mis de côté le trafic de stupéfiants. Ce qui l'intéressait c'était une condamnation garantie, pas le respect de la loi.

Je n'apercevais pas d'Italiens ni dans la salle ni aux abords, mais je ne doutais pas que Costello et Lansky aient leurs informateurs dans le public, parmi les habitués du tribunal et au milieu des policiers en service. À l'*Hollywood* je n'avais pas dit où je passais mes matinées, mais je m'étonnais que personne ne l'ait rapporté à Costello. J'avais peur de ses questions, qu'il me demande les raisons d'une présence difficile à expliquer. Je continuais de me tourmenter pour Josephine. Elle avait parlé ? Elle s'était tue ? Les jours passaient. Les témoins, surtout des filles des bordels, se succédaient à la barre. Combien d'audiences encore ?

Josephine apparut toute de blanc vêtue début juin. Elle souleva sa voilette et commença à raconter. Elle fut sans pitié. Elle ne négligea pas un détail scabreux, pas un cent des dollars encaissés. Assis sur le dernier banc j'étais sur des charbons ardents, pour elle et pour lui. J'entrevoyais le visage de Josephine et la nuque de Luciano. J'ignore s'ils se regardèrent. Le témoignage de Josephine dura longtemps. Il me parut le plus déterminant de tous ceux que j'avais entendus. Quand elle eut terminé, très digne, elle se dirigea droit vers la sortie. Lorsqu'elle arriva au dernier rang du public, l'instinct dut la pousser à regarder à droite. Elle me vit et sursauta, se ressaisit et sortit. J'étais tellement secoué que je suis resté affaissé à ma place dans la salle vide jusqu'à ce qu'une gentille gardienne de couleur me dise que tout le monde était parti, que c'était fini pour la journée.

J'ai erré pendant des heures, gêné par ma haute taille inutile. À quoi bon regarder les autres d'en haut si je me voyais comme un pygmée sur le point d'être écrasé ?

Je suis entré à l'*Hollywood* comme j'entrais enfant dans la chambre de ma mère lorsqu'elle avait préparé une infusion pour me purger. Totonno s'est chargé de me réveiller : va tout de suite dans le bureau de don Costello.

« Je ne veux pas que tu retournes au procès de Luciano », a-t-il dit sur un ton dur et accusateur.

J'ai écarté les bras pour indiquer que je me rendais, mais il se trompa sur le sens de mon geste.

« Tu ne penses pas que tu as suffisamment prouvé ton attachement à Charlie ? »

J'attendais qu'après ce détour il fonde comme un faucon sur son objectif, Josephine.

« Willy, tu joues depuis presque quatre ans à l'*Hollywood*, ta tête est connue. Je ne veux pas me la retrouver sur le *New York Times* avec la légende : *Le pianiste de l'* Hollywood *ami du gangster*. Ça serait mauvais pour toi, pour moi et pour la maison. »

Pas la moindre allusion à Josephine et à ses déclarations accablantes pour Luciano. Beaucoup plus dangereux que s'il me les avait reprochées.

Ce soir-là j'ai joué *Saint Louis Blues* et d'autres airs encore plus tristes.

Je me suis garé dans Briggs Avenue le cœur en miettes. J'ai regardé l'entrée et les fenêtres de chez moi avec autant de mélancolie que si je les avais perdues. Nous étions tous en danger, moi, Rosa, Turidduzzu. Penser à Turidduzzu qui dormait dans son petit lit m'a anéanti. J'ai couru vers l'appartement avec le désir fou de le protéger. Il n'y avait personne. Sur la table de la cuisine, à côté de la casserole contenant de la soupe de fèves, Rosa avait laissé une feuille quadrillée : elle était partie avec Turidduzzu pour Los Angeles en compagnie de Josephine et de son avocat juif. Si je décidais de changer de vie, elle m'attendait en Californie où il y aurait du travail pour moi aussi dans le cinéma et où nous pourrions reconstruire une existence. Dans le cas contraire, elle me demandait de ne pas la rejoindre, nous perdrions notre temps, elle n'avait aucune intention de retourner en arrière. Je pouvais voir Turidduzzu quand je le souhaitais, à Los Angeles bien entendu.

C'est l'absence de Turidduzzu qui m'a fait sombrer.

Je m'en souviens comme si c'était hier : j'ai haï les Juifs plus que ne les haïssait Hitler. Pourquoi fallait-il que je dépende d'une quéquette d'avocat juif qui ne devenait dure qu'avec ma belle-sœur ?

La colère est une sale bête, surtout quand elle se mélange à l'impossibilité de réagir. Je rejetais sur les autres une responsabilité qui était exclusivement la mienne et peut-être celle de Rosa. Notre couple était destiné à exploser, la mèche était déjà prête, il suffisait de l'allumer. Ce bande mou d'avocat s'en était chargé. J'avais juré contre les Juifs, mais la première personne à qui j'ai pensé en a été un, Siegel. Il m'avait donné un numéro de téléphone en Californie. J'ai appelé. Il était trois heures du matin à Nuovaiocche, minuit là-bas. Ben a répondu lui-même, j'ai compris qu'il allait sortir mais il ne m'en a pas voulu. Je lui ai résumé la situation. Qu'est-ce que je devais faire ?

Il m'a conseillé de patienter. Si je courais après Rosa, les amis pourraient supposer que j'étais d'accord avec Josephine. Pour nous éviter des ennuis ultérieurs à moi et à ma famille, je devais accepter l'humiliation infligée par Rosa et l'enlèvement de Turidduzzu jusqu'à la sentence dans le procès de Luciano.

Et ensuite, qu'est-ce qui allait se passer pour nous, pour moi ?

« Mes amis bookmakers te donneraient perdant », a répondu Siegel. Il a ajouté qu'il en saurait davantage la semaine suivante ; il revenait à Nuovaiocche. Une réunion était prévue avec Lansky, Costello, Adonis, Genovese et Bonanno pour se mettre d'accord sur l'après-Luciano, dont la condamnation semblait aller de soi. Il m'a dit aussi de ne pas révéler à âme qui vive la fuite de Rosa et de Josephine pour éviter la colère immédiate de Moretti ou d'Anastasia. Seuls le temps et les raisonnements amortiraient le coup et conseilleraient la prudence à ces messieurs.

Siegel comprit qu'aussitôt après avoir raccroché j'étais capable de me jeter par la fenêtre. « Willy, fais-toi un plat de spaghettis avec de la tomate, de la ricotta et du basilic, et tu verras que ça ira mieux. Je t'aiderai, ne t'en fais pas... »

J'attendais un signe d'optimisme qui n'est pas arrivé.

Ben a ajouté : « Ça veut dire qu'au moins Lansky ne sera pas contre toi. C'est beaucoup, crois-moi. Pour faire une croix sur toi et sur ta famille il faudra l'approbation de Charles, mais Charles écoute l'avis de Lansky. »

Je dépendais de la confrérie juive.

Luciano fut condamné, et comment. On lui attribua soixante-deux délits. Le juge annonça avec une satisfaction évidente que la peine ne pouvait pas être inférieure à trente ans, puis il a bougonné qu'elle ne pouvait pas dépasser les cinquante. Il s'attendait peut-être à être remercié.

J'observais Charlie de dos. Il est resté droit, il n'a pas sursauté, sa tête n'a pas bougé. On l'a fait sortir de la salle les menottes bien en vue et on l'a jeté en pâture aux photographes. Je m'étais introduit en douce. J'avais bravé l'interdiction de Costello. Pendant une semaine j'ai fait dans mon pantalon : sur la photo de Luciano avec un sourire moqueur en première page de l'*Evening Sun*, on m'apercevait au fond. Heureusement j'avais la tête baissée et l'image était floue, mais c'était bien moi. Une loupe aurait suffi pour qu'on me reconnaisse.

Siegel était descendu au *Washington Square Hotel*. Il m'a donné rendez-vous dans les jardins près du buste de Garibaldi. Il n'est pas venu. Je suis allé au *Reggio*, qui sur son enseigne se disait le premier café-restaurant du Village. Je connaissais un des serveurs et en ne voyant pas Ben je me suis adressé à lui. Il avait laissé une enveloppe pour moi. Elle contenait un papier avec l'adresse du *Millie's Inn* de Montauk, à Long Island. J'ai fait près de deux cents kilomètres jusqu'à l'extrême pointe de la péninsule, plus loin que les fameuses résidences des Hampton, avec la peur que mon Oakland me lâche en route au bord de l'Océan en colère. Mais la petite voiture a fait son devoir jusqu'au bout et m'a déposé à l'entrée de cet hôtel qui n'était même pas pour les couples clandestins mais bien pour les vicieux de la solitude. Siegel m'a souri du comptoir du bar.

«Excuse-moi pour le détour.» Il était bronzé, décontracté, plus séduisant que jamais.

Nous nous sommes serrés dans les bras, mais c'était important pour moi de comprendre lequel de nous deux était la raison de ce détour.

Il a dit tout content: «Nous vivons des jours troublés. Tu as une belle-sœur qui a été parmi les principaux témoins à charge du vieux Charles. Je représente une minorité élue qui avec la mise à l'écart du vieux Charles n'a plus de saints dans votre paradis. Non pas que Luciano m'aime, mais il est trop lié à Lansky pour le mécontenter. Genovese, lui, il n'en a rien à faire de Lansky. Adonis m'aime un jour et me déteste trois. C'est comme ça depuis l'époque où nous volions des voitures ensemble dans les ruelles autour de la 1re Avenue. Donc il vaut mieux éviter la publicité, tu ne crois pas?

– Ici?» C'était un cri du cœur. L'endroit était tellement écarté que dans la mentalité qui colle à un Sicilien il équivalait à la grande place du village.

«Au pire on nous prendra pour deux tapettes invétérées. Tu as déjà essayé?»

Je suis resté muet mais j'ai donné une autre impression.

«*Minchia*, comme vous dites, je ne voulais pas offenser la virilité démontrée d'un magnifique spécimen de la race la plus fornicatrice de la planète, mais ta femme t'a plaqué; à l'évidence elle peut se passer de Willy Melodia dans son lit.»

Touché et coulé. À ce stade j'ai évité de lui révéler qu'avant de partir Rosa avait eu la présence d'esprit de vider notre compte à la Banque d'Amérique et d'Italie.

«Allons, Willy… Je me moque de toi pour alléger la tension.

– Ça va si mal pour nous?

– Pas pour moi, pour toi oui.»

Il m'a emmené à table. «Tu devras te contenter du steak classique style *Hollywood*. Pas de pâtes, pas de coulis de tomates, pas de ricotta, pas de saucisson, pas de pizza.

– Tu as vu Rosa?

– Je n'ai pas vu Rosa, et Josephine non plus. Mais je me suis informé. L'avocat de Josephine, ce Marc Thal, est dans le cercle de Mike Cohen. Et qui est Mike Cohen, c'est bien ça la question. »

C'était la question.

« Mike Cohen est un brave garçon de Californie qui encaisse des millions à la pelle avec les gens du cinéma. Entre parenthèses il est juif lui aussi, je te le disais que le cinéma est une grande fête pour nous les Juifs. Comme nous avons appris la leçon, cette fois nous ferons en sorte que les Italiens ne viennent pas nous souffler le business. Au maximum on vous offrira le rôle de guest star principal, autrement dit d'un acteur non protagoniste. Mais pour avoir ce rôle il ne faudra pas perturber la sphère érotique de Marc Thal, qui s'occupe des contrats de Cohen. Il est le meilleur médiateur entre la mauvaise vie et la belle vie. Par voie de conséquence, les patrons de Hollywood, pas seulement Cohen, lui éviteront tout désagrément. Tu me suis ?

– Tu veux me dire que Rosa et Turidduzzu ne courent pas de danger ?

– Ça dépend de toi.

– De moi ? » Qu'est-ce qu'il manigançait ?

« Je m'explique. Lansky a bien fait comprendre à Luciano, donc à Costello et aux autres mangeurs d'ail et de côtes de porc, que s'ils veulent poursuivre leurs affaires avec Cohen, ils doivent oublier Josephine, et donc Rosa et Turidduzzu. Si toi aussi tu te fais une raison et si tu continues de jouer à l'*Hollywood*, ils enterreront le passé et ne regarderont que vers l'avenir. Si au contraire tu décides que Rosa est plus importante que toute autre considération et si tu la rejoins à Los Angeles, il se peut qu'ils vous enterrent toi et ta famille.

– Autrement dit, soit je renonce à ma famille soit ce sera pire pour nous.

– Je ne voudrais pas paraître mesquin, mais les deux tiers de ta famille ont renoncé à toi. Tu ne peux pas en rendre les amis responsables. Ils t'ont écouté, nourri, chouchouté, formé. Ils ne peuvent pas te voir disparaître maintenant sans se demander: mais quelles sont les intentions de Willy? Sa belle-sœur l'a peut-être contaminé et il est impatient de se confesser à un procureur?

– Je ne ferais jamais ça.

– Toi-même tu ne peux pas en être sûr. Pense un peu à Anastasia et Genovese qui, comme tu sais, préfèrent le son rassurant de la mitraillette aux élucubrations philosophiques. Willy, mets-toi à leur place. Tu as entendu trop de conversations, tu as vu trop de têtes, connu trop de villas. Je te l'ai déjà dit un soir et je te le répète maintenant: tu es lié pieds et poings à tes bienfaiteurs, surtout avec Luciano hors jeu et moi en Californie.

– Il n'y a pas que Rosa, il y a aussi mon fils.

– Vous les Italiens, avec vos enfants vous êtes plus insupportables que nous les Juifs, quoique avec mes filles je pense me conduire très mal. À Los Angeles j'ai acheté une espèce de château à un chanteur d'opéra. Esther et les filles ne sont pas très contentes d'y habiter seules… surtout Millicent et Barbara.» En disant le nom de ses filles, Ben s'était assombri. «Et puis ces enculés de photographes s'y sont mis. Ils m'ont espionné. Il n'y a pas un journal qui n'ait pas publié des photos de moi et de Virginia… Tu imagines la joie d'Esther et des filles?»

Je m'en fichais de lui et de cette tailleuse de pipes de Virginia Hill. «Je ne renoncerai jamais à Turidduzzu, quoi qu'il m'en coûte.» Je l'ai dit en tremblant, plus de peur que d'indignation.

«Tu ne devras renoncer à personne. En septembre, quand les pokers recommenceront, attends le premier soir où Costello gagnera et demande-lui de t'accorder une semaine de vacances pour aller voir Turidduzzu, dis qu'il a attrapé une bronchite ou je ne sais quoi. Tu verras que Frankie te donnera même de l'argent pour le médecin.»

Ben continuait à se montrer bien meilleur ami que moi.

14
L'examen de Sinatra

Il ne fut pas nécessaire d'attendre septembre. L'instinct de survie et le désir de pouvoir de ceux qui étaient venus en Amérique pour changer le cours de leur destin et ne pouvaient pas s'arrêter devant la sentence d'un tribunal furent les plus forts. L'arrestation de Luciano fut ramenée à un incident de parcours. Ses amis s'employèrent à démontrer que ni leurs programmes, ni leurs rites, ni leurs procédés, ni leur arrogance n'avaient changé.

Les journaux annoncèrent la découverte des corps coupés en morceaux de trois voyous soupçonnés d'avoir détroussé des clients à la sortie de *Joe's Italian Kitchen,* le restaurant d'Adonis. Au journaliste qui lui demandait un commentaire, Joe répondit qu'il était navré pour les mères des trois voyous mais qu'il ne savait rien de ce vol et encore moins de cette épouvantable exécution. Pour éviter l'un et l'autre, conclut-il, il aurait suffi que la police s'occupe de protéger les habitants au lieu de leur interdire d'honnêtes distractions.

La Guardia qui détruisait les machines à sous à la hache continuait de porter atteinte aux gains de Costello et des autres. Le secteur des machines était le seul déficitaire et Adonis annonça à Costello son intention de s'en retirer pour se consacrer aux voitures et aux cigarettes. Ils en discutèrent au cours d'une soirée avec jolies femmes, vin rouge de Toscane, pain maison, saucisson de Calabre, sénateurs, banquiers et pétroliers arrivés de l'Ouest en caravane pour visiter la troisième merveille de Nuovaiocche après l'Empire State Building et Central Park : un splendide appartement de deux étages entre l'*Algonquin Hotel* et le Yacht Club dans la 44e. Ç'avait été le salon préféré de Luciano, il n'y avait pas installé la « pharmacie » habituelle afin d'éviter des complications aux visiteurs célèbres.

Charlie avait laissé Genovese le gérer, dans l'intention déclarée de le ménager et de conjurer ressentiments et rivalités à l'intérieur du clan.

Par pingrerie, Genovese avait supprimé les huîtres, le caviar et le champagne en disant qu'ils ne correspondaient pas à ses goûts de paysan. Costello n'y mettait donc pas les pieds, sauf pour cette petite fête où ils décidèrent qu'il fallait déloger les machines à sous de Nuovaiocche et où Adonis abandonna la société de ses amis.

L'appartement accueillait les filles les plus séduisantes et les plus chères de la ville. Au premier niveau on satisfaisait la chair, au second, le frisson des jeux de hasard: poker, chemin de fer, dés, zecchinetta pour les Siciliens. J'étais compris dans le prix, assis au piano dans le coin près de poufs, de canapés blancs, de fauteuils venus spécialement de Paris comme tous les éléments de décoration modern style. Les lampes Tiffany détonnaient un peu avec le piano noir trapu à deux pédales construit en Angleterre. Mais Genovese, gonflé de suffisance, montrait aux invités la plaque *Rubenstein*, avant de chuchoter avec satisfaction qu'il avait appartenu au célèbre pianiste – juif, naturellement, ajoutait-il avec dégoût – retiré de la scène au sommet de sa gloire. La plupart des invités ignoraient que le pianiste s'appelait Rubinstein et non Rubenstein, et ceux qui le savaient étaient terrifiés à l'idée de la tornade que déchaînerait Genovese en découvrant qu'il s'était fait avoir.

À sa manière, don Vitone se montrait généreux à mon égard. Il payait bien, il aurait voulu que je joue tous les soirs, mais Costello appréciait encore moins Genovese que Loretta n'appréciait ses fréquentations. Je louvoyais donc pour essayer de concilier mon portefeuille avec les inimitiés anciennes ou récentes des autres. Je finissais évidemment par mécontenter tout le monde, même si l'argent ne me servait qu'à le dépenser.

Il n'y avait eu aucune allusion au témoignage de Josephine et à sa fuite à Los Angeles avec Rosa et Turidduzu. Tous étaient au courant, mais personne ne me le laissait deviner. Je me sentais pourtant sous surveillance. Mon seul réconfort venait de Siegel. Ses coups de téléphone m'informaient que Turidduzzu fréquentait le jardin d'enfants des religieuses, que Rosa et Josephine avaient inauguré leur atelier dans les parages de Sunset Boulevard, que les affaires et le pouvoir de Marc Thal, l'avocat de Josephine, s'accroissaient en même temps que les succès et les encaissements des petits Juifs de Hollywood.

J'avais les poches bourrées de billets et l'esprit plein de fantômes. La musique elle-même restait loin de mon cœur. Un après-midi, alors que j'allais dans la salle de bains pour me rendre présentable, j'ai soudain entendu à la radio *St James Infirmary* dans la célèbre interprétation d'Armstrong avec Earl Hines au piano en 1928. La première fois que je l'avais entendue, c'était notre première fois pour Rosa et moi dans le trou à rats de la 14e. Ce disque m'a causé un tel dépit que le soir je me suis obstiné à tirer des touches les mêmes beautés que les deux géants. Pour oublier les déceptions et les trahisons je demandais à mon talent la récompense qu'il ne pourrait jamais me donner. J'avais besoin de me faire du mal et je cherchais pour ça la confirmation de mon insuffisance.

Plus je devenais sombre et plus je gaspillais. Je suis allé dans tous les magasins liés à Adonis. Je crois n'avoir jamais possédé autant de costumes, de chemises, de chaussures et de cravates que pendant ces mois-là. C'était ma façon de combler le vide affectif. En dehors de ma mère, mais elle vivait à dix mille kilomètres, qui tenait à Mino Melodia, plus connu sous le nom de Willy? Pour ne pas me taper la tête contre les murs des pièces inhabitées de Briggs Avenue, j'ai pris l'habitude de ne pas dormir chez moi. Un lit différent chaque nuit. Je n'avais que l'embarras du choix. L'*Hollywood* abondait en chair fraîche et disponible, les clientes me faisaient les yeux doux et j'étais toujours prêt à jouer le rôle de l'homme de leurs rêves. Le seul problème surgissait au réveil: où est-ce que j'étais et où se trouvaient les toilettes? Le moment de se dire au revoir coïncidait souvent avec les présentations.

Noël et le jour de l'an furent douloureux. Personne ne songeait à tirer sur le pianiste, qui l'aurait peut-être fait tout seul s'il n'avait pas été aussi voracement attaché à la vie. J'étais aidé par l'obligation de me montrer à la hauteur de l'*Hollywood*. Sa réputation et ses gains grandissaient. Les steaks mythiques avaient atteint les neuf dollars. Mais l'Amérique était pressée de laisser derrière elle les années de souffrance et ne regardait pas à la dépense, surtout si elle ressentait le frisson de l'interdit. Et à l'*Hollywood*, l'auréole de Luciano comptait davantage que les danseuses à moitié nues. Son arrestation, son procès, les accusations et sa condamnation avaient accru un attrait pervers pour ceux qui l'avaient fréquenté. Tous les soirs on voyait s'allonger la file d'attente pour épier de près les rustres poignardeurs qui dictaient les règles à Nuovaiocche. On découvrait aux meilleures tables les visages connus de personnalités irréprochables. Il émanait d'eux l'arrogance de se sentir oints par le Saint-Esprit et prédestinés par Dieu, et j'étais chargé de les distraire sans rien laisser transparaître de mon humeur. J'avais l'air d'une publicité pour le célèbre morceau d'Armstrong sur l'enterrement: d'abord le désespoir de la sépulture (*Flee as a Bird*), puis l'optimisme lié à notre éternel vagabondage (*Didn't He Ramble?*).

C'est Siegel qui m'apprit que Rosa et Turidduzzu étaient très heureux, que l'atelier de couture des deux sœurs Polizzi – ça l'amusait de répéter constamment ce nom – jouissait déjà d'une excellente réputation. Mais ce n'était pas la peine que je mette la pagaille en allant à Los Angeles. De toute façon, conclut-il méchamment, aucun des trois ne souffre de ton absence.

Dans l'appartement de la 44e les heures s'écoulaient mollement. Derrière les fenêtres aux vitres toujours éclatantes, la brume brouillait le rose qui caractérisait les immeubles de la rue. La nouvelle année avait du mal à démarrer: chambres presque vides, peu d'amateurs sur les canapés. Un lit m'attendait au Village chez Janet, aspirante médecin du Connecticut que des futurs collègues avaient amenée à l'*Hollywood*. L'hameçon de la plaque sur le piano avait été efficace, et *Come pioveva* exécuté pour elle seule l'avait convaincue de faire plus ample connaissance avec moi. Elle m'attendait pour cinq heures du matin, mais je dépendais de l'humeur de Genovese, terré au-dessus, les cartes à la main. Vu le peu d'activité, nous allions peut-être plier boutique à trois heures.

«Hé, Willy.» Je n'avais pas vu Genovese, col de chemise déboutonné et gilet pendant. «Tu sais jouer au poker?

– Don Vito, trop risqué pour quelqu'un comme moi.

– Arrête, je ne te demande pas un avis sur le poker, je te demande si tu y as déjà joué...

– Jamais.

– Mais tu connais les règles?

– Je les ai apprises avec vous autres...

– Bien. Tu dois faire une partie.

– Maintenant?» Je pensais à Janet.

«Non, dans un mois... Il y a un type en haut qui exige de jouer à cinq et nous sommes quatre. Écoute-moi, la mise est de dix mille dollars, n'aie pas peur, je te l'avance. Mais avant, nous devons faire une petite manœuvre. Dis que tu n'as que des chèques. Pendant la partie, joue le moins possible pour ne pas perdre la mise. Fais gaffe à toi et tout se passera très bien. Demain, passe à Thompson Street retirer une enveloppe de mille dollars...»

Genovese s'est trompé sur mon expression. «Plus, bien sûr, les cinquante dollars de la soirée.»

Il m'a fourré un carnet de chèques dans la poche. Je n'en avais jamais eu.

Je l'ai suivi plus ahuri qu'inquiet. La pièce était pleine de fumée. Les présentations autour du tapis vert furent limitées: il y avait Danny avec ses petites lunettes de comptable, Nando avec un gros ventre de buveur et un verre plein à ras bord à la main, et Mike avec des favoris et des moustaches. Et trois anges gardiens. Un préposé à l'alcool, un aux jetons et un au remplacement des jeux de cartes. Genovese récapitula les règles : deux tours de poker, stud poker classique, une carte couverte et quatre découvertes ; relance libre, pas de crédit.

« Tout est clair, Willy ? Ça va ? »

Je m'en suis tiré avec un rapide signe de tête.

« Tu es celui de la plaque de l'*Hollywood* ? Qu'est-ce qui est écrit ? Ne tirez pas sur le pianiste, il me semble… » Danny avait une petite voix douce.

« Oui, dit Genovese, mais fais attention, Willy. Ici on te tire vraiment dessus. »

Personne ne rit sauf Genovese.

Au moment de sortir l'argent Genovese joua à l'avance la comédie du chèque. « Willy, donne-moi un chèque et je t'avance le liquide. »

Je lui ai tendu le carnet qu'il venait à peine de me remettre.

« Willy, fit-il menaçant, n'essaie pas de tricher. Tu dois signer le chèque, et je préférerais que tu écrives aussi la somme, dix mille, avant de mettre mon ordre. Je vois que tu es sûr de gagner, sale enfoiré de Sicilien, mais il faut respecter les formes. Tu es d'accord Danny ? »

Je ne sais pas ce que j'ai gribouillé sur le chèque, en tout cas Genovese l'a fait disparaître, il a donné dix mille dollars en billets au caissier et j'ai reçu les jetons. Les cartes furent distribuées. Il était deux heures et demie et j'espérais encore pouvoir me glisser dans le lit de Janet à cinq heures.

J'ai joué le moins possible, de toute façon personne ne faisait attention à moi. Danny commença à faire monter les enjeux. Il tirait d'un sac posé par terre des rouleaux de billets attachés par un élastique, le caissier les comptait et les entassait tant bien que mal sur la table. Danny suivait toujours, même quand quelqu'un d'aussi peu averti que moi pensait que c'était fichu d'avance. Genovese et Mike gagnaient avec un visage contrit ; comme moi, Nando gardait ses distances, plus attentif à son verre qu'aux cartes. Sur la table du caissier les piles de billets dépassaient celles des jetons. Jamais je ne devais revoir autant d'argent liquide. Combien y avait-il? Cent mille dollars? Deux cent mille?

La partie se prolongea longtemps. D'après le peu que je comprenais, Danny était plus mal en point qu'un boxeur sonné et entièrement à la merci de Genovese et Mike. Nando aussi lui asséna quelques coups. Je me suis rendu compte qu'aucune heure limite n'avait été fixée; on continuait tant qu'il restait de l'argent et l'envie. À cinq heures j'ai dit adieu à Janet. Une minute plus tard Danny m'a adressé un sourire timide.

«Hé, le pianiste, tu ne profites pas de ma malchance?»

Mais était-ce de la simple malchance? Danny jouait-il mal de lui-même ou parce que les trois autres le mettaient en situation de mal jouer? J'ai rendu son sourire à Danny sans répondre.

Le ciel sale de janvier éclairait à peine le sommet des immeubles quand Danny se retrouva sans jetons. Cette fois il ne se pencha pas vers son sac.

«Danny, dit Genovese l'œil allumé, si tu souhaites continuer, aucun problème. Avec la malchance que tu as eue et ce que tu perds, je te fais personnellement crédit.

– Non, Vito, il vaut mieux pas. Ça n'est pas mon soir... Je devrais peut-être dire que ça n'est pas ma matinée. Ce sera pour une autre fois.

– À ta disposition. Ce soir aussi. Même table... Ou tu préfères des joueurs différents?

– C'est très gentil de ta part.

– Danny, tu veux te refaire avec une fille? Tu n'as qu'à le dire. On les réveille tout de suite...

– Je ne voudrais pas faire mauvaise figure là aussi.» Danny eut un autre sourire timide. Genovese haussa les épaules, il avait tout fait pour atténuer sa défaite. Danny enfila sa veste, son pardessus, mit son taupé en biais sur la tête et sortit. Un silence anormal s'installa; il restait dans l'air quelque chose d'incompréhensible pour moi.

Genovese nous regarda à tour de rôle, mais avant qu'il puisse ouvrir la bouche Danny réapparut.

« Tu as réfléchi ?

– J'ai oublié mon sac. »

Un ange gardien se précipita pour le ramasser et sur un signe de Genovese il accompagna Danny jusqu'à la porte. À l'étage en dessous tout le monde dormait; le silence fut rompu par le bruit de la porte qui se refermait. Genovese leva les bras au ciel, se fit remplir un verre de whisky à ras bord et porta un toast silencieux à lui-même. « À présent, il faudra enlever son chapeau sur notre passage. »

Devant la table de billets Mike me faisait penser à moi enfant devant la vitrine de la pâtisserie suisse de la piazza Duomo. L'ange gardien préposé aux billets était occupé à les compter.

« Combien il y a exactement ? » Genovese avait la voix de quelqu'un qui s'était tapé Jean Harlow.

« Deux cent vingt mille, répondit l'ange gardien.

– Deux cent vingt mille ? » répéta lentement Mike bouleversé.

Genovese avala le contenu de son verre en une longue gorgée et s'essuya les lèvres avec le dos de la main. « Alors faisons les comptes. Quarante mille c'est notre mise, il en reste cent quatre-vingts. C'est bien ça ? Nando, voilà tes vingt mille... »

Ils regardaient tous les billets; j'ai été le seul à surprendre l'éclair de colère qui a traversé Nando. La grande quantité d'alcool qu'il avait ingurgitée ne lui avait pas fait perdre son contrôle; il prit les dollars d'un air imperturbable.

Une fois Nando payé, les billets furent rassemblés dans un sac de golf. « Emportez-le dans mon bureau, dit Genovese. Willy, passe quand tu voudras... Mike, on fera les comptes plus tard...

– Il est dégourdi le petit, dit Mike en s'inclinant presque devant moi. Il a su rester à sa place.

– Willy, tu veux changer de métier ? » Genovese voulait se montrer bien disposé, mais je n'aspirais qu'à sortir de cette pièce pleine de violence contenue.

J'ai répondu : « Le piano est moins ennuyeux. »

La grimace de Genovese me fit le regretter aussitôt. Presque personne ne répondit à mon salut.

Le lendemain j'ai retiré l'enveloppe avec les mille dollars. J'ai d'abord pensé en envoyer une partie à Rosa et Turidduzzu, mais je n'avais toujours sur eux que les rares informations que me fournissait Siegel, et pas d'adresse. Se pouvait-il que Rosa ait effacé jusqu'à mon nom ? Aucun signe d'elle en sept mois. J'aurais pourtant juré de son amour autrefois, des attentions dont elle m'avait entouré, des attentes que nourrissait notre union. Je devais l'avoir déçue au-delà de tout. Je me donnais tous les torts, tant que ça ne me prenait pas cinq minutes, en particulier quand je rentrais à l'aube dans l'appartement vide. Alors je me défoulais à coups de poing sur les portes de l'impossibilité de l'insulter, de l'accuser d'avoir détruit ce que je m'obstinais à considérer comme une famille. Je n'avais rien dit à ma mère.

En troisième page de faits divers du *Journal American*, la photo en tête d'un entrefilet montrait un Nando avec davantage de cheveux et moins de kilos. On l'avait retrouvé dans la baie. Les poissons avaient mangé le sac lesté dans lequel on l'avait mis et son corps était remonté. Une balle dans la nuque. Dans son curriculum on lui attribuait les jeux de hasard, l'extorsion et la contrebande. Il était considéré comme un proche de Vito Genovese, lui-même décrit comme homme de confiance de Luciano et l'un des prochains nouveaux chefs après l'incarcération de celui-ci. Je me suis rappelé la colère rentrée de Nando en apprenant qu'il ne recevait que vingt mille dollars, une fortune, mais il en restait cent soixante mille à Genovese. Après prélèvement de la part de Mike, il allait en rester encore de quoi s'acheter un petit palais sur la 5e Avenue.

L'article et ses conséquences éventuelles m'inquiétèrent davantage que la mort de Nando. Et plus que la police et les procureurs, c'étaient les réactions de Costello et des autres qui ignoraient tout du trait de génie de Genovese. Ils ne lui pardonneraient pas de les avoir refourrés dans l'œil du cyclone. Je marchais déjà au bord du précipice et je n'avais pas besoin d'aides extérieures pour y tomber. Même le fait de n'avoir pas parlé du poker se retournait contre moi, je n'avais personne à qui demander conseil. Malheureusement l'affaire et les articles s'amplifièrent. Nando était un petit bonhomme comme tant d'autres tombés au fond de l'Hudson et de l'Océan et dont ni les policiers ni le *New York Times* ne se souciaient, mais le parquet visait haut, il visait Genovese. Dewey voulait son couplé gagnant : Luciano et Genovese.

On écrivit que Nando était un spécialiste qui procurait des pauvres crétins à plumer dans des parties de poker truquées. Son assassinat fut mis sur le compte des disputes sur la répartition d'un gros gain. On fit allusion à un domicile somptueux du centre de Manhattan fréquenté par des tricheurs invétérés et des proies occasionnelles. Le tableau devint de plus en plus précis : un soir à la fin de janvier, cinq joueurs autour de la table, pertes colossales pour un seul.

J'avais l'impression de participer aux préparatifs de mon enterrement. *Flee as a Bird* me venait beaucoup plus spontanément que *Didn't He Ramble ?* J'observais l'humeur et les attitudes de Costello pour me donner vingt-quatre heures de répit supplémentaire. Je me suis effondré l'après-midi où j'ai été convoqué dans son bureau.

« Willy, les amis du *New Jersey* ont envoyé un petit jeune la semaine dernière. » Costello a eu un sourire patient ; ce n'était pas le premier casse-pieds et il ne serait pas le dernier. « Ils m'ont assuré qu'il avait une voix céleste et ceux du *Copacabana* me l'ont confirmé. Mais avant de me charger de lui j'aimerais que tu lui fasses passer un examen. Arrange-toi pour le mettre à l'aise, mais s'il ne te suit pas renvoie-le d'où il vient. Entendu ? »

Jamais je ne me suis senti capable de juger les autres, encore moins avec la tête de Nando qui me poursuivait. Le candidat se montra après minuit et resta près du comptoir du bar avec un air de chien battu. Il portait un costume gris en petit lainage du genre de ceux qu'on trouve en liquidation dans les grands magasins – je m'y connaissais à présent – et il avait des yeux bleus liquides très féminins. Je l'ai fait approcher. Il m'a dit qu'il venait de Hoboken. Il s'appelait Frank Sinatra.

Il était appuyé au Steinway de l'*Hollywood* grâce à son oncle maternel Baby Garaventa. En 1921 Baby était le chauffeur d'une bande de cambrioleurs. Après son arrestation il n'avait pas balancé ses chefs et s'était pris quinze ans de travaux forcés. À sa sortie il avait couru chez Moretti, le patron du *New Jersey*, pour lui dire que le fils de sa sœur Dolly et de son beau-frère Martino Sinatra était un chanteur extraordinaire. Pour expliquer à Moretti, qui ne connaissait rien à la musique, ce qu'il voulait dire, Garaventa lui avait donné la meilleure définition de Frank qu'on ait jamais trouvée : La voix de mon neveu fait se rejoindre le bonheur et la tristesse.

Baby Garaventa aurait souhaité passer sa vieillesse à écouter Frank chanter dans les meilleurs lieux de New York. Je ne le mérite pas don Moretti ?

Oui, il le méritait. C'est ainsi qu'après avoir accompagné Frank pendant une dizaines de minutes j'ai eu le privilège de garantir à Costello que le petit jeune appartenait à une autre planète. Si ç'avait dépendu de moi, je l'aurais pris sous contrat à l'*Hollywood* pour dix ans. Mais ça ne dépendait pas de moi et Costello a préféré le laisser partir avec l'orchestre de Harry James.

La convocation suivante au bureau de Costello ne fut pas pour Sinatra.

« Tu y étais aussi ? »

Et voilà : les policiers avaient retrouvé Danny, héritier de quelques mines de diamants dans l'Arkansas, et il avait reconnu avoir participé à un poker avec Nando plus trois autres dont il avait du mal à se rappeler la tête. Danny avait déclaré que le jeu avait été honnête et qu'il avait perdu moins de cinquante mille dollars.

Danny, m'expliqua Costello, a une femme, des enfants, des affaires, une mère en rage, et il cherchera donc à dissimuler le coup de massue. Mais les policiers le forceront à avouer, et alors ils tomberont à bras raccourcis sur les trois autres, c'est-à-dire sur toi et Mike de manière à avoir la preuve que ce poker était truqué et à monter une belle accusation d'homicide volontaire contre Genovese. On l'accusera d'avoir fait tuer Nando parce qu'il voulait davantage d'argent. Tu devais vraiment t'asseoir à cette table ? »

Après cette question, Costello n'eut pas besoin d'ajouter que j'étais le portrait craché d'un mort qui se promène. Non content d'être le mari de la femme dont la sœur avait envoyé Luciano en prison pour trente ans au moins, j'étais devenu un témoin primordial de l'accusation contre Genovese. La chronique de ces années-là n'abondait pas en témoins parvenus vivants au commissariat ou dans la salle du tribunal.

Le mal de vivre m'est passé immédiatement et la peur de la mort a surgi. Dans une lettre à ma mère j'ai embrassé avec effusion mes frères, mes sœurs, mes neveux, beaux-frères et belles-sœurs, cousins et cousines, oncles et tantes, bref les rares personnes que j'avais connues, qui se souvenaient peut-être de moi, et tous ceux que je ne connaissais pas et qui n'avaient peut-être même pas entendu parler de moi. J'ai caché entre les feuillets deux billets de dix dollars. J'espérais laisser un bon souvenir.

Mon envie d'un lit différent chaque nuit s'est étiolée. Je me retournais dans le grand lit de Briggs Avenue sans réussir à dormir. Heureusement Turidduzzu était à l'abri, et surtout loin de mon milieu. J'ai donné mille fois raison à Rosa. Il n'y avait rien de bon à l'ombre de mes amis. J'aurais dû la suivre à Los Angeles. Pour une fois que je n'en avais fait qu'à ma tête, j'allais mourir cent fois de mon vivant.

Heureusement les policiers intervinrent pour me donner un coup de main. Pour mieux coincer Genovese, ils rouvrirent le dossier du premier mari de sa femme Anna Petillo, dont on avait attribué l'assassinat à des inconnus. Les nouvelles que les contacts au parquet laissaient filtrer étaient alarmantes: on effectuait des recoupements pour accuser Genovese d'avoir commandité également ce meurtre. Il battit les hommes de Dewey de vitesse. Il s'embarqua pour Naples accompagné d'Anna et de sept malles contenant la garde-robe chic de madame et les pardessus à revers de velours que monsieur aimait. En fait il y avait autre chose: sept cent cinquante mille dollars en liquide pour affronter sans soucis l'exil italien.

Le départ de Genovese ne laissa pas de cœurs brisés chez ses compatriotes. Ceux qui le pouvaient se firent une petite place dans les loteries clandestines, tous – comme disait Bonanno – s'endormaient le soir plus tranquilles. La seule conséquence fut la fermeture du duplex de la 44e. Désormais encadré par la police il fut vidé de ses distractions et cédé à un riche couple juif ami de Lansky.

J'ai respiré moi aussi; j'avais tout au moins réduit de moitié mes problèmes. Le danger passé, mon insatisfaction à cause de tout ce que je n'étais pas et ne serais jamais est remontée à la surface. Ça ne me convenait plus de jouer pour mes admiratrices le rôle d'homme de leurs rêves. J'en suis arrivé à m'isoler de moi-même. Willy remplissait ses obligations, mais Mino le regardait sceptique. C'est la musique qui nous a réunis. J'ai recommencé à me plonger dans les notes, le contact des touches continuait de m'émouvoir davantage que celui des seins des femmes. J'avais Armstrong, j'avais Ellington et Gershwin, j'avais Mozart, Beethoven et Bellini. Si je m'en contentais ils pouvaient me suffire. Seul le piano me permettait de dépasser mes peurs et mes pensées médiocres.

C'est pourquoi j'ai considéré comme une injustice irrémédiable la disparition soudaine de Gershwin. Je venais depuis peu de prendre de l'assurance avec *They Can't Take That Away from Me* et je me suis retrouvé dans une file à l'Alvin Theatre avec mille autres personnes pour déposer une rose blanche à l'entrée pendant que les haut-parleurs diffusaient *Rhapsody in Blue*. Je peux l'avouer ? J'ai eu de la peine comme je n'en avais pas eu pour mon frère Peppino.

L'été de Nuovaiocche fut attristé. Les nouvelles de guerre provenant de la lointaine Europe répandaient l'insécurité – on se battait en Espagne depuis un an. De grands panneaux publicitaires emplissaient les rues et les places pour vanter les mérites de voitures, réfrigérateurs, machines à laver, engins pour avoir de l'air chaud en hiver et de l'air frais en été, autocuiseurs, montres-bracelets. L'Amérique avait envie de carnaval après le long carême, cependant personne ne réussissait à profiter à fond de la vie. On sentait planer l'angoisse d'un rendez-vous impossible à différer.

Le dimanche après-midi j'étais allé en métro voir le spectacle du Paramount Theatre à Times Square. En sortant je suis remonté vers la 60e, surpris par le nombre de voitures qui embouteillaient la 5e Avenue un jour où les magasins étaient fermés.

« Willyyy… »

Cet appel hurlé à tue-tête était glaçant. Je me suis retourné lentement, horrifié par ce que j'allais voir. Siegel était penché à la fenêtre de la toute dernière LaSalle. Il me faisait de grands signes pour que je le rejoigne. J'ai regardé à droite et à gauche et je me suis approché à petits pas de la voiture.

« Dépêche-toi, monte », a dit Ben soudain renfrogné.

Siegel m'avait fourni de nombreuses preuves de son affection, mais j'avais entendu trop d'histoires de Caïns pour ne pas craindre que ce soit son tour. Il aurait dû être en train de promener sa poupée de service dans les boulevards de Los Angeles ; qu'est-ce qu'il faisait au milieu de Manhattan, et un dimanche en plus ?

« Félicitations au jeune homme. » Il était vraiment en pétard.

J'essayais encore de reprendre pied.

« Je cavale comme un fou pour venir protéger tes fesses et voilà comment tu me reçois. Merde, tu ne me fais pas confiance… »

J'ai remercié tous les saints et les saintes vierges dont je me souvenais. « Ben, j'ai peur de tout le monde, je ne me fais même pas confiance à moi-même. Ne te fâche pas. Si je te perds toi aussi qui va me rester ? »

Je l'avais convaincu. Il m'a tapé sur la cuisse.

« Qui t'a dit où me trouver ?

– Réveille-toi Willy. À ton avis, les amis ne t'ont pas surveillé ces derniers mois ? »

Ben avait tourné dans les petites rues latérales et pris la direction opposée, vers la 7e Avenue au sud.

« Toujours à cause de Josephine ?

– Qu'est-ce que tu fais de Genovese ?

– Il est parti.

– Mais Anastasia est resté et, ce qui est pire, les hommes de Dewey enquêtent sur la partie de poker. À la première menace d'accusation de complicité, l'imbécile aux mines de diamants a reconnu qu'il avait perdu une fortune, il s'est souvenu que le quatrième joueur s'appelait Mike. À sa manière il a voulu te protéger, il n'a pas donné ton nom. Mais les policiers ont retrouvé les filles du duplex, et une a dit qui tu étais. Quand ceux du palais de justice ont informé les amis, Anatasia a commencé à brailler que te laisser entre les mains du procureur serait un danger pour tous, pas seulement pour Genovese. Il sait des choses qu'il ne devrait pas savoir, a dit l'ours. Il ne peut que les emporter dans la tombe. Il y a eu un petit référendum sur ton sort. Anastasia, Moretti, les Mangano, Profaci et

Gambino étaient pour t'envoyer tout droit au cimetière. Bonanno et Adonis s'y sont opposés.

– Et Costello ?

– Il s'est abstenu. C'est ce qu'il a fait toute sa vie, mais il a quand même avisé Luciano. Charles, qui en principe aurait dû être le plus impitoyable envers toi, a dit qu'une nouvelle mort de témoin aggraverait la situation de Genovese et par conséquent des autres. Anastasia n'était pas très convaincu, mais j'ai réussi à faire intervenir Lansky, qui a entraîné Costello. Je suis là pour t'emmener au train.

– Quel train ?

– Un groupe de policiers t'attend à l'*Hollywood*, un autre en bas de chez toi.

– C'est sûr ?

– Comme la mort.

– Je ne parlerai pas, je te le jure sur la tête de Turidduzzu.

– En chambre de sûreté tu ne tiendrais pas vingt-quatre heures.

– Je ne parlerai pas, crois-moi…

– Je te crois. La question est si Anastasia et les autres te croient.

– Mais je n'ai rien avec moi… Ben, à qui je vais confier l'appartement, ma voiture, le peu d'argent que j'ai à la banque ?

– Si tu meurs à qui tu les confieras ? »

Il freina devant Penn Station.

« L'express pour Philadelphie part dans vingt minutes. Là-bas tu as un changement pour la Nouvelle-Orléans. Mardi matin vers dix heures un ami t'attendra au bar du *Monteleone Hotel*. Il aura un gardénia à la boutonnière. Le pied, tu ne trouves pas ? »

Dommage de ne pas pouvoir l'apprécier. « Ben, quand est-ce que je reviendrai ?

– Une chose à la fois, Willy. Pour le moment tu es vivant. Comme disait Napoléon, l'intendance suivra.

– Rosa, Turidduzzu... Je ne les ai pas vus depuis un an...

– Et tu ne les reverras pas pendant un bon bout de temps. Pense à toi, pense à t'en sortir, à tranquilliser ceux qui voudraient t'envoyer au cimetière. Les choses s'arrangent toujours. Il n'y a que la mort qui n'ait pas de remède. »

Avant que je descende de voiture, il m'a donné une liasse de billets. « Comme ça tu auras de quoi manger, et surtout de quoi t'habiller. Tu viens de ma part, ne me fais pas perdre la face. Tu veux ça aussi ? » Il m'a montré le pistolet qu'il portait glissé dans sa ceinture. Je savais qu'il en avait un autre attaché à la cheville.

« Très peu pour moi, Ben.

– Ne dis pas ensuite que je ne te l'ai pas proposé. »

À l'aube du mardi je suis descendu à la gare de la Nouvelle-Orléans. Je suis allé aux bains publics me rendre présentable. À dix heures pile j'étais au bar du *Monteleone*. À côté du palmier trônait un piano classique Schimmel, de ceux réalisés en grande partie à la main. La plaque portait la date de 1894.

« Au *Carousel* vous en essaierez un aussi beau. » L'homme au gardénia arborait un monocle à l'œil droit et une canne blanche à pommeau d'ivoire. Il se montra aimable et plein de prévenances. J'allais jouer à partir du lendemain dans l'établissement le plus élégant de la ville ; cent dollars par semaine et un repas chaud. Il m'avait même réservé une chambre à la pension derrière l'Esplanade Avenue, un petit quartier comme il faut entre le centre et la banlieue. Vous verrez, conclut-il, que la Nouvelle-Orléans est moins pire que ne la décrivent les gens du Nord.

L'homme au gardénia n'avait pas menti : le *Carousel* possédait un magnifique piano droit Shulze Pollmann. J'ai joué là pendant six semaines. Ambiance discrète, jamais un mot plus haut que l'autre, le samedi on voyait les familles au complet, des petits-enfants à la grand-mère. La table d'angle était occupée tous les soirs par un vieux juge, honoré très au-delà de son rôle public. Il m'approuvait et m'applaudissait. Il me fit demander par le maître d'hôtel si j'acceptais d'animer quelques petites réunions de ses amis. C'est ainsi que je me suis retrouvé à jouer dans les rencontres officielles des francs-maçons, dont les chefs étaient aussi les patrons du comté. J'accompagnais de musique religieuse les défilés en cercle de ces représentants compassés et hautains de la race blanche portant cordon, tablier et calot blanc. Appartenir au Ku Klux Klan n'était pas interdit en ce temps-là. Quand je sentais que c'était l'heure de rentrer chacun chez soi je jouais *All Coons Look Alike to Me* et les pourboires pleuvaient.

Le jour de Thanksgiving, le *Carousel* fut fermé au public. J'avais été mobilisé pour l'occasion avec des regards qui voulaient souligner le grand honneur qu'on me faisait. À l'abri des indiscrétions, les notables célébraient la fête en uniforme de l'armée sudiste. Naturellement il n'y avait pas de simples soldats et le plus bête était sergent. Mon protecteur, le vieux juge, était habillé en général et on me chuchota même que c'était l'uniforme dans lequel Lee avait signé la reddition. Je devais opiner du bonnet, montrer que je participais et débiter un répertoire rigoureusement blanc. Devant le drapeau en lambeaux de la Confédération, qui avait flotté à Gettysburg, ils chantèrent l'hymne la main sur le cœur. Pour ça aussi j'ai fourni l'accompagnement musical. Trois colonels m'avaient siffloté l'air sans trop souhaiter devoir recommencer. Au terme de cette évocation pathétique on dîna. Le menu reproduisait celui du dernier Thanksgiving du Sud en guerre. Ça ne devait pas aller si mal que ça pour eux: soupe d'huîtres, rognons en daube, patates douces, aubergines, navets, panais, betteraves frites, tomates mijotées, tarte aux pommes, raisins secs et chocolat. Pour se désaltérer on avait prévu une centaine de bouteilles entre bourgogne, champagne et cognac français; le sherry venait de Californie, le whisky d'Irlande. Ils ne me permirent pas de m'approcher de l'immense tablée.

Un serveur m'apporta au piano un assortiment de tout. Heureusement le Nord avait gagné.

La Nouvelle-Orléans exerçait un attrait ambigu. La ville avait les couleurs de la chaleur et l'odeur de pourri qui venait des marais sur lesquels elle avait été édifiée. L'atmosphère était chargée de la nostalgie d'un passé inexistant. Les masures alternaient avec les constructions colorées et les maisons blanches à véranda qu'*Autant en emporte le vent* allait rendre célèbres. La nostalgie alternait avec la résignation à un présent jamais conforme aux attentes.

Les Blancs s'ennuyaient, occupés en général à tenter en vain de contenir les gens de couleur et les créoles. Au *Boston Club* on affichait l'interdiction d'entrer aux Noirs et aux Juifs. Les habitants étaient presque fâchés d'avoir vu grandir le jazz et Louis Armstrong. J'ai visité Storyville où était né Satchmo. Misère et tapage, souffrance et joie. Vous me croirez si je vous dis que j'ai cru voir la copie conforme de la via D'Amico à Catane ? La pauvreté et le désespoir sont partout pareils.

J'étais sombre de peau et de cœur. Je descendais Decatur Street jusqu'au *Café du Monde*, je me procurais un accordéon et j'improvisais avec d'autres mordus sous le regard distrait des serveurs noirs qui faisaient une pause cigarette assis dehors. Nous suivions les passions de l'âme et les modes de la semaine. Parfois nous étions rejoints par Laurie, une créole aussi ensorceleuse que son corps. Elle le donnait comme si ce n'était pas le sien. Il suffisait de se mettre dans la file d'attente, d'avoir de la patience et la quéquette toujours prête. L'inconvénient, c'est que ça pouvait arriver à n'importe quelle heure du jour et de la nuit. Mais quel bel inconvénient… Quand elle était là, elle recevait des offres des touristes occupés à se blanchir les mains et la bouche du sucre des beignets chauds.

À l'heure du déjeuner nous nous rendions au *Gazebo*. Selon la quantité de monde et les applaudissements nous pouvions obtenir une écuelle de riz aux haricots ou un rendez-vous pour après. Après quoi? Après la tombée de la nuit, après le travail, après avoir mis les enfants au lit, après le départ du mari ou de l'amant, après s'être soûlés, après la magie du vaudou. Ses rites m'avaient intrigué, mais j'ai découvert que le saint homme du moment, Master Joe, s'appelait en réalité Bepi Tonon et venait de Thiene.

Je mangeais de la soupe d'alligator, j'y allais avec le poisson salé, fumé et sauté à la poêle. On me prenait pour un créole et je précisais que je venais d'Italie, ou plutôt de Sicile. On me demandait où ça se trouvait. Si les filles étaient mignonnes je le leur expliquais, et elles étaient toutes plus que mignonnes. Avant l'arrivée des pluies il y eut le grand défilé des confréries noires dans Canal Street. Louise, la créole responsable, me poussait à attraper au vol les petits colliers de fausses perles que lançaient les chars. Ils garantissaient amour, bonheur et santé, mais j'ai gardé les mains dans les poches par peur de ne pas y arriver. J'étais habitué à apprécier les miettes qu'on me laissait.

La Nouvelle-Orléans signifiait pour moi jambalaya, gombo, riz aux haricots, beignets, *Down by the Riverside* et explosions de sensualité. On y jurait avoir appris au monde que pour détruire un homme politique il suffisait de glisser dans son lit une fille morte ou un garçon vivant.

J'ai été déplacé comme un objet au *Monteleone*. Nous nous sommes entendus à merveille le Schimmel et moi, ça n'était pas difficile. Je n'ai plus vu le vieux juge. Plus eu les engagements en extra qui m'arrangeaient bien, même s'ils étaient mal payés. L'homme au gardénia est réapparu: le *Monteleone* me garantissait deux semaines de contrat, mais le bar était fréquenté par le grand chef dont un seul mot suffirait pour que je puisse rester à la Nouvelle-Orléans jusqu'à ma retraite. Un soir j'ai été réclamé à la table d'honneur. Il y avait là un maigrelet très élégant. Les serveurs, ses amis, les filles blondes l'adulaient sans faire attention à la couleur olivâtre de sa peau.

«Je suis Carlos Marcello. Mes amis du Nord m'ont dit le plus grand bien de toi. Je sais que tu es quelqu'un de respectueux, une personne comme je les aime. Si tu as besoin de quelque chose, viens me voir.»

Carlos Marcello était un nom arrangé comme Willy. Il s'appelait Calogero Minacori, né en Tunisie de parents siciliens. Il avait mon âge, mais il régnait sur la Nouvelle-Orléans et les alentours. Jeux de hasard, prostitution, drogue, adjudications, le divertissement et l'argent facile dépendaient de lui. Moi aussi je dépendais plus ou moins de lui, et il avait tenu à le montrer devant sa cour. Je me heurtais pour la énième fois à ma nullité. Marcello a fait remonter à la surface le mépris que je m'inspirais.

J'en ai eu marre de la Nouvelle-Orléans. Nuovaiocche me manquait, son humidité, sa saleté, son insolence. Mais la Nouvelle-Orléans en a aussi eu marre de moi. L'homme au gardénia m'informa que je pouvais déménager à Tampa, dans une boîte à côté du théâtre. On s'occupait de tout. J'étais un paquet poste. Je suis resté moins d'un mois en Floride, j'étais attendu le 20 décembre à Atlantic City. Il s'agissait d'un de ces nouveaux hôtels avec casino, sauna, piscine et salle de bal. J'ouvrais la danse avec *God Bless America* et la fermais avec *Glory, Glory, Hallelujah.* Beaucoup avaient la main sur le cœur, de petites larmes d'émotion pointaient çà et là.

À l'aube du 1er janvier 1938 je regardais les vagues de l'Océan en compagnie d'une bouteille de champagne et de ma solitude. J'étais devenu un expert pour me tenir compagnie, je me mettais au milieu des autres pour me sentir plus seul et pouvoir pleurer sur mon sort comme une vieille femme. J'ai levé ma bouteille à la santé de Turidduzzu, puis de ma mère, puis de Rosa, puis de Ben, puis de Nino, et puis, et puis… C'était le répertoire de ma vie. Une liste d'absents.

Le jour des Rois j'ai été convoqué par le directeur de l'hôtel. Ils n'avaient plus besoin de moi, mais au *Bon Rivage* de

Washington on cherchait un pianiste. Ça me plaisait ? Il savait que je n'avais pas le choix, que j'avais même une dette envers mes protecteurs, mais ça l'amusait de m'enfoncer en jouant l'innocent.

Je suis arrivé sous une neige dont la moitié aurait suffi. Face à la capitale de l'Amérique, une grosse banlieue, à l'exception de ce rectangle vert dans lequel on a fourré la Maison Blanche, le Capitole, des musées et des monuments. Je peux dire ce que je pense ? Trop de Noirs antipathiques et peu de jazz. Le *Bon Rivage* ouvrait sur le Potomac. L'horaire était de dix-huit heures à minuit, mais personne ne se serait plaint si on avait fermé deux heures plus tôt. J'étais logé dans une des rues qui grimpaient vers Georgetown, chez un couple écossais. Pendant cinq semaines ils m'ont servi à midi une soupe aux poireaux et aux pommes de terre qui avait un goût d'anchois. Je pense que les fourmis que je trouvais dans mon lit étaient toujours les mêmes elles aussi.

Un jour, on m'a téléphoné du *Bon Rivage*, c'était le patron d'un restaurant avec salon de thé à Boston. Je pouvais y être dès dimanche pour remplacer le pianiste qui avait filé ? Une fois de plus l'invisible réseau de protection avait fonctionné. J'ai appelé Siegel, d'abord parce que j'avais besoin d'une voix amie, ensuite pour savoir jusqu'à quand allait durer ma quarantaine. Ben était joyeux ; il m'a donné d'excellentes nouvelles de Rosa et Turidduzzu et des succès professionnels des sœurs Polizzi. Il a ajouté qu'il travaillait pour moi et viendrait bientôt me voir. Où ? Là où tu seras.

Bacon's House était en fait en dehors de Boston, sur l'autre rive de la Charles River, à la lisière de Cambridge, la petite ville née autour de l'université Harvard. Le propriétaire était un gros Allemand d'âge mûr avec un accent plus terrifiant que le mien. Je devais prendre la place de Stevie, le pianiste sexagénaire qui était parti avec le cuisinier martiniquais, lequel avait le tiers de son âge, et la recette de deux jours. L'Allemand était moins affligé par le vol que par la disparition de son chef dont la cuisine française faisait le plaisir et l'attrait de *Bacon's House.* Non content d'emporter le cuisinier, Stevie avait abandonné la clarinettiste. C'était avec elle que j'allais devoir me mettre d'accord. Devant mon air perplexe le gros Allemand a admis au moyen d'un discours compliqué que la clarinettiste constituait le deuxième atout de l'établissement. Oh, entendons-nous bien, a-t-il ajouté, elle ne coucherait même pas avec ses prophètes, toutefois les étudiants et les professeurs se bousculent l'après-midi dans le salon de thé, et le soir au restaurant pour tomber en extase à ses pieds.

Ma curiosité à propos de la clarinettiste fut satisfaite dans les deux heures suivantes. Judith Lazar présentait le plus séduisant mélange de cheveux très noirs et d'yeux très bleus qui s'allongeaient presque jusqu'aux tempes. Elle avait la mélancolie des gens comme il faut et les pommettes les plus hautes et les plus marquées que j'aie jamais vues. Elle portait des vêtements apprivoisés par le passage des saisons. Les jupes, chemisiers, tailleurs, redingotes lui donnaient une aura hors du temps. D'abord elle me déçut, mais il lui suffit de bouger pour remplir la scène. La combinaison de ses défauts – trop de poitrine, pas assez de cul, jambes longues mais arquées – produisait ce charme capable de séduire professeurs et étudiants de Harvard. Ils n'avaient d'yeux et d'attentions que pour elle. Judith était consciente de ne pas être appréciée pour son talent artistique, pourtant elle n'accordait pas une miette au-delà d'une gentillesse naturelle. Par ailleurs ceux de Harvard ne faisaient même pas attention au piano désaccordé.

À midi nous fréquentions le restaurant pour manger à la grande table de la cuisine au milieu des plats en préparation pour les clients. Judith parlait peu. Elle répondait si on lui posait une question, mais elle s'en serait volontiers passée, sauf quand j'ai fait allusion à Stevie. Elle en parlait avec affection, elle justifiait sa folie: Pierre, le cuisinier, avait été pour lui comme la dernière cigarette du condamné à mort. Pour éviter que l'Allemand le dénonce, Judith avait comblé le trou dans la caisse. Je le lui devais bien, affirma-t-elle. Le jour où elle avait obtenu sa licence en droit, Stevie lui avait offert l'emploi qu'elle aurait cherché dès le lendemain. Mieux vaut un énième musicien juif qu'un énième avocat juif, avait dit Stevie en riant. J'avais un besoin trop urgent d'argent, chuchota Judith, à force de me demander comment choisir entre être avocate et être artiste.

À *Bacon's House* on gagnait bien avec les pourboires, qui étaient pour elle mais qu'elle partageait généreusement avec moi.

À quoi devaient servir les dollars, je l'ai découvert le soir où les lucioles et les grillons sont venus annoncer l'approche du printemps. Judith s'est installée sur le dos sous l'arbre. Pouvions-nous savourer ensemble le réveil de la nature? Je me suis aperçu que chacun de ses regards me faisait me sentir désirable.

Qui pouvait prévoir les larmes qui ont coulé en silence sur ses joues?

Elle a bredouillé: «Excuse-moi, mais c'est mon anniversaire, j'avais espéré le fêter avec ma famille.»

Les Lazar vivaient depuis des générations dans cette tranche de l'Europe dont les frontières se promenaient sans cesse entre la Pologne et l'Ukraine mais qu'unissait une aversion éternelle pour les Juifs. La générosité d'une sœur de sa mère, arrivée aux États-Unis en 1920, avait permis à Judith de fréquenter l'université de New York. Elle se rappelait avoir mis quatre ans à convaincre son père et sa mère de partir en Amérique avec ses deux jeunes sœurs. Cependant, avant leur départ, avait surgi le problème d'une tante paternelle restée en Ukraine, autrement dit en Union soviétique. Il fallait l'équivalent de trois mille dollars pour qu'elle obtienne un passeport. Le vieux Lazar ne les avait pas. Voilà pourquoi Judith avait cherché à gagner de l'argent immédiatement en abandonnant la filière d'un cabinet juridique. La paie du gros Allemand, la générosité des étudiants et des professeurs lui avaient permis de réunir en moins de trois mois la moitié de la somme. Mais sa mère avait écrit dans sa dernière lettre qu'avec la menace de Hitler d'envahir les Sudètes la somme était passée à quatre mille dollars.

« Je vais mettre au moins six mois à rassembler le reste, et si entre-temps ils réclament encore davantage ? Et si la guerre éclate ? »

J'ai cherché une défense dans l'ignorance. Je n'avais pas lu les journaux, je n'avais pas écouté les nouvelles à la radio, bref j'ignorais aussi bien les visées de l'Allemagne nazie sur cette partie de la Tchécoslovaquie que le fait qu'en Espagne la guerre civile s'était transformée en répétition générale. Judith était déchaînée contre Hitler et Mussolini, elle prévoyait qu'en Italie aussi les Juifs allaient être très vite persécutés comme en Allemagne. Elle ne digérait pas mon indifférence vis-à-vis de la politique et l'interprétait comme un soutien camouflé au fascisme. Notre premier contact rapproché eut une conclusion traumatisante. Judith se leva et me planta là.

J'ai eu du mal à rétablir un lien. Je ne savais pas comment la prendre et elle ne voulait pas être prise. Trop intelligente, trop cultivée, trop orgueilleuse, trop déterminée pour laisser à l'autre l'initiative. Elle voulait mener la danse. Rien de plus facile pour moi. Ma soumission apparente devint la clé pour ouvrir sa porte. J'ai commencé à l'accompagner à la petite maison de campagne qu'elle avait louée avec Stevie. J'avais un lit à Cambridge, dans la direction opposée. Quand j'ai fait semblant de m'apercevoir que ces déplacements me faisaient rentrer à l'aube, j'ai suggéré de partager le loyer de la maison.

Sous le même toit c'est moi qui ai ouvert l'album des chagrins. J'ai expliqué que j'avais une femme et un fils, qu'ils étaient partis pour Los Angeles ; j'ai fait allusion à des désaccords, mais sans mettre en cause Luciano, Costello et les autres. Je me suis raconté que Judith ne comprendrait pas, en réalité j'avais peur de m'exposer à un autre jugement sévère. Or, son opinion comptait beaucoup pour moi. La présence de Rosa ne la dérangeait pas et elle fut émue de voir combien Turidduzzu me manquait. Je ne l'avais pas vu depuis deux ans. J'ai ajouté qu'il y en avait cinq que je n'avais pas vu mes parents.

Avant que nous fassions lit commun elle murmura que nous risquions gros. « Nous portons des blessures qui ne cicatrisent pas et nous croyons possible que l'autre les guérisse. S'il n'y réussit pas, nous lui en voudrons. »

Ce n'était pas une déesse de l'amour, mais l'apaisement et la douceur de l'après faisaient oublier sa difficulté à se laisser aller à fond. Je sentais dans l'air une sorte de magie ; j'ignorais d'où elle venait, et elle disparaissait presque aussitôt. Je comprenais alors que j'étais le plus nul des Monsieur nul, et pourtant le monde entier trouvait place dans mon cœur. J'ai essayé de retrouver une sensation semblable sans jamais l'atteindre. Pour m'acquitter envers Judith je lui ai appris à faire revenir les oignons pour la bolognaise et les chansons napolitaines. Nous ne nous disputions qu'à propos de Mussolini, du fascisme et de mon obstination à ne pas vouloir m'en occuper.

Nous avons passé un dimanche de Pâques détendu sur le bateau qui faisait le tour de la baie de Boston. La nuit, bizarrement, c'est Judith qui s'est approchée de moi. Le lendemain matin elle m'a annoncé qu'elle retournait à New York. Tante Bessie l'avait informée qu'il y avait une possibilité de faire inclure sa famille, y compris la sœur de son père, dans une liste de la Croix-Rouge. Elle ne pouvait évidemment pas laisser son oncle et sa tante s'en charger. Elle a décidé que pour aucun de nous deux ce n'était le moment de prendre des engagements.

Stupeur de mon côté et désespoir du gros Allemand qui a craint un effondrement de la clientèle et des recettes. Il avait vu juste. Dès le premier après-midi ce fut une avalanche de questions sur l'absence de Judith. L'Allemand inventa d'abord une grippe, puis une convalescence. Il promit le retour de Judith au début de la semaine suivante. Personne ne daignait m'accorder la moindre considération. Je pianotais seulement sur commande. Le lundi, les professeurs et les étudiants protestèrent bruyamment contre l'absence de Judith. Beaucoup quittèrent les lieux. L'Allemand demanda un délai d'une semaine pour la ramener.

J'ai téléphoné à Siegel. Un type à casquette est venu me donner l'adresse d'un bar de nuit à Philadelphie.

15
New York, New York

J'ai cafardé pendant une semaine au *Liberty Bell*, le bar qui tirait son nom de la fameuse cloche de la liberté de Philadelphie. Les propriétaires étaient un couple de Grecs peu respectueux des traditions américaines. Après des disputes furieuses ils fermèrent le bar et jetèrent la clé. Afin de ne pas avoir d'ennuis avec ceux qui m'avaient envoyé, le Grec me procura un engagement à Baltimore. Il y ajouta sa Ford de septième main pour y aller.

J'ai traversé une région d'Amérique déjà bénie par la reprise économique. Cultures luxuriantes, usines peintes de frais, bétail abondant dans les pâturages. Je me suis arrêté dans une sorte de restoroute aux grosses rations de boulettes de nature incertaine et de frites. Bien en évidence, l'engin diabolique qui menaçait le travail des pauvres musiciens comme moi : un juke-box. C'était le premier que je voyais et je l'ai étudié de près. Rien à dire, l'idée était excellente. Avec une petite pièce on écoutait le disque de son cœur ou le succès du moment sans qu'il soit question d'horaires, de jours de fête, de repos hebdomadaire, de grippes, de mauvaise journée ou de bobo du petit. J'ai vu entrer des chauffeurs routiers, des représentants de commerce. Pas un seul ne s'est soustrait au rite des cinq cents dans la fente prévue à cet effet. Comme d'habitude, Lansky avait vu loin ; il s'était garanti depuis des années l'exclusivité des juke-boxes Wurlitzer pour plusieurs États de la côte. C'étaient les plus connus, et entre ses mains et celles de ses hommes ils ont débordé jusque dans les trous les plus perdus.

Un jeune couple en voyage de noces est arrivé. Après avoir consulté la liste des morceaux contenus dans la boîte à rêves, ils sont allés vers le propriétaire occupé à préparer des mixtures derrière le comptoir. D'après la fille, il manquait les deux chansons qui avaient conquis New York et que toutes les radios diffusaient: *My Love for You* et *Wishing*. Le propriétaire s'y connaissait en chansons comme moi en algèbre. Il a noté les titres avec application et a garanti qu'il allait les demander à la maison mère. Madame connaissait-elle aussi le nom du chanteur?

Naturellement, Frank Sinatra.

C'est ainsi que j'ai appris que l'Amérique, autrement dit le monde entier, avait remarqué la voix céleste de celui auquel j'avais fait passer un examen. Je l'avoue, je me suis davantage réjoui de la justesse de mes prévisions que pour Frank lui-même. J'avais besoin de me remonter après m'être fait plaquer par Judith plus ou moins de la même façon que par Rosa.

L'*Ocean dream* était un restaurant à l'entrée du port de Baltimore. Il était tenu par une famille irlandaise assez nombreuse pour pouvoir se permettre de l'ouvrir toute la sainte journée. La salle de danse fonctionnait à partir de sept heures du soir jusqu'à ce que les derniers clients cèdent à l'épuisement. Et ça n'arrivait pas avant trois ou quatre heures du matin. On me l'a indiquée comme étant mon royaume. En effet cet ensemble de tables posées sur la terre et de chaises paillées contenait quelque chose de royal: un piano Trautwein en ronce de noyer polie à la main. Personne n'a réussi à me dire comment il était arrivé là. Il avait besoin d'une révision; je me suis improvisé accordeur pour sauvegarder cette perle échouée.

Les dockers, les matelots et les pêcheurs se foutaient de la qualité du son. La musique fournissait un prétexte pour serrer une femme disponible. Ils arrivaient même à danser le charleston enlacés. La famille irlandaise m'a utilisé pour que je joue les ballades du pays que me fredonnait la grand-mère. Le jazz ne prenait pas, les artistes de couleur ne plaisaient pas, on aimait les chansons populaires. Je me souvenais de quelques titres, mais j'ai dû me dépêcher d'apprendre les airs que le vent avait apportés des grandes plaines de l'Oklahoma. Ils racontaient les souffrances et les privations des derniers de la terre, pour qui ne se levait jamais de nouveau jour. Bientôt allait commencer l'épopée de Woody Guthrie ; *Pretty Boy Floyd, Blowin'Down This Road, Dust Can't Kill Me, Vigilante Man* ont consacré le talent de cet ex-gamin pauvre contraint de ne compter que sur lui-même. Un foutu individualiste avec encore plus d'oreille que moi. Même la clientèle distraite de l'*Ocean dream* sentait que ces strophes racontaient un peu de notre vie.

C'était un début de soirée, Siegel m'a entouré les épaules pendant que je me dégourdissais les doigts. « Tu es en grande forme, tu vois que voyager t'a fait du bien… » Tapes dans le dos et embrassades.

À cinq pas derrière lui une grande dame avec une voilette, le fume-cigarette au coin de ses lèvres violettes, nous regardait avec un dégoût manifeste. Ben la présenta comme la comtesse, sans aller plus loin dans les détails. Son regard fit une estimation du lieu et de ses occupants. « Dans le Lower East Side nous avons vu pire, mais aussi mieux », décréta-t-il avec un rire forcé.

Mais c'était toujours le même Ben. Il dit à l'Irlandais de service qu'il offrait une tournée aux amis présents, le temps de nous isoler à la table la plus éloignée ; si notre discussion se prolongeait, qu'il serve une autre tournée. Malgré la commande intéressante, qu'un intrus vienne faire la loi chez lui ne plaisait pas à l'Irlandais Mais Ben poursuivit imperturbable : il y avait du champagne français pour fêter des retrouvailles ? L'Irlandais grogna quelque chose d'incompréhensible que Ben comprit très bien ; il lui suggéra d'acheter deux bouteilles de Veuve Clicquot, et trois flûtes pendant qu'il y était.

Sans attendre de confirmation, Ben nous emmena la grande dame et moi à la table qu'il avait choisie.

« Willy, le monde a besoin de toi. »

Ça ne pouvait pas commencer plus mal.

« Tu m'as dit que tu avais des amis de confiance en Sicile, mais à Naples et à Rome, où en es-tu ?

– Ben, je ne suis jamais allé à Naples et à Rome. Je n'y connais pas âme qui vive…

– Quelques âmes mortes alors ? » De nouveau il fut le seul à rire. La grande dame fumait, la tête levée vers le plafond. Elle devait avoir quelques années de plus que Ben.

Les deux bouteilles de champagne arrivèrent, ainsi que le seau à glace, et la boîte contenant les trois flûtes enveloppées dans du papier de soie. Ben donna dix dollars de pourboire à l'Irlandais, qui parut sur le point de les lui jeter à la figure, mais comme dix dollars c'est toujours dix dollars il s'affaira pour déboucher la bouteille et vérifia la propreté des flûtes. Ben porta un toast à un avenir glorieux qui m'angoissait déjà.

« Ton protecteur, ce Puglisi, tu peux le trouver ?

– Où ? Nous nous sommes dit au revoir il y a sept ans en Tunisie, j'ignore s'il est retourné en Sicile.

– Comme la vie est difficile. Bref, tu ne veux pas m'aider…

– Ben, je te dois tout et je suis prêt à tout, mais demande-moi quelque chose que je puisse faire.

– Alors disons que tu ne peux pas m'aider. Qu'en penses-tu, comtesse ? »

La grande dame remua les épaules. De la classe elle en avait, mais pas envie de parler.

« Je pars pour l'Europe, annonça Siegel. Je comptais sur toi.

– Je suis là. Dis-moi de quoi tu as besoin.

– D'abris sûrs.

– En Europe ?

– En Italie. » Il jugea si je valais ce qu'il allait me révéler. « J'ai décidé d'éliminer Hitler et Mussolini. Je commencerai par Hitler, mais quand je l'aurai éliminé les polices seront en alerte et j'aurai besoin d'une base d'opération inaccessible pour continuer avec Mussolini. »

Ça dépassait toutes les légendes propagées sur son compte. « Hitler et Mussolini ? » Pourquoi fallait-il que j'écope d'un bienfaiteur comme Ben ?

« Bien obligé. Ce sont deux fous furieux, déchaînés contre les miens. Tu me connais, Willy, tu sais que je ne suis pas attaché à la religion, que je n'ai jamais jeûné, que j'ai baisé et cogné le samedi et que je mange du porc. Mais la première fois que je me suis bagarré, avant même de m'en prendre à Charles, j'ai été secouru par deux gamins qui portaient la kippa. Je ne veux pas que ce salaud de Hitler continue à faire du mal aux miens. Attendu que Mussolini a pris la même voie, j'ai décidé de lui régler son compte à lui aussi. J'ai été clair ? »

Siegel leva son verre et exigea que nous buvions avec lui à la mort prochaine de Hitler et de Mussolini. La grande dame secoua la tête d'un air amusé.

« Ben, tu réalises qu'il s'agit de deux dictateurs, qu'ils seront protégés, que ça ne sera pas facile de les approcher ?

– Dans le Lower East Side nous en avons neutralisé des pires qu'eux. Qu'est-ce qu'ils ont de plus ? Demande à Charles, demande à Meyer, demande à Adonis, à Costello. Ils te diront tous la même chose : il suffit de s'organiser. Je ne pense pas que je doive m'approcher assez près pour les tuer à coups de poing et de pied. Un beau fusil de précision et voilà tout. L'important c'est d'avoir un plan solide. Avant de frapper Hitler, ce sera facile de se déplacer, ensuite non. C'est pourquoi j'ai besoin d'un contact sûr en Italie.

« Tu as pensé que tu pouvais déclencher une guerre totale ? Tu te souviens de Sarajevo ?

– De toute façon ces deux-là vont la déclencher. »

Ben resta songeur. J'étais content pour lui, mon impossibilité de l'aider allongeait son existence.

« Willy, réponds-moi franchement. En cas de nécessité, tu viendras avec moi en Italie ?

– Tu peux compter dessus. Mais avec Costello, Anastasia et les autres, qu'est-ce que je dois faire?

– Tu penses encore aux amis? Si l'opération aboutit, à notre retour nous serons des héros intouchables, y compris pour Roosevelt.» Il se leva brusquement. «Nous avons un train... J'oubliais, tu peux rentrer à New York...»

Ça m'a paru une blague de très mauvais goût.

«La police n'est plus à tes trousses. Danny..., l'imbécile des mines de diamants, a exclu que tu aies fait partie de la combine. Les policiers pensent avoir suffisamment de matériel pour inculper Genovese même sans t'y mêler. Dommage que Vito soit à l'abri en Italie.» Il rit avec plaisir.

«C'est vrai? Je retourne à Nuovaiocche?

– Costello te fait dire que la place à l'*Hollywood* est toujours à toi. Quelqu'un a payé le loyer de Briggs Avenue. Tu ne retrouveras pas ta voiture, de toute façon c'était un clou. Je crois qu'elle a servi à un enterrement au fond de la mer...

– Quand je pourrai revoir Rosa et Turidduzzu?

– Tu recommences à jouer, tu passes l'été, en septembre tu racontes à Costello que Turidduzzu est malade.»

Il alla vers la sortie suivi de la grande dame et de l'irritation des gens du port qui brûlaient de reprendre la danse. Arrivé à la porte, Ben se retourna et me fit signe que nous nous parlerions par téléphone.

Le lendemain j'ai pris le train pour Nuovaiocche. J'ai laissé la Ford aux Irlandais qui se plaignaient de ne pas pouvoir trouver tout de suite un autre pianiste; elle était au bout du rouleau.

J'ai débarqué à Penn Station au crépuscule. J'ai trouvé Nuovaiocche beaucoup plus chaotique et en effervescence que lorsque j'étais parti. Il y avait davantage de lumières, de panneaux publicitaires, d'enseignes de magasins. Il était presque dix heures quand je suis arrivé à Briggs Avenue; là aussi l'éclairage s'était amélioré: une ampoule tous les cinquante mètres.

« Bienvenue, monsieur Willy. »

C'était le barbier japonais qui avait sa boutique après le carrefour. Il fermait très tard pour capter ceux qui rentraient du travail. Nous savions tous deux qui était l'autre, nos femmes se connaissaient, mais nous n'avions pas l'habitude de nous saluer. Durant ces mois d'éloignement forcé j'avais appris toutefois qu'il n'y a pas de nord qui ne soit le sud d'un autre nord. Du coup j'ai pris spontanément le barbier japonais dans mes bras et je lui ai promis de devenir son client. Lui s'est incliné profondément et m'a tendu sa carte de visite, Hidetoshi Nakamura.

L'appartement était propre et rangé. Une main compatissante avait rempli le réfrigérateur. J'étais chez moi. Je suis resté éveillé toute la nuit entre le désir de recommencer et le tourment de devoir retrouver Turidduzzu, Judith, devoir clarifier définitivement la situation avec Rosa, et relier d'une façon ou d'une autre les personnes qui représentaient quelque chose pour moi. Ma mère, mes frères et mes sœurs en faisaient partie. Ils m'apparaissaient comme des personnages lointains et flous, mais ils demeuraient la part principale de ma famille, les seuls qui sans doute ne me trahiraient jamais. Une autre des conclusions auxquelles j'étais arrivé au cours des mois passés en compagnie de moi-même.

L'après-midi suivant je me suis présenté à l'*Hollywood.* Ils avaient tous l'air content de me voir. Totonno me remit les lettres de ma mère. Il l'avait prévenue qu'étant en tournée d'un État à l'autre je ne pourrais pas lui écrire jusqu'à mon retour à Nuovaiocche, mais elle avait continué à envoyer une lettre par mois. Peu avant l'ouverture Costello se montra. Il m'accorda une poignée de main et un large sourire. « Willy, pour moi rien n'a changé. Pour toi, au contraire, quelque chose a changé. Le jaloux habituel a volé la plaque *Ne tirez pas sur le pianiste.* Sur le coup j'ai pensé en faire faire une autre et la mettre de côté pour ton retour, et puis je me suis dit que tu méritais mieux. » Il me remit une plaque où mon nom était gravé en lettres luisantes. Les applaudissements éclatèrent parmi le personnel réuni par Totonno et Dominick autour du Steinway de l'entrée. À cet instant précis j'ai compris que mon rêve de lire *Willy Melodia et son orchestre* sur la grosse caisse de la grande salle ne se réaliserait pas.

J'ai appris par les lettres de ma mère qu'Orlando et Rinaldo étaient partis volontaires en Espagne avec les chemises noires. Ils l'avaient fait pour toucher l'indemnité, pas par fidélité au fascisme. Elle priait pour qu'ils ne finissent pas comme Peppino. Le curé du Christ de la Bonne Mort avait dit au contraire que le devoir de toute bonne mère était de prier afin que les dénigreurs de Dieu, de la Vierge, des églises, les violeurs de religieuses, les fusilleurs de prêtres soient extirpés de la surface de la terre. Ceux qui mouraient en s'acquittant de cette mission seraient récompensés par le Père éternel. Ma mère n'était pas convaincue; il lui suffisait d'un peu de sérénité sur cette terre. Elle touchait enfin la pension de Peppino, mais c'était une misère, le dixième de ce qui était promis. Ma mère ne racontait que les choses positives, cependant je sentais que ça allait mal via D'Amico, et que ça n'était pas mieux pour mes sœurs. Heureusement il y avait Nino et son étal à la pêcherie: anchois, moules, mulets, sardines fournissaient les repas de ma famille.

En Amérique parvenait un écho très assourdi du grondement des canons en Europe. La guerre civile espagnole était traitée comme une aventure romanesque, les nouvelles parlaient davantage des corridas, des taureaux et des toreros que des morts et des batailles. Les jeunes communistes emplirent la 5e Avenue de pancartes en faveur de la paix et contre Franco, Hitler et Mussolini. Siegel ne répondait pas au numéro de Los Angeles, il était peut-être déjà parti pour sa folle mission. Little Italy fêta avec une parade le deuxième titre mondial obtenu à Paris par l'équipe nationale de foot. On installa des tables de saucisses, de vin et de caciocavallo; on mangea et on dansa jusqu'à l'aube. Sur les vitrines des boulangeries, des restaurants, des bars, des épiceries et des boutiques de tailleurs s'afficha la photo de Meazza en maillot bleu faisant le salut fasciste.

Nuovaiocche pétillait du désir de bien-être et de divertissement, même si certains mouraient encore en tombant des toits où ils s'étaient couchés pour fuir la chaleur étouffante. Sinatra faisait le plein au Radio City Music Hall. Costello me procura une entrée. Les jeunes filles étaient folles de Frank, qui me reçut dans sa loge avec une affection sincère. Le Carnegie Hall présenta le premier concert de musique moderne avec Benny Goodman et son orchestre. Nous avions quitté Chicago en même temps, mais il avait fait beaucoup plus de chemin que moi. J'étais dans la salle quand Ellington entra en scène avec son tout nouveau répertoire, fruit de sa collaboration avec Billy Strayhorn.

J'ai cherché Judith, mais les Lazar ne figuraient pas dans l'annuaire du téléphone. J'étais tenté d'aborder avec Costello le sujet Rosa et Turidduzzu en pensant avoir passé avec succès l'examen de fidélité, mais Siegel, qui répondait de nouveau à Los Angeles, me conseillait de patienter. Il répétait que l'obstacle n'était pas Costello mais la réaction d'Anastasia. Selon les mots d'Armstrong, je ne marchais jamais «côté soleil de la rue». J'ai attrapé Lansky un jour où il était au bar, l'air maussade, pas pour boire mais pour s'isoler. Je lui ai demandé s'il pouvait m'aider à retrouver une jeune fille juive. Il m'a regardé de travers. Je lui ai expliqué que c'était une affaire de cœur. Le soir même Dominick m'a remis un mot de Lansky; il contenait l'adresse des oncle et tante de Judith, Ephraim et Betsabea Epstein.

Ils habitaient une belle maison de la 44e Ouest, que les riches commerçants juifs avaient transformée en quartier résidentiel. Le hasard ou l'instinct voulurent que je prenne la 44e à partir de la 3e Avenue, ce qui me fit passer devant l'entrée du duplex entre le Yacht Club et l'*Algonquin Hotel.* Au lieu de ne pas lever la tête, j'ai cherché des yeux les fenêtres, la grande baie vitrée que je connaissais bien. J'en ai eu des frissons. La sensation presque physique d'une douleur qui allait durer ; cet appartement est resté pour moi le lieu de la souffrance. Et dire que mon chemin de croix abonde en stations semblables.

À onze heures du matin j'ai sonné chez les Epstein. Judith était sortie. Tante Bessie, qui était le portrait de l'amie Marietta, a insisté pour me faire attendre dans le salon et goûter une tasse de son thé délicieux. Judith n'a pas été contente de me trouver en grande conversation avec tante Bessie sur qui de Verdi ou de Bellini était le plus délectable. Elle m'a entraîné dans une pâtisserie qui servait des petits gâteaux juifs. Elle ne les a pas essayés, mais elle a tenu à ce que je le fasse. C'était son petit sacrifice pour convaincre Dieu de protéger sa famille. L'intervention de la Croix-Rouge avait échoué, sa tante paternelle était restée de l'autre côté de la frontière, en Ukraine. Le vieux Lazar poussait sa femme et ses filles à s'embarquer pour les États-Unis, mais la maman de Judith refusait de l'abandonner. Ils avaient entamé des démarches pour faire sortir les sœurs, il en coûterait cinq mille dollars. À l'annonce de la tempête, a conclu Judith, l'antisémitisme ancré des Polonais s'était transformé en cupidité. Tante Bessie avait mis à sa disposition son collier de perles, mais son mari l'avait découvert et ç'avait été un drame.

En dépit des apparences, les Epstein connaissaient des difficultés économiques. L'affaire d'import-export du chef de famille avait été mise à mal par les vents de guerre qui soufflaient sur l'Europe ; ils allaient déménager avant la fin du mois dans une maison plus petite et bon marché à l'entrée de Harlem. Tante Bessie et son mari préféraient se rapprocher des Noirs plutôt que de se confondre avec les pauvres du Lower East Side. Ils avaient habité dans ces quartiers-là, s'étaient sortis avec peine de Borough Park et n'acceptaient justement pas de rétrograder. Ils avaient trois filles à marier, des apparences à sauver. Oncle Ephraim avait digéré que ses filles cherchent du travail, il s'était néanmoins entêté sur la question du collier de perles ; il trouvait plus juste de le sacrifier pour un mariage que pour faire sortir de Pologne les nièces de sa femme. Comment lui donner tort ? a remarqué Judith.

Elle parlait avec un détachement ironique mais revenait ensuite à ses sœurs, sa mère, son père, et sa voix se brisait d'émotion. Elle se heurtait en permanence à un mur, l'argent qu'elle mettait de côté ne suffisait jamais; au moment où il pouvait y en avoir assez, il était déjà inutile. Elle avait réuni deux mille dollars, mais il en manquait trois mille de plus. Elle ne savait pas comment se les procurer. Et pourtant elle s'affairait du matin au soir; elle donnait des cours particuliers à des étudiants de la faculté de droit, corrigeait des épreuves au *New Yorker* et travaillait dans un cabinet juridique. Elle gagnait beaucoup moins qu'en jouant de la clarinette, mais elle pouvait suivre pas à pas ce qui se passait en Europe. Elle m'a annoncé avec feu qu'il y avait déjà eu deux manifestations devant les consulats allemand et italien.

Afin de prévenir sa tirade habituelle contre le fascisme, qui déboucherait immanquablement sur la dénonciation de mon soutien souterrain à Mussolini, je lui ai proposé les mille dollars que j'avais rassemblés pendant mon vagabondage. Elle a été surprise.

« Tu ferais ça pour ma famille ?

– Pour toi, à dire vrai. »

Elle m'a caressé la joue et je me suis senti tout remué. L'enchantement a malheureusement été rompu par l'imminence du prochain cours. Nous nous sommes dit au revoir sur la promesse très vague qu'elle me téléphonerait pour me donner la nouvelle adresse des Epstein.

Les accords de Munich, l'invasion des Sudètes par l'Allemagne et les massacres en Espagne avivèrent la volonté de l'Amérique de s'enfermer entre ses deux océans. Roosevelt annonça à la radio : « Pas un cent, pas un de nos hommes pour la guerre hors des États-Unis. » À Catane non plus on ne voulait pas la guerre. En dépit des assurances de récompense divine en cas de mort des légionnaires fascistes, ma mère vivait dans l'appréhension à cause d'Orlando et de Rinaldo. Le reste n'arrangeait rien et il y avait une misère à couper au couteau. Avec les vingt dollars que j'avais envoyés un an plus tôt elles avaient vécu un mois. Aussi ai-je pris l'habitude de glisser un billet dans chacune de mes lettres. J'ai écrit à ma mère que j'étais prêt à accueillir à Nuovaiocche qui voulait venir. Elle a répondu que les Melodia n'en étaient pas encore réduits à devoir émigrer, et même qu'elle avait confiance : mes affaires s'arrangeraient et je pourrais retourner chez nous.

Mais est-ce que je voulais le faire ? Je ne me posais plus la question depuis des années, tant je m'attachais à poursuivre ce que je n'atteignais jamais. Je restais étranger à l'Amérique, toujours en marge de ce que je considérais comme une existence normale, que je fuyais néanmoins. Au lieu d'aborder avec Costello la question de Rosa et Turidduzzu, je remettais le moment de semaine en semaine. Je m'étourdissais avec les rythmes forcenés de l'*Hollywood*, qui étaient eux-mêmes ceux du cinéma. La nouvelle aisance avait ouvert grandes les portes des salles de cinéma à la masse des Américains. Tous y avaient appris à rêver, y compris les parias de la société. Tous pensaient avoir droit à une vie merveilleuse. *Les Raisins de la colère* de John Ford allait sortir l'année suivante.

J'avais demandé à monsieur Hidetoshi de me faire une coupe à la Gary Cooper. Pendant qu'il se concentrait sur ses ciseaux je feuilletais un magazine consacré aux acteurs et actrices, aux chanteurs et aux metteurs en scène. Sur la page centrale une photo réunissait Siegel, la grande dame silencieuse de Baltimore et Clark Gable. La légende disait : *La comtesse Dorothy di Frasso, âme de la vie mondaine de Los Angeles, rend visite à Clark Gable sur le plateau d'*Autant en emporte le vent *en compagnie de son ami Ben Siegel, le* bon vivant *bien connu, proche du célèbre acteur George Raft.* La comtesse arborait toujours son air hautain et son fume-cigarette démesuré. Elle dominait la scène, tellement à son aise qu'elle faisait de l'ombre même à Clark Gable. Virginia Hill m'en est apparue plus humaine, et Siegel, dont le sourire se réduisait à une grimace, la regrettait peut-être lui aussi. On voyait qu'il souffrait d'être un second rôle. J'ai essayé de lui téléphoner, mais on m'a dit qu'il était en voyage d'affaires.

Tout le monde concluait des affaires et venait ensuite fêter son succès à l'*Hollywood*. Les dollars et le champagne allaient de pair. Les préparatifs de l'Exposition universelle à Corona Park confirmaient que la course au progrès ne laisserait pas de place à la guerre. Costello et Adonis s'assurèrent l'adjudication du rétablissement et de l'exclusivité des distributeurs de cigarettes. Lansky revint de Cuba pour installer les juke-boxes Wurlitzer dans les pavillons. Une réunion eut lieu à la résidence luxueuse d'Adonis dans Shore Road, à Brooklyn, avec les responsables des travaux publics pour définir les nouveaux secteurs où construire des gratte-ciel. Totonno l'avait appris en supervisant leur dîner avec deux de nos serveurs. Mais La Guardia était un dur à cuire; il fit exploser l'affaire dans la presse. Adonis, Costello et leurs associés furent contraints de quitter la table sans avoir mangé, et en faisant marquer un point supplémentaire au maire.

Le jeudi à trois heures Judith battait la semelle pour résister au froid qui descendait du nord jusqu'à la porte de mon appartement de Briggs Avenue. Elle portait une étoile jaune sur son col relevé. Elle avait finalement besoin de moi. Son visage amaigri, ses cheveux ébouriffés et son regard étincelant la rendaient irrésistible. Je voulais la protéger, tout en sachant qu'elle s'enfuirait bien avant.

La porte à peine refermée nous nous sommes enlacés. Nous avons fait l'amour sauvagement, par terre, dans l'entrée, de peur que d'aller jusqu'au lit gâche notre entente magique. Ensuite nous nous sommes étonnés de cette passion inattendue et du pourquoi ça n'était pas arrivé avant. Je me suis dit qu'en tout cas ça valait le voyage en Amérique.

Judith s'apprêtait à partir pour Boston retravailler chez l'Allemand. Elle avait besoin de beaucoup d'argent, mais elle refusait mes mille dollars. En Pologne la situation s'était compliquée.

« On a convaincu mon père qu'en Ukraine tout était réglé, qu'il suffisait d'apporter l'argent et que ma tante recevrait son passeport. Il y est allé mais il n'est pas revenu. Aucune nouvelle de lui depuis une semaine. Ma mère s'est finalement décidée à partir avec mes sœurs, mais il faut résoudre le problème de l'argent. Ils ont dépensé pour la tante ce que j'avais déjà envoyé, et tout dépend maintenant de combien je vais réussir à rassembler. »

Judith avait sonné chez moi en quête de compréhension, j'étais bien entraîné à écouter sans faire d'objections. Rien d'autre n'était de ma compétence.

« Je ne sais pas quoi faire, Willy. D'un côté je pense que ce serait bien de retourner en Pologne, d'être avec mes sœurs et ma mère, de partager leurs peines. D'un autre côté je me dis que je peux être plus utile ici. Je suis déchirée par l'indécision. »

Ça ne lui ressemblait pas, et elle s'est ébrouée comme j'avais vu faire les pur-sang du champ de courses.

« Tante Bessie assure que tu es le plus bel Italien qu'elle ait jamais vu.

– Mais je ne suis pas italien, ai-je dit rien que pour répondre quelque chose.

– Dommage que tes compatriotes soient les alliés de ces porcs. Tu sais que Mussolini a approuvé des lois contre les Juifs ? »

Je ne le savais pas, et pour une fois mon ignorance habituelle l'a fait sourire. Judith, elle, était très bien informée, elle s'était même inscrite dans une association militante de Juifs de la diaspora et m'a expliqué ce que ça signifiait. Il y en avait beaucoup dans tout le pays, notamment dans l'Est. Celle de Judith avait pris le nom d'Étoile de David en hommage à l'étoile jaune déjà imposée par Hitler pour repérer les Juifs, la même que celle que portait Judith. Elle m'a dit qu'elle la mettait bien en évidence pour secouer la conscience des braves citoyens américains. En attendant elle avait secoué celle de ses cousines qui s'étaient mises à la porter, ce qui déchaînaient les réactions de leur père. Les Epstein avaient déménagé dans un grand immeuble bruyant de la 64e Ouest. En marchant une bonne demi-heure on arrivait à Central Park. Les trois filles avaient trouvé du travail. Non contentes de porter l'étoile jaune, elles fumaient et sortaient le soir avec leurs amoureux. Tante Bessie préparait des gâteaux à vendre aux non-Juifs. Son oncle était tombé dans une crise mystique qui l'amenait à prédire la damnation de toute la famille.

« J'ai peur qu'il ait réussi, a dit Judith. Du moins avec les Lazar. »

Nous avons passé trois jours d'une entente infiniment douce. L'important était le plaisir d'être ensemble, d'échanger des attentions et des gentillesses. Nous aurions même pu renoncer au sexe, mais nous avons refait l'amour, plus par politesse que par conviction, surtout de la part de Judith. Malheureusement l'enchantement n'est pas revenu. Elle m'a demandé des nouvelles de Turidduzzu. J'ai inventé que j'étais allé à Los Angeles et que nous allions passer les vacances ensemble.

Judith partit le lundi à l'aube. À midi j'étais posté aux abords du bureau de Costello.

« Quelque chose d'important ? demanda-t-il en me voyant.

– Don Costello, je veux revoir mon fils. Il y a presque trois ans que lui et sa mère sont partis. »

La petite voix traînante de Costello me glaça. « Et pendant tout ce temps tu n'es pas allé le voir ? Quel genre de père et de mari tu es ? »

Ça n'est pas agréable de se trouver face au miroir de sa propre lâcheté et de sa propre inconsistance. Costello avait fait la preuve que je n'avais pas de couilles. Je ne serais probablement pas parti si Costello n'avait pas ordonné à Totonno de s'occuper de mon voyage, de me trouver un trou à Los Angeles et un remplaçant pour une semaine au piano-bar.

De l'Atlantique au Pacifique c'était un voyage interminable. J'ai changé à Chicago, à Kansas City, à Santa Fe et à Phoenix, encombré par la grosse valise dans laquelle j'avais entassé des cadeaux pour Turidduzzu. Je devais rattraper trois ans d'absence. J'ai mis quarante-huit heures pour débarquer dans un désert, si tant est que quelqu'un qui n'en avait jamais vu pouvait imaginer ce qu'était un désert.

Le premier contact avec Los Angeles fut contradictoire; c'était plus une terre de pionniers que la fabrique du futur. Je logeais dans une pension de Downtown: des mouches, de la poussière, des minables de ma catégorie, une chaleur insupportable dans la chambre. Totonno s'était montré très chiche avec les dollars de Costello.

Marc Thal figurait dans l'annuaire en majuscules. Les spécialisations de son cabinet occupaient sept lignes. On refusa de me le passer jusqu'à ce que j'explique que j'étais le beau-frère de Josephine Polizzi.

L'avocat dont certains problèmes de tuyauterie avaient contribué à bouleverser mon existence prit un ton circonspect. « Que fais-tu à Los Angeles?

– Hé Marc, devine. »

Comme il n'avait pas envie de deviner, je lui ai expliqué: je voulais voir mon fils et parler avec Rosa. Il m'a donné rendez-vous pour le déjeuner du lendemain en terrain neutre, un restaurant de Wilshire Boulevard. J'aurais eu besoin de Siegel, mais il restait introuvable depuis un mois. Les mauvaises langues attribuaient sa disparition prolongée à quelques délits dans le milieu des jeux de hasard.

La nuit fut interminable. Je regardais ma montre, je guettais les couleurs du ciel, je vérifiais les cadeaux achetés pour Turidduzzu qui n'allait pas me reconnaître. C'était impossible de remédier à notre séparation en deux heures. J'avais peur que nous nous quittions encore plus mal que nous n'allions nous revoir. Le jour se leva, puis l'heure de monter dans un taxi. Je suis arrivé longtemps à l'avance et j'ai pu constater ainsi que nos retrouvailles allaient avoir plusieurs spectateurs intéressés. Thal avait fait appel à ses amis pour s'assurer qu'il n'y aurait pas de surprises : des anges gardiens devant le restaurant et probablement dedans. Thal avait sans doute supposé que j'avais avec moi des protecteurs et des hommes de main. Alors que j'étais plus seul que jamais.

Les serveurs m'ont regardé de travers quand j'ai demandé une table où déposer les cadeaux près de celle qui nous était réservée. Puis ils m'ont pris pour un fou, mais ils m'ont quand même aidé à installer le train électrique avec gare et tunnel, le ceinturon de cow-boy avec deux pistolets, les petits soldats à cheval qui attaquaient le campement indien et un modèle réduit en bois du pont de Brooklyn à assembler. Serait-ce suffisant pour mériter un sourire de Turidduzzu ?

À une heure pile Josephine entra, suivie de son avocat et de Rosa, derrière laquelle s'abritait Turidduzzu. Josephine me serra dans ses bras, affectueuse et solidaire. Avec Rosa nous nous sommes étudiés avant d'ouvrir les bras. Thal m'a tendu une main molle et moite. Turidduzzu s'accrochait à la jupe de sa mère et tantôt il se cachait, tantôt il sortait la tête.

« Sal, tiens-toi comme je t'ai demandé avec ton père. » Rosa avait parlé en anglais. Pour moi c'était un nouveau coup de massue. En tout cas j'ai pu finalement embrasser Turidduzzu. L'émotion m'a retourné, mais j'ai compris que mes baisers, mes cajoleries et ma façon de ne pas le lâcher l'ennuyaient. Je l'ai amené devant la table des cadeaux et lui ai dit qu'ils étaient pour lui ; j'étais impatient d'avoir son approbation. Elle est venue petit à petit, un cadeau après l'autre. Lorsqu'il se les est tous appropriés, il m'a ignoré.

J'avais acheté pour Rosa un petit chapeau à voilette comme celui que j'avais vu sur Dorothy di Frasso et un sac pour

Josephine. Une surprise qui les a étonnées, ce qui a permis de chasser quelques nuages, mais le trop-plein que nous avions à nous dire Rosa et moi rendait l'atmosphère pesante.

« Nous avons appris que tu avais connu une période difficile, a dit Thal à l'intention d'un jury hypothétique.

– Tes amis siciliens n'étaient pas bien disposés à ton égard ? a ajouté Rosa sarcastique.

– L'important c'est que tout soit rentré dans l'ordre. » Josephine m'a lancé un regard plein de compréhension.

« C'est vrai qu'il s'agissait d'une partie de poker ? » Rosa cherchait un prétexte pour se déchaîner.

Contrarié, j'ai répondu : « Je vais bien, je suis ici, le passé est derrière. Nous pouvons parler de nous ?

– Tu en as mis du temps pour te rappeler que tu as une femme et un fils. » Rosa passait finalement à l'attaque.

« Je ne l'ai pas oublié, même dans les moments les plus noirs. Tu peux en dire autant ? En théorie toi aussi tu es mariée... »

Le serveur est venu interrompre notre joute. L'avocat s'est transformé en chaperon, il a conseillé les plats et le vin. Je n'ai pas de souvenir de ce repas, j'ai sans doute commandé de la viande, en tout cas il m'est resté sur l'estomac.

Turidduzzu a été placé entre sa mère et sa tante. Je l'ai pris comme un énième affront. Il ne m'a pas adressé la parole, il répondait à mes questions par monosyllabes. Je lui ai parlé une fois en italien et il a secoué Rosa pour qu'elle lui traduise. L'impossibilité de parler notre langue avec Turidduzzu m'a irrité.

« Jusqu'à preuve du contraire Turidduzzu est le fils de deux Siciliens, il devrait donc connaître sa langue.

– Sal est né à New York, il est citoyen américain, il doit connaître la langue des autres enfants, celle qu'il utilisera à l'école. Plus tard, s'il veut, il apprendra aussi l'italien.

– Cher Willy... » Thal a cherché à intervenir.

«Mais ton nom d'Italien n'est-il pas Mino?» Rosa avait pour moi un regard de défi. Entre elle et moi s'était creusé un fossé infranchissable.

«Cher Willy, a repris l'avocat plus faux que cette bonne âme de Big Pres, toi et Rosa vous avez abordé le sujet que je considère comme le plus important de notre réunion, l'avenir de Sal…

– Tu parles de Turidduzzu? ai-je demandé les yeux fixés sur Rosa.

– Indépendamment de son nom il reste votre fils. Son bien-être doit être votre étoile de Bethléem. Devant sa croissance, son éducation et son insertion sociale, permets-moi de te dire que toi et Rosa vous comptez pour zéro. Est-ce que nous allons nous en occuper?» Il n'était pas pour rien l'avocat de confiance de Mike Cohen et des producteurs juifs de Hollywood. Thal a savouré l'effet de sa rapide harangue avant de reprendre. «Madame Polizzi épouse Melodia, notre chère Rosa, est prête à effacer les trois dernières années. Elle comprend que tu as eu de gros problèmes…

– Arrêtez tous, ai-je hurlé en faisant se retourner plus d'un vers notre table. Ne changeons pas la donne. Mes problèmes sont apparus il y a un an, c'était d'abord vous qui en aviez, et toi, Marc, tu le sais parfaitement. Le témoignage de Josephine au procès et ensuite sa fuite à Los Angeles m'ont exposé à tous les dangers. En ne m'approchant pas de vous je servais vos intérêts.»

Thal est resté imperturbable. «Oublions le passé et pensons à l'avenir. Tu reconnaîtras que la meilleure solution pour Sal est qu'il grandisse avec sa mère et qu'il voie son père aussi souvent que possible, sans que cela interfère, évidemment, avec l'école et les autres activités récréatives qui contribuent à sa croissance. Tu me suis?

– Où veux-tu en venir?

– Ta vie est… comment dire? Quelque peu bohème… Nous connaissons les horaires, les obligations, les changements d'humeur des artistes. Mais c'est ce qui te plaît et c'est très bien. Rosa trouve cependant que le milieu que tu fréquentes, tes amitiés et tes habitudes ne sont pas adaptés à l'éducation qui doit être donnée à Sal…

– C'est-à-dire ?

– Qu'à condition de prévenir d'abord tu es libre de voir Sal quand tu veux, sauf à New York.

– Qu'est-ce que ça signifie ?

– Que tu pourras venir à Los Angeles ou l'emmener avec toi en vacances, en donnant naturellement à Rosa l'adresse et le numéro de téléphone où on peut te trouver tous les jours.

– Marc, tu es en train de me dire que Turidduzzu ne pourra pas être avec moi à Nuovaiocche ?

– Pas jusqu'à sa majorité. Ensuite ce sera à lui de décider.

– Je ne suis pas d'accord, ça n'est pas juste.

– Willy, je comprends ce que tu ressens, à ta place j'aurais la même réaction, mais si tu n'as à cœur que le bien de Sal tu conviendras que c'est juste. Et tu seras même poussé à prendre davantage de vacances dans l'année… »

Le visage de Rosa restait dur, elle avait du mal à ne pas intervenir, par ailleurs, je crois que Thal n'admettait pas d'ingérences dans son travail. Josephine, elle, m'adressait des regards tendres. Elle était la seule à cette table à espérer un arrangement à l'amiable.

« Willy, je peux te donner un conseil juridique désintéressé ? » Marc a changé brusquement d'attitude. « Tu dois donner ton accord ici et maintenant, *hic et nunc*, comme disaient vos pères en latin. Devant un tribunal tu obtiendrais des conditions moins favorables ; ton passé, tes amitiés influenceraient le juge. Rosa est la mère qui, après avoir risqué sa vie pour éloigner son fils de tes mauvaises fréquentations new-yorkaises, a pris soin de lui toute seule pendant ces trois années. Sans compter que la maison de couture des sœurs Polizzi est en train de se faire une réputation solide et que des amis influents seraient prêts à témoigner en faveur de Rosa. Tu pourrais même perdre tes droits… »

Thal a cherché l'appui de Rosa et de Josephine, qui a posé sa main sur la sienne.

« … Tandis que nous, comme je te l'ai déjà dit, nous voulons que Sal grandisse avec le soutien de l'affection et de la présence de son père. »

Ils avaient gagné, ils voulaient m'écraser.

« Venons-en au dernier détail. » Thal se sentait à présent maître du terrain. « La question financière. Rosa pense que deux cents dollars par mois peuvent suffire. »

Ils pouvaient suffire ? Des familles entières vivaient avec une telle somme. À cette seconde Turidduzzu m'a décoché son premier sourire de la journée et j'ai complètement capitulé. L'avocat a posé sur la table des feuillets dactylographiés. La première page portait l'en-tête de son cabinet.

« Confiant dans ton bon sens, ton amour pour Sal et les sentiments qui vous ont unis toi et Rosa, j'avais préparé une ébauche d'accord. Elle reflète mot pour mot ce que nous nous sommes dit, mais tu es entièrement libre de la lire si tu le souhaites… Tu as un stylo pour signer ? »

Il m'en a tendu un.

« J'ajoute par correction que j'ai inséré une note sur le divorce…

– Quel rapport ?

– Actuellement Rosa ne s'y intéresse pas, mais elle est prête à te l'accorder immédiatement si tu le souhaites. »

Tout était vraiment fini entre nous deux et l'absence de Judith me pesait chaque jour davantage, mais ça fait mal de se cogner à la réalité. « Je ne suis pas intéressé.

– Bien. L'accord prévoit que si l'un des conjoints demande le divorce, l'autre ne s'y opposera pas. »

Je voulais seulement fuir. J'ai paraphé chaque page et signé la dernière. Thal a vérifié avant de me tendre l'exemplaire déjà signé par Rosa. Elle n'avait pas douté de l'issue de l'entrevue.

« Tu pourras téléphoner à Sal une fois par jour, à des heures convenues avec Rosa. Tu as déjà une idée de quand tu vas passer les premières vacances avec ton fils? »

Je crois que cette marque d'intérêt cachait le désir de montrer au jury imaginaire quel mauvais père j'étais. Non, je n'avais aucune idée du mois et du jour où j'allais emmener Turidduzzu en vacances. Qu'est-ce que ça changeait? Nous savions tous les quatre que ma route et celle de mon fils étaient destinées à ne pas se croiser.

J'ai aidé Turidduzzu à remettre ses jouets dans la valise. Il a accepté de se laisser embrasser, étreindre et cajoler. Je me suis forcé à ne pas pleurer. J'ai repoussé la tentative d'embrassade de Josephine qui m'a laissé entendre qu'elle comprenait. Thal s'est déclaré à ma disposition en cas de nécessité. Rosa a dit que nous nous parlerions au téléphone. J'avais espéré que Turidduzzu se retournerait vers moi avant de sortir du restaurant, mais il a continué tout droit.

Je suis passé prendre mes affaires à la pension, puis je me suis rendu à la gare. Je suis parti vingt-quatre heures plus tôt que prévu, en ratant réservations et correspondances. Pour arriver plus vite, j'ai réussi à atteindre Nuovaiocche deux heures plus tard que prévu. Costello m'a demandé des nouvelles de Turidduzzu, en réservant un laconique « Tout va bien? » au reste de mon ex-famille. J'ai continué à cacher la vérité à ma mère, mais j'ai glissé cinq billets de dix dollars dans l'enveloppe. Que me restait-il d'autre?

Les semaines de l'Exposition furent électrisantes. Un avenir plein de conquêtes et d'inventions était son principal attrait. La visite des pavillons prenait toute une journée. Je me suis embarqué moi aussi le nez en l'air parmi les visiteurs: avions intercontinentaux à neuf niveaux, gratte-ciel reliés par des ponts du dernier étage, autoroute à quatorze voies à emprunter selon l'allure, la capsule du temps contenant deux brefs messages de Mann et d'Einstein. La voix de Sinatra se chargeait de nous ramener dans le quotidien. À *My Love for You* et *Wishing*, il ajouta *All or Nothing at All*, une bonne épouse d'origine italienne, et son premier disque, *Our Love*, qui eut un gros succès. À vingt-quatre ans Frankie avait Nuovaiocche à ses pieds. Il devint le bon exemple à opposer au stéréotype usé du *dago*. Les amis jubilaient, ils avaient eux aussi leur héros positif. Pour préserver son image, Costello interdit à Moretti d'aller voir Frank dans sa loge.

Plus il arrivait d'Europe des signes inquiétants et plus Nuovaiocche s'attachait au bien-être qui se répandait telle une épidémie et que chacun convoitait. La dernière découverte fut les bas nylon ; les femmes et les jeunes hommes les adoraient, quoique pour des raisons différentes. À la radio et dans les journaux, Roosevelt continuait de promettre : pas un cent, pas un homme américain pour la guerre hors des États-Unis. Costello rouvrit Sands Point et ce fut une fête à la hauteur du passé : huîtres, caviar, champagne et les danseuses les plus séduisantes de l'*Hollywood* habillées en demoiselles sages en permission. Un nombre restreint d'invités, aucun accompagné de sa gentille épouse. Des visages connus avec quelques rides de plus, et deux débutants de luxe, le juge William O'Dwyer, conquis par le charme d'Adonis et qui méritait depuis des mois une table au premier rang à l'*Hollywood*, plus Joe Kennedy, qui n'était pas là pour recueillir des financements en faveur de Roosevelt. C'était lui l'hôte chouchouté par Costello et Adonis. Kennedy dispensait science et sagesse. Roosevelt l'avait rappelé brutalement de l'ambassade de Londres pour sympathie excessive envers Hitler, mais lui, les yeux dans le décolleté des demoiselles sages, expliquait que les Anglais se montraient trop intransigeants avec l'Allemagne, qu'ils devaient au contraire se rappeler qu'ils avaient les mêmes aïeux et s'allier contre Staline. Sa conclusion était que de gré ou de force il fallait se préparer à la guerre entre le capitalisme et le communisme. Mais en attendant qu'elle éclate, levons nos verres aux terrains constructibles de Wall Street vendus dans l'après-midi par les amis de Costello aux amis de Kennedy. Tirons les rideaux bien avant l'heure. Il se pouvait que Kennedy et les autres visages connus raccompagnent les demoiselles sages. Dieu les garde de rentrer en retard chez elles.

16
Nuages bas sur l'Hudson

Dominick vint me dire qu'une femme m'attendait à l'entrée. Nous étions réunis pour souhaiter bonne chance à Sepp, le serveur allemand de l'*Hollywood*, qui partait pour Hambourg. Les journaux considéraient la guerre en Europe comme imminente. Cet imbécile, né et élevé dans Dropsie Avenue, à telle enseigne qu'à l'origine il s'appelait Joe, avait décidé de se rendre dans un pays où il n'était jamais allé, en adoptant l'idéal d'une patrie inconnue et même la version allemande de son nom de baptême. C'était plus qu'il n'en fallait pour l'enfermer dans un asile et lui éviter de gros ennuis, mais à l'époque ça ne se faisait pas.

Je suis allé vers l'entrée encore étourdi par Sepp et ses déclarations d'appartenance au Troisième Reich. Et moi, comment me serais-je comporté si l'Italie avait été impliquée dans le conflit? Heureusement, le mandat d'amener suspendu au-dessus de ma tête suffisait à me déconseiller un retour précipité. Cher Sepp, nous nous reverrons peut-être en Amérique.

Laquelle des filles que j'avais fait rêver – j'avais retrouvé mon rôle – ressentait le besoin urgent de me voir?

Judith portait un imperméable blanc adapté au changement soudain de cette fin d'été. Il y avait un je-ne-sais-quoi d'éclatant dans sa peau, dans ses yeux lumineux, dans les traits courbes de son visage. Comment pouvais-je lui permettre de disparaître tout le temps ?

Elle n'éprouvait pas la même douceur à mon égard. Elle tenait à se montrer dure d'emblée, mais je voyais de la tendresse dans son regard. Elle a commencé sans le moindre bonjour. « J'ai besoin de te parler. Tu as un moment ? » Elle s'est dirigée vers Park Avenue.

Je l'ai suivie en me demandant ce qui m'attendait. Elle avait découvert comment je vivais et travaillais avec les amis ? Elle avait rencontré Rosa qui m'avait présenté sous un jour terrifiant, par exemple : en cinq mois il n'a téléphoné que deux fois à son fils et ils n'ont pas même passé une heure ensemble ?

Après le croisement avec Park Avenue, nous avons marché côte à côte comme deux étrangers jusqu'à Madison. Là Judith a accéléré, elle voulait soudain me fuir. Je l'ai rattrapée au feu. Elle m'a regardé en dessous. Avant de traverser elle a dit : « Ça t'intéresse de m'écouter ? » Je suis resté ahuri et le feu est passé au rouge. Elle jouait la princesse au petit pois, mais j'étais le seul fautif. Je l'ai suivie des yeux pour ne pas la perdre ; l'imperméable blanc se voyait bien, et mieux encore les hommes qui se retournaient sur son passage. Je l'ai rejointe devant les vitrines de *Bloomingdale.* Cette fois je l'ai coincée.

« Judith, qu'est-ce qui se passe ?

– J'attends un enfant.

– De moi ?

– Non, du Très-Haut. Je comprends que pour vous les catholiques ça ne doit pas être tellement insolite. »

Je suis resté sans voix, pris comme je l'étais entre surprise, joie et angoisse. Sur le moment, un bonheur très égoïste a pris le dessus, j'allais avoir Judith toute à moi et pour toujours. Alors je lui ai posé la plus bête des questions. « Tu en es sûre ?

– Et toi, tu es naturellement aussi con ou tu y travailles la nuit entre deux admiratrices ? »

Elle a lissé sur elle l'imperméable blanc et un ventre sans équivoque s'est montré, mais les larmes sont apparues aussi dans ces yeux très bleus faits pour briller. Il aurait fallu une de ces belles phrases définitives que je n'ai jamais réussi à prononcer. Étourdis, nous nous sommes réfugiés dans la boutique de saucisses à l'entrée de la 3e Avenue. Je le dis parce que les saucisses nous retournaient l'estomac à tous les deux. Nous nous sommes repliés sur les limonades, imprégnées de moutarde elles aussi. J'avais besoin de savoir, tandis que Judith avait décidé de me faire expier ce qu'elle jugeait être l'attitude mesquine d'un Italien sans couilles. Et moi, qui avais appris à la connaître, je ne pouvais qu'attendre qu'elle daigne me parler. Il lui a fallu trois limonades pour qu'elle se laisse aller. Elle m'a dit qu'elle avait senti immédiatement, après avoir fait l'amour par terre chez moi, qu'une vie était née en elle. Elle en avait eu la certitude à Boston, où elle avait joué jusqu'en juin. La semaine précédente elle avait encore hésité entre me le dire ou pas.

Pourquoi ? C'était la plus inoffensive des questions.

Pourquoi ? a-t-elle répété d'un air scandalisé. Mais parce que je représentais ce qui s'éloignait le plus de ce qu'elle avait imaginé comme père de son enfant. Non seulement je n'étais pas juif, mais en plus personne ne pouvait nier que j'étais le pire des goyim. L'équivalent des bouffeurs de polenta pour nous les Siciliens quand nous voulons dire du mal, mais rien qu'un peu, de nos frères du Continent.

Tante Bessie lui avait cependant fait remarquer que je devais quand même posséder quelques qualités. Sinon, pour quelle maudite raison avait-elle accepté de me laisser arriver jusqu'à la zone du danger ? Judith avait donc convenu qu'il était juste de m'informer.

Je ne devais pas inspirer beaucoup de confiance aux mères de mes enfants si la première idée aussi bien de Rosa que de Judith avait été de se taire.

« Alors je dois remercier tante Bessie ?

– C'est une vieille sentimentale, persuadée que les Italiens sont la copie la moins imparfaite des Juifs. »

Le contact était rétabli, mais Judith, outre l'enfant dans son ventre, avait d'autres préoccupations. Sa famille était encore embourbée en Pologne. Son père avait rejoint sa femme et ses filles à la fin du printemps, mais la tante était restée en Ukraine. On lui avait refusé le passeport malgré les dollars déboursés. D'après les autorités de Varsovie, les Lazar figuraient sur la liste d'attente pour un embarquement de la Baltique pour le Danemark. La date du départ, malheureusement, était reportée depuis trois semaines et Judith tremblait. Le pacte conclu entre l'Allemagne et l'Union soviétique laissait présager davantage de difficultés. Elle m'a expliqué que les Russes, qu'ils soient tsaristes ou communistes, haïssaient les Juifs davantage que les Allemands, et tout spécialement les Juifs de Pologne. Est-ce que je l'accompagnerais le lendemain au siège de son association ?

Il s'agissait d'une petite pièce pleine de fumée, de voix et d'anxiété au bout de West Street parmi les commerces irlandais et asiatiques. Les quatre jeunes derrière une table déployaient une infinie patience face aux demandes rendues agressives par la colère et l'appréhension. Certains assuraient que la radio avait parlé de mouvements de troupes à la frontière entre la Pologne et l'Allemagne. À chaque question la confusion et le découragement augmentaient. Judith et moi nous sommes mis dans la file d'attente. On lui a offert une chaise en voyant son état, mais elle a refusé. Elle affirmait que la petite – elle s'était mis en tête que c'était une fille – ne pesait pas, qu'elle ne la dérangeait pas du tout. Finalement ç'a été notre tour. La jeune fille a traité Judith avec une familiarité affectueuse. Elles ont consulté ensemble les papiers fournis par l'ambassade danoise : le nom de Lazar n'apparaissait pas. Elles se sont donné rendez-vous pour le lendemain.

Les nuages descendaient sur l'Hudson avant que le vent les disperse. Au loin, vers le Bronx, ils formaient une masse sombre et compacte ; il y pleuvait sûrement. Nous avons acheté des pêches et des pommes dans l'intention de nous asseoir sur un banc des quais. Mais Judith m'a montré le cinéma d'en face. On y donnait *La Chevauchée fantastique.* Ça m'allait ? Bien sûr que oui. Judith avait besoin de se remettre après la énième déception d'avoir appris que les siens n'étaient pas sortis de Pologne, et je priais pour que l'enfant à venir aime aller au cinéma. Un artiste dans la famille était largement suffisant.

Nous nous sommes mis au balcon. Judith a été captivée par le film ; moi – Ford et Wayne me pardonnent – un peu moins. Trop de bons sentiments pour mon goût, à l'exact opposé de Judith, émue par les vicissitudes de la femme enceinte. Au moins, pendant cette heure et demie, elle a oublié ses propres tourments. En sortant du cinéma nous avons entendu les crieurs des journaux du soir hurler que l'Allemagne avait envahi la Pologne, et que l'Angleterre et la France étaient à deux doigts de l'intervention.

« C'est fini », a murmuré Judith. Elle a blêmi, j'ai dû la soutenir jusqu'à un taxi. Je l'ai raccompagnée chez elle, mais elle m'a empêché de monter afin d'éviter des questions sur moi et sur nous. Je lui ai seulement arraché la promesse de me parler le lendemain matin. C'était une promesse à la Judith. Elle ne m'a pas fait signe pendant quarante-huit heures et je suis allé la voir. Je l'ai interceptée devant sa porte, en route vers l'association juive. Je l'ai forcée à y aller et en revenir avec moi en taxi. J'ai gagné une caresse sur la joue. Elle m'a donné le numéro de téléphone de sa tante. À West Street on lui avait dit que les contacts avec la Pologne étaient devenus précaires, que l'offensive allemande semblait irrésistible, et que les liaisons par radio et par téléphone se compliquaient d'heure en heure. Il ne restait plus qu'à prier, mais le sentiment religieux de Judith était très vague et elle avait du mal à croire en un Dieu qui affirmait avoir créé les hommes à son image et à sa ressemblance. Les nazis aussi ?

Le grondement de la guerre ne troublait pas ceux qui travaillaient à l'*Hollywood* et ceux qui le fréquentaient. Tout se passait très loin, on n'entendait pas les sirènes, les longs sifflements, les gémissements et les explosions. C'était tellement agréable d'entendre les notes de *Blue Light, Subtle Lament, The Sergeant Was Shy.* En outre, Willkie, dans le feu de sa candidature aux présidentielles, rassurait les électeurs en reprenant le slogan de Roosevelt: pas un cent, pas un soldat pour la guerre hors des États-Unis. Nous n'avons donc pas à nous inquiéter. La vie continuait, meilleure qu'avant pour nous qui étions assiégés par les demandes de réservations avec récompense à la clé. Malheureusement la décision de Sepp avait ébranlé la conscience des plus jeunes. Tonio et Carmine annoncèrent qu'ils retournaient en Italie. Le premier venait d'un petit village du Frioul, le second de Naples. L'un allait disparaître avec la division Julia en Russie et l'autre, mourir avec la division Folgore à El Alamein.

Je dormais peu, je bâillais beaucoup, mais le matin à dix heures j'arrivais en bas de chez Judith pour l'accompagner à l'association. C'était le pèlerinage de la douleur. On voulait avoir des nouvelles d'amis, de cousins, de frères, de parents, du voisin laissé dans le village au nom imprononçable. La réponse était souvent une grimace désolée. Judith se mettait dans la file, refusant que je la remplace. Je me battais pour lui épargner la fatigue et les déceptions, mais elle, têtue, devait s'infliger une peine qui puisse alléger son remords d'être en sûreté pendant que son père, sa mère et ses sœurs luttaient contre l'adversité. J'ai vraiment essayé de la convaincre de fonder un foyer avec moi, mais pour Judith j'étais une sorte de péché, dont elle devait avoir honte et se repentir. Quelque chose en moi l'attirait, pas assez néanmoins pour lui faire oublier combien j'étais loin de son idéal de compagnon de vie, en supposant qu'elle en ait eu un. Moi, au contraire, je l'aurais prise en bloc, y compris les traits de son caractère qui me dérangeaient et me blessaient parfois. J'aurais supporté jusqu'à son peu d'intérêt pour le sexe, qui représentait pour moi l'émotion la plus troublante. Pourtant, j'aurais été disposé à sacrifier mes plaisirs avec les femmes à l'engagement d'assister Judith, de lui faire comprendre qu'elle n'était pas seule. Ma faiblesse rejoignait heureusement la hardiesse et l'absence de préjugés d'une danseuse de l'Ohio et d'une eau dormante palermitaine dont les avantages débordaient de la barboteuse qu'elle portait pour vendre des cigarettes aux clients de l'*Hollywood*. Quand je les déshabillais, je perdais tout sens de culpabilité envers Judith.

Les taxis, les casse-croûte et les babioles diverses pour réconforter Judith me coûtaient des dollars que je n'avais pas. Les extras avaient cessé et les frais grossissaient. Le Juif d'Europe centrale avait augmenté le loyer de l'appartement de Briggs Avenue à quatre-vingts dollars et tout devenait plus cher; je devais aussi envoyer les deux cents dollars mensuels à Rosa. En quelques mois j'ai asséché mon nouveau dépôt à la Banque d'Amérique et d'Italie.

Judith n'appréciait malheureusement pas mes égards. Je sentais qu'elle était de plus en plus agacée de m'avoir près d'elle et qu'à présent les membres de son association me connaissent et me disent bonjour. Elle m'a dit qu'elle préférait prendre quelques jours de repos et qu'elle me ferait signe. Elle l'a fait au bout de deux semaines. Elle a proposé que nous allions dans la salle de la 44e à côté du Little Theatre; on y avait organisé une soirée en l'honneur de la vieille Europe. Judith voyait là un rendez-vous à ne pas manquer. J'aurais préféré aller au *Cafe Society* où Billie Holiday terminait son tour de chant avec *Strange Fruit*, une chanson à couper le souffle disaient les mordus. Mais pas moyen, c'était la vieille Europe ou la vieille Europe.

Je me suis organisé du mieux possible, j'ai demandé à Totonno l'adresse d'un bon restaurant où on ne se fasse pas plumer. Totonno a réservé au *Progresso*, dans la 5e Ouest entre Broadway et la 8e Avenue. On nous avait préparé la meilleure table à l'ombre d'un palmier. Nous avons été accueillis avec toutes les attentions, mais devant la porte des toilettes j'ai été foudroyé par les favoris et les moustaches de Mike, l'associé de

Genovese dans le poker fatal. J'ai entraîné Judith dehors et ne lui ai expliqué la situation qu'une fois dans un taxi. Je ne lui ai pas parlé du poker et de ce qu'il avait comporté, mais je lui ai dit que j'avais vu un type qui était probablement le propriétaire, avec qui j'avais eu des mots à l'*Hollywood*. Or, Judith s'était mis en tête de manger des pâtes et des scaloppine et nous sommes donc entrés au *Freddie's Italian Garden* dans la 46e, à proximité de Times Square. Au moment de la macédoine de fruits le propriétaire a repéré mon air pédant et s'est rappelé où il l'avait remarqué.

« Que faisiez-vous dans la salle au procès de Luciano ? » Il avait forcé son accent romagnol pour éviter d'être confondu avec des Siciliens répugnants.

Très embarrassé j'ai répondu : « Simple curiosité. » Le restaurateur avait parlé en italien, je lui avais répondu en italien, mais en essayant de masquer mon propre accent. En principe, Judith n'aurait dû y voir que du feu, je n'osais quand même pas la regarder.

« Et vous, qu'y faisiez-vous ? » La question de Judith m'a plus surpris que le propriétaire.

« Je voulais m'assurer que le salaud qui ruinait notre réputation finirait en prison pour la vie. Contre cette racaille il faut agir comme notre cher Duce…

– Ah, vous êtes fasciste… »

L'homme a pris un air menaçant et a gonflé la poitrine, prêt à exploser. Je me suis empressé de régler l'addition pour éviter une rixe.

Je ne savais pas par où commencer les explications que je sentais devoir à Judith. Ça vous est déjà arrivé de ne pas trouver le moindre mot ?

« Willy, tu n'as aucune obligation envers moi. »

J'ai agité les mains pour m'aider à dire ce que je ne savais pas moi-même. Elle m'a caressé la joue et suggéré de nous dépêcher. Malgré son gros ventre de huit mois, Judith a voulu aller à pied à la salle de la 44e. Vous parlez d'une soirée en l'honneur de la vieille Europe : c'était la manifestation habituelle contre l'Allemagne et l'Italie, contre le nazisme et le fascisme, présentés comme une menace même pour les cafards. J'ai dû subir une heure de proclamations qui ont naturellement reçu toute l'approbation de Judith. Puis, en récompense de la ténacité des participants, on a mis des disques. Et là, le miracle s'est produit. J'ai découvert une chanteuse exceptionnelle, Lucienne Boyer, un don de la nature. Son *Mon cœur est un violon* vous blessait dans l'âme, c'était un adieu à un monde en voie de disparition. La voix, l'intonation, la mélancolie préfiguraient la défaite de la France, l'Occupation allemande. Judith a écouté *Parlez-moi d'amour, Sans toi, Je t'aime, Un amour comme le nôtre* la tête sur mon épaule. Soudain elle m'a saisi la main et l'a posée sur son ventre.

« À ton avis, notre fille écoute ? C'est pour elle que j'ai voulu venir. Qui sait si elle aura une autre occasion d'entendre ces chansons. »

Sarah est née le 8 décembre, jour de la fête de l'Immaculée Conception, évidemment inconnue des Juifs, mais qu'on célèbre à Catane par un embrasement du port. Elle a reçu ce prénom en l'honneur de sa grand-mère maternelle. D'après l'unique photo existante, je peux garantir qu'elle lui ressemblait beaucoup plus que Judith. J'ai été tenu hors de la chambre dans un joyeux va-et-vient de femmes. Elles m'ont ignoré jusqu'à ce que tante Bessie me montre la toute petite frimousse qui pointait sous la couverture. Oncle Ephraim a invoqué des bénédictions spéciales, prêt aux rites propitiatoires. Mais Judith a décidé que Sarah définirait elle-même ses rapports avec la religion quand elle serait grande.

Je lui ai demandé en vain de s'installer chez moi avec la petite, elles auraient plus de place et de liberté. Mais pas une famille, a répondu Judith. En réalité, je crois qu'elle préférait rester dans l'appartement de la 64e parce qu'elle y trouvait toujours quelqu'un à qui confier Sarah. Son association s'était en effet beaucoup mobilisée pour réveiller la conscience des New-Yorkais et pousser le gouvernement américain à entrer en guerre. Ses membres manifestaient le long de la 5e Avenue avec de grandes pancartes, se rassemblaient près du consulat d'Allemagne pour couvrir d'insultes les diplomates et les fonctionnaires. Judith traînait Sarah partout où elle pouvait. Je me contentais de lui acheter des petits ensembles de laine pour la protéger de l'hiver de Nuovaiocche et de l'insouciance de sa mère. Les cadeaux pour notre fille étaient les seuls que Judith acceptait. Je ne veux pas dépendre de toi, affirmait-elle butée, et moins que jamais te devoir de la reconnaissance. Tu es un goy égoïste, et obtus en plus.

Je me demandais quel sort m'avaient donné en partage Rosa et Judith. C'était moi qui les cherchais ou elles qui étaient très fortes pour repérer la victime sacrificielle ?

Blancs et Noirs, Juifs et protestants, nés sur place et immigrés, Américains et Italiens, nous étions tous contre la guerre, mais nous la sentions peser sur nous, bien qu'en Europe les opérations se soient interrompues et que beaucoup aient pronostiqué la paix avant Noël. Avec l'acquisition de Sinatra, l'orchestre de Tommy Dorsey affichait complet tous les soirs, mais la réputation de celui de Glenn Miller grandissait déjà. Il avait un visage étonnant de gentil garçon, des lunettes d'employé de mairie et l'air de n'importe qui sauf de quelqu'un capable d'influencer la mode musicale. Il s'était débrouillé comme moi pendant des années, mais lui croyait dur comme fer qu'un jour il deviendrait le numéro un, et que sur la grosse caisse de la batterie on lirait *Glenn Miller et son orchestre*. Chacun de nous, en l'écoutant, pouvait conclure qu'il était plus fort que Miller, mais aucun n'est devenu Glenn Miller.

J'ai dû me dépêcher d'apprendre *In the Mood, Pennsylvania Six-Five Thousands, String of Pearls, Moonlight Serenade* qui ont vite été très demandés. Dès les premières notes, les clients posaient leur verre et suivaient le rythme en tapant dans leurs mains. Quel était son secret? Le mélange clarinette, saxophone et mélodies faciles à retenir. Jusque-là les musiciens avaient utilisé la trompette avec le saxophone, Miller a eu l'intuition que la clarinette allait favoriser ce son qui lui a apporté l'immortalité.

Dans le *New York Times* un portrait de Costello, présenté pour de mystérieuses raisons comme l'amateur de sport le plus connu de la ville, prenait plus de place que le report des Jeux olympiques programmés l'été suivant à Londres. On espérait qu'ils pourraient se tenir en août 1941. Ma mère m'écrivait que tout le monde était contre la guerre à Catane, même le responsable de l'immeuble; elle me demandait des nouvelles de Turidduzzu, de ma femme, et je répondais que tout allait pour le mieux, sans jamais faire allusion à Sarah et à Judith.

Je gaspillais des journées sans queue ni tête. J'avais deux familles et pas d'amour. J'ai promis à Turidduzzu de l'emmener en vacances à Pâques et je me suis disputé violemment avec Judith à cause de la toux de Sarah. Je l'ai accusée d'être une mère peu avisée, elle m'a ordonné de sortir, tante Bessie a suggéré d'emmener Sarah chez le médecin de l'étage au-dessous. La pauvre Sarah a été tirée à hue et à dia entre ses malheureux parents, et c'est finalement tante Bessie qui l'a prise dans ses bras pour aller la faire examiner. Entre le médecin et les médicaments, j'ai déboursé cinquante dollars; j'en avais dépensé trente la semaine précédente pour acheter un landau de manière à ce que Sarah soit moins exposée au froid et que Judith n'ait pas à la porter dans les bras pendant ses vagabondages politiques. Je vivais chichement en économisant sur tout, à la troisième semaine j'étais déjà à sec. Mais je conduisais une voiture nouvelle, la Ford Y, qui dans les rues de Nuovaiocche suscitait des regards curieux. Il s'agissait d'une sorte de prototype, une voiture fabriquée en Amérique, mais pour le marché anglais.

Voici comment ça s'était passé. Adonis m'avait embarqué dans une opération publicitaire de Camel au Rockefeller

Center en voie d'achèvement. Je jouais du piano enveloppé d'un nuage de fumée, au milieu de jeunes filles en tenue moulante qui offraient des cigarettes aux invités et aux visiteurs. On servait des drinks et des canapés. Vers midi les photographes arrivaient pour immortaliser la star de Hollywood qui passait par là, essayait une Camel et déclarait son enthousiasme sans bornes pour cette cigarette capable de changer sa vie. Puis elle se présentait à la caisse et recevait dix gros billets de cent, nets d'impôts. Sinatra lui-même est passé. On m'entrevoit derrière lui sur la photo publiée dans le *Daily News*. Frank a été gentil et empressé. Il a recommandé à ceux de Camel de bien me traiter parce que j'étais plus qu'un frère pour lui, j'avais été le premier à jurer de ses dons. Willy, si tu as besoin de quelque chose, tu me siffles. Pendant trente secondes j'ai concentré sur moi toute l'envie de la salle.

J'ai trimé un mois, dimanches compris. À moi aussi on avait promis dix billets de cent, mais Adonis m'a expliqué que je m'en étais si bien sorti que j'allais recevoir une voiture hors-commerce. L'argent m'aurait été beaucoup plus utile. Je serais parti en vacances avec Turidduzzu. Qui n'a pas été très contrarié par mon impossibilité de tenir ma promesse.

Confiants dans les assurances de Roosevelt et de Willkie sur la neutralité de l'Amérique, Costello et les autres se demandaient ce qu'attendait Son Excellence Mussolini pour entrer en guerre. De Naples, Genovese faisait dire qu'à l'Épiphanie Hitler serait maître de l'Europe. Ils trouvaient que c'était du gaspillage de laisser l'Italie en dehors. Le même sentiment s'affirmait à présent à Catane. Ma mère racontait dans ses lettres que toute la via D'Amico trouvait insensé d'assister au gueuleton de l'Allemagne sans y participer. Quand aurions-nous de nouveau une occasion pareille ? Mais ma mère pensait à ses fils qui seraient rappelés, à Orlando et Rinaldo qui avaient déjà une dette envers la Vierge du Carmel pour être revenus d'Espagne. Elle pensait à Nino, père de deux enfants et un troisième en route. Heureusement que tu es en Amérique, où vous ne courez pas de danger et où en plus vous gagnez plein d'argent, concluait-elle. En lui répondant je cachais entre les pages les dix derniers dollars qui me restaient.

J'ai demandé de manière explicite à Judith de m'épouser.

« Tu n'es même pas divorcé.

– Je le ferai très vite, c'est prévu dans l'accord avec Rosa.

– Mais je ne veux pas épouser un citoyen d'un pays qui va se ranger aux côtés de ces porcs nazis.

– Mais je suis le père de Sarah…

– Ça me paraît déjà trop. »

Jusqu'à deux heures de l'après-midi nous avons participé à la manifestation devant le consulat allemand. Ou plutôt, Judith brandissait une pancarte, lançait des insultes, provoquait les policiers. Moi je me promenais avec Sarah dans son landau, je lui ai donné son biberon de lait, puis je les ai raccompagnées jusqu'à la station de métro près de la 64e. De là je suis allé directement à l'*Hollywood* en espérant trouver à manger dans la cuisine.

« Tu es au courant ? m'a demandé Dominick avec une tête de jour des Morts. Mussolini s'est montré au balcon et a déclaré la guerre à l'Angleterre et à la France. »

Le détail du balcon m'a frappé. Dans mes souvenirs, les balcons de la via D'Amico servaient à échanger de la vie sous forme de cancans, d'une tête d'ail, de vœux d'anniversaire et de fêtes, d'une tasse de sucre, de malédictions contre le gouvernement, d'un béret ou d'une écharpe. Que du balcon on puisse aussi déclarer la guerre, que je considérais comme l'acte extrême, et donc impliquant une conscience estimable, je trouvais ça impensable. Encore une preuve que nous les Italiens tournions tout en opérette. Mais j'étais le seul à le penser. Dominick, Totonno, ceux de la cuisine et des tables se souvenaient de leurs parents en Italie, aux problèmes que nous allions avoir en Amérique. Costello adopta une mesure immédiate: plus de chansons napolitaines dans mon répertoire. Soudain surgirent quelques doutes quant à l'entrée en guerre de Mussolini: ça n'était plus la meilleure idée de 1940. À Londres, une forte tête refusait de se laisser faire par Hitler. Les amitiés haut placées de Costello rapportèrent que s'il n'y avait pas de paix il se pouvait que Roosevelt se voie contraint d'intervenir. Et son programme électoral? Eh bien… C'était la réponse consternée.

Les radios de Nuovaiocche firent une place aux ballades de Guthrie. Glissées entre Miller et Goodman elles étaient un vrai coup de poing dans l'estomac. Au piano-bar j'ai essayé timidement *Pretty Boy Floyd* et ç'a marché. L'histoire du bandit gentilhomme de l'Oklahoma n'a pas scandalisé les riches bourgeois et les évaporées qui payaient notre pain et ce qui allait avec. Costello était d'accord avec Guthrie: souvent, pour voler son prochain, un stylo et une feuille de papier sont plus utiles qu'un revolver à six coups. La grande salle était décorée comme pour Noël, les tables du premier rang étaient réservées à ceux qui occupaient la rubrique mondaine de Manhattan dans les journaux du lendemain. Des fripouilles à la bannière étoilée applaudissaient l'orchestre et les danseuses avec les hauts personnages intègres chargés de veiller chaque jour au bien-être général. Parmi ceux-là on voyait de plus en plus souvent le procureur du district de Brooklyn, William O'Dwyer, ancien client du restaurant d'Adonis, qui bénéficiait à présent d'une table à l'écart avec compagnie féminine adéquate. Un soir j'ai entendu Totonno avertir Tom, le premier serveur de couleur à avoir été engagé à l'*Hollywood* : surtout, sois aimable avec le futur maire. Effectivement, O'Dwyer – yeux à demi fermés, regard dur, air de rapace – avait été choisi par les amis pour se débarrasser de La Guardia aux élections de 1941.

J'ai d'abord rêvé que le téléphone sonnait, puis je me suis aperçu que ce n'était pas un rêve. C'était Rosa, et il était dix heures du matin. J'avais fait des heures supplémentaires jusqu'à cinq heures pour satisfaire la veine romantique d'un pétrolier texan et sa femme venus fêter leurs vingt-cinq ans de mariage. Les cent cinquante dollars de pourboire avaient été une bénédiction.

Donc Rosa était venue à Nuovaiocche avec Josephine et Turidduzzu et elle m'invitait à prendre un café au *Commodore Hotel* le lendemain après-midi. Comme j'avais précisément arraché à Judith la permission de l'accompagner à cette heure-là au siège de la Croix-Rouge, j'ai proposé à Rosa que nous déjeunions ensemble ; je connaissais un restaurant, le *Roger's Corner*, près de son hôtel, entre la 49e Ouest et Broadway.

Turidduzzu était resplendissant. Il s'est soumis avec résignation à mes embrassades et mes cajoleries sous les regards curieux des autres clients. Josephine avait adopté l'aspect, les manières et les caprices d'une femme sûre de son avenir. La beauté de Rosa s'était faite plus hautaine. Le chic des deux femmes et l'élégance recherchée de Turidduzzu dénotaient des moyens considérables. Je les ai attribués au succès de l'atelier de couture, ou de stylisme comme disait Rosa, mais l'avocat efflanqué aux tempes dégarnies, Peter Bolton, que Josephine m'a présenté comme l'associé de Marc Thal, a brouillé les cartes et mon estomac. En attendant le bœuf à la braise, spécialité du lieu, Josephine annonça qu'elle et Marc allaient se marier. Peter, assis à côté de Rosa, avait eu la gentillesse de les accompagner pour l'aider à régler les formalités nécessaires pour l'heureux événement. Josephine m'a offert un sourire lumineux avant d'ajouter que les amis de Marc et les amis de New York avaient dissipé ensemble les malentendus d'autrefois et que le passé était définitivement effacé.

Autrement dit, Luciano lui-même, de sa prison, avait dû donner son approbation. J'avais du mal à y voir un hommage aux qualités amoureuses de Josephine. Elle était peut-être la seule femme de la Création à mieux se servir de sa figue que de sa langue, mais le sang glacé de Charlie ne s'est jamais laissé guider par sa queue. Pardonner à la femme qui avait contribué plus que personne à sa lourde condamnation devait faire partie d'un accord beaucoup plus vaste et très rémunérateur entre les Italiens de Nuovaiocche et les Juifs de Los Angeles. Rien d'étonnant à y trouver la patte de Siegel.

J'ai regardé Josephine avec une admiration affectueuse: elle avait tiré le meilleur parti de son principal don et conservait pourtant la naïveté brusque de l'époque où elle m'avait accueilli à Chambers Street. Mais dès que je posais les yeux sur Rosa et sur l'avocat aux tempes dégarnies ça me tordait les tripes. S'ils n'étaient pas encore amants ils allaient le devenir très bientôt. Qu'après avoir partagé son lit avec moi elle puisse le partager avec cette amibe était pour moi une insulte de la Providence. Je suis devenu grossier et insolent en pensant à Turidduzzu; il allait grandir auprès du distingué Peter. Il me semblait qu'à la fin du tour de manège c'était moi le seul cocu et battu de l'histoire.

L'atmosphère à table s'est dégradée jusqu'à pourrir complètement. Rosa et moi, nous nous sommes accrochés sur tout, de la façon d'appeler notre fils au type d'éducation à lui donner; de son ironie sur le milieu de Nuovaiocche à mon aigreur à propos de celui du cinéma. Josephine a essayé en vain de rétablir un échange moins acerbe. L'avocat s'éclaircissait sans cesse la gorge pour intervenir dans notre assaut de méchancetés. Les bâillements de Turidduzzu ont offert un prétexte à Josephine pour nous imposer une trêve: il fallait retourner à l'hôtel mettre l'enfant au lit. J'ai embrassé Turidduzzu en lui promettant que nous passerions les vacances de Noël ensemble.

Ma mauvaise humeur s'est reportée sur Judith, surprise de découvrir un côté de mon caractère que je lui avais épargné jusque-là. Au lieu de me traiter de goy, elle m'a lancé un regard digne d'être destiné au nazi le plus enragé. Mais quand nous avons été en présence de la grosse dame du guichet

Informations d'Europe de la Croix-Rouge, mes misérables ressentiments se sont envolés. Nous étions une dizaine qui attendions des nouvelles, chacun avec une liste de noms, chaque nom avec une histoire, cent liens du cœur. La grosse dame a précisé qu'ils n'avaient pas de renseignements sur les individus et qu'ils pouvaient en revanche fournir un état de la situation par territoire. Les Juifs de la zone de Leopoli, où les Lazar vivaient depuis des générations, avaient été identifiés par la police politique allemande – c'est ainsi que j'ai connu la Gestapo – et transférés dans le ghetto de Varsovie. Judith ne s'est pas troublée. Elle a demandé si la Croix-Rouge était en mesure d'intervenir, de contrôler les conditions de vie, d'éviter les abus qu'elle-même considérait comme allant de soi. La réponse a été très vague: on parlait en Suisse d'organiser de futures visites officielles de membres de la Croix-Rouge. Comme preuve de bonne volonté, le gouvernement allemand acceptait d'envoyer des colis au siège de la Croix Rouge à Berne, d'où ils seraient transmis à un bureau de Berlin chargé de la livraison aux destinataires dans les territoires du Troisième Reich.

« Et vous, vous y croyez? » Judith l'a demandé sur le même ton que pour m'informer sur les progrès de Sarah.

« Même si nous n'y croyions pas, ça changerait quelque chose? » a répondu la grosse dame.

La très large victoire de Roosevelt aux présidentielles de novembre 1940 fut accompagnée de l'assurance rituelle que l'Amérique resterait en dehors du conflit. Beaucoup décidèrent d'y accorder foi et j'en ai bénéficié. Devant l'imminence des fêtes de fin d'année les associations et les syndicats voulurent rétablir les bonnes habitudes et ils se souvinrent de Willy Melodia pour les réunions avec échanges de vœux et de cadeaux. J'ai recommencé à gagner de l'argent; j'en avais désespérément besoin. Il y avait les deux cents dollars à envoyer à Turidduzzu, c'est-à-dire à Rosa, à l'heure près. J'avais peur que dans le cas contraire elle m'accuse au tribunal de ne pas beaucoup m'intéresser à mon fils. Il y avait mon propre entretien, bien que réduit au minimum, et celui de Sarah. Judith ne demandait pas un sou, mais je savais que la situation financière de son oncle, sa tante et ses cousines restait précaire, malgré les gâteaux de tante Bessie et l'emploi des trois filles.

Vous avez une idée de ce que coûte une petite fille d'un an en lait, bouillies, souliers, vêtements, bonnets, gants et vitamines ? Moi je n'en avais pas la moindre, mais je m'en suis très vite fait une.

Je cherchais à faire manger Judith en l'emmenant au restaurant, quand elle se laissait convaincre. Je la voyais de plus en plus pâle, ce qui augmentait sa séduction, mais je devinais qu'elle s'ôtait littéralement le pain de la bouche pour élever Sarah.

Avec ma Ford Y je me déplaçais du Bronx au Queens et à Brooklyn, une fois même à Long Island. J'obtenais cinquante dollars par prestation, en regrettant les pokers et la générosité de Siegel. Les pianos dont je disposais étaient déglingués, mais il suffisait que j'attaque *Reginella campagnola* et *Fiorin fiorello*, portés au succès en Amérique par Alfredo Clerici, pour arracher des larmes et une demande de bis. Deux chansons de Beniamino Gigli marchaient aussi très fort : *Non ti scordar di me* et *Mamma.* Mais je terminais invariablement par *God Bless America.* Tous sautaient sur leurs pieds et l'écoutaient avec gravité même si beaucoup en ignoraient le contenu. Je devais moi aussi retenir mes larmes, mais elles étaient dues à mes frères et ma mère. Je ne recevais plus de lettres de Catane. Qu'étaient devenus Nino, Rinaldo et Orlando ? Et ma mère qui s'efforçait de conserver les liens familiaux. Je voyais s'éloigner le jour où nous nous embrasserions de nouveau.

Le climat politique changeait. Les promesses de paix de Roosevelt se heurtaient aux attaques publiques répétées contre la politique expansionniste du Japon. L'indignation montait à la lecture des comptes-rendus des journaux sur les atrocités commises par les «jaunes» en Extrême-Orient. À la radio les informations d'Ed Murrow sur Londres sous les bombardements de la Luftwaffe donnaient des frissons, elles faisaient grandir l'antipathie des commerçants, des employés et des ménagères pour ceux qui tuaient des femmes et des enfants. Cependant la volonté de rester à l'abri demeurait encore la plus forte. Aux tables de l'*Hollywood* on programmait des marchés, des succès en Bourse, de longues vacances, dans la certitude qu'aucun événement traumatisant n'interviendrait.

C'est Adonis qui annonça la nouvelle que deux étages du Rockefeller Center avaient été occupés par les services d'espionnage anglais. Devant la frayeur de Costello, Adonis se montra péremptoire: ils veulent faire entrer l'Amérique en guerre contre nous, un point c'est tout. Probablement parce que c'était tout ce que ses informateurs lui avaient dit. Dans les petits appartements des étages inférieurs du Rockefeller Center, les amis d'Adonis avaient installé quelques demoiselles disponibles pour occuper les pauses des sérieux fonctionnaires prêts à remplacer leur hot-dog par des portions de chair plus appétissante. Beaucoup d'entre eux prirent l'habitude de prolonger la pause pipi sans attendre la pause déjeuner. Le succès des demoiselles avait été immédiat.

Quand l'information d'Adonis fut confirmée, Costello, Gambino, Profaci, les frères Mangano et Bonanno furent persuadés que ces foutus pédés blonds s'étaient installés au cœur de Manhattan pour les dominer, eux les Italiens qui avaient réussi. J'écoutais stupéfait les raisonnements tarabiscotés sur l'intérêt qu'avait Churchill à mettre en faillite les activités de mes bienfaiteurs. Quand est-ce qu'on va envahir Londres? demandait Moretti dès qu'il mettait le pied à l'*Hollywood*. En attendant ils organisèrent une surveillance permanente des entrées du Rockefeller Center pour noter les noms des compatriotes qui le fréquentaient. Ils furent tous soupçonnés d'être à la solde de l'ennemi. S'ils se rendaient là pour d'autres raisons, tant pis. On demanda aux demoiselles disponibles des étages inférieurs d'être attentives aux visages qui circulaient. On prit des photos, on inscrivit des noms et des adresses. Les braves garçons des frères Anastasia furent chargés de donner une leçon aux espions présumés et plus d'un Italo-Américain se fit tabasser sans pouvoir se l'expliquer. Et les pauvres types qui n'ont rien fait? demanda Lansky. De toute façon c'est de la racaille, rétorqua Adonis.

Costello et les autres pensaient encore que l'Allemagne et l'Italie gagneraient la guerre, ils tenaient à afficher leur soutien à Son Excellence Mussolini. Quelqu'un avisa notre personnel diplomatique de ce qui se passait au Rockefeller. On vit de nouvelles têtes à l'*Hollywood*. Adonis faisait étalage de son patriotisme, il se vantait de n'avoir pas pris la nationalité américaine, c'est tout dire. Quant à moi, on m'a annoncé que *'O sole mio*, *Come pioveva*, *Tango della gelosia* et *Primo amore* n'étaient plus interdits.

Pour tenir debout et ne pas déchoir face aux jeunes filles disponibles qui continuaient à voir en moi l'homme de leurs rêves, j'ai pris de l'assurance grâce à quelques pastilles roses conseillées par Adonis. Aujourd'hui encore j'ignore de quoi il s'agissait, mais elles me donnaient des poussées d'énergie, de quoi escalader l'Empire State Building au pas de course. Mais quand je m'écroulais, il fallait les sirènes des pompiers pour me réveiller. Siegel s'en est aperçu le matin où il a dû laisser le téléphone sonner plusieurs minutes pendant que je me traînais pour aller répondre. Il parlait et j'étais incapable de prononcer une syllabe. Quand il en a eu assez il m'a donné rendez-vous à une heure au restaurant, mais je devais jouer à la réunion des épiciers de l'Upper East Side. Le rendez-vous a été reporté à l'heure de la fermeture de l'*Hollywood*, loin de celui-ci toutefois. Sorti de mon semi-coma j'ai compris que Ben préférait ne pas voir Costello. Nous devions nous retrouver dans la salle de billard de la 108e à la hauteur de la 1re Avenue. C'était au cœur de Harlem, Ben me souriait sur le seuil.

Il a dit dans un gargouillement: «Je ne voulais pas qu'un pauvre Blanc à la chair tendre fasse dans son froc de devoir entrer dans un bouge plein de Noirs féroces.»

Il avait le col déboutonné, la cravate desserrée et il était en manches de chemise bien que la température ait été plutôt au-dessous de zéro qu'au-dessus. C'était apparemment le Siegel de toujours, celui qui pissait sur le monde, la proie la plus convoitée des femmes inaccessibles de Hollywood. Mais je le connaissais désormais: derrière son aplomb ses ailes s'étaient repliées comme pour celui qui va parier ses dernières pièces. Le monde entier semblait sur le point de pisser sur la tête de Ben Siegel dans l'espoir de le voir se noyer.

L'intérieur puait l'alcool, la sueur et l'urine. Des hommes en bretelles sur leur maillot de laine tournaient autour des tables. Des jurons de joie et d'autres de colère volaient derrière l'épais rideau de fumée. Des poignées de billets décolorés par l'usage changeaient prestement de mains. Ben tira deux fois et abattit plusieurs quilles, il jeta la queue sur la table. «Ezechiele, mets ça en compte. La prochaine fois que je suis en ville je reviens jouer la revanche.»

Le brouillard était suspendu entre les toits des immeubles. Il ressemblait à la «louve» de certaines nuits de Catane. Même pas de voitures de police dans les rues. J'avais faim et sommeil; j'essayais de me protéger dans mon pardessus de tweed gris, tout en trottant derrière mon ami vers des destinations inconnues. Ben ne portait qu'une veste, ouverte de surcroît, et son chapeau à ruban de velours relevé sur le front. On aurait dit une publicité pour l'arrogance. Nous ne nous étions pas vus depuis des mois et pourtant nous avions la même entente que si nous avions partagé le quotidien depuis des années.

Nous avons coupé vers la 2e Avenue, près du croisement avec la 112e Est. Sur le trottoir d'en face, trois types emmitouflés ne nous lâchaient pas des yeux. Ben est allé droit sur eux.

Un échange rapide de répliques, puis deux des hommes ont marché devant nous. Nous avons tourné dans la 112e, encore une centaine de mètres et nous voilà devant une petite porte en fer. Un de nos accompagnateurs a frappé avec le poing d'une façon convenue. La porte s'est entrouverte pour nous laisser entrer Ben et moi. Une cour est apparue, et sur la droite, dans la pénombre, un escalier à la forte odeur de moisi. Au deuxième étage nous avons été introduits dans un appartement. Une explosion de lumière, de musique, de tapage sans retenue. Ben donnait et recevait de grandes tapes sur les épaules. Les invités étaient blancs; d'après les noms que j'entendais ils devaient être moitié italiens moitié juifs. En compagnie d'une centaine de joueurs frénétiques nous nous trouvions dans le tripot à dés contrôlé par Lucchese. Les deux salles étaient occupées par quatre tables, un comptoir au fond pour les alcools. Le bruit des dés lancés ressemblait à un coup de feu assourdi par le silencieux.

Ben m'a poussé vers un canapé. « Tu sais que tu as une dette envers moi ? »

Certes je lui devais son amitié jamais démentie, mais je sentais que Ben parlait d'un épisode particulier.

« Tu n'as pas voulu m'accompagner en Italie, a-t-il dit avec satisfaction, mais je te donne l'occasion de te rattraper. » Il m'a décoché un de ces sourires irrésistibles de gamin taquin qui étaient sa spécialité. Il a ajouté tout bas d'un air grave : « Willy, j'ai besoin de toi. Tu es le seul autour de moi auquel je confierais le salut de mes deux filles. »

Dit par Ben ça représentait la confiance maximum, mais je flairais des ennuis gros comme ça et aiguisés comme des rasoirs. Être assis avec lui dans ce tripot pouvait déjà me coûter cher.

« Tu as entendu parler de mon projet dans le désert ? »

Je n'ai jamais été curieux. Au contraire.

Ben a insisté. « Las Vegas, le Nevada, ça ne te dit rien ?

– Je jure que non. Je les connais: ils ne viennent pas se confier à moi. Contrairement à toi, je n'appartiens pas à la race des patrons. »

Ben s'est mis à l'aise. «J'ai eu une de ces petites idées qui changent l'histoire des peuples. Rien de mal à ça, pas vrai? »

J'ai acquiescé.

« À quelques heures de Los Angeles commence le désert du Nevada. On y trouve ce minuscule village de désespérés, Las Vegas. J'ai connu une veuve à court d'argent et propriétaire d'un petit hôtel croulant avec un grand terrain autour. Je l'ai acheté pour un plat de lentilles. Tu sais que nous les Juifs nous sommes des experts dans ce domaine… »

Siegel m'a fait un sourire complice, je n'ai pas eu le cœur de lui dire que je ne savais rien des Juifs ni des plats de lentilles. J'avais peu fréquenté les livres religieux.

Ben a poursuivi: «Je me suis dit que c'était l'endroit idéal pour y établir la ville des contes de fées. Au lieu des enfants, nous ferons rêver les adultes. Les conditions de base sont excellentes: avec une poignée de dollars nous achetons tous les terrains qu'il faut pour construire des hôtels, des bars et des restaurants. Dans chaque hôtel nous mettons un casino et nous vivons heureux et contents jusqu'au Jugement dernier. C'est une grande idée oui ou non? »

J'ai dit que oui. Je ne voyais pas encore quel rôle Ben voulait me confier.

« Les amis hésitent encore. Incroyable mais vrai, le vieux Benjamin leur offre l'affaire du siècle sur un plateau d'argent et eux font la fine bouche. Mais moi, je veux ma place dans l'Histoire. Je l'ai dit à Lansky pour qu'il le dise à Luciano: vous m'avez empêché de liquider ces deux porcs de Hitler et de Mussolini? Et soit dit entre nous, si je l'avais fait je n'aurais pas seulement épargné la persécution à mes frères circoncis, j'aurais aussi évité la guerre qui va très bientôt éclater. Vous n'avez pas voulu? Très bien, ou plutôt très mal, dans ce cas on se souviendra de Ben Siegel pour avoir construit la ville des contes de fées. »

Ce n'était donc pas moi qui avais fait obstacle à son expédition punitive en Europe. Naturellement j'ai gardé cette observation pour moi, de plus en plus impatient de découvrir en quoi j'étais mêlé à l'entrée de Ben dans l'Histoire.

« Il faut de l'argent, une montagne d'argent. Je suis prêt à y mettre tout mon patrimoine, mais il faut beaucoup plus. Ça dépend de tes petits copains. S'ils ont des doutes, je m'adresserai aux producteurs de Hollywood. Ceux-là banquent sans piper et ils me remercient. »

Après s'être épanché Ben a allumé un cigare. Il m'en a offert un. « Ah, j'oubliais que tu ne fumes pas, toi ce que tu aimes c'est que les filles fument ton cigare. J'ai raison ? » Il m'a envoyé un sacré coup de poing dans le ventre ; une bonne lueur inhabituelle était apparue dans ses yeux. « Willy, tu dois garder les oreilles grandes ouvertes. Dès que tu captes quelque chose, n'importe quoi, sur mon projet, tu me téléphones immédiatement. J'ai prévenu Meyer que je resterais à la niche pendant deux mois, le temps qu'il informe Luciano, et que Charles, de la prison, fasse connaître sa décision à Costello, Adonis et Bonanno. Si dans deux mois nous en sommes encore à faire des manières je cherche d'autres associés. »

Je ne suis pas de ceux qui ont vécu pour dire non. Disons que j'étais porté à dire oui, sans aucun effort. Et je l'ai fait, malheureusement, à cette occasion aussi.

Ben a plongé parmi les joueurs de dés et j'ai filé. J'étais rompu de fatigue, cependant sa requête m'avait mis dans un état d'agitation considérable. L'interminable série d'emmerdements dans lesquels je me voyais embarqué m'empêchait de dormir alors que mes paupières se fermaient d'elles-mêmes. Je regrettais déjà amèrement de ne pas avoir repoussé la demande de Ben. Je suis devenu tellement circonspect et soupçonneux que j'éveillais la curiosité des autres. Willy, qui tu as tué pour dresser toujours l'oreille ? Heureusement la question s'accompagnait d'un petit sourire indulgent. Je n'avais même pas tué une mouche, mais j'étais terrorisé à l'idée de finir la gorge tranchée dans une ruelle sombre, suivant la mode dominante à Nuovaiocche. Je redoutais carrément d'entendre un commentaire, un bout de phrase que je devrais rapporter à Ben. Je ne voulais pas manquer de respect à Costello, et je ne voulais pas décevoir Siegel. Le parfait fatras dans lequel se perd celui qui a le plus de scrupules.

La Providence a étendu sur moi le manteau de sa compassion. Parmi les amis, tous pris par la frénésie d'espionner les espions anglais, personne ne parlait de la ville des contes de fées. J'ai pu ainsi dire la vérité à Siegel quand il m'a téléphoné agacé par mon long silence : à mon niveau ils n'en parlaient pas.

Ça s'est bien passé aussi le jour de l'enterrement du papa de Luciano. Je pensais tomber sur toute la compagnie, mais j'étais le seul dans la petite église de la 1re Avenue, près de l'East River. Le curé a fait l'éloge du vieil Antonio : son assiduité au travail, sa nationalité américaine accordée avec les félicitations de l'administration de la ville, son respect absolu de la loi. Antonio Lucania, a dit le curé le regard furieux, n'avait pas fait d'études, il n'avait pas eu le temps de lire des livres, pourtant il gardait en lui la mesure de la vie, une éducation essentielle qui lui faisait distinguer sans hésitation le bien du mal. Des hommes de sa trempe, conclut-il, font honneur à la communauté italo-américaine et détruisent beaucoup de légendes noires.

Jamais on n'avait déclenché une telle attaque contre Luciano et ses amis, présents par une énorme couronne de fleurs portant la mention *Les amis de Charles*. Elle était pointée du doigt par des vieux à la démarche incertaine qui remplissaient les travées de la petite église. C'étaient les voisins de la 10e Rue, les émigrants arrivés au tournant du siècle fuyant la faim de la Sicile avec pour seul rêve de donner à manger à leur famille tous les jours. Ni plus ni moins que ce que je m'étais fixé avec Turidduzzu et Sarah. Tous les deux grandissaient à merveille grâce à mon absence. C'était la vérité pure et simple, même si je finissais toujours par être en proie aux remords, soit de remettre sans cesse mon voyage à Los Angeles, soit d'avoir espacé mes visites à Sarah. Je peux dire à ma décharge partielle que c'était Judith qui m'avait éloigné ? Si j'ajoute que Rosa se révélait une mère magnifique, capable d'affronter et de résoudre seule tous les problèmes, je donne la mesure complète de mon inutilité.

Je surnageais parmi de multiples tracas. Les femmes, les dollars et la musique étaient revenus, mais les devoirs me gâchaient les premières, me retiraient les seconds et m'empoisonnaient la troisième. Je m'explique. Soit dit sans modestie, j'avais devant mon piano la file d'attente qui précédait celle qu'il y aurait devant mon lit, mais je me demandais chaque fois si ce n'étaient pas ces aventures passagères qui provoquaient des difficultés avec Judith. Laquelle Judith se fichait éperdument des autres femmes, sachant qu'il lui suffisait de claquer des doigts pour que je tombe à ses pieds. Malheureusement c'était de moi qu'elle n'avait rien à faire. Vis-à-vis de Turidduzzu aussi j'éprouvais le besoin de me mettre en règle avec ma conscience. J'aurais voulu avoir un comportement exactement opposé, mais Los Angeles était de l'autre côté de l'Amérique, Rosa excitait mes plus bas instincts, il se présentait toujours un engagement, une femme, une obligation avec Judith et Sarah pour m'empêcher de partir. Bref, si mon passé récent ne m'avait pas talonné mètre après mètre, le monde aurait glissé sur moi sans laisser de trace.

Je marchais tête levée pour savourer la nuit étoilée après des jours et des jours de pluie. Je n'ai pas fait attention à la Packard beige stationnée entre Lexington et Park Avenue.

« Willy… »

J'ai pensé au pire, à Costello, à Bonanno, à Anastasia au courant de mon accord avec Siegel et décidés à me présenter la facture. Je n'ai pas honte de le dire, j'ai pissé dans mon froc avant même de me retourner.

À la fenêtre du conducteur, Valachi tendait le cou vers moi. « Willy, comment tu vas ? »

Je pouvais lui dire que je m'étais mouillé de peur ? Le cœur comme un tambour j'ai répondu : « Bien Joe. Mais qu'est-ce que tu fais ici à cette heure ?

– J'ai conduit mon boss chez le tien. Il est entré par-derrière, il m'a demandé de me garer loin de l'*Hollywood.*

– Ça veut dire qu'Anastasia y est ?

– Je confirme.

– À trois heures dix du matin l'ours ne dort pas, et en plus il n'est pas chez lui ?

– Moi aussi j'ai été surpris quand il m'a appelé à une heure et demie : viens tout de suite, il y a une course. Il est à l'intérieur depuis plus d'une heure.

– Il est arrivé quelque chose de grave… »

Prenant mon affirmation pour une question, Valachi a eu l'air consterné. Il se tournait sans cesse dans la direction de l'*Hollywood* d'où allait sortir Anastasia. Valachi le subissait, il était même prêt à ramper pour ne pas provoquer ses explosions de colère inconsidérées. Il n'avait donc aucune envie d'être surpris à bavasser avec moi ; l'ours pourrait s'emballer, soupçonner Dieu sait quel complot. Quant à moi, j'étais impatient de me tirer de là, j'avais besoin d'une douche.

Mais j'étais lanciné par cette entrevue impromptue entre Costello et Anastasia qui s'était dérangé à une heure impossible pour ses habitudes compassées. Le fait de ne pas avoir repoussé la proposition de Siegel me faisait imaginer des abîmes de désastres pour moi et pour ceux que j'aimais. Le lendemain matin à onze heures je me rendais déjà à l'*Hollywood* pour en savoir plus. C'était le jour de livraison des vins et spiritueux, et Totonno et Dominick étaient tenus de diriger l'opération. Totonno, en chef de salle expérimenté, avait reconstitué la mosaïque avec les bribes de conversations qu'il avait recueillies :

à la table de la veille, entre deux toasts, on avait murmuré à Costello que Kid Twist était en train de chanter.

Kid Twist, autrement dit Abe Reles, était le énième gamin juif, brun et teigneux du Lower East Side élevé avec Siegel, Buchalter et Shapiro. Sa réputation et son surnom étaient liés au curieux pas de danse que Reles effectuait quand il coupait le cou à ses victimes. Après l'arrestation de Buchalter et de Shapiro, une émission de radio consacrée aux faits divers l'avait placé en tête des ennemis publics et avait forcé la police à se remuer. Il avait été arrêté l'année précédente et semblait avoir disparu dans les méandres de la prison.

Dès qu'il avait entendu la nouvelle, Costello s'était enfermé dans son bureau. Anastasia, Adonis et Lansky s'étaient présentés dans l'heure à l'entrée de derrière. À quatre heures, quand Totonno était parti, ils discutaient encore. Lui, Dominick et moi étions convenus qu'un sommet d'une telle portée, improvisé de surcroît, signifiait que le bagout de Reles menaçait les affaires et la sécurité des amis. Nous venions de redécouvrir l'eau chaude.

Trois jours plus tard les journaux consacraient les gros titres à la décision de Kid Twist d'ouvrir le livre scabreux de ses souvenirs. Les photos de Reles alternaient avec celles d'O'Dwyer, présenté comme un second Dewey décidé à ne pas laisser de répit au crime organisé ; ça n'était pas pour rien qu'après les Italiens ce soit le tour des Juifs. O'Dwyer représentait une sécurité pour Costello et Adonis, ses succès professionnels devaient servir dans sa candidature contre La Guardia. Mais la démarche de Kid Twist menaçait de faire voler en éclats la bonne réputation des uns et les ambitions de l'autre. Soudain les élections ne furent plus une priorité pour les ennemis du syndicat. Costello annonça qu'il avait décidé de satisfaire Loretta et qu'ils allaient faire une croisière à Hawaï. Adonis l'imita : lui aussi prenait des vacances en Floride où il pensait étendre sa chaîne de restaurants.

Nous avons passé l'été en autogestion. Chacun s'occupait de ses petites affaires, mais le niveau de l'*Hollywood* s'est maintenu et la clientèle n'a pas vu de différence. Costello téléphonait tous les trois jours et nous félicitait. Siegel téléphonait aussi : les complications entraînées par l'affaire Reles l'avaient obligé à reporter la conclusion de l'accord pour sa ville de contes de fées. Il posait toujours la même question : Costello et Adonis sont revenus ? Ma réponse négative déchaînait un ouragan d'invectives. C'est lui qui m'a expliqué que les révélations de Reles pouvaient mettre Anastasia dans le pétrin, à la suite de leurs amis d'enfance communs Buchalter et Shapiro. « Mais tu verras que le brave procureur du district arrangera tout pour les Italiens », a dit Ben.

Une tape décidée de la main de Sarah a interrompu la conversation. Elle avait faim parce que l'heure de la bouillie que Judith avait laissée sur la table de la cuisine était passée. Je servais de baby-sitter quand les manifestations devant le consulat allemand s'annonçaient particulièrement véhémentes. Roosevelt avait cessé d'affirmer que l'Amérique n'interviendrait pas. La volonté de paix du pays était à l'inverse de la marche rapide vers le conflit.

En tout cas Judith était déjà en guerre depuis longtemps. Elle vivait coupée en deux. Une moitié imaginait jour après jour les souffrances et les privations de son père, sa mère et ses sœurs ; l'autre élevait Sarah avec un dévouement absolu. Tout le reste avait été supprimé, alors moi, pensez donc. J'avais dû encaisser aussi les premières vacances de Turidduzzu avec Peter, et donc avec Rosa. J'avais été mordu par une double jalousie. Si j'avais pu contenir celle que j'éprouvais vis-à-vis de Rosa, celle de mon fils avait explosé. Un autogoal sensationnel, comme disent les passionnés de ballon : Rosa avait froidement fait la liste de toutes mes promesses non tenues, avant d'ajouter qu'ils allaient rester une semaine dans les montagnes Rocheuses. À leur retour je pourrais emmener Sal au Grand

Canyon. Il l'avait découvert avec passion au cinéma et brûlait d'y aller. Je te passe Sal et vous vous mettez d'accord…

Costello et Adonis rentrèrent quand l'automne était déjà bien avancé, bronzés et décontractés. Lansky réapparut, il y eut de très longs conciliabules. La Guardia arracha son troisième mandat de maire à quelques voix près. O'Dwyer annonça qu'il gagnerait en 1945, ce qui est arrivé en effet. Siegel montra son nez au piano-bar et me fit un signe pour dire que nous allions nous voir, mais il me téléphona à l'aube qu'il rentrait à Los Angeles. Trois jours plus tard Abe Reles tomba de la fenêtre du sixième étage de l'hôtel de Coney Island où la police l'avait caché. Au début les hypothèses hésitèrent entre le suicide et la tentative de fuite. Mais les journaux insistaient sur la présence des six policiers chargés de le surveiller jour et nuit. Les confessions de Reles étaient jugées en effet de la plus haute importance. Elles avaient déjà condamné Buchalter, aussitôt grillé sur la chaise électrique, et promettaient de révéler qui composait la S. A. Assassins. J'ai tressailli. Je n'avais pas oublié la fête sur les quais de l'Hudson en l'honneur d'Anastasia, la réunion sous le parasol avec Adonis, Costello et Moretti, l'interrogatoire auquel m'avaient soumis les hommes de Dewey persuadés que ce 13 juillet-là avait été créée cette même S. A. Assassins.

Le tollé soulevé dans les médias fut tel que le parquet dut garantir qu'il y aurait une enquête approfondie. On entendit la phrase classique qui précède tout enlisement: nous n'épargnerons personne. Les conclusions de l'enquête approfondie exclurent la responsabilité de tiers: Kid Twist était mort en essayant de s'enfuir. Deux journalistes n'acceptèrent pas la version officielle et diffusèrent l'autre, la plus répétée sur le port: faire taire Reles avant qu'il commence à parler de son association avec Albert Anastasia avait coûté cent mille dollars.

Trop peu pour gâcher la bonne humeur de Costello et de ses amis. Les réunions dans son bureau cessèrent, Adonis se concentra sur la concession de voitures et de distributeurs de cigarettes, Lansky s'envola pour Cuba, Anastasia recommença à rentrer chez lui avant huit heures du soir, et la ville apprit à fredonner *Chattanooga Choo Choo*, le succès le plus fulgurant de Glenn Miller: il allait en vendre un million d'exemplaires en trois mois, c'est pour lui qu'on a inventé le disque d'or. À l'*Hollywood* on me le réclamait toutes les dix minutes. Je n'ai pas cessé de le jouer pendant les vingt ans qui ont suivi, ainsi que *Moonlight Serenade*.

17
Tous pour Charlie

Je m'en souviens comme si c'était hier. C'était un dimanche, j'avais dormi dans mon lit. Quand je suis sorti ramasser le journal et la bouteille de lait j'ai vu monsieur Hidetoshi, le barbier japonais, courir vers moi sur le trottoir. La température tournait autour de zéro, mais il ne portait que sa veste blanche, ouverte au vent. Il agitait les bras, tout retourné. Je suis allé à sa rencontre comme j'étais, en pyjama, pieds nus, les yeux lourds de sommeil.

« La guerre, monsieur Willy, la guerre… Nous sommes perdus… » Il s'est passé les mains sur la figure. « Les Japonais viennent d'attaquer les îles de Hawaï, la flotte bombardée, navires coulés. La radio a dit qu'il y a des morts, beaucoup de morts… Nous sommes perdus. »

Monsieur Hidetoshi s'est mis à pleurer. Je n'ai rien trouvé de mieux que le prendre dans mes bras. S'il y avait eu un photographe il aurait pu faire un de ces instantanés qui marquent une époque: dans une rue déserte d'un Nuovaiocche transi de froid un Japonais et un Italien s'étreignent désespérés le jour de Pearl Harbor. En réalité, je l'avais fait par solidarité avec monsieur Hidetoshi, pour le réconforter. Je n'avais pas compris que j'étais impliqué moi aussi.

« Monsieur Willy, qu'est-ce que nous allons devenir ? »

J'ai regardé comme un Martien ce Japonais navré de presque cinquante ans. Qu'avions-nous de commun ? Ce n'étaient pas les Italiens qui avaient attaqué Hawaï.

« J'ai la nationalité américaine, a dit monsieur Hidetoshi. Vous avez la nationalité américaine ? »

J'ai confirmé énergiquement pour isoler mon sort du sien.

« Ça ne comptera pas. Maintenant qu'il y a la guerre ils se rappelleront que je suis né au Japon et vous en Italie.

– Mais l'Italie n'est pas en guerre contre les États-Unis.

– L'Italie et l'Allemagne sont alliées au Japon. Le Japon est en guerre contre les États-Unis. L'Italie et l'Allemagne sont ennemies des États-Unis. »

Le monde s'est écroulé. Qu'allait-il advenir de moi, de mon travail, qu'allaient devenir Turidduzzu et Sarah, enfants d'une Sicilienne et d'une Juive sans patrie ? Allait-on me considérer comme un ennemi ? Me chasser du pays ? C'était moi à présent qui avais besoin de soutien, mais monsieur Hidetoshi s'est dirigé vers chez lui tête basse. J'ai fait de même. Je me suis assis dans la cuisine, abattu. J'éprouvais un tel désir de faire quelque chose que je suis resté immobile. J'ai eu l'esprit envahi par la mer de Catane, par les Faraglioni au large de La Trezza, que Nino et Peppino se vantaient d'atteindre à la nage en sautant du château d'Aci et qui m'inspiraient un sentiment de mystère. J'avais peur de devoir y retourner, j'avais peur de ne plus les revoir.

Et comme une journée commencée de travers ne peut que devenir bien pire, Judith a sonné à la porte. Sarah m'a fait un grand sourire, elle avait la frimousse toute rouge de froid. Mais j'étais trop content de la voir pour déclencher la énième chamaillerie avec Judith. Elle, au contraire, avant même que je prenne la petite dans mes bras, a retourné ses tensions contre moi. « Ces ramollis de Yankees vont enfin être obligés de déclarer la guerre à ces porcs nazis et aux fascistes de ton cher Mussolini. »

Elle m'a presque jeté à la figure une revue au papier grossier, imprimée avec une très mauvaise encre qui bavait dans les titres et rendait certaines lignes illisibles. Elle était en italien, le nom était tout un programme : *Le Marteau*.

« Lis, lis. Tu t'apercevras qu'il y a des Italiens qui ne pensent pas comme toi, qui se sont exilés pour se battre pour la vérité et pour la justice. »

C'était parfaitement inutile de lui répéter que je restais en dehors du fascisme et indifférent à Mussolini ; je ne m'inquiétais que pour Rinaldo et Orlando, pour les maris de mes sœurs, pour Nino, sans doute rappelé lui aussi. Je plaignais ma pauvre mère : elle avait déjà perdu un fils et risquait d'en perdre un autre. Quand j'ai essayé de l'expliquer je me suis fait vertement imposer silence.

« Maintenant que nous y sommes, maintenant que le jour tant attendu est arrivé, je sais quoi faire… »

Je l'ai regardée en attendant le pire.

« Je vais m'engager. Je pourrai finalement combattre Hitler et sa clique. Toi qu'est-ce que tu vas faire ?

– Je n'y ai pas encore réfléchi. Tu crois qu'ils me prendraient moi aussi ?

– Tu n'es pas citoyen américain ?

– Si…

– Alors qu'est-ce que tu attends ? Présente-toi. Ils t'accepteront de toute façon. »

J'ai réussi à me faire donner Sarah. Elle promettait de devenir plus belle que sa mère. Dommage qu'avec Judith il ait été impossible de raisonner.

« Willy, qu'est-ce qu'il y a ?

– C'est compliqué, je ne suis pas sûr…

– Qu'est-ce que ça veut dire tu n'es pas sûr ? Pas sûr de quoi ? D'un côté il y a le bien, de l'autre, le mal. Tu veux que dans vingt ans Sarah coure le risque de finir dans un camp de concentration, d'être persécutée parce qu'elle est juive ? »

J'ai essayé de lui faire comprendre que je lui parlais du fond du cœur. « Judith, tu sais combien j'aime Sarah et… toi aussi. Tu me connais à présent, tu sais aussi que je voudrais faire beaucoup plus pour vous… Je t'ai demandé de m'épouser, je t'ai demandé de vivre ici, je suis prêt à tout, mais je suis différent de toi. C'est si difficile à comprendre ? Tu crois qu'en s'enrôlant on résout tout, moi je ne sais pas. Je ne dis pas non, mais je ne sais pas…

– Si les gens raisonnaient tous comme toi, le monde civilisé aurait déjà perdu. Parce que cette guerre n'est pas comme les autres, elle n'est pas comme celle de 14, cette fois la civilisation doit se sauver de la barbarie. Les doutes et les hésitations ne sont pas permis. Même un goy devrait le comprendre. Mais tu te refuses à le comprendre. »

Mes doutes me paralysaient. Judith s'est montrée implacable. « De quel côté tu es ?

– Du côté de Willy Melodia, c'est permis ? Je suis du côté de Willy Melodia et de toutes les personnes qu'il aime.

– Si tu les aimes vraiment et si tu veux les sauver, tu ne peux faire qu'une seule chose, t'engager, combattre les dictatures qui les menacent. »

Je n'ai pas répondu.

Judith m'a adressé un regard lourd de désespoir. Elle était venue en espérant que je profiterais de la dernière chance qu'elle m'accordait. Et moi je l'avais déçue une fois de plus. Elle m'a pris Sarah des bras et l'a redéposée dans son landau. Elle est partie sans un mot. Je ne l'ai pas revue pendant des jours. J'ai évité d'aller chez sa famille, j'ai téléphoné deux fois à tante Bessie pour avoir des nouvelles de Sarah.

L'Amérique était en deuil, avide de vengeance. Tout le pays se mobilisa. Des files interminables se formèrent devant les centres de recrutement. Les mille lumières de Broadway perdirent leur éclat, voilées par la brume hivernale. La fréquentation de l'*Hollywood* baissa de manière visible. L'immense salle restait souvent aux deux tiers vide, mais tous les soirs l'orchestre se mettait debout en levant les instruments vers le ciel. Je continuais à jeter des regards brûlants à la grosse caisse. Les amis changèrent d'avis sur l'issue de la guerre. On peut faire une croix sur Son Excellence Mussolini et ce possédé de Hitler, décréta Moretti. On ne fit plus allusion aux bureaux de l'espionnage anglais du Rockefeller Center et j'avais même l'impression qu'on tendait à oublier qu'on s'en était occupé.

Je passais mes nuits à lire la revue apportée par Judith. Le directeur, et aussi rédacteur de presque tous les articles, s'appelait Carlo Tresca. J'ai découvert les persécutions du fascisme contre des pauvres types comme moi ; la différence entre les élections aux États-Unis et celles qui se tenaient en Italie ; les émigrants contraints à quitter leur pays non pas à cause de l'absence de travail mais à cause de leurs idées. À trente ans sonnés j'ai reçu mon premier endoctrinement politique. Je me rendais compte qu'à côté de la petite Italie de chez moi et des lettres de ma mère, il en existait une autre, que j'ignorais et dont je ne m'étais jamais soucié. Elle ne me plaisait pas, mais j'aimais encore moins la politique. Je l'assimilais aux sénateurs et aux députés que je voyais à l'*Hollywood* ou aux fêtes de Costello.

J'ai pris l'habitude de me présenter vers midi sur le trottoir de Park Avenue. J'étais convaincu que s'il y avait du nouveau on l'apprenait là plus tôt qu'ailleurs. J'étais toujours à l'affût des on-dit. En deux minutes à pied j'étais dans la 60e, notre repaire. Moi et les autres travailleurs de l'*Hollywood* nous vivions de ces rumeurs. En effet, beaucoup se débattaient dans la même situation que moi : ceux qui n'avaient pas cessé de parler leur dialecte, ceux qui continuaient à porter l'ourlet du pantalon au ras des chaussures, comme ils l'avaient vu faire par les messieurs de chez eux, et non pas flottant à la cheville, comme en Amérique ; ceux que l'idée n'avait pas effleurés de prendre la nationalité américaine non pas parce qu'ils la refusaient, mais parce qu'ils étaient convaincus qu'en se donnant du mal tout irait bien ; ceux qui croyaient qu'il suffisait de se cacher de la vie, sans savoir que la vie les dénicherait et les vaincrait.

Entre une cigarette et une grimace de résignation nous attendions de connaître ce que le destin nous réservait, et surtout ce que l'Amérique exigeait de nous. Nous restions boutonnés dans nos manteaux en solde, à l'abri de nos chapeaux d'occasion rabattus à la mode américaine, jusqu'à ce qu'arrive l'heure de l'ouverture. En cinq minutes chacun revêtait le costume, la désinvolture et le sourire prévus dans le contrat. Mais les clients arrivaient au compte-gouttes, étonnés de nous trouver à notre poste. Les familiers demandaient tout bas quand on allait nous envoyer dans un camp de concentration. J'en savais quelque chose, j'avais vu monsieur Hidetoshi, sa femme, son fils, la femme de son fils et son petit-fils embarqués dans un fourgon du FBI. Disparus en moins d'une demi-heure.

Costello arrivait peu avant l'ouverture au public lorsque Totonno se mettait bien en vue, que Dominick alignait les verres sur le comptoir et que je me dégourdissais les doigts avec *Va'pensiero.* C'était le seul moment où je pouvais jouer des airs italiens. En présence des clients l'interdiction absolue s'étendait à Verdi, à Bellini et à tous les autres qui n'avaient jamais connu Mussolini.

Don Frank continuait à déjeuner au *Moore's,* tandis que pour le dîner il allait au restaurant inauguré par Adonis dans la 13e, presque au croisement avec la 5e Avenue, le *Marechiaro.* Joe avait investi dans sa chaîne de restaurants la montagne de dollars encaissés grâce aux concessions de voitures et les distributeurs de cigarettes. Il en avait ouvert un bon nombre sur la côte atlantique, mais celui de la 13e représentait son fleuron. Le *Joe's Italian Kitchen* était désormais fréquenté par les figurants de Broadway. Les visages connus s'étaient déplacés au

Marechiaro. Certains soirs de gala Adonis m'empruntait à Costello, il mettait une pancarte à l'entrée pour annoncer qu'à titre exceptionnel on entendrait jouer Willy Melodia, star acclamée de l'*Hollywood.* Il louait le piano à un des théâtres voisins. Avant de me faire terminer mon numéro avec l'hymne des Yankees, Adonis faisait circuler le champagne pour trinquer aux victoires de l'Amérique et de ses preux soldats. Je peux aussi vous garantir tout le soutien des Américains nés en Amérique comme nous, et c'est tout dire, annonçait-il la main sur le cœur.

Personne n'avait le cran de lui rappeler qu'il n'avait pas pris la nationalité américaine.

Pendant la journée Costello ne quittait pas Lansky. Ils s'enfermaient dans son bureau et ne parlaient peut-être même pas puisqu'on n'entendait pas un murmure. Or, d'après Dominick, ils parlaient, et comment. Ils avaient une idée fixe – transformer le conflit en source de profits – à laquelle s'ajoutait celle de Siegel et des millions qu'il fallait pour sa ville de contes de fées. Lansky sortait de là en secouant la tête pendant que Costello l'accompagnait jusqu'au taxi sans qu'un seul muscle de son visage ne bouge. Totonno affirmait que Lansky était en train d'étudier le meilleur moyen de tirer profit de l'entrée en guerre des États-Unis; Dominick, plus patriote, assurait que Lansky voulait convaincre les Italo-Américains de soutenir la croisade contre le nazi-fascisme. En théorie nous aurions tous été d'accord, dans la pratique nous avions des légions de parents et d'amis qui, les uns en Amérique, les autres en Italie, risquaient d'être victimes de cette croisade.

L'angoisse de la guerre, l'incertitude de l'avenir m'ont poussé à aller voir Turidduzzu. Je n'ai pas traité avec Rosa, je lui ai annoncé mon arrivée, rien de plus. Elle a été étonnée d'apprendre que je ne resterais qu'une journée. Une seule journée? a-t-elle répété pour en être sûre. Ça ne me ressemblait pas, c'est vrai, d'affronter quatre jours de voyage pour passer à peine quelques heures avec mon fils. Mais les sentiments de culpabilité accumulés pendant des années s'étaient traduits par ce désir irrésistible de serrer Turidduzzu dans mes bras, par peur que ça ne me soit bientôt plus permis. Je connaissais à présent les gares et les changements de train, je connaissais la poussière, les Mexicains et les minables de la pension de Downtown, mais je ne connaissais pas la villa à deux étages avec patio et roseraie à Venice et je ne pouvais pas l'imaginer. C'était la résidence de Josephine et de son mari, Marc Thal, l'avocat juif de plus en plus en cheville avec les studios de Hollywood. Rosa et Turidduzzu occupaient les dépendances, qui faisaient le double de l'appartement de Briggs Avenue.

J'avais été invité pour l'après-midi. Josephine m'a accueilli, toujours aussi chaleureuse, Marc Thal était à son travail, Rosa est arrivée essoufflée de l'atelier, Turidduzzu était encore à l'école. Une femme de chambre mexicaine a apporté un énorme plateau avec du café italien et un assortiment de biscuits, de tartelettes et de choux à faire pâlir la vitrine de la pâtisserie suisse de la piazza Duomo. Il y avait même des cygnes à la crème. Turidduzzu est arrivé au moment où je croquais dans mon troisième cygne. Si sa beauté lui venait de Rosa, sa taille lui venait de moi. Il avait l'air d'un grand garçon de treize-quatorze ans, il venait à peine d'en avoir huit. Il m'a vite expédié pour se jeter sur les gâteaux. Il a ouvert la grande boîte que j'avais portée sous le bras depuis Nuovaiocche ; je lui avais acheté la tenue de Joe DiMaggio, le roi du base-ball, l'as de l'équipe des Yankees. Adonis me l'avait conseillé en ajoutant que DiMaggio était un concitoyen admirable dont nous devions nous montrer fiers, sa famille venait de la province de Palerme.

Turidduzzu a apprécié le cadeau. Il ignorait qui était DiMaggio, mais il jouait déjà au base-ball et on voulait lui faire essayer un sport que je n'avais jamais vu, le basket. Rosa m'a expliqué qu'il consistait à mettre un ballon comme celui du foot dans un panier accroché en l'air, et qu'il fallait donc être grand.

L'atmosphère est restée cordiale jusqu'à ce qu'il apparaisse que Rosa avait déjà inscrit Turidduzzu à l'université. Je l'appelais moi aussi Sal à présent, impressionné par son développement.

«À l'université? Ça n'est pas trop tôt? Imagine qu'il ne veuille pas y aller…

– Pourquoi n'en aurait-il pas envie?

– Je n'en sais rien, une raison quelconque.

– Il ira comme tous les enfants des gens comme il faut.

– Je répète que ça me paraît trop tôt.

– Ici c'est l'habitude.

– Ici où?

– Ici en Amérique. Les familles qui peuvent se le permettre inscrivent tout de suite leurs enfants pour être sûres de trouver une place. Sal devra avoir les moyens, les possibilités de se débrouiller seul dans la vie, sans devoir demander ou attendre des faveurs de ses amis.»

C'était reparti pour les reproches habituels. Rosa a conclu que je préférais la compagnie des Siciliens à celle des braves citoyens américains. Comme je protestais elle a observé que puisque j'étais resté un Sicilien à casquette, mon premier devoir était de rentrer à Catane et de m'enrôler. Trop commode de jouer à l'Italien en Amérique ou à l'Américain en Italie.

Tu ne penses tout de même pas tromper les gens éternellement. Rosa l'a dit sur un ton tellement méchant que j'ai avalé l'hameçon en même temps que l'appât. J'ai vomi toute ma bile: si être américains signifiait disparaître du jour au lendemain sans prévenir en emportant ce qui en principe aurait dû nous unir, je préférais rester sicilien cent ans encore.

Furieuse, Rosa a quitté la pièce. Sal et moi nous sommes regardés gênés, ne sachant pas par où commencer. Josephine a essayé de nous faire communiquer, mais à part mon affection nous n'avons pas trouvé de point de contact. L'italien était également peu familier à Turidduzzu devenu Sal.

Josephine m'a dit que Rosa préférait utiliser l'anglais et que c'était elle qui de temps en temps lui rafraîchissait le parler de ses grands-parents, de ses cousins. C'était mon fils ; d'après l'Évangile qu'on lisait à l'église du Christ de la Bonne Mort, il était la chair de ma chair, mais plus vite je mettrais fin à cette situation pénible, plus vite nous respirerions tous.

Le soir j'ai essayé de joindre Siegel par téléphone. Je n'avais plus donné de nouvelles et Ben pensait peut-être que j'avais trahi sa confiance, que je n'avais pas tendu l'oreille pour lui. Je voulais lui dire que personne n'était après lui, que Costello, Adonis et Lansky lui-même n'avaient que la guerre en tête. À ma troisième tentative la voix hispanique qui avait répondu a été couverte par la grosse voix de Ben. J'étais vraiment à Los Angeles ? Il a immédiatement établi un programme de dîners, de fêtes, de cocktails, de présentations à des femmes de grand luxe et d'avant-premières de films qui allait occuper un mois. Mais moi je devais prendre le train à minuit pour Phoenix, puis Santa Fe et Kansas City où je changerais pour Chicago avant le dernier saut à Nuovaiocche. Selon lui il fallait être idiot pour ne pas prendre l'avion. J'ai essayé en vain d'interrompre le flot d'insultes affectueuses, d'invitations à m'installer dans son château et me la couler douce tant que nous aurions la force de tenir debout. J'aurais voulu lui dire que je n'avais rien entendu à propos de son projet, mais le sujet ne semblait pas l'intéresser. Il y a fait une allusion indirecte quand il a proposé de téléphoner à Costello pour l'informer qu'il me gardait en otage au moins une semaine. Désormais, a-t-il affirmé, moi, Frank et Meyer, nous nous entendons mieux que Dingo, Pluto et Mickey. Tu vas voir qu'il acceptera.

C'était moi qui n'acceptais pas. Mais je n'avais pas le courage de lui expliquer que Rosa me glaçait le sang, que Turidduzzu élevé en tant que Sal me regardait avec indifférence, que rien ne me plaisait de Los Angeles, climat, habitants, feux de signalisation, désert, puanteur de frites. Bref,

Ben, je pars ce soir. Si j'entends un mot sur ta ville de contes de fées je te passe un coup de fil.

Il m'a répondu de ne pas m'inquiéter. De sa prison, Charles avait donné sa bénédiction.

Nuovaiocche n'arrangea pas mon humeur. L'approche des fêtes fut un véritable enterrement. La veille de Noël j'ai sonné chez tante Bessie. J'apportais des châles pour toutes les femmes de la maison, y compris Judith – un magasin d'Adonis avait fait des soldes – et des vêtements de laine pour Sarah. J'avais toujours peur qu'elle prenne froid dans les pérégrinations de sa mère. Les cadeaux ont touché le cœur de tante Bessie et des cousines. Judith, au contraire, a tenu à faire la tête et a trouvé à redire sur la longueur de la petite jupe. Tante Bessie s'est impatientée et a dit que c'était une simple question d'ourlet et que la jupe irait très bien quand Sarah grandirait. Elle a même été sur le point de m'inviter à déjeuner, mais Judith a coupé court en annonçant qu'elle avait un rendez-vous et que puisqu'il faisait soleil, elle emmenait Sarah avec elle. Avant de prendre congé je lui ai demandé si sa demande d'engagement avait été acceptée. Pas encore.

La fête de fin d'année à l'*Hollywood* fut un grand rassemblement d'hommes politiques, d'industriels et de généraux. À vue de nez j'aurais dit qu'ils étaient presque tous invités. La présence d'Adonis et de Lansky à une table d'honneur fut la preuve qu'entre deux plats, entre une valse et un brin de charleston, on discutait logistique, rations alimentaires, habillement, couvertures, bêches, lits de camp. C'étaient des produits dans lesquels la clairvoyance de Lansky avait procuré des investissements, qui attendaient à présent les dividendes. À part l'armement, les navires, les avions et le pétrole, il n'existait pas de business lié à la guerre qui échappe aux vauriens grandis dans les rues autour du port. À minuit on trinqua à 1942. Les plus optimistes trinquèrent à la victoire d'ici la fin de l'été, les généraux calmèrent les enthousiasmes faciles en annonçant que ce serait long, très long. Il ne me sembla pas que cette perspective ait déplu à Costello, à Adonis et à Lansky. Quand les toasts furent épuisés l'orchestre entonna l'hymne américain. Costello, Adonis et Lansky le chantèrent la main sur le cœur.

Pendant qu'ils nageaient dans l'or j'étais retombé dans le rouge. L'économie de guerre qui faisait le bonheur des magouilleurs punissait les gens comme moi habitués à vivre de gaîté, d'amusement et d'insouciance. Le salaire de l'*Hollywood* ne payait pas l'entretien de Sal ni la croissance de Sarah, même si Judith continuait à ne pas me demander un cent. Ne parlons pas de mes propres besoins. C'est pourquoi j'ai cru rêver quand pour l'Épiphanie, une fête inconnue en Amérique, une réunion à l'ancienne a été organisée. On allait manger, jouer, chanter et danser chez *Scarpato*, le restaurant de Coney Island où Masseria avait été liquidé en 1931, où ma vie avait changé, bien que j'aie été à Taormina ce jour-là. Tout ce qui m'était arrivé avait commencé là, quand Luciano avait interrompu la partie de zecchinetta et s'était absenté une petite minute pour changer son poisson d'eau.

Accompagnés d'épouses, d'enfants, de fiancées, de neveux, de beaux-parents, d'oncles, ils étaient tous là. Des frères Anastasia aux frères Mangano; de Moretti à Gambiano, suivis d'une troupe interminable de cousins et d'homonymes qui se présentaient comme de vagues parents; de Costello, qui avait laissé Loretta à la maison, à Adonis, heureux au milieu de cinq filles dont la moins voyante aurait gagné haut la main le titre de Miss Amérique; de Bonanno à Valachi avec Mildred. Lansky arriva seul et se mit aussitôt à l'écart avec Costello. Siegel entra en même temps que les pâtes et profita vite des applaudissements et des hourras destinés aux tagliolini aux fruits de mer. Le déjeuner s'acheva à cinq heures de l'après-midi. Puis on me donna un accordéon. La salle principale a été vidée des chaises et des tables pour faire danser ceux qui ne trébuchaient pas. Je suis parti dans les valses, les chansons napolitaines, j'ai même ressorti mes vieilles contaminations. Les enfants étaient enthousiastes, les autres essayaient de digérer les involtini d'espadon, les dorades en papillote, la friture de langoustines et de fleurs de courge, les feuilletés de ricotta, la cassate et la glace à la pistache. Mais l'essentiel de la réunion se déroulait dans les petites salles latérales. Il en sortait des visages tirés et des nuages de fumée. À huit heures Siegel m'a demandé si j'étais motorisé et si je pouvais l'emmener à l'aéroport. On ne l'avait pas encore dédié à La Guardia et c'était simplement l'aéroport municipal.

Ça signifiait traverser Brooklyn et le Queens vers le nord. Ben paraissait euphorique, mais j'avais remarqué plus d'un regard de travers dans sa direction. Les amis l'avaient accueilli comme leur héros préféré; ils avaient tous eu l'air enthousiasmé par sa ville de contes de fées; à l'exception d'Adonis ils avaient envié ses conquêtes féminines, l'avaient fait parler des actrices dont chacun rêvait, laquelle était la plus experte en pipes, qui était portée à offrir aussi l'arrière, qui était la plus rapide à enlever sa culotte. Ben avait joué le jeu, cependant il me paraissait impossible qu'il ne se soit pas aperçu que sous tant de camaraderie poussait la mauvaise herbe du ressentiment. Mais Ben était comme ça, il ne voyait que ce qu'il voulait voir; tout à fait capable de se casser le moral pour un problème qu'il aurait oublié le lendemain. Depuis qu'il m'avait demandé d'être ses oreilles et que je ne l'avais pas été, il ne m'avait jamais demandé si j'avais des nouvelles pour lui. Il vivait trop absorbé par l'aujourd'hui pour se rappeler le passé et se soucier du lendemain. C'était un cheval libre et sauvage, un mélange de sentiments extrêmes. À l'exact opposé de Lansky, qui l'aimait bien, peut-être précisément pour ça, et essayait de le protéger de ses excès.

« Comment ça va dans le désert ? » Je l'ai demandé pour soulager ma conscience.

« Virginia a trouvé le nom idéal pour l'hôtel des rêves : *Flamingo.* Il a plu aussi à tes compatriotes.

– Tout est réglé pour l'argent?

– Pour le moment, a-t-il répondu mi-soucieux mi-amusé. Tu peux deviner combien ça nous coûte? Charles et les amis aligneront cinq millions, moi un million. Dans l'absolu ce sont des chiffres à notre portée, le problème c'est de faire digérer de les dépenser pour construire un hôtel. Mais crois-moi, Willy, on n'en a jamais vu de pareil et on n'en verra jamais.»

C'était un soir froid et brumeux. Impossible que l'humeur ne s'en ressente pas. Je devinais que Siegel avait quelque chose à me dire et je ne comprenais pas ce qu'il attendait. Ça n'était pas son genre.

«Willy, fais gaffe à toi, comme disait cette âme noire de Genovese.

– Pourquoi?» Il m'avait pris au dépourvu une fois de plus.

« Tes amis sont devenus fous. Je l'avais senti avec Buchalter, mais aujourd'hui j'en ai eu la confirmation. Ils ne se croient plus un degré au-dessous de Dieu, ils se croient à son niveau. Ils sont convaincus de pouvoir manœuvrer ce pays à leur guise.»

Je ne voyais pas où il voulait en venir et je ne pouvais même pas le regarder parce que l'éclairage était insuffisant, la visibilité très réduite et que j'étais obligé de fixer mon attention sur la conduite.

«Costello et Lansky m'ont laissé en dehors d'un plan pour contraindre le gouvernement américain à pactiser.

– Avec qui?» J'avais pensé à une paix séparée avec l'Italie.

« Comment avec qui? Avec eux. Ils veulent provoquer quelques attentats au port et sur les quais de l'Hudson de façon à convaincre les autorités que des saboteurs nazis se sont infiltrés. À ce stade, d'après Costello et Lansky, quiconque a une autorité en la matière devra forcément se tourner vers les syndicats, qui contrôlent le port et les quais, pour qu'ils aident à trouver ces nazis. Et qui contrôle le mouvement?»

J'ai répondu tout bas: «Les Anastasia…

– Bravo. Alors tu comprends? Le sort de la guerre entre les mains de ce fou irascible d'Albert et de ses trois petits frères, Anthony, Joe et Gerardo, plus incapables que les trois petits cochons et plus féroces qu'une hyène.

– Albert qu'est-ce qu'il ferait?

– Ah, lui, rien. Il accepte seulement de faire bouger ses hommes comme le demandent Costello et Lansky, mais il ne veut pas apparaître. Il a même fait une demande d'incorporation pour être officiellement le plus loin possible de cette sale affaire. Il la laissera mener par les deux autres, mais il passera pour encaisser, et comment…

– Quel serait l'objectif final?

– Charles… La libération de Luciano. Je parierais à dix contre un que ce projet est une idée de Charles enrichie par Meyer. Il est trop subtil même pour Costello.

– Autrement dit, ils commettent les attentats et ensuite, la main sur le cœur, ils se mettent à la disposition de la police pour découvrir les coupables et demandent en échange de faire sortir don Luciano de prison?

– Exactement.

– Malgré sa condamnation à trente ans minimum? Il n'en a fait que cinq…

– Ils invoqueront une bonne conduite ou n'importe quel autre truc: d'abord une demi-journée dedans et l'autre moitié dehors, puis la liberté sur parole.

– Si Roosevelt s'en tape des syndicats et s'il lance le FBI?

– Costello et Lansky sont certains que même dans ce cas ils devront passer par eux. Meyer s'est exclamé: "Pour faire la paix, il faut d'abord faire la guerre."

– Ils n'ont pas imaginé qu'ils pouvaient être découverts? Il y a trop de monde dans le coup, comment peuvent-ils être sûrs que personne ne parlera?

– Si c'est pour ça, Albert Anastasia suffit. Entre ses mains une allumette peut devenir un feu. Dans un incendie, personne ne s'en tire. Je te le répète, fais gaffe à toi.

– Mais comment, Ben ? Je vais où ils m'envoient, s'ils m'envoient me faire mettre, j'irai me faire mettre. Je ne peux pas reculer à présent que la danse de Saint-Guy va commencer.

– Qui est saint Guy ? Quelle danse ? Quel rapport avec Frank et les autres ? » Ben était plus amusé que curieux.

« Je te l'expliquerai la prochaine fois. Merci de m'avoir averti, mais c'est comme si tu n'avais rien dit. Je dois rester sage à la niche. À ma première manifestation de curiosité déplacée ils s'imagineront tout de suite que tu m'as mis en garde et je te mettrai dans la merde toi aussi.

– Tant que l'hôtel n'est pas terminé je suis intouchable.

– Tant mieux pour toi, tandis que moi je suis toujours exposé au premier coup de vent. »

Ben a ricané. « Incroyable, c'est toi qui as raison. C'est à ne pas croire, Willy Melodia a raison. Il y a toujours une première fois. »

Je n'ai pas relevé la provocation de Siegel. « Le coup est prévu pour quand ?

– Dans les prochaines semaines. À mon avis le problème ne sera même pas le FBI, Hoover le tient plus ou moins ; les services de renseignements de la marine, non. La marine voudra agir seule. »

Personne ne m'a rien demandé. J'ai appris le reste par les journaux en février. L'incendie du *Lafayette* intrigua jusqu'à mes collègues de l'*Hollywood* qui ne connaissaient rien aux navires et à la guerre. Il paraissait impossible que le feu ait réduit en cendres ce qui avait été le plus grand transatlantique des mers, capable de battre le record de traversée de côte à côte. Comme Siegel l'avait prévu, ou plus exactement comme l'avaient prévu Luciano, Lansky et Costello, le mot le plus utilisé était « saboteurs ». Les radios martelaient toutes les demi-heures qu'elles étaient en alerte, tout le pays était engagé dans la chasse aux espions, aux agents secrets nazis, qui manifestement infestaient l'Amérique. Infiltrés de première catégorie, très forts pour ne pas laisser la moindre trace et agir dans l'obscurité la plus totale. Sinon, qui aurait brûlé le *Lafayette* sans qu'aucun des travailleurs des quais de l'Hudson ne s'en aperçoive ?

Deux ans plus tôt le *Lafayette* s'appelait encore *Normandie* et faisait l'orgueil de la flotte commerciale française. L'invasion allemande l'avait surpris dans le port de Nuovaiocche et avait décidé le capitaine et l'équipage à ne pas rentrer en France. Après Pearl Harbor le gouvernement américain l'avait réquisitionné, rebaptisé et destiné à une autre utilisation. Il était devenu ainsi le transporteur de troupes le plus imposant de l'armée. Grâce à des travaux qui avaient coûté un million de dollars – les journalistes ajoutaient trois points d'exclamation – il aurait pu abriter une division entière, soit quinze mille soldats, artillerie et équipement logistique compris. Une merveille que personne n'avait eu la possibilité de voir à l'œuvre. Les dommages étaient décrits comme énormes de tous les points de vue, mais ils passaient au second plan comparés à l'impérieuse nécessité de découvrir et capturer les saboteurs avant qu'ils ne mettent au point une autre opération. De l'avis des clients hagards du *Marechiaro* – Adonis m'avait engagé pour le déjeuner – ils pouvaient faire sauter l'Empire State Building ou Times Square.

Jouer dans le restaurant d'Adonis a réconforté mes pauvres poches. Joe n'était pas d'une nature généreuse, mais il invitait ses hôtes à « soutenir l'effort de guerre d'un pauvre garçon partagé entre l'Amérique et l'Italie ». Ni moi ni les autres ne comprenaient ce que Joe voulait dire exactement, mais personne ne se hasardait à contredire le patron, qui avait relevé à deux mille dollars le contenu des enveloppes placées sous les assiettes de ceux qui le méritaient. Je réussissais ainsi à accumuler cinquante dollars par jour, pas mal pour trois petites heures de pianotage. Évidemment Adonis ne déboursait pas un cent, il se bornait à me donner la possibilité de manger à midi avec les cuisiniers et les serveurs. Il affirmait avoir dépensé une fortune pour acheter le meilleur piano sur le marché de façon à me permettre de briller. En réalité on lui avait refilé un Petrov à queue aussi voyant que déglingué quant à la sonorité. Mais Joe vivait d'apparence et ce piano laissait ses clients bouche bée.

Je m'en souviens comme si c'était hier. C'était le jour de la Saint-Patrick, le 17 mars, la grande fête des Irlandais, qui avaient tapissé Manhattan de vert. Adonis sortit haletant du restaurant : je dois courir à un rendez-vous avec les gros poissons en uniforme. Tu vas peut-être pouvoir embrasser ton cher Luciano avant de devenir grand-père…

Totonno m'expliqua. Les grands chefs de la marine s'étaient adressés à un petit chef du syndicat, celui qu'on appelait Socks à cause de son habitude de ne porter que des chaussettes sous son lourd tablier, un lieutenant d'Anastasia. Il leur fallait la collaboration des Italo-Américains pour trouver les saboteurs nazis. Socks avait cité le nom de Costello et Costello celui de Lansky, qui avait aussitôt mêlé l'éternel Polakoff, redevenu le conseil de Luciano. Le mécanisme destiné à sortir Charlie de prison était en marche. J'ai eu un frisson de peur. Et à en croire Rosa j'aurais dû me rebeller contre ces hommes qui avaient obligé le gouvernement des États-Unis à pactiser ?

18
Le choix de Judith

J'avais passé une nuit de passion avec une rousse envoyée à l'*Hollywood* par Siegel et engagée instantanément par Costello. Personne ne voulait mettre en péril les bons rapports rétablis avec Ben depuis peu ; personne n'avait envie de renoncer à des jambes sous lesquelles aurait pu passer un tram. Maggie était une Californienne authentique couverte de taches de rousseur, à la peau plus blanche que le lait. Au lit elle s'était montrée avide de donner et de prendre. Nous nous étions démenés jusqu'à l'aube; quand je m'étais rendu on entendait les moineaux de Mosholu Park.

À mon réveil, à une heure barbare, c'étaient des coups vigoureux à la porte. J'ai entrevu qu'il était sept heures et demie. J'ai pensé à la police, qui n'aurait eu que l'embarras du choix entre cent raisons; j'ai pensé aux services de renseignements de la marine à cause des manigances des Anastasia sur le port. C'était Judith. Je me suis inquiété pour Sarah, mais je l'ai vue tellement froide, retenue et dure que j'ai senti que la petite allait bien. Les nouvelles devaient la concerner elle.

Avec un air de complicité inhabituelle, elle a dit: «Je t'ai tiré du lit au sens propre.»

Je n'avais que mon pantalon de pyjama, je suais l'embarras, je me suis emmêlé entre gestes et mots en suspens.

«J'ai interrompu une émotion?

– Je venais tout juste de m'endormir.

– Je m'en suis rendu compte. J'ai sonné sans fin. Je devine que tu dois être en aimable compagnie…»

J'ai écarté les bras dans un geste qui pouvait aussi bien nier que confirmer.

«Je ne veux pas déranger. Nous pouvons parler ici.»

Je me suis aperçu que nous étions restés sur le seuil. Elle a d'abord refusé d'entrer puis je l'ai fait asseoir dans le salon.

«Sarah va bien, a-t-elle dit. Tu auras compris que je suis ici pour des raisons personnelles. Je me suis beaucoup battue contre moi-même avant de venir. Au fond, mes choix ne te regardent pas, mais ils pourront regarder Sarah. Tu es son père et tu devras peut-être t'occuper d'elle.»

Ça vous est déjà arrivé, en conduisant, de voir quelqu'un arriver sur vous et de ne rien pouvoir faire pour l'éviter? C'est exactement la sensation que j'ai eue ce matin-là, qui aurait pu être doux comme le miel mais que Judith avait bouleversé. Plus que ses paroles, c'était la détermination dans son regard qui me glaçait.

Elle m'a annoncé sur un ton catégorique : « Ils m'ont acceptée à l'OSS.

– Qu'est-ce que c'est ?

– Willy, comment fais-tu pour vivre comme ça ? Hors du monde, insensible à tout ce qui ne fait pas partie de ton paysage étroit de musique et de filles à la demande… »

Je venais de recevoir en plus une leçon d'éducation civique.

« OSS signifie Office of Strategic Services, l'espionnage américain. Churchill a expliqué à Roosevelt qu'on ne peut pas aller en guerre sans avoir un service de renseignements convenable, et donc les cow-boys se sont mis à l'organiser. Quand ils auront compris que les nazis sont quelque peu différents des Sioux et que Hitler n'est pas Taureau Assis, ils seront prêts à se déchaîner.

– Ils prennent aussi les bonnes femmes ? » J'étais tellement troublé que j'avais dit les bonnes femmes au lieu de femmes presque comme si je voulais les protéger. Judith, en tout cas, m'a lancé un regard noir.

« Ils prennent les bonnes femmes, comme vous dites vous les vrais machos italiens, ils prennent les Juifs, ils prennent les instituteurs, les idéalistes, les fous, les voyous, les fils à papa qui veulent éviter l'armée, les financiers en difficulté, les banquiers sans banque, les aventuriers. Ils prennent tous ceux qui sont convaincus que la guerre est un jeu et ne veulent la perdre pour rien au monde.

– Mais toi tu sais que ça n'est pas un jeu. » J'étais sûr que c'était peine perdue ; je l'ai dit afin de pouvoir le répéter un jour à Sarah et mériter qu'elle me pardonne de ne pas avoir empêché sa mère de partir.

« En effet, moi je me suis engagée pour me venger. J'ai passé pas mal de tests, d'examens. Je devrais être parmi les premières à partir, ils m'envoient en Europe.

– Au milieu des Allemands ?

– Quelle intuition. Ils veulent m'envoyer là où je suis née, où j'ai peut-être encore des parents, entre la Pologne et l'Ukraine. Ils ont besoin de nouer des contacts avec les mouvements de résistance, de recevoir des informations sur les arrières nazis, d'organiser des sabotages…

– Toi ? » Il y avait dans ce toi toute mon admiration résignée pour Judith. J'aurais voulu dire : toi qui jouais de la clarinette, toi qui espérais devenir avocate, toi qui m'as donné mon histoire d'amour la plus intense, toi qui baisais parce que c'était le destin, toi qui n'as pas accepté de venir t'installer ici avec Sarah, toi qui ne capitules jamais…

Cette fois Judith ne s'est pas méprise. « La vie décide pour nous, elle nous impose des changements, c'est à nous de nous y adapter. Je pars pour rendre aux Allemands le mal qu'ils m'ont fait, dans l'espoir de retrouver ma famille ou ce qu'il en reste. Nous avons reçu des informations sur des camps de concentration dirigés par les SS, où les Juifs sont envoyés sans arrêt. On ignore ce qu'ils deviennent.

– Et Sarah ? » Je venais de me souvenir soudain de notre fille.

« Précisément. J'ai dit à tante Bessie qu'on me transférait en Arizona pour une formation spéciale. Tu es le seul qui connaisse ma véritable destination. Tu la connais pour qu'un jour, si je ne revenais pas, tu puisses expliquer à Sarah que je ne l'ai pas abandonnée par caprice, que je l'aimais plus que moi-même parce qu'elle incarnait ma famille, elle en représentait la continuation ; que j'aurais donné ma vie pour elle ; que ce que j'ai fait je l'ai fait pour qu'à l'avenir elle et toutes ses semblables ne finissent pas derrière les fils barbelés. »

Judith avait de la peine à contenir son émotion, et moi j'aurais fait n'importe quoi. J'étais furieux de son choix inconsidéré, gratuit, excessif, mais j'aurais voulu la protéger, la cajoler, l'étonner. Une des nombreuses circonstances où je me suis senti inutile, et je l'étais.

« J'ai dit à tante Bessie de te traiter comme quelqu'un de la famille. Tu peux voir Sarah quand tu veux. Si tu en as le temps et l'envie tu peux la prendre avec toi, mais ça bousculerait tes horaires et tes habitudes. Plus tard, si je ne suis plus là, c'est toi qui devras décider de prendre Sarah ou de la laisser vivre avec tante Bessie. À l'OSS ils ont deux lettres avec mes dernières volontés, une pour toi, l'autre pour tante Bessie. »

J'admirais la résolution de Judith, son courage, la lucidité avec laquelle elle avait organisé le pire. Elle était la preuve que même dans l'obscurité la plus noire une lumière continue à briller, et sa lumière était Sarah. Mais qu'adviendrait-il de la petite confiée à un père comme moi ? Quel prix devrait-elle payer pour être l'enfant de deux parents absents chacun à sa manière ?

Judith avait lu dans mes pensées. « Eh, courage. Je ne suis pas encore morte, et même je compte bien revenir. Nous fêterons ça en allant nous promener tous les trois à Central Park ; j'apporterai les gâteaux de tante Bessie. »

Elle a souri, j'ai souri, mais j'avais beau faire des efforts je ne parvenais pas à imaginer cette promenade.

Judith est sortie sans se retourner. Elle voulait peut-être cacher ses larmes, qui sait.

Maggie a appelé de la chambre. Nous l'avions réveillée. Elle a agité hors du lit ses jambes interminables, mais je n'avais plus la tête à ça.

Tout le monde parlait des saboteurs nazis, mais on n'en avait pas découvert et encore moins arrêté un seul. On s'amusait à espionner son voisin, à essayer de trouver une origine germanique aux noms, à demander le diminutif des joueurs de base-ball à un inconnu pour engager la conversation dans le métro. Judith a disparu un mercredi, j'ai fait semblant de croire tante Bessie quand elle m'a annoncé qu'on l'avait envoyée en Arizona pour une formation. Sarah est devenue le centre d'attraction du bruyant immeuble de la 64ᵉ Ouest. C'était à qui la recevrait chez soi. J'étais considéré comme un perturbateur. J'ai été tenté de révéler à Rosa que Turidduzzu avait une sœur, mais je craignais d'agrandir le fossé entre nous deux. Contre toute évidence je continuais à voir Rosa et Turidduzzu comme la famille que je retrouverais un jour. J'avais pourtant demandé à Judith de vivre avec moi et même de m'épouser. Mais tu l'as fait parce que tu étais sûr de son refus, me rétorquait ma mauvaise conscience. C'était peut-être vrai.

Je passais voir Sarah tous les après-midi. Nous nous entendions bien, elle me faisait des sourires particuliers. En sortant j'allais à pied à l'*Hollywood*, à quelques rues de là, chargé d'une responsabilité que je n'avais encore jamais sentie. Sarah m'attendrissait et m'attristait, je savais que je ne serais pas un père fiable, que ma bonne volonté allait devoir compter avec les desiderata des amis et mes coups de tête. Sarah était la victime classique de la guerre à laquelle les affiches invitaient à participer. Beaucoup y allèrent, dont les nombreux employés de l'*Hollywood* nés en Italie qui désiraient obtenir la nationalité américaine en s'engageant. À peine apprenait-on un nom qu'il fallait en apprendre un autre. Ce fut un flot ininterrompu d'embauches. Totonno assurait la première sélection, Costello la dernière. Mais le choix était limité, il fallait se contenter des restes, accepter même ceux qui n'étaient pas dans la tradition, pour utiliser la définition de Bonanno. À son premier jour de travail, Raffaello, un Toscan de près de quarante ans, s'est mis à feuilleter le journal italien auquel il était abonné. Il s'agissait du *Marteau*, le journal antifasciste que Judith m'avait jeté à la figure et dont la lecture m'avait troublé. Je l'ai pris en main. Carlo Tresca, le fondateur et directeur, annonçait que la guerre serait le tombeau du régime, qu'elle en révélerait le bluff sanguinaire. Il prévoyait que l'Italie serait vaincue et qu'une nouvelle nation naîtrait de sa défaite.

« Willy, mais tu lis ce machin-là ? » Costello ne riait pas.

« Vous le connaissez aussi, don Costello ?

– Pour l'amour du ciel. Qui a du temps à perdre ?

– Il dit des choses qui ne sont peut-être pas fausses.

– Tant mieux pour celui qui les a écrites, mais en quoi ça nous regarde? Rappelle-toi, Willy, ici on ne fait pas de politique. La seule politique admise c'est celle-là.» Il a frotté le pouce et l'index dans un geste sans équivoque.

«Mais il y a la guerre.» Je m'étonnais de mon insistance à poursuivre la discussion avec Costello.

«C'est précisément pour ça qu'il est inutile de s'en mêler. Nous devons déjà faire oublier que nous sommes italiens. L'Amérique nous a donné du pain, un toit, de quoi nous amuser, mais nous avons laissé chez nous des parents, des amis, un peu de notre cœur. Ça n'est pas facile. Si nous y ajoutons la politique nous sommes cuits. De toute façon ça ne nous rapporte jamais rien.»

Il était sincère. Le voilà le don de Costello. Oublier qu'il était l'homme qui manœuvrait parmi les hommes politiques, les juges, les banquiers, et distribuait le plus de faveurs de tout New York pour réciter son acte de foi dans le principe de s'occuper de ses affaires loin de la politique.

« Vous avez raison, don Costello.

– Bien. C'est la réponse que j'attendais de toi. On annonce des jours importants...» Il a regardé autour de lui et a baissé la voix. «Tu as le bonjour de don Luciano.

– Comment va-t-il?

– Comme un homme véritable, qui mérite les amis qu'il a. Des amis qui ne l'ont pas oublié et qui font tout pour arranger les choses.»

Costello a pris *Le Marteau* et l'a mis à la poubelle.

«Willy, tu sais que l'Amérique nous a demandé de lui donner un coup de main sur les quais contre les Allemands?»

J'ai fait signe que oui, sans un mot.

«Même Charlie s'y est mis, malgré sa condamnation injuste.» Il m'a regardé dans les yeux pour bien me faire comprendre qu'il n'avait pas oublié le rôle de Josephine.

«Je suis heureux pour don Luciano.

– Un vrai patriote», conclut Costello.

Le patriotisme déborda le jour où fut annoncée officiellement la capture de six saboteurs allemands débarqués d'un sous-marin sur les côtes de Floride. Les syndicats des frères Anastasia n'y étaient pour rien et les bonnes intentions de Costello et de Luciano non plus. On trinqua quand même à l'*Hollywood*, et on se réjouit comme si la réussite était la nôtre. Adonis décréta qu'il allait être plus difficile pour les cocus et les ratés de dire du mal des Italo-Américains. Même ce renégat de La Guardia – c'est Adonis qui parle, pas moi – cesserait de vomir des insultes. En réalité, le maire en avait après un petit groupe très précis d'Italiens. Pour le reste, il assurait fort bien ses relations publiques. Nuovaiocche comptait environ huit cent mille fils à maman, dont presque cinq cent mille votaient. La Guardia se fit filmer et photographier en train d'applaudir à tout rompre au concert de Sinatra, devenu le symbole triomphant de notre talent. Frank sortait un succès après l'autre : *I'll Never Smile Again, Stardust, The One I Love, Let's Get Away from It All, All or Nothing at All.* C'étaient les airs qui nous accompagnaient du matin au soir, diffusés par les radios, sifflotés par les coursiers pendant les livraisons, joués dans nos pianos-bars.

Le premier été de guerre ne fut pas différent des autres. Les garçons de Roosevelt mouraient, les dépenses militaires devenaient gigantesques, mais le bien-être et la confiance dans l'avenir grandissaient. Beaucoup achetaient un logement, mon propriétaire juif me proposa le mien pour trente mille dollars. Il m'avait pris pour Tommy Dorsey. J'en gagnais mille avec les extras et j'avais du mal même en économisant sur la nourriture et l'habillement. Sarah en prenait une belle part. Elle grandissait à merveille, mais ça signifiait qu'il fallait renouveler tous les deux mois ses vêtements et ses chaussures, auxquels s'ajoutaient les aliments pour enfants, les médicaments, les jouets, et à partir de septembre le jardin d'enfants privé parce qu'on avait diagnostiqué des troubles cardiaques chez tante Bessie.

Sarah représentait ce qui me restait de Judith, à la différence que je pouvais lui parler pendant des heures. Elle m'écoutait, me souriait, et ne répliquait pas. Du jour où Judith était partie, je me mesurais à la guerre moi aussi. En apparence elle ne me touchait pas et même l'idée que Nino, Orlando, Rinaldo ou les maris de mes sœurs soient impliqués me laissait froid, mais que Judith y soit mêlée me minait. Je regardais ce qui m'entourait, je l'utilisais souvent, mais je ne le savourais pas.

Je n'avais pas de nouvelles de Judith depuis presque trois mois. Ses cousines me dirent qu'on avait téléphoné de Washington pour les rassurer sur sa santé et expliquer qu'elle effectuait une mission délicate en Amérique du Sud. Si seulement ç'avait été l'Amérique du Sud. À présent, moi aussi je lisais les journaux. J'avais appris que la Pologne et l'Ukraine étaient le cœur des activités antiallemandes. Tous les matins j'ouvrais le *New York Times* en tremblant, non que j'aie pensé y trouver le nom de Judith Lazar, mais j'avais peur de découvrir que les SS avaient déclenché un ratissage meurtrier dans la zone de Leopoli. J'avais besoin de m'épancher. Il a suffi d'une question innocente de Sarah sur quand sa maman allait revenir pour ouvrir les vannes. C'était un dimanche très doux de septembre, j'avais emmené Sarah à Central Park en imaginant que Judith l'aurait fait aussi. Pendant la promenade interminable j'ai confié à Sarah ce que je n'aurais pas confié à un adulte. Elle me regardait les yeux écarquillés. Elle les avait d'un bleu intense comme sa mère et on devinait qu'elle deviendrait même encore plus belle. Mais est-ce qu'elle aurait le même charme ?

Heureusement je suis resté vague. Je lui ai dit que sa maman était la plus courageuse de toutes les mamans, qu'elle se sacrifiait pour sauver beaucoup d'autres enfants, qu'elle avait beaucoup souffert à l'idée de devoir se séparer d'elle, mais qu'au retour elle l'aimerait encore plus; nous vivrions ensemble, elle aurait sa chambre à elle. Sarah m'a demandé où était sa maman, je lui ai répondu qu'elle était retournée là où elle avait grandi, dans un très bel endroit, mais loin ; un jour nous irions nous aussi pour connaître ses grands-parents et ses tantes, et ensuite nous irions aussi à Catane pour rencontrer son autre grand-mère et ses autres oncles et tantes. Nous sommes sortis de Central Park aux derniers rayons du soleil. Une feuille à moitié jaunie est tombée d'un arbre sur la poitrine de Sarah endormie dans sa poussette.

Deux jours plus tard tante Bessie m'a demandé ce que j'avais raconté à Sarah sur sa mère. Sarah lui avait dit qu'elle était la plus courageuse de toutes, qu'elle défendait les enfants, qu'elle était retournée dans sa maison lointaine et autres détails assez confus. Je m'en suis sorti en affirmant que mon anglais était sans doute peu compréhensible pour une petite fille élevée dans un autre langage. Tante Bessie m'a dévisagé perplexe, un soupçon lui avait traversé l'esprit que j'en savais davantage qu'elle.

Siegel réapparut à l'*Hollywood* pour montrer que l'entente avec Costello et les autres commanditaires de sa ville de contes de fées était complète. Il était en forme, mais la construction de l'hôtel de rêve, le *Flamingo*, l'épuisait. Il exigeait d'être informé sur chaque brique, chaque ampoule, chaque poignée de porte ; il était à Nuovaiocche, mais il aurait voulu être à Las Vegas ; il payait une foule d'ingénieurs et d'architectes, mais il intervenait constamment dans le projet, avec des changements qui coûtaient des milliers de dollars. Même les tentatives de la Hill pour le modérer étaient inutiles et les dépenses s'étaient transformées en gouffre. Ben était tellement pris qu'il n'avait plus le temps de pisser sur le monde entier. Ce soir-là Lansky l'accompagnait, il hochait sa tête grise à chaque miracle de son ami d'enfance. Avant de partir Ben m'a demandé de passer le lendemain à la réception du *Washington Square Hotel*. Il y avait une enveloppe pour moi.

Elle contenait un bon pour une semaine gratuite à l'*Ambassador* de Los Angeles. Même un ignare de mon calibre savait que l'*Ambassador* de Wilshire Boulevard était considéré comme le meilleur hôtel de la ville. Dans son petit mot d'accompagnement, Ben écrivait que c'était sa façon de me remercier pour les risques que j'avais courus en acceptant de l'informer sur l'humeur des amis. Il me suggérait d'inviter Rosa, Turidduzzu, Josephine et les avocats juifs à dîner dans le restaurant renommé de l'hôtel avec force champagne et vins français, offerts de toute façon.

Montre-leur qui tu es!!! Les trois points d'exclamation étaient de Ben.

Mais avant de pouvoir organiser le voyage de la revanche à Los Angeles, j'ai dû en affronter un autre moins lointain et non moins compliqué. Suivant les meilleures traditions, Costello m'en avait avisé la veille sans donner beaucoup de détails: rendez-vous le lendemain à sept heures du matin aux guichets de Penn Station. C'était la gare de ma fuite précipitée cinq ans plus tôt. Cette fois-ci j'allais voyager avec Costello, Lansky et un type que j'ai mis un moment à reconnaître; mais oui, c'était l'avocat de Luciano, devenu plus chic et plus distant avec le temps. Moses Polakoff continuait à coûter les yeux de la tête et à jouir d'une énorme considération malgré la très lourde condamnation infligée à Luciano. Nous allions précisément voir Charlie. On l'avait transféré en mai du pénitencier de Dannemora à celui de Great Meadow. Le premier se trouvait dans le nord de l'État de Nuovaiocche, très près de la frontière canadienne; ceux qui le connaissaient l'avaient appelé la Sibérie. Le second était à une centaine de kilomètres d'Albany, la capitale de l'État, et on le considérait comme le Country Club des prisons du pays. La détention à Dannemora avait été un accessoire du rude coup porté à Luciano par les autorités; Great Meadow représentait un petit quelque chose pour l'aide fournie par Charlie dans la traque des saboteurs des quais, dont tous se gargarisaient mais sans qu'il y ait la moindre trace de son action.

Nous avons mis deux heures pour atteindre Albany, et autant pour arriver à la prison, en Cadillac cette fois avec chauffeur à casquette. Nous étions en octobre ; nous avions laissé l'automne à Nuovaiocche et nous avons trouvé l'hiver. Je n'avais même pas pris mon imperméable. Pendant le voyage je me suis tu par sentiment d'infériorité, les autres se taisaient faute de sujet de conversation. On devinait Lansky très au-dessus de ses compagnons d'aventure, il était l'artisan de l'amélioration des conditions de détention de Luciano. Le retour de Polakoff auprès de Charlie avait aussi été une idée de Lansky. Il partageait avec Polakoff l'appartenance religieuse et l'origine européenne, il appréciait ses entrées auprès du procureur, des juges et de la haute administration. J'ai déduit des quelques phrases que les trois ont échangées que Polakoff en était à sa cinquième visite et qu'il en avait marre de ces allées et venues ; il a dit à Lansky qu'il ne bougerait plus de Nuovaiocche, ils étaient plusieurs à connaître la route à présent.

À onze heures nous étions à l'entrée de la prison, et un quart d'heure plus tard, sans que nous ayons montré de documents ni décliné notre identité, on nous a fait entrer dans une pièce peu éclairée. Elle contenait une vieille table de bois et six chaises grossières. Costello m'a dit que je pouvais parler librement parce qu'il n'y avait pas de micros. Je n'avais pas vu Luciano depuis le jour de sa condamnation. Entre deux gardiens gigantesques il paraissait modeste, plus âgé que ses quarante-cinq ans, la paupière droite complètement fermée. Il a fait son demi-sourire habituel, a salué sèchement les trois autres et s'est dirigé vers moi. J'ai été foudroyé, je crois avoir fait le geste de m'agenouiller, je ne me rappelle pas bien, en tout cas Charlie m'en a empêché et a posé les mains sur mon bras.

« Willy, je suis content de te voir.

– Don Luciano, c'est moi qui suis honoré.

– Et chez toi ? Ton fils, ta... ta femme sont toujours à Los Angeles ?

– Oui... » Si nous avions été seuls, je lui aurais parlé de Judith, de Sarah...

« Ça m'a fait un grand plaisir que tu sois allé aux obsèques de mon père.

– Quoi que je fasse pour vous don Luciano, ça n'est rien en comparaison de ce que je vous dois... À vous et aussi à don Costello naturellement. »

Lansky était imperturbable, tandis que Polakoff affichait à mon égard un agacement visible. Les gardiens sont sortis, nous avons pris place autour de la table. On a fermé la porte.

« Maître, a dit Luciano, où en sommes-nous des garanties que je vous ai prié expressément de demander la dernière fois que nous nous sommes vus ? »

Polakoff a croisé les jambes et allumé une cigarette. Il tenait à nous montrer qu'il ne recevait d'ordres de personne, pas même de Charlie. « Monsieur Luciano, je vous ai déjà expliqué que le secret que vous invoquez sur cette affaire ne dépend d'aucune des parties en cause.

– Alors de qui ?

– Du hasard, des circonstances, des jalousies, de la mauvaise humeur des petits hommes... »

Luciano s'est durci. « Comme monsieur Lansky pourra vous le confirmer, nous sommes habitués à agir sur le hasard, les circonstances, les jalousies, la mauvaise humeur des petits hommes et même des grands. J'ai du mal à comprendre pourquoi on ne peut pas le faire dans ce cas.

– Je peux m'exprimer en toute sincérité ? » Polakoff m'a fait l'honneur de me regarder.

« Si Willy est ici, a dit Luciano, c'est qu'il jouit de notre confiance absolue.

– Bien, je n'avais pas de doutes. Les officiers de la Naval Intelligence et le procureur du district m'ont répété qu'il est dans leur intérêt de circonscrire les contacts. Je les crois sincères.

– Mais d'après vous, c'est insuffisant.

– En effet. Je crains qu'ils ne puissent pas étouffer toute l'histoire. Elle ressortira tôt ou tard et alors il sera difficile que votre rôle ne soit pas connu.

– Ce jour-là je serai foutu. Vous savez mieux que personne que ma sentence comprend un ordre d'expulsion des États-Unis puisque je n'ai jamais pris la nationalité américaine. Quand je sortirai de prison, parce que j'en sortirai, je ne pourrai aller qu'en Italie, contre laquelle j'ai agi et devrai encore agir… »

Costello a sursauté, il était sur le point d'ouvrir la bouche, mais il a préféré ne pas interrompre Luciano.

« … En admettant même qu'il n'y ait pas le fascisme et Son Excellence Mussolini, il y aura toujours des Italiens. Comment accueilleront-ils un compatriote qui en temps de guerre a pris le parti de l'ennemi ? »

La réponse était implicite, mais personne ne s'est risqué à la donner.

« Maître, j'ai besoin que vous précisiez à vos magistrats qu'ils doivent retirer l'ordre d'expulsion et me permettre de rester aux États-Unis à la fin de ma peine, sinon je cesse tout de suite ma collaboration. Jusqu'ici j'ai rendu service sans aucune contrepartie, maintenant j'en demande une. Si on peut parler de contrepartie. » Luciano, indigné, s'est enfermé dans sa supériorité.

Polakoff a eu l'expression de Nino et Peppino quand ma mère les envoyait en décembre se laver dans la mer. « Je le ferai, monsieur Luciano. Ça ne me coûte rien. Je doute cependant d'obtenir le résultat que vous espérez.

– Libre à eux de ne pas vous écouter, maître. Et libre à moi de ne pas répondre à leur dernière requête.

– Quoi d'autre ? » Lansky était à la fois irrité et inquiet.

« Il semble que des changements se préparent en Italie. Ils m'ont demandé si j'avais des adresses sûres à fournir en Sicile. » La voix de Luciano s'est teintée de sarcasme.

« Qu'est-ce que la Sicile vient faire dans la guerre des Américains ? » Costello ne s'y retrouvait plus. « Elle pourrait à la rigueur intéresser les Anglais, qui ont Malte à un saut de puce de là.

– Je ne sais pas, Frank. Mais ils m'ont demandé aussi des adresses sur la côte orientale. Là je n'en connais pas, et toi Willy ? »

La question m'a pris au dépourvu. J'avais été tellement absorbé par le duel entre Luciano et l'avocat que j'avais oublié que j'étais là moi aussi. Et si j'y étais, il devait y avoir une raison.

J'ai bafouillé : « Don Luciano, je suis parti de là-bas depuis plus de dix ans.

– Tu dois avoir encore des amis, des parents, des relations ?

– Il y avait Nino Puglisi, s'il est rentré de Tunisie…

– Non. Ils l'ont fait disparaître. »

Je n'ai même pas eu le temps de plaindre l'homme qui m'avait aidé et détruit.

« Willy, secoue-toi. Si l'avocat parvient à un accord, nous aurons besoin de toi. De l'autre côté de la Sicile nous sommes parés, pas vrai Frank ?

– Nous nous défendons, Charlie.

– De Messine à Syracuse, en revanche, nous sommes un peu démunis.

– La Sicile…, a répété Lansky songeur.

– Meyer, que te dire ? » Luciano aussi était perplexe. « Ils savent sans doute que Mussolini ou plutôt le roi espère changer d'alliance, c'est pourquoi ils cherchent des contacts dans la région d'Italie la plus proche de l'Afrique. Ils préparent peut-être quelque chose de bizarre en Sicile.

– Attachée à la Sicile il y a la Calabre, a dit Costello en faisant allusion à Lauropoli.

– Frank, contentons-nous de la Sicile pour le moment, a répondu Luciano. Nous penserons à ta Calabre dans un deuxième temps. Occupe-toi de joindre les frères Mangano. Je me rappelle qu'ils avaient des affaires et des relations dans la province de Messine. »

Peu après deux heures de l'après-midi nous étions sortis de Great Meadow. À cinq heures nous avons pris le train à Albany et à sept heures et demie nous descendions à Penn Station, à temps pour le dîner en famille auquel l'avocat Polakoff n'aurait pas envisagé de renoncer. Costello m'a rappelé que le voyage à Great Meadow et l'entrevue avec Luciano étaient tout au plus un rêve après une indigestion d'aubergines à la parmesane.

Vers le 10 novembre on annonça que les Anglais avaient mis en déroute l'armée italo-allemande de Rommel en Afrique et qu'un corps expéditionnaire américain avait débarqué au Maroc. Costello s'expliqua l'intérêt des militaires américains vis-à-vis de la Sicile, mais Lansky décréta que la Sardaigne était beaucoup plus près de Casablanca.

Ma géographie s'arrêtait à Los Angeles. Je suis parti pour Thanksgiving. À peine arrivé je me suis rasé et j'ai changé de costume. Je me suis présenté à l'*Ambassador* tiré à quatre épingles, il y allait du prestige de Siegel. J'ai été accueilli comme un petit Siegel : courbettes, salamalecs, le plus extraordinaire défilé de culs qu'un œil humain puisse contempler. J'avais l'impression d'être dans un film. L'hôtel s'enorgueillissait de mille chambres et de bungalows pour les snobs. Il offrait beaucoup plus que ce qu'un homme pouvait désirer. J'ai trouvé dans ma chambre du champagne, une corbeille de fraises, une réservation pour le sauna, pour le bain turc, pour le solarium, pour une séance de massage. Je me suis fait plaisir toute la journée. Je l'ai passée à la piscine en manquant les délices infinies comprises dans l'invitation. Après avoir reçu un matelas et un parasol, je me suis consacré à l'exploration de l'humanité insouciante autour de moi. Gloria Swanson, déjà sur la voie du crépuscule, avait un boy qui lui allumait ses cigarettes, un autre qui allait renouveler ses gin-tonics et un troisième qui l'enduisait de crèmes. Gary Cooper était entouré de filles en extase qui l'auraient croqué sur place. J'ai vu se promener un jeune homme pas mal du tout au regard fripon, il allait devenir William Holden. Il y avait tellement de monde qu'on pouvait facilement prendre pour une célébrité un chauffeur venu remettre les clés de la voiture.

Le soir j'ai téléphoné à Rosa. Invitation à déjeuner pour toute la famille. Rosa confirma les prévisions de Ben. Mino, tu es vraiment à l'*Ambassador*? C'est à ne pas croire…

Pour les cadeaux je m'étais adressé à Adonis. Il avait demandé avec ironie si je n'avais pas intérêt à prendre un abonnement. Mais mes pauvres poches avaient besoin de ses remises. Joe avait sous la main un camion de pulls en cachemire style tennis, la dernière mode des Hampton, il avait tenu à le préciser. Malgré un prix de faveur je m'étais saigné pour en acheter trois. Je les ai apportés au restaurant dans les emballages de la boutique de Loretta Costello avec la mention 5e Avenue bien en évidence.

Turidduzzu, c'est-à-dire Sal, ouvrait la marche. Il m'a embrassé avec conviction. J'ai été transporté de joie, j'ai décidé que le monde m'aimait bien et j'ai essayé de le lui rendre. J'ai embrassé Rosa, Josephine et même Marc Thal qui a failli reculer avec dégoût. Sal était bâti comme moi, avec l'élégance et la beauté de sa mère ; les bonnes écoles qu'il avait fréquentées lui avaient ajouté des manières de petit lord. Je me requinquais à l'idée qu'il était mon fils. Je les ai poussés à commander les plats les plus chers, Marc a choisi un vin français. Le montant de l'addition devait être à peu près égal à mon salaire mensuel. Une broutille, a dit Siegel quand je lui ai offert de le rembourser, la mort dans l'âme. Les trois pulls ont fait mouche. Sal a montré à Rosa l'enveloppe de cent dollars que j'avais ajoutée au sien. J'expliquais dans un petit mot, en italien, que je le connaissais peu et que je m'en remettais donc à lui pour qu'il choisisse ce qu'il voulait. L'émotion m'avait fait tomber dans un mélo débile : mon fils adoré, n'oublie jamais que malgré la distance je suis et je serai toujours là.

Rosa m'invita à visiter sa maison de couture. Elle avait six vitrines dans Sunset Boulevard et employait une vingtaine d'ouvrières. L'enseigne annonçait *Fashion's Heaven* et en dessous, en petites lettres, *by Polizzi Sisters.* Il y régnait un mélange de gaîté et d'efficacité. Elle attirait une clientèle de tous âges. Le bureau de Rosa était encombré de modèles dessinés sur du carton. Josephine m'a révélé fièrement un petit secret: grâce à Marc elles avaient reçu une commande importante des studios, elles allaient réaliser les costumes pour un film tiré du célèbre roman de quelqu'un qui s'appelait Hemingway, *Pour qui sonne le glas.* Josephine assurait que l'auteur et le livre avaient beaucoup de succès. Rosa que l'action se passait pendant la guerre d'Espagne.

Mes frères y sont allés, ai-je affirmé avec enthousiasme, comme si la présence d'Orlando et de Rinaldo était la véritable raison pour laquelle Rosa et Josephine s'étaient vu confier ce travail.

– Tu imagines si le film recevait l'oscar? a soupiré Josephine. À Mussomeli ils ne savent même pas ce que c'est qu'un oscar.

Il devait être interprété par Gary Cooper – Gary Cooper? Il était avec moi à la piscine hier… – et une actrice arrivée depuis peu de Suède. Je ne la connais pas, avait grogné Josephine en allumant une cigarette au mégot de la précédente, mais il paraît qu'elle parle avec les yeux, je crois qu'elle s'appelle Ingrid Bergman.

Je suis rentré à Nuovaiocche enivré: Sal avait téléphoné pour me dire au revoir, c'était la première fois qu'il le faisait; en m'accompagnant à la sortie, Josephine m'avait affirmé qu'elle pouvait demander à Marc de me trouver un emploi dans le cinéma, ça ne dépendait que de moi. Je n'avais vu aucun signe que Peter, le collègue de Marc, ait été aux alentours de Rosa. Dans l'esprit taré de l'imbécile que je suis restait l'idée que si un jour je voulais reconstituer ma famille et avoir une deuxième chance à Hollywood ce serait tout simple. Tout comme le dîner commandé dans ma chambre le soir de mes adieux à l'*Ambassador*.

Il n'y avait toujours pas de nouvelles de Judith, et pas de nouveau coup de téléphone rassurant de Washington. Sarah avait cessé de demander après sa mère, mais elle était devenue triste et son sourire contagieux avait disparu. Chaque matin je me répétais que c'était le jour où Judith téléphonerait. Je refusais de me rendre à l'évidence qu'il lui était arrivé quelque chose. J'inspirais à tante Bessie et à ses filles un sentiment de sécurité que je n'avais pas. Elles préparèrent avec beaucoup d'affection le déjeuner de Noël pour Sarah et moi afin de respecter le désir de Judith que la petite fille grandisse juive et catholique jusqu'à ce qu'elle choisisse elle-même sa religion.

Moretti apparut à l'*Hollywood*, toujours plus petit, toujours plus rond, toujours plus mal en point. L'établissement et la ville n'entraient pas dans ses catégories. Loin du *New Jersey* et du *Joe's Restaurant* de Cliffside Park, son bureau habituel, il disait se sentir comme Claudette Colbert parmi des religieuses cloîtrées. Moretti était pris d'une grande excitation. Il se mit près de mon piano, commanda du champagne et demanda qu'on prépare les coupes en attendant Costello. Don Frank arriva à deux heures du matin, impeccable et reposé. Les bouchons sautèrent et même le petit personnel fut convié. Moretti sautait comme un chat. Il portait le costume à fines rayures des mariages, baptêmes et confirmations, avec chemise blanche et cravate multicolore pendant sur son ventre proéminent.

« Frank, dit-il, tu aurais dû voir la tête de cet enfoiré de Dorsey quand je suis entré dans sa loge. J'ai eu peur qu'il se chie dessus. »

Costello l'écoutait avec sérieux, mais il s'en serait bien passé. Moretti leva sa coupe dans ma direction.

«À l'homme qui a consacré Sinatra. Ou plutôt, Melodia, fais-moi plaisir, joue les chansons de Frank. Nous sommes là en son honneur.»

Moretti fit remplir de nouveau sa coupe. Costello l'observait d'un air dubitatif.

Moretti démarra au quart de tour. «Toi aussi, Frank, tu aurais fait la même chose à ma place. Tu as compris monsieur Dorsey? Au lieu de remercier le bon Dieu d'avoir eu Sinatra presque pour rien pendant deux ans, il voulait l'empêcher de signer des contrats avec Hollywood pour des films. Il prétendait qu'il avait l'exclusivité pour les huit prochaines années et que celui qui voulait Frankie devait passer par lui, autrement dit lui payer cent mille dollars rubis sur l'ongle. Toi, qu'est-ce que tu aurais fait?»

Costello fit tourner sa coupe vide entre ses doigts.

«Willie, l'important c'est de ne pas faire de vagues, dans l'intérêt de Sinatra aussi. À Hollywood, ce sont les Juifs qui commandent, tu sais combien ils sont susceptibles, surtout s'ils aperçoivent notre ombre. Frank doit arriver dans les studios comme un puceau.

– Nous sommes bien d'accord. En fait, qu'est-ce que j'ai dit à Dorsey? Tommy, je te fais une offre que tu ne peux pas refuser...» Les petits yeux de Moretti rayonnaient de bonheur.

«Ah oui?» Costello n'était pas convaincu.

«Oui, Frank. C'est exactement ce que je lui ai dit. Puis j'ai approché les lèvres de son oreille et je lui ai fait l'offre: un dollar pour la liberté de Frankie...»

Nous étions tous impatients d'entendre la suite.

«Et Dorsey a accepté, dit Moretti en se tordant de rire.

– Sans protester? demanda Costello.

– Je dois être franc. Dorsey avait quelques difficultés à parler, parce que avant de lui faire mon offre je lui avais fourré ça dans la bouche...» Moretti sortit de sous son veston un énorme pistolet.

Nous avons éclaté de rire, certains ont applaudi. Costello resta impassible. Moretti réclama de nouveau du champagne, j'ai joué *Wishing*, puis *Stardust*. Beaucoup se mirent à mimer la scène qui s'était déroulée dans la loge de Dorsey. Dominick quitta le comptoir pour féliciter Moretti. Seul Costello resta à l'écart, en silence. Quand les derniers clients furent partis l'atmosphère se détendit. Moretti continua à écluser, Costello lorgnait sur sa montre, il avait envie de rentrer chez lui mais ne voulait pas laisser Moretti dans cet état avancé d'ébriété.

« Frank, on porte un dernier toast à qui tu voudras et je te laisse tranquille.

– À la nouvelle année, Willie, à 1943. À quoi d'autre trinquer sinon ?

– Comme tu veux, Frank. Mais c'est vrai qu'il est arrivé d'Italie un contrat de Genovese ? »

Costello fit une grimace de contrariété. « Voyons, Willie, il y a la guerre entre l'Italie et les États-Unis…

– C'est pour ça que je le demande. J'étais content que ce vieux renard de Vito soit capable de faire voyager un contrat par les temps qui courent.

– Je ne suis pas au courant.

– C'est Bonanno qui me l'a dit. Comme il s'agit de Genovese, je pensais que tu étais informé.

– Tu te trompes.

– Peut-être. Il paraît qu'il s'agit d'un journaliste italien qui casse les couilles à Mussolini. »

J'ai sursauté, ce que personne n'a remarqué. Le journaliste italien à éliminer – c'était le sens du contrat envoyé par Genovese – ne pouvait être que Tresca. C'est vrai que je n'en connaissais pas d'autres, mais c'était Tresca qui imprimait *Le Marteau*, et après l'avoir lu je comprenais que Mussolini et le fascisme aient un compte à régler avec lui.

Je suis rentré chez moi à l'aube. Je n'ai pas réussi à dormir, je ne pouvais pas me sortir Tresca et le contrat de Genovese de la tête. Je n'avais jamais rencontré Tresca et n'aurais eu aucune raison de le faire, mais j'étais prêt à jurer que c'était quelqu'un de bien. Et je venais d'apprendre qu'on allait l'assassiner. Je n'accordais aucune valeur aux dénégations de Costello. Si Bonanno – substitut de Luciano et nouveau numéro un de la Mafia – l'avait raconté à Moretti, ce devait être vrai. J'ai flâné dans le quartier, où le seul magasin ouvert était la boucherie de Liam l'Irlandais. Je lui ai demandé la permission d'utiliser son téléphone en prétendant que le mien était en dérangement. À la rédaction du *Marteau* ça ne répondait pas. J'ai continué d'essayer jusqu'à la dernière minute avant d'entrer à l'*Hollywood.* Mon dernier appel de la station de métro a abouti et on m'a passé Tresca. Je lui ai chuchoté d'être prudent, qu'on voulait le tuer. J'ai raccroché alors que Tresca demandait qui était à l'appareil.

On l'a assassiné quelques soirs plus tard à sa sortie du journal. Je l'ai appris par Totonno.

« Le vieux Moretti avait peut-être raison pour le contrat de Genovese. Ils ont descendu un journaliste ennemi des fascistes. »

Je n'ai même pas demandé son nom. La peur m'a malheureusement empêché d'assister à l'enterrement de Tresca. Mais plus je cherchais à me blottir dans mon coin, plus les autres s'amusaient à m'impliquer. Dans les plis du *New York Times* à ma porte, une enveloppe blanche était adressée sans autre mention à *Monsieur Willy Melodia.*

Le révérend Frank Gigliotti me saluait, me bénissait et m'invitait à déjeuner le vendredi chez *Rocco's.* Il m'assurait que c'était urgent et que ma présence serait pour lui une énorme faveur méritant récompense ultérieure.

Le restaurant se trouvait dans Thompson Street, à une rue de l'ancien bureau de Genovese. Je suis arrivé pile à l'heure, mais Gigliotti et ses invités m'avaient devancé. À côté du révérend rubicond étaient assis deux hommes aux allures d'avocat. Ils en étaient pour de vrai. Vincent Scamporino et Victor Anfuso faisaient partie du milieu des syndicats, des Italiens de Brooklyn, et ils étaient bien introduits dans les hiérarchies catholiques de Nuovaiocche. Eux et Gigliotti, protestant, représentaient l'universalité de l'Église chrétienne. Ils étaient aussi liés par la mission commune d'arracher l'Italie au fascisme. Donc, en quelques semaines, les mêmes cercles qui avaient décrété l'élimination de Tresca pour rendre service à Mussolini s'étaient mis en branle pour l'abattre. Judith et Rosa se seraient probablement rebellées, elles auraient hurlé leur mépris, elles auraient renversé la table et les chaises. Mais moi je m'adaptais, j'essayais de me conformer le mieux possible aux désirs de mes hôtes.

Gigliotti, Scamporino et Anfuso faisaient partie de l'humanité composite attirée par l'OSS. Les deux avocats dirigeaient la section Italie, Gigliotti tenait le rôle vague de conseiller et de sélectionneur. Justement, j'avais été sélectionné.

« Willy, a dit suavement Gigliotti, je me suis permis de parler de toi à mes amis. Notre entrevue à Washington a été éclairante. Mon expérience des hommes et de la vie me conduit à te juger apte. »

En attendant de vérifier à quoi j'étais apte j'ai commandé un steak et des aubergines à la parmesane, malheureusement servies tièdes, ou plutôt froides. Gigliotti a levé la main droite et a tracé le signe de la croix en l'air.

« Aujourd'hui c'est vendredi, mais je viens de te donner la sainte autorisation de manger de la viande au lieu du poisson. »

Scamporino et Anfuso se sont forcés à ne pas rire. Dans le doute, j'ai fait moi aussi le signe de la croix.

Scamparino a parlé en chef: « Melodia, tu sais sûrement que les Italo-Américains de New York apportent une collaboration résolue au gouvernement...

– Don Costello me l'a dit. Moi, vous savez, je joue...

– Nous en savons assez sur toi, a répondu Scamporino.

– Willy, tu voudrais que nous invitions à notre modeste table quelqu'un sur qui nous n'avons pas été renseignés ? » Gigliotti aspirait à la considération, mais les deux autres avaient du mal à le supporter. Ils obéissaient visiblement à des ordres supérieurs.

« Maintenant que le problème au port est résolu, a poursuivi Scamporino, il s'en présente un autre plus compliqué relatif à la Sicile. Nous recueillons de nombreux témoignages. Là-bas à Church Street, à l'entrée de la Naval Intelligence, les files de nos compatriotes s'allongent. Mais nous pensons que beaucoup d'informations en notre possession sont également connues des fascistes. »

Scamporino a étudié mes réactions. Je tremblais à l'idée d'être pris pour un agent de Mussolini.

Anfuso est intervenu. « Tu es ici parce que le révérend Gigliotti nous a garanti ton sérieux. Nous le croyons. Notre espoir est que tu nous en fournisses une preuve suffisante... »

J'ai dû faire une drôle de tête.

« Nous ne te demandons pas de t'enrôler dans l'OSS. » Anfuso a eu une légère grimace. « En Italie tu as été condamné à dix ans de prison pour complicité d'homicide...

– Ça n'est pas vrai. » Les mots me sont sortis de la bouche avant que je puisse contenir mon ton et mon indignation.

« Pas vrai ? a dit Scamporino surpris. Les amis ont vérifié le dossier au tribunal de Catane.

– J'étais au courant des enquêtes des policiers, mais personne ne m'a parlé du procès et de la condamnation. Ma mère ne me l'a jamais écrit.

– Elle ne voulait sans doute pas t'inquiéter, a repris Anfuso. Crois-moi, Melodia, tu as déjà été jugé. Encore que, d'après ce qu'on nous a raconté, ton rôle ait été marginal. Il se peut aussi que tu aies ignoré les intentions réelles de Puglisi vis-à-vis de Giaconia. »

Ç'a été à mon tour d'être surpris: ils savaient même ce qu'ils n'auraient pas dû savoir. Si je leur avais demandé, ils m'auraient dit aussi combien de poils j'avais au cul.

« Comme te l'expliquait maître Anfuso, c'est exclu que nous t'enrôlions. Outre ta situation juridique, tu as encore à Catane ta mère, tes frères et tes sœurs. Même si nous le voulions, nous ne pourrions pas t'envoyer en Sicile. Au cas où tu te ferais prendre, on ferait trop facilement pression sur toi et ce serait donner aux autres la possibilité de nous griller.

– Tu peux nous être utile ici. » À la différence de Scamporino, Anfuso tenait au respect des formes, il m'effrayait davantage que l'autre.

« Un travail facile facile, a ajouté Gigliotti.

– Nous te demandons un effort de mémoire, a précisé Anfuso. Le nom des parents et des amis que tu as à Catane, à Taormina, n'importe où en Sicile. Le nom des rues où ils habitent. Les routes de campagne, les chemins suivis par ton père quand il transportait pour Nino Puglisi des marchandises à risque. À propos, tu es au courant de sa disparition en Tunisie ? »

Si je l'admettais j'allais devoir révéler que Luciano me l'avait dit, et donc parler de notre entrevue, qu'à en croire Costello j'avais rêvée à la suite d'une indigestion d'aubergines à la parmesane.

« Oh mon Dieu, ai-je fait avec tristesse. C'est arrivé quand ?

– Il y a des années, fais-toi une raison. Revenons à nous. Tu dois nous fournir un épisode particulier de ton enfance qui nous serve d'introduction auprès de ta mère, tes frères et tes sœurs si nous devions les contacter. Nous voulons être crédibles quand nous dirons que c'est leur Willy bien-aimé qui nous envoie. À moins qu'il vaille mieux dire Mino ?

– Melodia, jouons cartes sur table, a dit Scamporino. En sortant d'ici tu peux courir voir Costello, Adonis, Lansky et les informer que nous t'avons contacté. Tu peux être sûr que nous l'apprendrons. Deux heures après tu tomberas pour complicité avec Vito Genovese dans l'assassinat du premier mari de sa femme et celui lié à ce fameux poker où tu étais le cinquième.

– Je fais confiance à Willy, a dit Gigliotti. Il sent toujours la direction du vent. Willy, les avocats ici présents ne se sont pas engagés, mais à la fin de la guerre ta récompense sera la révision de ton procès et l'annulation de ta condamnation. Tu pourras retourner en Sicile en homme libre. »

J'ai parlé pendant deux heures ce jour-là, puis six ou sept fois encore à l'*Astor Hotel*, entre Broadway et la 44e Ouest. Anfuso et Scamporino ne voulaient pas que je puisse être vu à proximité de leurs bureaux ; ils craignaient que d'autres agences fédérales, à commencer par la Naval Intelligence, n'essaient de m'avoir en exclusivité, au besoin en m'enrôlant de force. Eh oui, les Américains aimaient la concurrence, y compris dans la guerre contre l'ennemi. Ils s'espionnaient mutuellement, et si j'étais allé dans leurs bureaux je me serais fait remarquer. C'est pourquoi ils avaient adopté la solution de nous rencontrer à l'*Astor*. Une grande femme qui se faisait appeler Ann et travaillait pour l'OSS prenait une chambre. Je la rejoignais pour une relation extraconjugale classique et j'avais trois heures pour satisfaire toute requête, qui n'a jamais été physique. Ann était compétente dans son travail, capable d'instaurer un bon climat. À notre dernière rencontre je lui ai demandé si elle pouvait s'informer sur Judith.

Elle a trouvé que j'étais imprévisible.

La semaine suivante, devant ma porte de Briggs Avenue j'ai aperçu une Pontiac noire, Scamporino sur le siège arrière. Il est monté chez moi sans me demander la permission. J'avais deviné la raison de sa présence. La liaison avec Judith était interrompue depuis janvier. Elle était en Pologne ? Scamporino n'a pas aimé que je connaisse la destination de Judith, mais en tout cas oui : elle opérait entre la Pologne et l'Ukraine. Il a dit qu'il pouvait être arrivé n'importe quoi, et qu'il n'était pas obligatoire de penser qu'elle avait déjà été tuée. Mais Judith risquait le double d'une espionne ordinaire, elle était juive, et de surcroît elle était née en Pologne.

Mais ce qui contribuait à l'inquiétude de Scamporino, c'était la bévue commise par son bureau, qui n'avait rien su de la relation sentimentale entre Judith et moi. Des têtes sont tombées, m'a-t-il confié avec satisfaction. Puis, dans le but de rétablir les distances, il a demandé comment allaient Sarah et tante Bessie.

À la fin de l'entrevue j'ai enfin eu la force de demander quel sort la Gestapo réservait aux espionnes ordinaires.

Elle les tuait après les avoir torturées.

19
La vie continue. Mal

J'ai couru chez tante Bessie, mais je ne lui ai pas parlé de Judith. Je l'ai accompagnée au jardin d'enfants chercher Sarah, qui pour des raisons d'économie mangeait à la maison. Je portais Sarah sur mes épaules et elle était ravie, puis je la serrais contre moi et je la cajolais en veillant à ne pas exagérer car j'avais surpris les regards interrogateurs de tante Bessie. Je suis resté pour le déjeuner. Oncle Ephraim nous a infligé des prières de toute sorte, il a appelé la bénédiction sur la famille en nommant expressément Judith, ses parents et ses sœurs. Je me pinçais pour ne pas céder à l'émotion. J'ai ramené Sarah au jardin d'enfants avant de me réfugier à l'*Hollywood*. J'ai cherché le réconfort dans la musique. Pour des raisons mystérieuses les interprétations de madame Santina dans l'église de la piazza Cappellini ont surgi de ma mémoire. Je me suis plongé dans ces morceaux religieux que je n'exécutais plus depuis longtemps. J'avais déjà un rapport très problématique avec Dieu. Je me rappelais l'angoisse des rosaires récités via d'Amico, les invocations aux morts afin que depuis l'au-delà ils aident les vivants, et dans cette optique les âmes du purgatoire étaient considérées comme les plus fiables en raison de leur situation incommode, qui les poussait à s'appliquer. Bref, tout ce qui tournait autour de Dieu le Père me laissait froid. Mais Lui, je l'aimais bien, sans toutefois l'invoquer. Je n'ai jamais cru qu'il avait le temps de s'occuper de nos embêtements.

Les chorals de Bach, la *Missa Solemnis* de Beethoven, le *Requiem* de Mozart provoquèrent la stupeur de Dominick. J'ai été transporté dans la période des bains de mer destinés à se laver, dans le cauchemar de Pippo qui emportait des enfants tous les quinze jours. J'ai revu mon père, mon frère Peppino, j'ai revu don Ferdinando, Caterina, l'amie Marietta. J'ai revu surtout le petit garçon que j'avais été, Mino, Minuzzo... Je n'avais pas réveillé un âge heureux, mais je le désirais, il me semblait le refuge contre les méchancetés de la vie.

Je savais que Judith était morte.

Les semaines passaient, les communiqués de victoire sur divers fronts se succédaient, mais personne ne brisait le silence autour de Judith. Même tante Bessie et ses filles étaient devenues pessimistes quant à son sort.

L'*Hollywood* ne souffrait visiblement pas du rationnement. Danseuses, champagne et exhibitionnisme étaient tellement recherchés et appréciés qu'ils valaient bien les dix dollars pour le filet mignon au poivre noir, lequel avait remplacé les steaks mythiques de deux doigts d'épaisseur. O'Dwyer continuait de venir, ainsi que des sénateurs, des membres du Congrès, des pétroliers. Joe Kennedy se montrait toujours quand il venait à Nuovaiocche surveiller ses investissements. Les huiles de l'administration avaient leur place réservée à la grande table côté gauche de la salle. Par commodité les serveurs l'avaient appelée Tammany Hall, du nom du célèbre centre de la corruption politique. Pourtant ils étaient nombreux à vouloir être là; au début du mois il fallait ajouter une chaise. De temps en temps nous perdions un de ces visages fripés et faux: La Guardia l'avait attrapé les mains où il ne fallait pas et liquidé à coups de pied au cul. Le maire poursuivait sa campagne contre Costello, mais connaître don Frank était l'objectif convoité de beaucoup qui désiraient faire carrière. Costello était cérémonieux, élégant, impeccable dans son comportement. Il avait même cédé sa société de machines à sous. Il se présentait comme plus pur que le lis des champs et déplorait que de petits péchés véniels de jeunesse l'empêchent de faire une carrière politique. Il avait eu le culot de déclarer qu'il soutenait Dewey dans sa course au fauteuil de gouverneur et de lui envoyer un télégramme de félicitations lorsqu'il l'avait obtenu.

Un matin de mai Costello m'a convoqué alors qu'on faisait encore le ménage. Il téléphonait, étalé dans son fauteuil, mais il m'a fait asseoir. Adonis était au bout du fil. Ils parlaient du recours présenté par Luciano à la Cour suprême du comté de Nuovaiocche, présidée par le même juge qui lui avait infligé sa lourde peine en 1936 et l'avait donc confirmée. Mais dans l'avant-dernier paragraphe de la sentence il avait écrit: au cas où l'accusé collaborerait encore avec le gouvernement, un futur acte de clémence à son égard pourra se justifier.

Costello était absolument sûr que cette annotation était la clé capable d'ouvrir la cellule de Luciano. Malheureusement les fouinards du *New York Times* avaient fait beaucoup de bruit autour des manœuvres patriotiques de Charlie. À Washington les défenseurs de la bonne réputation de l'armée s'étaient dressés contre «l'alliance insensée» entre services secrets et délinquants italo-américains.

«Joe, a dit Costello impassible, les problèmes nous les aurons sur le Potomac, pas sur l'Hudson. Ici tout dépendra du gouverneur. Dewey, nous le caresserons dans le sens du poil et il donnera la signature qu'il doit donner. Et personne n'aura à redire contre celui qui a envoyé Luciano pourrir en prison pour au moins trente ans. Tandis qu'à Washington ils essaieront de nous emmerder. Je m'explique: notre ami La

Guardia harcèle toutes ses connaissances pour être nommé gouverneur civil de la Sicile. Tu imagines ce que ça signifierait pour nous d'avoir un fou visionnaire comme La Guardia pour gérer l'après-guerre en Sicile ? Il pourrait avoir voix au chapitre en ce qui concerne Luciano. Pas question, c'est un ami qui doit aller là-bas, un brave garçon de confiance comme Charles Poletti. Tu es d'accord ? »

Même si je ne pouvais pas entendre Adonis, c'était facile de deviner sa réponse. « D'où je connais Poletti ? a poursuivi Costello. D'Albany, pendant nos excursions pour voir Charlie. Poletti était le vice-gouverneur, il m'a fait une excellente impression. Ensuite les amis démocrates me l'ont recommandé. Je crois qu'il peut nous servir. Comme ça nous ferons une faveur à Roosevelt, nous contrebalançons la nomination d'Aurelio. Le paralytique finira par comprendre qu'à New York il ne peut pas se passer de nous. »

Après avoir raccroché, Costello s'est adressé à moi. « Tu as compris le cadre général ? Il y a un rôle pour toi aussi. »

Je n'ai pourtant pas eu l'impression que c'était une promotion.

« Don Luciano désire que tu te présentes au centre de collecte de renseignements de la Naval Intelligence... C'est à Church Street. Ils t'attendent. Nous avons dit que nous allions envoyer quelqu'un qui connaît la Sicile orientale comme sa poche.

– Je ne connais rien en dehors de Catane et Taormina...

– Trouve quelqu'un qui est allé à Messine et surtout à Syracuse. J'ai l'impression que cette zone les intéresse beaucoup.

– Mais qu'est-ce que je vais raconter aux marins ?

– Willy, une partie compliquée est en train de se jouer. Tu ne voudrais pas nous la faire rater. Don Luciano compte énormément sur toi. Il est certain que ton apport sera déterminant. Tu veux décevoir Charlie ? »

Impensable, mais je ne savais pas par où commencer. Je ne connaissais personne qui soit né du côté de Syracuse et je ne pouvais espérer aucune aide à l'intérieur de notre cercle. Chacun tenait à se mettre en avant, à apparaître utile à l'effort de guerre des États-Unis. Tous les admirateurs de Mussolini et du fascisme s'étaient volatilisés. On voyait à leur place des supporters agités des démocraties alliées, impatients d'apporter leur contribution. Se mettre à la disposition des militaires était considéré comme le plus court chemin pour obtenir des récompenses. En effet Albert Anastasia s'était engagé comme volontaire et on disait qu'il avait déjà été promu pour s'être distingué sur le champ de bataille.

J'ai décidé de la jouer en solo. Je connaissais un ancien propriétaire de garage natif de Florence. C'était un ex-instituteur qui avait dû abandonner l'enseignement et l'Italie parce que franc-maçon et socialiste. C'est lui qui m'a dit comment trouver des renseignements sur la Sicile orientale : les atlas de la Public Library entre la 5e et la 42e. Pendant trois jours d'affilée, de dix heures du matin à quatre heures de l'après-midi j'ai étudié soigneusement tout ce qu'il y avait sur la configuration géographique de cette partie de l'île. Pour le reste, j'improviserais.

Comme me l'avait raconté Scamporino, la file des Italo-Américains à l'entrée de la Naval Intelligence, 50 Church Street, commençait au coin de la rue. Presque tous apportaient des lettres, des cartes postales, de vieilles photos ; chaque détail était jugé indispensable à la réussite de l'entreprise. J'apportais ce que j'avais appris en trois jours de bibliothèque, mal à l'aise entre ces murs massifs qui m'avaient plus oppressé qu'une prison. J'avais le numéro du bureau où m'adresser et la chance, appelons-la comme ça, d'être attendu. J'ai doublé la file et j'ai été conduit à deux gros officiers âgés et nonchalants. Ils n'en avaient rien à faire de mon témoignage. Ils ne m'ont pas posé de questions. Ils écoutaient entre deux bâillements ce que j'avais à dire. Quand ils y pensaient, ils prenaient des notes. J'ai répété la petite leçon apprise par cœur sur les golfes, les baies, les routes, les rivières, les ponts, les collines; j'ai lancé quelques noms de la Catane que j'avais quittée douze ans plus tôt; j'ai expliqué quelle était la route la plus rapide pour aller à Taormina et la plus tortueuse pour y arriver par-derrière. Les deux officiers s'ennuyaient. Ils ont été fatigués de m'entendre avant que j'aie épuisé ma réserve de prétendues révélations. J'ai signé un reçu d'où il ressortait que j'avais parlé et qu'ils m'avaient écouté. Ils m'ont demandé de me tenir à leur disposition pour une autre entrevue ou de leur faire signe si d'autres souvenirs me revenaient.

Je suis rentré chez moi défait, je ne voulais que mon lit. Mais ceux de l'OSS n'avaient pas jeté mon adresse. Devant la porte de la rue ils sautèrent à deux hors de la Cadillac noire. L'avocat Scamporino brûlait du désir de me voir bien qu'il ait été quatre heures et demie du matin. Mais en Sicile, objecta l'avocat, il est déjà dix heures et demie.

Nous étions dans un appartement sûr du service dans la 3e Avenue au croisement avec la 14e, au-dessus d'un restaurant à l'enseigne éteinte. L'ampoule qui pendait du plafond ne cachait qu'en partie la saleté, le désordre, des bouteilles de Coca-Cola renversées, des emballages de nourriture, des cartes de Sicile piquées de petits drapeaux de toutes les couleurs. Scamporino était dans un état encore pire que la pièce: à la place de ses yeux il avait deux cavernes marron, une barbe hirsute, sa chemise puait la sueur; son chapeau relevé sur le front lui donnait un air désespéré.

«Il paraît qu'on a aperçu aux abords de la Naval Intelligence quelqu'un qui est ton portrait craché.

– C'était mon jumeau.

– Melodia, ça ne te va pas de faire de l'esprit. Nous sommes trop crevés pour pouvoir apprécier ton ironie. Qu'est-ce que tu as raconté à ceux de la marine?

– J'ai fait un cours de géographie sur la Sicile.

– Ah, les mêmes renseignements que ceux qui nous font nous tromper de route et de croisement à chaque pas?»

J'ai haussé les épaules. La fatigue me rendait prêt à tout.

« Tu leur as fourni des noms et des adresses que tu nous avais donnés à nous ?

– Non.

– Je dois te croire ? »

Ça n'était pas mon problème et il s'en rendait compte.

« Allons Melodia, après les conneries que tu nous as refilées pendant une semaine à l'*Astor*, tu as une possibilité de te rendre utile. »

Un des deux types qui m'avaient harponné en bas de chez moi s'est approché avec un paquet de photos aériennes. Il les a étalées devant moi.

« Tu reconnais ? » a demandé Scamporino moqueur.

C'était l'hôtel *San Carlo* photographié sous toutes les coutures avec zooms sur tout ce qui était visible du ciel.

« Tu dois nous indiquer le côté où est située la salle à manger, et s'il y en a plus d'une. »

J'ai posé l'index sur le mur extérieur de l'immense salle affectée au restaurant ; j'ai montré aussi les deux petites salles utilisées parfois pour des déjeuners ou dîners privés. J'allais découvrir des années plus tard qu'avec ce geste j'avais involontairement guidé les bombes tombées sur le *San Carlo* le 9 juillet 1943, la veille de l'invasion. Les agents de l'OSS avaient appris que le chef de la Wehrmacht en Italie, le général Kesselring, allait déjeuner au *San Carlo* avec les commandements des deux divisions allemandes déployées en Sicile. Les Anglais envoyèrent une escadrille de bombardiers, mais Kesselring et ses collègues y échappèrent. Comme d'habitude ceux qui moururent n'y étaient pour rien.

Scamporino a exigé également un plan intérieur du *San Carlo*. J'ai produit plusieurs feuilles. D'énormes tasses de café et des bagels sont arrivés pour annoncer une nouvelle journée. Mon accablement avait le goût puant de nos respirations, de nos vêtements qui collaient à la peau. Je me suis levé pour rentrer chez moi. Peu m'importait qu'ils me raccompagnent, je prendrais le métro. Je voulais seulement m'en aller, fuir ce que j'avais raconté, les deuils et les larmes que mes informations allaient provoquer. Dans la brume du sommeil, de la fatigue et du dégoût me sont apparus tous ceux que j'avais connus et fréquentés au *San Carlo.* Un étau me serrait le cœur : qui j'étais pour décider de la vie et de la mort peut-être d'une fille qui m'avait donné du plaisir pendant une nuit ?

« Hé, Melodia, a dit Scamporino à voix basse et pour une fois sans simuler. Nous avons des nouvelles de la mère de ta fille… Lazar… Judith… »

Je me suis figé. Je n'étais pas préparé au pire.

« Jusqu'en avril elle était vivante, au sein d'une formation communiste dans des forêts près de l'Ukraine.

– Qu'est-ce que ça veut dire jusqu'en avril ?

– Ton amie avait été parachutée auprès d'un groupe lié au gouvernement légitime polonais en exil à Londres. Ce groupe est tombé dans une embuscade nazie, peut-être dénoncé par les rouges avec lesquels elle se trouve à présent. Elle est sauve, mais elle dépend des hommes de Staline et nous, nous dépendons de ce que dira Moscou : comme tu peux le deviner, la santé de Judith Lazar n'est pas leur souci majeur. L'ordre est parti de Washington de la faire sortir. Je souhaite que nous ayons encore le temps. Sincèrement. »

La peine de Scamporino a augmenté mes tourments. En sortant de cette maison je me suis retrouvé dans la rue côté soleil, pourtant l'existence ne m'avait jamais autant étouffé.

Le matin du 10 juillet l'Amérique fut réveillée par l'annonce que les armées de Montgomery et de Patton avaient débarqué en Sicile. Des bulletins informaient toutes les deux heures sur les progrès des troupes et l'accueil joyeux des populations. Le soir l'*Hollywood* se remplit d'amis en fête. Adonis amena des femmes pour tous, on vit les frères d'Anastasia, Profaci, Lucchese, on vit Gambino dont la tenue dénotait les bénéfices qu'il tirait du marché noir de l'essence. On vit même passer Bonanno qui s'enferma dans le bureau avec Costello. Quand ils sortirent, Costello demanda à Totonno de faire circuler des plateaux de coupes de champagne. Un toast spécial à la libération de la Sicile. Pour la première fois je me suis adressé directement à Dieu le Père. Je lui ai demandé la grâce spéciale de sauver Judith: fais-le pour Sarah, c'est une petite fille, elle a besoin de sa mère. J'ai levé ma coupe vers Lui.

Ce fut un été plein d'étoiles dans le ciel. Les plus obstinés y lisaient l'avenir. L'Amérique était victorieuse dans le Pacifique et en Italie, mais Brooklyn et le Lower East Side restaient dans le noir. Le couvre-feu décrété au printemps 1942 pour éviter une attaque par la mer fut maintenu. Il me rappelait les jours de mon enfance via D'Amico quand je levais la tête pour retrouver le chariot de la Grande Ourse, celui de la Petite Ourse. J'entendais la voix de ma mère en marteler les noms, les bâillements me venaient, mais personne ne me borderait.

J'avais caressé l'idée d'aller avec Sal dans les Rocheuses, mais Peter avait été plus rapide que moi. Lui et Rosa ne se quittaient plus désormais. Je me suis consolé en me faisant un cadeau, bien qu'il ait été hors saison: un manteau bleu sombre en vigogne. Le camion habituel s'était montré du côté d'Adonis avec des vêtements élégants à prix cassés. Il suffisait de ne pas s'interroger sur leur provenance. Pour prouver au bon Dieu que je tenais à son estime, j'ai abandonné mon tweed gris, vieilli mais encore portable, dans le panier pour les pauvres de la sacristie de St Mary.

Peu de gens à Nuovaiocche se rappellent le 8 septembre 1943. Moi, je m'en souviens comme si c'était hier. J'ai été réveillé par une sonnette insistante. La pendulette sur la table de nuit affirmait qu'il manquait quelques minutes avant treize heures. J'ai ouvert la porte en caleçon et maillot de corps. Les deux messieurs d'un certain âge étaient à l'aise dans leur costume parfaitement coupé, mais embarrassés devant moi.

« Monsieur Melodia ? a demandé le plus maigre. Nous pouvons entrer ? » Ils ont ôté leur chapeau et se sont avancés sans tenir compte de ma demande muette de me rendre présentable.

« Guglielmo Melodia, dit Willy ? a dit le second qui était probablement aussi le plus gradé.

– Tel que maman l'a fait », ai-je répondu un peu agacé par ces manières. La morgue du couple s'expliquait d'une seule façon : ou FBI ou OSS.

« Il s'agit de Judith Lazar. »

Elle était morte un jour non précisé de la fin de juillet au siège central des SS à Varsovie. Elle y avait été amenée après un ratissage impitoyable de la zone où opérait la formation de partisans communistes qu'elle avait rejointe. Elle avait résisté deux jours aux interrogatoires, puis elle avait avalé la pilule de cyanure qui lui avait été fournie.

J'ai revu Judith assise à la table de la cuisine de *Bacon's House*. Cinq ans et demi avaient passé. Ce qui au début devait être une aventure m'avait apporté une enfant magnifique et un amour désespéré.

La pause de silence accordée pour que j'encaisse le coup était finie, le chef s'est remis à parler mais j'avais beaucoup de mal à l'entendre : Judith avait donné mon nom en tant que personne à prévenir en cas de malheur ; une lettre pour moi et une pour sa tante contenaient ses instructions concernant Sarah.

Oui, j'étais le père de Sarah. Ils m'ont informé qu'elle était la bénéficiaire des mensualités non perçues par Judith et des indemnités pour sa mort en mission. Si je demandais à être nommé tuteur, j'administrerais ces sommes jusqu'à la majorité de Sarah.

J'ai aussitôt refusé. J'ai dit que cet argent contribuerait à payer l'université de Sarah et que la personne la plus indiquée pour le gérer et exercer les fonctions de tutrice était tante Bessie, à condition qu'elle accepte.

Je n'avais pas entendu la sonnette, mais le plus maigre oui. Il est allé ouvrir. Scamporino est apparu, très élégant en costume croisé de gabardine bleu foncé. J'ai eu honte de me montrer encore en caleçon et maillot de corps. Je manquais de respect à Judith.

« Je suis désolé d'être arrivé en retard. Et surtout désolé d'avoir dû t'apporter cette nouvelle. »

Je cherchais encore à donner un sens au sacrifice de Judith. « Vous savez quelque chose sur ses parents, sur ses sœurs ?

– Engloutis par la machine d'extermination nazie.

– Alors pour quoi est-elle morte ?

– Pour son pays.

– Mais son pays était la Pologne.

– Pour le pays qu'elle avait choisi. Melodia, tu devrais avoir appris que chacun de nous est ici par libre choix. Nous nous battons pour sauver le monde que nous désirons. Les héros comme Judith Lazar acceptent de payer le prix le plus exorbitant. »

J'ai finalement pleuré. L'agent le plus maigre, celui qui n'ouvrait pas la bouche, est revenu de la cuisine avec une tasse de café fumant. J'ai bu, il était très amer ; l'homme m'a fait signe de tout avaler. En effet ça m'a aidé à surmonter l'étourdissement.

« Melodia, a ajouté Scamporino, sache que le gouvernement des États-Unis a une dette vis-à-vis de ta fille. Le jour où elle aura besoin de quelque chose, entrer à l'université, obtenir un poste au niveau fédéral, avoir une lettre de recommandation, à Washington elle trouvera la porte ouverte. »

J'aurais peut-être dû remercier, mais je ne l'ai pas fait. Quel âge avait Judith ? Je venais seulement de me rendre compte que je l'ignorais. Je ne l'avais jamais su et ça ne m'avait pas intéressé, mais j'ai soudain jugé que c'était une ignorance très grave, et même impardonnable de ma part. Si j'avais connu son âge, elle ne serait peut-être pas morte…

Scamporino m'a jeté un regard destiné à me réconforter. « Il y a aussi quelque chose pour toi. Dans les prochaines semaines nous allons mettre ton dossier en ordre, celui qui concerne l'homicide de Giaconia. Avec l'armistice nous en aurons la possibilité légale. Tu ne seras plus accusé de rien. Tu pourras retourner en Sicile quand tu voudras. »

Nous avons décidé que c'était moi qui informerais tante Bessie.

Mais j'ai voulu commencer par Sarah. Le lendemain je suis arrivé à midi précis au grand immeuble de la 64e Ouest. J'ai dit aux cousines que je venais satisfaire l'envie de Sarah de manger du poisson. En réalité, l'envie était davantage la mienne que celle de Sarah, mais elle a été emballée. Des gens de Trapani avaient installé une trattoria à côté de Battery Park avec véranda face à l'Atlantique, nappes à fleurs en plastique sur les tables, couverts et assiettes encore en étain. On nous a servi des petits poissons grillés, de ceux qu'on pêche au filet le long de la côte, du merlu pané, du merlu à la nage avec de l'ail et du persil. Sarah a essayé une goutte de vin rouge, puis elle s'est fait apporter une énorme coupe de glace à la vanille avec du caramel. Elle a fait tellement attention qu'elle ne s'est pas salie, n'a pas sali la nappe et n'avait pas la moindre moustache sur le museau. Judith aurait été très fière de sa petite. Je l'étais aussi. Sarah grandissait, se développait dans une harmonie absolue qui annihilait ses mauvais gènes juifs et siciliens. Contrairement à Judith, elle possédait une douceur naturelle inépuisable. Ses yeux écarquillés suivaient la vie ; elle n'en finissait pas de poser des questions, mais avec une grâce si spontanée que je m'efforçais de répondre même quand l'ignorance me coupait les jambes. Plus je la regardais, plus j'avais la gorge serrée. Comment expliquer à une petite fille de même pas quatre ans qu'elle ne reverra plus sa maman ? J'ai commencé de loin. Je lui ai dit que grâce à une liaison stellaire j'avais réussi à parler avec Judith : elle allait bien, elle ne m'avait posé de questions que sur elle. Elle lui envoyait des millions de baisers. Elle avait déjà rempli une valise de cadeaux pour le jour où elle reviendrait.

Et elle revient quand ? Sarah avait suivi attentivement chacune de mes phrases.

Je lui ai dit que sa mission de sauver beaucoup d'autres enfants était destinée à continuer et même à se prolonger, mais qu'elle serait sûrement de retour pour le printemps. Nous allions faire une fête de trois jours en invitant ses amies du jardin d'enfants et celles de l'immeuble, les amies de tante Bessie, les amis et amies des cousines ; nous inviterions vraiment tout le monde. Eh bien, a dit Sarah, il y en a on pourrait s'en passer, et elle a donné les noms de ceux qui lui étaient antipathiques.

Au moment où nous partions, le vieux propriétaire de la trattoria qui m'avait vu avec des filles toujours différentes s'est approché : celle-là, tu ne la jetteras pas facilement.

Tante Bessie n'eut qu'à voir mon hésitation pour pressentir ce que j'avais à lui apprendre. Elle me posa une seule question : elle a souffert ? Non. J'ai inventé que Judith était morte sur le coup pendant le combat. Tante Bessie secoua la tête, elle remuait les lèvres sans proférer un son, tandis que les larmes ruisselaient sur son visage. J'ai pris ses mains dans les miennes et je l'ai instinctivement serrée dans mes bras. Elle a voulu appeler ses deux filles. Oncle Ephraim est arrivé aussi de son pas incertain. C'est lui qui a entonné les prières des morts et j'y ai participé aussi, mais je n'ai pas eu la force de m'adresser à ce Dieu qui ne m'avait pas prêté l'oreille.

Les voisins sont arrivés à leur tour en apportant des gâteaux et des liqueurs, très vite une grande partie de l'immeuble s'est rassemblée, Sarah était au centre de l'attention. J'ai dit à tante Bessie que je l'avais indiquée comme tutrice de Sarah avec tout ce que ça comportait. Elle en avait envie ? Oh oui, elle en avait envie : elle sera ma quatrième fille. Elle a ajouté : pour moi, dorénavant, toi aussi tu es comme un fils.

Les dix ans de Sal coïncidèrent avec sa première communion et sa confirmation. Josephine fut sa marraine. Elle m'expliqua qu'il avait été impossible de trouver un catholique qui soit un peu plus qu'un serveur mexicain. Rosa organisa une cérémonie digne de son nouveau rang. *Pour qui sonne le glas* avait eu un succès foudroyant, la cote de l'atelier atteignait des sommets, Josephine me confia que les commandes pleuvaient pour d'autres films. Deux autocars équipés de musique, de boissons et petits-fours nous transportèrent de Los Angeles à la vieille mission espagnole de San Juan Capistrano. L'église du XVIIe siècle était splendidement décorée dans le style mariage des beaux quartiers. Nous étions une centaine d'invités, personne ne me connaissait, personne ne s'intéressait à moi. Deux filles m'ont jeté un coup d'œil, mais je ne m'occupais que de Sal, prêt à bondir à son premier appel. Sal se contentait du reflet de la lumière. La fête devait être la sienne, mais sa mère et sa tante lui volaient la vedette ; j'ai compris que moi aussi je représentais un problème pour lui : j'étais un inconnu qui se montrait une fois par an et réclamait son affection.

Rosa et Josephine se déplaçaient entourées de leurs admiratrices, toutes voulaient savoir quel serait leur prochain engagement. Même Marc était chouchouté. Bien que son aspect physique ne l'ait pas aidé, il avait acquis la carrure d'un magnat : de son cabinet et des studios il avait élargi ses activités à la spéculation immobilière en accumulant les millions, en dollars naturellement. Peter ne lâchait pas Rosa d'une semelle. Plus d'un invité remarqua qu'ils formaient un beau couple, une dame décolletée comme à la plage voulut que je le confirme. Rosa ne fit rien pour moi, ça lui coûtait déjà de me présenter et de devoir expliquer qui j'étais. La réception fut un hymne à l'opulence sur la pelouse de la mission sous d'immenses parasols. Je me suis fourré dans un coin et j'ai été sage jusqu'à l'heure du retour à Los Angeles. Mon amour pour Sal et mon sentiment de culpabilité vis-à-vis de lui n'ont pas réussi à adoucir l'humiliation que m'avait infligée Rosa.

Je logeais dans la pension habituelle de Downtown. Siegel en fut scandalisé, mais il ne put pas me convaincre d'accepter son hospitalité. Pour me punir il m'imposa de le suivre à Las Vegas. Il était revenu au centre de la scène. Les journaux se l'arrachaient pour qu'il explique ses plans d'avenir quant à sa ville de contes de fées. Ben ne se faisait pas prier, on aurait dit qu'il était né pour ce rôle. Il expliquait qu'il était chanceux aux courses et qu'il avait repéré dans son propre monde les financements nécessaires à la réalisation de son rêve. Nous avons roulé dans le désert pendant des heures. À la fin du voyage nous avons trouvé un village plein de poussière, de cafards, submergé par d'énormes chantiers. Le plus imposant était celui du *Flamingo*. Virginia Hill circulait d'un air martial parmi les échafaudages, elle discutait avec les entrepreneurs de maçonnerie et les ingénieurs. Elle et Siegel auraient voulu de moi une bien plus grande participation, ils me mettaient sous le nez des plans et des projets, mais je n'y comprenais rien. En plus je n'arrivais pas à m'enthousiasmer pour un hôtel. Eux donnaient des ordres à des groupes bigarrés de paroissiens, ils traçaient des gribouillages rapides sur le papier glacé de dépliants chic. L'un de ceux qui avaient des rouleaux sous le bras a dit qu'il faudrait cinquante mille dollars avant le soir. Tu t'en occupes, a ordonné Ben à Virginia avant de m'entraîner boire une bière à l'auberge au fond du parking improvisé entre cactus et tas de tuiles cassées.

Un coup de téléphone à tante Bessie m'a poussé à avancer mon retour à Nuovaiocche : Sarah refusait de manger, elle faisait des caprices et appelait sa mère du matin au soir. J'ai pris l'avion pour la première fois. Avec une escale à Kansas City j'ai été chez moi en cinq heures.

J'ai passé le plus de temps possible avec Sarah. Elle voulait toujours que je lui parle de Judith, c'était son histoire préférée. Je devais recommencer chaque fois à partir du jour où nous nous étions connus dans le restaurant du gros Allemand, puis le soir où nous avions décidé de demander à la cigogne de l'apporter, puis les passions de Judith, les programmes de Judith, ensuite l'enfance de Judith. J'inventais les exploits qu'elle accomplissait avec les bons contre les méchants.

Les autres enfants du monde l'aiment? Pour Sarah c'était important que le dévouement de sa mère soit reconnu. Je l'en assurais et elle répliquait: mais moi je l'aime encore plus. Je sentais le besoin qu'elle avait de Judith et je ne pouvais que me désespérer. Elle demandait quand elle allait revenir, je donnais une date, elle voulait savoir ce que nous ferions ce jour-là. Le petit lac de Central Park où je l'ai emmenée la première fois qu'elle a accepté de sortir est devenu notre étalon. Je lui garantissais que nous ferions la fête dans un endroit encore plus beau.

« Maman y sera?

– C'est elle que nous fêterons, tu voudrais qu'elle n'y soit pas?

– Tu me le jures?

– Je te le jure. »

Je me suis rendu compte que la douleur est un vide qui ne se comble jamais.

Mais il y avait aussi ma mère. Au début de l'année 1944 j'ai reçu une lettre d'elle. Le service postal des amis fonctionnait de nouveau. Elle couvrait en des pages et des pages plus de deux ans de silence. Les destructions, la misère, la faim, les souffrances se mêlaient au miracle d'être tous vivants, à l'espoir de recommencer, aux enfants nés chez mes frères et mes sœurs. Ils tenaient grâce aux boîtes distribuées par l'armée américaine. Elle demandait à chaque soldat qu'elle rencontrait si par hasard il connaissait à Nuovaiocche le fameux pianiste Guglielmo Melodia, peut-être appelé Mino, mais elle tombait sur des ignorants qui ne connaissaient qu'un Italo-Américain avec un nom de Catane, Sinatra. La dernière distribution de boîtes avait été précédée d'une désinfection qui avait soulevé les protestations unanimes de la via D'Amico : le soldat qui n'avait entendu parler que de Sinatra avait pulvérisé un gaz toxique sur les hommes, les femmes, les vieillards et les enfants. Il devait servir à tuer les punaises et les puces, mais plusieurs personnes avaient été malades.

Ma mère demandait des nouvelles de Rosa, de Turidduzzu, de mes autres enfants éventuels. Et moi, comment j'allais ? J'avais progressé dans mon travail ? Elle terminait sur une question : je te reverrai avant de fermer les yeux ?

Cette question m'a fait prendre conscience des treize ans écoulés depuis ma fuite. Je n'avais réussi qu'à survivre. Le monde changeait, mais je semblais voué à être le bibelot auquel on peut renoncer en un clin d'œil. Je me sentais condamné à la solitude, incapable d'inspirer de l'amour. La femme que je croyais aimer m'avait lâché du jour au lendemain ; celle que j'avais aimée sans m'en rendre compte avait jugé que je ne lui convenais pas. Un enfant grandissait loin de moi, physiquement et humainement ; l'autre avait besoin du père que je ne serais jamais. Heureusement pour elle il y avait tante Bessie, sa famille, la communauté juive.

Naturellement je n'ai rien dit de tout ça à ma mère. Au contraire je lui ai parlé d'une Amérique qui à présent nous bichonnait moi et ma famille. Je lui ai écrit que l'établissement où je jouais était le premier de Nuovaiocche, qu'il s'appelait *Hollywood*, que dès qu'elle trouverait un soldat venu de Nuovaiocche elle pourrait se renseigner. J'ai menti sur Rosa et Sal, j'ai continué à me taire sur Judith et Sarah. Je lui ai annoncé que mes ennuis avec la justice étaient terminés grâce à l'aide fournie au gouvernement américain. Qu'on me portait aux nues et qu'après la guerre je ferais un saut à Catane avec Rosa et Sal.

On s'attendait en général à ce que la guerre se termine vite. Le débarquement de Normandie engendra la certitude erronée que la paix reviendrait avant Noël 1944. L'Amérique brûlait de recueillir les fruits de sa victoire et de cesser d'ensevelir ses trop nombreux jeunes hommes tombés chaque jour en Asie et en Europe. Albert Anastasia revint sur ses deux jambes. Il décida de rétablir la tradition de sa fête du 13 juillet et choisit le marché au poisson de Fulton dans le secteur des nouveaux bâtiments. Elle fit le plein de visages connus et haletants dans l'étau d'une chaleur accablante. Tous voulaient féliciter le sympathique Albert qui avait échappé à la mort comme le démontraient les décorations exhibées sur le revers de son veston. Quelle perte ç'aurait été pour l'Amérique si elle l'avait expédié sur la chaise électrique…

Anastasia était inhabituellement bavard et disponible. En Italie il avait appris *Mamma* et me l'a fait répéter à l'infini. Chaque fois il essuyait une petite larme. Puis il s'est rappelé la sienne de maman et a demandé *'E spingole frangese*. La vieille dame, au moins, m'a remercié.

Mais l'ours n'était pas le seul à avoir bénéficié de la guerre. Il a dit des merveilles de Genovese qui s'était placé auprès de Poletti en tant qu'interprète officiel. « Rendez-vous compte, il circule en uniforme avec une escorte de deux hommes de la police militaire en jeep. »

Adonis a fait remarquer : « Il n'y a que Vito pour avoir eu le culot de se mettre du côté de la loi. »

Costello, jusque-là taciturne et un peu ennuyé, est intervenu. « Nous sommes tous du côté de la loi, il s'agit seulement de qui l'interprète sans oublier ses amis et sa famille. »

Il y eut un ricanement général. Anastasia ajouta que Genovese représentait le résumé parfait de l'homme de respect. « Au milieu de l'hiver, les sbires de Palerme ont appris que dans les montagnes au-dessus de Montelepre un jeune hors-la-loi réglait ses affaires en se foutant des carabiniers et de la police. Il est venu à Vito la fantaisie de le connaître. Il a chargé ses amis d'organiser la rencontre. Il est allé en uniforme apporter la bénédiction de l'Amérique à ce garçon de vingt ans qui baisait régulièrement les autorités. À sa façon, Vito l'a enrôlé. En effet, les Miceli, les Albano, don Calò Vizzini de Villalba l'utilisent.

– Il est encore vivant ce petit? a demandé Moretti.

– Vivant? Il vit comme un pacha. Retiens son nom parce que nous en entendrons parler jusqu'ici: Salvatore Giuliano.»

De Bonanno à Gambino ce fut un roulement de questions sur comment était la Sicile, s'il avait vu ci et s'il avait vu ça, qui commandait à Palerme et qui à Trapani. Le plus curieux était Joe Profaci qui avait réservé sa place sur le bateau jusqu'à Lisbonne et allait débarquer à Palerme par la route africaine. Profaci invitait les autres à s'intéresser à la Sicile. Pour expliquer la hâte de ce voyage il affirmait: «On annonce des choses énormes. Il s'est créé un mouvement pour l'indépendance. Nous nous séparons de l'Italie, nous nous rattachons à l'Amérique. Si ça se passe mal, nous devenons les patrons de l'île; si ça se passe bien, nous proclamons l'indépendance. Nous pourrons finalement battre monnaie. Les nobles, les bourgeois propriétaires terriens et même ceux des loges maçonniques sont d'accord avec nous.»

Mais beaucoup regardaient Profaci comme on regarde un type qui a perdu la tête.

«Comment? Nous sommes dans l'avenir et tu veux nous renvoyer dans le passé?» Gambino avait un débit saccadé, il essayait de s'accoutumer aux costumes sur mesure qu'il se faisait faire dans Park Avenue, bien moins confortables que les vêtements déformés qu'il avait portés avant que ne lui tombe la manne des tickets.

«En Sicile, décréta Adonis, ils portent encore les chemises de flanelle, les pantalons de velours, les vestes de futaine. Ils s'habillent et se comportent comme s'ils étaient au siècle dernier. C'est tout dire.»

Après les pâtes au four avec des sardines, du fenouil frais, du fromage au poivre et aux pignons; après le pain de viande aux œufs durs, à la pancetta et aux petits pois maintenu par une ficelle, qui lorsqu'on essayait de le couper faisait gicler des éclats de tomate comme si c'était une grenade; après la friture du port; après les carafes de vin rouge gardé dans la glace; après les pommes de terre au four avec de l'oignon et de l'ail; après les cassates; après la liqueur de mandarine; après que tous eurent enlevé leur veste, leur cravate, ouvert leur chemise sur le maillot de laine et desserré la ceinture de leur pantalon, Costello fit un petit signe de la main. Dans son costume trois-pièces de soie strictement boutonné il avait l'air d'un mannequin. Le temps d'un éclair il y eut dans ses pupilles étincelantes l'ennui de fréquentations usées à la longue, mais les affaires sont les affaires. Haletants, le visage rougi, dans un crescendo de rots et de bâillements, les hommes entourèrent don Frank.

Le thème était les élections présidentielles de novembre. La décision de Roosevelt de se présenter pour un quatrième mandat avait enlevé toute saveur au défi. Les républicains avaient approuvé la candidature de Dewey, mais c'était une cause perdue. Ils protestaient en vain contre la république transformée en monarchie par un président qui allait régner pendant seize ans d'affilée. Les gens s'intéressaient exclusivement à la paix et avaient confiance en Roosevelt.

«Alors c'est bon, dit Anastasia. Nous votons depuis 1932 pour le paralytique, continuons.

– Ça n'est pas aussi simple, répondit Costello. Charlie suggère de subventionner Dewey, de lui faire obtenir quelques voix.»

Tous se regardèrent interdits. Chacun espérait que l'autre manifeste sa stupeur, qu'il demande quelle était la raison d'un tel choix.

«Mais si les démocrates le découvrent, ils nous le feront payer cher ensuite.» Moretti était l'image de la désolation.

Adonis répliqua: « Et nous, nous ferons en sorte qu'ils ne le découvrent pas.

– Facile à dire, commenta Gambino qui avait résolu son problème de costume en n'ayant plus que son pantalon.

– Le destin de Charlie est entre les mains de Dewey, dit Costello. En tant que gouverneur de l'État c'est lui qui doit signer le décret éventuel de mise en liberté. La sentence de la cour fédérale a ouvert une porte. Avec Roosevelt, Dewey perd à coup sûr, donc après la guerre il se montrerait ingrat avec son discret commanditaire ? Charlie n'a jamais demandé la nationalité américaine, Dewey pourrait s'en laver les mains et l'expulser comme indésirable...

– Il devra quitter le pays, dit Anastasia le visage éclairé à cette perspective.

– Pour le moment, répondit Costello. Ensuite on verra. »

Ils m'ont ordonné de me remettre à jouer. Gambino a demandé *Torna a Surriento*, mais Anastasia a de nouveau réclamé *'E spingole frangese* en l'honneur de sa mère qui allait être raccompagnée chez elle.

Comme prévu, Roosevelt l'emporta haut la main. Le silence se fit sur Luciano. Costello et les autres ne prononçaient pas son nom. Lansky avait espacé ses visites, Siegel ne bougeait plus de Los Angeles. Tout va bien ? C'était la question la plus fréquente. Tout va bien, la réponse d'usage. Mais je percevais des grondements sourds en provenance des entrailles du Volcan.

20
Le glas ne sonne pas pour moi

« Vito revient » ne fut pas l'annonce d'une victoire. Ceux qui détestaient Genovese, c'est-à-dire presque tous, en furent contrariés. Ceux qui se vantaient de ne pas le redouter furent surpris de lire qu'un sbire têtu de Nuovaiocche, et pas des plus importants, l'avait traqué en Italie jusqu'à obtenir qu'il lui soit livré. Les plus troublés furent les frères Mangano, qui déploraient la malchance d'avoir Anastasia comme sous-chef de leur famille. Vincent, le numéro un, cherchait des appuis pour se débarrasser de lui avant que celui-ci ne s'allie avec Genovese pour liquider les deux frères. C'étaient des détestations de vieille date, consolidées, qui faisaient l'objet de commentaires et de paris. Nous – je veux dire la piétaille de mon niveau ou de celui de Totonno –, nous étions tenus à l'écart, mais nous fréquentions des hommes de main pour lesquels le retour de Genovese menotté et ses conséquences éventuelles – morts, disparitions, avancements – constituaient le pain quotidien.

Sur la tête de Genovese étaient suspendus deux procès en mesure de le mener tout droit à la chaise électrique. Mais à peine don Vitone, comme l'avaient rebaptisé journaux et radios, fut-il descendu du bateau menottes aux poignets en adressant un beau sourire aux photographes, journalistes et cameramen qu'un des deux témoins à charge mourut mystérieusement en prison. Ce fut un déchaînement contre le pouvoir corrupteur des Italo-Américains. Costello se permit des vacances inhabituelles aux Caraïbes ; les autres se tapirent dans leurs propriétés. Pour moi rien ne changeait, d'ailleurs j'avais déjà mes fantômes à écarter.

On donnait *Pour qui sonne le glas* dans un petit cinéma près de chez moi. Je passais souvent devant et l'affiche avec Ingrid Bergman et Gary Cooper enlacés invitait à entrer, mais je m'étais fait un point d'honneur de ne pas voir le film. La critique le couvrait d'éloges ? Le public remplissait la salle depuis un an et demi ? Tant pis pour eux. Ils n'auraient pas mon dollar. J'éprouvais une colère sourde contre Rosa, j'enviais son succès, il me semblait que tout et tous avaient conspiré en sa faveur et à mes dépens. Je ne lui pardonnais pas de m'avoir surpassé, de donner à Sal ce que je ne parvenais pas à lui donner, moi. Son nom ne figurait pas sur les affiches, mais

Totonno et Dominick s'étaient empressés de me signaler que le nom Rosa Polizzi apparaissait dans le générique de fin. Vous êtes déjà divorcés ? Mais non. Alors pourquoi elle n'a pas mis Rosa Melodia ?

J'en ai eu marre des pâtes à la tomate et au basilic, des aubergines frites ; marre de l'état de l'appartement de Briggs Avenue qui avait besoin d'être rafraîchi mais dont le loyer avait grimpé à cent dollars ; marre d'économiser pour changer ma Ford Y moribonde qui me promenait depuis cinq ans. Bref, j'en avais marre de l'Amérique qui était toujours celle des autres et jamais la mienne. J'étais arrivé à l'âge où chaque année est une année de moins à vivre. Soudain, survivre ne me suffisait pas. Je regrettais les beaux jours sans passé ni futur. J'avais conscience de gaspiller mon existence, mais l'astuce avait consisté jusque-là à me le cacher. La musique elle-même était devenue source d'amertume. Se pouvait-il que tout le monde compose sauf moi ? J'ai renoncé à changer la Ford Y et j'ai acheté un Steinway remis à neuf par l'accordeur polonais qui me l'avait procuré. Placé juste après l'entrée de l'appartement, il a donné une autre atmosphère au séjour et il devait signaler à tous les visiteurs : Attention, ici réside un artiste.

Je me suis jeté à corps perdu dans la composition, cherchant désespérément à construire des morceaux. Penché sur les touches six ou sept heures, j'arrivais à l'*Hollywood* en ayant du mal à tenir debout. Peine perdue. Je n'appartenais même pas à l'honnête série B des musiciens.

Même l'Histoire conspirait contre moi. Les airs les plus écoutés étaient *Sepia Panorama*, *Concerto for Cootie*, *Cotton Tail* d'Ellington et quelques morceaux d'Armstrong, sorti de son long silence avec un concert au Metropolitan. Les chansons qu'il avait jouées ce soir-là avaient été rassemblées dans un disque qui avait relancé sa renommée. À l'*Hollywood* on me réclamait sans cesse *Basin Street Blues* et *Black O'Town Blues*. Pour me faire mal j'y ajoutais *Mahogany Hall Stomp* et *Perdido*

Street Blues. Je me mesurais ainsi chaque jour aux interprétations de ces deux géants. Au bout d'un mois je me repentais d'avoir gaspillé mon argent pour le piano, conscient de devoir me cantonner au coin des honnêtes artisans.

J'étais dans cet abattement quand un après-midi Annie a sonné. J'étais vautré sur le canapé, tout juste vaincu dans la énième bataille avec un talent que je ne possédais pas. Je puais la sueur et les idées noires. Je suis allé ouvrir au troisième carillon. Elle était là, élancée, intense, délicate. Elle avait largement dépassé les quarante ans et portait les cheveux courts devenus à la mode avec Ingrid Bergman. Elle avait le charme insaisissable de celle qui voudrait bien mais qui n'en a pas le courage.

Elle a murmuré: «J'allais m'en aller», en regrettant presque de ne pas l'avoir fait.

Je n'étais pas dans le meilleur état d'esprit, elle m'a tendu une assiette enveloppée dans du papier alu.

«Il reste une tranche du gâteau au fromage blanc que j'ai fait pour mes enfants... Je vous entends jouer du piano le matin et l'après-midi...» Elle était dévorée par l'embarras et par la peur de s'aventurer sur des chemins inconnus. «J'ai pensé qu'un peu de gâteau pourrait vous faire plaisir.»

Je savais qu'elle habitait dans les parages avec une nichée d'enfants déjà grands, mais j'ignorais son nom et ce qu'elle faisait. Je l'avais remarquée des années plus tôt poussant le landau d'un petit garçon que j'apercevais à présent le matin quand il montait dans l'autobus de l'école. Tous les 36 du mois, son mari agent d'assurances et moi échangions un salut de la tête.

Je lui ai proposé d'entrer.

«Je m'appelle Annie.»

Elle est restée debout et a regardé autour d'elle les meubles pas époussetés depuis longtemps, les objets pas à leur place, le désordre qui criait l'insatisfaction.

«Vous jouez vraiment bien.»

On ne me l'avait pas dit depuis des années. Rosa ne m'avait pas entendu jouer, Judith si, mais elle s'était bien gardée d'exprimer la moindre appréciation. Cette phrase a suffi à me rendre Annie sympathique. Je l'ai vue sous un autre jour: elle avait des jambes stupéfiantes et tout ce qu'il fallait au bon endroit.

Pour échapper à mon examen elle s'est assise dans un fauteuil. Ni l'un ni l'autre ne s'accordaient le droit d'entamer la conversation. Sa respiration gonflait son chemisier sur sa poitrine. Je lui ai finalement pris la main et je l'ai emmenée vers la chambre.

Annie a été madame Claretta, elle a été la Chère Ninon, elle a été la joie d'un accueil à la fois voluptueux et paisible, d'une reconnaissance qui s'exprimait par de petits gestes de dévouement, par une disposition à donner avant de recevoir. Elle était un cratère endormi depuis la création de l'Univers, sa sensualité se réveillait à nouveau. Il y a des choses qu'on n'oublie pas une fois qu'on les a apprises, il suffit de les réviser. J'ai été pour Annie l'occasion de la révision. J'avais déjà fait l'expérience que la présence d'un mari ou d'un fiancé m'excitait, mais là, en plus, il y avait elle, qui s'échappait du lit pour préparer tantôt le déjeuner de ses quatre enfants, tantôt le goûter. Certaines de nos séances étaient tellement intenses qu'elle n'avait même pas le temps de se laver.

Annie me traitait au lit comme un amant et hors du lit comme un fils. Elle prenait soin de la maison, reprisait mes chaussettes, préparait le rôti de bœuf avec des patates douces et de la purée de haricots, le gâteau au fromage blanc, la tarte aux pommes, la dinde farcie aux amandes, aux noisettes et au romarin. Elle avait convaincu son mari que pour remplir ses journées un peu vides elle avait accepté un travail de gouvernante chez l'artiste italien, celui qui est un peu renfermé, qui s'est fait plaquer par sa femme. Comme ça, disait-elle, je peux emporter tes chemises et les laver sans éveiller de soupçons.

Conforté dans mes pires instincts, j'ai abandonné la poursuite de tout objectif. La médiocrité m'a rattrapé.

Quand le parfum du printemps est descendu des arbres de Mosholu Park sur Briggs Avenue, ma passion pour Annie s'était épuisée tout comme la frénésie de composer. La redécouverte des petites commodités quotidiennes avait calmé mes ardeurs de tous ordres. Le désir d'être avec Sarah a dépassé celui d'être avec Annie. Elle s'est fait une raison. J'ai recommencé à me lever tard. Annie préparait le petit déjeuner, puis nous écoutions la radio ensemble. Nous le faisions ce midi-là quand le speaker, la voix brisée par l'émotion, a annoncé que Roosevelt était mort. Annie a versé des larmes silencieuses, et j'ai senti moi aussi que c'était la fin d'une époque. J'avais vécu dans l'Amérique de Roosevelt, je l'avais entrevu à la convention enflammée de l'hôtel *Drake*, je savais qu'il avait rendu quelques services à mes patrons. J'éprouvais à son égard des sentiments contradictoires. D'un côté je le considérais comme celui qui avait déclaré la guerre à l'Italie malgré le fait que six millions d'Italo-Américains avaient voté pour lui; de l'autre, il m'apparaissait comme l'homme de l'espoir, il l'avait été pour son pays, il l'était aussi à ce moment-là pour ma Sicile.

Je sentais que je faisais partie de cet espoir. Je pensais qu'en retournant dans l'île je résoudrais mes tourments existentiels. De toute façon Sal et Sarah grandissaient déjà sans moi. Je rêvais d'un succès professionnel qui me permettrait de venir les voir dans une nuée de dollars. Mes aspirations dépendaient toutefois de l'accord de Costello, d'Adonis, et surtout de Luciano. J'aurais souhaité demander conseil à Siegel, mais Ben ne quittait plus Los Angeles, cerné par les grondements de plus en plus menaçants du Volcan. Ils lui reprochaient de gaspiller des sommes qui ne lui appartenaient pas. Le *Flamingo* engloutissait des milliers de dollars par jour sans jamais se rassasier. Lansky avait recommencé à s'enfermer dans le bureau de Costello. Plus don Frank vieillissait et plus il s'accrochait à son statut d'homme d'affaires immaculé, membre des clubs sélects de Nuovaiocche, aidé par la rumeur qu'il avait joué au golf avec Truman, le successeur de Roosevelt. Lui se gardait bien de la démentir, sans pour autant la confirmer. Totonno, chargé de servir le thé l'après-midi, chuchotait que le boss n'avait plus la tête à ces choses-là, et il indiquait d'un geste les salles, les comptoirs, les tables, les objets, tout ce qui continuait à être notre monde. Totonno jurait que l'unique sujet des conciliabules entre Lansky et Costello était toujours le même : les financements prodigués à Siegel par les syndicats des amis.

C'était la fin de la guerre en Europe. On ne se battait plus que dans le Pacifique, l'invasion du Japon s'annonçait imminente, on faisait de sombres prévisions sur le nombre de morts parmi les jeunes Américains. Je devais moi aussi me battre chaque jour pour survivre. J'espérais en vain que le climat des festivités favoriserait la reprise de ces réunions chaotiques où on ajoute un pianiste comme on met de la ricotta salée sur les spaghettis à la tomate. Le salaire de l'*Hollywood* était devenu insuffisant. La modeste rémunération que j'obligeais Annie à accepter était une charge supplémentaire. Mais ce qui me pesait surtout c'était notre relation, or je n'avais pas le courage de supprimer la première avant de rompre la seconde.

J'ai donc accepté tout de suite l'invitation à dîner de Valachi : je te ferai essayer une autre grappa de Californie et nous parlerons de nos affaires. Qui étaient essentiellement les siennes. Joe cherchait un homme de confiance pour contrôler les mouvements à l'hippodrome Aqueduct. Il avait monté une écurie, deux chevaux s'étaient imposés dans des courses d'une certaine importance ; il avait en réserve un poulain de deux ans très prometteur et s'arrangeait avec les amis pour truquer les courses. Mais il n'était pas le seul. La suprématie des Italiens était fortement contrariée par des bandes de Portoricains et de Latino-Américains. Je devrais passer les après-midi entre la barrière et les piquets, surveiller les cotes des bookmakers, signaler les variations, miser au besoin sur un cheval pour en faire baisser la cote. Si gâteau il y a, tu auras ta part, a ajouté Joe.

Il me noyait dans la fumée de son cigare cubain, ce qui me rendait encore plus difficile de sortir de ce guêpier. J'avais besoin d'argent, bien sûr, mais je me voyais comme un artiste, je ne voulais pas m'abaisser au rôle de commissionnaire de Joe. L'ambiance de l'hippodrome me paraissait déshonorante. Quelle tête feraient Rosa et Sal s'ils l'apprenaient?

Valachi comprit aussitôt mon embarras. « Willy, au bout de dix ans tu es encore au milieu du fleuve. La rive qui te plaît s'éloigne, et la plus proche ne te paraît pas assez bien. Si tu ne te dépêches pas de décider, tu te noieras et personne ne prendra la peine de te lancer une bouée. Tu devrais avoir appris que dans notre milieu il y a deux qualités qui ne vont pas ensemble: l'intelligence et l'innocence. Ce serait comme vouloir manger ensemble du merlu et du pecorino au poivre. Tu en mangerais? Non, et les autres non plus. Si tu veux gagner un billet de cent dollars sans renoncer à l'innocence, tu es un crétin et tu ne le gagneras pas. Si, au contraire, tu es intelligent, tu renonces dès le départ à l'innocence et tu gagneras les cent dollars. C'est clair? »

Ça n'était pas de la suffisance de la part de Valachi. À sa façon il cherchait à m'aider, mais je continuais à ambitionner le succès et une respectabilité de façade, tandis que lui ne pensait qu'aux dollars et au luxe qu'ils permettaient.

« Écoute-moi, Willy. À New York tu ne décolleras pas du piano-bar de l'*Hollywood*. Tu ne peux que reculer. Ce qui s'est passé avec ton ex-femme t'a marqué. Ils ne te le disent pas en face parce que Luciano a demandé qu'ils te montrent du respect, mais j'ai entendu leurs commentaires derrière ton dos: Quelle lavette ce Willy Melodia pour s'être choisi pour femme la sœur d'une garce, putain en plus, et pour accepter d'être plaqué par-dessus le marché! Si tu veux réussir avec le piano, tu as une seule possibilité, retourner en Italie avec Luciano. »

Il vit à mon regard que je n'y comprenais rien.

« Tu ne sais pas qu'ils vont faire libérer Luciano ? »

Bien sûr que non.

Il m'expliqua qu'au début du mois de mai une requête avait été présentée à Dewey afin que la peine de Charlie soit suspendue pour services rendus à la marine des États-Unis. D'après Valachi, la requête avait été acceptée. Les metteurs en scène de l'opération étaient Lansky et Costello au niveau politique, et Polakoff au niveau juridique. L'avocat avait produit certains témoignages décisifs d'anciens officiers de la Naval Intelligence, prêts à jurer de l'importance de l'apport de Luciano.

« Le jour où ils le libéreront, ils lui mettront dans la main un aller simple pour Palerme, conclut Valachi. En Italie Luciano aura besoin de quelqu'un de sûr pour toutes les combines qu'il voudra sûrement monter. Qui ferait mieux l'affaire que toi ? Tu verras qu'il ouvrira des boîtes de nuit parce qu'il a appris qu'elles sont le meilleur moyen d'établir des contacts avec les hautes sphères. Tu pourrais devenir ce qu'est Costello ici. Contrairement à lui, tu as même un casier judiciaire vierge. »

Ça n'était pas tout à fait vrai. Valachi ne savait rien de Giaconia et de ma condamnation à dix ans. Mais Scamporino m'avait assuré qu'il avait tout mis en ordre.

L'idée m'a immédiatement séduit. Je n'en ai pas dormi de la nuit. Annie a bénéficié elle aussi de mon euphorie après une longue abstinence, avec moi du moins. Les journaux se chargèrent de me refroidir. La presse se déchaîna contre la grâce de Luciano. Comme Dewey passait pour totalement indécis, on interviewa des orphelins et des veuves de commerçants tués par les racketteurs afin de convaincre l'opinion publique que la libération de Luciano équivaudrait à une défaite du pays. Ça, pour les nouvelles de Nuovaiocche. Par ailleurs, de Catane ma mère m'écrivait que le désordre régnait : la police et les carabiniers s'enfermaient dans les casernes au coucher du soleil et mettaient le nez dehors à l'aube ; des édifices publics avaient été attaqués et incendiés ; le pain manquait deux jours sur trois ; les rumeurs les plus diverses couraient sur une future séparation de la Sicile et de l'Italie. Pour presque tout le monde via D'Amico, l'annexion par les États-Unis était chose faite. Comme nous devenons américains nous aussi, affirmait ma mère, ça devrait être plus facile pour toi de rentrer pour que je te voie avant de fermer les yeux.

S'il m'arrivait de penser à Sal et à Sarah, l'idée d'ouvrir un *Hollywood* à Taormina suffisait à effacer toute responsabilité envers mes enfants. J'étais réellement convaincu qu'ils grandiraient mieux si j'étais tout à fait absent, inaccessible, à dix mille kilomètres de chez eux. Mais surtout je ne voulais pas perdre l'ultime occasion de lire sur la grosse caisse *Willy Melodia et son orchestre*. Pour me faire pardonner j'ai dépensé une fortune en achetant trois petites robes à Sarah qui allait entrer à l'école primaire. Elles reçurent l'approbation enthousiaste de tante Bessie et de ses filles au dîner du vendredi soir, auquel j'avais été convié. J'avais appris par Judith que pour eux c'était un rendez-vous important. C'est précisément pour ça, je crois, qu'ils ne m'avaient jamais invité. J'avais été accepté par amour pour Sarah, mais je l'avais aussi un peu mérité. Tante Bessie savait qu'à ma manière je me mettais en quatre pour la petite.

J'avais pris une pause à l'*Hollywood* exprès. Je me suis donc présenté vêtu de noir. Oncle Ephraim, bardé de pied en cap pour la cérémonie d'action de grâces, s'est mépris et m'a fait des compliments sur le sérieux de mes intentions. Tante Bessie a levé les yeux au ciel pour dire de ne pas faire attention.

Après les prières, ils se sont tous employés à honorer la variété de plats appétissants. Presque soixante ans se sont écoulés depuis, et pourtant je m'en souviens comme si c'était hier. Vous comprendrez vous aussi parce qu'un dîner comme celui-là ne peut pas s'oublier, même si on vit cent ans…

Ça commençait par des quenelles de hareng, œufs durs et oignons hachés ; ensuite une carpe farcie, *gefilte fish* et radis, bortsch de viande et carottes au miel, poule rôtie avec des asperges, gratin de pommes de terre, bouillon de poule avec des gnocchi de farine et de légumes, oignons aux pruneaux, compote de pommes pour assaisonner ; on a fini avec un gâteau aux amandes et à l'orange, plus d'énormes plats d'abricots, pêches et pruneaux secs. Malheureusement ces merveilles n'ont fait que défiler sous mes yeux. Comme je devais retourner travailler je me bornais à goûter. Oncle Ephraim m'a d'abord reproché ma parcimonie, puis il s'est approprié ma part.

Au dessert tante Bessie a abordé le motif de ma présence : dans quelle école inscrire Sarah. Hébraïque ou catholique ? Traduit littéralement ça signifiait : Tu veux donner aussi à Sarah une éducation catholique outre l'éducation juive qu'elle reçoit de nous, sachant qu'elle fera son choix définitif quand elle en aura envie ?

Je n'ai pas hésité. J'ai répondu que je pensais que l'école hébraïque était la meilleure solution, celle que Judith aurait préférée. Naturellement, j'assumerais les frais.

Par habitude, tante Bessie a été émue, m'a embrassé et m'a appelé son fils. J'avais été sincère, mais pas désintéressé. Sous le prétexte du choix le plus logique, et pas seulement sentimental, je m'étais déchargé de mes obligations futures. Je confiais définitivement Sarah à la famille de Judith. J'avais fini par comprendre que ma spécialité consistait à aimer à distance les personnes que Dieu le Père mettait sur ma route.

J'ai presque lévité jusqu'à l'*Hollywood*. J'avais supprimé le dernier obstacle à mon retour en Sicile. J'avais déjà renoncé à Sal en me résignant à l'éloignement, à son indifférence. Tout était la faute de Rosa qui s'était enfuie. Je cherchais ainsi à prévenir tout remords.

Mais Luciano serait-il gracié ? Je n'osais pas en parler avec Costello, je devais me débrouiller avec les rares informations des quotidiens. L'affaire était reléguée à l'arrière-plan par l'attaque imminente contre le Japon. Les «jaunes» menaçaient d'être prêts au sacrifice massif plutôt que de se rendre. Aucun brave Américain ne se serait préoccupé de leur sort si celui-ci n'avait pas été inexorablement lié à celui d'un père, d'un fils ou d'un frère contraint à débarquer sur le sol nippon. Les semaines passaient, l'anxiété grandissait. L'Amérique vivait dans l'attente d'un événement dont elle n'avait pas la moindre notion. Certains l'appelaient miracle, d'autres, signe du destin.

Moi qui visais beaucoup moins haut je me serais contenté de la mise en liberté de Luciano. L'éventualité qu'il refuse ma proposition de le suivre ou qu'il choisisse carrément une autre destination que l'Italie ne m'effleurait même pas. J'ai exulté en lisant que son cas avait abouti au Parole Board, la commission chargée d'accorder la liberté sur parole.

Une lettre de Marc Thal me ramena sur terre: Rosa demandait le divorce. Compte tenu de l'accord que j'avais signé, je ne pouvais que m'incliner. Mais oui, qu'elle suive sa route, bien qu'elle ait probablement coïncidé avec celle de Peter qui me les cassait sérieusement; de toute façon Eleanor était apparue, la nouvelle fille du vestiaire de l'*Hollywood*. Elle venait du Michigan où, à l'entendre, elle avait mérité le titre de «joli cul en or». En tout cas elle avait aussi le reste en or. Avec le problème non négligeable du lieu à choisir pour la mise en valeur de tant de qualités. Briggs Avenue présentait le risque d'une Annie vigilante et je n'avais pas le cœur de la blesser d'une façon aussi éhontée. J'ai déniché un petit hôtel dans la 23e, le *Cornish Arms Hotel*. Nous sommes devenus si assidus qu'Eleanor s'y est installée pour économiser sa chambre dans une pension. Annie a quand même compris que j'avais autre chose en tête et en mains en retrouvant intact les repas qu'elle laissait sur la table. Je voulais probablement qu'elle s'en aperçoive et ma lâcheté innée priait pour qu'elle l'apprenne sans explications pénibles de ma part. En effet, elle a parfaitement saisi la situation. Un matin elle ne s'est pas montrée et ç'a été la fin. Il nous est arrivé de nous croiser dans la rue et d'échanger un bonjour à voix basse en regardant ailleurs.

Au *Cornish Arms Hotel*, Eleanor et moi nous étions fait apporter le petit déjeuner au lit. C'est le garçon du bar qui nous raconta stupéfait qu'une bombe spéciale appelée atomique avait été lâchée sur une ville japonaise. Personne ne pouvait imaginer ce que c'était et ce que ça représentait. Quand une autre fut larguée quelques jours plus tard avec pour conséquence la capitulation du Japon, l'exaltation fut irrésistible. On s'en fichait des morts civils, dont on parla d'ailleurs très peu. La paix sur le dernier front inspira la conviction que nous allions tous devenir meilleurs et plus forts. Beaucoup pensèrent que c'était aussi l'occasion de devenir plus riches. Les machines produites pour gagner la guerre furent destinées à la production d'argent. Le bien-être, l'opulence, les dollars de plus en plus nombreux de jour en jour s'incarnèrent dans la télévision. C'était la dernière invention et elle a révolutionné la façon de vivre.

Personne ne remarqua les feuilles jaunies qui se détachaient des arbres de Central Park. L'automne virait à l'hiver dans une succession de fêtes. Costello ouvrit les portes de sa villa de Sands Point pour consacrer l'absolution de Genovese. On porta des toasts obscènes au juge qui avait regretté en public de n'avoir pas pu l'envoyer sur la chaise électrique. Don Vitone était de nouveau parmi nous. Dans un festival de sourires et de serments d'amitié éternelle, beaucoup s'en inquiétaient. Bonanno manœuvrait avec diplomatie entre Genovese et Anastasia, venu pour se mouiller à peine les lèvres et repartir vers sa tanière. Moretti s'efforçait d'expliquer que pour trinquer tranquillement avec Genovese, il était conseillé d'avoir l'autre main sur son pistolet. Les frères Mangano approuvaient en ricanant: leurs hommes avaient confié qu'ils se préparaient à aller se coucher. Adonis s'activait dans le rôle inhabituel du modérateur en soutenant que

Luciano s'occuperait de contrôler les ambitions de Vito. Vous voyez le tableau.

Les Italiens pariaient à un contre dix que Luciano éviterait l'extradition. Le Parole Board avait recommandé au gouverneur Dewey de signer l'acte de clémence, sans préciser toutefois que Luciano, en application de la sentence de 1936, devait être expulsé immédiatement. Mais Adonis et ses amis échangeaient des clins d'œil: Charles avait dans sa manche l'as qui lui permettrait de gagner aussi cette partie. C'est-à-dire de rester en Amérique.

21
Papa tu es formidable

Mais Luciano perdit la partie. Il n'avait pas d'as dans sa manche, peut-être même pas un valet. Au début de février 1946 on l'emmena à Ellis Island attendre son embarquement pour l'Italie. On l'installa dans une petite pièce d'un bâtiment bas un peu à l'écart de l'édifice principal à travers lequel continuaient de transiter les nouveaux arrivants. J'ai poussé un soupir de soulagement. Je pouvais encore espérer dans mon plan secret rentrer à Catane.

Un après-midi venteux, Costello et Adonis me conduisirent sur l'îlot. C'était Luciano qui l'avait demandé. Nous devions garder la main sur notre chapeau pour éviter que les rafales l'emportent. Un bateau était arrivé d'Europe, des visages hâves et souffrants en débarquaient. C'étaient en grande partie des Juifs rescapés des camps d'extermination. Je souffrais pour eux, le souvenir de Judith me serrait le cœur. Des parents et des amis se pressaient derrière les barrières; certains étaient venus à tout hasard, sans aucune certitude de trouver la personne aimée. Des questions fusaient en allemand, en français, en langues incompréhensibles. Des noms d'hommes et de femmes étaient lancés, suivis de noms de villages, de villes, de régions. On parlait de terres qui avaient disparu comme leurs habitants. Je m'en souviens comme si c'était hier : un couple d'âge mûr montrait la photo d'une fillette, il expliquait qu'elle datait de 1935, elle s'appelait Rachel, elle était née en Bucovine, elle aurait une quinzaine d'années. Quelqu'un l'avait vue ? Savait quelque chose sur elle ? La photo passa de main en main, arriva au bout de la file et revint à son point de départ. Nom et visage inconnus.

Des hurlements de joie éclataient soudain suivis d'embrassades frénétiques et de larmes incontrôlables, des vieillards baisaient le sol, une joie capable de se transmettre même à de simples observateurs. On aurait dit la scène finale d'un film. Chaque retrouvaille donnait des forces à tous ceux, les plus nombreux, dont les recherches restaient vaines. J'ai eu l'espoir fou que Judith puisse se trouver là elle aussi. J'ai avancé et reculé, j'ai entrevu des profils, des parties de visages qui me donnaient le frisson : je m'en approchais avec anxiété, mais Judith n'était pas là. J'ai d'ailleurs appris qu'en règle générale la vie est un film qui n'a pas une fin heureuse.

Costello et Adonis apparurent une bonne demi-heure plus tard. Ils avaient fait un voyage dans le temps en visitant la grande salle d'entrée, l'infirmerie, la chapelle, le bureau de chemin de fer, les cabinets qui les avaient accueillis. Ils semblaient même émus en se souvenant de leur état d'esprit lors de cette journée qui remontait à quarante-cinq ans pour Costello et trente pour Adonis. Je les regardais un peu stupéfait : il y avait quelque chose d'enfantin dans leur évocation des sensations et des espoirs qui les avaient accompagnés. Ils eurent du mal à s'en détacher, mais Luciano n'aimait pas attendre.

Je l'ai trouvé amoindri. Il avait perdu son assurance d'appartenir à la race élue. Il n'avait pas encore cinquante ans et pourtant il avait l'air d'un vieillard. Ses yeux étaient devenus plus froids et ne promettaient ni accommodements ni compréhension. Il m'a donné la main, s'est informé sur ma musique, sur mes journées, sur l'école de Sal. Il a dit être content que Costello, à son tour, soit content de moi.

La pièce contenait le strict nécessaire : un lit, une armoire, une petite table, une cuvette. En attendant le dîner que devaient apporter du *Marechiaro* les serveurs d'Adonis, Luciano a voulu se promener du côté abrité d'Ellis Island, loin du remue-ménage des arrivées. Costello et Adonis se sont placés à ses côtés, je les suivais à trois mètres de distance, mais je ne pouvais pas m'empêcher d'entendre. Ils parlaient de Siegel. J'ai compris pourquoi il n'avait pas répondu au téléphone et ne m'avait pas rappelé depuis trois mois. Les chefs des syndicats étaient furieux : ils avaient déboursé plus de trois millions de dollars en plus des cinq du départ, mais on ne voyait toujours pas la fin des travaux. Les ingénieurs envoyés sur les lieux avaient rédigé un rapport catastrophique pour Siegel en contestant le projet et presque toutes les dépenses. En l'état, le *Flamingo* ne faisait qu'engloutir de l'argent.

Luciano s'exprimait sans hausser le ton, mais sa paupière droite tressaillait et ça n'était pas bon signe. Costello et Adonis ont écouté, impassibles, la longue tirade de Luciano contre Siegel et en faveur des commanditaires. Il y va de notre réputation, a conclu Luciano. Comme s'il avait ordonné « en joue » à un peloton d'exécution.

Adonis a esquissé une défense de Siegel. Ça m'a étonné. Ces deux-là n'avaient jamais perdu une occasion de se chamailler, mais face au danger Joe prenait le parti de son ancien compagnon de bravades juvéniles. Siegel, disait Adonis, est resté celui que nous avons connu dans les ruelles autour de la 1re Avenue. Il est né Bugsy et mourra Bugsy, un foutu dingue, teigneux, imprévisible, mais qui pour ses amis n'a jamais reculé.

Luciano s'est tourné vers Costello, mais Adonis ne s'est pas résigné : il faudra parler à Lansky pour qu'il le persuade de renoncer. Nous ne pouvons sûrement pas le livrer en pâture aux bêtes féroces du syndicat.

Luciano n'a rien dit, ce qui était pire que s'il avait parlé. Je tremblais pour Ben.

Costello est intervenu lui aussi. Il a déclaré que vingt-cinq ans plus tôt ils avaient accueilli Siegel parce que c'était Lansky qui l'amenait, et que vingt-cinq ans plus tard la situation restait la même. Il fallait être coulant avec Siegel, c'était un compagnon d'armes de longue date, on ne pouvait pas faire un tel affront à Lansky.

Luciano regardait l'infini. Il a gardé ce qu'il pensait pour lui. Il a dit: « C'est l'heure d'aller dîner. Joe, tes garçons sont arrivés avec les provisions ? »

Ils étaient arrivés. Ils avaient dressé la table dans une pièce nue, autrefois destinée aux entretiens. Ils avaient mis sur la table ronde une nappe et des serviettes en lin, des assiettes de porcelaine et des couverts en argent. Heureusement ce n'était pas un dîner de représentation mais de la grande cuisine : pâtes aux pois chiches, saucisses farcies de pecorino au poivre, d'ail et de tomate – œuvre du nouveau cuisinier palermitain du *Marechiaro* –, involtini d'espadon, cassate sicilienne qui aurait pu être sortie une minute plus tôt de la pâtisserie suisse de la piazza Duomo à Catane. Le vin venait réellement de Sicile, un rouge de Salaparuta expédié à l'essai par Poletti, l'ex-gouverneur civil, qui avait créé une société d'import-export avec une connaissance de Luciano et de Genovese dans l'île, Calogero Vizzini. Comme digestif il y avait le choix entre du whisky et un amaro de l'Etna. Personne n'a hésité : amaro de l'Etna. À la première tournée, Luciano a fait semblant de se rappeler ma présence.

« Alors, Willy, comment tu vas ?

– On ne se plaint pas, don Luciano.

– Et nous, nous voulons faire en sorte que tu ailles mieux… »

J'ai eu un instant l'illusion qu'il me proposait de le suivre en Italie. Mais rien qu'un instant.

« Nous avons décidé de te confier l'orchestre du *Flamingo* quand Siegel se décidera à le terminer. »

Costello et Adonis ont souri pour exprimer leur appréciation et les petits yeux de Luciano se sont fixés sur moi. Je devais manifester de la joie et de la reconnaissance. J'étais glacé à l'intérieur: la Sicile et Catane j'allais les revoir en carte postale.

« Nous devons déduire que la joie a ôté la parole à notre pianiste », a dit Adonis.

J'étais complètement perdu. J'avais peur de gaffer quoi que je dise. À deux pas du rêve de ma vie – lire *Willy Melodia et son orchestre* sur la grosse caisse de la batterie – mille peurs m'envahissaient. Je me suis exclamé: « Je ne sais pas si je suis à la hauteur. » J'étais sincère.

Costello a dit: « Nous avons entendu braire tellement de ces ânes qu'un de plus n'abaissera pas la moyenne. »

Je suis resté figé.

« Willy, je plaisante. Tu seras très bien. Si nous n'étions pas sûrs que tu es à la hauteur, don Luciano ne te l'aurait pas proposé. »

Adonis a ajouté: « Ça n'est pas le genre de plaisir que nous faisons. Sans commentaire.

– Siegel est d'accord ?

– Il le sera quand nous le lui ferons savoir, a répondu Luciano. D'ailleurs, vous deux, vous n'étiez pas comme cul et chemise ?

– Mais le cul, qui c'était? » Le rire d'Adonis a donné le signal de la récréation.

Sans attendre ma réponse ils se sont mis à parler de femmes, de concessions, d'adjudications immobilières, de qui les républicains pourraient présenter contre Truman aux élections de 1948. Je restais tiraillé entre l'orchestre du *Flamingo* et la Sicile. D'un côté le rêve devenu réalité, de l'autre les avantages d'un choix que j'avais cru définitif jusqu'aux cinq dernières minutes.

Le même bateau qui nous avait déposés à l'aller nous a embarqués pour le retour. Chacun suivait son idée, personne n'a ouvert la bouche jusqu'au débarcadère. Trois jours durant je me suis creusé la cervelle : me confier à Costello ou m'adapter à une existence déterminée comme toujours par les autres. Je me suis laissé éblouir par les feux de la rampe, par le goût de la revanche sur Rosa – tu grimpes à Hollywood, moi je grimpe dans la ville des contes de fées –, par mon inaptitude à nager à contre-courant : j'irais à Las Vegas ; Siegel et moi nous ferions un tabac, nous exercerions un droit de cuissage, ça formerait les aspirantes à la célébrité.

Costello m'attendait dans sa Lincoln de représentation. C'était le deuxième modèle du constructeur, celui qui était destiné à entrer dans l'Histoire et au Metropolitan Museum. Costello l'exhibait comme la consécration de son statut, moins par son prix, dans les cinq mille dollars, que par tout ce qu'elle sous-entendait, de l'élégance au snobisme.

J'ai pris place dans la Lincoln parce que Luciano voulait me voir avant de partir le lendemain matin pour Gênes. Le port ressemblait à un champ de bataille. Une centaine de reporters, de photographes, de journalistes de radio et de télévision se pressaient pour entrer. Mais ils étaient défiés, dix mètres devant eux, par les dockers, les manœuvres, les ouvriers aux ordres des Anastasia. Plusieurs tournaient dans leurs mains un crochet, une barre de fer, un marteau ; on comprenait qu'ils n'auraient aucun scrupule à s'en servir si les représentants de la presse essayaient d'avancer. Les chefs du port sautillaient entre les deux lignes, incapables de trouver une solution, un saint auquel faire appel. Nous avons été bloqués nous aussi, nous avons dû descendre de voiture. Costello a eu un soupir d'agacement, mais immédiatement quelqu'un s'est approché. Nous avons été escortés au-delà du premier barrage, le second s'est ouvert encore plus vite que les jambes de certaines femmes de ma connaissance.

Nous avons flâné avant d'aller au quai 7. Un gros cargo y était amarré, le *Laura Keene*, chargé de farine à destination de l'Italie, avec quelques cabines de passagers. Dans l'une d'elles était enfermé Luciano pour ses dernières heures sur le territoire américain. Adonis et Lansky étaient déjà montés à bord accompagnés d'une foule d'anges gardiens se faisant passer pour des membres des syndicats du port. Ils avaient apporté les malles de la garde-robe de Luciano. Comme il n'avait jamais possédé de logement, ses costumes, chemises, chaussures, cravates et pardessus étaient les seuls objets dont Luciano ne voulait pas se séparer. Ils avaient également apporté le dîner du *Marechiaro*, mais en l'honneur de Lansky on avait préparé un menu classique, rien de sicilien, filets de sole et poulet chasseur. Nous avons mangé serrés dans la cabine. Luciano était sombre, silencieux. Les autres l'ont imité. Mais Lansky continuait d'être un degré au-dessus du commun des mortels et il a demandé à Luciano s'il avait parlé à Siegel. Le non de Luciano a été éloquent, mais Lansky a poursuivi imperturbable : il avait fait un saut à Las Vegas, le *Flamingo* poussait superbement et pourrait être inauguré dès juin.

J'ai des informations différentes a été la réplique sèche de Luciano. Puis il a dit qu'il allait regarder les lumières de Nuovaiocche. Il m'a demandé de l'accompagner.

Sur le pont, le froid nous cinglait ; une brume dense s'interposait entre nous et les quartiers du Lower East Side.

« Le matin où je l'ai vue pour la première fois, a dit Luciano, cette ville m'a paru laide, et elle n'est sûrement pas belle ce soir. Elle me manquera quand même davantage que toutes les femmes que j'ai eues. »

Pour moi, Nuovaiocche n'était ni belle ni laide, elle était unique, cependant j'aurais pu l'abandonner en dix minutes.

Luciano s'est tourné vers moi. « J'avais pensé te faire un cadeau en te proposant le *Flamingo*. Mais l'autre soir ton expression m'a dit le contraire… »

Je me suis jeté à l'eau. « J'espérais retourner en Italie avec vous.

– Tu as la nostalgie ?

– Je préfère n'être rien et personne chez moi plutôt qu'ici.

– Tu te trompes. Ici tu as toujours une chance, là-bas, même pas quand tu nais.

– Mais qu'est-ce que je peux faire ici ? Nuovaiocche me plaît, j'y suis bien, je la regretterai probablement une minute après en être parti, mais sans argent on s'y sent encore plus bête qu'on n'est. Vous m'avez dit il y a longtemps qu'être pauvre en Sicile et être pauvre en Amérique c'est complètement différent. Mais être malheureux en Amérique et être malheureux en Sicile c'est complètement différent aussi. »

Luciano tambourinait sur le bastingage. J'ai eu l'impression qu'il marquait les secondes dont je disposais.

J'ai continué. « Ici, on est malheureux seul, en Sicile on est malheureux au milieu des autres. On est davantage protégé. Vous me comprenez…

– C'est une question d'argent ? De femmes ? Quelqu'un t'a manqué de respect ? Ton fils a pris parti pour ton ex-femme et ne veut pas te voir ?

– Don Luciano, le vrai problème c'est moi. Je ne suis rien, je reste toujours à mi-chemin de tout. Autant retourner chez moi, je réussirai peut-être le coup de l'artiste qui revient après ses grands succès internationaux.

– On me dit que tu es très fort au piano. Frank est content de toi. Si je ne t'avais pas proposé le *Flamingo*, il avait décidé de t'envoyer à la Nouvelle-Orléans pour diriger l'orchestre de son nouvel établissement, le *Beverly Club* il me semble. »

Je m'étais trouvé bien à la Nouvelle-Orléans, les créoles me plaisaient, mais je serais l'envoyé des amis de Nuovaiocche dans le territoire de Carlos Marcello. Je l'avais vu une fois, ça m'avait suffi.

« Écoute ce que je te dis, Willy. »

Luciano a allumé une cigarette, la petite flamme de l'allumette a éclairé une expression dure. C'était comment la phrase de Moretti à Dorsey ? Je te fais une offre que tu ne peux pas refuser… À mon tour j'allais entendre l'offre qu'on ne pouvait pas refuser. J'ai anticipé.

« Don Luciano, de toute façon je ferai toujours ce que vous jugez être le mieux.

– Essayons avec le *Flamingo.* Dorénavant, même les mariages ne sont pas des contrats à vie, alors un engagement… Ça peut être une bonne chose pour toi et pour moi. Tu auras un orchestre sous tes ordres et je ne veux même pas penser à tout le bastringue qu'il y aura autour : chanteuses, danseuses, choristes. Attention à ne pas semer trop de petits Melodia. Tu connaîtras des mondes nouveaux. Las Vegas est près de Los Angeles, qui représente le cinéma… En un rien de temps tu te retrouves dans un film avec Fred Astaire et Ginger Rogers. Quelqu'un comme toi, les femmes de Hollywood le dévorent tout cru. Évite seulement de les épouser. Pendant que tu t'amuseras, jette un œil pour moi. Je serai loin, probablement pour toujours, j'aurai besoin d'amis sûrs. Je sais que tu seras mes yeux. Si l'essai ne marchait pas, il sera toujours temps de changer. »

Luciano m'a tapé sur l'épaule.

« À vos ordres, don Luciano.

– Tu veux prendre des vacances ? Faire un saut en Italie ?

– Si j'y vais, je pourrais ne pas revenir.

– Reste ici. »

Luciano a lancé violemment sa cigarette par-dessus le bastingage. « Rentrons parce que voir New York d'ici me met encore plus en rogne. »

La soirée s'est achevée dans le silence. À neuf heures Lansky a suggéré de quitter le bateau pour permettre à Luciano de se reposer. Ils se sont donné une accolade très formelle, mais j'ai eu droit à une petite tape sur le bras et un clin d'œil de Luciano. Sur la passerelle j'ai eu du mal à contenir mon émotion. Je savais que Charlie n'était pas le meilleur des hommes, mais il n'était pas non plus le pire. Comme tout un chacun il avait aspiré à un avenir meilleur et pris une route qui n'était pas la plus droite, mais j'ai vu des sénateurs, des députés, des juges, des industriels, des maires, des pétroliers faire la queue pour lui serrer la main. Charlie aurait réussi quel qu'ait été le secteur où il se serait aventuré, mais on ne lui avait pas donné la possibilité de choisir. Il avait suivi la seule voie ouverte à un jeune catapulté dans le Lower East Side pour échapper à la misère et à la marginalisation de la Sicile du début des années 1900. Il y a quelques années, *Time*, je vous l'ai dit, l'a inclu parmi les géants du XXe siècle. Il y a bien une raison.

Avant que son bateau ne lève l'ancre, Luciano avait dû se souvenir de moi. Deux jours après son départ, Adonis me proposa de jouer tous les jours à midi au *Marechiaro*. Outre les pourboires, la rémunération serait la même qu'à l'*Hollywood*. Le restaurant avait une clientèle de gens riches. Les hommes étaient les plus nombreux, mais les femmes – futures carriéristes, belles dames qui s'ennuyaient, combattantes de la vie – dictaient le goût. Et le goût de ces mois-là était à Frank Sinatra. Quand j'essayais de placer un petit morceau d'Armstrong, Adonis me fusillait du regard. Frank faisait fureur avec *I Fall in Love Too Easily* et *The Charm of You*. En trois heures il m'arrivait de les jouer quatre, voire cinq fois. Ces chansons ne figuraient pas parmi ses interprétations les plus réussies, mais c'était lui qui s'imposait; dames et demoiselles fondaient à sa vue et à sa voix. Au *Marechiaro*, à côté des notes son fantôme suffisait.

Glenn Miller aussi avait beaucoup de succès. Quiconque avait eu affaire à la guerre réclamait *Moonlight Serenade* ou *Chattanooga Choo Choo*, ou *In the Mood*. Pour les Américains la musique de Miller constituait la bande-son du conflit, il incarnait l'espoir de jours heureux. Pour certains ils sont vraiment arrivés, mais pour beaucoup il n'est resté que la nostalgie de cet espoir.

Au *Marechiaro* Costello avait la table du coin. Entre avant et après le déjeuner il perdait au moins une heure pour accorder un signe de tête distrait ou une poignée de main réglementaire à tous ceux qui en attendaient. Au moment du café

Adonis s'asseyait avec lui. Siegel ressortait de leurs commentaires comme le cochon le jour de sa fête. Bien qu'il ait défendu Ben devant Luciano, Adonis affirmait que son cerveau s'était ramolli : il ne répondait pas aux sollicitations de ses amis, les envoyait tous se faire foutre avec mères et sœurs. Costello conservait des rapports étroits avec Lansky, le seul que Ben écoutait, mais de l'avis de don Frank lui aussi avait du mal à s'imposer.

Sur la voix de Sinatra et les notes d'*Over the Rainbow*, février et mars s'écoulèrent, avril s'acheva. En mai une équipe d'ingénieurs fut dépêchée de Nuovaiocche à Las Vegas. À leur retour ils déclarèrent que l'avancement des travaux s'était conclu en réalité par un recul. Des zones entières du *Flamingo* avaient été abattues, refaites, abattues de nouveau sur un caprice de Ben ou parce que Virginia Hill n'était pas satisfaite. Costello dit à Adonis que les chefs des syndicats ne voulaient rien entendre et exigeaient la restitution des huit millions de dollars plus cinq ans d'intérêts. Et Luciano ? demanda Adonis. Ah, Luciano se la coulait douce à Lercara Friddi, son village natal dans la province de Palerme. Il avait été accueilli par la fanfare et le maire avec l'écharpe tricolore ; on l'avait promené en voiture découverte, c'était à qui le chouchoutait le mieux, lui rappelait le plus d'épisodes de son enfance. À la fin Luciano s'était montré au balcon de l'hôtel de ville et avait reçu une ovation interminable.

À Catane on ne m'aurait pas réservé un tel accueil.

Charlie avait délégué Costello pour l'affaire *Flamingo*, mais don Frank affirmait qu'il s'en serait passé. Ça ne lui plaisait pas de devoir traiter avec les syndicalistes, il pensait que sa réputation et sa respectabilité risquaient de s'en ressentir. La priorité était de récupérer les financements accordés à Siegel. Faute de quoi, le lui faire payer.

J'ai été tenté de joindre Ben, mais je craignais qu'il n'ait été mis sous étroite surveillance, que son téléphone soit sur écoute. Je trahissais peut-être une amitié, mais je ne pouvais pas me trahir moi-même, et surtout pas Sarah. Elle avait déjà perdu sa mère; qui veillerait sur elle si elle perdait aussi son père? Tante Bessie et ses filles lui assuraient affection, chaleur et solidarité, mais c'était moi qui payais les factures, seule garantie pour Sarah. Quelquefois j'allais la chercher l'après-midi à l'école hébraïque de la 46e. L'institution était logée dans un petit immeuble du XIXe siècle. Il était le seul à échapper aux grandes réfections qui rendaient l'Upper East Side encore plus élégant. Les dollars circulaient comme le sang dans les veines. Les habitants de Nuovaiocche commençaient à s'apercevoir que la guerre les avait enrichis. Ils contractaient joyeusement des dettes, convaincus de pouvoir les rembourser grâce à l'augmentation de leurs gains. À l'*Hollywood* la consommation de champagne doubla, le caviar entra dans le menu à titre permanent. Le spectacle le plus étonnant était celui des avions qui volaient parmi les gratte-ciel avant d'atterrir à l'aéroport de la ville dans le Queens.

Sarah ne demandait plus quand Judith allait revenir, quand elles se reverraient, mais elle ne se lassait pas d'apprendre quelle était sa couleur préférée et sa plus belle robe, les chansons que nous jouions à Boston et les films qu'elle aimait. Je lui ai donc raconté cet après-midi du 1er septembre où Judith et moi avions vu *La Chevauchée fantastique.* Elle m'a arraché la promesse de l'emmener le voir quand le film passerait de nouveau.

Tu ne joues pas pour moi? Cette fois Sarah ne s'est pas contentée d'une promesse, elle a exigé du comptant. J'ai temporisé pendant deux samedis, le soir du troisième je l'ai emmenée à l'*Hollywood* sous les protestations d'oncle Ephraim et le regard perplexe de tante Bessie. Nous sommes convenus que les cousines de Judith viendraient la chercher vers dix heures. En demandant la permission à Costello je lui avais dit qu'il s'agissait d'une manœuvre, qu'elle était la fille d'une femme que je voulais séduire. À ma façon, je cherchais à protéger Sarah du milieu dans lequel je vivais. Et pourtant c'était Rosa, et non Judith, qui m'avait reproché mes fréquentations.

Don Frank a reçu Sarah à l'entrée avec un petit bouquet de jasmin et une boîte de chocolats. Les serveurs, les serveuses sont venus lui faire une caresse, lui dire un mot gentil; Dominick lui a préparé un cocktail à base de sirop de fruits, Totonno lui a donné un gâteau fait par sa femme; Eleanor, avec qui la passion s'était épuisée en deux mois et qui allait retourner dans le Michigan ouvrir un snack à Detroit, lui a fourni un petit fauteuil. Les mains croisées sur les genoux, Sarah a attendu.

J'étais beaucoup plus ému qu'elle, qui avait reçu les attentions et les cadeaux avec le naturel d'une star consommée. J'ai commencé par les morceaux que sa mère et moi avions joués à Boston, presque tout du jazz. Puis j'ai abordé les chansons de Lucienne Boyer, qui faisaient à présent partie de mon répertoire: *Un amour comme le nôtre, Mon cœur est un violon, Parlez-moi d'amour, Sans toi*, plus la dernière, la plus belle, *Que reste-t-il de nos amours ?*, bien que, sans sa voix, la moitié de la magie ait été perdue.

Sarah m'a fait signe de m'approcher.

Elle m'a chuchoté: «Papa, j'ai déjà entendu cette musique...»

Je m'en souviens comme si c'était hier. J'ai d'abord tremblé, puis mon estomac s'est noué. Alors j'ai raconté à Sarah la soirée dans la salle de la 44e à côté du Little Theatre, quand sa mère avait voulu écouter les chansons poignantes de Lucienne Boyer pour les lui faire aimer à elle aussi qui était dans son ventre. Je lui ai raconté aussi que Judith avait dit: «Qui sait si ma fille aura la chance de les entendre...» Le petit miracle s'était produit. Je me sentais remué jusqu'au tréfonds.

Les clients de neuf heures furent étonnés de trouver une petite fille très élégante et toute sérieuse installée près du piano. Sarah reçut d'autres compliments, d'autres caresses. Mais ses paupières commençaient à se fermer. Les cousines passèrent à dix heures pile. Sarah me donna un baiser sur les joues. «Papa tu es vraiment formidable, j'ai compris maintenant comment tu as fait pour conquérir maman.»

Vers la fin de l'été le *Flamingo* devint clairement l'objet de tous les mécontentements. Les amis étaient en proie à une agitation grandissante. Ils mirent même fin aux discordes internes. Genovese prit l'habitude de déjeuner au *Marechiaro*, c'était un prétexte pour avoir Adonis à l'œil et connaître en avant-première les décisions éventuelles de Luciano. Mais Charlie se taisait, aucun conseil ne parvenait de la lointaine Italie. Adonis bouillait de colère, bien que lui n'ait pas investi dans la ville des contes de fées. Costello le soupçonnait d'avoir conclu un pacte avec ceux du syndicat, un pourcentage sur la récupération des créances. Entre deux bouchées de timbale de riz aux boulettes de viande, œuf dur, petits pois et pancetta, Genovese évoquait leurs exploits dans les rues où ils avaient grandi. La conclusion était immanquablement un méfait de Siegel. « Nous aurions dû déjà être prévoyants à l'époque. Une belle balle dans la tête et aujourd'hui nous n'aurions pas tous ces problèmes. Mais Charles avait des scrupules : qui l'annoncera ensuite à Meyer ? Et maintenant qui va l'annoncer aux syndicats ? »

Bien que larvée, c'était tout de même une critique contre Luciano, et personne ne s'en était permis jusque-là. Je me demandais ce que j'allais devenir. L'orchestre du *Flamingo* était devenu un mirage tout comme celui de l'*Hollywood*. Je devais me résigner, la grosse caisse sur laquelle écrire *Willy Melodia et son orchestre* n'avait pas encore été fabriquée et ne le serait sans doute jamais. Mais il se passait autre chose. Il se passait qu'avec le départ de Luciano la première opposition contre lui se constituait. J'étais le maillon le plus faible : dans les bonnes grâces de Luciano, mais exposé au premier souffle de tempête. Je suis donc retombé dans mes humeurs sombres, de quand je refusais de voir plus loin que la nuit présente. J'avais eu la naïveté d'écrire à ma mère que nous nous reverrions peut-être dans l'année, et elle avait décidé que j'arriverais via D'Amico pour Noël. À en croire sa lettre, j'étais attendu par mes frères, mes sœurs, mes beaux-frères et belles-sœurs, mes neveux, mes oncles, tantes, cousins, des amis que je n'avais jamais eus, les voisins, et Marietta aveugle d'un œil. D'après ma mère, les rares qui se souvenaient de moi et ceux, nombreux, qui ignoraient qui j'étais mouraient d'envie de me revoir. Je lui ai répondu que les démarches traînaient.

Au fond je n'avais pas menti. Costello venait de me demander un service, il avait employé ce terme. Je devais me rendre à Los Angeles pour y voir Siegel en cachette. La raison en était simple: Costello pensait que Lansky, par excès d'affection, n'avait pas démontré de façon assez convaincante à Ben qu'il jouait avec le feu. Il pensait aussi que Luciano avait perdu patience. Mais si Siegel paie le prix de ses folies, m'a expliqué Costello, Lansky peut rompre avec Luciano, ce qui signifierait en ce moment ouvrir la voie aux ambitions sanguinaires de Genovese et d'Anastasia. Par conséquent il faut que quelqu'un en qui Siegel a confiance – il a confiance en toi, pas vrai Willy? – lui dresse un tableau exact de la situation et le persuade de téléphoner à Luciano ou à quelqu'un des syndicats en annonçant qu'il fera un pas en arrière.

Costello espérait sauver temporairement la vie à Siegel. Ensuite, quand la tempête se serait calmée, il essaierait de le faire accepter de nouveau.

Willy, tout dépend de toi.

On me payait la chambre à l'*Ambassador*, le billet d'avion avec consommation de boissons alcoolisées, et la semaine que j'allais passer à Los Angeles était considérée comme une semaine de travail. Officiellement j'allais voir mon fils. Époustouflé par une telle marque de confiance, je n'ai pas avoué à Costello que depuis des mois je ne téléphonais à Sal que si j'étais sûr de ne pas tomber sur Rosa, pour éviter de lui accorder le divorce. Marc Thal m'avait déjà envoyé deux lettres de relance, et dans la dernière il menaçait de recourir au tribunal pour me déchoir de mes droits paternels.

J'ai décidé de profiter de mon voyage pour régler les comptes avec Rosa, puisque de toute façon je devais lui accorder le divorce. Je lui ai téléphoné pour qu'elle fasse préparer les papiers. Elle a répondu, glaciale jusqu'au bout. Quand j'ai demandé à voir Sal elle m'a dit que du lundi au vendredi il était très occupé par l'école, et le samedi et le dimanche par le base-ball. Il avait été nommé capitaine de l'équipe de sa classe. Le base-ball ? J'étais pétrifié. Le jeu le plus ennuyeux de la terre… Mais c'est toi qui lui as offert le maillot de Joe DiMaggio, a répliqué Rosa.

En somme, avec Sal, quoi que je fasse ou ne fasse pas, j'avais toujours tort.

J'ai trouvé Los Angeles détestable, vraiment détestable. Il y avait au moins vingt degrés de plus qu'à Nuovaiocche et une poussière fine s'élevait du désert pour entrer tout droit dans la gorge des étrangers. Thal avait son cabinet dans Wilshire Boulevard, à deux pâtés de maisons du restaurant où nous avions déjeuné lors de ma première visite. Il a suffi de quelques minutes et cinq signatures pour dissoudre notre union controversée. Rosa était divorcée, elle pouvait épouser son Peter. Mais pas à l'église. Ç'a été mon amère revanche.

Une grosse voiture noire avec chauffeur a déposé Sal devant l'*Ambassador*. L'école lui avait donné une permission de deux heures. Il était très beau, très grand, bien bâti ; on lui aurait donné seize ans, il allait en avoir treize. Il était en gris, il portait la cravate de son établissement, et son écusson sur sa poche de poitrine. À table il s'est comporté en petit prince ; avec moi il a été parfait comme pouvait l'être un étranger bien élevé. Il parlait l'anglais que débitaient parfois les ambassadeurs et les dames chic de l'*Hollywood*, tellement impeccable que j'avais du mal à saisir certaines phrases. Si je laissais échapper un mot en italien ou, Dieu m'en garde, en sicilien, il écarquillait ses grands yeux, identiques à ceux de Rosa, pour me dire : « Sorry, father, I don't understand… »

Moi, je comprenais qu'il était là par politesse, pas par affection. Autrefois j'avais été son père, à présent, à peine plus qu'un inconnu. On lui avait appris que ç'aurait été indélicat de refuser de me voir. Il s'acquittait de sa tâche.

J'ai senti que je pouvais seulement le libérer de ma présence. Par un heureux hasard, le chauffeur était resté à l'attendre devant l'hôtel. Sal est rentré à son école avant la fin de ses deux heures de permission avec en poche une enveloppe de cinq cents dollars. C'était mon cadeau pour ses treize ans. Ses yeux avaient brillé devant les cinq billets de cent. Ils avaient représenté mon seul succès de cette entrevue. Une générosité qui ne m'avait d'ailleurs pas coûté d'effort. Grâce à l'engagement d'Adonis je traversais une période de grandes disponibilités. En y repensant, je n'ai plus jamais eu autant d'argent que pendant cette période-là.

Avec Siegel ç'a été aussi un fiasco. Ben semblait introuvable, du moins pour moi. Il n'était finalement pas à Los Angeles, il n'était pas à Las Vegas non plus. Aux numéros que je possédais, des voix de domestiques mexicains répétaient le même refrain en espagnol: «Je regrette beaucoup, mais monsieur Siegel n'est pas là.» Ça devenait monotone.

Hé Ben, c'est moi, ton ami Willy. Je suis ici pour protéger tes fesses, rappelle-moi, c'est important... Voilà ce que j'aurais voulu lui dire.

Je suis allé en taxi aux adresses que je connaissais. Sa femme et ses filles avaient disparu du petit château. J'ai avisé Costello. Sa respiration lourde communiquait l'impuissance, la résignation.

«Tu penses qu'il y a encore quelque chose à faire pour le contacter?

– Une annonce dans le journal.» Soudain j'ai eu peur d'avoir manqué de respect. «Non, don Costello, je ne vois vraiment pas ce que nous pourrions encore inventer. Je crois que Siegel a appris que je le cherche, mais qu'il ne tient pas à me voir, ou carrément qu'il n'a plus confiance en moi. Je resterai si vous voulez, mais il me semble que ça serait gaspiller du temps et de l'argent.

– Alors reviens. D'ailleurs il y a du nouveau… »

J'ai vite su quoi : je devais rejoindre Luciano à Cuba. En exhibant un passeport italien délivré par la police de Palerme, au nom de Salvatore Lucania, Charlie avait voyagé de Rome à Rio de Janeiro, Mexico et La Havane. Il avait été accueilli sur la piste de l'aéroport avec des fleurs et de la musique par Meyer Lansky et les deux Italiens les plus en vue de l'île, Amedeo Barletta et Amleto Battisti, qui représentaient hôtels, prostitution, jeux de hasard, importation de médicaments et exportation de sucre. Luciano s'était d'abord établi à l'hôtel *Nacional*, puis il avait déménagé au *Miramar*. C'était là qu'il avait fait venir des States les amis qu'intéressait la gestion des hôtels, des casinos, de la prostitution ; là que j'allais devoir me présenter pour jouer dans l'orchestre destiné à remplacer celui de Benny Moré, parti pour le Mexique.

Benny Moré ? Et qui était-ce ? Agacé par mon ignorance, Costello m'a donné un petit cours. À son avis, la voix de Moré n'avait rien à envier à celle de Sinatra. Elle incarnait un demi-siècle de musique populaire. Il était tellement calé que tout en ne lisant pas les notes – comme toi, a remarqué don Frank – il avait créé un orchestre avec les meilleurs artistes cubains et le menait à la baguette. Je me suis dit qu'en ça il était bien meilleur que moi.

Pour combler le vide on rassemblait à toute vitesse les musiciens disponibles. Luciano avait vanté mes qualités de pianiste et obtenu mon engagement.

Une autre offre qu'on ne pouvait pas refuser ? Costello a répondu par un petit rire. Que Charlie ne t'entende pas dire ça, a-t-il ajouté, il pense t'avoir rendu un grand service.

Je quittais les États-Unis au bout de presque seize ans, mais pas pour rentrer en Italie. Cependant j'étais trop excité par

Cuba et les Cubaines pour pleurer sur mon sort. J'ai acheté un ensemble de valises en cuir que même Cary Grant n'arborait pas dans ses comédies de riches heureux. Avec ces bagages, un costume sport en tweed et un chapeau tout neuf, je me suis présenté avec beaucoup d'avance à l'aéroport du Queens. Depuis décembre la compagnie Nacional assurait la liaison directe avec La Havane. L'avion de Cuba atterrissait vers midi et décollait une heure plus tard. Après les formalités d'embarquement j'ai traîné dans les salles. J'ai été frappé par des allées et venues frénétiques des agents des douanes. Ils se regroupaient, se dispersaient, étaient appelés autour d'un supérieur par petits groupes de quatre ou cinq, se dirigeaient vers d'autres collègues pour les informer. Il semblait évident qu'une intervention se préparait. Le premier vol en provenance de l'étranger était celui de La Havane. Lorsque le haut-parleur annonça l'atterrissage, les agents se disposèrent en éventail autour de leurs collègues chargés de contrôler papiers et bagages. Quelques civils, chapeau mou et costume bon marché, déboutonnèrent leur veste. On se serait cru dans un film.

Les passagers débouchèrent au fond du couloir. Une dame déjà en tenue des Caraïbes demanda à son compagnon : « Eh, c'est pas Sinatra ? » Bien sûr que c'était Frank, et sûr aussi que les agents des douanes veillaient précisément sur lui, qui avançait sous les flashes des reporters sans se douter de rien. Il avait un gros sac de voyage dans chaque main. J'avais remarqué parmi les passagers pour Cuba un groupe de collégiennes boutonneuses en uniforme, tout excitées par des vacances qui en ce temps-là étaient un luxe réservé à une minorité. Elles appartenaient à cette tranche d'âge où les hormones féminines s'affolaient quand elles entendaient Sinatra. Je me suis jeté au milieu d'elles, j'ai demandé si par hasard celui qui était visé par les photographes était bien Sinatra. J'ai déchaîné une charge forcenée de Furies qui emportèrent les douaniers, les voyageurs qui arrivaient, ceux qui partaient, les journalistes. Un hurlement prolongé signala la capture de Frank. Elles le touchaient, l'embrassaient, mendiaient un geste de lui, un autographe, un sourire. Frank essayait de les calmer sans lâcher ses sacs. Les agents perdirent la tête, ils tentèrent de se frayer un chemin avec brutalité, mais ils reçurent des coups de pied, de sac. Autour de Sinatra ce fut une mêlée à laquelle il ne comprenait rien.

« Très bon travail, Willy. »

Je me suis retourné stupéfait. Charles Gambino, enveloppé dans un manteau en poil de chameau très élégant m'a fait un clin d'œil. Derrière lui, trois grands types ont fendu la masse informe d'agents, de gamines et de journalistes. Ils en sont ressortis avec Sinatra et les sacs, vite cédés à d'autres grands types surgis de nulle part. Frank a eu les quelques secondes nécessaires pour se reprendre : avec son sourire le plus éblouissant il s'est dirigé vers les Furies. Ce geste les a apaisées. Frank a signé des autographes, embrassé des joues, accepté de poser cent fois pour des photos. Les rappels du haut-parleur ont forcé les passagers à se diriger vers la porte d'embarquement. Frank ne m'avait même pas vu. J'ai été tenté de lui dire bonjour, mais il se dirigeait déjà vers la sortie, suivi d'un des grands types avec les deux sacs. Ils paraissaient identiques à ceux avec lesquels Frank était descendu d'avion, mais j'aurais juré qu'ils avaient été échangés dans la cohue.

L'aéroport de Camagüey à La Havane ressemblait à un énorme salon d'attente de bordel. Les mêmes femmes disponibles, la même atmosphère suspendue, les mêmes bavardages inutiles, la même comédie. Les collégiennes en uniforme, encore excitées d'avoir approché Sinatra, mirent l'endroit sens dessus dessous, vidèrent le comptoir des alcools, cherchèrent à remorquer les beaux gosses bronzés qui circulaient en quête de dames amateurs, d'un certain âge et fortunées. Un taxi m'attendait. Il me déposa à l'hôtel *Sevilla*, le plus ancien de l'île, puis m'emmena au *Miramar*. Les hôtels de La Havane exprimaient le désir inconscient d'arrêter le temps ; les rues puaient la sueur, l'eau de Cologne que les barbiers de Catane vaporisaient sur leurs malheureux clients. Le hall du *Miramar* ressemblait à une place de village sicilien. Tous les jargons s'entrecroisaient. J'ai réentendu des phrases et des termes oubliés depuis des dizaines d'années. J'ai vu rôder des chefs, des sous-chefs et de simples soldats; peu d'hommes portaient une veste, beaucoup luttaient contre la chaleur étouffante – bien que nous ayons été en janvier – en s'éventant avec un éventail, un journal ou la liste du bar. Avec mon costume de tweed j'ai tout de suite été catalogué comme étranger. On m'a examiné de la tête aux pieds et j'ai eu peur d'être pris pour un agent maladroit du Narcotic Bureau ou du FBI.

« Hola, Willy… » C'était Moretti, qui se servait de son pantalon pour dissimuler son ventre proéminent. Il avait à la main un éventail de satin tout à fait charmant.

« Ne t'y mets pas toi aussi. » Moretti s'est assombri d'un coup. « L'éventail n'est pas à moi. C'est Esmeralda qui me l'a passé… une fille… disons ma fiancée locale… »

J'aurais voulu lui parler de la rencontre avec Sinatra, mais il se dirigeait déjà vers Carlos Marcello qui sortait de l'ascenseur dans un costume de lin immaculé, avec panama et cigare au coin de la bouche.

La suite de Luciano était gardée par des hommes au pistolet bien en vue. Les Martini gins et les grands verres de rhum Matusalem grande réserve tournaient à la vitesse d'une Ferrari sur le circuit de Monza. Entouré d'une petite cour bruyante Charlie se conduisait en patriarche. Il portait à présent des lunettes en permanence et leur monture dorée le vieillissait. Mais il suffisait d'un éclair dans son œil intact pour que l'on comprenne que si son aspect avait subi des modifications, son intelligence était toujours diabolique. Luciano se montra affectueux, il me traita comme quelqu'un de la famille et me présenta à ses lèche-bottes comme le jeune courageux qui avait sauvé les cinq cent mille dollars que ce cinglé de Sinatra devait remettre à Costello. Voilà ce que contenaient les deux sacs, et le pourquoi de la présence de Gambino et de ses anges gardiens. Luciano fit applaudir l'assistance, qui se fichait éperdument de qui j'étais et de ce que j'avais fait. Pour eux je n'étais qu'un éventuel concurrent. Un type avec des moustaches à la Melvyn Douglas a agité un paquet de cartes siciliennes. Une partie de zecchinetta ? Il avait une voix de fausset. Luciano refusa d'un signe de tête, mais il invita les autres à jouer.

« Willy, mets-toi au piano comme nous faisions à New York. »

Le piano, hommage personnel de la direction du Théâtre National, était un Steinway du siècle précédent qui aurait eu besoin d'une couche de verni, mais il était parfaitement accordé. Le *Miramar* avait également veillé à améliorer le décor de la suite avec ce qu'on trouvait de mieux à La Havane : des lustres en verre de Murano, des sculptures rococo représentant des faunes dansant et des anges porteurs de luminaires. Les autorités cubaines ne regardaient pas à la dépense pour que Luciano se sente chez lui. J'ai joué Armstrong jusqu'à épuisement, mais les invités de Charlie étaient trop absorbés par les cartes pour s'en soucier.

L'engagement dans l'orchestre cubain s'est évaporé pour cause de varicelle : après avoir frappé le pianiste, elle avait fauché d'autres victimes. L'orchestre avait été mis en quarantaine, ce qui nous a épargné des comparaisons pénibles avec celui de Benny Moré. Luciano m'a engagé à titre personnel ; je jouais dans la suite pendant les entrevues de travail, les déjeuners, les dîners, les parties de poker. Je jouais la musique des Blancs et celle des Noirs, j'y mêlais Miller et Guthrie, j'ai rafraîchi mes contaminations et *Mamma*, qui tirait toujours quelques petites larmes. Nous avions inventé la rediffusion. J'assistais ainsi aux âpres discussions entre Luciano et Lansky à propos de Siegel.

Ben continuait à refuser toute invitation à reculer. Meyer reconnaissait qu'il se trompait, qu'avec le *Flamingo* il avait perdu et la tête et les millions qu'il avait reçus, cependant il s'opposait à la solution radicale qui apparaissait à travers les accusations de Luciano : l'élimination de Siegel.

Lansky a réussi à le faire parler au téléphone. Au fond de moi je priais pour que Ben retrouve son ancien charme, son don pour séduire quand il voulait séduire. Au début, Luciano s'est montré ouvert ; il s'est informé sur l'état des travaux, sur les prévisions quant à leur achèvement ; il me semble qu'ils ont même parlé de confier la soirée d'inauguration à Sinatra. Puis quelque chose est arrivé, peut-être une réponse de Siegel, ou peut-être Luciano en a eu assez de faire semblant. Sa voix est devenue sifflante, elle donnait des frissons. Il a dit à Ben qu'il n'avait qu'une seule possibilité, rendre l'argent et prendre des vacances. Il a raccroché brutalement sans même attendre de réponse. Une ombre a recouvert mon cœur. Nous ne comprenons pas que le temps passe. Quand nous nous en rendons compte, tout est fini ; sur l'écran apparaît déjà *The End*, les spectateurs quittent la salle.

Deux jours plus tard Moretti a annoncé que Siegel avait été tué dans sa villa de Beverly Hills. Une balle dans la tête, adieu mon ami Ben. Je devais en vouloir à Luciano ? Mais telles étaient leurs règles. Qui sait combien de fois Siegel les avait appliquées lui-même. Il savait ce qu'il en coûtait de les transgresser. J'aurais voulu pleurer, mais au lieu de ça j'avais envie de rire en me repassant mentalement tant et tant d'épisodes vécus avec Ben. Pour lui j'avais représenté le pauvre diable à aider ; je lui avais été sympathique tout de même et il m'avait donné en se contentant du peu ou du rien que je pouvais lui rendre. J'ai rêvé à ce que Ben, Judith et moi serions devenus si je les avais mis tous les deux en relation lorsqu'il projetait le double attentat contre Hitler et Mussolini. Sans le vouloir j'avais bloqué l'Histoire.

Je vivais depuis trois mois à Cuba. Je n'avais encore pas compris pour quelle raison mystérieuse Luciano m'avait réclamé. Je ne trouvais pas le courage de la lui demander et Charlie l'avait probablement oubliée. Malgré l'abondance de danseuses au sang chaud et aux charmes débordants, Nuovaiocche et l'*Hollywood* me manquaient. Ne parlons pas de Sarah, dont j'imaginais qu'elle avait beaucoup grandi. Nous nous étions parlé seulement trois fois quelques minutes au téléphone. Toutes les deux semaines j'avais fait parvenir de l'argent à tante Bessie, sans toutefois recevoir ma part de sourires et de baisers. Moi aussi j'avais droit à un peu d'affection. Il y aurait eu aussi Sal, mais là c'était une tout autre histoire.

Le bruit du vin rouge versé de la carafe dans le verre à pied m'avait étourdi. C'était un bruit que j'avais déjà entendu dans une vie antérieure mais je n'arrivais pas à le situer. Le serveur, le maître d'hôtel et le sommelier sont restés au garde-à-vous en attendant la réaction de Luciano. Charlie a eu une imperceptible inclinaison de tête. Les trois ont poussé un petit soupir avant d'être éloignés brusquement. Nous n'étions que deux à table, Luciano et moi. C'était ma première invitation, je m'agitais, embarrassé, comme si je m'étais retrouvé en compagnie d'Ava Gardner. Parce que Luciano parlait précisément d'elle après avoir pris une Camel dans l'étui à cigarettes en or que lui avait offert Sinatra à la fin de sa tournée à Cuba. Il lui était dédicacé. *Au cher ami Lucky avec l'affection de Frank Sinatra.*

«Je ne comprends pas ce qui se passe dans la tête de Sinatra, a dit Luciano. D'accord, il pense avec sa queue, mais il peut avoir toutes les femmes, alors pourquoi être allé se coller avec cette nulle au lit de Gardner? L'expérience montre que les femmes toujours prêtes à baiser ne s'intéressent pas à la chose. Pour une femme comme ça ton ami Frank veut quitter cette brave Nancy, son épouse, la mère de ses enfants. J'ai demandé à Moretti de parler à Sinatra. Avec ces coups de tête il risque de détruire sa carrière. Ce serait dommage pour lui et pour nous.»

Mais il y avait plus en jeu que la carrière de Sinatra, auquel le bon Dieu avait donné de toute façon une voix qui valait son pesant d'or. Luciano est devenu grave. «Willy, tu as sûrement compris tout seul que l'engagement au *Flamingo* n'existe plus. Les syndicats ont pris la construction de l'hôtel en mains, il vaut mieux que nous restions en dehors. Nous n'aurons donc pas voix au chapitre pour la distribution des rôles. Je regrette. »

Luciano s'est consacré à son entrecôte.

« Je peux retourner à l'*Hollywood* ?

– Je pense que oui. À moins que Frank n'ait encore l'intention de t'envoyer à la Nouvelle-Orléans. Comment sont tes rapports avec Marcello ?

– Je l'ai connu quand j'ai dû quitter Nuovaiocche et que j'ai joué un peu partout.

– Vous ne vous entendez pas ?

– Don Luciano, qui je suis pour ne pas m'entendre avec quelqu'un comme Marcello ?

– Toujours modeste notre Willy. Écoute, tu as encore envie de retourner en Italie ? »

Qui se serait attendu à une telle question ?

« Je dois y rentrer. Je pense m'établir à Naples, puisque à Palerme on ne me laisserait pas tranquille. Mais j'ai ma petite idée sur Taormina, autant dire chez toi. Si ça te va, tu peux rentrer en Sicile en seigneur. Je vais expliquer la situation à Costello. »

Je suis reparti de Cuba avec dix mille dollars. Luciano me les avait donnés en disant que c'était une prime méritée pour avoir sauvé les cinq cent mille transportés par Sinatra. J'avais deux mois pour fermer ma parenthèse américaine et m'embarquer pour l'Italie. Costello m'a informé que j'allais voyager sur le *Laura Keene*, le bateau sur lequel Luciano était revenu. Rosa s'est montrée attentive quand je lui ai annoncé mon retour chez moi. Je lui ai demandé si elle voulait me confier des missions pour ses parents ; j'étais disposé à aller jusqu'à Mussomeli. Elle a refusé tout net. Elle ne voulait pas entendre parler de la Sicile, et incluait son père et sa mère dans son rejet. Sal a continué à se comporter d'une façon exemplaire. Il a promis d'écrire, mais il ne m'a pas demandé de le faire. Avec tante Bessie, ses filles et même oncle Ephraim, qui avait commencé à décliner, il y a eu en revanche des larmes, des embrassades, des promesses de nous envoyer une lettre par semaine et de nous revoir dans un an. Toutes ces choses qu'on dit au moment des adieux, qui ne tiennent pas, mais qui remontent quand même le moral. Avec Sarah, ç'a été un supplice pour tous les deux. J'avais préparé un discours compliqué qu'elle a interrompu d'un coup.

« Tu t'en vas toi aussi ? »

Je me suis mis à pleurer sans retenue. J'étais agenouillé devant son petit visage, Sarah m'a caressé la joue.

« Papa, c'est moi qui te fais pleurer ? »

J'ai failli l'emmener avec moi, mais ma lâcheté congénitale – à moins de l'appeler opportunisme effréné ? – m'a paralysé avant que je le décide. Nous sommes restés dans cette position inconfortable en nous regardant dans les yeux, incapables de prononcer un mot, inconscients des secondes et des minutes qui passaient. Ensuite Sarah a grandi, elle est devenue une demoiselle, puis une grande et belle femme, mais l'image que je garde d'elle et qui m'accompagnera jusqu'à ma tombe remonte à cet après-midi de septembre où le soleil disparaissait derrière les fenêtres de la 64e Ouest.

J'ai essayé de dire : « Sarah, je ne peux pas faire autrement, je dois partir. Je retourne là où je suis né, je reverrai ma mère que je n'ai pas vue depuis seize ans. Pense un peu, c'est le double de l'âge que tu auras en décembre. Mais j'espère être à Nuovaiocche l'été prochain.

– Et tu resteras ici avec moi sans repartir ?

– Je ne sais pas, Sarah. Mais toi, tu dois savoir que tu pourras me rejoindre en Italie quand tu voudras.

– C'est loin l'Italie ? »

Grâce à la passion pour la géographie de la dame du cinquième étage nous nous sommes procuré un atlas. Sarah a vu l'Italie pour la première fois. Je lui ai indiqué la Sicile, le point noir sur la mer qui représentait Catane. Elle a fait glisser son petit doigt à travers l'Atlantique. « Hummm… On prend le bateau ?

– Oui, c'est comme des vacances sur l'eau.

– Mais je suis bien avec tante Bessie.

– Tu pourras y rester aussi longtemps que tu voudras. Tante Bessie, oncle Ephraim et tes cousines t'aiment beaucoup.

– Tu ne pourrais pas être avec nous toi aussi ? »

J'ai menti effrontément. « Sarah, je dois travailler, sinon qui vous donnera de l'argent pour vivre ? »

Elle est devenue très sérieuse, comme il lui arrivait quand elle s'efforçait de comprendre des questions plus grandes qu'elle. Elle n'a peut-être pas pu, en tout cas elle m'a serré contre elle. Je me suis senti comme un ver de terre.

J'ai réglé mes affaires ; j'ai donné à Totonno et à Dominick des meubles et des objets de Briggs Avenue ; j'ai laissé la Ford Y à quelqu'un qui avait débarqué de Sicile le mois précédent ; j'ai évité soigneusement Annie, elle-même en route vers une vieillesse digne, et de faire signe à toute autre femme qui ait partagé mon lit ; je me suis soustrait à tous les adieux. Comme je voulais traiter tout le monde de la même façon, je n'ai dit au revoir à personne. Mais j'ai pensé au jeune fils d'Annie ; j'avais appris qu'il étudiait le piano et je me suis mis d'accord avec Totonno pour que le lendemain de mon départ il lui fasse livrer le Steinway de l'entrée que je n'avais pas touché depuis plus d'un an.

Costello n'a pas dit grand-chose, mais il m'a fait cadeau de cinq mille dollars pour m'être conduit en brave garçon. Avec cet argent j'ai payé un an de pension pour Sal et laissé le reste à tante Bessie en la priant de m'avertir quand il serait dépensé. Je voulais que Sarah ne manque de rien.

J'ai entassé mon Amérique dans trois malles. J'emportais en plus un Bendix Radio Phonograph dernier modèle, un disque tout frais avec Ella Fitzgerald dans *Oh, Lady Be Good*, et enfin un coupé Delahaye 145 Chapron gris fer, un petit bijou de voiture largement au-dessus de mes moyens. C'était la dernière faveur d'Adonis. Je dois dire qu'en dépit de son entremise j'avais tout de même aligné trois mille dollars, mais c'était un rêve de voiture, une de ces machines pour lesquelles Siegel aurait pu tuer. Et la Delahaye avait dû tremper dans une affaire louche. Adonis m'avait dit que je la payais si peu cher parce que quelqu'un avait besoin de la faire sortir des États-Unis. Pour moi, trois mille dollars ça n'était pas rien, mais je possédais la voiture de seigneur avec laquelle me présenter à Catane et épater toute la via D'Amico. La Delahaye allait être ma carte de visite. Quelqu'un avec une telle voiture ne pouvait qu'avoir réussi en Amérique.

Au fond, j'emportais un peu de musique et un peu de vitesse. Et encore aujourd'hui je suis convaincu que c'est le sens global de ce grand pays.

Le *Laura Keene* s'est éloigné du quai un matin de soleil voilé. L'automne arrivait et mon rêve américain finissait. J'avais vécu en suspension, j'avais eu souvent l'impression de voltiger, cependant j'avais toujours su que je rentrerais un jour dans la normalité. Non seulement les rêves s'épuisent, mais plus tôt ça arrive et mieux ça vaut. Dans la brume on entrevoyait à peine les immeubles tachés d'humidité devant le port. Je laissais derrière moi des années d'inconscience, de confusion, d'ambiguïté. Mes enfants ignoraient leurs existences respectives ; j'étais devenu le roi de l'inaccompli, incapable d'être un bon musicien, un bon père, un bon mari, et même un bon mafioso ou un bon franc-maçon ; j'avais vécu la vie que les autres avaient voulue. Je m'étais aussi amusé, j'avais baisé à couilles rabattues, j'avais connu et fréquenté des personnages entrés dans l'Histoire, mais j'étais toujours un zéro doublé d'un moins que rien. Non seulement l'Histoire, mais même la chronique ne voulaient pas de moi. Restait la musique, mais je sentais que fatiguée de mes à-peu-près elle était sur le point de me tourner le dos. Et l'Italie, la Sicile, comment allaient-elles m'accueillir ? Allaient-elles aussi tourner le dos à Mino Melodia qui revenait déguisé en Willy ?

Nuovaiocche s'évanouissait au loin. J'ai compris à cet instant que je ne me dirigeais pas vers une seconde chance mais vers le cimetière des illusions.

Remerciements

Ce roman a vu le jour – en admettant que ce soit un bien – grâce à certaines sensibilités féminines capables de l'orienter, de l'encourager et de l'améliorer. À la base de tout il y a Chiara, extraordinaire pour percevoir ce que je ne parvenais pas à percevoir moi-même, bien que je l'aie porté dans le cœur. Vicki Satlow s'est passionnée pour Willy Melodia avant même de devenir son agent et l'emmener se promener à travers le monde. Paola Gallo et Dalia Oggero se sont présentées un jour lumineux d'hiver et ont aussitôt fait partie de la famille en apportant des suggestions toutes plus précieuses les unes que les autres. Angela Rastelli porte un prénom prédestiné : elle est le meilleur gardien qu'un auteur puisse souhaiter pour son livre.

De vieux amis expérimentés tels que Francesco Terracina et Carmelo Volpe m'ont aidé à reconstruire la Sicile d'autrefois. La mémoire encyclopédique d'Aldo Motta a représenté l'ultime recours dans chaque cas de doute. Le professeur Giovanni Ruffino, dialectologue de l'université de Palerme, a assumé la charge d'établir une passerelle entre le sicilien d'il y a un siècle et l'italien d'aujourd'hui. Maître Alberto Mittone a mis son savoir juridique à la disposition de Willy Melodia et de ses compagnons.

Et enfin un merci plein de nostalgie à l'île qui n'existe pas, celle que nous les émigrés portons dans notre âme tout en étant certains de ne jamais l'atteindre.

Cet ouvrage a été achevé d'imprimer en mars 2011
sur les presses de Normandie Roto Impression s.a.s.
à Lonrai (Orne)
N° d'imprimeur : 110963
Dépôt légal : avril 2011

Imprimé en France